外国文学典藏书系

交际花盛衰记

[法] 巴尔扎克　著

徐和谨

钱锦清　译

朱　毅

海峡出版发行集团 | 海峡文艺出版社

图书在版编目(CIP)数据

交际花盛衰记/(法)巴尔扎克著;徐和谨,钱锦清,
朱毅译－福州:海峡文艺出版社,2002.10
　ISBN 978-7-80640-728-8-01

　Ⅰ.①交…　　Ⅱ.①巴…②徐…③钱…④朱…
Ⅲ.①长篇小说－法国－近代　　Ⅳ.①I565.44

中国版本图书馆 CIP 数据核字(2002)第 086671 号

交际花盛衰记

〔法〕巴尔扎克　著　徐和谨　钱锦清　朱　毅　译
责任编辑　陈世华　余明建
出版发行　海峡出版发行集团
　　　　　　海峡文艺出版社
经　　销　福建新华发行(集团)有限责任公司
社　　址　福州市东水路 76 号 14 层　　　邮编　350001
发 行 部　0591－87536797
印　　刷　福州彩虹制版印刷有限公司　　　邮编　350028
厂　　址　福州市仓山区金山桔园洲工业区 38 幢
开　　本　787 毫米×980 毫米　1/16
字　　数　470 千字
印　　张　22.25
版　　次　2002 年 10 月第 1 版
印　　次　2013 年 8 月第 2 次印刷
ISBN 978-7-80640-728-8-01
定　　价　38.00 元

如发现印装质量问题,请寄承印厂调换

目 录

译本序

一

　　《交际花盛衰记》是法国批判现实主义作家巴尔扎克 (1799–1850) 后期的重要作品之一，在《人间喜剧》中分属《巴黎生活场景》。

　　从巴尔扎克计划创作一部描述一个青年和妓女的爱情时起，直至他写完《交际花盛衰记》的最后一部，长达十三年之久。

　　1835 年 1 月 23 日，巴尔扎克在《高老头》的手稿上列出了创作计划的清单，第一次提出了《电鱼》这个书名。当时，他准备在《巴黎新闻报》上发表这部小说。《巴黎新闻报》停刊后，他又把《电鱼》同《老小姐》和《地区的才女》一起推荐给埃米尔·德·吉拉尔丹办的《新闻报》。《新闻报》接受了手稿，并交印刷所排版。但在这时，吉拉尔丹却宣称决不能把一个妓女的故事介绍给那些有道德的订户，引起他们的愤慨。于是，巴尔扎克只得把此稿留作他用。

　　当时，他准备在韦尔代出版社出版《地区的才女》和《纽沁根银行》的两卷集，就把《电鱼》脱稿的部分附在一起。两卷集于 1838 年下半年出版。《电鱼》发表在第二卷上，故事极为简单，结尾十分突然，巴尔扎克在前言中也承认这点。1843 年 5 月初，他同《巴黎人报》的经理阿曼塔·大卫进行谈判，不久即达成协议，以五千法郎出售了这部小说。小说从当年 5 月 21 日起在报上连载。

　　然而，由于对作品进行了重大改动，所以书名改为《埃斯黛或银行家的爱情》。工作进行得十分顺利。《巴黎人报》于 1843 年 7 月 1 日登完了小说的第三部。第二天，《巴黎人报》突然宣布暂时中断小说的连载，并说巴尔扎克先生的小说的第四部将在不久后刊载。

纸生态书系·外国文学典藏

第三部《刑事诉讼》在1846年5月完成，并于1846年7月7日至29日在《时代报》上连载。由于作者疲劳过度，第四部《伏脱冷的最后化身》直至1847年1月20日才完成，并于1847年4月13日至5月4日由《新闻报》连载。1848年年底，《伏脱冷的最后化身》单行本出版。

巴尔扎克逝世时，《交际花盛衰记》的各部还没有汇集在一起。在他死后，乌西奥出版社把第四部编入《人间喜剧》第十八卷(1855年)。在《人间喜剧》的定本中，小说的四个部分才汇集在一起。

这部小说的写作经过清楚地表明，小说并非一气呵成，其创作思想也并非一成不变。从1838年的《电鱼》到九年后发表的《伏脱冷的最后化身》，巴尔扎克不断在小说中增添新的题材。

在巴尔扎克最初的计划中，《电鱼》只是一个相当简短的故事，叙述诗人吕西安和妓女埃斯黛的爱情，用巴尔扎克的话来说，这是一个简单的场景，篇幅只占六个印张。1842年，作者对题材进行了彻底的改变，计划在这一场景中叙述一个年老的百万富翁的恋爱故事。鉴于吕西安和埃斯黛所处的地位，巴尔扎克毫不费力地把新的题材和《电鱼》衔接在一起。另外，他决定把罪犯的世界和妓女的世界联系起来，以丰富原来的计划。1842年6月，法国作家欧仁·苏的小说《巴黎的秘密》在《评论报》上连载，轰动了法国。同时，警方破获了黑衫帮等好几个著名的盗贼集团，使读者对监狱制度以及苦役犯、囚犯的生活产生了极大的好奇心。巴尔扎克认为，在今后几年中，法国读者对描写社会底层的小说的兴趣会经久不衰。这就是他在《交际花盛衰记》的第三、第四部中描写这一题材的原因。

二

恩格斯曾经指出：巴尔扎克"在《人间喜剧》里给我们提供了一部法国'社会'特别是巴黎'上流社会'的卓越的现实主义历史"[①]。在《交际花盛衰记》中，巴尔扎克向我们展示了一幅巴黎社会生活的图景，描写了妓女、窃贼、司法人员和警察局的密探。

在小说中，巴尔扎克通过埃斯黛这个人物，向读者介绍各种类型的妓女。在小说的开头，埃斯黛是鸨母梅纳迪太太妓院里的一个叫号妓女。脱离妓院后，她

---

① 恩格斯：1888年4月初致玛·哈克奈斯的信，《马克思恩格斯全集》第37卷第41页。

住在朗格拉德街,是个轻佻的女工。后来她搬到泰布街和吕西安秘密同居,成了受人供养的妓女。迁居圣乔治街的府邸后,她成为著名的交际花,在客厅里接待着巴黎的名人雅士。

为了使故事真实可信,巴尔扎克参阅了有关的材料,特别是社会学家帕朗－迪夏德莱研究巴黎卖淫情况的专著《论卖淫》(1836年)。但是,巴尔扎克在描写妓女的生活时,竭力避免淫秽的场面,也没有对妓院和色情买卖作正面的描写。他从社会学家的高度,分析了资本主义社会里的这一丑恶现象和妓女的悲惨遭遇。他谈到,妓女注销要比登记困难,需要向警察局提出书面申请,还要经过两年的考察期。另外,妓女多病,往往夭折。总之,巴尔扎克想从这种社会现象中发现规律性的东西,找出其中的原因。

埃斯黛这个人物的形象是在作者的头脑中逐渐形成的。在《高布塞克》1839年的版本中,巴尔扎克交待了埃斯黛的出身。她是老高利贷者高布塞克的侄孙女,也是他财产的惟一继承人,这就为吕西安在她死后继承她的巨额遗产埋下了伏笔。在1842年发表的小说《两兄弟》(后改名为《搅水女人》)中,埃斯黛不是卑贱的娼妓,而是高等妓女。她只有17岁,却已经挥霍了两个英国人、一个俄国人和一个罗马亲王的财产。她同记者们交往密切,斐诺、皮克西沃和拿当都是她的密友。在《于絮尔·弥罗埃》1842年的版本中,埃斯黛是巴黎最富裕的银行家纽沁根男爵的情人[①]。第二年,巴尔扎克在《交际花盛衰记》中对这一题材进行了发挥。

在巴尔扎克的笔下,埃斯黛是个年轻美貌、心地善良的姑娘。她救人之急难,一个情人挨饿,她就故意多剩下一些饭菜,一个情人偷了钱,她就借钱给他,让他把钱归还原主,她还装成是另一个情人的妻子,和一个权贵同居,为情人谋取钱财。可是,这些男人一旦发迹,就把她忘得一干二净,还要恩将仇报,在巴黎歌剧院舞会上当众使她难堪。她对因情人破产而落难的女友华诺勃太太慷慨解囊,不但叫纽沁根把泰布街住宅里的家具都送给她,还要他送给她五万法郎。她对自己心爱的吕西安更是一往深情,不惜牺牲自己的一切。她为了使吕西安买下吕庞波莱的地产,同贵族小姐克洛蒂尔德结婚,就重操旧业,去当纽沁根的情妇,从银行家的手中赚到一百万法郎。她向往纯洁、美好的生活,忠贞不渝的爱情,但见吕西安一心只想同瘦骨如柴的克洛蒂尔德结婚,同时也知道自己和吕

---

① 在定本中改为"佛洛丽娜是著名的拿当的情人"。

西安的公开结合决不会被社会所接受，就在完成对纽沁根的义务之后，毅然服毒自杀，结束了年轻的生命。

吕西安那些出身名门的情妇，如赛里齐伯爵夫人，莫弗里纽斯公爵夫人，和埃斯黛形成了鲜明的对照。巴尔扎克通过雅克·高冷之口，对这些贵夫人和妓女进行了比较："妓女们写信时讲究文采和美好感情，可是那些整天讲究文采和美好感情的贵夫人，写的信却像妓女干的事一样肮脏。"这证实了马克思的论断："无论在什么地方，上至官廷，下至低级的咖啡馆，到处都是一样卖淫，一样无耻欺诈。"①

自从席勒的《强盗》(1781年)发表以后，新文学的作家们热衷于描写绿林好汉。这些强盗提出正当的要求和权利，以反对虚伪的社会秩序和法律。巴尔扎克早年曾写过小说《海盗阿尔戈》。为了生动有力地描写高等窃贼的世界，巴尔扎克广泛收集材料。他阅读过以前是苦役犯、后来当上巴黎保安警察队队长的维道克写的《回忆录》(1828年)，并于1834年4月26日在慈善家邦雅曼·阿佩尔家里和维道克共进晚餐。据传，早在1825年秋，维道克就曾拜访过巴尔扎克，并对他说："活生生的现实就在您的眼前耳边，可您却还要挖空心思去编造故事。"于是，伏脱冷这个人物就出现在巴尔扎克的作品之中。

伏脱冷是在逃的苦役犯雅克·高冷的化名，绰号叫鬼上当，是个马基雅维里式的野心家。在《高老头》中，伏脱冷曾对拉斯蒂涅宣传过自己的处世哲学。他说："遍地风行的是腐化堕落。""要弄大钱，就该大刀阔斧的干，要不就完事大吉。三百六十行中，倘使有十几个人成功得快，大家便管他们叫做贼。人生就是这么回事。跟厨房一样腥臭。要捞油水不能怕弄脏手，只消事后洗干净；今日所谓道德，不过是这一点。"②在《幻灭》中，雅克·高冷乔装打扮成西班牙神甫卡洛斯·埃雷拉，救了想要投河自杀的吕西安。他分析了吕西安失败的原因，并向他传授不择手段向上爬的诀窍。他说："你只能把人看做工具，尤其女人；只是别让他们发觉。凡是地位比你高，可能对你有用的人，就该当作上帝一般膜拜，等他们对你的奴颜婢膝付足了代价，才离开他们。对付人要像犹太人一样的狠心，一样的卑鄙；他们为着金钱不择手段，我们为着权势也要不择手段。"③在《交际花盛衰记》中，雅克·高冷对软弱的诗人软硬兼施，一步步把他拉到腐化堕落、作

---

① 马克思：《1848年至1850年的法兰西阶级斗争》，《马克思恩格斯全集》第7卷第15页。
② 参见《高老头》第95页。
③ 参见《幻灭》第603页。

恶犯罪的道路,用他作为工具,以达到跻身上流社会的目的。雅克·高冷不是个普通的窃贼,他是同亚伯进行长期斗争,是自然状态反抗社会状态的代表,是魔王撒旦的化身。最后,他同当局达成了一笔肮脏的交易。他身居囹圄,却掌握着贵族太太和小姐写给吕西安的下流情书,可以叫这些名门显贵声誉扫地。当时,国王查理十世即将于1830年7月颁布反动的七月敕令,不想使三个大贵族家庭的名誉受到损害,就下令总检察长全权处理此事。结果,雅克·高冷在苦役监里的难友、死囚泰奥多尔·卡尔维不但得到特赦,还在雅克·高冷的手下当上了警探。雅克·高冷则接替皮皮-罗苹,当上了巴黎保安警察队队长,成为统治阶级的鹰犬。

在小说中,巴尔扎克以"社会学博士"的身份来研究罪犯的世界,并提出了自己的政治哲学。1794年热月反革命政变以来,具有正统思想的批评家批判戏剧和小说中存在着把不法之徒描写成英雄的危险倾向,指责这些作品蔑视社会准则,公开同情叛逆。巴尔扎克也抨击了文学上的这种传统倾向。在《交际花盛衰记》中,他把巴黎法院附属监狱里的窃贼们写成一群胆怯、轻信、可鄙之徒,雅克·高冷用"金钱和女人"五个字就把他们收拾得俯首贴耳。巴尔扎克主张"社会的保证",在小说中有二十来处宣扬了这种思想准则。他认为,社会秩序是私有制和继承权,社会的支柱是法官和教士。法官总是有理,怀疑法官就是"社会解体的开始"。另外,社会极为明智,决不会把一个无辜判处有罪。巴尔扎克还不断攻击陪审团制度,把它说成是"社会灭亡的因素",指责它"宽容得愚蠢"。他抨击哲学家、革新派、人道主义者,把现代慈善事业说成是无法估计的社会问题的根源。但是,他也和当时的人们一样,反对把未经审讯的公民关进拘留所,反对把获释的苦役犯当做贱民看待,认为这样做会使他们饿死,或是迫使他们重新犯罪。总之,巴尔扎克在政治上是正统派,是站在统治阶级立场上的。

巴尔扎克塑造了总检察长格朗维尔伯爵这一人物,把他作为法律的化身。吕西安被捕后,格朗维尔伯爵竭力想搭救他,原因是赛里齐伯爵是他最热心的保护人之一,吕西安是赛里齐伯爵夫人的情夫,而赛里齐伯爵又并未因此而减弱对自己的妻子爱。但是,他不能插手预审工作,而负责预审的法官加缪索又不顾他的暗示,迫不及待地审讯了吕西安,使吕西安说出自己的同伴卡洛斯·埃雷拉神甫就是在逃的苦役犯雅克·高冷。在这种情况下,身为总检察长的格朗维尔先生,见赛里齐夫人赶到法院,竟暗示她销毁审讯的笔录。事后,格朗维尔先生只是对这件事开开玩笑,一笑了之。于是,审讯笔录由法官重新改写,一桩严肃的刑事案件就此了结。巴尔扎克在第三部的结尾中写道:"生活中最重大的事情,就这样被刊登在多少有点真实的小小巴黎新闻栏上。有许多事情比这件事要严肃得多,但也是这样处理的。"

预审法官加缪索,更是个野心勃勃的人物。他巴结权贵,从阿朗松一名普通的推事升为法院院长,又从外省调到巴黎法院当预审法官。到巴黎任职才一年半,就已经想当巴黎法院的庭长。他接到吕西安一案的审理工作之后,就和妻子阿梅莉策划于密室,想要左右逢源,两面讨好,以便从中渔利。加缪索一心想利用此案揭出苦役犯雅克·高冷,妄图一举成名,所以就急急忙忙地提审吕西安,结果反而弄巧成拙。事后,他的妻子又四出活动,力图挽回局面。在这里,法院的审理工作完全成了野心家飞黄腾达的工具,资产阶级法院的"公正"和"正义"被揭露得淋漓尽致。巴尔扎克在政治上属于正统派,在小说中却真实地再现了当时的社会生活,深刻地揭露了作为资产阶级专政工具的法院。这说明巴尔扎克的世界观充满着矛盾。

此外,巴尔扎克刻画了警察局的密探科朗坦、佩拉德和商务警察孔唐松。同当时描写警探的作品相比,这部小说中的人物写得个性突出,毫无雷同之处,其中以佩拉德写得尤为出色。佩拉德是拿破仑的警务部长富歇的左右手,曾任安特卫普的警察总监,富歇失宠后随之下台。他为了替心爱的女儿搞到一份嫁妆,就帮助纽沁根寻找埃斯黛,在无意之中卷入是非之地,同雅克·高冷展开了一场暗斗,结果女儿被劫,沦为妓女,自己也中毒身亡。这段故事情节曲折,引人入胜,但读来真实可信,毫无虚假的感觉。

小说中还塑造了皮皮-罗苹这个人物。皮皮-罗苹原也是苦役犯,是雅克·高冷的死对头。他当上巴黎保安警察队队长之后,仍然贼性不改,利用窃贼和他们的受害人发财致富。他手下的警察吕法尔就是谋杀克罗塔夫妇的三名罪犯之一。在小说的结尾,窃贼王雅克·高冷成了保安警察的头目,杀人犯泰奥多尔·卡尔维也当上了警探,社会秩序由这样的罪犯来维持,岂不是绝妙的讽刺!

三

巴尔扎克的巨作《人间喜剧》中出现的主要人物约有四百多个,分散在七十五部作品之中,其中以《交际花盛衰记》中出现的最多,达一百五十五个。正如巴尔扎克在这部小说中所说,雅克·高冷像一条主线,把《高老头》和《幻灭》,又把

《幻灭》和《交际花盛衰记》串连在一起。在小说中,埃斯黛和吕西安的形象不够鲜明,显得有点苍白,但雅克·高冷这个窃贼之王,这个恶与浊的化身却刻画得极为成功,起着举足轻重的作用。另外,他手下的帕卡尔、欧罗巴和雅克琳·高冷也写得栩栩如生,跃然纸上,这些人物只能出自巴尔扎克的手笔。

这部作品忠实地描绘了当时的社会现实,并从中得出规律,又把规律上升为道德观念,这就使小说具有一种特殊的价值,高于当时描写妓女、警察或窃贼的任何作品。

在艺术方面,除了少数地方显得文笔浮夸或疏忽之外,整部小说文笔精练,词汇结合巧妙,语言生动有力,丰富多彩。巴尔扎克不但运用交际场上的典雅语言,而且还大量使用巴黎底层人民的粗俗词语,妓女、密探的行话以及窃贼的切口。作者还对纽沁根蹩脚的法语发音进行了不厌其烦的引述,虽显得烦琐拗口,却活灵活现地把纽沁根的丑恶面目展现在读者的面前。

当然,一位作家很难完全驾驭一部花了九年时间才完成的作品,人物的性格特点也难免有前后矛盾之处。例如,巴尔扎克前面说埃斯黛是金发,后面却说是黑发,她的性格也前后不一,有拼凑的痕迹。另外,从第三部起作者常常中断故事的情节,插入大段的议论,犹如在上历史课、法学课、社会学课和语言课一般,从而破坏了小说的基本法则。这一方面是由于小说曾以连载的形式在报上发表,另一方面则由于当时的读者对监狱的制度、苦役犯和囚犯的生活产生了巨大的兴趣,所以作者就对这些细节进行了不厌其烦的插叙。

在小说中,巴尔扎克使用了帕朗－迪夏德莱、维道克和其他作者提供的材料。这些作者称得上是社会生活的深刻观察家,可是惟有巴尔扎克才不愧为富有诗意的艺术家,使《交际花盛衰记》这部小说,成为巴尔扎克最优秀的作品之一。

本书第一、二、三部由徐和瑾和朱毅翻译,第四部由钱锦清翻译,由徐和瑾通校、作序。在翻译过程中,许渊冲先生和法国教师詹妮·霍尔夫人(Mme Jenny *Hall*)帮助我们解决了不少疑难问题,在此表示衷心的感谢。由于水平有限,错误之处在所难免,请读者批评指正。

译　者

第一部 妓女们是如何恋爱的

一、巴黎歌剧院舞会上的一个场面

1824年①，在巴黎歌剧院举办的最后一次舞会上，好几位戴假面具的人对一个青年男子的美貌感到惊讶。这位青年在走廊上和休息厅里走来走去，仿佛在寻找一个因家中有意外事情而不能脱身的女人。他步履时而缓慢，时而匆忙，只有老年妇女和一些闲客才能猜出其中的原因。在这种大型聚会中，人山人海，人们很少注意别人：有利可图便争得面红耳赤，闲散无事就心事重重。这位穿着时髦的青年只顾焦急地寻找，并未发觉自己引人注目；有些蒙面人发出戏谑的赞叹、由衷的惊讶、尖刻的打诨和温柔的话语，对这些他都视而不见，听而不闻。在歌剧院舞会上，有少数青年是为艳遇而来的，他们等待这种艳遇如同人们过去在弗拉斯卡蒂赌场②里等待轮盘赌上的巧中一样。这个美貌的青年虽说外表很像这类人，但却像资产者一样，对晚会显得很有把握。他好像是组成歌剧院化装舞会的三人神秘剧中的主角，这种神秘剧只有其中的演员才能理解，这是因为，对于那些为了能说上一句"我看到了"而来的年轻妇女，对于外省的人们、毫无阅历的青年和外国人来说，这时的歌剧院是一座令人疲乏、使人厌倦的宫殿。在他们看来，这一片黑压压的人群，有的慢条斯理，有的匆匆忙忙，来来往往，弯弯曲曲，转来转去，上上下下，只能同木垛上的蚁群加以比较，就像一个不知道世界上还存在国家债权人名册的下布列塔尼乡巴佬要理解交易所一样困难。在巴黎，除特殊情况外，男子一般不化装，因为男子穿上化装长外衣就显得滑稽可笑③。在这方面，民族的才华大放光彩。那些想隐藏自己的幸福的人们可以不露面而参加歌剧院的舞会，另一些必须露面的蒙面人则进来一下立刻进去。最有趣的场面是在舞会刚开始的时候，出来的人群和进去的人群你拥我挤，把大门口堵塞得水泄不通。戴面具的男子总是一些嫉妒的丈夫，在暗中监视妻子，或者是交上桃花运的丈夫，不愿让妻子在暗中监视自己，这两种情况都十分可笑。然而，那个美男子却不知身后有人跟踪。跟踪者戴着一副令人销魂的假面具，身材矮胖，走路活像酒桶在地上滚动。歌剧院舞会的常客都知道，穿这种化装服的人，一般都是怀疑妻子不贞的

---

① 在《幻灭》中，吕西安最后离开安古兰末和遇到西班牙神甫埃雷拉是在1822年9月左右。因此，在本书开始时，吕西安已和埃雷拉一起在巴黎生活了一年多时间。

② 弗拉斯卡蒂赌场曾是巴黎最时髦的八大赌场之一，1837年12月31日颁布禁赌法令关闭。

③ 巴黎歌剧院舞会始于1715年。在1836年和1837年以前，歌剧院的假面化装舞会中只有妇女戴假面具，没有人穿化装服。本书中描写的情况比较符合1838年举办的舞会。

相关链接 ●

巴尔扎克《幻灭》精彩片段：

1. 大家碍着德·巴日东太太的面子，表面上不能不称赞吕西安的颂歌；太太们因为没有诗人捧她们做天使，气恼得很，装做不胜厌烦的样子站起来，脸上冷冰冰的，咕哝着说：

嗯，好，很好，妙极了。

行政官员、经纪人、银行家、公证人或资产者。其实，在上流社会里，也无人会去寻找这种丢人的证据。这时，有好几位蒙面人笑着对这个怪人指指点点，另一些人指责他，有几个青年在讽刺他，他却用自己的肩膀和举止，对这些毫无意义的冷嘲热讽露出明显的蔑视。那青年走到哪里，他就跟到哪里，仿佛一头被人追捕的野猪，既不担心耳边呼啸的子弹，也不在乎身后狂吠的猎犬。尽管乍一看来，快乐的和不安的人服装相同，都穿着著名的威尼斯黑长袍。尽管在歌剧院舞台上一切都混杂在一起，但是，构成巴黎社交界的各种小圈子，却在舞会上聚在一起，它们互相认出，并在互相观察。某些熟悉内情的人，对一些概念非常清楚，看到这本利害攸关的天书就像看到一本有趣的小说。因此，在他们看来，这个人不可能红运高照，他身上肯定带有某种红色、白色或绿色的烙印，这说明他经过长期的努力才获得幸福。他是否在伺机复仇？一些游手好闲的人看到他戴着假面具，紧紧地跟在这幸运儿的后面，就把目光移到那张漂亮的脸上，只见高兴的情绪使他头上显出一轮神像的光圈。这青年引人注目，他走着走着，越来越引起众人的好奇。他浑身上下都流露出优雅生活的气派。根据我们时代的一条必然规律，一位公爵或法国贵族院议员最优雅、最有教养的儿子，和这个过去在巴黎被贫困的铁腕捏得透不过气来的青年，在外貌上和精神上都没有明显的差别。青春美貌可能掩盖着他内心的深渊，就像许多青年一样，想在巴黎出人头地，却又没有实现这种抱负所必需的资本，于是就每天孤注一掷，朝拜这王城中最受人崇敬的幸运之神。尽管如此，他的衣着和举止无可非议，他在休息厅古色古香的拼花地板上徘徊，完全是一副歌剧院常客的气派。在歌剧院和巴黎其他地方一样，你的举止可以说明你的身份和职业，说明你从何而来以及来此的目的，这点是众所周知的。

"真是个漂亮的小伙子！从这里转过身去就能看到他，"一个蒙面人说。舞会的常客一眼就能看出这是位体面人家的妇女。

"您不记得他啦？"让那位妇女挽着胳膊的男子答道，"杜·夏德莱夫人还向您介绍过他……"

"什么！就是那个迷住过她的药剂师的儿子，后来当上了记者，成了高拉莉小姐的情夫？"

"我还以为他跌得太惨，从此一蹶不振呢。我真不明白他怎么可能在巴黎社交界重新露面，"西克施德·杜·夏德莱伯爵说。

"他有一副亲王的气派，"蒙面人说，"但这决不会是过去与他同居的女演员教给他的；我的大姑①早就看出了这点，但没能使他摆脱困境；我真想认识一下这个萨尔吉纳②的情妇。您讲点他生活的事给我听听，要讲一些能使我感到惊讶的事。"

这对男女一面看着那青年，一面窃窃私语，引起宽肩膀蒙面人的特别注意。

---

① 指过去的德·巴日东夫人，当时的杜·夏德莱夫人，蒙面人德·埃斯巴夫人是她的远房弟媳妇。

② 指蒙韦尔和达莱拉克在1788年创作的抒情喜剧《萨尔吉纳或爱情的学生》中的男主角。

"亲爱的夏同先生，"夏朗德州州长拉住那青年的胳膊说，"请允许我向您介绍一位想同您重新结交的人……"

"亲爱的夏德莱伯爵，"青年回答说，"此人从前曾对我说，夏同这个姓氏是多么可笑。国王的敕令已经使我重新获得了母系祖先的姓氏吕庞泼莱。尽管报上刊登了启事，但因为此事涉及到一个微不足道的人物，所以我可以毫无羞愧地对我的朋友、敌人和非友非敌的人们重提这一事实：您愿意属于哪一类我可以悉听尊便，但是，我可以肯定，您不会反对自己的妻子过去当德·巴日东夫人时就曾建议我采取的这个措施。"（听了这句漂亮的俏皮话，侯爵夫人微微一笑，夏朗德州州长则神经质地颤抖了一下。）"请您去对她说，"吕西安补充说道，"我现在的纹章牌是绿底上一个愤怒的银公牛头。"

"愤怒的银公牛头，"夏德莱重复道。

"您如果不知道，侯爵夫人会给您解释，为什么这块老纹章比您那块画有宫廷侍从钥匙和帝政时代金蜜蜂的纹章更有价值，您的纹章使本名奈葛柏里斯·德·埃斯巴的夏德莱夫人大失所望……"吕西安迅速地说道。

"既然您认出了我，我就不会再使您感到惊讶，我也不会对您说，您多么使我吃惊，"德·埃斯巴侯爵夫人低声对他说。这个过去被她瞧不起的人现在竟如此放肆，使她十分吃惊。

"夫人，我在前途莫测、默默无闻之时得到了您的关注，感到十分荣幸，请允许我能保住这惟一的一次幸运，"他微笑地说。这种微笑是不愿损害自己十拿十稳的幸福的男子才会有的。

侯爵夫人听了不觉一怔，感到自己被吕西安一针见血的话说得目瞪口呆，用一句英国话来说，就像是割掉了舌头。

"我恭喜您的地位有了变化，"杜·夏德莱伯爵对吕西安说道。

"您恭喜我，我当然接受，"吕西安回答道，并朝侯爵夫人无比潇洒地鞠了一躬。

"真是自命不凡！"伯爵对德·埃斯巴夫人低声说道，"他总算获得了祖先的姓氏。"

"我们这里的年轻人一旦狂妄自大，就是交上不寻常好运的预兆，而你们这些人狂妄自大就要倒霉。因此，我想知道，曾经保护过这只美丽的小鸟的女人运气如何；也许我今晚可以借此机会乐一乐。我收到的那封匿名信可能是一个情敌的恶作剧，因为信上谈到了这个年轻人；他这样放肆可能是受人指使，您去盯住他。我去挽住德·拿伐兰公爵的手，您很容易就能找到我。"

德·埃斯巴夫人正准备去同她的亲戚谈话，只见神秘的蒙面人走到她和亲戚中间，在她耳边说道："吕西安爱您，那信是他写的；您的州长是他最大的情敌，他怎么能当着州长的面对您明说呢？"

说完，陌生人就走开了。德·埃斯巴夫人越发感到惊讶。侯爵夫人知道自己认识的人中无人会扮演这个蒙面人的角色；她生怕是个圈套，就坐下来躲在一旁。西克施德·杜·夏德莱伯爵见吕西安刚才故意省掉他野心勃勃的贵族姓氏前的杜，心里明白这是在进行期待已

久的报复,就远远地跟在这位时髦的花花公子后面。他没走多远,却遇到了一位他认为可以推心置腹的青年。

"啊,拉斯蒂涅,您看到吕西安了吗?他真像脱胎换骨一般。"

"我要是像他一样漂亮,一定会比他更加阔气,"风雅的青年回答道。他语调轻松,但隐约包含着一种文雅的嘲讽。

"不对,"粗壮的蒙面人在他耳边说道。这两个字说得铿锵有力,以千倍的嘲讽来回敬青年。

拉斯蒂涅不是个能忍气吞声的人,这时却像遭到雷击一般,听任一只有力的大手将自己拉到窗边,毫无招架之力。

"您这个伏盖妈妈家里出来的小公鸡,当初万事办妥,却没有胆量去霸占泰伊番爸爸的百万家产①。您为了自身的安全,得放明白些,如果您不把吕西安当作好兄弟看待,您就会落到我们的手里,而我们却不会落到您的手里。您要保持沉默,忠诚老实,否则我就要使您不得安宁。吕西安·德·吕庞泼莱受到教会这个现今最强大势力的保护,要死要活由您选择,您的回答呢?"

拉斯蒂涅被弄得晕头转向,不知所措,就像在森林里睡着的人,一觉醒来发现身旁站着一头饥肠辘辘的母狮。他感到害怕,但没有被人看到;此时此刻,最勇敢的人也难免惊慌失措。

"只有他才知道……才敢……"他自言自语道。

蒙面人把他的手捏了一下,不让他把话说完,并说:"就算是他,您就看着办吧!"

二、其他的蒙面人

这时,拉斯蒂涅犹如在大路上行走的百万富翁,发现一个强盗用手枪瞄准自己:他投降了。

"亲爱的伯爵,"他回到夏德莱身边说,"如果您珍惜自己的地位,就应该看到,吕西安·德·吕庞泼莱有朝一日会飞黄腾达,地位远远超过于您。"

蒙面人流露出难以察觉的满意表情,又去跟踪吕西安了。

"亲爱的,您对他的看法改变得真快,"州长吃惊地回答道。

"就像中间派突然改变看法去投右翼的票一样②,"拉斯蒂涅知道这个当议员的州长最近在内阁里沉默寡言,就这样回答他。

"如今还有什么看法,有的只是利益,"在一旁听他们谈话的台·吕卜克司说道。"你们在谈什么?"

"在谈德·吕庞泼莱先生。拉斯蒂涅要我把他看成一位大人物,"众议员对秘书长说。

---

① 详见《高老头》。
② 夏德莱曾背叛维莱尔(1773－1854)内阁,去投右翼反对派的票。

"亲爱的伯爵，"台·吕卜克司神情严肃地回答道，"德·吕庞泼莱先生是个非常了不起的青年，后台又硬，我要是能和他恢复来往，一定会感到非常高兴。"

"瞧，他要去捅当今那些放荡朋友的马蜂窝了，"拉斯蒂涅说。

这三个人都朝一个角落转过身去，只见角落里站着几位才思敏捷的人，多少有点名气，还有好几位风雅之士。这些先生凑在一起高谈阔论，嬉笑嘲讽，聊以消遣取乐，等待着有趣的事情发生。在这群乌七八糟的人中间，有几个过去和吕西安表面上友好，暗中却在拆台。

"嗨! 吕西安，我的孩子，我亲爱的，你重整旗鼓啦! 你是从哪里来的? 你靠佛洛丽娜小客厅里发出的礼物东山再起了。好样的，小伙子! "勃龙台说着松开斐诺的胳膊，走过去亲热地把吕西安拦腰搂住。

安托希·斐诺是一家杂志社的老板，吕西安曾经为这家杂志社几乎是毫无报酬地工作过，勃龙台则通过自己的撰稿、明智的建议和远见卓识，使杂志社发财致富。斐诺和勃龙台是贝特朗和拉通[1]的化身，只有一点区别，就是拉封丹寓言中的猫最终发现自己上了当，而勃龙台明知自己上当，却仍然替斐诺卖命。因此，这个出色的笔杆子只得长期充当别人的奴才。

斐诺外表笨拙，意志坚强，鲁莽愚蠢之中略带机智，犹如杂务工吃的面包之中略带大蒜一样。他犹如从收割完毕的田地里拾取谷粒那样，善于从文人和政客的放荡生活中获取思想和金钱。勃龙台因自己的恶癖和懒散不幸耗尽了精力，总是生计窘迫，却是个出类拔萃的穷人，为别人发财无所不能，为自己致富却一筹莫展，就像阿拉丁[2]一样，让别人借用自己的神灯。这类令人钦佩的谋士，在不为私利所左右时，有着敏锐、正确的见解。在他们身上，办事的是头脑而不是手臂。因此，他们的生活习惯就不能始终如一，并备受才识浅薄之士的责怪。勃龙台可以和昨晚被自己伤害过的同伴分享钱财，也可以和明晨将被自己招死的人共进晚餐，饮酒碰杯，同床睡觉。这些有趣而又自相矛盾的现象可以说明他的为人。他玩世不恭，也不愿被别人认真对待。他年轻，幸福，受人爱恋，又有点小名气，所以同斐诺一样，并不考虑为自己的暮年积聚必要的财产。此时此刻，吕西安要像刚才打断德·埃斯巴夫人和夏德莱那样打断勃龙台的话头，大概需要有极大的勇气。不幸的是，虚荣心给他的乐趣使他的自豪感无法表现出来，而自豪感无疑是许多大事的惟一原则。在刚才的谈话中，吕西安的虚荣心得到了满足，因为他炫耀了自己的富裕和幸福，并对那两个过去嫌他穷而看不起他的人摆出一副蔑视的面孔；但是，一个诗人不能像年迈的外交官那样，当面顶撞这两位曾在贫困潦倒之时收留接待过自己的朋友。斐诺、勃龙台和他三人结成一伙，沉湎于花天酒地之中，挥霍的不光是他们债主的钱财。这时，吕西安就像不知该把自己的勇气往哪儿使的士兵一样，搬出了许多巴黎人惯常使用的一套，他再次违背了自己的性格，接受了斐诺的握手，也没有拒绝勃龙台的拥抱。任何过去或现在混迹于新闻界的人，不管是否愿意，都得向自己蔑视的人招呼敬礼，对

---

① 拉封丹的寓言《猴子和猫》中，猴子贝特朗用花言巧语引诱猫拉通为自己火中取栗。

② 《一千零一夜》中有个故事名叫《阿拉丁和神灯》，主人公阿拉丁手里有盏神灯，用它可以满足别人的一切愿望，惟独不能满足他自己的愿望。

3. 泽菲丽娜问德·皮芒泰尔太太:"侯爵夫人,你不觉得沙尔东先生跟德·康特-克鲁瓦先生非常相像吗?"泽菲丽娜故意把话说得很轻而照样听得见。

德·皮芒泰尔太太笑着回答:"也许是精神上相像吧。"

德·巴日东太太对侯爵夫人说:"仰慕名流倒用不着忌讳。"又望着弗朗西斯补上两句:"有的女人喜欢平凡庸俗,有的女人喜欢崇高伟大。"

自己的大敌面露微笑,容忍深恶痛绝的无耻勾当,而为了报复别人的挑衅,甚至可以不惜往自己脸上抹黑。人们看着别人做坏事,听之任之,习以为常;开始时默许别人干,到最后自己也干了起来。久而久之,灵魂不断被可耻的勾当所玷污,变得越来越渺小,高尚思想的弹簧渐渐生锈,而平庸这根绞链却越磨越松,不推自转了。阿尔赛斯特变成了非兰德①,性格变得软弱,才华逐渐衰退,施展宏图的信念荡然无存。一个人原想写些引以自豪的篇章,这时却不遗余力地写着蹩脚文章,他迟早会良心发现,这样的文章写一篇就是干一件坏事。这些人和罗斯多、凡尔奴一样,初来时想当大作家,现在却只是碌碌无为的蹩脚文人。因此,人们不会过于尊重那些既有才气又有个性的人,即像大丹士②那样能稳步通过文学生涯中暗礁的人们。勃龙台的思想对于吕西安有着不可抗拒的诱惑力,这个教唆犯仍对学生有着巨大的影响,再加上他是德·蒙高南伯爵夫人的相好,在社交界颇有地位,因此,吕西安不知该如何回敬他的曲意奉承。

"您继承了舅舅的遗产啦?"斐诺嘲笑地问他。

"我和您一样,也是定期向傻瓜们搜括,"吕西安针锋相对地回答他。

"您是不是办了一份杂志,或是一份什么报纸?"安托希·斐诺摆出一副老板对雇工的傲慢态度说道。

"我有更好的东西,"吕西安回答道。他的虚荣心被总编辑故意装出的优越感所刺伤,不由想起了自己的新地位。

"您有什么,亲爱的?……"

"我有一个党。"

"是吕西安党吗?"凡尔奴微笑着问道。

"斐诺,这小伙子现在超过了你,这点我早已对你说过。吕西安有才华,你过去不爱惜,还欺骗了他。大笨蛋,忏悔吧,"勃龙台又说道。

麝一样机灵的勃龙台已经从吕西安的语调、动作和神态中看出不少蹊跷之处;他说这些话犹如缰绳拉着马衔索,是先松后紧。他想知道吕西安重返巴黎的原因,了解他的计划和生活来源。

"你虽然是斐诺,但还是应该向你永远也不会有的高贵屈服!"他接着说。"你应该立刻承认这位先生是未来的强者,是我们中的一员!他才貌双全,难道不能通过你的 quibuscumque viis ③ 获得名誉地位?瞧他身穿米兰的好盔甲,威武的短剑半截出鞘,还有那矛上竖起的三角旗!该死的!吕西安,你从哪儿偷来这件漂亮的背心?只有用爱情才能换得这种料子。有住房吗?眼

---

① 阿尔赛斯特和非兰德是莫里哀喜剧《恨世者》中的人物,前者诚实、正直、主持正义,后者则完全相反。

② 大丹士是《幻灭》中的人物。在大丹士的小团体鼓舞下,吕西安曾一度走上奋发向上的道路。

③ 拉丁文,意为:任何途径。

下我正需要了解朋友们的地址,我还不知道该上哪儿过夜呢。斐诺今晚不让我住,说是交上了桃花运。"

"亲爱的,"吕西安答道,"我奉行一条保证能使人过上安稳日子的原则: Fuge , late , tace① 。我走了。"

"我可不让你走,你还欠我一笔不大不小的债,一顿夜宵,对吗?"勃龙台说。他有点贪嘴,没钱时就要别人请客。

"什么夜宵?"吕西安不耐烦地说。

"你不记得了?我算是看透了,朋友一旦飞黄腾达,就什么也记不得了。"

"他心里明白欠我们什么债,这点我可以担保,"斐诺对勃龙台的玩笑心领神会,就接着说道。

勃龙台看到拉斯蒂涅风度翩翩地来到休息厅上面他那帮朋友站着的柱子旁边,就拉住他的胳膊说道:"拉斯蒂涅,我们在谈夜宵,您也来参加⋯⋯"然后,他认真地指了指吕西安说道,"除非这位先生矢口否认这笔赌债;他会这样做的。"

"我可以担保,德·吕庞泼莱先生决不会这样做。"拉斯蒂涅嘴里这么说,心里却在想别的事,并不想蒙骗他们。

"皮克西沃来了,"勃龙台大声说道,"他也来参加:他是不可缺少的人物。少了他,我喝香槟酒就会舌头变大说不出话,吃什么东西都没有味道,甚至分辨不出辣椒般挖苦的味道。"

"朋友们,"皮克西沃说,"你们聚集在当今奇才的周围。我们亲爱的吕西安在重写奥维德②的《变形记》。诸神们常常变成稀奇古怪的蔬菜或别的东西来引诱妇女,他也把夏同变成了绅士,来引诱⋯⋯什么呢?查理十世③! 我的小吕西安,"他说着伸手捏住吕西安上衣的一粒钮扣,"一位记者成了阔佬,就应该好好乐一下。处在他们的地位,"这位无情的嘲讽者指着斐诺和凡尔奴说道,"就要在他们的小报上出出你的洋相;这样一来,他们就会靠你得到一百法郎的收入和十个专栏的俏皮话。"

"皮克西沃,"勃龙台说,"宴会前二十四小时和后十二小时,一个昂非特里翁④是神圣不可侵犯的:我们杰出的朋友要请我们吃夜宵。"

---

① 拉丁文,意为:逃走,隐藏、沉默。

② 奥维德(前43－约后17)是古罗马诗人,代表作《变形记》,共十五卷,叙述希腊、罗马神话故事,描写生动,内容丰富。

③ 查理十世(1757－1836)是路易十五的孙子,1824－1830年为法国国王。巴尔扎克原来写路易十八。路易十八在1814年至1824年为法国国王,死于1824年9月16日。这一改动说明,小说开头描写的巴黎歌剧院舞会,举行时间不是在1824年初,而是在1825年初冬。

④ 昂非特里翁的意思是晚宴的东道主。

4. 诗句是一些种子,应当在别人心里开花,在每个人的感情刻画出来的沟槽中开花。要表达一切不是先得感受一切吗?而强烈的感受不就是痛苦吗?所以只有在社会和思想的广阔天地中,千辛万苦跋涉过后,才能产生诗歌。创造一些比真人更真实的人物,的确是不朽的工作,例如理查逊的克拉丽莎,谢尼耶的卡米叶,提布卢斯的黛莉,阿里奥斯托的安杰丽嘉,但丁的法朗采斯卡,莫里哀的阿尔赛斯特,博马舍的费加罗,瓦尔特·司各特的蓝贝卡,塞万提斯的堂吉诃德。

"怎么!怎么!"皮克西沃又说道,"难道还有比拯救一个被人遗忘的伟大名字,让一位天才加入穷贵族的行列更为必要的事吗?吕西安,你过去是新闻界最大的光荣,现在也受到新闻界的重视,我们将来一定支持你。斐诺,你在巴黎报纸的社论栏[①]上写一篇短文!勃龙台,你在自己那份报纸的第四版上写一篇使人上当的长文!让我们来宣告当代最优秀的作品《查理九世的弓箭手》问世!让我们请求道利阿[②]在不久的将来向我们展示法国的彼特拉克[③]写的奇妙无比的十四行诗《长生菊》!把我们的朋友捧上褒贬于顷刻之间的印花公文纸上去吧!"

吕西安看到这群人可能越来越多,为了脱身,就对勃龙台说:"我觉得,你想吃夜宵,也不必把老朋友当作傻瓜蛋,使用这一套夸张的手法和隐晦的语言。明天晚上在卢安蒂埃饭店[④]见。"说完,他急忙向一位朝这边走来的妇女快步迎上了去。

"哦!哦!哦!"皮克西沃用三种不同的声调说道,脸上露出嘲笑的样子,好像认出了吕西安迎上前去的蒙面人,"这倒值得证实一下。"

三、电　　鱼

于是,他就跟着这漂亮的一对,并走到他们的前面,用敏锐的目光仔细打量了一番,就走了回来。这些人都想打听吕西安如何会时来运转,又对他十分眼红,所以见皮克西沃回来都感到非常满意。

皮克西沃对他们说:"朋友们,吕庞泼莱老爷交上了好运,这女人你们早就认识,就是台·吕卜克司从前的小老鼠。"

现已被人遗忘,但在本世纪初却很时兴的一种邪恶行为,就是小老鼠这种奢侈的享受。小老鼠这个词已经陈旧,指的是在某个剧院,特别是在巴黎歌剧院当哑角的十至十一岁的孩子,是那些腐化堕落的人们为了干无耻下流的勾当而搞出来的。小老鼠是一种可怕的侍从,是一个女性的男孩,可以给别人戏弄取乐。小老鼠无所不取;必须像提防危险的动物那样提防他们。小老鼠像过去喜剧中的史嘉本[⑤]、斯卡纳赖尔[⑥]和弗隆打[⑦]那样,给生活带来了一种

---

① 巴尔扎克忘了斐诺是一家杂志的主编,而不是一家报纸的主编。勃龙台的报纸名叫《辩论报》。
② 道利阿是出版商,详见《幻灭》第252页。
③ 彼特拉克(1304－1374),意大利诗人,欧洲文艺复兴时期人文主义先驱之一。主要作品有意大利文写的《抒情诗集》和拉丁文写的《没有收信人的信》。
④ 卢安蒂埃饭店位于黎塞留街,是巴黎当时最好的饭店之一。
⑤ 莫里哀喜剧《史嘉本的诡计》中的主角,是个刁钻促狭的仆人。
⑥ 莫里哀喜剧《斯卡纳赖尔》和《打出来的医生》中的主角,是个多疑的丈夫。
⑦ 古代喜剧中无耻而俏皮的仆人。

快乐。小老鼠过于昂贵;他不会带来荣誉、利润和欢娱;于是,风行一时的小老鼠就很快销声匿迹,今天也很少有人知道王政复辟之前这种优雅生活的详细内情,直到一些作家把小老鼠作为新的题材①来进行描述之后才有所了解。

"吕西安害死了高拉莉,怎么又要从我们手里夺走电鱼?"勃龙台说。

听到这个名字,体格健壮的蒙面人不禁一动,虽然动作克制,但还是被拉斯蒂涅发现。

"这不可能!"斐诺回答道,"电鱼是一个铜板也拿不出的。拿当对我说,她已经向佛洛丽娜借了一千法郎。"

"哦!先生们,先生们!……"拉斯蒂涅说道,试图为吕西安洗刷这种可恶的指责。

"那么,"凡尔奴大声说道,"过去高拉莉供养的情人难道就这样正经?……"

"哦!"皮克西沃说,"我认为这一千法郎证明我们的朋友吕西安同电鱼生活在一起。"

"文学、科学、艺术和政治上的杰出人物,造成了何等无可挽救的损失!"勃龙台说。"电鱼是惟一具有漂亮交际花素质的妓女;她没有受过教育,不识字也不会看书,她要是有文化,准会理解我们,我们的时代也就增添了一位阿斯帕西娅②那样的绝色女子。没有这样的女子,就没有伟大的世纪。请看,迪巴丽③和 18 世纪、尼农·德·朗克洛④和 17 世纪、玛里翁·德·洛尔默⑤和 16 世纪、安佩丽娅⑥和 15 世纪是多么相配,还有罗马共和国的弗洛拉⑦,死后把全部财产交给了国家,使国家还清了内债!如果贺拉斯⑧没有莉迪,蒂比勒⑨没有代莉,卡蒂勒⑩没有莱比,普罗佩斯⑪没有森蒂,代梅特里于斯⑫没有拉米,就不能出名。那么,今天谁

---

① 这里指泰奥菲尔·戈蒂埃的作品《法国人自述》第三卷(1841 年),特别是指内斯托·罗克普朗的作品《手中的中篇小说》第一卷(1840 年)中对小老鼠的描写。巴尔扎克也在其他作品中对这一题材作了描写,如《不自知的喜剧演员》(1845 年),《巴黎剧院的艳情秘密》(1844 年)等。

② 阿斯帕西娅(公元前 5 世纪)以美貌和聪明出名,是希腊首领伯里格莱斯的情妇,对当时国政颇有影响。她的沙龙是雅典知识分子的聚会场所。

③ 迪巴丽(1743-1793)是路易十五的情妇,经常卷入宫廷内部的争斗,在法国大革命时被送上断头台。

④ 尼农·德·朗克洛(1616-1706) 是位美丽而有学问的法国交际花。她的沙龙里聚集了一批目空一切的文人,据说年轻的伏尔泰也是她的座上客。

⑤ 玛里翁·德·洛尔默(1611-1650) ,法国高等妓女,既美丽又聪明,雨果的剧作《 马里翁·德·洛尔默》中的女主角。

⑥ 安佩丽娅,罗马名妓,博学多才,她的沙龙是当时的艺术家和文学家的聚会地点。

⑦ 弗洛拉(公元前 1 世纪),罗马名妓。

⑧ 贺拉斯(前 65-前 8),古罗马诗人,主要作品有《颂诗》《讽刺诗》等,代表作《诗艺》对欧洲古典主义文学理论影响很大。

⑨ 蒂比勒(前 50-前 19 或 18),拉丁哀歌诗人。

⑩ 卡蒂勒(前 87-前 54),拉丁文诗人,代表作《莱比》写的就是他的情人。

⑪ 普罗佩斯(前 47-前 15),拉丁文诗人,作品主要反映浪漫的爱情,神话在他的诗歌中也占有重要地位。

⑫ 代梅特里于斯是公元 5 世纪古希腊犬儒学派哲学家。

5. 初出茅庐的人不管多么勇敢，灰心丧气总是免不了的。吕西安当头挨着一棒，沉到河底，一跺脚又浮上水面，发誓要控制这个社会。他像一条牛中了乱箭，怒不可遏的重新站起来，预备按照路易丝的意思朗诵《圣约翰在巴德摩斯》。

使他出名呢？"

"我觉得勃龙台在歌剧院休息厅里谈论代梅特里于斯，辩论的味道未免太足了一点①，"皮克西沃对身旁的人耳语道。

"如果没有这些王后，那些恺撒的帝国有什么荣光？"勃龙台继续说道，"拉伊斯②和罗多泊③就是希腊和埃及。此外，她们使自己生活过的世纪充满了诗意。拿破仑没有这种诗意，他统帅大军，却娶了一个寡妇，实在是兵营中粗鲁的玩笑。法国大革命出了个塔利安夫人④，就有了这种诗意。在当今的法国，既然宝座空着，让谁来坐呢？我们大家原可以共同造就一位王后。我么，可以给电鱼找一位姑妈，因为她的母亲确实是死在不体面的地方；杜·蒂埃可以替她买一座公馆，罗斯多买一辆马车，拉斯蒂涅雇几个佣人，吕卜克司雇一名厨师，斐诺买几顶帽子⑤（斐诺听到当面挖苦他，不禁一怔），凡尔奴替她吹捧宣传，皮克西沃替她想风趣话！贵族就会到我们的尼农家来玩，我们再把艺术家召到她的家里，对不来的人写文章把他们置于死地。这个尼农第二会肆无忌惮，穷奢极侈。她有自己的见解。人们可以在她家里朗读一本禁演的优秀剧作，在必要时可以让人特地写一部。她不会是自由派，交际花本质上都是保王派。唉！多大的损失啊！她本来可以统治整个世纪，但她却爱跟一个微不足道的青年混在一起！吕西安一定会把她变成一条猎犬⑥！"

"你列举的女中豪杰，没有一位在大街上干过，"斐诺说，"而这个漂亮的小老鼠却在最肮脏的地方混过。"

"她在那里就像一颗沃土里的百合花种子，"凡尔奴接着说道，"越长越美，宛如盛开的鲜花。这是她胜人一筹的原因。为了得到与世上的一切休戚相关的嘻笑和欢乐，难道就不应该什么都体验一下？"

"他说得对，"罗斯多一直在默默观察，这时也开了口，"电鱼善于笑也善于引人笑。只有深入了解社会的各个阶层，才能掌握这门大作家和大演员的学问。这个妓女十八岁就已经历过豪富和赤贫的生活，了解了各个阶层的男人。她手里好像拿着一根魔杖，可以在那些忙于政治或科学、文学或艺术，但还有点感情的男人身上，突然激起被深深压抑的欲望。在巴黎，没有一个女人能像她那样对畜生说："出去！⋯⋯"于是，这个畜生便蜷缩着纵欲过度的身子，离开了她的家。她殷勤地招待你吃饭、喝酒、抽烟。另外，这个女人是拉伯雷⑦赞颂过的刺激，

① 这里指勃龙台引用一大串名字，和他《辩论报》的学究味非常相似。

② 拉伊斯是古希腊好几个妓女的名字。

③ 罗多泊，埃及名妓。原是希腊奴隶，后由其兄帮助赎身，移居埃及。她用自己的财产建造了一座金字塔。

④ 塔利安夫人(1773 - 1835)，法国资产阶级革命时期著名的女政治鼓动家。

⑤ 斐诺的父亲是公鸡街的帽子商，斐诺为此感到十分苦恼。

⑥ 意思是吕西安由她来供养。

⑦ 拉伯雷(约 1490 - 1553)，文艺复兴时期法国作家、人文主义者，代表作为长篇小说《巨人传》。

物质受到这种刺激,便会产生活力,并升华到艺术的美妙境界。她的裙子光彩夺目。她从手指上及时取下宝石戒指,就像嘴上及时露出微笑一样;她做任何事情都合乎时宜;她那种特有的语言妙趣横生;她对生动活泼、有声有色的象声词运用自如;她……"

"你这篇文章连五个法郎都不值,"皮克西沃打断罗斯多的话说,"电鱼比你说的要好得多。你们或多或少都当过她的情人,但是你们当中没有一个人敢说她当过你们的情人;她随时能占有你们的心,而你们却永远不能占有她的心。你们强行打开她的房门,请求她的接待……"

"哦!她比买卖兴隆的强盗头子还慷慨,比最要好的中学同学还忠诚,"勃龙台说,"人们可以把钱包和秘密托付给她。但是,我选她做王后的原因,是她同波旁家族一样,对失宠者冷若冰霜。"

"她同她母亲一样,要价实在过高,"台·吕卜克司说。"那个荷兰美女①简直可以挥霍掉托莱德大主教的收入,她当时'吃掉了'两个公证人……"

"但供养过马克西姆·德·特拉耶,他当时是宫廷侍从,"皮克西沃说。

"电鱼要价过高,就像拉斐尔②、卡雷姆③、塔格利奥尼④、劳伦斯⑤、布勒⑥一样,所有天才的艺术家都要价过高……"勃龙台说。

"埃斯黛从未有过这种正经女人的模样,"拉斯蒂涅指了指挽着吕西安胳膊的蒙面人说。"我敢打赌,她是德·赛里齐夫人。"

"毫无疑问,"杜·夏德莱说,"这样,德·吕庞泼莱先生发迹的原因就清楚了。"

"啊!教会善于选择教士,他将成为漂亮的使馆秘书!"台·吕卜克司说。

"另外,"拉斯蒂涅说,"吕西安还很有才华。对此,这几位先生已经深有体会,"他望着勃龙台、斐诺和罗斯多补充道。

"是啊,这小伙子的确是干大事业的料子,"妒忌得要命的罗斯多说道,"因为他有着我们所说的独立思想……"

"是你培养了他,"凡尔奴说。

"喂!"皮克西沃望着台·吕卜克司说道,"我请秘书长和评议官先生⑦回忆一下;这个蒙面人就是电鱼,我用一顿夜宵打赌……"

---

① 埃斯黛的母亲名叫萨拉·高布塞克,绰号叫荷兰美女。她在《赛查·皮罗多盛衰记》中"吃掉了"公证人罗甘。另一个公证人是谁无从查证。
② 拉斐尔(1483－1520),意大利文艺复兴时期名画家。
③ 卡雷姆(1784－1833),法国著名厨师,曾当过法、英、俄、奥等国国王、亲王的厨师。
④ 塔格利奥尼(1777－1871),意大利著名舞蹈家和编舞者,被人誉为欧洲真正的浪漫主义芭蕾舞的创始人。他的主要作品有《空气中的女精灵》《多瑙河的女儿》《影子》等。
⑤ 劳伦斯(1769－1830),英国肖像画家,曾当过国王的画师,是最受英国贵族赞赏的肖像画家。
⑥ 布勒是法国著名的家具设计师。
⑦ 指杜·夏德莱先生,详见《幻灭》第37页。

相关链接

6."……受苦吧，朋友，受苦吧，一个人受了苦才伟大；你的苦恼是换取不朽的声名的代价。我自己恨不得经过一场战斗，受一番磨炼。但愿上帝保佑你，不要死气沉沉的，没有斗争的生活，使大鹏没有展翅的余地。我羡慕你的痛苦，因为你至少是活着！你可以发挥力量，有胜利的希望！你的斗争一定是轰轰烈烈的……"

"我同你打赌，"夏德莱很想弄清事情的真相，便说道。

"好吧，台·吕卜克司，"斐诺说，"您去认一认您过去的小老鼠的那双耳朵。"

"没有必要去冒犯蒙面人，"皮克西沃说，"电鱼和吕西安马上就要回到休息厅，到时候我保证向你们证明这就是她。"

"我们的朋友吕西安又抖起来了，"拿当加入了这伙人的谈话，"我还以为他回到安古莫阿去养老了呢。他难道发现了什么对付英国人的诀窍①？"

"他做到的事你是不会这么快就做到的，"拉斯蒂涅答道，"他已经还清了全部债务。"

粗壮的蒙面人点头表示赞同。

"男人在他这种年龄，就会设法改变自己的生活条件，但他失去了勇气，成为靠年金生活的人，"拿当说。

"不！他这个人将永远是大贵人，他一贯思想高超，定能压倒许多自以为高超的人，"拉斯蒂涅回答道。

这时，那帮记者、纨绔子弟和闲客，个个都像马贩子察看待售的马匹一般，端详着他们打赌的尤物。这些熟知巴黎腐化堕落的老资格评判员，都有过人的才智，各有不同的职衔。他们受人腐蚀，又腐蚀别人，个个怀着狂妄的野心，习惯于对一切作出假设，对一切进行猜测。此刻，他们的眼睛正贪婪地盯住一个蒙面妇女，只有他们才能识破这个妇女的真面目。只有他们和舞会的几个常客才能透过罩在外面的黑色长外套和风帽，透过使女人变得无法辨认的披肩式大翻领，认出丰满的身段、举止和步履的特征，腰肢的动作，头部的姿态，以及一般人的眼睛最难察觉、他们又最容易发现的东西。因此，她穿着这件外套虽然显不出身体的轮廓，他们还是看到了极为动人的景象，即被真正的爱情弄得神魂颠倒的女人。这个女人不管是电鱼、德·莫弗里纽斯公爵夫人还是德·赛里齐夫人，不管是流落于社会最底层还是显赫于社会最上层，都可以称得上绝代尤物，美梦的闪光。这些老头般的青年和青年般的老头产生了一种强烈的感觉，妒嫉吕西安竟有本领把女人变为仙女。她戴着假面具站在那儿，心中只有吕西安一人，仿佛周围上万个人和沉闷、浑浊的气氛都不复存在；可不是么，她头上是爱神的天穹，就像拉斐尔笔下的圣母，罩着金色的光环。她感觉不到周围摩肩接踵的人群，她那火焰般的目光从假面具的两个孔中射出，和吕西安的目光连结在一起，她的身体也随着男友的动作而颤动。使热恋的女人容光焕发、鹤立鸡群的火焰从何而来？这种仿佛改变了万有引力的规律，使她能像精灵一样的轻盈又从何而来？莫非是魂已出窍？幸福难道能使肉体变美？处女的纯真，稚童的优美，都从长外套里显露出来。他们虽然分开行走，却活像是极其高明的雕塑家巧妙地使花神与风神拥抱在一起的一组雕像；但是，他们胜似雕像，是出类拔萃的艺术

① 这一短语，巴尔扎克在《地区的才女》(1838年)中作过解释。他说："英国人是职员对债主起的名字。英国人的日子就是办公室对外接待的日子。债主们知道这天肯定能在办公室里找到债务人，就蜂拥而来，并以扣除债务人的薪金进行威胁。"

品。吕西安和穿长外套的美人还招来了一群戏弄花鸟的天使,这群天使被乔凡尼·贝里尼①画成了圣母;吕西安和这位美女是先于艺术的想像,正如原因先于结果一样。

这时,这个忘掉周围一切的女人走到这伙人旁边,只听见皮克西沃叫道:"埃斯黛?"这个不幸的女人听到别人叫唤,就急忙回过头来,一眼认出了恶作剧的人,就低下了头,活像垂死的人咽了气。这伙人发出刺耳的笑声,随后就消失在人群之中,宛如一群受惊的田鼠,从路边回到了洞穴。惟独拉斯蒂涅没有走远,他不想显出自己是在逃避吕西安炯炯的目光。他高兴地看到两个假面具后面两种同样深沉的痛苦:首先是可怜的电鱼,她像遭到雷击一般,垂头丧气;其次是这群人中惟一呆在原地的蒙面人,他感到莫名其妙。埃斯黛双膝发软,在吕西安耳边说了句话,吕西安便扶着她一起走了,拉斯蒂涅目送这漂亮的一对,陷入了沉思之中。

"怎么会给她起电鱼这个绰号?"一个阴沉的声音问他。这声音未加掩饰,使他心头一惊。

"正是他,他又逃出来了……"拉斯蒂涅在一旁说道。

"住嘴,要不我就掐死你,"蒙面人换了一种声音说道。"我对你很满意,你没有失信,这样你就多了一个帮手。今后你要像坟墓一样保持沉默;你别说了,先回答我的问题。"

"好吧!这个女人太迷人了,简直可以叫拿破仑皇帝看了发呆,还能使你这样一个更难迷住的人目瞪口呆!"拉斯蒂涅边说边走开了。

"等一等。"蒙面人说,"我要向你证明,你不可能在什么地方看到过我。"

他说着摘下假面具,拉斯蒂涅犹豫了片刻,看不出这个人和他过去在伏盖公寓里认识的那个面貌丑陋的人②有任何相似之处。

"魔鬼改变了您的面貌,但您那双令人难忘的眼睛没有变,"拉斯蒂涅对他说。

一只铁腕捏了捏他的胳膊,意思是要他永远保持沉默。

凌晨三点钟,台·吕卡克司和斐诺找到了潇洒的拉斯蒂涅,只见他背靠柱子,仍然站在老地方,可怕的蒙面人就是在柱子旁离开他的。拉斯蒂涅内心承认:他既当了听人忏悔的神甫,又成了向人忏悔的罪人,既当了法官,又成了被告。他跟着他们俩去吃了一顿夜宵,回到家里酩酊大醉,默无一言。

四、巴 黎 一 景

朗格拉德街③和毗邻的街道一起,把王宫市场和里沃利街分割开来。这部分地处巴黎闹

---

① 乔凡尼·贝里尼 (约 1430 – 1516),意大利文艺复兴时期威尼斯画派的奠基人之一,所画的许多圣母像,具有人文主义的倾向。作品有《圣母子》《诸神之宴》等。

② 指伏脱冷,详见《高老头》第 174 页。

③ 朗格拉德街是巴黎过去的街名,在主教街和特拉韦西埃街之间。这些材料巴尔扎克直接或间接地取自索瓦尔所著的《巴黎历史》。

13

相关链接 ●

7. "……明知道人生的境界而一辈子没有生活过,目光犀利而一无所见,灵敏的嗅觉只闻到腐烂的花。那时你应当歌咏在丛林深处枯萎的植物,压在蔓藤和贪馋茂密的草木底下,不曾得到阳光的抚爱,没有开花就夭折了!那不是一首伤心惨目的诗吗?不是充满奇思幻想的题材吗?……"

市区之一,将把巴黎古城那些垃圾堆成的小土丘所遗留的污痕长期保存下来,这些土丘上从前有过风车。在这些狭窄、阴暗、泥泞的街道上,开设着几家对外表不大注意的工厂,所以一到夜晚,街道就呈现出一种神秘而又对比强烈的面貌。在圣奥诺雷街、小田园新街和黎塞留街,人群川流不息,工业、时装和艺术的杰作在街上大放光彩。不熟悉巴黎夜市的人,一旦从这些灯火辉煌、映照天空的街道,走进周围的小街深巷,就会感到一种夹杂着忧伤的恐惧。一个接着一个的煤气路灯,投下了黑□□□的阴影。惨淡的路灯,向远处射出飘忽不定、冒着煤气的光线,那亮光照不到黑沉沉的死胡同。只见行人稀少,埋头疾行。店铺关上了门,不关门的都是些下流场所:一家是没有灯光的肮脏酒吧间,一家是兼售花露水的床上用品商店。刺骨的寒风会给你披上一层潮气。过路的马车很少。有几个角落,如朗格拉德街,圣纪尧姆街①的出口处以及几个街道的拐角尤其显得阴森。这些地方早已成为卖淫的总部,因此,市议会当时无法消除这种像麻风病一般麇集的地方。也许,让这些小街保留其污秽的面貌对巴黎社会来说是一种幸福。白天经过这些街道的人们想像不到夜间的情景;一到夜里,街上行走的是一些不属于任何阶层的怪人;一些半裸体的白色身影靠在墙上,阴影顿时有了生气。在墙壁与行人之间有浓妆艳抹的女人说着话悄悄穿过。从几扇半掩着的门里传出阵阵笑声。耳边传来瞬息即逝的话语,拉伯雷听了准会感到脸红。舞曲声从铺路石中间传出。这嘈杂声并非含糊不清,而是有着某种意思:沙哑时像人的声音,唱歌时就没有半点人声了,却有点像哨子声。这哨子声经常有人听到。最后,靴子后跟发出一种无法形容的挑逗声和嘲弄声。这些声音和形象合在一起,使人头晕目眩。这里的气候条件也改变了:人们在这里感到冬暖夏凉。然而,不管天气如何,这里奇怪的大自然永远呈现出同一种景象:柏林人霍夫曼②的神秘世界。在那些通往有行人、商店和油灯的上等街道的路口兜了一圈之后,最有数学头脑的出纳员也不能在这些街上找到任何实在的东西。过去历代王后和国王还敢对妓女加以管制,现在的行政当局或现代政治虽说比王后、国王更加傲慢或更为无耻,却不敢正视首都的这块创伤。诚然,措施应该随着时代变更,而且关系到个人和个人自由的措施又非常微妙!但是,对那些像空气、光线、房屋一样纯粹由物质构成的东西,人们应该表现得宽容而大胆才是。道德家、艺术家和明智的行政官员将为往日王宫市场的木廊商场③而感到惋惜,木廊里住着天真的少女,她们总是到男人散步的地方去;那么,让那些散步的男人到她们住的地方去不是更好吗?究竟发生了什么事呢?如今,一到晚上人们就禁止子女在林阴大道最豪华的地段进行这种迷人的散步。警察当局却不能利用某些小巷在这方面提供的条件来挽救公共大道免受其害。④

那个在歌剧院舞会上被一句话刺伤的妓女,已在朗格拉德街一幢外表难看的房子里住

---

① 当时,圣纪尧姆街有一段弯弯曲曲的路面把特拉韦西埃街和黎塞留街连结起来。
② 霍夫曼(1776 – 1822),德国小说家,作品宣扬神秘主义,有短篇小说集《谢拉皮翁兄弟》等。
③ 木廊商场是娼妓卖淫的地方,详见《幻灭》第241页。
 巴尔扎克在这里表达了帕朗 – 迪夏德莱在《论卖淫》一书中的意见。该书作者认为,既然卖淫的现象无法消灭,可以把妓女集中在城市几个偏僻的地方,以减少其危害。

了一两个月了。这幢房屋和另一幢宽大的房子相连,房屋粉刷得很差,里面不深却高得出奇,很像一个鹦鹉架,室内的光线是从街上射进的日光。每层楼都有一个两间一组的套间。这幢房子有一条狭窄的楼梯,楼梯一面靠墙,一面是扶手,光线主要从扶手外侧的框架中射进,每个楼梯平台都有一个污水槽作标志,这种污水槽是巴黎最可恶的特点之一。当时,底楼的店铺和中层楼[①]属于一个马口铁器具商,房东住在二楼,其余四层楼住着几个长相很不错的女缝纫工,由于要租到这种建筑特别、地段特别的房子并不容易,所以她们必须使房东和女门房对自己产生好感。描写这个街区的原因是类似的房屋相当多,商业不需要这样的房屋,所以它们只能为那些得不到承认、处境不佳、没有地位的工厂所利用。

五、一些人了如指掌,另一些人却一无所知的房屋内部

凌晨两点钟,女门房看到有气无力的埃斯黛被一个男青年送了回来。下午三点,女门房对住在埃斯黛楼上的女工谈起埃斯黛的情况。这个女工准备去聚会游乐,临上车前,把自己对埃斯黛的担心告诉了女门房,因为她一直没有听到埃斯黛的动静。此刻埃斯黛大概还在睡觉,但睡得这样死未免使人犯疑。女门房独自在门房间,所以不能上五楼埃斯黛的房间去看看究竟出了什么事,感到十分懊恼。她决定叫马口铁器具商的儿子代为照看一下她那间位于中层楼、建造在墙壁凹处的壁龛式门房间。正在这时,一辆出租马车在门前停了下来。车里走出一个男人,从头到脚都裹在一件斗篷里,显然是想掩盖自己的服装或身份。来人说要找埃斯黛小姐。女门房这下就完全放心了,她觉得埃斯黛寂静无声地关在房间里的原因有了完满的解释。这位来客走到门房上面的楼梯时,女门房看到他皮鞋上饰有银扣,她依稀看到了教士长袍腰带上的黑流苏;她下楼去向车夫打听,车夫没有答理她,这一来她就更加明白了。教士敲了敲门,没有任何回答,只听见有轻微的叹息声,他用肩膀一顶便撞开了门。他用力很猛,大概是慈悲之心才使他有这样大的力气,要是换一个人来推,也使同样大的劲儿,就会使人感到他平常就有这样大的气力。教士快步走进里间,看到可怜的埃斯黛两手合拢,在一座彩色石膏圣母像前跪着,或者确切地说是匍伏在地上。这位女工已气息奄奄。

一只熄灭的煤炉使我们了解到这个可怕的早晨所发生的事情。风帽和长外套的披肩都在地上。床铺没有弄乱。可怜的姑娘心里受了致命伤,大概从歌剧院回来后就把这一切准备好了。一根油烛[②]芯在烛台托盘里的烛泪中凝住了,可见埃斯黛进行最后的思考时是多么全神贯注。一方被泪水湿透的手帕证明了这种玛大肋纳[③]式的绝望是真诚的,玛大肋纳跪着的

---

① 巴黎的旧式房屋在底楼和二楼之间往往另有一层,比较低矮,但仍是正式房屋。
② 油烛用牛羊油制成,价格比蜡烛便宜得多。
③ 玛大肋纳是《圣经》中一个有罪的女人,她挨着耶稣的脚哭,用嘴亲他的脚,把香膏抹在他脚上,因此耶稣把她的罪都赦免了(见《新约·路加福音》)。

相关链接

姿势正是这个不信教的妓女跪着的姿势。这种彻底的悔改使教士微微一笑。埃斯黛自杀并不得法,她让里间的房门开着,并没有想到两个房间空气相通,就需要更多的煤气才能使人窒息;刚才,煤气的气味仅仅使她晕了过去;从楼梯口进来的新鲜空气使她逐渐感到痛苦。教士站在那里,沉浸在阴郁的思虑之中,他对姑娘天仙般的美貌毫不动心,而是像待动物那样来观察她开始恢复知觉时的动作。他神色冷漠地把目光从这个倒伏在地上的身体移到一些无关紧要的物件上去。他看了看屋里的陈设,只见一块整脚的地毯已经破裂,下面露出擦得发亮、闪着冷光的红瓷砖。一张老式的油漆木床,上面罩着黄底红花的细布床帏;一把扶手椅和两把椅子,也是木制涂漆的,椅子套和窗帘同床帏一样,是用细布做的;糊墙纸灰底花点,因年长日久而发黑,上面还有油腻;一张做针线活的桃木桌;壁炉上摆满了各种廉价的厨房用具,两捆劈好的柴堆在炉边,石头窗台上零乱地放着几个彩色玻璃小饰物,里面夹杂着首饰和剪刀;一团弄脏的线球,一副洒了香水的白手套,一顶雅致的帽子被随手扔在水壶上,一条泰尔诺①披肩堵住窗子,一条漂亮的裙子挂在钉上,一张没有坐垫的小型长沙发;样子难看、已经断裂的木底鞋和小巧玲珑的皮鞋,连王后看了都会羡慕的长统靴,几个有缺口的普通瓷碟,里面留着最后一餐的剩菜,上面摆满了巴黎的穷人当银餐具用的白铜刀叉;一只装满了土豆和准备浆洗的内衣的篮子,上面还放着一顶颜色鲜艳的薄纱软帽;一只整脚的大立柜开着,里面空荡荡的,柜子的搁板上放着几张当票。引人注目的东西就是这些,有悲伤和快乐,有贫穷和富裕。这些奢侈生活的遗物放在破碎的器皿之中,这种家用器具完全适合这个妓女的流浪生活。现在她衣衫不整地倒在地上,如同一匹被缰绳拉住、套着鞍辔、倒在断裂的车辕之下的死马。看到这种奇特的景象,教士会产生怎样的想法?他是否会认为,这个走入歧途的女人,至少是出于无私,才把如此贫困的生活同一个富裕青年的爱情结合在一起?他是否将室内陈设的杂乱无章归咎于生活的放荡不羁?他是否感到怜悯、恐惧?他是否产生了慈悲之心?只见他双臂交叉在胸前,额头露出忧虑的神色,双唇紧闭,眼露凶光,谁要是见了他这副样子,准会感到他怀着阴沉、仇恨的心理,脑中进行着紧张的思考,一心策划着阴谋诡计。当然,他对于那只几乎被弯曲的上身压扁、线条美丽而丰满的乳房,对于垂死的姑娘因紧紧缩成一团而从黑裙下显露出来的那种维纳斯一般的美妙身段,是无动于衷的;她的头自然地垂在地上,从背后可以看到她那雪白、柔软、富有弹性的颈项,漂亮的双肩放肆地袒露在外面,这些都没有使教士动心。他没有将埃斯黛扶起,仿佛没有听见表明她死而复生的凄惨吸气声,直到这姑娘号啕大哭起来,并向他投来恐惧的眼光,他才屈尊将她扶起,并轻而易举地把她抱到床上,这说明他有着惊人的力气。

"吕西安!"她喃喃地说。

"爱情回来了,女人也不远了,"教士几乎是痛苦地说。

这时,这个巴黎腐化堕落的牺牲品才看到救命恩人的服装,她像孩子用手摸着向往已久

8. 我们有时喜欢挑最远的路走,用步行来刺激当时的思想,让自己浸在里头。野心家碰过钉子并不灰心,反而勇气勃勃。像他这种还没有力量在高等社会中站稳脚跟,光凭着本能闯进去的人,决意牺牲一切,保持已得的地位。他中的毒箭,他在路上一支一支拔掉;高声自言自语,把当晚遇到的一些蠢货痛骂一顿,对他们荒唐的问话想出许多俏皮的回答,只恨事过境迁,念头来得迟了一步。

---

① 泰尔诺(1763－1833),法国工业家和政界人物,一家纺织品企业主。

的玩具那样高兴,微笑地对他说:"这么说,我不同老天和解,就不会死去喽!"

"您一定能够补赎自己的错误,"教士说道,并用水浸湿她的额头,让她闻从角落里找到的醋瓶。

"我感到生命没有离开我,而是向我身上涌来,"她接受了教士的治疗后说道,并用极其自然的手势向他表示感谢。

这种美惠三女神为诱惑男人而做出的迷人动作,说明给这个奇特的妓女所起的绰号恰如其分。

"您感到好些了吗?"教士端给她一杯糖水喝时问道。

这个人似乎对这些独特的器具了如指掌,无所不知。他在屋里像在自己家里一样。这种每到一处都能像自己家里一样自在的特权,只属于国王、妓女和窃贼。

六、小老鼠的忏悔

"等您完全恢复之后,"古怪的教士停了一会儿说,"请您告诉我是什么原因使您犯下自杀这桩最后的罪孽。"

"我的事很简单,神甫,"她回答说,"三个月前,我过着一种像出生时一样凌乱的生活。当时,我是最下贱、最可耻的女人,而我现在只是最不幸的女人。请允许我不谈我那被害身亡的母亲①……"

"是一个上尉在一幢不正派的房子里把她杀害的,"教士打断了忏悔人的话说道;"我知道您的底细,我也知道,如果说一个女人过着可耻的生活而能被人原谅,这个女人就是您,原因是您过去缺乏好的榜样。"

"唉! 我没有受过洗礼,也没有受过任何一门宗教的教育。"

"一切都还可以弥补,"教士说,"只要您信仰虔诚,真心悔过,而且没有半点邪念。"

"我心里只有吕西安和上帝,"她天真动人地说道。

"应该说上帝和吕西安,"教士微笑着纠正道。"您这话使我想起了我来访的目的。关于这青年的事情,您一个字也别漏掉。"

"您是为他而来的?"她问道。她那种热恋的表情准能使其他任何教士心软。"呵! 他料到我这一着了。"

"不,"他回答说,"我们担心的不是您的死,而是您的生。好吧,对我说一下你们的关系。"

"简单地说,"她说道。

可怜的姑娘听到教士粗暴的声调,不住地颤抖着,虽说她对粗暴早就习以为常。

"吕西安就是吕西安,"她接着说道,"是最漂亮的小伙子,也是活着的人中最好的人;如

---

① 指荷兰美女萨拉·高布塞克。

9. 他的脾气喜欢不劳而获。应酬交际势必吞掉他的时间，而除了聪明没有别的财产的人，时间是惟一的资本。他爱出风头，上流社会可能把他的欲望刺激得愈来愈大，不论多大家业也满足不了；将来他只会花钱，不会挣钱；总之，你们养成了他自命不凡的习惯，社会却先要看到辉煌的成绩，才肯承认你的本领。而文学的成就又只能靠孤独的生活和顽强的工作去争取。

果您了解他，您就会觉得我爱上他是很自然的事。我是三个月前在圣马丁门偶然遇见他的。那天我出门正好到那里去，因为我们每星期有一天要到我所在的梅纳迪太太的妓院①里去。第二天，我自行离开了妓院，这点您是可以理解的。爱情进入了我的心坎，使我完全变了，我从剧院回来，简直认不出自己了：我厌恶自己。吕西安对我的情况一点也不知道。我没有告诉他我当时是在什么地方，只是把这屋子的地址告诉了他。这屋子原来是我一个女友住的，后来她好心让给了我。我以神圣的诺言向您发誓……"

"不必发誓。"

"许下神圣的诺言就是发誓！再说，从那天起，我就在这个房间里拼命干活，做着每件手工费只有二十八个苏的衬衫，为的是能靠体面的工作来维持生活。一个月里，我每天只能吃上土豆，为的是做个规矩人，使自己能配得上吕西安，因为他爱我，尊重我，把我当作最贞洁的女人看待。我按照规定向警察局提出了申请，要求恢复我的权利，因此我要受到两年的监督考察②。你要他们把名字登记到耻辱的名册上非常容易，但要他们把名字划掉可就难极了。我刚才请求老天保佑我的决心。到四月份我就满十九岁③了，到了这个年龄，就有办法了。我觉得自己好像是才出生三个月的婴儿……我每天早晨向仁慈的上帝祈祷，求他不要让吕西安知道我以前的生活。我买了圣母像，就是您现在看到的这个；我不会祷告，我就用自己的方式向她祈祷；我不会读书，不会写字，也从来没有进过教堂，只有在迎神队伍中才看到过慈善的上帝，去看是出于好奇。"

"那您对圣母说些什么呢？"

"我对她说话就像对吕西安说话一样，充满着感情，能把吕西安说哭。"

"啊！他哭了？"

"是高兴得哭了，"她连忙说道。"可怜的宝贝！我们俩相处得很融洽，好像我们有着共同的灵魂。他多么可亲、可爱，他的心地、性格和举止是多么温和！……他说他是诗人，我说他是上帝……请原谅！但是，你们这些神甫是不懂什么叫爱情的。另外，只有我们这些对男人了解的女人才能欣赏吕西安这样的男人。您要知道，吕西安这样的人就像没有罪孽的女人那样难得；一旦见到了他，就不会再爱别人了，事情就是这样。但是，像他这样的小伙子，必须配上个相称的姑娘。我就是想做一个值得我的吕西安爱的女人。我的不幸就是这样来的。昨天，我在歌剧院被几个年轻人认了出来，他们没有心肝，就像老虎不发慈悲；要真是一只老虎，我倒还能和它和睦相处！我披着的纯洁无邪的外衣被撕掉了；他们的笑声撕裂了我的头脑和心

---

① 就是说，埃斯黛在不久前是鸨母梅纳迪太太妓院里一名叫号的妓女。

② 帕朗－迪夏德莱在《论卖淫》一书中提到，妓女不再卖淫必须提出书面申请，说明理由，经过一定时间的监督考察之后才予以在名册上注销。

③ 在原稿上，埃斯黛只有十六岁，在1938年的版本上是十八岁。巴尔扎克犹豫不决的原因，是官方规定的妓女最低年龄当时逐渐从十七岁提高到二十一岁。当然，实际上有许多妓女只有十三四岁，有的甚至只有十二岁。

肝。您别以为现在救了我,我一定会难过死的。"

"您纯洁无邪的外衣?……"教士说,"那么,您对待吕西安极为严厉?"

"哦!神甫,您了解他,不该向我提出这样的问题!"她回答道,脸上露出一丝妙不可言的微笑。"人们是抵挡不住上帝的诱惑的。"

"不要亵渎神明,"教士温和地说。"没有人能同上帝相比:真正的爱情不应夸张,您过去对自己崇拜的人,爱得不纯、不真。要是您真的像您所说的那样有了变化,您就会有姑娘特有的一切美德,就会体会到少女引以为荣的贞操的乐趣与纯洁的美妙。您没有爱情。"

埃斯黛露出恐惧的神色,神甫发现了这点,但仍像忏悔师那样不动声色。

"是的,您爱他是为了您自己,而不是为了他,是为了神魂颠倒的片刻欢娱,而不是为了爱情本身;您这样占有了他,就不会对上帝赋予一切令人爱慕的美德的人产生这种神圣的感情;您正在用过去的腐化堕落使他黯然失色,您还将用与您那以下流而闻名的绰号相称的欢娱来腐蚀一个孩子,这些您想过没有?您轻率地对待了自己和自己短暂的爱情……"

"短暂的!"她抬起双眼重复着这个词。

"不是永恒的爱情,不能同我们相爱的人一直结合到天国的爱情,应该称作什么呢?"

"啊!我要当天主教徒,"她嘶哑地大声喊道。救世主要是听到了这种声音,准会宽恕她的。

"一个妓女,没有受过教堂的洗礼和科学的洗礼,不会写字,不会读书,也不会祈祷,每走一步,街上的铺路石就会起来挖苦她,她只不过美貌出众,而这种天赋的美貌是短暂的,很可能被明天的一场疾病所夺走;一个腐化堕落的女人,明知自己堕落……(如果您不知自己堕落,也没有爱得这样深,倒还可以原谅……),一个想要自杀、即将进入地狱的女人,难道能成为吕西安·德·吕庞泼莱的妻子?"

教士的每句话都像一把匕首,深深地刺入她的心窝。教士每讲一句,绝望的妓女就哭得更凶,泪水也越流越多。这说明光明的力量十分强大,射进了她那野人般未开化的智慧,射进了她那最终觉醒的灵魂,射进了她那被堕落的浑浊冰层覆盖着的天性,这冰层在信仰的阳光下开始融化。

她头脑里千头万绪,犹如巨浪翻滚,却又说不出来,这时只说了这么一句:"我为什么没有死去!"

"我的孩子,"可怕的审判官说,"有一种爱情不应在男人面前表白,只能用天使般幸福的微笑来表达。"

"是哪一种?"

"是没有希望的爱情,它鼓舞人们的生活,在生活中确立忠诚的原则,用达到理想的完美境界的想法使一切行为变得高尚。对,天使们赞成这种爱情,它使人了解上帝。不断自我完善,使自己能够配得上心爱的人,暗地里为他作出无数的牺牲,在远处爱着他,慢慢地献出自己的生命,为他牺牲自己的自尊心,对他既不傲慢,也不发怒,忍住刺心的嫉妒而回避他,他

要什么就给他什么,不惜自己吃亏,要爱他所爱,脸要时刻朝着他,以便注视他,但又不能让他知道;您要是有这种爱情,宗教就会原谅您,因为它既不违反人间的法律,也不违反天上的法律,它不是把人引向您走的那条肮脏的淫乐道路,而是引向另一条道路。"

埃斯黛听到他说了淫乐这个词(这是怎样的一个词?说的时候又是用怎样的语调?)之后可怕地停住了,便相当自然地产生了怀疑。这个词犹如一声惊雷,预示着暴风雨即将袭来。她看了看教士,感到胆战心惊,就像最勇敢的人突然遇到了危险。任何人都看不透这个人此刻的心思;看到他的眼睛,连最大胆的人也不会感到希望,而只会感到害怕。他的眼睛从前是黄澄透亮,活像老虎,后来,艰苦的生活给它们蒙上了一层薄雾,仿佛是三伏天地平线上的雾气:大地灼热而明亮,罩上雾气却变得朦朦胧胧,几乎叫人看不清楚。他那张被太阳烤焦的黄褐色脸上,满是西班牙人的严厉表情,那一道道深深的皱纹,犹如一条条划破土地的车辙,加上无数的麻子,就更加显得丑陋。不修边幅的教士套着脱了毛、在灯光下黑里透红的假发,那张脸夹在枯干的假发中间,就越发显得严厉。他那运动员一般的上半身,老兵一般的双手,宽阔的胸脯,强壮的肩膀,同中世纪的建筑师在一些意大利宫殿里塑造的人像柱一模一样,也有些像圣马丁门剧院正面的那些塑像。即使目光最不敏锐的人也会想到,他进入教门是出于极其狂热的感情,或是发生了非同寻常的事件;当然,如果他这样的本性能够改变的话,那就只能靠晴天霹雳了。

七、妓女们就是这样

凡是过惯了埃斯黛当时极其厌恶的那种生活的女人,对男人的外表是毫不在乎的。如今的文艺批评家很像这类女人,至少在某些方面可以同她们相比。这些批评家对艺术创作的原则到了毫不在乎的地步。他们读过无数作品,看到其中无数作品通过,对一页页文字感到非常习惯;他们看到过无数结局,无数悲剧,写过无数文章,却不谈自己的真实想法,而是为了友情和敌意,常常歪曲艺术作品的动机;因此,他们到头来对任何事物都感到厌倦,却还得继续进行评论。要这种作家写出一部作品,那非得出现奇迹不可;同样,一个妓女的心中要产生纯洁、高尚的爱情,也非得出现奇迹。这个仿佛是从苏巴朗①的油画上逃出来的教士,说话的语气和举止都带有明显的恶意,因此,这个对男人的外表一向不很在乎的可怜妓女,也感到自己与其说是关心的对象,倒不如说是某个计划中必不可少的人物。对于朋友给你的钱币,也还得加以防备,才能辨别真伪。她此时不能辨别这是出于私心的奉承,还是发自善心的热情,感到仿佛有一只巨大无比的猛禽,在天空盘旋良久之后朝她扑来,将她一把抓住。她在恐惧之中惊慌不安地说道:"我原以为神甫的责任是安慰我们,而您现在却是在杀害我!"

---

① 苏巴朗(1598 – 1664),西班牙画家。早期为圣彼得罗教堂作装饰画,后为修道院画了大量宗教题材的作品,描绘僧侣教士的生活,形象多出想象,作品宗教气息浓厚。

　　听到这天真的叫喊,教士不由得一愣,停了下来;他在回答之前冥思片刻。这时候,这两个奇怪地聚到一起的人都偷偷地打量着对方。教士理解这妓女,而妓女却不能理解教士。他大概打消了恐吓可怜的埃斯黛的计划,又回到原先的想法上来。

　　"我们是医治灵魂的医生,"他温和地说,"我们知道用什么药可以治疗灵魂的疾病。"

　　"对不幸的人应该多加原谅,"埃斯黛说。

　　她感到自己弄错了,就轻轻地下了床,跪倒在教士的脚下,恭恭敬敬地吻了他的长袍,然后抬起头来,用一双泪水汪汪的眼睛瞧着他。

　　"我原以为自己做了很多事,"她说。

　　"您听见了吗,我的孩子?您名声很不好,吕西安家里知道了极不高兴;他们都很担心,这不是没有道理的,担心您使他放荡,把他带进淫乱的世界中去……"

　　"是这样,我为了使他感到惊讶,把他带到了歌剧院舞会上。"

　　"您长得漂亮,所以他想在众人面前用您来炫耀自己,自豪地把您给别人看,用您来到处招摇。他要是只花费金钱也就算了!……可是他还会花费自己的时间和精力,并对别人想为他创造的美好前途失去兴趣。他会像许多淫欲过度的青年一样,把自己的才华埋葬在巴黎的污泥浊水之中,不能有朝一日成为荣华富贵的大使,而是去当一个淫妇的情夫。至于您,在上流社会混了一阵之后,还会恢复原来的生活,因为您没有受过良好的教育,无力抵抗恶习,也不会考虑未来。您现在没有同昨晚在歌剧院里让您丢脸的那班纨绔子弟一刀两断,将来也不会同您那帮姐妹彻底断绝来往。吕西安真正的朋友们对您使他产生爱情感到不安,就到处跟随着他,把情况打听得一清二楚。大家忧心忡忡,就派我来看您,以便了解您的打算,决定您的命运;他们能够扫除这个年轻人道路上的绊脚石,然而他们是仁慈的。您要了解这点,我的孩子:吕西安爱的人有权得到他们的尊重,正像一个真正的基督徒也会喜欢偶尔放射出神圣光芒的污泥一样。我来这儿是为了传道行善;但是,假如我看到您为人居心叵测,厚颜无耻,诡计多端,腐化透顶,不听劝悔之言,我就会听之任之,让他们对您大发雷霆。您要恢复公民权和政治权极不容易,警察局在这方面拖延时间也是有道理的,全是为了社会的利益。我刚才听到您真心悔过,热切地希望恢复这些权利。这就是,"教士说着从腰带里抽出一张公文纸来。"您昨天去了警察局,这张通知书上写着今天的日期。您看,那些关心吕西安的人多有势力。"

　　埃斯黛看到这张纸,不由得因意外的幸福而阵阵颤抖,露出了天真的微笑,在唇边凝住了,仿佛疯子一般。教士停了下来,看了看这孩子,想知道她失去了堕落者从堕落之中汲取的可怕力量、恢复了脆弱娇柔的本性之后,是否能经受住这百感交集的情感。如果埃斯黛像过去那样是个骗人的妓女,就会装腔作势;但是,她现在恢复了纯洁和诚实,就有可能死去,正如一个动过手术的瞎子恢复了视力,突然受到过于强烈的日光刺激,也有可能再度失明。这时,他深深地看到了人的本性,但他仍然凝视着,神态极为平静:他像一座冰冷洁白、高耸入云的阿尔卑斯山,严峻肃穆,经久不变,两侧是坚硬的花岗岩,但却对人们的健康有益。妓女

11. 两个情人和吕西安同样只想着自己,急于要他赞成他们的婚事,没有发觉德·巴日东太太的情人听着做了一个惊讶的动作。吕西安梦想等自己发迹以后,叫妹子嫁给高门望族,让他靠着有势力的亲戚关心,多一个帮衬。夏娃和大卫结了亲,吕西安在上流社会出头的希望就多一重障碍,因之他心中懊恼。

们一般都变幻不定,她们会无缘无故地从绝对的怀疑转为绝对的信任。在这点上,她们还不如动物。她们事事走极端,无论是高兴还是失望,信仰还是不信仰,如果她们没有被妓女所特有的死亡率①夺走自己的生命,或者不是像她们中的某些人那样因偶然的运气而脱离污泥浊水的生活,就几乎全部变成疯子。要深入了解这种可怕生活的疾苦,就必须亲眼看到一个妓女在狂热之中会走得多远,就必须看一看跪在教士面前的电鱼那种狂喜的表情。可怜的姑娘盯着这张救命纸时的表情连但丁②都没有想到过,也比他在《地狱》③中的所有创造都胜过一筹。然而,她的反映是伴随着泪水而来的。埃斯黛站起来,双手搂住教士的脖子,把头靠在他的胸口,让眼泪淌到上面,并吻着遮盖这颗铁石心肠的粗布衣襟,仿佛想钻到他心里一样。她拉住这个男人,吻遍他的双手,出于神圣的感激之情,温存地抚摸他,用极温柔的名称叫他,并在甜言蜜语之中千百遍地对他说:"请把纸给我吧!"每次都用一种不同的声调说出;她对他百般温情,妩媚地望着他,那目光之迅速,叫他防不胜防;她终于把他的怒火压了下去,教士体会到这个妓女同她的绰号是多么相称;他现在明白,人们要抵挡这迷人的女人是多么困难,他突然间猜到了吕西安的爱情,猜到了诗人迷恋的一切。这样一种柔情有着百般魅力,隐藏着一只专钓艺术家高雅灵魂的钓钩。这种感情,芸芸众生无法理解,但却与艺术家对美好理想的憧憬息息相通。这不是有点像那些使罪人恢复美好感的天使吗?使这样一个女人净化,不就等于是艺术创造?精神的美和肉体的美结合在一起,有多大的诱惑力啊!要是成功,那又是多么自豪的快乐啊!只用爱情作为工具的工作是多么美好的工作!这种凡夫俗子认为骇人听闻的结合,已被亚里士多德④、苏格拉底⑤、柏拉图⑥、亚西比得⑦、塞泰居斯⑧和庞培⑨的例子所阐明,其基础是一种感情,这种感情过去使路易十四建造起凡尔赛宫,现在还使男人们做出各种各样挥金如土的事情:把臭气冲天的死水塘变成香气沁人的活水池;把湖泊建造在山岗上,就像德·孔蒂亲王在努安泰尔建造人工湖,或者像包税人贝热雷把瑞士的风景搬到卡桑⑩一样。总之,这是闯入道德之中的艺术。

---

① 妓女常常夭折。据为妓女看病的医生说,很少有妓女活到三十岁,她们常因心脏病、肺结核以及肝脏和其他内脏的疾病而死亡。

② 但丁(1265 – 1321),意大利诗人。代表作《神曲》广泛反映中世纪后期意大利的社会矛盾,大胆谴责教皇和僧侣的贪婪专横。

③ 但丁的《神曲》分三部:《地狱》《净界》和《天堂》。《地狱》中描写罪人所受的刑罚,显示了但丁丰富的想像力和表现力。

④ 亚里士多德(前 384 – 前 322),古希腊哲学家、科学家。

⑤ 苏格拉底(前 469 – 前 399),古希腊唯心主义哲学家。

⑥ 柏拉图(前 427 – 前 347),古希腊客观唯心主义哲学家。

⑦ 亚西比得(约前 450 – 前 404),古雅典将领、政客。

⑧ 塞泰居斯(死于公元前 63 年),古罗马某一次反叛的主谋人之一。

⑨ 庞培(前 106 – 前 48),古罗马统帅。

⑩ 努安泰尔的人工湖长二百米,宽六十米,当时相当出名,1780 年转让给金融家贝热雷。贝热雷又在卡桑建造花园,开掘河流,费用浩大,卡桑和努安泰尔两地都与瓦尔德瓦兹省府利拉当毗邻。巴尔扎克在青年时代曾多次在利拉当逗留。

教士发觉自己听任女人温存地抚摸，感到十分羞愧，就急忙把埃斯黛推开，埃斯黛也羞愧地坐了下来，因为他对她说："您永远是个妓女。"说罢，他冷冷地把通知书放回腰带。埃斯黛像个心里只有一种愿望的孩子，两眼牢牢地盯着腰带里放着那张纸的地方。

八、小老鼠变成玛大肋纳

"我的孩子，"教士停了一会儿说道，"您的母亲是犹太人，您没有受过天主教的洗礼，也不曾进过犹太教堂：您像婴儿那样处于地狱的边缘①……"

"婴儿！"她柔声柔气地重复道。

"……正如您在警察局的卡片上只是社会人口之外的一个号码一样，"教士继续不动声色地说道，"如果这种短暂的爱情使您在三个月前感到自己和刚出生时一样，您就应该感到从那天起您才是真正的孩子。因此，应该把您当作一个孩子来开导；您应该脱胎换骨，我可以负责把您变得难以辨认。首先，您要忘掉吕西安。"

听到这句话，可怜的妓女心也碎了；她抬起眼睛望着教士，摇了摇头表示不同意；她这时说不出话来，再次感到这救星是刽子手。

"至少，您将同他断绝来往，"他说。"我将把您送进一所修道院，在那里受教育的是大家闺秀；您将在那里成为天主教徒，将在那里接受宗教仪式教育，学习教义；毕业后您就将成为一个完美、贞洁、纯真、教养有素的姑娘，只要……"

这个人举起一只手指，停顿了一下。

"只要，"他接着说，"您觉得自己有力量把电鱼留在这里。"

"啊！"可怜的孩子叫喊起来。她觉得每句话都像是一部乐曲中的一个音符，这乐声慢慢打开了天堂的大门。"啊！我要是能把自己全部的血都留在这里，换上新鲜的血液就好了……"

"您听我说。"

她不作声了。

"您的前途取决于您是否能全部忘掉过去。想想您承担的义务有多大：您要是有一句话、一个动作流露出电鱼的原形，就不能成为吕西安的妻子；一句梦话，一个无意中想出的念头，一个不庄重的眼神，不耐烦的动作，对放荡行为的回忆，一点疏忽，头部的动作等等，只要流露出您现在干的事或者是您过去不幸地干过的事……"

"好了，好了，神甫，"姑娘像圣女一般狂热地说，"我穿着烧红的铁鞋走路也会微笑，穿着满是尖刺的胸衣也会像舞蹈演员一样优雅，吃着撒上香灰的面包，喝着苦艾酒，也会觉得香甜可口！"

---

① 天主教认为，未受洗礼的婴儿死后灵魂进入地狱的边缘。

相关链接 ●

她重又跪倒在地,吻着教士的靴子,泪如雨下,把靴子都弄湿了,她紧紧抱住教士的双脚,把脸贴在上面,一面因快乐而哭泣着,一面喃喃地说着狂热的话语。她那头美丽、迷人的金发披散开来,犹如一张地毯铺在这位天国使者的脚下。然后,她站起身来,望着他,觉得他阴沉、冷酷。

"我有什么地方冒犯了您?"她非常害怕地问道。"我听说以前有个和我一样的女人把香膏抹在耶稣的脚上。天哪!美德把我弄得这样贫穷;我只能把自己的眼泪奉献给您。"

"您没听到我说吗?"他声音凶狠地回答道。"我对您说,当您从我将要送您去的那所修道院里出来的时候,应该在肉体上和精神上都来个脱胎换骨,使得以前认识您的男人或女人没有一个敢叫您:'埃斯黛!',使您回过头去。昨天,爱情没有给您足够的力量,使您同过去一刀两断,永远不再露出妓女的本相;可现在,您这副样子又在只有对上帝才能有的崇敬中表现了出来。"

"不是上帝派您到我这儿来的吗?"她说道。

"如果您在受教育期间被吕西安看到,那就全完了,"他说道,"您好好想想吧。"

"那谁来安慰他呢?"她说。

"您过去用什么来安慰他?"教士问道。他的声音在这段时间里第一次因过于激动而颤抖了一下。

"我不知道,他来的时候常常愁眉苦脸。"

"愁眉苦脸?"教士重复道,"他对您说过为什么会这样吗?"

"从来没有,"她回答道。

"他愁眉苦脸是因为爱上了您这样的妓女,"他大声说道。

"哎!他应该这样,"她怀着深深的自卑感说,"我是最下贱的女人,所以我只能用爱情的力量才能博得他的好感。"

"这种爱情应该使您有勇气盲目地服从我。如果我现在立刻把您送到修道院去接受教育,这儿所有的人就会告诉吕西安说,今天星期天您跟一个教士一起出去了;这样他就会找到您。一星期以后,女门房没有看见我再来,就会以为我干了我没有干的事。因此,下星期的今天,晚上七点钟,您悄悄地出来,跳上一辆在投石党人街①的下端等候您的马车。在这八天中,您要避开吕西安;找些借口,不让他上门,他要是来了,您就到楼上女朋友的房间去;如果您再和他见面,我是会知道的,要是这样的话,那就算了,我也不会再来了。这八天的时间对您来说是必要的,您可以为自己准备一些大方朴素的衣服行装,去掉这副妓女的模样,"他说着将一只钱袋放在壁炉架上。"您的模样和衣服有一股说不出的味道,巴黎人一看就知道您干的是哪一行。您难道从来没有在大街上遇到一个端庄、贞洁的姑娘和母亲一起行走?"

"哦!遇到过,这是我的不幸。看到一个母亲和女儿在一起,是我们这种人最大的痛苦之

① 投石党人街从朗格拉德街一直通到圣奥诺雷街,因此离埃斯黛的住所很近。

一，它唤起了隐藏在我们心里的悔恨，使我们非常难受！……我十分清楚自己缺少的是什么。"

"好吧！您现在知道下星期天该怎么办了，"教士说着站起身来。

"哦！"她说，"您走之前，教教我怎样做真正的祈祷吧，这样我就可以向上帝祈祷了。"

教士用法语一遍又一遍地教她说"圣母玛丽亚"和"保佑我们"，这情景着实动人。

"多美啊！"当埃斯黛一字不错地背出这两句优美而通俗的天主教祷词时说道。

"您贵姓？"她见教士向她告别时问道。

"卡洛斯·埃雷拉。我是西班牙人，但已被驱逐出境。"

埃斯黛握住他的手吻了一下。她已经不再是一个妓女，而是失足后重新飞起的天使。

九、提香①见了准想画一幅肖像

这所修道院以其进行的贵族和宗教教育②闻名于世。同年三月初，在一个星期一的早晨，修道院的寄宿生们发现在她们漂亮的队伍里增加了一名新生，新生的美貌不仅大大超过了她们，而且还超过她们每个人最美的地方加起来的总和。据说刻在后宫墙上、用波斯文诗体写的那三十条著名的美德，对一个想成为十全十美的美女的女人来说是必不可少。在法国，这种美女虽不能说没有，但也极为少见。在法国，很少有完美的整体，却也有不少脍炙人口的细节。至于雕刻家力求表现出来，并在狄安娜月神像、维纳斯塑像等少数几件作品中表现出来的那种整体的庄严，却是希腊和小亚细亚所特有的。埃斯黛来自这个人类的摇篮，美女的产地：她母亲是犹太人。犹太民族虽然往往在同其他民族的接触中受到歧视，但他们中的许多部落却源源不断地提供出保存了亚洲型卓越美貌的女子。他们的相貌，要么极其丑陋，要么就具有亚美尼亚人极美的脸型。埃斯黛把三十条美德和谐地融为一体，一定可以在后宫获得头奖。她那奇特的生活非但没有损坏她完美的体形，清新的肤色，而且赋于她一种无法形容的女性美：这既不是未熟的青果那种光滑、绷紧的果皮，又不是成熟的果子那种暖色，上面还带有果霜。她要是再多过几天放荡的生活，就会显得过于丰腴。一个以肉欲代替思想的女人这样健康，像动物那样生气勃勃，应当被生理学家看做是一种了不起的现象③。她的双手是无与伦比的端庄、柔软、细嫩、洁白，就像刚生产了第二个孩子的妇女，这在年轻的

---

① 提香(1490－1576)，意大利文艺复兴盛期威尼斯派画家。他的肖像画能揭示人物的内心世界。

② 当时有两所进行贵族教育的修道院，即圣心修道院和小鸟修道院。小鸟修道院位于塞夫勒街和残老军人街的路口，由巴黎圣母院的圣公会开设。这个修道院以花园的美丽而出名。巴尔扎克在本书中描写的就是该修道院的美丽花园。

③ 帕朗—迪夏德莱在《论卖淫》一书中认为，妓女丰腴是由于吃得多，热水浴多。这里，巴尔扎克用这种现象哲理性地证明自己的如下论点：能使一个人精神衰竭并最终将他毁掉的并不是肉欲，而是思想。

13. 吕西安被大卫的声音和妹妹的抚爱陶醉了；在路旁的树阴底下，沿着平静而明亮的夏朗德河走着，头上是明星灿烂的天空，夜间的空气十分暖和，他终于忘了上流社会给他戴上的荆冠。德·吕邦波雷先生又承认大卫是他的朋友了。反复无常的性格很快的使他想起过去的纯洁、用功、平凡的生活，看到今后无忧无虑，更美满的生活。贵族社会的喧闹逐渐消失。等到走进乌莫镇，野心家居然握着他兄长的手，和两个快乐的情人语调一致了。

姑娘中间虽不能说绝对没有，但也是极为罕见的。她的脚和头发同以此闻名的德·贝丽公爵夫人完全一样，她头发浓密，没有一个理发师能一把抓在手里，又是那么长，撒落在地，形成一个个圆环，加上埃斯黛身材适中，可以像玩具一般抱起来，放下，再抱起来；抱在手上，一点也不感到吃力。她的皮肤像中国宣纸一样细腻，如琥珀一般黄澄，微微露出红色的血管，透亮又不显干燥，柔嫩又不显潮湿。埃斯黛虽极易激动，却仍能表情温和，并能在脸上显出一种特别的表情突然引起别人的注意。拉斐尔的画就极其高明地勾画出这种表情，因为这位画家对犹太人的美貌最有研究，也最能把它表现出来。这种美妙的表情是因眉棱突出而产生的，眼珠在眉棱下转动仿佛夺眶而出一般，而眉棱的线条又极为清晰，活像一条拱门上的穹棱肋。这美丽的弧形上长着向两边消逝的眉毛，一旦让青春染上了一层纯洁、清澈的色调，一旦那光线透入它下面的眼眶，放射出淡玫瑰的色彩，这里就成了柔情的宝藏，能教情夫心满意足，可使绘画望洋兴叹。那些阴暗处呈现出金黄色的明亮皱纹，那双像筋一样结实、像膜一样柔软的眼睑，称得上是大自然的杰作。眼珠停在中间，就像一只放在丝绸窝里的神蛋，但过了片刻，情感的烈火烧黑了极为纤细的眼圈，伤感的乌云弄皱了这条条纤维，奇妙的眼睛就会变得极其忧伤。埃斯黛那双眼睛具有东方型的轮廓，土耳其式的眼皮，说明了她的祖籍所在，眼睛呈石板般的青灰色，在光亮处又变成乌鸦黑翅膀中的蓝色。她的目光只在过于温柔的时候才不显得炯炯有神。一个女人总能迷住一个男人，但只有来自沙漠的种族的女人，眼睛里才具有能迷住所有男人的魔力①。她们的眼睛里也许还保存着她们以前注视过的无垠天地中的某种东西。大自然是否为了让这些人经受住沙漠中的海市蜃楼、灼热的阳光和强烈钴辐射，才预先在他们的视网膜上加上了某种反射层？或者是这些人同其他种族一样，在自己的生活环境中汲取了某种东西，并从中得到他们世代相传的优秀品质！彻底解决这个种族问题的答案可能就包含在这个问题的本身之中。人的本能是一些活生生的事实，其原因是生活的需要。动物的多种多样就是这些本能起作用的结果。要证实这个多方探索的真理，只需把最近对西班牙种和英国种羊群所作的观察引到人群中去就行了。羊群在牧草丛生的平原草场上紧挨在一起，而在绿草稀疏的山地上却四分五散。如果把这两个品种的羊从它们的出产国运到瑞士或法国来，山地上的羊即使在绿草茂盛的平原上也还是四分五散，平原上的羊即使在阿尔卑斯山上放牧也还是紧挨在一起。经过好几代的时间才能稍微改变这些长期获得、世代相传的本能。事隔一百年之后，山地的本性还会在一头倔强的羊羔身上再现，正如离开故土一千八百年之后，东方的特征还会在埃斯黛的眼中和脸上大放光彩一样。她的眼神并不发出可怕的魅力，而是散发出温柔的光芒，使人自然而然地受到感染，就连铁石心肠也会在其中熔化。埃斯黛战胜了仇恨，使巴黎的浪子们个个感到惊讶。总之，她这种眼神以及她那

---

① 1839 年，巴尔扎克在中篇小说《夏娃的女儿》的序言中，对下面一段文字作了如下的评述："对一个人物的描写，例如对'电鱼'的描写，其中一句话就要花掉我一夜的工作时间，要读完好几卷书籍才能完成，也许还会提出一些重要的科学问题。"

美妙柔和的皮肤,同刚才差一点把她送进坟墓的可怕绰号十分相符。她身上的一切都与灼热的沙漠之神的性格十分协调。她额头饱满,线条高雅。她的鼻子和阿拉伯人一样,秀气狭长,鼻孔椭圆,位置适中,鼻翼微微翘起。她那张红润、鲜艳的小嘴犹如一朵玫瑰,任何耻辱都不能使它黯然失色,狂饮烂醉也没有在上面留下任何痕迹。下巴非常光滑,就像被钟情的雕塑家磨光似的,洁白如牛奶一般。只有一样东西是她无法补救的,也说明她是个十分下贱的娼妓:她的指甲因繁重的家务而裂开,变得面目全非,需要有一段时间才能恢复优美的外形。起初,年轻的学生们对她奇迹般的美貌十分妒忌,但到后来,她们都赞赏不已。第一个星期还没过去,她们就对天真的埃斯黛亲热起来,因为她们对她不幸的秘密很感兴趣。这个十八岁的姑娘既不会读书,又不会写字,对任何科学、文化都感到新鲜,她将使大主教有幸把一个犹太姑娘变成天主教徒,还要让修道院为她举行盛大的洗礼仪式。她们看到自己的文化比她高,也就原谅了她的美貌。埃斯黛很快就学会了这些高雅姑娘的举止、甜美的嗓音、风度和姿态;她终于恢复了自己原来的天性。她的变化极为彻底,因此,连埃雷拉这样对世上任何事物都不会感到惊奇的人在第一次来院探望她时,也感到大吃一惊。修道院院长对她们监护的姑娘夸奖了一番。她们在自己的教育生涯中从未见到过像她那样自然可爱,温顺虔诚,谦虚真实的姑娘,也从未见过像她这样强烈的求知欲。当一个姑娘忍受了可怜的埃斯黛难以忍受的痛苦之后,期待着西班牙人给予埃斯黛的那种奖赏之时,就很难不去创造教会成立初期的那些奇迹,后来耶稣会又在巴拉圭创造了那种奇迹。

"她的变化很有启示,"院长吻了吻她的额头说道。

这个词基本上属于天主教,它说明了一切。

十、相　　思

在课间休息时,埃斯黛很有分寸地向女伴们询问世界上最最简单的事物,她同小孩一样,对什么事情都感到新鲜。她听说自己在受洗礼和第一次领圣体的那天,将要穿上白衣服,用白缎带包头,戴上白饰带,穿白鞋,戴白手套,头上还要打上白色的蝴蝶结,就不禁泪如雨下,使她周围的女伴们十分惊讶。这同耶弗他[①]的女儿在山上哀哭正好相反。妓女害怕别人看破自己的心思,就用这种场面事先给她带来的快乐来排遣可怕的忧郁。她过去的生活和现在学着过的生活之间的差距,就同野蛮人和文明人之间的差距一样大,所以她有着《美洲的清教徒们》中的女主人公[②]那种优雅、纯朴和深沉。她心里也有一种爱情在不知不觉地折磨

---

①　士师耶弗他出征亚扪人前向耶稣许愿说:你若将亚扪人交在我手中,我胜利回来时将第一个遇到的人献上于你。结果耶弗他大败亚扪人,但回来时第一个遇到的却是他的独生女儿。女儿要求父亲允许她在临死前到山上为她终为处女哀哭两个月。详见《旧约·士师记》第十一章。

②　指美国小说家詹姆斯·费尼莫尔·库柏(1789—1851)的小说《美洲的清教徒们》的女主人公,即马克希乔特的女儿。

相关链接 ●

14. 于是三个孩子急不可待的说出他们美好的计划,母亲听了只是诧异。家庭中常有这一类疯疯癫癫的谈话,把播种当成收成,不等幸福实现,先快活起来。

着她。这是一种奇特的爱情,是一种情欲,作为情场老手,这种欲望要比情窦未开的处女更为强烈,虽然这两种欲望都有着相同的起因和结果。在头几个月里,生活在与世隔绝之中的新鲜感,对教育感到新奇,学习做手工活,参加宗教仪式,下定决心过严守教规的生活,女伴们对她友爱的乐趣,以及对被唤醒的智力的使用,都使她抑制住对往事的回忆,甚至还抑制了她进行新的记忆的努力,因为她需要忘掉的东西和需要学习的东西同样多。在我们身上存在着好几种记忆:肉体和精神各有自己的记忆;比方说相思就是一种肉体记忆的疾病。因此,在第三个月中,这个展翅飞向天堂的纯洁灵魂的热情,虽说没有被埃斯黛自己也不知是如何产生的阻力所压倒,却已被这股力量所减弱。她像苏格兰的绵羊一样,想在偏僻处吃草,却无法克制在荒淫生活中所养成的本能。她发誓弃绝的巴黎泥泞小街是否唤起了她的回忆?被斩断的恶习锁链是否仍然用被遗忘的钩子将她拴住? 医生们认为老兵能感觉到已经失去的肢体的疼痛,她是否还感觉到这些失去的习惯? 过度的恶习是否已经渗入她的骨髓之中,连圣水也无法击中藏在那儿的魔鬼?一个把对人的爱和对神的爱混在一起,但应该得到上帝宽恕的女人,是否有必要看到一个她为之作出那么多天使般努力的男人?一种爱已经把她引向了另一种爱。她身上的生机是否转移了地方,引起一些必要的痛苦?这一切都令人迷惑不解,因为科学不屑研究这方面的情况,认为这个题目过于淫秽,会败坏研究者的名声,好像医生和作家,神甫和政治家也会受到怀疑似的。然而,有一位医生[1]却勇敢地开始了这方面的研究,但因被死神过早地夺走了生命而未能完成。也许,这样折磨着埃斯黛,使她的愉快生活黯然失色的极度忧郁就是这一切的原因;也许,她因为猜不到这些原因,才像既不知道有医学,也不知道有外科学的病人那样感到痛苦。事情确实古怪。丰富而又卫生的食物代替了低劣、不卫生的食物,埃斯黛却吃不下。一半是娱乐活动,一半是特意安排的轻松活,这种纯洁而有规律的生活代替了欢娱与和苦役同样可怕的放荡生活,却反而把年轻的女寄宿生弄得精疲力尽。最清爽的休息和最宁静的夜晚代替了极度的疲劳和难受的吵闹,却使她发起烧来,这种发烧的症状连护士也不能察觉。总之,善与幸运代替了恶与厄运,安全代表了担心,但埃斯黛却感到非常痛苦,正如她的女伴们要是过上她以前的悲惨生活也会感到同样的痛苦。她在腐化堕落中生,在腐化堕落中长。尽管上帝的意志主宰着一切,她那地狱般的出生地却仍然行使着自己的淫威。她所恨的东西是她的命根子,她所爱的东西却能把她杀死。她信仰虔诚,使灵魂感到喜悦。她喜欢祈祷。她毫不费力、毫不怀疑地接受着真正的宗教,向宗教的光芒敞开了自己的心灵。引导她的教士为之欢欣鼓舞,但她的肉体每时每刻都在同灵魂发生冲突。有人把污泥塘里的鲤鱼捕来放到大理石砌成的清水池里,以便供德·曼特农夫人[2]观赏,让她

---

① 很可能是指法国著名精神病医生埃斯基罗尔(1772 – 1840)的学生乔热(1795 – 1828)。乔热写了大量有关忧郁症的著作。他生前住在埃斯基罗尔家里,而巴尔扎克也曾拜访过埃斯基罗尔。

② 即德·曼特农侯爵夫人(1635—1719)。她曾受命抚养路易十四和情妇所生的子女。王后死后,路易十四和她秘密结婚。

用国王餐桌上的残羹进行喂养。但是,鲤鱼日趋衰亡。动物能够对人忠心耿耿,但人却永远也不能把奴颜婢膝的恶习传给它们。有个朝臣指出了凡尔赛宫里这种无声的对抗。"这些鲤鱼像我一样,"这位秘密结婚的王后答道,"它们在怀念自己的泥塘。"这句话道出了埃斯黛的全部情况。有时候,可怜的姑娘只得在修道院美丽的花园里奔跑,她急急忙忙地从一棵树跑到另一棵树,绝望地钻进阴暗的角落,一面寻找着,找什么呢,她自己也说不清楚。但是,她抵挡不住魔鬼的诱惑,她向树木卖弄风情,对它们说话,但没有说出声来。有时,她晚上沿着围墙悄悄地走着,不戴披肩,裸露着肩膀,活像一条水蛇。在小教堂里上日课的时候,她常常两眼盯着耶稣受难图,眼睛里充满着泪水,人人见了都赞叹不已;但她哭是因为狂怒;她想看到圣人的图像,然而出现在眼前的却是灯光辉煌的夜晚,却是那些夜晚的狂乱、疯狂、粗暴,充满了淫荡的欢笑,神经质的动作,无法抑制的狂笑,只见她指挥着狂笑的宴席,犹如阿布内克①在巴黎音乐学院指挥一部贝多芬的交响乐一般。在外表上,她恬静得犹如一个天使般的处女,而在内心深处,却是一个按捺不住自己的淫妇。她自己并不知道这场魔鬼与天使的战斗;当院长责怪她头发梳得过于讲究,不符合院内的规定时,她立即乖乖地改变了发式,要是院长命令她把头发剪掉,她也会照办的。在一个宁死也不愿返回烟花之乡的妓女身上,这种相思有一种动人的优美。她变得脸色苍白,身体消瘦。院长减少了她的课程,并把这位有趣的姑娘叫到身边,想问个明白。埃斯黛很幸福,和同伴们在一起感到无限的快乐,她没有感到自己身体中有关生机的任何部分遭到了打击,但是她的生机确实在本质上遭到了打击。她无所依恋,无所追求。院长对学生的回答感到惊讶,看到她萎靡不振,十分难受,不知如何是好。当年轻的女寄宿生健康状况变得严重的时候,就请来了医生,但这位医生并不了解埃斯黛过去的生活,所以就不能对她乱加猜疑;他发现在她身上,到处生机蓬勃,无法找到任何病痛的迹象。女病人的回答推翻了所有的假设。只剩下一个方法可以澄清医生的疑问,而埃斯黛却非常固执地拒绝让医生检查,这使医生产生了一种可怕的想法。在这种情况下,院长只好把埃雷拉神甫请来。西班牙人来后看到了埃斯黛毫无指望的健康状况,就同医生私下谈了一阵。密谈之后,医生对教士说,惟一的治疗方法是去意大利旅行。教士却不希望埃斯黛在行洗礼和初领圣体礼之前进行这次旅行。

"还要等多少时间?"医生问。

"一个月,"院长说。

"那她会死的,"医生说道。

"是啊,不过她会得到宽恕和拯救,"教士说道。

在西班牙,宗教问题比政治、民事以及生死问题更为重要;因此,医生对西班牙人丝毫不加反驳,并把脸转向院长;但正在此时,这个可怕的教士一把抓住他的胳膊,把他止住。

---

① 阿布内克(1781—1849),曾任巴黎音乐学院乐队指挥,王家音乐学院院长和巴黎歌剧院乐队指挥。他做了很多工作,使贝多芬的作品为法国听众所接受。

相关链接 ●

15. 种葡萄的眉开眼笑挨近儿子："你要肯娶一个乌莫的女孩子,她准有成千上万的家私!好,你可以付我房租了。孩子,你可知道,房租已经欠了两年零三个月,总数有两千七百法郎。付给我正是时候,我好拿来开木桶账。你要不是我的儿子,我还有权利向你讨利息呢;归根到底,买卖总是买卖……"

"一句也别说,先生!"他说道。

医生虽是教徒,又拥护君主政体①,但还是用充满同情的目光温和地朝埃斯黛看了一眼。姑娘十分美丽,宛如一朵斜倚在茎上的百合花。

"那就听凭上帝的安排吧!"他出去时大声说道。

就在看病的那天,埃斯黛被监护人带到了仙岩饭店②,教士想救活她,就临时想出了稀奇古怪的办法;他采用了两个办法:一是吃一顿丰盛的晚餐,使可怜的姑娘想起过去的欢宴;二是去歌剧院,让她看到一些社交界的景象。他使用了极大的权威才使这个年轻的女教徒同意做出如此违反圣规的行为。埃雷拉化装成一个军人,埃斯黛差一点认不出他来;他特意让女伴戴上面纱,并把她安置在一个别人看不到的包厢里。这种疗法对一个以非常认真的态度重新获得贞洁的人并没有危险,但很快就失去了效力。女寄宿生对监护人的晚餐感到厌恶,对歌剧又有一种宗教式的反感,重又陷入了忧郁之中。"她爱吕西安,爱得快要死了,"埃雷拉心里想道。他想探测她灵魂的深处,以便了解还能要求她做些什么。因此,他等到可怜的姑娘只有精神力量的支持,肉体即将支持不住的时刻才来。教士极为精确地算出了这个时刻,就像过去的刽子手选择拷问的时刻一样精确。他在花园里找到了自己监护的姑娘,只见她坐在一条长凳上,背后是沐浴着四月温暖阳光的葡萄藤架,她显出很冷的样子,在那儿晒着太阳;同学们关心地看着她那枯草般苍白的面容,垂死的羚羊般的眼睛和忧郁的姿态。埃斯黛看到了西班牙人,就站起身来,朝他走去,她的步履显得毫无生气,说明她对生活也已毫无兴趣。这个可怜的波希米亚姑娘,这只淡黄色受伤的燕子,再次引起了卡洛斯·埃雷拉的怜悯。这个上帝在复仇时才起用的阴沉的使者,朝女病人微笑着,这微笑中既有苦涩又有甘甜,既有复仇又有恩惠。自从在这里过着近于修女的生活以来,她从沉思默想、反躬自问中得到了教益,因此在看到监护人时,再次产生了不信任的感觉;但是,同第一次一样,他的话立刻使她放下心来。

"啊!亲爱的孩子,"他说,"您为什么从来没有对我提起过吕西安?"

"我向您保证过,"她一面回答,一面浑身颤抖。"我曾向您发誓不再说出他的名字。"

"您却一直在想念他。"

"先生,那是我惟一的过错。我时时刻刻都在想他,刚才您来的时候,我正在暗自念着他的名字。"

"他不在您就要死了?"

埃斯黛没有回答,只是垂下了头,活像已经闻到坟墓气味的病人。

"再和他见面?……"他说。

"这样我就不会死了,"她答道。

"您只是用灵魂在想念他吗?"

---

① 在王政复辟时期,具有正统思想、受到政府青睐的人都是如此。
② 仙岩饭店是巴黎一家高级饭店,位于蒙托格伊街63号,以菜价居巴黎之首而闻名。

"呵!先生,爱情是不能分割的整体。"

"该死的婊子!我过去尽一切努力救你,现在,我恢复你的命运:你将和他重新见面!"

"那么,您为什么要诅咒我的幸福呢?我爱贞节像爱吕西安一样,难道我不能既爱吕西安,又保住贞节?我可以为吕西安而死,难道我不能准备在这里为贞节而死?贞节使我配得上吕西安,吕西安又使我投入贞节的怀抱,我难道不是为了爱得发狂的贞节和吕西安即将死去?对,我准备好了,见不到他就死,见得到他就活。上帝对我自有公论。"

她脸上又有了血色,苍白的脸上浮起一层金黄的色彩。埃斯黛又显得亭亭玉立了。

"您在洗礼水中浸过的第二天,就会重新见到吕西安。要是您觉得为他而活着就能保持贞节,你们就再也不会分开了。"

埃斯黛听了这话不由得双膝发软,跪倒在地,教士只得将她扶起。可怜的姑娘倒了下来,仿佛脚底的土地陷了下去,教士把她扶到长凳上坐下。她一时说不出话来,过了一会才对他说:"为什么不是今天呢?"

"您难道不愿让大主教给您洗礼,使您皈依天主教?您离吕西安太近了,所以离上帝就远了。"

"是呀,我除了他什么都不想了!"

"您就永远不会属于任何宗教,"教士带着冷嘲热讽的表情说道。

"上帝是善良的,"她说道,"他看得出我的心思。"

埃斯黛的声音、目光、手势和姿态,流露出一种美妙的天真,埃雷拉也为之感动,就第一次在她的额头上吻了一下。

"那些浪子给你起的绰号真是恰如其分:你简直能迷住天主。再要等几天,必须如此,过后,你们俩就自由了。"

"我们俩就自由了!"她狂喜地重复道。

学生和院长远远地望着这一场面,都感到十分惊讶。她们把埃斯黛前后的情况进行了比较,仿佛是看到了一场魔术。这孩子生气勃勃,判若两人。她恢复了爱情的本性,又显得可爱、娇媚、撩人、快活;总之,她复活了!

十一、浮 想 联 翩

埃雷拉住在卡塞特街,离他喜欢去的圣絮尔皮斯教堂不远。这座教堂的式样古板、单调,同这个西班牙人信奉的类似多米尼克派的宗教十分相称。他为斐迪南七世诡计多端的政策效劳失败之后,就破坏君主立宪的事业,因为他知道自己的一片忠心只有在 Rey nett。[1]复辟后才能得到报答。在科尔特斯[2]式的王室尚未出现被推翻的迹象时,卡洛斯·埃雷拉全心全意地为王室效劳。在上流社会看来,这种表现说明他有高尚的灵魂。德·安古兰末公爵出征

---

① 西班牙文,意思是纯洁的国王。

② 科尔特斯(1485－1547),西班牙殖民者,用野蛮手段在墨西哥建立西班牙的殖民统治。

16. "……你的痴情还是趁早撂开,让我来替你找一门亲事!离这儿三四里有个寡妇,三十二岁,开着磨坊,有十万法郎产业,这才配得上你。你可以把她的田产跟马萨克的合起来,两块地本来连在一块儿。哎!这么一来,咱们的庄园可体面啦,你看我将来怎么经营!听说她要嫁给她的大伙计库图瓦,你比库图瓦强多了!我管理磨坊,让她到昂古莱姆去做你得力的助手。"

西班牙之后,斐迪南七世恢复专制统治,但卡洛斯·埃雷拉没有到马德里去请功领赏。他以外交家的沉默来回答别人的好奇,声称自己留在巴黎是出于对吕西安·德·吕庞泼莱的宠爱,也由于他的宠爱,这个青年才得到国王恩赐他改换姓氏的敕令。此外,埃雷拉如同一切身负秘密使命的神甫一样,过着极其隐蔽的生活。他在圣·絮尔皮斯教堂参加宗教仪式,有公事才出门,而且总是在晚上乘车出去。他白天进行西班牙式的午睡,在午饭和晚饭之间睡觉,这样,巴黎社交活动繁忙的时间都在他睡眠中消逝了。西班牙雪茄也发挥了自己的作用,消磨的时间同烧掉的烟草一样多。懒散同严肃一样也是一种伪装,而严肃则出自懒散。埃雷拉和吕西安分别住在一幢房子三楼的两侧。正屋是一间大客厅,把这两个套间分隔开来又连接起来,客厅既古色古香,又气派豪华,所以对严肃的教士和年轻的诗人同样合适。这幢房子有个阴暗的院子。茂密的大树遮盖着花园。教士们挑选的住宅总是既安静又谨慎。埃雷拉的房间可以用两个字来形容:牢房。而吕西安的房间金碧辉煌,陈设讲究舒适,一个花花公子、诗人、作家、野心家、放荡鬼过优雅生活所需要的东西应有尽有。他既骄傲又虚荣,既随便马虎又希望井井有条,是一个有某种希望和想像的能力——希望和想像也许是一回事——但没有丝毫能力付诸实施的偏才。吕西安和埃雷拉两人结合成一个政治家。这种结合的秘密大概就在这里。生命的活动转移到物质利益范畴中来的老人,往往感到需要一个漂亮的人,需要一个年轻、热情的角色来完成自己的计划。黎塞留[①]到晚年才想到要寻找一个长小胡子的小白脸,所以没能把这样的人派到他想要捉弄的女人身边。他不为年轻的冒失鬼们所理解,就只得把主子的母亲驱逐出境,对王后进行恫吓,因为他没有本领取得王后们的欢心,不能博得她们的爱情。一个野心勃勃的人,不管做什么事,总会出人意料地遇到一个女人。一位伟大的政治家不管如何有权有势,都必须用女人来抵挡女人,如同荷兰人用钻石来加工钻石一样。全盛时期的罗马,也服从了这一需要。你们还应看到,原籍意大利的红衣主教马萨林[②],其统治手段同原籍法国的红衣主教黎塞留截然不同。黎塞留遭到大贵族的反对,就抡斧砍杀;他在这场决斗中只有一个狂热的信徒作为助手,被弄得精疲力竭,在权势极盛之时死去。马萨林遭到武装的资产阶级和贵族的联合反对,他们有时还取得胜利,迫使国王出走[③];但是,安娜·德·奥特里什的仆人[④]没有砍任何人的脑袋就征服了整个法国,并造就了路易十四,路易十四用金丝带把贵族禁锢在凡尔赛宫,完成了黎塞留的事业。德·蓬帕杜夫人[⑤]故世后,舒瓦瑟尔[⑥]失宠。埃雷拉是否对这些高超的学问深信不疑?他是否比黎塞留更早地

---

① 黎塞留(1585-1642),法王路易十三的首相,枢机主教。
② 马萨林(1602-1661),法国首相,红衣主教,原籍意大利。
③ 1648年5月,巴黎法院通过反对王权的决议。马萨林下令逮捕法院的两个首要人物,巴黎人民闻讯后于同年8月26日举行起义,迫使国王出走。
④ 指马萨林。安娜·德·奥特里什是路易十三的王后,路易十四即位初由她摄政,首相马萨林掌握实权。
⑤ 德·蓬帕杜侯爵夫人(1721-1764),法王路易十五的宠妃。
⑥ 舒瓦瑟尔公爵(1719-1785)以才智敏捷博得德·蓬帕杜夫人的宠信,曾任外交国务秘书。德·蓬帕杜夫人死后,他被解除职务。

有了自知之明?他是否把吕西安当作一个忠心耿耿的森马尔[1]?没有人能回答这些问题,也没有人能估量这个西班牙人的野心有多大,就像人们无法预料他的结局一样。某些人注意到这两个人长期神秘地结合在一起,就提出了这些问题,目的是揭穿一个吕西安在几天前才知道的可怕秘密。认识埃雷拉的人们,都以为吕西安是他的私生子,因为他们从神甫的所作所为中看出,他野心勃勃并非只是为了自己一人。

一年零三个月前,吕西安在歌剧院舞会上露了面,过早地进入了社交界,而神甫原来是打算等他有了抵抗能力之后才让他重返社交界的。现在,吕西安的马厩里有三匹骏马,晚上乘一辆双座四轮轿式马车,白天乘一辆有篷双轮马车和一辆无篷双轮马车。他总是在城里吃饭。果然不出埃雷拉所料,他的学生沉溺于穷奢极侈之中;然而他觉得仍有必要排遣掉这个年轻人心中对埃斯黛的狂热爱情。吕西安挥霍了近四万法郎,但每次恋爱都使他更加想念电鱼,所以他执意寻找着她;他越是找不到,就越是像猎人寻找猎物那样到处寻找。埃雷拉怎么能了解一个诗人爱情的本质呢?这种感情一旦占有了这种伟大的小人物的头脑,就能燃烧心脏,渗透感官,因此,诗人能以爱情超越人类,如同他能以想像力超越人类一样。思想的产生变幻莫测,就赋予诗人以形象来表现大自然的罕见才能,这形象中既有感情又有思想,所以他能为自己的爱情插上一副想象的翅膀:他既感受又描绘,既行动又思考,他以思想使自己的感受倍增,他向往未来,回忆过去,又使现时的幸福倍增;他的爱情里搀杂着灵魂的美妙享受,使他成为艺术家中的王子。这样,诗人的爱情就成了一部伟大的诗篇,并往往超越人类的范围。诗人难道不是把自己的情妇捧到大大超过女人们所希望的高度?他可以同拉芒什海峡[2]的高尚骑士一样,把一个农村姑娘变成公主。他可以为了自己而使用点俗物为神奇的魔杖,用奇妙的理想世界来增加快感。因此,这种爱情是热恋的典范:他在希望、失望、愤怒、忧伤、欢乐中,事事都走极端;他飞翔,跳跃,爬行,他的激情同芸芸众生毫无相同之处;他同布尔乔亚的爱情相比,犹如阿尔卑斯山奔腾不息的洪流同平原中的小溪相比一样。这些出色的天才很少为人理解,于是就在不现实的希望中耗费自己的精力。他们在寻找理想的情妇中耗尽精力,死时几乎都像那些漂亮的昆虫,用最富有诗意的天性恣意打扮起来,准备迎接爱情的狂欢,却在受用之前被路人一脚踩死。此外,还有一种危险!当他们遇见一个体形同他们的想象相符,但往往是面包商之类的女人时,他们就会像拉斐尔那样,像漂亮的昆虫那样,死在福尔纳丽娜[3]的身旁。吕西安的情况正是这样。他有着诗人的本性,好事坏事都走极端,把妓女看成天使,认为她只是沾染了堕落的习气,但并没有完全堕落;他看到她总是那样洁白、轻快、纯洁、神秘,仿佛她猜中了他的心意,变成了这种模样。

---

① 森马尔侯爵(1620 – 1642),路易十三的宠臣,曾阴谋反对黎塞留,事败后被斩首。

② 即英吉利海峡。

③ 当时认为,拉斐尔过早去世是因为纵欲过度,据说他死在妓女福尔纳丽娜的怀里。

十二、一 位 朋 友

1825 年 5 月底左右,吕西安完全失去了生气;他不再出门,就同埃雷拉一起吃晚饭,老是沉思默想,或是进行工作,阅读外交论文集,像土耳其人那样盘坐在长沙发上,每天要抽上三四次土耳其水烟筒。他的马夫现在忙于擦洗这个漂亮烟筒的管道,往里面洒上香水,而不是梳理马鬃,戴上玫瑰花环,以便去参加树林中举行的赛马。有一天,西班牙人看到吕西安前额苍白,显出因压抑狂热的爱情而出现的病态,就想窥测一下这个和他生死与共的青年的内心深处。

一个美丽的傍晚,吕西安坐在安乐椅上,透过花园里的树木,呆呆地望着日落的景色,像心事重重的烟鬼一般,均匀而深长地吐出芬芳的烟雾。一声深沉的叹息,使他从沉思中惊醒过来。他转过身来,看到教士站在面前,双手叉在胸前。

"你在这儿!"诗人说。

"已经很久了,"教士回答道,"我的思想伴随着你的思想驰骋……"

吕西安明白这话的意思。

"你这样的铁石心肠,我从来不曾有过。我的生活时而是天堂,时而是地狱;但有时既非天堂,又非地狱,使我感到厌倦,我也对自己感到厌倦……"

"一个人抱有这么多美妙的希望,怎么会感到厌倦……"

"当他不相信这些希望,或者这些希望过于渺茫的时候……"

"别说傻话!……"教士说。"对我说出你的心里话,对你对我都有好处。我们之间存在着永远也不应有的东西:秘密!这个秘密已存在十六个月了。你爱着一个女人。"

"还有呢……"

"一个下贱的妓女,绰号叫电鱼……"

"那又怎么样呢?"

"我的孩子,我早就允许你有一个情妇,但应该是个贵妇人,年轻,漂亮、有势力,至少是伯爵夫人。我替你挑选了德·埃斯巴夫人,这样你就可以无所顾忌地把她当作发迹的工具;因为她永远也不会使你的心堕落,会让你的心自由自在……你爱上了一个最下贱的妓女,又不能像国王那样把她封为贵族,是极大的错误。"

"我难道是第一个放弃雄心壮志,沿着狂热爱情的斜坡往下滑吗?"

"好吧!"神甫说道,并把吕西安刚才滑落在地的水烟筒塞子捡起来还给他,"我明白这句俏皮话的意思。不过,难道就不能把雄心和爱情结合在一起?孩子,老埃雷拉就像你忠心耿耿的母亲……"

"这我知道,我的老朋友,"吕西安拉住他的手摇晃着说。

"你要钱就有钱。你要出人头地,我就把你引向权力之路,我亲吻肮脏的手,为的是让你

高升,你也一定会高升的。再过一些时候,男人和女人喜欢的东西你就什么都不缺了。你任性像女人,才气像男子:我一切都为你着想,我一切都原谅你。你只要一开口,就能满足露水之情。我在你生活中盖上了众人为之垂涎的政治和统治的印记,使它变得更加崇高。你现在十分渺小,将来一定十分伟大;但是,现在不应把我们的摇钱树折断。我什么事都准许你干,就是不准你犯下毁掉自己前程的错误。我为你打开了圣日耳曼区沙龙的大门,就不准你再到烟花巷去鬼混!吕西安! 为了你的利益,我将像铁杠一般死板,为了你,我将忍受一切。因此,我把你在生活赌场上的失误,变成了赌场老手的精明……"(吕西安气愤地猛然抬起头来。)

"我劫走了电鱼!"

"你?"吕西安喊道。

诗人像一头疯狂的野兽猛地站了起来,将金子和宝石制成的烟筒塞子朝神甫脸上扔去,并用力把这个壮实的汉子推倒在地。

"是我,"西班牙人说着爬起来,脸色依然极为严肃。

只见他黑色的假发掉落下来,露出骷髅般精光的脑壳,恢复了可怕的本相。吕西安沮丧地倒在安乐椅上,垂着双臂,惊愕地望着神甫。

"我劫走了她,"神甫又说了一遍。

"你把她弄到哪儿去了?化装舞会的第二天,你把她劫走了……"

"对,就在我看到你的情人遭到一些混蛋侮辱的第二天,对那些人我现在还不想收拾……"

"那些混蛋,"吕西安打断他的话说,"应该说是魔鬼,同他们相比,上断头台的人可算是天使了。你是否知道可怜的电鱼为他们中间的三个人做过什么事吗?第一个当了她两个月的情夫:她当时很穷,靠卖娼糊口;他也身无分文,就像我在河边遇到你时一样[1];这小子夜里从床上爬起来,朝着姑娘放吃剩的晚餐的大橱走去,并把这些残羹剩菜吃掉。她最终发现了他的伎俩。她理解这种羞耻,就特意剩下许多,并对此感到十分幸福;这件事她只告诉过我一个人,是她从歌剧院回来的路上在马车里说的。第二个当过小偷,但是在他的偷窃行为被人发现之前,她借给他一笔钱,让他归还原主,这笔钱他一直忘记还给这可怜的姑娘。至于第三个,是她表演了一出具有费加罗[2]才华的喜剧,帮助他发了财;她装作是她的妻子,当上了一个权贵的情妇,这位权贵还以为她是天底下最老实的女人呢。她给了第一个人生命,第二个人名誉,第三个人财富,财富在今天就是生命和名誉! 然而,他们竟如此报答她。"

"你希望他们死吗?"埃雷拉眼里含着泪花说。

"算啦,你真好! 我了解你……"

---

① 参见《幻灭》第 594 页。

② 费加罗是 18 世纪法国喜剧作家博马舍的喜剧《塞维勒的理发师》和《费加罗的婚姻》中的主人公,为人足智多谋。

"不,狂怒的诗人,听我说完,"教士说,"电鱼已不复存在……"

吕西安猛地朝埃雷拉扑去,想要掐他的脖子,换一个人准会被他推倒在地,可是西班牙人一伸手就将诗人挡住了。

"你听着,"他冷静地说。"我把她变成了一个贞洁、清白、有教养、笃信宗教的正派女人;她正在接受教育。在你的爱情影响下,她能够成为,也应该成为尼农、玛里翁·德·洛尔默和迪巴丽那样的女人,就像那个记者在歌剧院说的一样。你将公开承认她是你的情妇,或者做得聪明些,呆在幕后操纵! 无论采取哪一种办法,都会给你带来利益和自豪、乐趣和成功;但是,你要是既是大诗人,又是大政治家,埃斯黛就只能是你的妓女,因为她以后也许会帮助我们摆脱困境,她可是价值千金啊! 这酒你可以喝,但不能喝醉。要是我不拉住你爱情的缰绳,你今天会落到何等地步? 你就会同电鱼一起,落到我把你拖出来的贫困泥坑之中。拿去看吧,"埃雷拉说道,就像塔尔玛①在《芒利尤斯》中说他从来没有看过一样。

诗人听到教士的可怕回答,惊讶得精神恍惚,这时看到有一张纸落到自己的膝盖上,才恢复了常态。他拿起纸来,开始读埃斯黛小姐写的第一封信。

呈卡洛斯·埃雷拉神甫先生

亲爱的保护人:

"您一定不会相信,我现在的感激超过了爱情,我第一次使用表达思想的能力就是为了对您表示感谢,而不是表白可能已被吕西安忘却的爱情。但是,我要向您这位圣人说出我不敢对他说的话,他还活在世上是我的幸福。昨天的仪式使我得到了天大的恩惠,所以我要把自己的命运交到您的手中,即使我远离情人而死,也会像马大肋纳那样死得纯洁,我的灵魂也将和他的护守天神一起,对他竞相保护。我难道会忘掉昨天的盛大仪式? 我怎么愿意放弃自己已经登上的光荣宝座? 昨天,我在圣水里洗掉了身上的一切污点,又从主那儿得到了一个圣洁的身体;我成了主的一个圣体龛。这时,我听到了天使们的歌声,感到自己不再是个妇女,我在大地的欢呼声中,开始了光明的生活,受到了世界的赞美,在令人陶醉的香烟缭绕、祈祷声声之中,打扮得像个匹配天神的处女。我感到自己已经配得上吕西安了,这是我以前从来不敢想的。我发誓弃绝任何不纯洁的爱情,不走任何不贞节的道路。如果我的肉体比灵魂软弱,那就让它死去。请您当我命运的裁判,我要是死了,请您告诉吕西安,我在为上帝而生之时,为他而死。

星期日晚

18. 眼泪在路易丝的腮帮上淌下来,吕西安一声不吭,握着她的手吻了很久。诗人的虚荣心受着母亲、妹子和大卫奉承,如今又受到这个女人奉承。他所站立的虚幻的台阶,周围的人都在继续替他加高。狂妄的信心不但有朋友支持,还有恼怒的敌人支持,使他在充满幻景的气氛中向前趱奔。青年人的幻想自然而然同那些赞美、那些观念沆瀣一气,一切都在帮助一个风流俊美,前程远大的青年,直要经过几次冷酷无情的教训,这样的迷梦才会惊醒。

---

① 塔尔玛(1763－1826),法国悲剧演员。

吕西安抬起一双泪水满盈的眼睛望着神甫。

"你知道胖子卡罗利娜·贝勒弗耶在泰布街的住房，"西班牙人说。"这个妓女被法官[①]抛弃后十分窘迫，财产即将查封；我已派人把她的房子全部买下，她已经带着细软搬了出去。埃斯黛这个想要升天的天使就降落在那儿，并在等待着你。"

这时，吕西安听到他的马匹在院子里蹬踢前蹄。这一片忠心，只有他一人才能理解，此时却说不出半句赞美的话来；他扑到刚才被自己侮辱过的神甫怀里，用目光和默默流露的感情来弥补自己的过错；然后，他奔下楼梯，对着车夫的耳朵说出了埃斯黛的地址，马匹抬腿就走，仿佛主人的热情立刻传到了它们的腿上。

十三、埃雷拉神甫身上没有神甫的味道

第二天，有个男子在泰布街一幢房子面前散步，步履焦躁不安，好像在等待什么人出来；行人看到他的穿戴，就会把他当成便衣警察。在巴黎，你经常会遇见这种狂热的散步者，他们是真正的宪兵，在监视不服从命令的国民自卫军，是密谋进行逮捕的助理执达员，是打算让闭门不出的欠债人当众出丑的债主，是疑心、嫉妒的情夫或丈夫，是为朋友站岗放哨的朋友；但是，你很少会遇见一张像这个阴沉的壮汉那样闪现出野蛮和粗暴思想的面孔。他在埃斯黛小姐的窗户下面走来走去，焦躁不安而又思虑重重，活像一头关在笼子里的狗熊。中午时分，一扇窗户打开了，露出一只女佣人的手，推开塞着垫料的百叶窗。过了一会，身穿睡衣的埃斯黛来到窗前呼吸新鲜空气，她依偎在吕西安的身旁，谁见了他们会以为是见到一座美妙的英国雕像。埃斯黛第一眼就看到西班牙神甫那双蛇怪般的眼睛，可怜的女人像中了子弹一般惊叫一声。

"这就是那可怕的神甫，"她说着把神甫指给吕西安看。

"他！"吕西安微笑着说，"他并不比你像神甫……"

"那他是什么人？"她害怕地问道。

"哦！他是只信魔鬼的老狐狸，"吕西安说道。

这句话隐约泄露了假神甫的秘密，如果被一个不像埃斯黛那样忠实的人听到，吕西安就会彻底完蛋。这对情人离开卧室窗口，朝摆好午饭的餐厅走去，迎面遇到了卡洛斯·埃雷拉。

"你来这儿干吗？"吕西安生硬地问他。

"为你们祝福，"这个大胆的人一面回答，一面拦住他们，把他们强留在小客厅里。"我的心肝，你们在听我说，是吗？幸福地玩乐，这很好。为了幸福可以不惜任何代价，这就是我的教义。但是你，"他对埃斯黛说，"你是我拉出泥坑的，也是我洗清了你的肉体和灵魂，想必你不

---

① 指德·格朗维尔先生，他和卡罗利娜·贝勒弗耶的浪漫史，巴尔扎克在《两个家庭》(私人生活场景)中作了叙述。

相关链接 ●

19. 吕西安怯生生的向爱人说出大卫和夏娃彼此相爱,打算结婚的事。

她道:"可怜的吕西安,你怕挨打,挨骂,好像你自己要结婚似的!"她把手掠着吕西安的头发,又说:"那有什么大不了呢?你家里的人跟我有什么相干?你在他们之中是一个例外。倘若我父亲要娶他的女佣人,你会不痛快吗?亲爱的孩子,情人是没有家庭的。难道除了我的吕西安,我在世界上还关心别人吗?要出人头地,要成名,这才是我们的正经!"

会给吕西安挡道……至于你,我的孩子,"他停了一下,望着吕西安说道,"你现在诗人的味道已经不很足了,不至于弄出第二个高拉莉来。我们现在是在写散文。当埃斯黛的情人能有什么出息?什么也没有。埃斯黛能成为德·吕庞泼莱夫人吗?不能。那么,我的女儿,"他说着拉住埃斯黛的手,埃斯黛就像被毒蛇缠住一般哆嗦着。"社交界不应知道你还活着,尤其不应知道埃斯黛小姐爱着吕西安,吕西安也爱着她……我的女儿,这住房将是您的监狱。如果您想出去走走,这对您的健康也是必要的,您就得在半夜不会被人看到的时分出去散步,因为您年轻,美貌,又从修道院里学到优雅的风度,所以在巴黎过于引人注目。"这时,他声音可怕,目光更加惊人地说:"有人得知吕西安是您的情夫,或者您是他的情妇之时,就是您的末日,他已经获准使用母系祖先的姓氏和纹章,但这并不等于大功告成!侯爵的爵位还没有到手;他必须娶一位名门闺秀才能得到国王的这种恩赐。依靠这样一门亲事,吕西安就能出入于宫廷社交界。这孩子我已经把他培养成材,将来先当个大使馆秘书;以后,他在德国某个小公国中当个大臣,有上帝或我(这更好)的帮助,他有朝一日会坐到贵族院的议员席上……"

"或者坐到硬板床上①……"吕西安插嘴道。

"住口,"埃雷拉大声说道,用一只大手捂住吕西安的嘴。"对一个女人竟说出这种秘密!……"他对吕西安耳语道。

"埃斯黛,一个女人?……"《长生菊》的作者喊道。

"又在作诗了!"假神甫说,"或者不如说在作'死'。这些天使迟早会恢复女人的本性;而女人总是有既淘气又幼稚的时候,嬉笑作乐之间就会要了我们的性命!"他又对惊恐不安的埃斯黛说:"埃斯黛,我的小宝贝,我替您找了个女用人,她是我的人,就像我女儿一样。您的女厨子是个混血种,这样会使家里神气十足。您同欧罗巴和亚细亚一起住在这里,每月全部开销一千法郎,可以生活得像一个王后,……戏里的王后。欧罗巴当过裁缝、制帽工和剧院里的哑角,亚细亚从前替一个讲究吃食的英国绅士当过厨师。她们俩会很好地服侍您。"

埃斯黛看到自己爱恋的吕西安在这个人面前就像犯了渎圣罪、说了谎的小孩一般,内心感到极为恐惧。她没有回答埃雷拉,就拉着吕西安走进卧室,对他问道:"他是魔鬼吗?"

"我看……比魔鬼更坏!"他急忙说道。"但是,你要是爱我,就尽量装出对他忠诚的样子,听他的话,否则就会被处死。"

"处死?……"她更加恐惧地说。

"处死,"吕西安重复道。"哎!我的小鹿,任何一种死都不能和等待着我的死相比,假如……"

埃斯黛听了这话脸色发白,感到自己支持不住了。

"怎么?"假神甫向他们喊道,"你们难道还没有摘完长生菊的花瓣②?"

---

① 指苦役监中的硬板床,二十八个苦役犯睡一张硬板床。

② 西俗男女青年有种游戏,将长生菊花瓣逐片摘下,随摘随念:"她(或他)爱我,少许,甚多,若狂,绝不,"视花瓣摘尽时念到何字,以卜对方是否爱己。

埃斯黛和吕西安回到了小客厅。可怜的姑娘不敢朝这个神秘人物看一眼,说:"先生,我一定服从您,就像服从上帝一样。"

"好!"他回答说,"您在一段时期里会非常幸福,另外……您只要穿室内的衣服和睡衣就行了,这样可以省很多钱。"

十四、两条出色的看家狗

然后,两个情人朝餐厅走去;吕西安的保护人示意这漂亮的一对站住,他俩就站住了。

"我的孩子,刚才我同您谈到了您的佣人,"他对埃斯黛说,"我应该向您介绍一下。"

西班牙人按了两个铃。这两个被他称为欧罗巴和亚细亚的女人走了出来,看到她们就不难猜出这两个绰号的原因。

亚细亚从外貌看像是出生在爪哇岛,长着一张马来人特有的古铜色面孔。扁得像块木板,鼻子像被用力压过那样塌了进去,相貌十分可怕。颌骨的位置奇特,使这张脸的下半部活像大猩猩的脸。额头虽然下陷,却不乏狡诈成性的智慧。一双闪烁的小眼睛保持着虎眼一般的镇定,但并不正视别人。亚细亚好像害怕自己会吓坏别人。两片淡灰色的嘴唇中露出一副白得发亮但参差不齐的牙齿。这张动物般的脸上,总的表情是懦弱。头发像脸皮一样油光闪亮,两根黑带子把一块色彩鲜艳的头巾系在头上。两个耳朵特别漂亮,各戴一颗褐色的大珍珠作为装饰。亚细亚身材矮壮,好像中国人的灶君,更像印度人崇拜的神像,这种类型的印度人似乎不应存在,但最终还是被旅行家所发现。看到这个身穿薄毛裙、上罩白围裙的怪物,埃斯黛不禁哆嗦了一下。

"亚细亚!"西班牙人叫道。这个女人朝他抬起头来,就像一条狗抬头看着自己的主人。"这就是您的女主人……"

他说着指了指身穿浴衣的埃斯黛。亚细亚看到这仙女般的姑娘,露出近于痛苦的表情;但与此同时,她那短平的眉宇之间,一道压抑的目光犹如大火中的一点火星,直向吕西安射来。吕西安身穿一件领子敞开的漂亮睡衣,里面是一件绒布衬衫和红色长裤,头戴一顶土耳其软帽,露出金黄色的卷发,简直像天神一般。意大利的天才能编出奥赛罗的故事①,英国的天才把这个故事搬上了舞台;但是,惟有人的本性才能在一瞥之间,比英国和意大利的天才更为出色、更为完整地表达出嫉妒之情。埃斯黛看到了这一瞥,吓得紧紧抓住西班牙人的胳膊,连指甲也抠了进去,就像是一只猫,生怕掉进一眼望不到底的深渊,用爪子紧紧抓住不放。见此情景,西班牙人就用别人听不懂的语言对这个亚洲怪物说了两三句话,只见她立刻跪倒在埃斯黛的脚下,吻了吻她的双脚。

---

① 奥赛罗的故事在莎士比亚编成悲剧之前,由意大利人季拉耳迪·钦提奥在一本故事集中作了叙述。故事讲述勇敢诚实的摩尔人统帅奥赛罗,因嫉妒而误杀妻子苔丝德蒙娜。

相关链接 ●

西班牙人对埃斯黛说："她不是个普通的厨娘,而是个能叫卡雷姆眼红的大菜师傅。亚细亚什么菜都会做。她烧的豌豆可以叫您怀疑是否有天使下凡在里面加了仙草。以后,她每天早晨到中央菜场去买菜,她会像魔鬼一样讨价还价,以便使价格极为合理;她说话谨慎,好奇的人会感到自讨没趣。别人将以为您到印度去了,亚细亚会帮您的大忙,使人相信这种说法;她这个巴黎女人生来就是愿意扮哪国人就像哪国人。但我的意见并不是要您到国外去……"

"欧罗巴,你说呢?……"

欧罗巴同亚细亚截然相反,是个极为可爱的女仆,蒙罗兹①巴不得在舞台上能有这么一位搭档。欧罗巴身材苗条,外表冒失,脸蛋像鼬一般清秀可爱,长着一个翘鼻子,脸上显出过惯巴黎腐化生活的疲乏神情,面色像光吃土豆的妓女那样苍白,样子既迟钝又易动情,既有气无力又坚韧不拔。她一只小脚伸在前面,两手抄在围裙的口袋里,看上去一动不动,实际上摇晃不定,她十分活跃。她既当女工又当配角,年纪轻轻,却已经干过不少行当。她做的坏事同所有的马德洛内特②加起来一样多,她大概偷过自己父母的钱,差点没坐上轻罪法庭的板凳。亚细亚固然使人毛骨悚然,但能被人一眼看透,她是洛居斯特③的直系子孙;而欧罗巴使人感到的不安只会随着对她的使用而与日俱增;她花言巧语,无所不能,正如俗语所说,一张嘴可以说动两座山打架。

"太太大概是瓦朗斯人吧,"欧罗巴生硬地低声说道,"我就是那地方的人。"她又装出斯文的样子对吕西安说:"先生,您是否能告诉我们对太太该如何称呼?"

"旺·博格塞克太太,"西班牙人回答道,当即替埃斯黛改了姓④。"太太是犹太人,出生在荷兰,是个大商人的遗孀,得了一种从爪哇传来的肝病……财产不多,以便不引起别人的好奇。"

"六千法郎的年金收入,这日子可以过了,不过我们一定会抱怨她小气的,"欧罗巴说。

"正是这样,"西班牙人低下头说。"该死的捣蛋鬼!"他接着狠狠地骂了一句,因为亚细亚和欧罗巴的目光使他感到不快,"我刚才说的你们都明白了吗?你们是服侍一个王后,必须像对王后那样尊重她,像对我那样忠于她。无论是门房、邻居还是房客,任何人都不应该知道这里的事情。万一引起别人的好奇,你们就得设法消除。"然后,他把毛茸茸的大手放到埃斯黛的胳膊上说道:"太太,您不应有丝毫疏忽,必要时你们俩可以加以阻止,但是……不得无礼。欧罗巴,太太的梳妆用品由您外出购买,您要尽量节约。总之,任何人,即使是无关紧要的

---

① 蒙罗兹,即克洛德·巴里赞(1784 – 1843),法国喜剧演员,自1815年起在喜剧中专扮男仆角色。

② 马德洛内特指入修道院忏悔的妓女。1829年,这些妓女被关在圣拉扎尔监狱(圣·德尼城关街117号)。位于泉水街的马德洛内特监狱在七月王朝时关押未经判决的少年犯。

③ 洛居斯特是古罗马毒药进行谋杀的女人。罗马皇后阿格里皮娜用她提供的毒药杀死了丈夫克劳笛乌斯一世。

④ 埃斯黛姓高布塞克(Gobseck),与博格塞克(Bogseck)字母相同,发音相近。

人,也不能让他踏进房门。这里的一切都由你们两人应付。"他又对埃斯黛说:"我的小美人,您要是想晚上乘车出去,就对欧罗巴说,她知道该上哪儿去找您的车夫,您的车夫和这两个奴才一样,也是我一手培养出来的。"

埃斯黛和吕西安一句话也说不出来,只是静静地听着西班牙人,看着他对这两个活宝发号施令。这两张脸一张是淘气透顶,一张是残忍之极,却都是如此顺从、忠心,这里面究竟有什么奥秘?埃雷拉看到埃斯黛和吕西安目瞪口呆,就像保尔和薇绮尼①看见两条可怕的蛇一样,就猜到了他们的心思,好声好气地在他们耳边说道:"你们可以相信他们,就像相信我一样;不要对她们保守任何秘密,这样会使她们感到高兴。"他对女厨师说:"你去开饭吧,我的小亚细亚。"又对欧罗巴说:"你么,我的宝贝,再去摆一套餐具,两个孩子给爸爸吃一顿午饭是最起码的事了。"

西班牙人看到这两个女人关上房门,听到欧罗巴在隔壁房间走来走去,就张开一只大手对吕西安和姑娘说:"她们在我手心之中!"这话和手势都令人不寒而栗。

"你是从哪里把她们找来的?"吕西安大声问道。

埃雷拉回答道:"当然不是从王宫里找来的!欧罗巴是从堂子里出来的,她怕再回那里……她们要是不顺你们的意,你们就用神甫先生来吓唬她们,她们就会像耗子听到猫一样害怕得发抖。我是专驯猛兽的,"他微笑着补充道。

"我看您像个魔王……"埃斯黛紧紧依偎着吕西安,娇媚地大声说道。

"我的孩子,我曾设法把您交给天主;但是,忏悔的妓女对教会来说将永远是一种欺骗;即使确实有,也会在天堂里重新沦为交际花……您在那儿总算使人忘掉了您的身份,有了正经女人的模样,因为您在那儿学到的东西是您在过去的下流生活中永远也学不到的……"他看到埃斯黛的脸上浮现出美妙的感激之情,就指了指吕西安说:"您不用感激我,我做这一切都是为了他……您现在是妓女,将来还是妓女,死了也是妓女,尽管驯兽者有种种漂亮的理论,在人世间一个人万变不离其宗。头盖骨隆起的人②说得有理。您有爱情的隆凸。"

看来,这个西班牙人同拿破仑、穆罕默德和许多伟大的政治家一样,是个宿命论者。说来也怪,几乎所有的活动家都相信宿命,正如大多数思想家都相信上帝一样。

"我不知道自己是怎样的人,"埃斯黛天使般温柔地回答道,"但是我爱吕西安,我死了也爱他。"

"来吃午饭吧!"西班牙人突然说道,"祈求上帝别让吕西安很快就结婚,他一结婚您就再也见不到他了。"

---

① 法国伤感主义作家贝纳丹·德·圣比埃(1737－1814)的小说《保尔和薇绮尼》中的人物。小说描写住在远离文明的小岛上的一对情人的恋爱生活和他们的悲惨结局。

② 头盖骨隆起的人指瑞士作家和神学家拉瓦特(1741－1801),著有《相面术》一书,认为头盖骨隆起是有才能的象征。

"他一结婚我就去死。"她说道。

她让假神甫先走，以便踮起脚尖，凑近吕西安的耳朵说话，而不至被神甫看到。

她说："让这个人派两条狗来看管我，这难道是你的意思？"

吕西安低下了头。可怜的姑娘忍着悲伤，装出高兴的样子；但她的内心却感到万分难受。过了一年多的时间①，她看到这两个被神甫称作两条看家狗的可怕女人一直悉心服侍，才慢慢习惯下来。

十五、叙述四年幸福生活的乏味章节

重返巴黎以来，吕西安的行为神秘莫测，就必然引起、也已经引起了所有老朋友的妒忌。吕西安对这些人的惟一报复，就是用自己在社交界的成功、无可指责的仪表和对别人若即若离的态度来惹他们恼火。这位诗人一向感情外露，擅于言谈，现在却变得冷漠、谨慎。德·玛赛虽是巴黎青年公认的典范，却并不能在谈吐、举止方面比吕西安更为得体。至于才智，吕西安当记者时就已显过身手。德·玛赛心胸狭窄，见许多人得意地把吕西安和自己进行比较，认为诗人胜己一筹，就有些怏怏不乐。这时，吕西安的小说以其原名《查理九世的弓箭手》再版，十分畅销，他的诗集《长生菊》也被道利阿在一周内销售一空。但吕西安已深得实权派人士的青睐，不想名扬文坛，因此对这些成就极为冷漠。当台·都希小姐向他道喜时，他只是淡然一笑，答道："这等于死后成名一样。"

可怕的西班牙人用铁腕使自己的亲信沿着一条路线前进，在这条路线的终点，凯旋的乐曲和胜利的成果正等待着这位耐心的政治家。这时，吕西安已搬进马拉凯河滨街上博德诺尔的单身套间，离泰布街更近了，他的参谋也搬到同一幢房子的五楼，住三个房间。吕西安现在只有一匹马，既当坐骑，又套一辆轻便马车，雇一个佣人和一个马夫。他晚饭不到外面去吃，就在埃斯黛那儿吃。卡洛斯·埃雷拉对马拉凯河滨街住房里的佣人严加监督，所以吕西安一年的全部花费不到一万法郎。不知是什么原因，亚细亚和欧罗巴一直悉心料理家务，因此埃斯黛一年花一万法郎就足够了。吕西安进出泰布街的屋子总是万分小心，每次都乘出租马车来，车帘低垂，并总是让马车驶进院内。因此，他对埃斯黛的爱情以及他们在泰布街的夫妻生活，外人一概不知，对他的事务或交往也没有任何妨碍；对这一微妙的关系，他从未漏出一字半句。他刚来巴黎时和高拉莉公开同居，犯了错误，有了经验教训②。他的生活首先是高雅得体，但在其中可以隐藏不少秘密，他每天晚上出入于社交界，直到半夜一点才离开，上午十点至下午一点呆在家里；接着就到布洛涅树林去散步或外出访客，一直到下午五点为止。他很少步行，以便避开老相识。当某个记者或某个老同事向他打招呼时，他首先彬彬有礼地鞠

---

① 即 1826 年。
② 详见《幻灭》。

躬回答，使对方无法生气，但礼貌中又显得极为傲慢，使人不敢像法国人平常那样随便亲热。这样一来，他就迅速地摆脱了不想交往的人们。一桩旧恨使吕西安不愿上德·埃斯巴夫人家去，可夫人却有好几次想请吕西安光临，他要是在德·莫弗里纽斯公爵夫人、台·都希小姐、德·蒙高南伯爵夫人家里或是在其他地方遇到她，就对她礼貌周全。德·埃斯巴夫人也怀恨在心，因此吕西安不得不谨慎行事。后面还要谈到，他如何一意报仇，加深了宿怨，受到神甫的严厉训斥。西班牙人对他说："你翅膀还不够硬，不能对任何人都进行报复。行路途中，烈日炎炎，就不能停住脚步，去采摘艳丽的花朵……"那帮年轻人先前对吕西安重返巴黎和无法解释他的财源感到不快或有点生气，现在见他前途无量，又确实胜人一筹，所以很高兴能有机会出出他的洋相。吕西安知道自己敌人众多，也觉察到他的朋友们打算戏弄他。因此，神甫极为巧妙地使养子提防社交界的阴谋诡计，避免年轻人在所难免的冒失事。每天晚上，吕西安必须向神甫汇报白天发生的每一件小事。他对这位良师言听计从，驱散了社交界最为机灵的好奇心。他像英国人一样严肃，像外交家一般稳重，即使四面受敌，也固若金汤，决不让任何人有权或有机会过问他的事务。最后，他那张年轻而漂亮的脸在社交界变得毫无表情，就像举行典礼时公主的脸一般。1829 年年中，人们谈起他要同德·格朗利厄公爵夫人的长女结婚，公爵夫人当时至少有四个女儿要出嫁①。大家都相信国王会因这门亲事而开恩恢复吕西安的侯爵爵位。这门亲事将决定吕西安的政治前途，他可能因此被任命为德国某个公国的大臣。特别是近三年来，吕西安的生活极为审慎，使人无懈可击；因此，德·玛赛谈起他时说了句奇特的话："这小伙子想必有个强有力的后台！"这么一来，吕西安几乎成了个大人物。另外，他对埃斯黛的爱情在他扮演这个严肃的角色时也起了很大的作用。这种爱情生活能使雄心勃勃的男人避免不少蠢事；他们不迷恋任何别的女人，就不致因肉体对精神的反作用而身不由己。吕西安现在享受的幸福，是实现了过去身无分文、饥肠辘辘、在顶楼作诗时的梦想。有了埃斯黛这个含情脉脉、十全十美的交际花，吕西安一面回想起曾经和自己同居过一年的女演员高拉莉，一面却又把她从自己的记忆里完全抹去。所有一往深情、忠心耿耿的女人都设法与世隔绝，隐姓埋名，如同珠沉海底一般；但是，对她们中的大多数人来说，这不过是一种讨人喜欢的一时任性，给人提供闲谈的材料，作为她们爱情的证据，这种证据她们一直想提出，却又没有提出，而埃斯黛却一直处于新婚的欢乐之中，时刻感到吕西安初恋时灼热的目光，所以在四年之中没有一点好奇的念头。她把自己的聪明才智全都用在使自己完全按照西班牙人决定命运的大手所制定的计划行事，并且是有过之而无不及！在销魂的欢娱之中，情人欲念无度，总是竭力满足自己爱恋的女子的一切要求，但埃斯黛却没有滥用这种无限的权力，向吕西安盘问埃雷拉的情况，再说她一直害怕这个人，连想也不敢想他。埃斯黛像修女一般优雅，有着正经女人的举止，以及她死而复生，这些都归功于这个不可思议的

---

① 在巴尔扎克的《人间喜剧》中，德·格朗利厄公爵的家族是圣日耳曼区的名门望族。费迪南公爵待嫁的四个女儿是克洛蒂尔德、若斯菲娜、萨比娜和阿泰纳伊斯。详见本书第 54—55 页。

相关链接 ●

22. 年少风流自然有人趋奉，上流社会从自私出发，也愿意照顾他们喜欢的人，好比看到乞丐，因为能引起他们同情，给他们一些刺激，而乐于施舍；可是许多大孩子受惯了奉承照顾，高兴非凡，只知道享受而不去开拓。他们误解应酬交际的意义和动机，以为永远能看到虚假的笑容；想不到日后头发秃了，光彩褪尽，一无所有，既没有价值也没有产业的时候，被上流社会当做年老色衰的交际花和破烂的衣服一般，挡在客厅外面，扔在墙脚底下。

人物的恩惠，但可怜的姑娘感到，这些巧妙的善行使她离地狱更加接近。她恐惧地想道："这一切我总有一天要偿还的。"每当夜色明朗，她就乘出租马车外出。她乘车疾驶，这大概是神甫的规定，前往布洛涅、樊尚、罗曼维尔或维尔－达弗雷这些巴黎四郊的漂亮树林，经常同吕西安一起去，有时也一个人去，由欧罗巴跟随着。她在树林里散步，并不感到害怕，因为要是吕西安不在，就有一个大个子跟班①陪伴她。跟班身穿漂亮的猎装，腰佩大刀。他的相貌和浑身精干的肌肉都表明他是个可怕的力士。这个卫士按照英国的习惯，手持一根称为长棍的手杖，棍棒师都熟悉这种手杖，拿着它可以对付好几个人的进攻，遵照神甫的命令，埃斯黛从未对这个跟班说过一句话。每当她要回去时，欧罗巴就叫唤一声，跟班紧接着打出唿哨，叫唤停在适当距离的马车夫。当吕西安同埃斯黛一起散步的时候，欧罗巴和跟班就站在离他俩一百步远的地方，就像是《一千零一夜》里巫师派来保护别人的魔鬼侍从。巴黎人，尤其是巴黎女子，不了解明月当空的夜晚在树林里散步的妙处。万籁无声，素月分辉，清静淡雅，犹如沐浴一般，使人心旷神怡。埃斯黛一般在晚上十点出发，半夜十二点到一点散步，凌晨二点半回家。她每天上午十一点钟之后才起身。起身后进行沐浴、打扮，由于费时过多，大多数巴黎女子都没有这种习惯，只有成天无所事事的交际花、妓女或贵夫人才能如此沐浴梳妆。吕西安来到时她才打扮完毕，宛如一朵刚刚开放的鲜花出现在他的眼前。她惟一关心的是这位诗人的幸福；她属于他如同一件东西属于他一样，也就是说她让他有完全的自由。对自己容光焕发的小天地之外的地方，她从来不看一眼；这点神甫曾关照过她，因为这位深谋远虑的政治家计划让吕西安官运亨通。有了幸福就无话可说了，这一点各国的作家都十分清楚，所以一切爱情故事都用他们非常幸福这句话来作结尾。因此，我们只能解释一下，这种在巴黎城内确实是难以置信的幸福是何等样子。这种幸福外表极为美丽，是一首诗，是一部长达四年的交响乐！所有的女人都会说："这已经不错了！"然而，埃斯黛和吕西安都不曾说过："太长了！"总之，对他们来说，他们非常幸福这句话的含意，比在神话故事里更为明确，因为他们没有孩子。这样，吕西安就能在社交界谈情说爱，沉湎于诗人般朝三暮四的欢乐之中，应该说，这是处于他的地位不得不做的事。吕西安在稳步取得进展期间，暗中帮助几位政界人物工作，为他们效了劳。他对此闭口不谈，严守秘密。他热衷于德·赛里齐夫人的沙龙，据社交界说，他是德·赛里齐夫人的至交。德·赛里齐夫人把吕西安从德·莫弗里纽斯公爵夫人手里夺了过来，据说公爵夫人已不再爱他了，这种话是女人们为妒别人的幸福、进行报复时的借口。吕西安可以说是得到了法兰西宫廷首席神甫②的青睐，并和巴黎大主教的几位女朋友过从甚密。他谦虚谨慎，耐心等待。当时德·玛赛已经结婚，让自己的妻子过着埃斯黛一般的生活，可见德·玛赛说的话不仅仅是一种评论。但是，吕西安这种地位的潜在危险，在这段故事中可以看得相当清楚。

---

① 此人是埃雷拉的打手，名叫帕卡尔。
② 当时的法兰西宫廷首席神甫是鲁昂大主教德·克鲁瓦亲王。

十六、银钱老虎如何遇到小老鼠，其后果又是如何

八月份一个明朗的夜晚，德·纽沁根男爵在一位移居法国的外国银行家[①]府邸吃过晚饭，返回巴黎。这座府邸位于布里地区的中部，离巴黎有八里路程。那天，男爵的车夫曾吹嘘用自己的马匹将主人送去、送回，就擅自决定在天黑后缓步慢行。当马车驶进樊尚树林时，马匹、仆人和主人的情况是这样的。车夫在那位著名的交易所大王家里喝足灌饱，完全醉了，正呼呼大睡，手里却还握着缰绳，所以行人看不出他在睡觉。贴身男仆坐在车尾，打着呼噜，声音宛如德国的空心陀螺，那德国是出产木雕人像、大 reinganum[②] 和空心陀螺的国家。男爵本想思考问题，可是一过古尔内桥，就因酒足饭饱，身暖意懒，不由得合上了眼睛。缰绳一松，马匹便明白了车夫的情形；它们听见车尾上喝醉的男仆发出阵阵低沉的鼾声，便当家作主起来，利用这一刻钟的自由随便乱走。它们身为忠实的奴仆，这时却为盗贼提供了抢劫法国金融巨头的机会。银行家极为狡诈，号称银钱老虎。总之，马匹成了主人，并受到大家都可能在家畜身上发现的那种好奇心的驱使，在一块圆形空地上停了下来，站在另外几匹马的面前，想必是用马的语言在说："你们是谁家的？在干什么？你们幸福吗？"当马车停住不动时，昏昏沉沉地睡着的男爵醒了过来。他起初以为自己还没有离开同行的花园；随后，他突然看到一位仙女，不觉把平日惯用的铁算盘置之脑后。只见月光皎洁，可以看书，连晚报也能看得清楚。在寂静的树林、清澈的月光中，男爵看见一位单身妇女，一面登上出租马车，一面看了看他那辆马车，看车上的人都已睡着，觉得十分奇怪。纽沁根看到了仙女，不觉心花怒放。那年轻女子发现有人在看她，慌忙拉下面纱。一个穿猎装的跟班嘶哑地叫喊了一声，车夫明白这叫喊的意思，立刻驾起马车，如出弦之箭飞奔而去。老银行家感到万分激动，一股热血从脚底涌到头顶，又从头顶热呼呼地流到心脏，只觉喉咙哽了一下。这个可怜虫最怕自己消化不良，此刻也顾不上这些，连忙站起身来。

"快追！该死的笨蛋，还睡什么！"他喊道。"追上那辆马车，就给你一百法郎。"

车夫听到一百法郎这几个字，立刻醒了过来，坐在车尾的男仆大概也在梦中听见这几个字。男爵重新吩咐了一遍，车夫当即驱马飞驰起来，终于在御座城门[③]赶上了一辆马车，这辆马车与纽沁根看见陌生美女的那辆基本相同，但马车里坐着的却是一家富裕商号的高级职员，身边有一位维维耶纳街[④]的正经女人陪伴。男爵看到弄错了马车，感到十分奇怪。

"如果我带着乔治，而不是带着你这个大笨蛋，那个女人早就找到了，"他见门岗在检查

---

① 这个外国银行家是詹姆斯·德·罗特希尔德男爵，住在弗里埃城堡。

② reinganum 可能是 ringelum 之误。在瑞士的某些州，ringelum 可以用来表示"toupie"（空心陀螺）。

③ 御座城门位于御座广场通往樊尚街的出口。

④ 维维耶纳街同王宫市场一样，也是妓女公开卖淫的地方。

相关链接 ●

23. 热情刚开始的时候，没有经验的人碰到阻碍就惊慌；吕西安和路易丝遭受的困难又极象小人国里的小人捆绑格列佛的绳子，不知有多少琐碎的牵掣叫人动弹不得，便是最强烈的欲望也无法抬头。

马车，就对仆人说道。

"哦! 男爵先生，我想是有鬼跟在后面，变成仆人的模样，把自己的马车换成了这辆。"

"鬼是没有的，"男爵说。

当时，德·纽沁根男爵说自己六十岁，对女人已经完全无动于衷，对自己的女人当然更是如此。他吹嘘说，从未有过使人干出荒唐事的爱情。他认为同女人断绝来往是一种幸福，并大言不惭地说，天仙般的女子即使奉送给他，也没有一点味道。别人以为他对女人完全腻烦，不再用每月一千法郎的代价去购买那种自甘受骗的欢乐。他坐在歌剧院的包厢里，一双冷冷的眼睛平静地盯着芭蕾舞演员。这些巴黎欢娱的精华，这群老妇般的姑娘和姑娘般的老妇极为厉害，却没有一个朝这位金融家暗送秋波。天然的爱情，虚伪的和出于自尊性的爱情，合乎礼仪的和出于虚荣的爱情，情投意合的爱情，夫妻间正式的爱情，稀奇古怪的爱情，这些男爵全都买到过，全都经历过，但就是没有经历过真正的爱。这种爱情犹如雄鹰扑向猎物一样向他袭来，如同梅特涅希亲王的亲信根茨遇到的爱情一样。当初，这个年老的外交官为法妮·埃斯莱干了不少蠢事，看她的排练不知要比欧洲的利益重要多少倍。刚才，这个女人把纽沁根这个双层铁皮银箱弄得神魂不定。他觉得埃斯黛是个绝代佳人，连提香的情妇、达芬奇的《蒙娜·丽莎》和拉斐尔的福尔纳丽娜也没有她那样美丽，即使是眼力最好、观察力最强的巴黎人，也不能在她身上找到半点妓女的痕迹。男爵特别感到惊奇的是，埃斯黛受人爱恋，生活在豪华、优雅和爱情的环境之中，不但像贵夫人一般雍容华贵，而且达到了登峰造极的地步。幸福的爱情是女子的圣油瓶[①]，有了它，她们一个个都骄傲得像王后一样。男爵一连八个晚上都到樊尚树林去，然后又到布洛涅树林、维尔－达弗雷树林、默东树林，最后他跑遍了巴黎市郊，都没有遇到埃斯黛。这个美妙的犹太女人被他称作圣经里的画像，老是浮现在他的眼前。半个月后，他食不下咽。这时，但斐纳·德·纽沁根男爵夫人开始让女儿奥古斯塔在社交界露面。她们起先没有发觉男爵的变化。母女俩只有在午餐和晚餐时才见到他，而且也只有在但斐纳请客时，他们三人才一起在家里吃晚饭。但是，两个月后，男爵变得焦躁不安，同得了相思病相仿。他看到有了百万金钱也无能为力，感到十分惊讶，消瘦了许多，像是身患重病一样，因此但斐纳已经在暗自希望成为寡妇。她开始假心假意地可怜丈夫，还把女儿叫到房间里来陪伴。她问了他好多问题；他回答她就像患忧郁症的英国人回答问题那样，几乎是有问无答。但斐纳·德·纽沁根每星期举行一次晚宴。她发现星期日上流社会里无人问津剧院，一般也没有其他安排，就选定这一天请客。在巴黎，大批商人或布尔乔亚拥来做客，就会使星期天过得十分尴尬，犹如伦敦的星期天十分无聊一样。男爵夫人邀请了名医德斯普兰，以便让他给纽沁根看病，因为纽沁根说自己身体很好，不愿去看医生。凯勒、拉斯蒂涅、德·玛赛、杜·蒂埃这些男爵家的朋友都对男爵夫人说，像纽沁根这样的人不能让他突然死去，他经营巨资，需要小心谨慎，必须完全做到心中有数。应邀出席晚宴的除了这几位先生之外，

---

① 旧时法国国王加冕时用圣油瓶。

还有弗朗索瓦·凯勒的岳父德·贡特维尔伯爵、德·埃斯巴骑士、台·吕卜克司、德斯普兰的得意门生皮安训医生、博德诺尔夫妇、德·蒙高南伯爵及夫人、勃龙台、台·都希小姐和孔蒂；最后还有吕西安·德·吕庞泼莱。五年来，拉斯蒂涅一直对他怀着极其友好的感情。不过用布告文体来说，是奉命行事。

十七、"银箱"的失望

吕西安走进客厅时，勃龙台见他长得更加漂亮，穿着也十分雅致，就对拉斯蒂涅说："我们要甩掉这个人可不容易。"

"最好还是同他交个朋友，因为他令人生畏，"拉斯蒂涅说。

"他？"德·玛赛说。"我认为只有社会上确实有地位的人才令人生畏。他的地位与其说是无懈可击，倒不如说是尚未受到攻击！瞧！他靠什么生活？他的财产从何而来？我敢肯定，他已经欠了六万法郎的债。"

"他找到了一位西班牙神甫做保护人，神甫很有钱，又愿意帮他的忙，"拉斯蒂涅回答道。

"他想娶格朗利厄家的大小姐，"台·都希小姐说。

"是的，"德·埃斯巴骑士说，"不过，人家要他买下一块有三万法郎年金收入的田产，只有这样才能依靠未来的妻子官运亨通；但要买下田产，就得有一百万法郎，而这样一笔钱，是任何一个西班牙人都无法找到的。"

"要价实在高，克洛蒂尔德又长得很丑，"男爵夫人说。德·纽沁根夫人故意直呼德·格朗利厄小姐的名字，仿佛她虽说出生在高里奥家，却与这个上流社会常来常往。

"不，"杜·蒂埃反驳道，"对我们这些人来说，公爵夫人的女儿永远不会是丑的，特别是因为她现在能提供侯爵的爵位和外交官的职务；但这门亲事的最大障碍是德·塞里齐夫人狂热地爱着吕西安，她可能给他很多钱。"

"看到吕西安这样严肃，我不会再感到奇怪了，因为德·塞里齐夫人不会给他一百万让他去娶德·格朗利厄小姐。他大概还不知该如何摆脱这种困境，"德·玛赛说道。

"是啊。不过德·格朗利厄小姐很爱他，"德·蒙高南伯爵夫人说，"有这个姑娘的帮助，他们可能会对他降低条件的。"

"他妹妹和妹夫在安古兰末，他将会把他们说成是什么样的人呢？"德·埃斯巴骑士问道。

拉斯蒂涅回答道："不过，他妹妹很有钱，他现在已经称她为赛夏·德·玛撒克夫人了。"

"虽然有困难，他可是个非常漂亮的小伙子，"皮安训一面说，一面站起来向吕西安打招呼。

"你好，亲爱的朋友，"拉斯蒂涅说着同吕西安热烈握手。

24. 外省人天生爱搞乱，喜欢破坏人家初生的爱情。仆役不经使唤，在屋内随便走动，事先也不让你知道，这是多年的习惯，女主人没有什么事要隐瞒，一向由着他们。改变家里的老例章程，不等于把全昂古莱姆还在将信将疑的爱情自己承认下来吗？德·巴日东太太也休想跨出大门不让人知道她往哪儿去。单独和吕西安出城散步，更是坐实人家的猜疑，宁可和他一同关在家中，还少一些危险……这些细节说明外省的环境，男女的私情要不坦然承认，根本不可能。

吕西安向德·玛赛行礼之后，他才冷冷地还了礼。晚饭前，德斯普兰和皮安训一面同德·纽沁根男爵说笑，一面对他进行观察，发现他的病完全是种心病；但两人谁也猜不出其中的原因，都感到这位深谋远虑的交易所政治家不可能堕入情网。然而，皮安训认为只能用爱情来解释银行家的病情，就把自己的想法对但斐纳·德·纽沁根简要地说了一下。夫人听了微微一笑，仿佛早就料到丈夫的情况。晚饭后，大家都到花园里去，男爵家的好友们听皮安训说纽沁根肯定是爱上了一个女人，就围着银行家，想要弄清这种不寻常的情况。

德·玛赛对他说："男爵，您可知道自己瘦多了？有人怀疑您违反了金融家本性的规律。"

"决不会！"男爵说。

"会，"玛赛答道，"有人断言您爱上了一个女人。"

"那倒是的，"纽沁根可怜巴巴地说道，"我在追求从未感觉到的东西。"

"您竟会爱上女人？……您不是自命不凡吗？"德·埃斯巴骑士说。

"我知道自己这把年纪还爱上女人，确实是再滑稽也没有了；但是，爱上了，又有什么办法呢？"

"一个社交界的女人？"吕西安问道。

德·玛赛说道："只有那种毫无指望的爱情才会使男爵瘦成这样，自愿出售或可以出售的女人，他都有钱买到。"

"我不认识这个女人，"男爵回答道。"既然德·纽沁根夫人在客厅里，我可以告诉你们。过去，我不知道什么是爱情。爱情嘛……我认为就是消瘦。"

"您是在什么地方遇到那纯洁的姑娘的？"拉斯蒂涅问道。

"在马车里，半夜十二点，在樊尚树林。"

"她有什么特征？"德·玛赛问道。

"戴一顶白纱帽，穿玫瑰色裙子，白披肩，白面纱……一张脸真像是圣经里的画像！炯炯有神的眼睛，东方人的脸色。"

"您是在做梦吧！"吕西安微笑着说。

"这是真的，我当时睡得很熟……就像一只装得满满的保险箱，"他接着说道，"我当时在一个朋友家里吃完晚饭回家……"

"她是一个人吗？"杜·蒂埃打断银钱老虎的话说。

"是的，"男爵伤心地说，"但车尾有个仆人，还有个使女……"

"吕西安好像认识她！"拉斯蒂涅看到埃斯黛的情人微微一笑，便大声说道。

"能在半夜去迎候纽沁根的女人谁不认识？"吕西安连忙开了个玩笑，把话岔开。

"那么，她不是个出入社交界的女子研？"德·埃斯巴骑士问道，"她要是社交界的女子，男爵早就认出那男仆了。"

"我从来没见到过她，"男爵回答道，"我已经让警察局找了四十天了，可就是没有找到。"

"您为她花掉几百张一千法郎的钞票要比送掉性命值得。您这把年纪，不吃东西谈恋爱

可是危险的,"德斯普兰说,"这样会送命的。"

"是啊,"纽沁根对德斯普兰回答说。"我吃东西一点也没有味道,又闷得要命,就到樊尚树林里去,看看上次见到她的那块地方!……嗨!这就是我的生活! 最近那笔公债我也没能去经办,只好托付给那些可怜我的同行去办……就是花一百万法郎,我也要认识这个女人,这对我有好处,因为我现在已经无法干交易所的事了……你们可以去问问杜·蒂埃。"

"是这样,"杜·蒂埃回答道,"他现在对做生意感到厌恶,他变了,这是死亡的征兆。"

"爱情的征兆,"纽沁根说道,"对于我来说,这都一样!"

此刻,这个老头已不再是银钱老虎,他有生以来第一次发现还有比金子更为神圣的东西。他的天真感动了这伙麻木不仁的人:一些人相视微笑,另一些人看了看纽沁根,脸上似乎在说:"这样有钱的人竟会落到如此田地!……然后,他们一个个回到了客厅,纷纷谈论着这件事。这件事确实能轰动一时。德·纽沁根夫人听到吕西安对自己谈了银行家的秘密,不由得大笑起来;但是,男爵听到妻子在嘲笑自己,便上前拉住她的胳膊,把她拉到窗前。

"夫人,"他低声对她说,"对您的恋爱,我从未嘲笑过一句,您为什么要嘲笑我的恋爱呢?一个好妻子就应该帮助丈夫摆脱困境,而不是像您那样嘲笑……"

根据老银行家的描述,吕西安早已知道那女人是他的埃斯黛。他对自己的微笑被人发现已经十分恼火,这时见大家正在喝着咖啡交谈,就乘机溜走了。

"德·吕庞泼莱先生上哪儿去了?"德·纽沁根男爵夫人说。

"他忠于自己的信条:Quidme continebit?"拉斯黛涅回答道。

"这就是说:谁能把我留住?或者说:我是不可制服的,两者由您挑选,"德·玛赛说。

"刚才男爵先生谈到那陌生女郎时,吕西安露出了一丝微笑,可见他认识她,"荷拉斯·皮安训说。他并不知道自己自然而然说出的意见,会包藏着危险。

"好!"银钱老虎思忖道。他像一切绝望的病人那样,只要还有一点希望,就什么事都会同意去做。半个月前,他已经委托最干练的巴黎商务警察①进行侦查。这时,他决定请其他人暗中监视吕西安。

十八、埃斯黛幸福下面的深渊

吕西安在回到埃斯黛的住所之前,必须到格朗利厄公馆去度过两个小时,使克洛蒂尔德－弗雷德里克·德·格朗利厄小姐成为圣·日耳曼区最幸福的姑娘。这个野心勃勃的青年素来谨慎,觉得应该把德·纽沁根男爵描述埃斯黛外貌时他微微一笑所产生的后果立刻告诉卡洛斯·埃雷拉。男爵对埃斯黛的爱情,以及他要请警察来寻找这位陌生女郎的打算,都是必须向神甫汇报的重要情况。这位神甫藏身于长袍之中,犹如过去的罪犯藏身于教堂之中

---

① 巴黎商务警察队根据 1808 年 3 月 14 日颁布的帝国法令成立,共有十名警察。

相关链接

25. 夏特莱不相信两人这样清白。他专等吕西安拜访德·巴日东太太的时间，过了一会闯上门去，还每次叫小圈子里的冒失鬼德·尚杜先生陪着，进门让他走前几步，希望碰巧撞见什么。他要扮这个角色，实现他的计划，极不容易；他必须冒充中立，才能在他导演的戏剧中支配所有的人物。他要叫他假意奉承的吕西安麻痹大意，又要叫目光尖锐的德·巴日东太太不起疑心，便假装追求那个忌妒路易丝的阿美莉。

一样。吕西安从银行家在圣拉扎尔街①的府邸到格朗利厄在圣多米尼克街的公馆，中途要经过他在马拉凯河滨街的住所。吕西安进屋时，看到他那可怕的朋友正在抽临睡前必抽的烟斗。这个人比外国人还古怪，嫌西班牙雪茄烟味太淡，就改抽烟斗了。

西班牙人听吕西安叙述了全部经过之后，说："这下问题严重了。男爵现在雇用卢夏尔来寻找姑娘，将来一定会请个执达吏来跟踪你，那时我们的秘密就都会暴露。我现在没有过多的时间来策划对付这位男爵，我首先应该让他看看警察局的无能。等到我们的银钱老虎完全丧失了找到母山羊的希望，我就用适当的价钱把她卖给他……"

吕西安遇到任何事情，第一个反应总是好的。这时他大声说道："把埃斯黛卖了？"

"你难道忘了我们的处境？"卡洛斯·埃雷拉大声说道。

吕西安低下了头。

"没钱了"，西班牙人接着说，"还有六万法郎的债要还！你要是想娶克洛蒂尔德·德·格朗利厄，就得买下一块价值一百万的田产，以确保这个丑姑娘能享受亡夫的遗产。现在，埃斯黛就像是一头美味的野兽，我要让银钱老虎去追逐她，从他身上刮下一百万法郎。这是我的事……"

"埃斯黛决不会答应的。"

"这是我的事"

"她会因此而死的。"

"这是殡仪馆的事。另外，还有什么？……"这个野蛮人大声说道，一面突然站住，制止了吕西安的哀歌。他停了片刻之后，向吕西安问道："有多少将军在年轻力壮之时，为拿破仑皇帝献出了自己的生命？女人总是能找到的！1821 年，你认为高拉莉举世无双，但后来还是出了个埃斯黛。这个姑娘之后，你知道还会出个……谁呢？……一个陌生女人！就是说最美的女人，你可以在首都寻找这个女人，那时德·格朗利厄公爵的女婿将在首都当大臣，代表法兰西国王……唉！你真是个孩子气十足的先生，埃斯黛会因此而死吗？另外，当德·格朗利厄小姐的丈夫能保住埃斯黛吗？这是我的事，由我来办，你也不必顾虑重重，自寻烦恼。只是这一两个星期你别去找埃斯黛，但你还是上泰布街去。好吧，你再去和情人说一次私房话吧。另外，演好你的角色，把上午写好的那封热情洋溢的情书悄悄塞给克洛蒂尔德，再从她那儿给我带回一封更加热烈的信！这个姑娘会用写信来寄托自己的思念之情，这样对我正中下怀。你再见到埃斯黛时，她会显得有点伤心，但是要叫她听话。这事关系到我们的体面。大人物表面上道貌岸然，背地里却是男盗女娼……这关系到我那高尚的自我，关系到你，因为你决不应该受到怀疑。两个月来，我苦思冥想，一无所获，这次偶然的机会倒帮了我们的大忙。"

卡洛斯·埃雷拉一句句说出了这些可怕的话，犹如声声枪响。他穿好衣服，准备出门。

"我看得出你很高兴，"吕西安大声说道，"你从来就没有爱过可怜的埃斯黛，所以你现在

---

① 当时，圣拉扎尔街从拱廊街一直通到蒙玛特城关街。

高兴地看到甩掉埃斯黛的时刻到了……"

"你一直爱她,是吗?……那么,我也一直没嫌弃她。我的一切行动难道不能表明我真心喜欢这个姑娘吗?我通过亚细亚把她的性命攥在我手里!只要在炖肉里放上几个毒蘑菇,就能将她结果……然而,埃斯黛小姐还活着!……她很幸福!……你知道是为什么吗?因为你爱她!别要孩子气啦。我们等待一个对我们有利或不利的机会已经有四年了,现在命运注定如此,就只有大显身手干一番了。这场赌博同所有的事情一样,是有利有弊。你是否知道你进门的时候我正在想什么?"

"不知道……"

"就像在巴塞罗那一样,依靠亚细亚的帮助,我成为一个虔诚的老太太的遗产继承人……"

"去犯罪?"

"为了确保你的幸福,就只有这个办法了。债主们已经动起来了,一旦你受到执达员的起诉,被赶出格朗利厄公馆,你会有什么下场?那时,大限也就到了。"

卡洛斯·埃雷拉做了个投河自杀的动作,然后用锐利的目光盯着吕西安,仿佛想把强者的意志注入弱者的灵魂。这种有慑服力的目光缓和了任何反抗,表明吕西安和他的参谋之间不仅存在着生死的秘密,而且有着不同寻常的感情,正如这个人即使过去地位卑贱,却是不同寻常一样。

埃雷拉因法律所迫,脱离社会,永远不能过正常人的生活。他无恶不作,进行了疯狂、猛烈的反抗,把自己搞得精疲力尽,但他有一股精神上的压力一直在折磨着他。这个人既卑鄙又高尚,既默默无闻又大名鼎鼎,浑身充满着生命的狂热。他在吕西安漂亮的肉体中再生,并把吕西安的灵魂变为己有。他让诗人在社会生活中代表自己,并把自己的顽强和钢铁般的意志传给了吕西安。对他来说,吕西安胜过儿子,胜过爱慕的女人,比家庭和生命更为重要,吕西安是他的复仇之神;强者总是珍视感情甚于生命,因此他就用不可分离的联系将吕西安和自己拴在一起。

当诗人绝望自杀之时,他买下了吕西安的生命,并向他提议缔结一个可怕的条约,这种条约只有在小说里才有,但其可怕的后果却常常在重罪法庭上被著名的案件所证实。他向吕西安提供了巴黎生活的一切乐趣,使他相信还能为自己创造美好的未来;同时,他把吕西安变成了自己手中的筹码。一旦涉及到他的另一个自我,这个怪人就不惜任何代价。他虽说是个强者,可是对亲信的任性却十分心软,终于将自己的秘密全部告诉了他。这样一来,他俩除了在思想上臭味相投之外,也许又多了一层联系?自从电鱼被劫走以来,吕西安就明白自己的幸福是建立在何等可怕的基础之上。

这个西班牙教士,原来就是大名鼎鼎的苦役犯雅克·高冷。十年前,他曾化名伏脱冷住在伏盖公寓,当时拉斯蒂涅和皮安训也在那里寄宿。雅克·高冷诨名鬼上当,被关进罗什福

相关链接

26. 那天吕西安从家里出来,决意疯疯癫癫拼着性命干一下,他要尽量发挥口才,说出一番火辣辣的话,说他疯了,一个念头都想不出了,一句诗也写不成了。可是有些女子还相当高雅,最恨人家有心算计,要让步也得出于情不自禁而不落俗套。一般说来,强加于人的快乐总是不受欢迎的。

尔监狱不久就越狱潜逃,并效法著名的圣·埃兰伯爵[①],但同时又改掉了高阿涅大胆妄为的一切弊病。既冒充正派人,又继续过苦役犯的生活,这未免过于矛盾,不能不带来悲惨的结局,这在巴黎尤其如此;这是因为囚犯要是有了家庭,这种冒名顶替就越发危险。此外,为了不致受到搜捕,就不应该满足于一般的物质生活。经常出入社交界的人会遇到一些偶然的情况,与社交界毫无联系的人就很少遇到这种情况。因此,教士的长袍加上规矩、孤独、无所事事的生活,就是最可靠的伪装。这个被剥夺了公民权的人执意重新在社会中生活,满足同他本人一样奇特的热情,就自忖道:"那么,我就当神甫。"在西班牙,1812 年宪法引起了内战[②],这个精力旺盛的人这时已来到了西班牙,利用内战的机会,在一次伏击中悄悄干掉了真正的卡洛斯·埃雷拉。神甫是一位大贵族的私生子,早就被父亲遗弃,也不知自己的母亲是谁。国王斐迪南七世根据一位主教的推荐,派他去法国执行一项政治使命。正当这个教会的孩子从加的斯到达马德里,再从马德里到法国的途中,惟一关心他的主教去世了。雅克·高冷庆幸自己在如愿以偿的条件下遇到了如此理想的替身,就挖掉自己背上那些该死的字母,还用化学药水改变了自己的面容,他在毁尸前对着尸体乔装打扮,倒还真有几分相像。在阿拉伯神话里,年老的苦行僧念起咒语就能钻进年轻人的躯体;现在,这个讲西班牙语的苦役犯为了完成几乎是同样奇妙的变化,只得学习拉丁文,使自己能像安达卢西亚的神甫一样精通拉丁文。高冷是三处苦役监的银行家,手里掌管着许多存款,交给他保管的原因是大家都知道他为人诚实,另外他也不得不诚实:对于这样的存款人,稍有差错就会挨刀子。在这些存款中,他又加上了主教给卡洛斯·埃雷拉的钱。在离开西班牙之前,他把巴塞罗那一个虔诚女教徒的财产占为己有。他宽恕了这个忏悔者,并答应将她谋财害命所得的钱归还原主。现在,雅克·高冷摇身一变,成了肩负秘密使命的神甫,能在巴黎得到豪门权贵的推荐,因此,他在从安古兰末到巴黎的路上遇到吕西安之后,便下定决心不再去干任何有损于他的新身份的事,在新的生活中碰碰运气。假神甫觉得吕西安可能成为取得权力的出色工具,所以在吕西安自杀时把他救了,并对他说:"您要是像人们服从魔鬼那样服从一位神甫,就会时来运转。您将会生活得像梦里一样美好,醒来时最多像您现在那样自杀罢了……"这两个人混在一起,就像一个人一样,其基础就是这番令人信服的道理;另外,卡洛斯·埃雷拉又通过巧妙的合作来巩固这种结合。他有使人堕落的才能,把吕西安的善良正直一扫而光,办法是先把他逼得走投无路,然后要他默默同意去干坏事、丑事才给他解围,吕西安虽说干了这些事,却也并不损

---

① 圣·埃兰伯爵系皮埃尔·高阿涅冒充。高阿涅于 1802 年因盗窃罪被捕,判苦役十四年。1805 年越狱潜逃。从西班牙回国后,冒名圣埃兰伯爵投军,效忠波旁王室。王政复辟时期升任巴黎第七十二宪兵团中校团长,受勋累累,同时却暗中为盗贼帮口的首领。军事检阅时被人识破,判处终身苦役,此案在当时轰动一时。

② 1812 年 3 月,西班牙资产阶级和自由派贵族在卡迪斯举行临时议会,通过宪法,宣布实行君主立宪制。但以国王斐迪南七世为首的封建势力竭力反对,并于 1814 年取消宪法,1820 年,马德里爆发革命,国王被迫宣布恢复 1812 年宪法。

害他在世人眼中纯洁、正直、崇高的形象。吕西安显耀于世,假神甫却自愿在他背后默默无闻。一天,他向吕西安承认了自己乔装打扮的亵渎行为,并对他说:"我写戏,你演戏;你演得不好,让人喝倒彩的是我。"卡洛斯根据自己的进展情况和吕西安的需要,小心翼翼地逐步向他透露出件件卑鄙行径。因此,鬼上当等到这个懦弱的诗人习惯于巴黎寻欢作乐的生活,取得了成功,满足了虚荣心,把自己的肉体和灵魂都交给他之后,才把最后一桩秘密告诉吕西安。当初,拉斯蒂涅顶住了这个魔鬼的诱惑,现在,吕西安却抵挡不住,原因是操纵的手法更为高明,拖人下水的计策更为巧妙,特别是他取得了优越的地位,感到十分幸福,所以就俯首就范,邪恶在诗中的形象是魔鬼,它施展极为迷人的手法,对这个一半像女人的男人进行诱惑,开始时给他多,要他做的事少。神甫的高超道理就是答丢夫答应欧米尔的绝对秘密[1]。雅克·高冷不断对吕西安表现出绝对忠心,犹如伊斯兰教的狂热信徒忠于穆罕默德一般,终于完成了征服吕安西这一可怕的工作。这时,埃斯黛和吕西安早已用完了苦役监囚犯交给这个诚实的银行家保管的全部钱财,这就会使囚犯逼他交出账目,不仅如此,花花公子、假神甫和妓女同欠了债。正当吕西安即将成功之时,三人中的一个只要脚下踩到一粒小石子,就能使这座大胆地建造起来的奇幻的成功大厦倒塌。在歌剧院的舞台上,拉斯蒂涅认出了当年住在伏盖公寓的伏脱冷,但是他明白自己如不守口如瓶,就会送掉性命,因此,这位德·纽沁根夫人的情夫同吕西安交换目光时,双方都装出友好的样子,背后却隐藏着惧怕的神色。要是发生了危险,拉斯蒂涅显然非常乐意提供车子,把鬼上当送上断头台。现在,大家都应该猜到,卡洛斯得知德·纽沁根男爵的爱情时,是如何转忧为喜的,像他这号人,马上就会想到能从可怜的埃斯黛身上捞到什么油水。

"去吧,"他对吕西安说,"魔鬼会保护它的神甫的。"

"你这是在火药库上抽烟。"

"我在玩火[2]!"卡洛斯微笑着回答道,"这是我的职业。"

十九、格朗利厄公馆

上世纪中叶,格朗利厄家族分成两个支系:首先是目前的公爵,他只有女儿,所以他的家族注定要断根;其次是德·格朗利厄子爵,他将继承长房的爵位和纹章。公爵支系的纹章图案是直纹红线上有三把系着横带饰的金战斧,题铭是著名的 Caveo nontimeo[3]!说明了这个家族的全部历史。

---

① 出自莫里哀的喜剧《伪君子》。答丢夫要欧米尔和他私通,就对她说:"您可以万安,这儿的事是绝对秘密的。……一声不响地犯个把过失是不算犯过失的。"详见《莫里哀喜剧选》中册,第270页。

② 原文为拉丁文。

③ 拉丁文,意思是我留意,但并不畏惧!

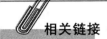

相关链接 ●

那些子爵的纹章图案同拿伐兰家族的纹章一样，分成上下四块，直纹红线，金雉堞边横带饰，印有骑士头盔及题铭：伟大的业绩，伟大的地点①！目前的子爵夫人从 1813 年起就当了寡妇，有一儿一女。她从国外回来时濒临破产，但由于诉讼代理人德·戴维尔的忠心，她又得到了一笔相当可观的财产。

德·格朗利厄公爵夫妇在 1804 年回国后，受到皇上的青睐；拿破仑把他们请到宫廷之后，就将德·格朗利厄在领地上的财产都还给了他们，每年约有四万法郎的年金收入。圣日耳曼区受到拿破仑拉拢的名门显贵之中，惟独德·格朗利厄公爵和夫人（同布拉冈斯家族联姻的阿朱达家族长房的女儿）没有否定皇上及其恩德。为此，圣日耳曼区的贵族对格朗利厄家族横加指责，但路易十八却对这片忠心表示敬重，也许只是想以此来逗弄一下他的大弟而已。大家认为，年轻的德·格朗利厄子爵将来可能同玛丽－阿泰纳伊斯结婚，她是公爵最小的女儿，当时才九岁。第四个女儿萨比娜在七月革命之后嫁给了杜·盖尼克男爵。三女若斯菲娜在侯爵丧失第一个妻子德·罗什费特小姐后，成了德·阿朱达－潘托夫人。长女在 1822 年当了修女。次女克洛蒂尔德－弗雷德里克现年二十七岁，正深深地爱着吕西安·德·吕庞泼莱②。

德·格朗利厄公爵的公馆是圣多米尼克街最漂亮的府邸之一，对吕西安的思想无疑有着极大的诱惑力；每当公馆的大门洞开，让他驱车入内之时，他就感到米拉波③说过的那种虚荣心得到了满足。他心里想道：

"尽管我父亲是乌莫镇一个普通的药剂师，我却跨进了这扇大门……"

他除了和假神甫的同谋罪外，还犯有其他许多罪行，目的是保存登上公馆台阶的权利，在路易十四式的大厅里听到仆人通报："德·吕庞泼莱先生驾到！"这个客厅是在路易十四时期建造的，仿效了凡尔赛宫中那些客厅的款式，汇集了名流雅士，巴黎的精华，在当时有小朝廷之称。

公爵夫人是葡萄牙贵族，不爱出门，大部分时间是和邻居德·旭里欧公爵夫妇、德·拿伐兰公爵夫妇和德·勒农古公爵夫妇一起在家里度过的。美丽的德·玛居梅男爵夫人（本姓旭里欧）、德·莫弗里纽斯公爵夫人、德·埃斯巴夫人、德·康普斯夫人，以及与布列塔尼地区的格朗利厄家族有亲戚关系的台·都希小姐，经常在去舞会的途中或是从歌剧院回来时登门拜访。这个豪华大厅的常客还有德·格朗利厄子爵、德·雷多雷公爵，有朝一日会成为德·勒农古－旭里欧公爵的德·旭里欧侯爵、他的夫人，即德·勒农古公爵的孙女玛德莱娜·德·莫尔索、德·阿朱达－潘托侯爵；勃拉蒙－旭佛里亲王、德·鲍赛昂侯爵、帕米埃的主

---

① 格朗利厄的意思就是"伟大的地点。"
② 格朗利厄家族的长房是费迪南公爵，次房是朱斯特·德·格朗利厄子爵。子爵在《蓓阿特丽斯》中与堂妹玛丽－阿泰纳伊斯结婚。在同书中，萨比娜·德·格朗利厄与杜·盖尼克男爵结婚。
③ 米拉波（1749－1791），18 世纪法国资产阶级革命时期立宪派领袖之一。

教代理官、王特奈斯夫妇、德·卡迪央老亲王和他的儿子德·莫弗里纽斯公爵。大厅里有王宫的气派，人们的言谈、举止、才智和这些前呼后拥的高贵主子十分相称，他们打扮华丽，竟忘掉了曾在拿破仑时代屈尊俯就。

德·莫弗里纽斯公爵夫人的母亲德·于格泽尔老公爵夫人是这个沙龙里的权威。德·赛里齐夫人虽说娘家是龙克罗尔家族，却一直未能进入这个沙龙。

德·莫弗里纽斯夫人热恋吕西安有两年之久，这时通过母亲的美言，将迷人的诗人引进这个沙龙。吕西安依靠法兰西宫廷首席神甫的影响和巴黎大主教的帮助，在沙龙里站住了脚。但是，他在接到王上的敕令，恢复了吕庞泼莱家族的姓氏和纹章之后，才正式成为这沙龙中的一员。德·雷多雷公爵、德·埃斯巴骑士和其他几位都妒忌吕西安，经常向德·格朗利厄公爵讲述吕西安从前的轶事，以挑起公爵对他的不满；但是，老公爵夫人笃信宗教，处于教会权威人士的包围之中，她和克洛蒂尔德·德·格朗利厄都为吕西安撑腰。另外，吕西安也作了解释，说这些人对他怀有敌意，是因为他曾爱过·埃斯巴夫人的弟媳妇德·巴日东太太，即现在的夏德莱伯爵夫人。其后，吕西安感到必须让这门权贵接纳自己，同时他亲密的参谋又催促他迷住克洛蒂尔德，他就鼓起了暴发户一般的勇气，每星期上门五次，态度和蔼地吞下了妒嫉的苦药，忍住了傲慢无礼的目光，风趣地回答了冷嘲热讽。他坚持不懈，又风度迷人，礼貌殷勤，终于消除了顾虑，减少了障碍。当初，德·莫弗里纽斯公爵夫人在热恋时写下了热烈的情书，现在都在卡洛斯·埃雷拉手里，所以吕西安在公爵夫人家里一直很受欢迎。他又是德·赛利齐夫人崇拜的偶像，在台·都希小姐家也受到很好的接待。吕西安对自己受到这三家的接待感到满意，但西班牙人竭力要他限制自己的交往。

"一个人不能同时致力于好几个家族，"他亲密的参谋对他说，"到处跑，就会到处落空。达官贵人们只保护那些同家具一样每天都能看见、都不能缺少的人，就像天天要坐的沙发那样。"

这时，吕西安已经把格朗利厄家的客厅当作自己的战场，把自己的才智、俏皮话、新闻和阿谀奉承都留在夜晚的客厅聚会时使用。他事先从克洛蒂尔德那儿得知哪些是不该谈的事，就巧妙而亲热地迎合着德·格朗利厄先生的种种嗜好。克洛蒂尔德开始时还妒忌德·莫弗里纽斯公爵夫人的幸福，后来也不由狂热地爱上了吕西安。

吕西安看到了这样一门亲事的全部好处，就像法兰西喜剧院最近扮演小生角色的阿尔芒①一样出色地扮演了情人的角色。他给克洛蒂尔德写的信可以称得上是第一流的文学佳作，克洛蒂尔德也在回信中比试文才，表达自己的狂热爱情，因为她只能用这种方式恋爱。吕西安星期日去圣·托马斯－达坎教堂望弥撒，装作是虔诚的天主教徒，专心致志地聆听宣扬君主政体和宗教的精彩说教。此外，他还在几家忠于圣会的报刊上发表一些极其出色的文章，却不收受任何稿酬，署名也只用 L 这个字母。他还应国王查理十世或法兰西宫廷首席神

---

① 即阿尔芒·鲁塞尔，1798 年至 1830 年在法兰西剧院扮演生角。

28. 结束的时候她说："……我的心不是整个儿给了你吗？你还要什么？难道你的爱离不了肉欲吗？女子受人爱慕，她的最光荣的特权是克制对方的肉欲。你把我当什么人看待？我不再是你的贝阿特丽克丝了吗？要是在你眼中，我同普通的女人没有分别，我就不配做一个女人。"

甫之请，编写政治性的小册子，也不要任何酬劳。他说："国王对我恩重如山，我只有用自己的满腔热血报答才是。"因此，近几天来，首相办公室正在考虑任命吕西安为私人秘书；但由于德·埃斯巴夫人聚众反对吕西安，所以查理十世的雅克总管①迟迟没有作出这项决定。当时，吕西安的地位还不够明确，看到他步步高升，大家嘴上不说，心里却在寻思："他靠什么生活？"对此需要作出解答。另外，好奇的人不管是出于善意还是恶意，都在这个野心家的身上发现不止一处破绽。克洛蒂尔德·德·格朗利厄为父母充当了无辜的密探。几天以前，她把吕西安拉到窗边谈话，把家里的反对意见告诉了他。克洛蒂尔德说："我母亲回答说，您要是有一百万法郎的田产，就能娶到我。"吕西安把这个所谓的最低条件告诉了卡洛斯后，神浦对他说："以后他们会问你钱是从哪里来的。"吕西安提醒说："我妹夫发了财，我们可以说是他给的钱。"卡洛斯大声说道："那么就只缺一百万了，我来想办法。"

吕西安从未在格朗利厄公馆吃过晚饭，这就清楚地说明他在公馆的地位。克洛蒂尔德、于格泽尔公爵夫人以及仍然待吕西安很好的德·莫弗里纽斯夫人都未能使老公爵开恩，因为这个贵族对吕西安疑心重重，称他为德·吕庞泼莱先生。这一称呼上的细微差别，沙龙里的人都发觉了，也大大刺伤了吕西安的自尊心，他感到主人让自己进门，是十分勉强的。社交界常常受骗上当，所以有权严格要求！一个人在巴黎崭露头角，却没有众所周知的财产，举世公认的产业，这种地位，纵有神机妙算，也无法维持长久。因此，吕西安越是步步高升，"他靠什么生活？"这种疑问就越发强烈。一次他在德·赛里齐夫人家里不得不承认："我负债累累！"他依靠这位夫人，取得了总检察长格朗维尔和国务大臣②、最高法院院长奥克塔夫·德·博旺伯爵③的支持。

吕西安跨进这座能使他的虚荣心得到满足的府邸庭院时，想起了鬼上当的计划，便痛苦地思忖道："我听到脚下的一切都裂开了！"他爱埃斯黛，又想娶德·格朗利厄小姐！真是荒唐的想法！要这个就得卖掉那个。能够办成这笔交易，又不使吕西安的名誉受到影响的只有一人，那就是西班牙假神甫：他们难道不应该各自守口如瓶，而相互保密吗？他们各自既支配对方，又受对方支配，这类协议在生活中是独一无二的。

吕西安驱散了额头的愁云，兴高采烈、容光焕发地走进格朗利厄公馆的客厅。

二十、大家闺秀

这时，客厅的窗户洞开，花园里的芳香飘入室内，只见花园中央的花坛，宛如一座用鲜花筑成的金字塔。公爵夫人坐在大厅角落的长沙发上，同德·旭里欧公爵夫人促膝交谈。好几

---

① 指波利尼亚克(1780－1847)，1829年11月出任首相。
② 国务大臣是个挂名职务，一般授予辞职的大臣和知名人士，年俸一万法郎，1830年时有57名。
③ 奥克塔夫·德·博旺伯爵是《奥诺丽娜》(私人生活场景)的中心人物。

位妇女围坐在一起,装出痛苦的姿态,又各不相同,十分引人注目。在上流社会,没有人会真正关心别人的不幸和痛苦,一切都是嘴上说说而已。男人们有的在客厅里踱来踱去,有的在花园里散步。克洛蒂尔德和若斯菲娜正围着茶桌忙碌。帕米埃的主教代理官、德·格朗利厄公爵、德·阿朱达-潘托侯爵和德·莫弗里纽斯公爵聚在客厅的一角喝威士忌酒。吕西安等仆人通报之后,径直穿过客厅,向公爵夫人请安。他见夫人愁容满面,便问原因何在。

"刚才德·旭里欧夫人得到一个可怕的消息:她的女婿德·玛居梅男爵,就是过去的德·索里亚公爵,不久前去世了[①]。来信通知这一噩耗的是德·索里亚小公爵和夫人,他们当时在尚特普勒照料哥哥,路易丝伤心极了。"

"路易丝的丈夫生前深爱自己的妻子,这种爱一个女人一生中是不会有第二次的。"马德莱娜·德·莫尔索说道。

"她将是个有钱的寡妇,"德·于格泽尔老公爵夫人望着吕西安接着说道,只见他脸上不动声色。

"可怜的路易丝,"德·埃斯巴夫人说,"我理解她,也同情她。"

德·埃斯巴侯爵夫人像心地善良的妇女一般沉思着。萨比娜·德·格朗利厄虽说年仅十岁,也朝母亲抬起一双机灵的眼睛,目光近似嘲笑;她母亲瞪了她一眼,制止了她的目光。

"要是我女儿经受了这一打击,"德·旭里欧夫人表情慈祥地说:"我就要为她的前途担忧了。路易丝十分浪漫的。"

"我真不明白,"德·于格泽尔老公爵夫人说,"我们那些姑娘是从什么地方学来这种性格的?……"

"如今要使情感和体统一致并不容易,"一位老主教说。

吕西安无话可说,便朝茶桌走去,以便同德·格朗利厄小姐攀谈。等到吕西安走到离那些妇女围着的地方几步远时,德·埃斯巴侯爵夫人俯身凑到德·格朗利厄公爵夫人的耳边说:

"您真的以为这小伙子很爱您亲爱的克洛蒂尔德?"

只有描绘了克洛蒂尔德的相貌之后,才能明白这句话是多么恶毒。当时,这位二十七岁的姑娘正站着,站立的姿势正好朝着德·埃斯巴侯爵夫人的嘲讽目光,将克洛蒂尔德像芦笋一般干瘪瘦长的身材看得一清二楚。可怜的姑娘胸部过于扁平,即使用假乳衬垫,也无济于事。克洛蒂尔德知道自己出身名门,极为有利,所以她非但不去掩饰这个缺陷,反而勇敢地将它加以突出。她把身体紧裹在连衣裙里,使线条呆板、生硬。这种效果是中世纪的雕刻家在他们的雕像上追求过的,他们把雕像侧放在教堂的神龛之前,显得十分突出。克洛蒂尔德身高五尺四寸,用通俗易懂的话来说,她是个长脚鸬鹚。这种比例失调使她的上半身显得有点畸形。她脸色棕褐,头发又黑又硬,眉毛浓密,眼睛发亮,眼圈发黑,脸似月牙,额头突出,与她的

---

① 德·玛居梅男爵之死是《两个新嫁娘的回忆》(私人生活场景)中的重要情节之一。

29. 可怜的青年在天堂外面等得太久了，当真哭起来。这是诗人的眼泪，因为力量不足而感到羞辱；也是儿童的眼泪，因为要的玩具得不到而发急。

母亲葡萄牙美女相比，简直是一幅漫画肖像，大自然喜欢开这种玩笑。在家庭中，往往姐姐美貌出众，弟弟和姐姐尽管十分相像，但姐姐的相貌再现在弟弟身上，却使弟弟显得无比丑陋出奇。克洛蒂尔德那张瘪得过分厉害的嘴上，有一种一成不变的轻蔑表情。因此，她的嘴唇比脸上其他部分更能显露出内心活动的秘密。她双颊棕黑，不见红晕，两眼严厉，毫无表情，所以嘴上露出的爱恋之情就显得十分动人，引人注目。她尽管有那么多缺点，又像木板那样干瘪，但由于她的教养和出身，仍具有高贵的风度，傲慢的举止，总之，具有人们恰如其分地称之为不知是什么的气派，这种气派也许应归功于服饰大胆明快，显出大家闺秀的气派。她充分利用自己的头发，从魅力、数量、长度来看，也还算得上漂亮。她经过练声，歌喉十分动听，唱得妙极了。人们看到克洛蒂尔德这样的姑娘，就说："她眼睛很美。"或是："她性格迷人！"当有人像英国人那样叫她"大人"时，她就回答道："您叫我瘦人吧。"

"为什么他就不会爱上我可怜的克洛蒂尔德呢？"公爵夫人对侯爵夫人回答道。"您知道她昨天对我说什么？'如果有人爱我是出于野心，我就要使他爱我本人！'她聪明，有志气，有些男人就喜欢这两点。至于他，亲爱的，他非常漂亮；如果他能赎回吕庞泼莱家族的地产，国王一定会看在我们的面上封他为侯爵的……他母亲毕竟是吕庞泼莱家族的末代……"

"可怜的小伙子上哪儿去搞一百万法郎？"侯爵夫人说道。

"这就不是我们的事了，"公爵夫人说，"但是，他肯定不会去偷……再说，我们也不会把克洛蒂尔德嫁给一个阴谋家或是不正派的人，即使他像德·吕庞泼莱先生一样，是个年轻、漂亮的诗人。"

"您来得这么晚，"克洛蒂尔德显得非常高兴，微笑着对吕西安说。

"是的，我在外面吃的晚饭。"

"这几天您经常去社交界，"她说着微微一笑，笑中带有妒忌和不安。

"去社交界？……"吕西安重复着，"没有，说来也巧，我整整一个星期都在银行家的家里吃晚饭，今天在纽沁根家，昨天在杜·蒂埃家，前天是在凯勒家……"

显然，吕西安早已习惯用大贵族那种幽默、放肆的口吻说话了。

"您有许多敌人，"克洛蒂尔德一面说，一面（极为优雅地）递给他一杯茶。"有人对我父亲说，您欠了六万法郎的债，还说您过不了多久就要住上圣德－贝拉奚[①]那样的别墅。您要是知道我听到这些谣言是什么滋味……这些全落在我的身上……我要对您说的倒不是我的痛苦（我父亲的目光简直要把我钉在十字架上），而是您可能会有的痛苦，如果这些话说中了……"

"您别为这些无中生有的谣言担心，要像我爱您那样爱我，并容我再等几个月，"吕西安回答说，并把喝干的茶杯放回镂刻的银托盘里。

① 巴黎有名的监狱，1829 年时关押负债案犯。但在巴尔扎克写这部小说时，该监狱改为幽禁政治犯和判处一年以下徒刑的囚犯，负债案犯改由克利希监狱关押。

　　"您别去见我的父亲,他会对您出言不逊;您要是听了忍受不住,那我们就完了……那个恶毒的德·埃斯巴侯爵夫人告诉父亲,说您母亲替产妇当过看护,还说您的妹妹是烫衣女工……"

　　"我们过去确实很穷,"吕西安热泪盈眶地回答说。"这不是造谣生非,而是恶言中伤。如今,我妹妹的家产何止百万,我母亲两年前就去世了……这些情况要等我在这里成功之时才能披露于世……"

　　"那么,德·埃斯巴夫人究竟对您有什么过不去的地方?"

　　"这都怪我不小心。一次在德·赛里齐夫人家里,我开玩笑地把她为得到丈夫德·埃斯巴侯爵的禁治产去打官司这件事,向德·博旺先生和德·格朗维尔先生说了一遍,这件事是皮安训告诉我的。德·格朗维尔先生的意见得到博旺和赛里齐的支持,使掌玺大臣改变了自己的意见。他们俩都在《法庭消息报》[1]和此事引起的公愤面前退却了,所以侯爵夫人在这件丑案的终判中受到了谴责。虽说德·赛里齐先生不慎泄密,使侯爵夫人成了我的死敌,可我也因此获得了他的保护,以及总检察长和奥克塔夫·德·博旺伯爵的保护,因为德·赛里齐夫人告诉他们,说他们让人猜出了他们消息的来源,使我陷入了危险的境地。德·埃斯巴侯爵以为是我使他打赢了这场不光彩的官司,竟对我登门拜访,真是可笑。"

　　"我将使我们摆脱德·埃斯巴夫人,"克洛蒂尔德说。

　　"哦!用什么办法?"

　　"我母亲将要邀请德·埃斯巴公爵的两个儿子,他们都很可爱,也长得很大了。父亲和两个儿子会在我家夸奖您的,我们也决不会再看到他们的母亲来了……"

　　"哦!克洛蒂尔德,您真好,我即使不爱您本人,也会爱您的的聪明才智的。"

　　"这不是聪明才智,"她说着把自己全部的爱都倾注在嘴唇上。"再见了,这几天别上我家来。您要是看到我在圣托马斯－达坎教堂戴玫瑰色披肩,就说明我父亲的态度变了。您坐着的椅子背后粘着我的回信,也许可以在我们不见面的日子里给您一点安慰。把您带来的信放在我的手帕里……"

　　这姑娘显然不止二十七岁了。

二十一、好姑娘的家

　　吕西安在普朗什街[2]叫了一辆出租马车,乘到林阴大道下车,然后在马德莱娜教堂乘上另一辆马车,让车开到泰布街。

　　晚上十一点钟,吕西安走进埃斯黛的房间,看到她哭得像泪人一般,但打扮得却像是热

---

　　①　《法庭消息报》创刊于1825年。
　　②　普朗什街把谢兹街和巴克街连结起来,离格朗利厄公馆坐落的圣多米尼克街不远。

相关链接 ●

情接待他的样子! 她躺在一张绣着黄花的白缎长沙发上,等待着她的吕西安回来。只见她身穿漂亮的印度绸浴衣,用樱桃红的带子系住,里面没穿胸衣,头发随便地盘在头上;脚上穿着一双漂亮的丝绒拖鞋,是樱桃红缎子的衬里。所有的蜡烛都点亮了,水烟筒也准备好了,但她没有吸过自己的水烟筒,那烟筒上没有火,放在她的面前,仿佛是她处境的写照。听到房门打开,她连忙擦干眼泪,像羚羊那样一跃而起,双手搂住吕西安,就像布条被风刮起,缠绕在树上。

"我们要分开了,"她说,"是真的吗?……"

"那只有几天!"吕西安回答道。

埃斯黛放开吕西安,像死人一般倒在沙发上。处在这种情况,大多数女人都会像鹦鹉似的喋喋不休!啊!她们爱您!……过了五年她们还是像新婚第二天那样,不能离开您,她们在愤怒、失望、爱恋、发火、悔恨、恐惧、忧伤、试探时都十分动人。总之,她们像莎士比亚剧中的场面一样精彩。但是,千万注意,这些女人没有爱!要是她们真像自己说的那样,在真心相爱,她们就会像埃斯黛那样,像孩子那样,像真心相爱时那样;现在,埃斯黛一言不发,把脸埋在坐垫里痛哭流涕。吕西安竭力想把埃斯黛拉起来,和她说话。

"你真像孩子,我们没有分开嘛……"这时,他回想起高拉莉也曾这样爱他,就自忖道:"怎么,过了四年的幸福生活,你就这样一走了事?嗨!我对这些姑娘干了些什么呀?……"

"啊!先生,您真漂亮,"欧罗巴说。

肉欲也有理想的美。一旦这种迷人的美同吕西安的温柔和诗意结合在一起,人们就不难理解这些姑娘的疯狂爱情了,因为她们对天赋的美貌极其敏感,对美貌的赞赏又极为天真。这时,埃斯黛低声抽泣着,她的姿势说明她极为痛苦。

"不过,我的宝贝,"吕西安说,"这事关系到我的性命!……"

听到吕西安故意说出这话,埃斯黛像一头野兽那样忽地站了起来,散开的头发像枝叶一般披在她那张美妙的脸上。她两眼直勾勾地望着吕西安。

"你的性命!……"她大声说道,举起了双臂,然后又放了下来,这个动作是濒临危险的妓女所特有的。不过,这倒是真话,这个狠心郎君一言道出了情况的严重性。

她从腰带上抽出一张可恶的纸条,但这时她看到了欧罗巴,就对她说:"姑娘,你出去一下。"

等到欧罗巴关上房门,她就对吕西安说:"喏,这就是他写给我的。"说着,她把刚才收到的卡洛斯的来信递给了吕西安。吕西安大声念道:

"您明天早晨五点钟动身,有人会把您送到圣日耳曼森林深处一个守林人家里,您就在他家二楼的一个房间里住下。在我同意之前,您不得走出这个房间,您的房间里一应俱全。守林人和妻子很可靠。不要给吕西安写信。白天别站在窗口;可是到了晚上,如果想出去走走,可以由守林人陪您散步。路上要放下车帘:这关系到吕西安的性命。

"今晚吕西安来同您告别,当着他的面把此信烧掉……"

30. 要是那冒失的青年知道他荒唐的举动引起了毁谤,我知道他的脾气,准会向斯塔尼斯拉斯寻衅,逼他决斗。那就等于公开承认他的痴情。我毋须跟你声明你的妻子是清白的;可是你该想到,让德·吕邦波雷先生出头为你的妻子争回名誉,对你,对我,都是不体面的。你现在马上去找斯塔尼斯拉斯,正式质问他为什么要说侮辱我的话。别忘了,千万不能和解,除非他当着许多有地位的见证把他说过的话收回。

吕西安读完后就用蜡烛火把信烧了。

埃斯黛听完了信,就像犯人听完自己的死刑判决书一样,说道:"你听着,我的吕西安,我不想对你说我爱你,这样说也没有意思……快五年了,我觉得爱你就像呼吸、生活那样自然……那个不可思议的人把我关到这里,就像人们把有趣的小动物关进笼子一样。在他的保护下,我开始了幸福的生活。但从第一天起,我就知道你总有一天要结婚的。结婚是你命运中不可缺少的部分,上帝也不准我阻止你步步高升。你结婚就意味着我的死亡。但是,我决不会给你添麻烦;我不会像年轻女工那样用煤气自杀,我这样干过一次,就不想再干第二次了;马里埃特①说,干第二次就叫人恶心。我不干,我要离开法国,到很远的地方去。亚细亚有她家乡的秘方,她答应教我怎样毫无痛苦地死去,在自己身上刺一下就完了。我只要求你一件事,我可爱的天使,就是别上当受骗。我已经活够了:自从 1824 年遇见你的那天到现在,我得到的幸福比十个女人的幸福加在一起还要多。我是个既强又弱的人,你就把我看成这样的人吧。请对我说:'我要结婚。'我只要求你同我亲亲热热地告别一下,以后你就永远也听不到别人谈起我了……"她说完停了片刻。其言辞之真挚可与其动作和声音的天真媲美。她接着说道:"是你结婚的事?"只见两道有力的目光如匕首一般闪闪发亮,直射进吕西安蓝色的眼睛。

"为了我结婚的事,我们已经干了一年半了,但还没有成功,"吕西安回答道:"我不知道什么时候能成功,现在问题不是这个,我亲爱的……问题是神甫、我、你……我们受到严重的威胁……纽沁根看到了你……"

"是的,"她说,"在樊尚树林,他难道认出了我?……"

"没有,"吕西安回答说,"但是他爱上了你,爱得愿意丢掉自己的银箱。一天晚饭后,他谈到遇见你的事,说了你的模样,我听了不由得微笑了一下,我确实不够谨慎,因为我在社交界里,就像野人处在敌人的陷阱包围之中一样。卡洛斯认为情况危险,他早已胸有成竹,使我不必多加考虑。他说,纽沁根要是胆敢刺探我们,他就让纽沁根上当,男爵很可能会这样做;他还对我谈起警察局如何无能。你在满是烟灰的老壁炉里,点燃了熊熊烈火……"

"那么,你的西班人想干什么呢?"埃斯黛温和地问道。

"我一点也不清楚,他叫我不必担心,"吕西安回答道,不敢正视埃斯黛。

"如果是这样,我就像狗一样服从,我的职业就是这样,"埃斯黛说着挽起吕西安的胳膊,把他带进了卧室,并问道:"我的吕吕②,你在这个可恶的纽沁根家里晚饭吃得好吗?"

"吃了亚细亚做的菜,别家的晚餐就不香了,不管主人有多大名气;不过,他家也有个名厨师,准备的晚餐像星期天吃的那样丰盛。"

吕西安不由将埃斯黛和克洛蒂尔德比较起来,他的情妇相貌美丽,有着永久的魅力,所以腻烦这个能使最牢固的爱情消耗殆尽的魔鬼还不能向她接近!

---

①　马里埃特(1694－1774),法国收藏家、雕刻家和绘画评论家。
②　吕西安的爱称。

相关链接 ●

他心里想:"妻子分成两半,多可惜呀!一半是诗意、欢娱、爱情、忠诚、美貌、体贴……"埃斯黛同所有的女人一样,在临睡前东找找西弄弄,哼着歌儿轻盈地走来走去,宛如一只蜂鸟。"……另一半是高贵的姓氏、名门后裔、荣誉地位、人情世故!……无法将这两半汇集于一人身上!"吕西安想着,不由得说出声来。

第二天早晨七点,诗人在这间玫瑰红和白色的可爱房间里醒来时,发现只有他一人。他按了铃,相貌古怪的欧罗巴走了进来。

"先生要什么?"

"埃斯黛!"

"太太已经在四点三刻走了。根据神甫先生的命令,我收下了一个新人。"

"一个女人?"

"是的,先生……一个英国女人……一个把夜里当做白天的女人。神甫命令我们像太太一样待候她。先生想如何处置这个放荡女人?……可怜的太太,她上车时都哭了……她当时大声说道:'终于要分开了!……'她还擦着眼泪对我说:'我离开可怜的宝贝时,他正睡着;欧罗巴,要是他看我一眼,或是叫一声我的名字,我就不走了,宁愿和他一起去死……'您瞧,先生,我多喜欢太太,所以没有把她的替身指给她看;换了其他女佣人,准会使她伤心的。"

"那个女人在这儿研?……"

"可是,先生,她当时在送走太太的那辆车里,我遵照神甫的命令,把她藏到我房间里去了……。"

"她好吗?"

"像客串的女人一样好,"欧罗巴说:"只要先生卖力,要她逢场作戏并不困难。"欧罗巴说着就去找埃斯黛的替身了。

二十二、纽沁根先生着手工作

前一天晚上,神通广大的银行家在临睡前对贴身男仆作过吩咐,所以早晨七点,男仆就把最干练的巴黎商务警察、大名鼎鼎的卢夏尔领进小客厅,只见男爵身穿睡衣,趿着拖鞋,走进客厅……

"您把我当傻瓜了!"男爵对向他行礼的警察说道。

"只能如此,男爵先生。我忠于自己的职守,我也曾对您说过,我不能插手超出我职务范围的事务。我没有答应您,只答应在我们的警察之中,向您介绍一位我认为最善于替您效劳的警察。不过,男爵先生也了解行业之间的界线……造一幢房子,总不会让木匠去干锁匠的活。同样,警察也有两家,一家是政务警察,一家是司法警察。司法警察从不过问政务警察的事务,政务警察也从不过问司法警察的事务。假如您去找政务警察局局长,就必须得到大臣的同意才能办理您的事务,而您也未必有胆量向王家警察总监解释此事。警察局的人员要是

---

31. "告诉你,亲爱的夏娃,咱们一开始就难过日子。我的开支把我的钱都弄光了。此刻只剩两千法郎,其中一半要留下来维持印刷所。再拿一千法郎给你哥哥等于送掉我们的口粮,影响我们的生活。如果我是单身汉,我知道怎么办;如今可是两个人了。你决定吧。"

夏娃非常激动的扑在情人怀里,温柔的吻着他,一边流泪一边凑着他耳朵说:"就算你是单身汉吧。我再去作工,挣回这零钱来。"

办这种事,就会丢掉官职。另外,司法警察局和政务警察局一样谨慎。因此,内务部和巴黎警察局只为国家利益或司法利益工作。要是事关一件阴谋或是一桩罪行,警察局的首脑就会俯首听命,为您效劳;可是您得明白,男爵先生,他们有重要的事情要做,无暇去管成千上万的风流韵事。至于我们这些人,就只能管逮捕债务人的事情了;一旦插手其他事务,只要使人不得安宁,就会给自己带来很多麻烦。我已经给您派了一名警察,并向您预先声明,我对此不负任何责任;您要孔唐松在巴黎找一个女人,他毫不费力就敲了您一千法郎。要在巴黎寻找一个可能去过樊尚树林、相貌同巴黎所有的美女相像的女人,就像是大海里捞针一样。"

男爵说:"孔唐松敲了我一千法郎,难道就不能对我说出真相?"

卢夏尔说:"您听我说,男爵先生,您要是愿意出一千埃居[①],我就给您……卖给您一个建议。"

"一个建议值一千埃居?"纽沁根问道。

"我才不会上当呢,男爵先生,"卢夏尔回答道。"您陷入了情网,想要找到您的情人,您因此瘦得像一条笋干。听您的贴身男仆说,昨天您请来两位医生,他们认为您有生命危险;只有我一个人能为您找到一个精明强干的人……唉,真见鬼!如果您的生命不值一千埃居……"

"只要告诉我这个精明强干的人的姓名,我就会慷慨报答的!"

卢夏尔拿起帽子,敬了个礼,就走了。

"怪人!"纽沁根大声说道,"回来吗?……拿去……"

"请您注意,"卢夏尔在拿钱之前说,"我只是卖给您一个情报。我将把这个惟一能替您效劳的人的姓名、地址告诉您,他是个行家……"

"见鬼!"纽沁根大声说道,"只有罗特希尔德的名字才值一千埃居,当他的名字签在一张票据上……我出一千法郎?"

卢夏尔这个狡猾的小子过去没有当过诉讼代理人、公证人、执达员和商务诉讼代理人,此刻意味深长地偷看了男爵一眼,并说:

"对您来说,要么出一千埃居,要么就什么也没有。这点钱您在交易所几秒钟就能赚回来。"

"我出一千法郎!……"男爵重复道。

"这点钱还讨价还价,又不是一座金矿!"卢夏尔说着敬了个礼,就退了出去。

"我花五百法郎就能把地址搞到手,"男爵大声说道,并叫仆人把他的秘书找来。

杜卡雷[②]已不复存在。如今,银行的大小老板在区区小事中也都诡计多端:他们对艺术、善行、爱情都要讨价还价,他们要是遇上教皇赦罪也准会讨价还价呢。因此,纽沁根在听卢夏尔说话时,马上想到孔唐松身为商务警察队的右手,肯定知道那个密探行家的地址。花上五

① 一埃居相当于三法郎。
② 杜卡雷是法国作家勒萨日(1668－1747)的五幕散文喜剧《杜卡雷或金融家》中的主人公。

32. 男人要在女人面前随便流露自己的感触和思想,非先把那女人彻底研究一番不可。惟有温柔同高贵不相上下的情妇才能了解一个男人的孩子气,觉得好玩;万一她有点儿虚荣,尽管是很少的一点,就不能原谅情人的幼稚、虚荣或者渺小。

百法郎就能使孔唐松说出卢夏尔要价一千埃居的地址。这一迅速想出的妙计有力地证明,这个人的心虽被爱情占有,可他仍然有银钱老虎的脑袋瓜。

男爵对秘书说:"先生,您亲自去孔唐松家,就是那个商务警察,卢夏尔的密探。乘马车去,要快,马上把他带来。我等着!……您从花园门进来。这是钥匙,不能让任何人看到他在我家里。您把他领到花园的小亭子。干我的差使要尽量多动脑筋。"

有人来找纽沁根谈生意;但此刻他正等待着孔唐松,想念着埃斯黛。他心里想,过不了多久,他就能再次见到朝思暮想的女人了。于是,他就含糊其辞,不置可否地将这些人一一打发走。在他看来,眼下孔唐松是全巴黎最重要的人物,他时时刻刻都朝花园张望。最后,他吩咐关上大门,并把他的午餐送到位于花园一隅的小亭子里。这个巴黎最狡诈、最有远见、最有策略的银行家,近来在办公室的所作所为和犹豫不决,实在使人无法理解。

"老板怎么啦?"一位经纪人问银行家的一个高级职员。

"不知道,他的健康状况似乎令人不安;昨天,男爵夫人请来了德斯普兰和皮安训两位医生……"

有一天,几个外国人想看看牛顿如何给一条名叫鲍蒂的狗喂药。大家知道,这条狗浪费了他大量的劳动,可是他只是对这条母狗说:"噢!鲍蒂,你不知道你刚才毁了什么……"这些外国人尊重这位伟人的工作,就走了。在所有伟人的生活中,都有一条像鲍蒂那样的小狗。当初,黎塞留元帅占领了西班牙的马翁市,取得了18世纪最辉煌的战绩之一,回来觐见国王路易十五,国王却问他:"您知道重要的消息吗?……那可怜的朗斯马特死了!"朗斯马特是了解国王风流韵事的门房。巴黎的银行家们却毫不知道自己受了孔唐松的恩惠。这个密探使纽沁根把一笔已经到手的巨大交易让给了他们。他作为银钱老虎,每天可以用投机这门大炮瞄准一笔财产,他作为男人,却要听从幸福的摆布。

二十三、孔 唐 松

大名鼎鼎的银行家喝着茶,啃着几片黄油面包,他的牙齿早已不能因食欲而变得锋利。正在这时,他听见有一辆马车在花园的小门口停了下来。不一会儿,纽沁根的秘书把孔唐松带到他的面前,向他作了介绍。秘书到处找不到他,最后在圣德–贝拉奚监狱附近的一家咖啡馆里找到了他。当时这个警察正在吃午饭,花的是一个被监禁的债务人受到他的某种关照而送给他的酒钱。您瞧,孔唐松简直是巴黎的一首诗,妙不可言。乍一看他的相貌,您就会觉得博马舍的费加罗、莫里哀的玛斯加里尔①、马里沃的弗龙坦和当古②的拉弗勒虽说在诈骗时极为果敢,在绝望中万分狡诈,断线之后又能随机应变,但与这位机智而贫穷的大人物相

---

① 玛斯加里尔是莫里哀喜剧《情仇》中的人物,是个生性愉快、足智多谋的男仆。
② 当古(1661–1725),法国剧作家和演员,写了六十多部剧本,大多为风俗剧。

比,简直是小巫见大巫了。你要是在巴黎遇上这号人物,看到的就不是一个人,而是一场戏!你看到的不是人生的一刻,而是整个人生,好几个人生!你把石膏像放在炉子里煅烧三遍,石膏像的表面就会出现一层佛罗伦萨的古铜色;同样,数不尽的苦难和迫不得已的恶劣处境,犹如闪电一般,将孔唐松的脑袋烧成了古铜色,就像在炉火中煅烧过三遍一样。深陷的皱纹永远无法展平,呈现出条条白痕。这张黄脸皱纹密布。头顶像伏尔泰,如骷髅一般冷漠,要不是后脑勺上还有几根稀毛,简直不像是活人的脑袋。在纹丝不动的前额之下,有一双毫无表情的眼睛在转动,活像是茶叶店门口摆着的中国人塑像的玻璃眼睛,假眼装成真眼,表情却一成不变。鼻子塌陷,宛若死人,仿佛在嘲笑命运之神。嘴巴狭窄,像个吝啬鬼,虽说老是张着,却像信筒一样守口如瓶。孔唐松像野人那样沉着,双手干枯,是个矮小干瘦的人,他像第欧根尼[①]一样无忧无虑,对礼节总是满不在乎。对那些善于看衣辨人之士来说,他的生活习惯有哪一点没写在他的衣服上呢?……特别是裤子!……一条执达员的裤子,又黑又亮,就像用来做律师服、被称之为黑纱布的料子!……衬衣是从修院区买来的,交叉式圆翻领,还绣着花!……外套的颜色黑里透红!……全身的衣服都刷过,可以算得上干净,还挂着一只金色铜链表作为装饰。孔唐松故意露出那件熨得笔挺的高级细布黄衬衫,上面别着一枚闪闪发光的假钻石别针!天鹅绒的领子活像一副铁颈圈,把脖子四周勒出一圈印第安人皮肤一般的红印。丝帽子闪闪发亮,像是缎子做的一般,但要是哪个杂货商买下这顶帽子,放在水里一煮,就足够两盏油灯点的油了。上面列举的只是次要的东西,还应该把孔唐松如何善于在这些东西上打下过于装模作样的印记描述出来才是。在他的衣领上,在他那双鞋底微裂、擦得雪亮的皮靴上,有一种说不出来、用法语无法形容的卖弄味。总之,为了使大家对这个大杂烩有所了解,一个聪明人看了孔唐松的相貌就会说,他要是不当密探,就会去当小偷,他这一身破烂不会引人发笑,只会教人吓得发抖。人们看到他的装束就会想道:"这是一个无耻之徒,他吃喝嫖赌,样样都干,但是他喝酒不喝醉,赌博不作弊,既不偷窃,也不杀人。你要是没想到密探这个词,真不知孔唐松是干什么行当的。这个人干过的众所不知的行当,竟有三百六十行之多。他那没有血色的嘴唇上,挂着一丝狡猾的微笑,暗绿色的眼睛不时眨巴着,塌鼻子扮着怪相,都说明他是个机灵鬼。他有一张马口铁般的脸,灵魂想必也同面孔相仿。因此,他面部的表情与其说是内心活动的表现,还不如说是出于礼貌而装出的怪相。如果他不装得如此可笑,就会把人吓跑。孔唐松是巴黎这只酿酒桶中泛起的古怪沉渣,特别喜欢以哲学家自居。他毫无痛苦地说:"我才华出众,无用武之地,被人当成傻瓜!"他并不怨天尤人,反倒责怪自己。像孔唐松这样心胸宽广的密探并不多见。他一直对上司说:"天时对我们不利,原可成为一颗钻石,现在却仍然是一粒黄沙,事情就是这样。"他在服饰上的犬儒主义有一种含义,就是说他同演员一样,对做客的服装并不在乎;他擅长乔装打扮,能当弗雷德里克·勒梅

---

① 第欧根尼(前 404 – 前 323),古希腊犬儒学派哲学家。

特尔①的老师,在必要时,他还能化装成花花公子。他在青年时代,可能是不修边幅的小家子弟。他对司法警察局极为反感,原因是他把富歇②看成伟人,在帝国时代他又是富歇警务部中的一名警察。警务部取消后③,他才无可奈何地加入了商务警察的行列;然而他才华出众,精明干练,成了一名得力的商警,政务警察局的那些上司,把他的名字保留在名册之中。孔唐松和同事们一样,一旦涉及到政治事务,就只不过是一名哑角而已,演主角的都是他们的上司。

33. 很多妇女崇拜一个人的时候竭力夸大,要她们的偶像永远像个神道。如果女子爱一个男人是爱对方本人而不是为她自己,她对男人的渺小和伟大会同样喜欢。

二十四、爱情引向何处

"您走吧,"纽沁根说着挥了挥手,把秘书打发走。

"为什么这个人住公馆,我却住平房……"孔唐松心里想。"他把债主骗了三次④,偷了别人的钱,可我却从来没有白拿过一个子儿……我的才能比他高……"

"孔唐松,"男爵说,"你这小子骗了我一千法郎……"

"我的情妇多亏上帝和魔鬼……"

"你有情妇?"纽沁根大声问道,一面既羡慕又妒忌地望着孔唐松。

"我才六十六岁,"孔唐松一面回答,一面装出是个因淫欲而保住青春的典型样。

"她是干什么的?"

"她是我的助手,"孔唐松说。"小偷被正派女人爱上之后,要么正派女人变成小偷,要么小偷改邪归正,我可没变,仍然是个密探。"

"你一直需要钱吗?"纽沁根问道。

"不错,"孔唐松微笑着回答,"我的职业是要钱,您的职业是赚钱;咱们俩可以合作:您替我赚,我负责花。您是井,我是水桶……"

"你想赚五百法郎吗?"

"多可笑的问题!当我是傻瓜吗?……您不会把钱白白送给我,来弥补你我之间的财产不均。"

"你不信,那我就再加你五百法郎,一共给你一千五。"

"好,我拿了您一千法郎,您再加我五百……"

"正是这样,"纽沁根点了点头说。

"反正只有五百法郎,"孔唐松冷静地说。

"要给?……好吧!"

"要拿。那么,男爵先生要用什么代价来交换我呢?"

---

① 弗雷德里克·勒梅特尔(1800—1876),法国演员,曾在巴尔扎克的剧本《伏脱冷》中扮演伏脱冷的角色。

② 约瑟夫·富歇(1759—1820),在拿破仑帝国时任警务大臣。

③ 如上所述,警务部为路易十八撤销(1814年5月16日)。在百日王朝时,拿破仑曾恢复警务部。

④ 指纽沁根的三次证券清理。详见《纽沁根银行》(《巴尔扎克中短篇小说选》第284页)。

"我听人说，巴黎有一个人能找到我爱的那个女人，还说你知道他的地址……那人是个侦探行家。"

"这倒是真的……"

"那么，把地址给我，我就给你五百法郎。"

"钱呢?"孔唐松急忙问道。

"在这儿，"男爵说着从口袋里掏出一张钞票。

"好，给我，"孔唐松说着伸出手来。

"一手交钱，一手交货。我们一起去见那个人，我就把钱给你，因为你拿了钱，就会乱说一通。"

孔唐松笑了起来。

"您确实有权把我看成这号人，"他克制着自己说道。"我们的地位越低，就越是应该诚实。不过，男爵先生，您要是给六百法郎，我就给您出个好主意。"

"行，我保证给你六百……"

"我是在冒险，"孔唐松说，"冒很大的风险。要知道，干警察这一行，得秘密行事。您说，我们一起走!……您有钱，以为金钱万能。金钱确实有用。但是，我们两三位高手说，有钱只能买到人。世上还有想不到、买不到的东西!……譬如说偶然性就买不到。因此，要做好侦探，就不能像您说的那样干。您愿意同我一起坐车去吗?我们会遇见他的。偶然性能败事也能成事。"

"是真的?"男爵问。

"当然是真的，先生!街上捡来的一块马蹄铁，使警察局长破获了一起爆炸案件。好吧!今晚天黑之后，我们乘马车到圣·日耳曼先生[1]那里去，他不愿看到您去他家，就像您不愿让人看到自己上他家去一样。"

"说得对，"男爵说。

"啊!这是高手中的高手，是大名鼎鼎的科朗坦的助手，富歇的右手。有些人说他是富歇的私生子，可能是富歇当教士时生的[2]。不过，这些都是胡说八道:富歇知道如何当教士，就像他知道如何当大臣一样。您看吧，要是您不拿出十张一千法郎的钞票，就别想让这个人为您办事……您考虑考虑……不过，您的事一定能办成，而且包您满意，就像俗话说的那样，是神不知鬼不觉。我得先通知一下圣·日耳曼先生，他会约您在无人看得见、听得到的地方见面，因为他当私人侦探是要冒风险的。但是，这又有什么办法呢?……他是个正直的人，是人中豪杰，为了拯救法国，还遭到过残酷迫害!……就像我和其他所有拯救过法国的人一样!"

"那好，你替我写一本男牧羊人的书吧[3]，"男爵微笑着说，对自己的玩笑十分得意。

---

① 圣·日耳曼是佩拉德的化名。这个名字，巴尔扎克是在维道克的《回忆录》中找到的。

② 富歇当过天主教修会奥拉托利会的会友，从未当过教士，但受过圣神甫仪式。因此，从法国大革命时代就传说他当过教士。

③ 圣女贞德当过牧羊人，后为拯救法国而死。纽沁根听到孔唐松说自己拯救过法国，就以男牧羊人来讽刺他。

34. 的确,有些人一离开他们周围的人物,家具,场所,他们的面相和身价便大不相同。人的外貌自有一种特殊的气氛配合,好比一定要有弗朗德勒画派的明暗,艺术家凭着性灵安放在画面上的人物才有生气。

"男爵先生不给我留点油水?"孔唐松既谦卑又威胁地说。

"约翰,"男爵对他的园丁叫道,"去问乔治要二十法郎,拿来给我……"

"男爵先生要是除了已经告诉我的情况之外,不再提供其他情况,我怀疑这位高手是否能帮您的忙。"

"我还有其他情况!"男爵神情狡黠地说。

"我荣幸地向男爵先生致敬,"孔唐松接过二十法郎时说,"我一定来通知乔治,告诉他先生今晚应去何处,一个好侦探决不能落笔留痕。"

"真有意思,这些家伙倒很有头脑,"男爵心里想,"当警察同做生意完全一样。"

二十五、康科埃尔老头

离开男爵后,孔唐松不慌不忙地从圣·拉扎尔街来到圣·奥诺雷街,在大卫咖啡馆门前停了下来;他透过玻璃窗朝里面张望,看到有个老人坐在里面,当地都叫他康科埃尔老头。

大卫咖啡馆位于莫内街和圣·奥诺雷街的拐角上①,旁边就是蒲陶南街区,所以在本世纪最初三十年里颇有名气。咖啡馆的主顾是不再经商的老商人或是正在经商的大商人,如加缪索、勒巴、皮耶罗、包比诺之流,还有几个像小老头莫利内那样的房产业主。来自科隆比耶街的纪尧姆老头也常去那儿。这些人谈论着政治,但十分小心谨慎,因为大卫咖啡馆持自由党的观点。他们也传播街道里的流言蜚语,因为人们非常需要嘲笑别人!……这家咖啡馆同其他所有咖啡馆一样,也有自己的怪人,就是康科埃尔老头。他从 1811 年起就是咖啡馆的常客,看来同聚集在这里的所有正派顾客都十分合得来,因此即使有他在场,他们也毫无顾忌地谈论政治。这个老好人十分纯朴,给咖啡馆的老主顾们提供了不少笑柄。他在 1811 年已年过六十,所以有时一两个月见不到他的人影,大家就以为是他体弱多病的缘故,并不感到奇怪。

"康科埃尔老头不知怎么样了?……"有人问掌柜太太。

"我想,"她回答说,"总有一天,我们会从报上的启事栏上得知他的死讯。"

康科埃尔老头的口音是他出生地的一份终身证明书,他说雕像、特别的和人民这几个词都带家乡的口音,还把土耳其的说成是土耳的。他的姓取自名叫康科埃尔的小庄园,庄园位于他的出生地沃克吕兹省,康科埃尔这个词在一些省份的意思是"金龟子"。后来,大家都不叫他台·康科埃尔,而直接叫他康科埃尔,这位好好先生觉得贵族已在 1793 年被取消,再说他是次房次子,康科埃尔的领地没他的份,所以也并不感到生气。在今天,康科埃尔老头的打扮会使人感到奇怪,但在 1811 年至 1820 年期间,却无人感到惊讶。老人脚穿多棱钢钮皮鞋,一双蓝白相间的圆条丝袜,下身是一条棱纹塔夫绸西装短裤,纽扣是椭圆形的,样式与鞋扣

---

① 莫内街和圣奥诺雷街的拐角地处商业区中心。但当时莫内街的街名应为鲁尔街。

相仿。上身穿一件绣花背心，外罩墨绿色呢料金属扣旧外套，里面穿前襟打边裥的衬衫。这就是他的全部装束。在前襟的中央，一枚金质胸针闪闪发光，只见玻璃下面有一座用头发制成的小修院，这种可爱的小玩意儿可以使人放心，就像稻草人能把麻雀吓跑一样。大多数人和动物一样，可以因一点小事感到害怕，也会因一点小事感到放心。康科埃尔老头的裤子用一条腰带束住，按照上个世纪的习惯，腰带束在腹部上面。腰带上挂着两条平行的钢链，下面连着好几根小链条，末端吊着一大堆小饰物。白领带的末端用一枚小别针扣住。他那鹤发扑粉的头上，在1816年还戴着有城市标记的三角帽，当时的最高法庭庭长特里先生也戴这种帽子。康科埃尔老头十分珍惜这顶帽子，但在不久后换上了一顶无人敢反对，但样子十分难看的圆帽(老人认为时代变了，只好忍痛牺牲)。用带子系住的短发束，在背后的衣服上留下了一条环形的痕迹，头发上落下的粉末盖住了衣服上的污垢。他脸上长了个酒糟鼻子，活像是一盘配上芟白的火鸡，你看到这一特征，一定会以为这个正直、糊涂的老人性格随和、憨直、厚道，这样你可弄错了，就像大卫咖啡馆的所有顾客一样。咖啡馆里从未有人发觉他那善于观察的前额，那张嘲讽似的嘴巴以及那双冷酷的眼睛。这个老头风流一世，把身子骨都掏空了，却像肚子鼓起的古罗马皇帝维泰留斯一样镇静。1816年，大卫咖啡馆的老主顾、一位名叫戈迪萨的年轻推销员，在一天晚上十一点到十二点时，同一个半饷军官一起喝得酩酊大醉。他不慎说出了一个策划反对波旁王朝的阴谋[①]，这个阴谋十分严重，又即将付诸实施。除了他们俩之外，当时店堂里只有康科埃尔老头这个顾客，似乎已经睡着，两个伙计也正在打瞌睡，掌柜太太则坐在柜台上。二十四小时之后，阴谋败露，戈迪萨被捕。两个人被送上了断头台。不论是戈迪萨还是其他任何人，都没有怀疑到是老实的康科埃尔老头去告的密。咖啡馆解雇了那两名伙计，大家相互窥视达一年之久，对警察局非常害怕。康科埃尔老头也十分厌恶警察局，并扬言不再光顾大卫咖啡馆。

孔唐松走进咖啡馆，要了一小杯烧酒，但没朝正在看报的康科埃尔老头看一眼；他大口喝完了烧酒，拿出男爵给他的金币，在桌上生硬地敲了三下，算是在叫唤堂倌。掌柜太太和堂倌翻来覆去地查看这枚金币，这无异是对孔唐松的侮辱；但他俩的怀疑得到了所有老主顾的赞许，他们看到孔唐松的相貌，都感到吃惊。几位颇有眼力的顾客假装看报，却从眼镜底下盯着孔唐松，一面心里自忖道："这金币是偷的还是杀人抢的？……"孔唐松都看在眼里，坦然自若，这时傲慢地用一块只有三个补丁的头巾擦了擦嘴，接过了找头，把大角子都塞进钱包的口袋。那口袋的里子原来是白色的，现在变得同裤子一样黑。他连一个子儿也没有留给堂倌。

"真是个该上绞架的混蛋！"康科埃尔老头对邻座的皮耶罗先生说。

只有加缪索先生一人没有露出丝毫惊讶的神色。他对咖啡馆所有的人说："啊！那是卢夏

[①]　指"1816年爱国者"这一案件。这一阴谋是警察局设下的圈套，结果有三人被处决，而不是像这部小说中说的两人。

35. 过了一会，吕西安突然醒来，匆匆穿起衣服，出现了；德·巴日东太太看他穿着隔年的南京缎裤子，紧窄的旧外套，长相固然美，可是打扮得多土气。八角阁的阿波罗或者安提弩斯，穿上担水工人的服装，谁还认得出希腊或罗马雕塑家的杰作？我们的眼睛先要作一个比较，来不及让感情来纠正这个匆忙的不由自主的判断。吕西安和杜·夏特莱的对比太强烈了，不能不使路易丝感到刺目

尔的得力助手孔唐松，是我们的商务警察。这些家伙大概又要在这一带抓什么人了……"

一刻钟之后，康科埃尔老头站起身来，拿了自己的雨伞不慌不忙地走了。

在卡洛斯神甫的伪装下隐藏着伏脱冷，那么，在康科埃尔老头的外衣下，又隐藏着一个何等令人害怕、神秘莫测的人物呢？这里就有必要作个交代。此人名叫佩拉德，是法国南方人士，出生在康科埃尔，虽说这是他家的惟一领地，却也还小有名声。他属于拉佩拉德家族的次房，这个家族在孔塔地区历史悠久，但并不富裕，在拉佩拉德还有些土地。1772 年，这个排行第七的孩子才十七岁，由于性情暴躁，闯下了不少祸，又心血来潮想要发财，就徒步来到巴黎，口袋里只带了两个埃居。这种发财的欲望，把许多南方人吸引到了首都，因为他们知道，靠父辈留下的这点财产，他们永远也不能肆意寻欢作乐。关于佩拉德的整个青年时代，你们到后面自会知道。且说到了 1782 年，他成了警察总监公署里的亲信和英雄，博得最后两任警察总监勒努瓦先生和德·阿尔贝先生[1]的赏识。法国大革命时期没有警察机构，因为并不需要。当时，间谍活动相当普遍，名之曰公民责任感。督政府比公安委员会来得正规，就重新设立了警察机构，首席执政[2]完成了这个任务，成立了警察局和警务部[3]。佩拉德是老人马，受命和科朗坦一起组织班子。科朗坦比他年轻，也比他能干得多，虽说不善于出头露面，却是一位天才的密探。1808 年，佩拉德的效劳得到了报偿，受命任比利时安特卫普警察局局长[4]这个肥缺。拿破仑认为，这种警察局的作用相当于负责监督荷兰的警务部。从 1809 年的战役回来之后，佩拉德接到了皇上办公厅的命令，被撤销安特卫普的职务，并由两名宪兵押送，乘邮车返回巴黎，被关进拉福涅监狱。两个月后，他的朋友科朗坦将他保释出狱，但他在获释之前，受到警察局长的三次审讯，每次六个小时。原来在当时，佩拉德协助富歇制定了一次行动计划，捍卫了法国的海岸线，使其免遭所谓瓦尔什伦远征军的袭击[5]，德·奥德朗特公爵在这次行动中大显身手，使皇上十分害怕。佩拉德的失宠，是否应该归咎于那次奇迹般的行动？当时认为对富歇来说有这个可能；今天，康巴塞雷斯召开大臣会议的真相已大白于天下，这事当然是毫无疑问的了。英国入侵的企图使拿破仑决定从布洛涅出发进行远征。他当时在洛博岛上，人们都以为他快要死了。大臣们听到这个消息都大吃一惊，又正值皇上不在，所以都拿不定主意，不知如何是好。大家的意见是立刻写信向皇上请示，惟独富歇一人敢于制定并执行作战计划。康巴塞雷斯对他说："您想怎么干就怎么干吧，不过我可珍惜自己的

---

① 约瑟夫·阿尔贝在 1775 年 5 月至 1776 年 6 月任警察总监，让·勒努瓦于 1774 年至 1775 年以及 1776 年 6 月至 1785 年 8 月出任该职。

② 即拿破仑。

③ 警务部于 1796 年 1 月 2 日成立。拿破仑曾在 1802 年 9 月 15 日取消该部，但又在 1804 年 7 月 10 日恢复，由富歇出任大臣。警察局于 1800 年 3 月 7 日成立。

④ 警察局长是拿破仑派往帝国各大港口和战略要地的真正总督。安特卫普警察局设立于 1808 年 2 月 18 日。

⑤ 1809 年，英国利用拿破仑远征奥地利的机会，策划在安特卫普前面的瓦尔什伦岛登陆。但由于计划不周、执行不力，远征军不战自退。

脑袋①,我要向皇上打一份报告。"众所周知,皇帝回国后,在内阁会议上找了个极为荒唐的借口②,不再宠信自己的大臣,并对他进行处分,因为这位大臣擅自拯救了法国。从那天起,皇帝使德·塔莱朗亲王和德·奥德朗特公爵这两位在大革命中涌现的大政治家对他更加厌恶,否则,他们也许会在1813年挽救拿破仑的命运。为了排斥佩拉德,官方采用了通常的借口,说他与大商人勾结,走私分赃,分享利润。这对于拼死拼活才得到警察局长这一高位的人来说,确实是十分严厉的处分。自从1775年进入警察总监公署以来,他在警察生涯中混了大半辈子,对历届政府的秘密了如指掌。他被认为是负责监督帝国安全的默默无闻的人才中最可靠、最干练、最精明的一员。但是,皇上自以为有能力培养为己所用的人才,对别人为佩拉德求情置之不理。他认为可以起用孔唐松代替佩拉德;但当时孔唐松已为科朗坦所利用。佩拉德平时生活放荡,嘴馋贪吃,看到女人就像糕饼师傅看到糕饼一样,这下丢了官,日子更不好过。他对自己的恶癖已经习以为常,他已不能改变好吃、嗜赌的习惯,过着才干卓绝的人们都为之沉湎的那种不讲究排场的大老爷生活。另外,他在此之前生活一直十分富裕,又不必出入社交界,吃喝随心所欲,从未有人过问他和他的朋友科朗坦。这个厚颜无耻的聪明人也很满意自己的地位,又能明理达观。总之,一个密探不论在警察机构里地位如何,却同苦役犯一样,不能再去干正派人的职业或自由职业了。密探和犯人一旦打上了烙印,一旦编上了号码,就像六品修士那样永世不能改变。社会化的国家决定了他们的命运。不幸的是,佩拉德十分钟爱一个漂亮的小姑娘,他可以肯定这个孩子是他同一位著名女演员生的,因为他曾经帮助过这位女演员,使她在三个月中都十分感激。佩拉德把女儿从安特卫普接回巴黎。他没有任何收入,就靠警察局每年发给这位勒努瓦老学生的一千二百法郎救济金过活。他住在穆瓦诺街五楼一个有五间房间的小套间里,房租二百五十法郎。

二十六、警察局的秘密

一个人如果能领会友情的好处和温暖,就会把公众称作侦探、老百姓称作密探、当局称作警察的人看成是道德上的麻风病人。佩拉德和科朗坦就是俄瑞斯忒斯和皮拉得斯③式的朋友。佩拉德培养出科朗坦,就像维安培养出大卫④一样;但是青出于蓝而胜于蓝。他们俩共

---

① 得知英军企图登陆的消息后,大臣们在1809年7月31日和稍后的时间里,接连召开两次会议。在第二次会议结束后,富歇提出了一个有力的行动计划,康巴塞雷斯对他说:"富歇先生,我不想自找麻烦,让脑袋搬家!"

② 1810年6月2日,拿破仑在内阁会议上质问富歇派乌弗拉尔去英国干什么,并指责他通敌。当天晚上,乌弗拉尔被捕,富歇被撤去大臣的职务。

③ 希腊神话中的人物。俄瑞斯忒斯得知父亲被母亲和奸夫所杀,就在皮拉得斯的帮助下将母亲和奸夫杀死。

④ 维安(1716-1809)是法国新古典主义运动的画家,大卫(1748-1825)是他的学生。

36. 吕西安说："在你眼中，我是你的光荣；可是对我来说，你更重要得多，你是我唯一的希望，是我整个的前途。我本以为你既然分享我的成功，一定也分担我的不幸；谁知我们现在就分手了。"

同办了多起案子(参见《一桩无头公案》)。佩拉德对自己发现科朗坦的才能感到十分高兴，就对他放手使用，为他的成功创造条件。他强迫学生去利用一个看不起他的情妇，把她作为使男人上当的钓饵(参见《朱安党人》)。当时，科朗坦刚满二十五岁! ……科朗坦一直是警务大臣统帅下的一名大将，他在德·罗维戈公爵①任职期间保住了自己在德·奥德朗特公爵任职期间的重要地位。当时，普通警察局和司法警察局的情况完全一样。每逢出了疑难案件，局里就找三至五名能干的警察承包办理。大臣接到任何阴谋诡计的报告，总是对手下一位上校说："要达到这样的结果你们需要多少?"科朗坦、孔唐松经过深思熟虑之后，回答说："二万，三万，四万法郎。"一旦大臣下令破案，就由科朗坦或指定的警察来挑选人员，制定方案。司法警察局在起用著名的维道克破获杀人案件时也采用了这种方法。

政务警察局同司法警察局一样，主要选用有名气、入名册、经常使用的警察。这些警察就像一支秘密部队的士兵，尽管有慈善家或道行不高的卫道士在那里喋喋不休，他们对各届政府来说都是必不可少的。但由于大臣对两三名像佩拉德和科朗坦那样能干的大将极其信任，他们就有权起用无名小卒，但在情况严重时有义务向部里汇报。科朗坦认为，佩拉德的经验和手腕对自己十分宝贵，就在 1810 年那场风暴过去之后，起用了这位老朋友，时时向他求教，并对他慷慨解囊。科朗坦设法每月给佩拉德一千法郎左右。佩拉德则对科朗坦报以犬马之劳。1816 年，科朗坦乘破获拿巴分子戈迪萨参与的阴谋案之际，力图恢复佩拉德在王家警察总局里的职务；但是，不知哪一位权贵排斥了佩拉德。原因是这样的。佩拉德、科朗坦和孔唐松一心想成为皇上不可缺少的人物，就在德·奥德朗特公爵的指使下，为路易十八组织了一个秘密警察组织②，孔唐松和第一流的警察都参加了这个组织。路易十八带着获悉的秘密去世了，这些秘密连最熟悉情况的历史学家也永远无法知道。王家警察总局和国王的秘密警察组织明争暗斗，结果发生了一些骇人听闻的案件，靠几个断头台才保住了其中的秘密。在这里细谈这方面的问题，时间、场合都不合适，因为巴黎生活场景并非政治生活场景；这里只想让读者了解一下，这位大卫咖啡馆的常客，名叫康科埃尔老头的好好先生，是靠什么为生的，又是通过哪些途径和警察局可怕、神秘的权力联系在一起的。以 1817 年到 1822 年期间，科朗坦、孔唐松、佩拉德和他们手下的警察的任务，是经常刺探大臣本人的情况。正因为如此，部里拒绝雇佣佩拉德和孔唐松。科朗坦暗中使大臣们怀疑他们俩的，以便在自己的朋友不能复职时使用他。于是，大臣就相信了科朗坦，并让他负责监视佩拉德，这使路易十八暗自发笑。这样，科朗坦和佩拉德就能在警察局这块地盘上为所欲为。长期来跟随佩拉德的孔唐松继续为他效劳。他奉科朗坦和佩拉德之命，开始在商务警察队工作。这两名大将对自己工作的热爱近于狂热，很喜欢把自己最老练的部下安插到一切情报丰富的地方去。另外，

---

① 富歇，即德·奥德朗特公爵，被解除警务大臣职务之后，由萨瓦里，即德·罗维戈公爵出任此职。

② 在王政复辟初期，在法国成立了十来个秘密警察组织。

孔唐松比他的两位朋友更加腐化堕落,也更需要钱,所以就必须多干工作。孔唐松曾对卢夏尔说他认识惟一能满足纽沁根男爵要求的人,但没有泄露任何秘密。而佩拉德也确实是惟一能为私人服务而又不会受到处罚的侦探。路易十八去世后,佩拉德不仅失去了自己的重要地位,而且还失去了御前常务密探这个职位所带来的好处。他自以为别人少不了他,就照样过着大手大脚的生活。他同所有天生的恶人一样,有一副铁打的体格。女人、美食、外国俱乐部①使他无法节约开支。但是,从1826年至1829年,在他年近七十四岁之时,用他自己的话来说,身体发生了故障。佩拉德眼看自己的舒适条件逐年减少。他目睹警察局如同出丧一般,眼见查理十世的政府把优良传统一一抛弃,心里十分难过。议会仇视警察局,决心清除这一机构中的不道德现象,便召开了一次次会议,将这一统治工具赖以生存的补助金裁减一空。佩拉德对科朗坦说:"这就像想戴白手套烧饭做菜一样。"科朗坦和佩拉德从1822年起就预见到1830年的情况。他们知道路易十八对自己的继承人心怀仇恨,这也是他对次房听之任之的原因,要是没有次房,他的统治和政策就会成为无法解开的谜。

佩拉德年纪越老,对自己的私生女儿就越是钟爱。为了女儿,他按照资产阶级的标准把自己打扮起来,因为他想为自己的莉迪找一个正派的丈夫。因此,尤其是近三年来,他希望能在巴黎警察局或是在王家警察总局谋一个名正言顺的职务。最后他竟发明了一个职务,据他对科朗坦说,这一职务的必要性是迟早会被人觉察到的。就是说在巴黎警察局里设立一个情报室,以便在巴黎警察局、司法警察局和王家警察总局之间起媒介作用,并对这些分散的力量起到总的领导作用。只有佩拉德一人,到了这把年纪,在度过五十五个严守秘密的年头之后,才能成为连结这三个警察局的纽带,才能成为政治和司法人员为了弄清某些问题可以随时询问的活档案。佩拉德指望在科朗坦的帮助下,以此为他的小莉迪搞一份嫁妆,物色一位丈夫。科朗坦已经同王家警察总局局长谈过此事,只是没有提到佩拉德的名字,但这位原籍南方的局长认为,必须由巴黎警察局首先提出建议。

再说孔唐松用他那枚金币在咖啡馆的桌上敲了三下,发出了"我有话要同您谈"的暗号。这时,这位警察中的老前辈正在思考着一个问题:"通过什么人物、什么利害关系才能说动目前的警察局长?"他的样子就像正在阅读《法兰西信使报》②的傻瓜。

"我们可怜的富歇,"他一面沿着圣奥诺雷街行走,一面心里想道,"这个伟人死了!我们这些和路易十八联系的中间人都失宠了!另外,正如科朗坦昨天所说,人家决不会再相信一个七旬老人的机灵和聪明……啊!我干吗老是喜欢在万利酒家吃饭,喝美酒……唱戈迪雄大妈③……一有钱就赌博呢?科朗坦说,要保住自己的地位,光有才智还不够,还要在做人方面

---

① 外国人俱乐部创办于1794年,设在船仓街的一所豪华公馆里,以烹调精良而闻名。

② 《法兰西信使报》是资产阶级自由党的机关报。巴尔扎克是拥护波旁王朝长房的正统派,故称《法兰西信使报》的读者为傻瓜。

③ 唱戈迪雄大妈就是"大吃大喝"的意思。

37. 尽管在外省当过长时期的领袖,自信很强,这时照样提心吊胆,怕自己土气。她相当聪明,知道女人之间的交际全靠第一面的印象;虽然她自以为很快就能和德·埃斯巴太太那样高级的妇女并驾齐驱,觉得开头还是需要人家包涵,讨人喜欢的因素一个都不能放过。因此她很感激夏特莱给她门道,让她能够配合巴黎的时髦社会。

有理智!当时,亲爱的勒努瓦先生在谈到项链案件时,得知我没有留在妓女奥莉娃的床下,就正确地预言了我的命运,并大声说道:'你永远成不了大事!'"

二十七、密探的家

尊敬的康科埃尔老头(家里叫他康科埃尔老爹)一直住在穆瓦诺街一幢房子的五楼,原因是他在住房的布局上发现了便于他行使可怕职业的奇特之处。他的住房位于圣罗什街的转角上,一面没有邻屋。房屋分成两部分,中间由楼梯隔开,所以每层楼面的两个房间是完全独立的。两个房间都面向圣罗什街。五楼上面有两间小顶楼,一间用作厨房,另一间是康科埃尔老头仅有的一名女仆的卧室。女仆是佛来米人,名叫卡特,是莉迪小时候的奶妈。五楼那两间单独的房间,一间是康科埃尔老头的卧室,另一间是他的工作室。工作室里面是一堵厚实的墙,使工作室和隔壁房间完全隔音。临穆瓦诺街的窗户对面,是一堵没有窗户的墙角柜。再加上较宽的一面墙把佩拉德的工作室和楼梯隔开,所以他和朋友两人在这间特意为他们的可怕职业而选择的工作室里谈论公务时,就不用担心会被任何人看到或听见。为了以防万一,佩拉德在女仆的房间里放了一张草垫床,地上铺了一层牛毛毯,上面再加上厚厚的地毯,说是想让女儿的奶妈住得舒服些。此外,他还把壁炉堵死,改用火炉,烟道穿过墙壁通到圣罗什街。最后,他在地板上铺了好几层地毯,使楼下的房客听不到丝毫声音。这位精通间谍工具的专家,每星期都要对隔墙、天花板和地板进行仔细的检查,仿佛要将讨厌的昆虫杀尽灭绝。科朗坦看到这间工作室与世隔绝,十分安全,每当不在自己家里讨论问题时,就在这里进行商谈。科朗坦的住处只有王家警察总局局长和佩拉德两人知道,他在家里只接待部里或宫廷在紧急情况下才派来的联络员;但是,他部下的警察或工作人员从不上门,他的行动方案都在佩拉德家里制定。在这间极为简朴的房间里,他们出谋划策,作出决定,若是墙壁有嘴,就会提供种种奇特的史料和有趣的场面。在1816年至1826年期间,在这里研究了关系重大的事情。在这儿,那些可能对法国产生重大影响的事件,在萌芽状态就被发现。在这儿,佩拉德和科朗坦这两位同总检察长伯拉尔[①]一样深谋远虑,但消息更为灵通的警察,从1819年起就在考虑:"路易十八要是不愿采取某种措施,搞掉某个亲王[②],难道会憎恨自己的弟弟?他难道要留给弟弟一场革命?"

佩拉德的房门上有一块石板,上面有时用粉笔写着古怪的符号和数字。这种令人费解的代数符号和数字,在知情者的眼里,含意十分清楚。

莉迪的套间位于佩拉德那套毫无气派的套间对面,其中有候见室、小客厅、卧室和盥洗

---

① 即总检察长贝拉尔。贝拉尔在王政复辟时期审理了许多政治案件,极其仇视波拿巴分子、自由党人以及企图在波旁家族中搞掉长房、立次房奥尔良的人们。

② 指德·奥尔良公爵。

室……莉迪的房门同佩拉德的房门一样,用一块四法分①厚的钢板制成,钢板夹在两块坚固的橡木板中间,门上装有几道锁和一副坚固的绞链,使门板同监狱的大门一样难以撞破。因此,尽管这幢房子有过道,有店铺,但没有门房,莉迪住在里面却一点不用害怕。餐厅、小客厅和卧室的窗台上都饰有空中花坛,室内陈设豪华,有一种佛来米人特有的整洁。那位佛来米奶妈寸步不离莉迪,把她叫做自己的女儿。她俩按时去教堂,因此,那位同住一幢房子的保皇党食品杂货店老板,对康科埃尔老头印象很好。这家杂货店设在底楼,就是在穆瓦诺街和圣罗什新街的转角上。老板全家住在一楼,厨房和店里的伙计住在中层楼,二楼住着房东,三楼在二十年前就已租给一位宝石工人。每个房客都有大门的钥匙。杂货店有一个信箱,老板娘十分乐意为这三户安分守己的人家代收信件和邮包。不交代这些细节,外国人和熟悉巴黎的人就不能理解这幢房屋为何既神秘又平静,虽无人照管又十分安全,这在巴黎确属少见。过了半夜,康科埃尔老头就可以策划阴谋诡计,接待密探和大臣,妇女和妓女,而不会被任何人发现。佩拉德被人看做是最好的好人,佛来米奶妈就曾对杂货店的女厨子说过:"他连一只苍蝇也不会伤害!"他为了女儿可以不惜一切。莉迪拜谢米克②为师,学会了谱曲。她会画水墨画、水彩画和水粉画。佩拉德每星期天同女儿一起吃晚饭。这一天,老家伙特别像父亲的样子。莉迪信教,但并不虔诚,她只是在复活节才去领圣体,每个月都去教堂忏悔。但是她有时也去看戏,天气好就上杜伊勒利花园散步。这就是她的全部爱好,因为她过着深居简出的生活。莉迪喜欢自己的父亲,但对他干坏事的本领和神秘的勾当却一无所知。在这个纯洁无邪的孩子的生活中,从未有过任何情欲的烦恼。她像母亲一样苗条美貌,天生一副甜美的嗓子,清秀的脸蛋上长着一头美丽的金发,就像某些文艺复兴前期的画家画在圣像背景上的那些神秘感超过现实感的小天使。她那双蓝眼睛对别人看上一眼,宛如射出一道蓝天上的光芒。她穿着淡雅,不过于追求时髦,散发出资产者迷人的清香。你们只要想象一下老撒旦是天使的父亲,一同天使接触就变得容光焕发,你们就会对佩拉德和他的女儿有这样的概念:谁要是弄脏了这颗钻石,做父亲的就会设下可怕的圈套,将此人置于死地。在王政复辟时期,一些倒霉鬼就中了这类圈套,将自己的脑袋送上了断头台。莉迪和她的仆人卡特二人,一千个埃居足够她们一年的开销。

再说佩拉德走到穆瓦诺街的转角时,一眼就看到了孔唐松;他快步走到孔唐松的前面,先上了楼,听到自己的部下从楼梯上来,没等佛来米女人从厨房里伸出头来,就把孔唐松带进了房间。宝石工人住的四楼有一道栅栏门,门一开就有铃响,目的是通知四楼和五楼的房客有客光临。不用说也知道,佩拉德一过半夜就用棉花把铃舌包扎起来。

"有什么事这样急,哲学家?"

---

① 一法分约合 2.25 毫米。
② 谢米克是一位年老的音乐教师,他是《夏娃的女儿》和《于絮尔·弥罗埃》中的人物之一。

相关链接 ●

38. 在外省有些名气，无论到哪儿都感到自己重要的人，突然之间变得毫无身价是很不习惯的。在本乡是个角色，在巴黎谁也不拿你当人，这两个身份需要有一段过渡才行，太剧烈的转变会使你失魂落魄。青年诗人平素有什么感情，思想，总有人和他交流，听他倾诉，便是极小的感触也能找到共鸣的心灵；这样的人势必觉得巴黎一片荒凉，可怕得很。

哲学家是佩拉德替孔唐松取的外号，同这个密探中的爱比克泰德[1]十分相配。要知道，孔唐松还是诺曼底最古老的贵族家庭的姓氏呢！(参见《安慰的兄弟们》[2])

"是一桩一万法郎的买卖。"

"什么事？是政治？"

"不，是无聊事！纽沁根男爵，您也知道这个著名的老贼，他正在追求一个他在樊尚森林看到的女人，必须替他找到这个女人，不然他就会患相思病而死……他的贴身男仆告诉我，昨天医生对他进行了会诊……我已经捞了他一千法郎，说是替他去寻找那个美女。"

孔唐松便把纽沁根遇见埃斯黛的情形说了一遍，还说男爵有一些新的线索。

"行，"佩拉德说，"我们一定替他找到心上人；你叫男爵今晚乘车去香榭丽舍大街和加布里埃尔街的路口，就在马里尼小道的拐角处。"

佩拉德打发了孔唐松之后，走到女儿的房门前，就像进门要得到准许似的敲了敲门。他想到刚才这个偶然的机会，终于为他提供了获得向往已久的职位的方法，就高兴地走进了房间。他吻了吻莉迪的额头，在一张伏尔泰式的扶手椅上坐了下来，对女儿说："你给我弹点什么曲子……"

莉迪为他弹了一首贝多芬钢琴曲。

"弹得很好，我的小宝贝，"他边说边把女儿拉到自己的膝盖之间，"你可知道，你如今二十一岁了，该出嫁了，因为你爸爸已经七十多岁了……"

"我在这儿很幸福，"她回答说。

"你难道只爱我这个又老又丑的父亲？"佩拉德问道。

"那你要我爱谁呢？"

"我同你一起吃晚饭，我的小宝贝，去通知一下卡特。我在考虑你的婚姻大事，打算先找一个职务，再替你找个合适的丈夫……一个有才能的好青年，能有朝一日使你感到骄傲……"

"我看中的丈夫，只见过一个……"

"你见过一个？……"

"是的，在杜伊勒利花园，"莉迪说道，"当时，他挽着德·赛里齐伯爵夫人的胳膊走过。"

"他叫什么名字？……"

"吕西安·德·吕庞泼莱！……我同卡特坐在一棵椴树下，脑子里什么也没想。我旁边坐着两位夫人，她们在说：'这是德·赛里齐夫人和漂亮的吕西安·德·吕庞泼莱。'我呢，也看了看这两位夫人看着的那一对。一位夫人说：'啊！亲爱的，有些女人真幸福！……这个女人什么都有，就因为她出生在龙克罗尔家，而且丈夫有权。'另一位夫人回答道：'不过，亲爱的，吕

---

① 爱比克泰德(50-125或130)，古罗马斯多葛派哲学家，其伦理学格言是"忍受、自制"。

② 《安慰的兄弟们》是《现代史内幕》(巴黎生活场景)原来的书名。

西安使她付出了很大代价……'这话是什么意思,爸爸?"

"这是社交界的人在嚼舌头,"佩拉德装出天真的样子回答女儿道,"她们也许是指什么政治事件。"

"既然您问我,我就回答您。您要是想让我出嫁,就替我找个同那个年轻人一样的丈夫……"

"孩子!"父亲回答道,"男人长得漂亮并不等于善良。相貌讨人喜欢的年轻人,踏上社会时不会遇到任何困难,他们就不能发挥自己的才能,就会因社会的觊觎而腐化堕落,到头来就必须为自己的美貌付出利息!……我想替你找的是个得不到市侩、富翁和傻瓜的帮助和保护的年轻人……"

"那是谁呢,爸爸?"

"一个才华未露的人……好吧,亲爱的孩子,我有办法找遍巴黎所有的顶楼来实现你的愿望,给你找到一个丈夫,这个人同你对我说起的那个坏蛋一样漂亮,但是大有前途,将来肯定会荣华富贵……噢!我刚才没有想到!我还有一大帮侄子侄孙,里面可能会有一个配得上你!……我就去写信,或者让人写信到普罗旺斯去!"

说来也怪,就在此刻,一个饥肠辘辘、疲惫不堪的青年,从沃克吕兹省徒步来到巴黎,走进了意大利门。他就是康科埃尔老头的一个侄孙,是来找他叔公的。佩拉德的家人对他这位叔公的命运一无所知,在想象中对他抱有希望,以为他从印度带回好几百万!这位名叫泰奥多兹[1]的侄孙,受到那些壁炉边讲述的离奇故事的激励,开始了这次环球航行般的旅行,来寻找他神奇的叔公。

二十八、三 雄 斗 法

佩拉德享受了几小时做父亲的乐趣之后,就走出家门。只见他洗过的头发染了色(头发上扑粉是一种伪装),身穿宽大的蓝色呢礼服,连领子上的钮扣也扣上了,外面套一件黑大衣,脚蹬鞋底厚实的大靴子,带着一张特别证件,信步走在加布里埃尔街上。走到爱丽舍-波旁宫的花园前时,孔唐松化装成贩卖果品蔬菜的老太婆来到他的前面。

"圣日耳曼先生,"孔唐松叫着老上司的化名说道,"您使我赚到了五百法斯[2](法郎);我守在这里是要告诉您,那该死的男爵钱还没给我,就先到家里(警察局)去打听情况了。"

"我可能还用得着你,"佩拉德回答道。"你去看看我们的 7 号、10 号和 21 号,我们可以使用他们,又不会被王家警察总局和巴黎警察局发现。"

孔唐松回到一辆马车边,纽沁根先生正在那儿等候佩拉德。

---

① 泰奥多兹是《小有产者》(巴黎生活场景)的中心人物。

② 法斯是切口。

39. 邻座几个漂亮的巴黎女人打扮得多时髦，多娇嫩，吕西安觉得相形之下，德·巴日东太太虽然穿得还讲究，到底陈旧了：料子，式样，颜色，没有一样不过时。头发的款式，吕西安早先在昂古莱姆赞叹不置，此刻同那些妇女的细巧的花样一比，简直恶俗。

"我是圣日耳曼先生，"南方人对男爵说道，并一步登上了车门的踏脚板。

"啊！好，请一起上车，"男爵用蹩脚的法语说道，并吩咐车夫朝星形广场的凯旋门①驶去。

"男爵先生，您去过警察局了？这可不好……是否能告诉我您同局长先生说了些什么，他又是怎样回答您的？"佩拉德问道。

"我在给孔唐松这个家伙五百法郎之前，很想弄清楚他过去是否也是这样赚钱的……我只是对警察局长说，我想雇用一个名叫佩拉德的侦探到国外去办一件棘手的事，是否能对他完全信任……局长回答说，您极为干练、诚实。情况就是这样。"

"男爵先生既然知道了我的真姓实名，就请告诉我需要办什么事……"

男爵用非常难懂的波兰籍犹太人的口音，研研嗦嗦地讲了好长时间，说他如何遇见埃斯黛，车后穿猎装的跟班如何叫喊，他又如何到处寻找，毫无结果等等。最后，他叙述了昨天在他家里，吕西安·德·吕庞泼莱露出一丝微笑，皮安训和几位花花公子都确信这个陌生女人同吕西安有来往。

"您听着，男爵先生，您先付给我一万法郎，因为这是您生死攸关的大事；而您活着就会生意兴隆，所以替您找到这个女人就不能有丝毫疏忽。啊！您被迷住了！"

"是的，我被迷住了！……"

"如果还需要钱，我再告诉您，男爵；请您相信我，"佩拉德接着说道，"我不像您所想像的那样是个密探……我在 1807 年是安特卫普警察局长，如今路易十八死了，我可以老实告诉您，我领导他的秘密警察组织达七年之久……因此，别人是不同我讨价还价的。您很清楚，男爵先生，在仔细研究一笔买卖之前，是不能对要购买的良心开出估价单的。您不必担心，我一定马到成功。别以为您给我一笔钱就能使我满意，我要的报酬不是钱……"

"但愿不是一个王国……"男爵说。

"对您来说是微不足道的事。"

"那行！"

"你熟悉凯勒家的人吗？"

"很熟悉。"

"弗朗索瓦·凯勒是德·贡特维尔伯爵的女婿。昨天，德·贡特维尔伯爵和女婿一起在您家里吃了晚饭。"

"是谁告诉您的……"男爵大声说道。"一定是那个多嘴的乔治。"

佩拉德微微一笑。银行家见他微笑，就对贴身男仆产生了种种稀奇古怪的猜疑。

"我希望在巴黎警察局担任一个职务，德·贡特维尔伯爵完全能替我办到。警察局长在

① 巴黎有两个凯旋门，一个在香榭丽舍大街的星形广场（现为戴高乐广场）上，另一个在卢浮宫附近。

四十八小时之内就会收到一份设立这一职务的申请书,"佩拉德继续说道:"请您替我去要求这个职务,说服德·贡特维尔公爵热心办理此事,这就是我要您给我的报酬。我只要您许个诺,万一您食言,您就迟早会后悔的……我佩拉德担保……"

"我发誓尽力而为……"

"假如我对您也只是尽力而为,那是很不够的。"

"那么,我就真心实意地去办。"

"真心实意……我希望的就是这个,"佩拉德说,"再说真心实意也是我们俩惟一能够相互赠送的一份有点别致的礼物。"

"真心实意……"男爵重复道。"要我把您送到哪儿?"

"路易十六桥^①的桥头。"

"去议会大厦的那座桥,"男爵对走到车门前的跟班吩咐道。

"这么说我就要得到那个女人了……"男爵在回家的路上想道。

"真奇怪,"佩拉德心里想道。他徒步回到王宫市场,打算在那里把这一万法郎翻上两番,为莉迪备置嫁妆。"我女儿对那个青年一见钟情,我现在也只好去观察一下他的日常琐事了。他大概是个长着女人眼的男人,"他心里想道,用了一个自己编造的词语。他和科朗坦平时就是用这样的词语来概括自己的观察的,虽然往往生造词句,但正因为如此,却显得生动有力。

回到家里,德·纽沁根男爵判若二人,只见他满面红光,神采奕奕,十分高兴,这使他仆人和妻子大吃一惊。

"要当心我们的那些股东,"杜·蒂埃对拉斯蒂涅说道。

这时,大家刚从歌剧院回来,正在但斐纳·德·纽沁根的小客厅里喝茶。

"是呀,"男爵接上朋友开玩笑的话茬,微笑着说道,"我真想替你去做生意……"

"您见到您的陌生女郎啦?"德·纽沁根夫人问道。

"我现在只有找到她的希望。"

"他可从来没有这样爱过自己的妻子,对吗?……"德·纽沁根夫人大声说道,显得有点妒忌,或者说是装出妒忌的样子。

"等您把她搞到手,"杜·蒂埃对男爵说,"您就让我们同她一起吃夜宵,因为我非常想仔细观察一下能使您返老还童的女人。"

"这是大自然的杰作,"老银行家回答说。

"他像小伙子一样给迷住了,"拉斯蒂涅在但斐纳的耳边说。

"哦,他赚足了钱,可以……"

---

　　①　此桥 1792 年改名为革命桥,1795 年为协和桥,1815 年起和整个王政复辟时期为路易十六桥,现名为协和桥。

40. 他心上想："是不是她就这样保持下去呢？"不知道德·巴日东太太白天就在作脱胎换骨的准备。外省没有选择，没有比较；天天看惯的面孔自有一种大家公认的美。在外省被认为好看的女子，一到巴黎便没人注意，原来她的美只象老话说的：独眼龙在瞎子国里称王。

"可以还掉一些，是吗？……"杜·蒂埃打断男爵夫人的话说。

纽沁根在客厅里踱来踱去，两条腿仿佛有些不听使唤。

"这正是让他替您还掉新债的好机会，"拉斯蒂涅在男爵夫人耳边说道。

与此同时，卡洛斯来到泰布街对欧罗巴作了最后一番布置，因为她将在对德·纽沁根男爵所设的骗局中扮演主角。说完，卡洛斯就满怀希望地走了。吕西安一直送他到林阴大道。他看到这个人间魔鬼化装得如此巧妙，连他也只能从声音里辨认出来，感到十分不安。

"你从什么鬼地方搞到这个比埃斯黛还漂亮的女人？"吕西安问教唆犯。

"我的孩子，这在巴黎是搞不到的。法国不生产这种脸色。"

"你可把我弄糊涂了……维纳斯的臀部也没有她那么美！为了她进地狱也心甘情愿……你究竟是从哪儿搞来的？"

"那是伦敦最美的姑娘。她喝醉了金酒①，因嫉妒而一时冲动，就把情夫杀了……她的情夫是伦敦警察局解雇的一个坏蛋。案发后，这个女人被送到巴黎来住一阵，避避风头……这姑娘受过良好的教育。她是大臣的女儿，讲法语像讲英语一样流利。她现在不知道，也永远不会知道自己在这里干什么。有人已经对她说了，她要是讨你的欢喜，就能花你几百万钱；可你却眼红得像头老虎。另外，已经把埃斯黛每天的安排告诉她了。她不知道你的名字。"

"要是纽沁根喜欢她，而不喜欢埃斯黛……"

"啊！你和我想到一起来了……"卡洛斯大声说道。"这件事你昨天怕它实现，今天却怕它不能实现！你放心。这姑娘淡黄头发蓝眼睛，同漂亮的犹太姑娘正好相反。像纽沁根那样腐化堕落的男人，只有看到埃斯黛的眼睛才会动心。一个丑姑娘你是不会把她藏起来的！等这个木偶演完了自己的角色，我就派一个可靠的人把她送到罗马或者马德里去，让她到那里去谈情说爱。"

"既然她在我们这儿时间不多，"吕西安说，"我就回那儿去……"

"去吧，我的儿子，去乐吧……明天你还有一天的时间。我么，我要等一个人，是我派去打听德·纽沁根男爵家情况的。"

"是谁？"

"是男爵贴身男仆的情妇，因为要随时了解敌人的情况。"

半夜十二点，埃斯黛的跟班帕卡尔在艺术桥上找到了卡洛斯。这是巴黎最理想的密谈地方，谈上几句不会被人听到。交谈时，跟班和主人各看一边。

"今晨四点到五点，男爵到巴黎警察局去了，"跟班说。"今晚他吹嘘说，有人答应替他找到他在樊尚树林里见到的那个女人……"

"我们一定会受到监视！"卡洛斯说。"是谁呢？……"

---

① 也叫杜松子酒，以黑麦、玉米、麦芽等作原料，制成酒精，再加杜松子、松子油、橙皮、巴旦杏等制成。

"他们已经雇用了商务警察卢夏尔。"

"这简直是儿戏，"卡洛斯回答说。"我们只怕保安队和司法警察局；他们不活动，我们就能活动！……"

"还有一件事！"

"什么事？"

"牧场①的一班朋友……昨天我见到普拉伊……他杀了一家人，得到一万个五法郎的硬币……是金币！"

"他会被捕的，"雅克·高冷说，"那是布谢街的凶杀案。"

"还有什么吩咐？"帕卡尔毕恭毕敬地问道，就像元帅听候路易十八的命令一样。

"你们每天晚上十点钟出门，"卡洛斯说，"快速前往樊尚树林、默东树林和维尔－达弗雷树林。如果有人监视或跟踪你们，你就让他这样做，装出随和、健谈、贪财的样子。你可以讲吕庞泼莱如何妒忌，爱夫人爱得发疯，特别是不愿让社交界知道他有这样一个情妇……"

"行！要带武器吗？……"

"不！"卡洛斯急忙说道。"武器！……有什么用？闯祸。你绝对不要使用猎刀。你能用我教你的拳术打断最强壮的男人的双腿，还用得着猎刀？……你一人能对付三个武装警察，没等他们拔出刀子就能将其中两人打翻在地，还怕什么？你不是有手杖吗？……"

"对！"猎人说。

帕卡尔号称老卫士、精明汉、好小子，他铁腿钢臂，长着意大利式的颊髯，艺术家的头发，工兵的胡子，脸膛同孔唐松一样，苍白而无表情。他热情内蕴，一副军乐队队长的模样，使人见了疑虑顿消。一个普瓦西或默伦监狱的逃犯不会像他那样自命不凡，对自己的长处深信不疑，这个苦役监里的词论·拉西德手下的吉亚发尔对主人钦佩得五体投地，就像佩拉德对科朗坦一样。这个两腿叉开的巨人，胸脯不很发达，肌肉并不太多，走起路来步履庄重。右腿从不在右眼向四周扫射之前移动一步，那目光沉着而又迅速，是小偷和密探所特有的。左眼也同右眼一样，看一眼，走一步！帕卡尔冷酷无情，头脑灵活，随时准备应付一切，又没有称为"勇士的液体②"那种隐患，卡洛斯说他完全具备同社会斗争的人必备的一切才能，可以成为一个全才，但主人说服奴才丢车保帅，只可在晚上喝酒。回到家里，帕卡尔用一只当齐克出产的突肚女孩形陶瓷酒杯，小口饮着金酒。

"会留神的，"帕卡尔说道。他向自己称为忏悔师的主子敬礼之后，戴上了漂亮的羽饰帽。

在这种情况下，雅克·高冷、佩拉德和科朗坦这三位身份不同的高手，角逐在同一个战场，各自施展自己的本领，为了自己的爱或自己的利益而你争我斗。这场争斗在暗中进行，却

---

① "牧场"是切口，指"苦役监"。

② 即烧酒。

相关链接 ●

极为激烈,在才智、仇恨、恼怒、前进、后退、计谋方面,可以说是无所不用其极,耗费的精力足以使人发家致富。

二十九、纽沁根为即将获得的幸福粉墨登场

佩拉德和科朗坦都以为这个任务是无足轻重的小事,由科朗坦担任佩拉德的副手。在佩拉德方面,手下的人员和使用的方法都还是个谜。因此,历史对此无可奉告,正如它对许多革命的真实原因无可奉告一样。但是,这件事的结果是这样的。

纽沁根先生同佩拉德在香榭丽舍大街见面后的第五天上午,有个五十来岁的男子跳下一辆华丽的轻便马车,把缰绳扔给跟班。他脸色像铅一样白,仿佛是习惯于社交界生活的外交官,身穿蓝色呢礼服,风度颇为潇洒,派头和国务大臣相差无几。他询问守候在前廊长凳上的仆人,德·纽沁根男爵是否见客,仆人立刻恭恭敬敬地替他打开豪华的玻璃大门。

"先生贵姓?……"仆人问道。

"告诉男爵先生,我来自加布里埃尔街,"科朗坦回答道。"如果有客,就别大声说出这个名字,否则您会被解雇的。"

一分钟后,仆人走出门来。他领着科朗坦穿过里面的套间,来到男爵的办公室。

科朗坦和银行家相互交换了一个难以捉摸的目光,然后客气地互相行礼。

"男爵先生,"科朗坦说,"我代表佩拉德来此……"

"好,"男爵说道,并走过去把两扇门上的门闩都插上。

"德·吕庞泼莱先生的情妇住在泰布街,就是总检察长德·格朗维尔先生过去的情妇德·贝勒弗耶小姐的住房。"

"啊!离我家这么近,"男爵大声说道,"真奇怪!"

"我对您热恋这个绝色女子不难理解,我觉得她十分可爱,"科朗坦说。"吕西安惟恐失去这个姑娘,就不让她露面,而她也很爱他。她在贝勒弗耶的住房里已经住了四年,用的是贝勒弗耶的家具,过的是贝勒弗耶的生活,门房、房客和她同住一幢房子,却从未看到过她。这位公主只在夜里出来散步。她出门时车帘低垂,头戴面纱。吕西安把这个女人藏起来不光是出于妒忌:他要同克洛蒂尔德·德·格朗利厄结婚,现在又是德·赛里齐夫人的相好。当然,他既要华丽的情妇,又要自己的未婚妻。这样,主动权就在您的手里,因为吕西安为了自己的利益和虚荣,一定会牺牲自己的欢娱。您有钱,这可能是您最后一次幸福,所以您要慷慨一些。您可以通过侍女达到目的。您给她万把法郎,她就会把您藏在女主人的卧室里;而对您来说,出这笔钱完全值得!"

任何一种修辞手段都无法表达科朗坦那种断断续续、简洁明了、不容辩驳的说话技巧;男爵发现了这点,显出惊讶的神色。在他那张毫不外露的脸上,这种表情已经有很久不见了。

"我代表我的朋友向您要五千法郎,他已经让您丢了五张钞票……一笔小小的损失!"科

41. 吕西安拿戏院里的女人同德·巴日东太太作了一个比较,也就是前一天晚上德·巴日东太太把他和杜·夏特莱作的比较。……虽然长相极美,可怜的诗人一点风度都没有。袖子太短的外套,外省的蹩脚手套,紧窄的背心,和花楼上的青年比起来,可笑得不像话;德·巴日东太太只觉得他一副可怜样儿。夏特莱却是很知趣的照顾她,无微不至的关切显得他情意深厚;穿扮大方,举止潇洒,好比一个演员回到了他原来的舞台;他六个月中失去的阵地两天功夫都收复了。

朗坦十分优雅地命令道。"佩拉德非常了解巴黎,所以不需要花钱刊登启事,再说您也为他提供了情况。但最重要的不是这些,"科朗坦继续说道,以说明要钱的事并不重要。"假如您不愿在晚年有什么不愉快的事,那就请您替佩拉德搞到他向您要求过的职位,这对您来说是轻而易举的事。王家警察总局局长应该在昨天收到一份有关此事的报告。现在只要请德·贡特维尔伯爵同巴黎警察局局长说一声就行了。那么,就请您去告诉狡猾的德·贡特维尔伯爵,他要帮忙的人曾替他搞掉过西默兹家的那些先生,这样他一定会同意……"

"给,先生,"男爵说着拿出五张一千法郎的钞票交给科朗坦。

"那女仆有个男朋友,是个大个子跟班,名叫帕卡尔,住在普罗旺斯街一个马车制造商的家里,被那些像王孙公子一样摆阔的子弟雇去当跟班。您可以通过帕卡尔去找旺·博格塞克夫人的女仆。帕卡尔像皮埃蒙地区的人一样怪,十分爱喝苦艾酒。"

显然,这条像信末附言一样的秘密情报,代价就是五千法郎。男爵竭力猜测科朗坦的来头,从他的聪明才智来看,不像是一般的密探,而像是领导密探的头目,但是男爵心中的科朗坦,仍然是考古学家手中一块至少缺少四分之三文字的铭文。

"女仆叫什么名字?"他问道。

"欧仁妮,"科朗坦答道。他向男爵行了个礼,就走了。

德·纽沁根男爵欣喜若狂,把自己的生意和办公室统统扔下不管,回到楼上自己的房间,那股高兴劲就像二十岁的小伙子即将同第一个情妇幽会一般。男爵把自己私人钱柜里一千法郎的钞票都拿了出来,共有五万五千法郎,可以使一个村庄过上幸福的日子! 他将钱统统塞进外套的口袋。然而,百万富翁的挥霍浪费只能同他们的惟利是图相比。一旦他们异想天开或者欲心炽烈,这些富豪就会挥金如土。实际上,要他们异想天开比他们得到黄金更加困难。他们饱食终日,一心牵挂着大笔投机买卖,冷酷的心变得铁石一般,寻欢作乐是生活中极为罕见的事。举个例吧,有个资本家是巴黎的一个富豪,以怪癖出名。一天,他在马路上遇见一个非常美丽的小女工。女工由母亲陪着,挽着一个小伙子的胳膊,小伙子的装束不伦不类,走起路来神气活现地扭动着身子。百万富翁对这个巴黎姑娘一见钟情,就跟到她家里,并走了进去,他听她讲述了自己的生活,什么马比勒民间舞会,没有面包吃的日子,看戏,工作等等;他兴致勃勃,就给她留下五张一千法郎的钞票,上面压着一枚五法郎的硬币:慷慨施舍,却有失体面。第二天,著名的挂毯商布拉雄受女工的委托,为她选中的套间裱糊装饰,花费了二万法郎。女工沉湎在奇幻的希望之中:她让母亲像样地打扮起来,还自以为能替过去的情人在保险公司的办公室里找到一个工作。她等待着……等了一天,两天,一星期……两星期。她认为自己应该忠实地等待,于是就欠起债来。那个资本家被叫到荷兰,早就把女工忘了,他让她进了天堂,可自己连一次都没有去过,于是她就从这个天堂落到巴黎的最底层。纽沁根不赌博,不资助艺术,也没有任何怪癖;因此,他一头钻进埃斯黛的情网就不能自拔,这正是卡洛斯·埃雷拉所指望的。

午饭后,男爵叫来了贴身男仆乔治,派他到泰布街去,把旺·博格塞克夫人的女仆欧仁

相关链接 ●

妮小姐请到他的办公室来，说是有要事商量。

"你守候着她，"他补充道，"你叫她上我房间来，并告诉她可以发财了。"

乔治费了九牛二虎之力才把欧罗巴－欧仁妮请来。她对他说，太太从来不让她外出；她出来就会砸了饭碗，等等，等等。乔治还凑在男爵耳边大肆吹嘘一番自己的功劳，男爵给了他十个金路易①。

"只要今晚太太出门不要她陪，"乔治对主人说，两只眼睛像红宝石似的闪闪发光，"她就十点钟来这儿。"

"好！九点钟你来帮我穿衣服……梳头；我想尽量打扮得漂亮一些……我觉得我一定能见到自己的心上人，到那时，光有钱是不顶用的……"

男爵从中午十二点到下午一点染了头发和颊髯。晚饭前洗了澡，九点钟喷洒香水，精心修饰，打扮得像新郎一般。德·纽沁根夫人听说丈夫打扮得焕然一新，就兴高采烈地跑来看他。

"我的天哪！"她说，"您真滑稽！……您带这条白领带颊髯就显得更硬了，还是换一条黑缎领带好。再说，您这身打扮是帝国时代的老皇历，活像个老国会议员。把您那些每颗值十万法郎的钻石纽扣摘下来，那个雌猴看见了会向您要的，您又不能不给她；把钻石送给一个妓女，还不如给我戴在耳朵上呢。"

可怜的金融家见妻子说得有理，只得快快不乐地听从了她。

"滑稽！滑稽！……从前您为了您的拉斯蒂涅先生拼命打扮，我可从来没有说过您滑稽。"

"但愿如此，您也从来没有觉得我滑稽过。我打扮起来难道会像您说话时那样发音不准②？好了，转过身来！……像德·莫弗里纽斯公爵那样，把外衣的扣子都扣上，只留翻领上面的两颗不扣。总之，您要尽量打扮得年轻些。"

"先生，"乔治说，"欧仁妮小姐来了。"

"再见，夫人……"银行家大声说道。他把妻子一直送到他们各自的房间外面，这样她就肯定听不到他和欧仁妮的谈话了。

三十、大失所望

纽沁根送走妻子后，回来拉住欧罗巴的手，把她领进自己的房间，既恭敬又幽默地说："啊！姑娘，您服侍世界上最美丽的女人，真是幸福……只要您愿意帮我说话，为我效劳，您就可以发财了。"

"给我一万法郎也不干，"欧罗巴大声说道。"您要知道，男爵先生，我首先是个诚实的姑

42. 他把自己严格检查了一下，批判了一下。先是那些漂亮哥儿没有一个穿礼服的……容易激动，目光尖锐的诗人，发现除了晚上的装束还有白天的装束，便觉得自己的旧衣衫丑陋不堪：礼服的式样早已过时，蓝也蓝得不登大雅，领子特别难看，前面的衣摆因为穿久了，老是挤在中央；纽扣发红；有折痕的地方褪了颜色；总而言之毛病百出，十分可笑。背心太短，外省的裁剪更是不堪入目，吕西安急忙扣上礼服的纽子，遮住背心。

---

① 一个金路易相当于二十法郎。

② 纽沁根是波兰籍犹太人，讲法语时往往清浊辅音不分，并把一些元音读成另一些元音。在原著中，巴尔扎克模仿了纽沁根的发音。翻译时为方便读者起见，没有照此办理。

娘……"

"对,我正想买您的诚实。这在商业中称为好奇。"

"另外,"欧罗巴说,"要是太太不喜欢先生,这也是可能的,她一生气就会把我解雇,而我干这个工作,每年有一千法郎收人。"

"一千法郎的本金是二万法郎,如果我给您二万,您就不会受损失了。"

"我相信,如果真像您说的那样,我的胖老头,"欧罗巴说,"问题就大不一样了。钱呢?……"

"在这儿,"男爵说着将钞票一张一张数给她看。

男爵看到每数一张钞票,欧罗巴眼睛就一亮,知道她贪财,这对他正中下怀。

"您付了我的工资钱,可是诚实、良心呢?……"欧罗巴抬起那张狡黠的脸,用既严肃又滑稽的目光看着男爵。

"良心没有工作值钱;那么,再加五千吧,"他说着又拿出五张一千法郎的钞票。

"不,良心值二万,要是我失掉工作,就值五千……"

"随您的便……"他说着加上这五张钞票。"但是,您要赚这笔钱,就得在夜里把我藏到您女主人的房间里,当她独自在房间里的时候……"

"您要是向我保证决不讲出是谁带您进去的,那我就同意。不过我有言在先:太太像土耳其男人一样强力壮,她疯狂地爱着德·吕庞泼莱先生,您就是给她一百万法郎也不能使她失身一次!……这当然有点傻,但是她爱上一个男人就会这样,简直比诚实的女人更坏,是么?她同先生一起到树林去散步时,先生就很少在家里过夜;今晚她已经去散步了,所以我可以把您藏在我的房间里。如果太太一个人回来,我就来叫您,让您呆在客厅里,不关上她的房门,以后的事……当然研!以后的事,就看您的了……您准备一下吧!"

"这二万五千法郎我到客厅再给你……一手交钱,一手交货。"

"啊!"欧罗巴说,"您这样不相信我?……那就不要怪我少……"

"你将来骗我钱的机会多着哩……我们一回生两回熟嘛……"

"好吧,您半夜十二点到泰布街来;但是,请随身带三万法郎。一个女仆的诚实就像马车一样,过了半夜要加价的。"

"以防万一,我将给您一张银行支票……"

"不,不,"欧罗巴说,"要现钱,否则就算了……"

凌晨一点钟,德·纽沁根男爵躲在欧罗巴顶楼的房间里,就像交上桃花运的男子一样迫不及待。他感到脚趾上血液沸腾,脑袋就像一架烧得过头的蒸汽机一样即将爆炸。

"我的精神享受要花十多万埃居,"他后来向杜·蒂埃讲述这段艳遇时说。这时,他倾听着街上的细微声音。凌晨两点时,他听到心上人的马车从林阴大道上驶来。听到大门打开,他的心跳得连丝背心也鼓了起来:他就要见到这位仙女,见到埃斯黛那张火一般的脸!……脚踏板的响声和车门的响声仿佛打在他的心上。他等待着这一美妙的时刻,真是坐立不安,比破产还要难受。

43. 那个天使浑身都是青春和希望的光彩,前程远大,堆着温柔的笑容,漆黑的眼睛象天空一般广阔,像太阳一般热烈;相形之下,德·巴日东太太算得了什么呢!德·图希小姐和菲尔米亚尼太太有说有笑;菲尔米亚尼太太也是巴黎最有风趣的一个女人。吕西安明明听见有个声音说:"聪明才智是拨动社会的杠杆。"另外一个声音接着说:"聪明才智要靠金钱做支点。"

"啊!"他大声说道,"这才是生活!这才是真正的生活,这样我就没有什么可遗憾的了!"

一刻钟后,欧罗巴来到楼上。

"太太一人回来了,您下楼吧,"欧罗巴进屋说。"千万别出声,您这头大象!"

"大象!"他笑嘻嘻地重复道,走路的样子就像走在烧红的铁条上。

欧罗巴在前面领路,手里拿着蜡烛盘。

"给,点点数,"男爵说。他到了客厅,就把钞票递给欧罗巴。

欧罗巴神情严肃地接过这三十张钞票,走出了客厅,把男爵一个人关在客厅里。纽沁根径直走进卧室,只见英国美女向他问道,"你是吕西安?……"

"不是,漂亮的孩子,"纽沁根大声说道,但没说完就停住了。

他看到眼前的女人同埃斯黛截然不同,不觉目瞪口呆:这女人头发淡黄,而不是他见到过的黑发,这女人身体强壮,而不是他见过的娇弱!他眼前是沙特阿拉伯灿烂的阳光,而不是他见到过的布列塔尼温柔的夜晚。

"怎么!您是从哪里来的?……您是谁?……您要干什么?……"英国女郎边说边按铃,可铃却一声不响。

"我在铃里塞了棉花,不过您别害怕……我马上就走,"他说。"这三万法郎算是白白扔了。您真是吕西安吕庞泼莱先生的情妇?"

"有点是,我的侄儿,"英国女郎说,法语说得很好。"但是,你到底是谁?"她学着纽沁根怪里怪气的发音问道。

"一个上当受骗的人!……"他可怜巴巴地回答道。

"是为了美女而上当受骗?"她又用那种口音开玩笑地问道。

"请允许我明天派人给您送一件首饰来,就算是德·纽沁根男爵给您的纪念品。"

"不认识!……"她狂笑着说道。"不过首饰我会收下的,闯进我房间的胖子。"

"您会认识的。再见,夫人。您是个美人儿,但我只是个年过六十的可怜银行家。然而,您的非凡美貌不能使我忘掉那个女人,这使我明白,我爱的女人有多大的魅力啊……"

"瞧,您对我说的话真可爱,"英国女郎说。

"那个带我来的女人并不可爱……"

"您刚才说三万法郎……您把钱给谁了?"

"给您那调皮的侍女……"

英国女郎按了按铃,欧罗巴就在离房间不远的地方。

"哦!"欧罗巴叫道,"太太房间里有个男人,他不是先生!……多可怕呀!"

"您把他带进来拿了他三万法郎?"

"没有,太太,我们俩加起来也不值三万……"

只见欧罗巴尖叫着大喊捉贼,男爵吓得跑到门口,欧罗巴乘势把他推下了楼梯……

"老混蛋,"她对他骂道,"您竟敢在女主人面前告发我!捉贼!……捉贼!"

多情的男爵灰心丧气地跑到停在林阴大道上的马车旁,还好没让人看到;但是他此刻已经不知相信哪个侦探才好。

"太太是不是想夺走我的外快?……"欧罗巴回到房间,像泼妇似的冲着英国女郎说。

"我不懂法国的规矩,"英国女郎说。

"我只要跟先生说一声,明天就能把太太赶出门去,"欧罗巴十分蛮横地说道。

男爵见乔治神态自若地问他是否满意,就对他说道:"那个该死的女仆骗了我三万法郎……但这是我的过错,我的大错!……"

"这么说,先生的打扮没用上研。真见鬼!请先生别乱吃药丸……"

"乔治,我绝望得要死了……我冷……我心里像冰一样冷……再也找不到埃斯黛了,我的朋友。"

每逢关键时刻,乔治总是主人的朋友。

三十一、神甫旗开得胜

两天之后,卡洛斯同吕西安面对面坐着吃午饭时,年轻的欧罗巴把这事的经过绘声绘色地说了一遍,还学着男爵的腔调,可以说没人能像她这样讲得滑稽可笑。

"我的孩子,不能让警察局或其他任何人来插手我们的事务,"卡洛斯将一支雪茄凑到吕西安的雪茄上点火时低声地说道。"这样危险。我想出个大胆而可靠的办法,可以使男爵和他的密探们不来打扰我们。你马上到德·赛里齐夫人家去,要对她十分亲热。你在谈话时告诉她,拉斯蒂涅对德·纽沁根夫人早已腻烦,你为了讨好他,同意替他打掩护,藏一个情妇。德·纽沁根先生深深地爱上了拉斯蒂涅藏的女人(这会使夫人发笑),竟雇用警察来监视你。你虽然没有参与同乡的放荡行为,但在格朗利厄家的利益可能会受到影响。你恳求伯爵夫人请她丈夫帮忙,她丈夫是国务大臣,可以陪你到巴黎警察局去一趟。到了警察局,你就对局长先生诉苦,但要装出政治家的风度,就像即将进入政府这架庞大的机器,去当头面人物一般。你要像政治家一样,对包括警察局长在内的警察局表示理解和赞赏。最好的机器也会沾上油污,或是喀喀作响。你只能稍加嗔怪,却一点不能埋怨警察局长,不过要请他管好部下,但不要训斥他们。你越是装得正人君子,宽大为怀,局长对部下就越是严厉。这样,我们就能太平无事,就可以把埃斯黛接回来,她大概像黄鹿一般在森林里哀号呢。"

当时的警察局长曾当过法官[①],过去做过法官的人当警察局长,都过于缺乏经验。这种人满脑子法律,只知道依法办事,在关键时刻优柔寡断,须知警察局行动犹如消防队灭火,在关键时刻必须当机立断。警察局长当着行政法院副院长的面[②],承认警察局的弊病比通常认

---

① 即德·贝莱姆先生。

② 行政法院下设四个处,分别由四名副院长领导。德·赛里齐先生是国务大臣,同时也是行政法院副院长。

相关链接 ●

44. 那身段苗条的女子，多么气概，多么有地位，人人艳羡，像王后一般，小动作十分可爱，谈吐高雅，声音又那么细气，在诗人心目中等于在昂古莱姆见到的德·巴日东太太。吕西安逞着反复无常的性子，马上想投靠这个有权有势的后台，觉得最好是占有她，那么功名富贵，样样到手了！在昂古莱姆做得到的事为什么在巴黎就做不到呢？

为的要多，对滥用职权表示遗憾，并在这时回想起德·纽沁根男爵曾拜访过他，向他打听佩拉德的情况。局长保证制止部下的过火行为，并感谢吕西安直接来找他，答应为吕西安保密，并表示理解这类男女私通。接着，国务大臣同警察局长就大谈起个人自由、私人住宅不得侵犯之类的漂亮话。德·赛里齐先生向局长指出，如果因王国的重大利益偶尔采取秘密的非法行动，罪犯就会利用这些国家工具为私利服务。第二天，佩拉德照常去他亲爱的大卫咖啡馆，以便在那里像艺术家观赏花朵生长一样来观赏布尔乔亚，不料在半路上让一个布尔乔亚装束的宪兵叫住了。

"我正要上您家去，"他在佩拉德耳边说道，"我奉命请您到警察局去一趟。"

佩拉德叫来一辆马车，二话没说就同宪兵一起上了车。

警察局长把佩拉德当作苦役监的小警察看待，和他在警察局小花园的小径上边走边谈。当时的警察局一面靠着奥尔费佛河滨街。

"先生，自从1809年以来，您一直被政府部门拒之门外，这并不是毫无道理的……您难道不知道自己连累了我们，也连累了您自己？……"

警察局长的责备以大发雷霆结束。他向可怜的佩拉德严厉宣布，不仅他每年的救济金被取消，而且他将受到特别的监视。老人以极为冷静的态度接受了这顿训斥。他纹丝不动，毫无表情，就像遭到雷击一般。佩拉德已经输掉了自己所有的钱，这时正把希望寄托在弄到一个职务上，可眼下他已经走投无路，只得靠朋友科朗坦的施舍了。

"我当过警察局长，知道您说得完全正确，"老人心平气和地对这位像法律一样威严的官员说。局长听了意味深长地动了一下。"我不愿为自己作任何辩解，不过想提请您注意，您对我并不了解，"佩拉德说着向局长狡黠地看了一眼。"您这番话对前任驻荷兰总监过于严厉，但对普通的侦探又不够严厉。"佩拉德见局长一声不吭，就停了一会继续说道："局长先生，只是请您记住我荣幸地对您说的话。我既不干预您警察局的任何事务，也不为自己辩解，不过您一定有机会看到，在这件事情中有个人受了骗：眼下是鄙人，日后您就会说是您自己。"

说完他向局长行礼告辞，只见局长依然沉思不语，以掩饰自己的惊讶。佩拉德回到家里，只觉得精疲力竭，心里恨透了德·纽沁根男爵。泄露了集中在孔唐松、佩拉德和科朗坦三人头脑里的秘密的，只能是这个矮胖的金融家。老头认为银行家准是目的达到就想赖账。即使是诡计多端的银行家，佩拉德只要见过一面，就能识破他的诡计。老头心里想道："他对所有的人都要清理①，连我们也不放过，我一定要和他算账。我从来没有请科朗坦帮过忙，现在我要请他帮助我同这个蠢银箱算账。该死的男爵！你女儿身败名裂之日，你就会知道我的厉害……他难道不爱女儿？"

就在大祸临头、希望破灭的那天晚上，老头一下子老了十岁。他哭哭啼啼地对科朗坦说，女儿是他的掌上明珠，献给上帝的礼物，却只能给她留下悲惨的前途。

---

① 指纽沁根的三次证券清理，详见《纽沁根银行》。

"这件事我们一定要继续搞下去，"科朗坦对他说道。"首先要弄清楚男爵是否告发了你。我们依靠德·贡特维尔是否聪明？……这只老狐狸欠我们的人情太多，所以竭力想把我们一口吞掉；因此，我派人监视他的女婿凯勒，此人在政治上幼稚无知，很可能参与次房企图推翻长房的某个阴谋……明天我就能知道纽沁根的情况，他是否见到了情妇，这下马威从何而来……你不要难过。首先，这个警察局长不会长期当下去……这年头孕育着革命，而革命一来，我们就能混水摸鱼。"

这时，街上响起一声特别的哨声。

"那是孔唐松，"佩拉德用灯在窗口照了一下说道，"他有事找我。"

过了一会儿，忠心耿耿的孔唐松来到这两位他敬若神明的密探面前。

"什么事？"科朗坦问道。

"有消息！我在113号①输光了出来。你们猜我在走廊里看到了谁？……乔治！男爵怀疑他是密探，就把他解雇了。"

"这就是我当时微笑的结果，"佩拉德说。

"唉！都是微笑闯下的祸！……"科朗坦说。

"还有马鞭闯的祸呢，"佩拉德说，他暗指西默兹案件(见《一桩无头公案》)。"那么，孔唐松，究竟是什么事？"

"事情是这样的，"孔唐松接着说。"我让乔治喝了各色各样的烧酒，把他的话套了出来。他喝醉了，而我却像酒精蒸溜器一样！我们的男爵浑身上下擦得香喷喷的，到泰布街去了。他找到了你们知道的那个美女。但有人做了手脚：那美女是英国人，不是他见到的陌生女郎！他为了买通女仆花掉了三万法郎。多蠢的事。他自以为了不起，却花大钱办小事；把这话倒过来说，就是只有天才才能解决的问题了。男爵回家时的样子实在叫人可怜。第二天，乔治为了装作正人君子，就对主人说：'先生为什么要用那些十恶不赦的坏蛋？要是先生愿意把这件事交给我来办，我也许能为先生找到陌生女郎，因为我觉得先生对她的相貌描绘得十分清楚，我可以找遍整个巴黎。'男爵对他说：'去吧，我一定好好赏你！'乔治对我说的时候，还添油加醋，加了一些希奇古怪的细节。但是……这人是吃苦头的料子！第二天，男爵收到一封匿名信，信上的大意是：'德·纽沁根先生想一个陌生女人想得快要死了，他已经白费了许多钱；要是他愿意在今天晚上十二点钟到纳伊桥头等候，乘上一辆车尾有他在樊尚树林看到的穿猎装跟班的马车，让人蒙上眼睛，他就可以见到心爱的女人……男爵先生财产很多，可能会怀疑这样做心怀叵测，他可以让忠实的仆人乔治陪他同往。另外，马车里也别无他人。'男爵由乔治陪着去了，但什么也没对乔治说。两人都被蒙上了眼睛，头上用头巾包住。男爵认出了那个跟班。两小时之后，这辆行驶起来像路易十八一样的马车(上帝有灵！这位国王精于警察

相关链接 ●

之道!),在树林中间停了下来。男爵的蒙眼布被人拿掉了,他看到一辆马车停在那儿,那个陌生女人坐在车里,可是这辆车嗖的一声就不见了。接着,马车(和路易十八的车速一样)又把男爵送回纳伊桥,他自己的马车还停在桥头。有人早已把一张纸条塞在乔治手里,纸条上写着:'为了同陌生女郎取得联系,男爵先生愿意拿出多少张一千法郎的票子?'乔治将纸条交给主人,男爵确信乔治不是同我就是同您佩拉德先生串通一气,对他敲竹杠,就把乔治解雇了。真是个傻瓜蛋!他应该同陌生女郎睡过觉以后再解雇乔治。"

"乔治见到那女人啦?……"科朗坦问道。

"见到了,"孔唐松回答道。

"那么,"佩拉德大声说道,"她长得怎么样?"

"哦!"孔唐松回答道,"他只对我说了一句:美如太阳!……"

"我们被更加厉害的家伙耍弄了,"佩拉德大声说道。"这些狗东西想把那女人高价卖给男爵。"

"是的,先生[①],"孔唐松回答说。"我得知您在警察局受了委屈,就设法套出乔治的话。"

"我很想知道是谁耍弄了我,"佩拉德说,"我们可以较量一番!"

"要深居简出,"孔唐松说。

"他说得对,"佩拉德说,"我们要钻到缝里去倾听,等待……"

"我们来研究一下这个情况,"科朗坦大声说道,"我暂时无事可干。不过你得想开点,佩拉德!我们应该永远服从警察局长先生……"

"德·纽沁根先生也活该被人敲诈,"孔唐松提醒说,"他一千法郎的钞票太多了……"

"我当时就把莉迪的嫁妆寄托在他的身上!"佩拉德对科朗坦耳语道。

"孔唐松,我们走吧,让我们的佩老头睡觉……明……明天……见。"

"先生,"孔唐松在门口对科朗坦说,"这老头本来可以做一笔多有意思的买卖!……唉!嫁女儿用这种代价!……啊!这题材简直可以写一部挺好的剧本,又有教育意义,名叫《一个姑娘的嫁妆》。"

"唉!你们这些人也真精!……你耳朵真灵!……"科朗坦对孔唐松说。"显然,社会化的大自然赋予一切生灵以才能,而这些才能又是它们为大自然效劳所必不可少的!社会就是另一种大自然!"

"您的话哲理性很强,"孔唐松大声说道,"一个教授准能在这个基础上提出一整套理论来!"

"还是言归正传吧,"科朗坦微笑地说着,同密探一起朝街上走去,"谈谈德·纽沁根先生为了那个陌生女郎会干出什么事来……大致说说……别油嘴滑舌的……"

"这要看烟囱是否冒烟,他家里有什么动静!"孔唐松说。

45. 可是有一回吕西安的目光特别放肆,特别热烈,意义特别明显,让德·巴日东太太看破了心事,她可不能不忌妒了,虽然她的忌妒不是为了将来,而是为了过去。她心里想:"他从来没有这样瞧过我。天哪!夏特莱说的不错!"于是她承认自己爱错了人。女人一直后悔她不该心肠太软,就好比手里拿着海绵,非要把印在心上的痕迹一齐抹掉不可。吕西安瞧一眼侯爵夫人,德·巴日东太太便多一番气恼,可是面上仍旧若无其事。

① 原文是德语。

"像德·纽沁根男爵这样的人,得到幸福后是不会不声张的,"科朗坦接着说道。"另外,对我们来说,别人就像是我们手中的牌一样,我们决不能被他们玩弄!"

"当然喽!否则就是死刑犯去杀刽子手的头了,"孔唐松大声嚷道。

"你尽说些俏皮话,"科朗坦说道,脸上露出一丝微笑,使他那张石膏般的脸上显出淡淡的皱纹。

这件事且不说结果如何,其本身就极其重要。如果男爵没有出卖佩拉德,那么是谁热衷于去见警察局长呢?科朗坦需要弄清楚他那伙人中是否出了内奸。他一面躺下,一面思考着佩拉德也在反复考虑的问题:"去向警察局长告状的究竟是谁?……那个女人是属于谁的?"就这样,雅克·高冷虽和佩拉德、科朗坦互不相识,却在不知不觉之中渐渐走到一起来了;可怜的埃斯黛、纽沁根和吕西安也必将卷入这场揭开序幕的斗争中去,而警察所特有的自尊心,必将使这场斗争变得十分激烈。

三十二、假神甫、假汇票、假债务、假爱情

埃斯黛和吕西安依靠欧罗巴的机智,偿还了六万法郎债务中必须立刻还清的部分。债主的信任丝毫没有受到影响。吕西安和他的教唆犯可以喘一口气了。他们俩如同被追赶的猛兽,在沼泽地停下来喝几口水,然后继续在悬崖边行走,强者领着弱者,要么上绞刑架,要么就升官发财。

"今天,"卡洛斯对吕西安说,"我们在孤注一掷。不过幸亏在牌上作了记号,对手又十分年轻!"

有一段时间,吕西安奉可怕的良师益友之命,对德·赛里齐夫人大献殷勤。这样,吕西安就不会被人怀疑他还养着一个妓女作为情妇。另外,他也在被人爱恋之中,在上流社会的生活中得到了乐趣,得到了自我麻醉的力量。他遵照克洛蒂尔德·德·格朗利厄小姐的意见,只在树林或香榭雨舍大街同她见面。

埃斯黛被关进守林人屋子的第二天,那个使她感到神秘可怕、心情沉重的人来了,要她在三张印花公文纸的空白处签上名,公文纸上写着会使人吃官司的字句。第一张纸上写着:承兑六万法郎,第二张纸上写着:承兑十二万法郎,第三张纸上写着:承兑十二万法郎。一共承兑三十万法郎。你写上凭票请付几个字,只不过立了张普通的票据。你写上承兑二字,就立下了汇票,就有可能遭到拘禁。不慎在承兑汇票上签字的人可能被判处有期徒刑五年。这种重刑,违警罪法庭几乎不判,而重罪法庭也只对为非作歹之徒判处。拘禁这条法律是野蛮时代的残余,从不伤害骗子无赖,可以说是愚蠢和无效这个少见的优点的混合物 (参见《幻灭》)。

西班牙人对埃斯黛说:"这是为了使吕西安摆脱困境。我们有六万法郎的债务,有了这三十万,也许就能凑合着过日子。"

相关链接 ●

46. 巴黎贵族糟蹋人的方式，和昂古莱姆的贵族不一样：乡下绅士伤害吕西安，至少还承认他的力量，把他当做一个人；在德·埃斯巴太太眼中，他压根儿不存在。这不是宣判，干脆是不受理。德·玛赛架起手眼镜打量他的时候，可怜的诗人身子凉了半截；时髦哥儿放下手眼镜的姿势古怪透了，给吕西安的感觉仿佛断头台上的铡刀直砍下来。

卡洛斯把这三张汇票倒填了六个月的期限，并由一个轻罪法庭未能正确估价的人，把汇票开请埃斯黛兑付。此人的冒险行径尽管引起了纷纷议论，但很快就被1830年7月那大型交响乐的喧闹声所淹没，为人们所遗忘。

此人名叫乔治-玛丽·德斯图尼，是个年轻的大骗子。他父亲在巴黎附近的布洛涅当执达员。在家境不佳的情况下，父亲只得卖掉自己的职位，所以到1824年时，他除了像所有的小资产阶级一样，让儿子受到良好的教育之外，没有给儿子留下任何财产。在二十三岁那年，这位年轻、出色的法学院学生就已经改掉了父亲的姓，在名片上这样写着：

乔治·德·埃斯图尼

这张名片使他带有贵族的芳香。这个赶时髦的人居然也乘坐双轮轻便马车，雇用青年车夫，并常去光顾俱乐部。一句话就能说明一切：他是那些受人供养的女人的知己，用她们的钱在交易所进行投机买卖。最后，他因被控赌博作弊，受到轻罪法庭的传讯，只得承认自己有罪[1]。他有一些同伙，是被他拉下水的小青年，对他感恩的亲信以及像他那样潇洒、讲信用的朋友。他被迫出逃，所以没顾得上交付他在交易所的差额金。由银钱老虎、工业家以及出入俱乐部、居住在林阴大道的人们所组成的巴黎上流社会，至今还对这一双重案件惊讶不已。

乔治·德·埃斯图尼是个漂亮的小伙子，性格随和，像小偷王一样慷慨，他在发迹之时，曾当过电鱼几个月的保护人。假西班牙人进行投机，就是利用埃斯黛和这个大骗子过去的交往，而这种事也是妓女所特有的。

乔治·德·埃斯图尼随着自己的成功越发野心勃勃，曾帮助一名从内地来巴黎做生意的人，此人曾在新闻界反对查理十世政府的英勇斗争中被判处徒刑，马蒂尼亚克[2]任内阁首相时，这种迫害减少了，所以自由党要求对他赔偿损失。当时就把那个赛利才先生释放了，他是报社发行人，外号叫勇将赛利才。

赛利才为了装装门面，就在左派头面人物的资助下，创办了一家既像代办商行和银行，又像委托商行的商行。在商界，其地位犹如报上启事栏里的待雇佣人，据说是无所不能，无所不会。赛利才很高兴能同乔治·德·埃斯图尼交上朋友，乔治·德·埃斯图尼也把做生意的诀窍传授给他。

据说，埃斯黛同传说中的尼农[3]一样，曾为乔治·德·埃斯图尼忠实地保管了一部分财产。一张签有乔治·德·埃斯图尼名字的空白票据，使卡洛斯·埃雷拉成了伪造证券的主人。只要埃斯黛小姐有能力支付，或别人有能力代她支付，伪造证券就没有任何危险。卡洛斯

---

① 乔治·德斯图尼一案是在1827年审理的。案发后，他抛弃了情妇卡罗利娜·米尼翁，逃离勒阿弗尔市。

② 马蒂尼亚克公爵(1778－1832)，1828年至1829年任内阁首相。

③ 据传，古维尔在1662年被迫逃离法国之前，将六万法郎交给尼农保管，并将同样一笔款子交给一位主教保管。1668年古维尔回国后，尼农将钱款如数交还给他，而主教却寻找理由不愿归还。伏尔泰根据此事，在1760年写了《不老实的保管人》一书。

了解到赛利才事务所的情况之后，一眼看出这个默默无闻的人想发财致富，不过……是用合法的手段。

赛利才是德·埃斯图尼财产的真正保管者，手中握有巨款，在交易所买卖证券，买空卖空，所以能自称银行家。这一切在巴黎是行得通的。人们可以瞧不起一个人，但不能瞧不起他的钱。

卡洛斯登门拜访赛利才，想让他按卡洛斯的方式来做生意，因为他偶然掌握了德·埃斯图尼这位忠实合伙人的全部秘密。

勇将赛利才家住格罗－舍内街①一幢房子的中层楼里，卡洛斯神秘地让仆人通报自己是乔治·德·埃斯图尼派来的，自封的银行家一听大吃一惊，脸色发白。在陈设简单的办公室里，卡洛斯看到一位个子矮小、黄发稀少的男子，他根据吕西安的描述，断定此人就是出卖大卫·赛夏的犹大②。

"我们在这里谈话是否会被人听到？"西班牙人问道。他这时打扮成英国人，一头红发，戴着蓝眼镜，像去布道的清教徒一样干净整洁。

"这是为什么，先生？"赛利才说。"您是谁？"

"威廉·巴克先生，德·埃斯图尼先生的债权人；既然您想知道，我就让您知道关门的必要性。先生，我们知道您过去同柏蒂－格劳家、戈安得兄弟以及安古兰末的赛夏家有什么关系……"

听到这话，赛利才立刻冲到门口，把门关上，再跑到通往卧室的门口，把门闩上；然后，他对陌生人说："说得轻点，先生！"他对这个假英国人打量了一番，说："您要我干什么？……"

"我的上帝！"威廉·巴克先生说，"在这个世界上，人各自为己。您这儿有德·埃斯图尼这个家伙的钱……请您放心，我不是来问您要他的钱；这个该上绞架的骗子，这话我们之间说说，他见我催得紧，就给了我这几张票据，说是他也许能碰运气把它们兑换成现金；可是我不想用自己的名字干这种事，他就对我说您是不会拒绝签上自己的名字的。"

赛利才看了看汇票，说："可是他已经不在法兰克福了……"

"这我知道，"巴克回答道，"但是这些票据到期时他可能在那儿……"

"可我不愿承担责任，"赛利才说……

"我不要求您作出牺牲，"巴克接着说道。"您负责签收票据，我来负责收回这笔款子。"

"德·埃斯图尼如此不信任我，使我感到惊奇，"赛利才说道。

"像他这样的处境，"巴克回答道，"别人就不能责怪他把鸡蛋放在好几个篮子里③。"

"您难道相信？……"小投机商问道，并把按规定办了签收手续的票据还给假英国人。

---

① 格罗－舍内街位于交易所的后面。
② 详见《幻灭》第468页。
③ 法语中，"把所有的鸡蛋都放在一个篮子里"意思是"孤注一掷"。

47. 吕西安心里想:"天哪!无论如何要有钱!这个社会只有见了黄金才下跪。"接着又听见良心的呼声对他嚷着:"不!还是成名要紧,要成名就得用功。对,用功!大卫说的就是这句话。天哪!为什么我要到这里来?可是我一定成功!一定能坐着敞篷车,带着跟班,在这条林阴道上兜风!一定能把德·埃斯巴侯爵夫人一流的妇女弄到手!"

"我认为您一定能把他的钱保管好!"巴克说,"我可以肯定!这些钱已经被扔到交易所的绿地毯上了。"

"我要发财,就得……"

"把这些钱故意输光,"巴克说。

"先生!……"赛利才大声说道。

"您瞧,亲爱的赛利才先生,"巴克打断了赛利才的话,冷冷地说道,"您可以帮我一个忙,为我收回这笔钱提供方便。劳驾您给我写一封信,说您是代替德·埃斯图尼签收这些票据的,执达员要是追查起来,就会认为这封信的持有者就是这三张票据的主人。"

"您可以把名字告诉我吗?"

"不用写名字!"英国资本家说。"您就写:这封信和票据的持有者……您的这番好意马上会得到很好的报答……"

"什么报答?……"赛利才问道。

"一句话的报答。您将留在法国,是吗?……"

"是的,先生。"

"那么,乔治·德·埃斯图尼就永远不会回国了。"

"那是为什么?"

"据我所知,有不止五个人要暗杀他,这事他自己也知道。"

"我当时还奇怪他为什么问我要钱买小商品运往印度呢!"赛利才大声说道。"可惜他硬是逼我把所有的钱都买了公债。我们已经欠了杜·蒂埃银行的借贷差额金。我现在只好过一天算一天了。"

"您就赶快设法脱身吧!"

"啊!我要是早点知道就好了!"赛利才大声说道。"我发财的希望落空啦……"

"还有一句话……"巴克说,"严守秘密!……您一定能办到;但是要您忠心耿耿,可就不大保险了。我们一定还能见面,我会使您发财的。"

卡洛斯朝这个肮脏的灵魂里投进了一线希望,使他能长期保守秘密。从赛利才家出来之后,他仍然冒名巴克,去拜访一个他信得过的执达员,委托他设法对埃斯黛进行决定性的判决。

"一定酬谢,"他对执达员说,"事关名誉,我们只想按规定办事。"

巴克请一位商务诉讼代理人充当埃斯黛小姐在商务法庭上的代理人,以便能进行对审判决。执达员受命要有礼貌地行事,把所有的诉讼文件放入信封,亲自来到泰布街查封动产,受到欧罗巴的接待。拘禁一经宣布,埃斯黛就公开受到三十多万零几千法郎这笔无可置疑的债务威胁。这并不是卡洛斯的伟大发明创造。这一类假债务的喜剧经常在巴黎上演。在巴黎有的是二等、三等的高布塞克、吉戈内,他们只要能得到一笔手续费,社会同意进行这种游戏,就以这种卑鄙的勾当取乐。在法国,任何事情都是笑着进行的,连杀人也不例外。人们就

这样来敲诈固执的亲戚或吝啬的情人，他们在万不得已时，或是觉得有损名誉，才会慷慨解囊。马克西姆·德·特拉伊过去常常老戏新演，使用这种方法。卡洛斯·埃雷拉为保全自己神甫的声誉和吕西安的名誉，仅仅使用了伪造票据的方法，这种方法毫无危险，但经常使用，会引起司法部门的不安。据说，在王宫市场附近有一个假证券交易所，只要付三个法郎，就能得到一个签名。

在着手解决来到卧室门口需付十万埃居这个问题之前，卡洛斯决定让德·纽沁根先生先付出十万法郎。下面就是事情的经过。

亚细亚遵照卡洛斯的命令，装扮成了解陌生美女情况的老妇人，来到热恋的男爵面前。至今为止，风俗画家已经描绘过许多高利贷者；但他们忘了描绘今日的财神娘娘女高利贷者。这是极为有趣的人物，恰当的称呼是脂粉女商贩①。相貌凶恶的亚细亚能够扮演这个角色。她开了两家铺子，一家在修院区，另一家在圣马克新街，都由她手下的女人经管。

"你今后就用圣埃斯泰弗②太太这个名字，"卡洛斯对她说。埃雷拉想看看亚细亚打扮后的样子。她打扮成媒婆从屋里出来，身上穿着一条花缎连衣裙，是用被查封的小客厅里的窗帘布做的，肩上披一条旧得卖不出去、在这些女人背上磨坏为止的开司米披肩。她颈上围一条花边非常漂亮、但磨破了的领套，头戴一顶极难看的帽子；脚穿一双爱尔兰皮制成的皮鞋，鞋沿上露出腿上的肉，就像是猪脖子上的一圈黑肉。

"还有我的腰带扣！"她边说边指指被她那厨子的肚子顶着的假金扣。"唉，都成什么样子了！我这个腰围……把我弄得真丑！哦！努丽松太太③把我打扮得真棒。"

"你首先嘴要甜，"卡洛斯对她说，"装出一副有点害怕的样子，又要像猫一样多疑，你特别要使男爵因雇用过警察而感到脸红，你自己却要显得不害怕警察的样子。最后，你要或多或少地让顾客听出，你不相信任何警察会打听到美人的住处。你自己也别留痕迹……等到男爵允许你拍着他的肚子叫他'烂胖子'的时候，你就可以放肆了，像仆人一样地使唤他。"

纽沁根得到警告，说他要是再搞一点密探活动，就别想再见到媒婆，于是他在上交易所时，步行去见亚细亚，神秘地走进圣马克新街一幢房子的中层楼④。这些泥泞的小街，热恋的百万富翁们走过多少回，又是如何的快乐，这只有巴黎的铺路石清楚。圣埃斯泰弗太太使男爵从希望到失望，从失望到希望，使他愿意以任何代价来换取有关陌生女郎的一切情况！……

在这段时间里，执达员也在行动，由于在埃斯黛家里没遇到任何反抗，所以事情办得十分顺利，在法定的期限内完成了任务，连一天也没有耽搁。

吕西安由他的谋士带着到圣日耳曼去过五六次，看望他隐居的女士。阴谋诡计的残暴策

---

① 当时的脂粉女商贩，真实的职业往往是拉皮条，做淫媒。
② 圣埃斯泰弗是维道克的一个化名。
③ 努丽松太太为亚细亚经管圣马克新街的那家铺子。
④ 即努丽松太太铺子的上面。

相关链接 ●

48. 她看中一个可怜的胆怯的孩子,这孩子抱着许多高尚的,后来被人叫做幻想的信念;那女人卖弄风情,拿她的聪明机智和假装的母爱,引诱孩子走上歧路。甜言蜜语的许愿,叫孩子听得出神的空中楼阁,在她嘴里都不算一回事。她抓住孩子,带在身边,一会儿埋怨他信心不足,一会儿把他奉承夸奖。

划者认为这种会见是必要的,可以不使埃斯黛萎靡不振,因为她的美貌就是资本。在离开守林人屋子时,他把吕西安和可怜的交际花带到一条空无一人的道路旁边,在这里能看到巴黎,但又不会被别人听到他们的谈话。三个人迎着初升的太阳,在一棵吹倒的白杨树上坐下来,只见眼前呈现出塞纳河、蒙马特、巴黎市区和圣德尼,堪称世界上最美丽的景色之一。

"孩子们,"卡洛斯说,"你们的梦结束了。我的女儿,你再也看不到吕西安了,即使看到他,你也必须装出才认识他几天的样子,就像是在五年前一样。"

"这样我就死到临头了!"她说道,但没有流下一滴眼泪。

"唉!你生了五年的病,"卡洛斯接着说道。"你就当自己得肺病死了,也就不会愁眉苦脸地使我们烦恼。不过,你会活下去的,而且会活得很好!……吕西安,你走开,去做十四行诗吧,"他说着用手指了指离他们几步远的一块田地。

吕西安哀求地朝埃斯黛看了一眼,这种眼光只有软弱而又贪婪,心里柔情如水而性格怯懦卑鄙的男人才会有。埃斯黛点了点头算是对他的回答,意思是说:"我要听刽子手说我该如何把脑袋放到斧头下面,我会有勇气好好地去死。"这动作十分动人,又极为可怕,使诗人忍不住哭了起来;埃斯黛向他奔去,把他紧紧搂在怀里,吻了吻他的泪水,并对他说:"你放心吧!"说的时候声音十分激动,手势和眼神也表示了同样的意思。

卡洛斯解释了吕西安的危险处境,他在格朗利厄公馆的地位,把成功后可能获得的美好前程,以及埃斯黛必须为这种美好前途作出的自我牺牲,话说得十分明确,毫不含糊,还不时使用了一些可怕而确切的字眼。

"要我做什么呢?"她异常激动地大声问道。

"盲目服从我,"卡洛斯说。"您有什么可抱怨的呢?这只会让您过上好日子。您马上就要像您的老朋友蒂莉娅、佛洛丽娜、马里埃特和华诺勃一样,当一个您不爱的有钱人的情妇了。我们的事办完之后,您的情人有足够的钱可以使您幸福……"

"幸福!……"她两眼望着天空说道。

"您已经过了四年的天堂生活,"他接着说道。"难道就不能靠这样的回忆生活下去?……"

"我一定服从您,"她擦了擦眼角的泪水回答道:"其他的事您不必担心!您已经说了,我的爱情是致命的病。"

"这还不够,"卡洛斯说,"您必须保持美貌。您二十二岁半,又过着幸福的生活,正是最美的时候,您还要恢复电鱼的本相。要俏皮,狡猾,挥金如土,毫不可怜我交给您的百万富翁。您听着!……这家伙是交易所的老贼,他过去对许多人毫不可怜,用孤儿寡妇的钱养肥了自己,您一定要为他们报仇!……亚细亚将乘出租马车来接您,您今晚就能回到巴黎。您要是让人怀疑当了吕西安四年情妇,那就等于是朝他的脑袋开了一枪。要是别人问起您这几年的情况,您就说被一个醋意极强的英国人带到国外去旅行了。您过去吹牛十分拿手,现在再故伎重演吧……"

你见到过童年时代金光闪闪的大蝴蝶风筝在空中翱翔吗?……孩子们一时忘了绳子,或是过路人把绳子割断,刹那间,风筝以惊人的速度跌落下来,用中学生的话说是一个倒栽葱。这就是埃斯黛听到卡洛斯这些话时的写照。

第二部　老头们为爱情付出的代价

49. 一看见旅馆，老狐狸马上改变主意。——"住这种地方的青年欲望不大，一定是个用功的读书人；给他八百法郎就行了。"旅馆的老板娘听道格罗问到吕西安·德·吕邦泼雷，回答说："五楼！"道格罗仰起头来，看见五楼以上就是天空，心里想："这个年轻人长得漂亮，简直是个美男子，钱太多了会心猿意马，不用功的，为了咱们的共同利益，给他六百法郎吧，不过是现金，不是期票。"

一、亚细亚集资十万法郎

一星期来，纽沁根几乎天天到圣马克新街的铺子里去讨价还价，以便买下他心爱的女人。在那里，亚细亚有时冒名圣埃斯泰弗太太，有时顶替她手下的努丽松太太，神气活现地端坐在挂满华丽服装的铺子中间。这些服装可以用一句可怕的话来形容：裙子已经不像裙子，然而却还不能算是破布。这背景和亚细亚摆出的那副面孔十分协调。这种铺子也是巴黎最阴森的特色之一。在那儿，可以看到死人用枯槁的手扔下的旧衣服，可以听见披肩下痨病鬼的嘶哑喘息，正如可以从金丝裙下猜到穷途末路一般。奢侈同饥饿的残酷斗争书写在轻薄的花边之上。在那儿，可以在羽毛头巾之下重现王后的容貌，眼前摆在架子上的头巾，几乎勾画出那张已经消失的面庞。真是俏丽中见丑陋！拍卖估价员拿在手中挥舞过的神甫的鞭子，同穷途末路的妓女出卖的脱了毛的手笼和失去光泽的毛皮大衣放在一起。这是一堆如花似锦的垃圾，到处闪烁着昨天剪下、被人戴过的玫瑰，但在花花绿绿之中，总是露出伴随着磨损而来的陈旧外表，犹如秃发掉牙的老妇，惯于买进外壳，却准备卖出内肉，买进没有女人的裙子，卖出没有裙子的女人！亚细亚坐在那里，活像苦役监里的看守，尸体堆上的红嘴秃鹫，十分自在；这些野蛮的惨状会使过路人看了不寒而栗，但更为可怕的却是肮脏的玻璃橱窗后面那业已退休的圣埃斯泰弗太太的嘴脸。行人们有时会惊奇地发现，自己年幼时感到新鲜的纪念品，竟挂在这种橱窗里面。

银行家被一激再激，一万法郎再加一万法郎，最后表示愿意付给圣埃斯泰弗太太六万法郎，可是她却做了个鬼脸表示拒绝，这鬼脸简直能教丑八怪感到望尘莫及。经过一夜的辗转反侧，他承认自己被埃斯黛搅得神魂颠倒，再加上他在交易所捞到了一笔外快，就在一天早晨去找亚细亚，表示同意她的要求，愿意拿出十万法郎，但是他想从她那儿探听到大量情况。

"你打定主意了，滑头的胖子？"亚细亚拍了拍他的肩膀说。

有失体面的亲昵举动是这种女人向痴情热恋或贫困潦倒而不能自拔的人们所征收的第一道关税；她们从来不同顾客并肩而立，而是让顾客在她们的破烂上同她们并肩而坐。大家已经看到，亚细亚对主人言听计从，令人赞叹。

"也只好这样了，"纽沁根说。

"你也没有吃亏，"亚细亚回答说。"以前还卖过比她更贵的女人呢。女人也有各种各样！

德·玛赛就为已故的高拉莉付了六万法郎。你要的这个,不经转手就卖过十万法郎,你看,老风流,我的价钱还是合情合理的。"

"可她在哪儿?"

"啊!你一定能见到她的。我也同你一样,一手交钱一手交货!……啊!亲爱的,你为了爱情可要大大破费了。这些姑娘都没有头脑。现在连王妃也是我们所说的那种夜美人……"

"美人……"

"好吧,你还要上别人的当?……卢夏尔正在到处找她,我借给了她五万法郎……"

"是二万五!"银行家大声说道。

"当然罗,二万五算五万,这还用说,"亚细亚回答道。"对这个女人应该说句公道话,她为人诚实!她孑然一身。她曾对我说:'亲爱的圣埃斯泰弗太太,现在有人跟踪我,只有您才能帮助我,借给我二万法郎吧,我把自己的心抵押给您……'哦!她有一颗善良的心!……只有我知道她在哪里。一不小心,我就会丢掉这二万法郎……以前她住在泰布街。离开那儿之前……——她的动产被查封了!……——与费用有关,——那些穷执达员!……——您是知道的,因为,您是交易所的大亨!——这个,她也不傻,把套间租给了一个英国女人,为期两个月,那英国女人很漂亮,当了吕庞泼莱……那个小东西的情妇,他非常喜爱那英国女人,所以只许她晚上出来散步……但是,因为不久就要变卖动产,再说吕西安那样的穷鬼养不起英国女人,所以就让她走了……"

"您在开银行吧,"纽沁根说。

"实物支付银行,"亚细亚说。"我借钱给美女;这划得来,因为可以一举两得。"

亚细亚十分乐意把自己的角色演得过火。演这种角色的是那些贪得无厌的女人,却比马来女人更加花言巧语、和颜悦色,她们要价很高,却有着冠冕堂皇的理由。亚细亚装出一副愁眉苦脸的样子,仿佛失去了幻想,失去了五个情夫和所有的孩子,仿佛她虽然经验丰富,却听任众人诈骗!她不时拿出一些当票,来证明自己运气不好,生意清淡。她说自己手头拮据,负债累累。总之,她丑得天真可爱,使男爵终于相信了她所扮演的角色。

"那么,我要是出了这十万,在什么地方能见到她呢?"他说道,并做了一个决定作出一切牺牲的手势。

"我的胖老头,今天晚上你乘自己的马车到吉姆纳兹剧院的对面。这地方顺路,"亚细亚说。"你到圣须街①转角停车。我将在那里等候,然后我们一块儿去见抵押给我的黑发女郎……哦!她的头发可漂亮啦!一拿掉压发梳,埃斯黛的身体就像罩在亭子里面一样。你精通数字,但是我觉得你在其他方面是傻乎乎的;我建议你要藏好那姑娘,因为有人想把她关进圣德一贝拉奚监狱,要是明天找到她,就立刻让她进去……现在……有人正在找她呢。"

"难道就不能把那几张票据买下来?"不可救药的银钱老虎,就问道。

---

① 圣须街的转角是佳音大街,几乎就在吉姆纳兹剧院的对面。

50."你要没有才能，没有前途，我要不关心用功的年轻人，我也不会给你这样好的条件。每月一百法郎！你考虑考虑吧。一部小说丢在抽斗里，当然不比一匹马关在马房里，不用吃饭；可是老实说，也不会给你饭吃！"

"票据在执达员手里……但没法弄到。这姑娘爱上一个人，把别人托她保管的钱给花了。啊！当然罗！二十二岁的姑娘，心是有点儿活。"

"好，好，我一定把这件事处理好，"纽沁根说道，脸上露出狡黠的神情。"当然，我将当她的保护人。"

"喂！大傻瓜，你讨她喜欢是你的事，你钱多，可以买下同真情实意价钱一样的虚情假意。我把你的公主亲手交给你，她必须跟你走，别的事我就不管了……不过她过惯了阔气的生活，喜欢别人尊重她。啊！我的小老头！这是个规矩女人……否则我怎么会借给地一万五千法郎呢？"

男爵回家后，又像上次那样，把自己打扮得像个新郎；但这次他确信一定成功，就加倍吞服了药丸。晚上九点，他在约定地点找到了这个可怕的女人，让她跳上自己的马车。

"在哪儿？"男爵问道。

"哪儿？"亚细亚说道，"在玛莱区一个临时住所，因为你的宝贝在污泥之中，不过你一定能把她洗刷干净的！"到了那里以后，假圣埃斯泰弗太太脸上挂着吓人的微笑对纽沁根说："我们还要下车走几步路，我没有那么蠢，会把真实的地址告诉你。"

"你想得真周到，"纽沁根回答说。

"我地位这样，只得如此，"她回答道。

亚细亚把纽沁根领到巴尔贝特街，走进一幢出租套间的房子，房东是区里的一位地毯商人。他跟着亚细亚走到五楼。百万富翁看到埃斯黛身穿女工服，正在一个陈设简陋的房间里做刺绣活，顿时脸色发白。亚细亚像是同埃斯黛嘀咕着什么，足足有一刻钟的时间，然后才让这位打扮成青年的老头说话。

"小姐，"他对可怜的姑娘说，"您是否愿意让我做您的保护人？……"

"只好这样了，先生，"埃斯黛说，眼睛里不觉流出两颗大泪珠。

"您别哭。我要使您成为最幸福的女人……您只要让我爱您就行了，您一定会看到的。"

"亲爱的，先生是通情达理的，"亚细亚说，"他知道自己是六十六岁出头的人了，一定会手下留情的。总之，美丽的天使，我替你找来的是一个父亲……"亚细亚见银行家露出不满之色，就在他耳边说道："捉燕子不能开枪。您上这儿来！"亚细亚说着把男爵领到隔壁房间。"我的天使，您知道我们之间的小小协议，对吗？"

纽沁根从上衣口袋里掏出皮夹子，数出十万法郎。女厨子拿了钱就去交给卡洛斯，他正躲在小房间里迫不及待地等待着这笔钱。

"这是我们的老板向亚细亚投资的十万法郎。现在，我们要叫他再向欧罗巴投资，"卡洛斯走到楼梯口时对亚细亚说。

他对马来女人作了一些指示后就走了。她也回到房里，只见埃斯黛正在痛哭流涕。这姑娘就像被判处死刑的犯人，曾经抱着不切实际的幻想，却听到了丧钟敲响。

"亲爱的孩子们，"亚细亚说，"你们到哪儿去？……因为德·纽沁根男爵……"

　　埃斯黛对大名鼎鼎的银行家看了一眼,不禁吃惊地做出个极妙的手势。

　　"对,我的孩子,我就是德·纽沁根男爵……"

　　"德·纽沁根男爵不应该、也不能够呆在这狗窝般的房间里。您听我说!您从前的女仆欧仁妮……"

　　"欧仁妮!泰布街的那个……"男爵听了叫出声来。

　　"对,就是那些家具的法定看管人,"亚细亚接着说,"是她把房子租给了那个英国美女……"

　　"噢!我明白了!"男爵说。

　　"太太从前的女仆,"亚细亚指着埃斯黛恭恭敬敬地说道,"今晚您要好好地招待他,这样商警就永远不会再到您三个月前离开的老房子去找您了……"

　　"好极了!好极了!"男爵大声嚷道。"另外,我认识那些商警,我会打发他们走的……"

　　"您一定会发现欧仁妮是个机灵鬼,"亚细亚说,"是我把她介绍给太太的……"

　　"我认识她,"百万富翁笑着说道。"欧仁妮骗了我三万法郎……"埃斯黛害怕地颤抖一下。看到这种情景,一个情人准会把自己的财产都交给她保管。男爵接着说道:"噢!这是我的过错,当时我到处找您……"于是,他就把房子租给英国女人后引起的那场误会讲了一遍。

　　"那么,您知道吗,夫人?"亚细亚说,"这件事欧仁妮一点也没有告诉过您,这个小狐狸!"她转而对男爵,"不过,太太已经使惯了这个姑娘,还是把她留下吧。"亚细亚把纽沁根拉到一旁对他说:"您每月给欧仁妮五百法郎,让她再发一笔小财。以后太太的事您都能知道了。您就让她给太太当侍女吧。欧仁妮骗过您的钱,今后一定会更听您的话。……女人有钱可捞,才会对男人好。不过您得管住欧仁妮:这姑娘干什么事都是为了钱,实在可怕!……"

　　"那你呢?……"

　　"我,"亚细亚说:"我来讨债。"

　　纽沁根平时深谋远虑,这时也被蒙住了眼睛,像孩子一般听人摆布。这个老情郎看到天真可爱的埃斯黛擦干了眼泪,像处女一般庄重地做起了刺绣活,他在樊尚树林里产生过的那种感情重又产生;他简直想把自己银箱的钥匙交出来!他感到自己返老还童,心里充满着爱恋之情,巴不得亚细亚快点走开,以便跪倒在这位拉斐尔笔下的圣母面前。这种在银钱老虎心中突然出现的返老还童现象,是生理学极易解释的社会现象之一。青春及其美妙的幻想要重新发芽、生长、开花,事出有因,碰到偶然的机遇,如同一颗被人遗忘的种子,要开出鲜艳的花朵,就得照到姗姗来迟的阳光。男爵从十二岁起就在阿尔德里格老银行里当职员,从未踏进过感情的世界。因此,他站在情人面前,听到千言万语在脑际回荡,嘴里却说不出一句话来,只得恢复六十六岁老人的本来面目。

　　"您愿意去泰布街吗?……"他问道。

　　"随您的便,先生,"埃斯黛站起身来回答道。

　　"随您的便!"他心花怒放地重复道。

"您是天上下凡的仙女,尽管我头发灰白,却像小伙子一样爱您……"

"啊!您完全可以说白发苍苍!头发黑得过头,现在就变灰了,"亚细亚说。

"你走吧,下流的人肉贩子!你钱已到手,就别再说怪话了!"银行家大声嚷道,用粗暴的斥责来报复他过去忍受的蛮横无理。

"老色鬼!你骂我,以后要报应的!……"亚细亚说着对银行家扬扬拳头,样子活像是中央菜场的女贩子。银行家见了耸了耸肩。

她看到纽沁根那副轻蔑的神态,不觉勃然大怒道:"酒鬼拿到了酒坛,但要喝到酒,还会遇到毒蛇的,你等着瞧吧!……"

当时,百万富翁们的钱由法兰西银行看管,府邸由一班仆人看管,他们本人来到街上,就乘坐一辆套着英国种马匹的快车里,犹如身居围墙之中,所以不必害怕会遇到任何意外。因此,男爵斜视着对亚细亚白了一眼,这神色仿佛在说自己刚才给了她十万法郎。这威风果然产生了效果。亚细亚退出房门,嘴里嘀嘀咕咕地走下楼梯,还用了极其革命的语言,说出了断头台这个词!

"您对她到底说了些什么?……"绣花的处女问道。"她可是个好人。"

"她把您卖了,她骗了您的钱……"

"在我们贫穷的时候,"她回答道,那副样子能使外交官心碎,"是谁借钱给我们、照顾我们呢?……"

"可怜的姑娘!"纽沁根说。"您别再呆在这里了!"

51. 吕西安抓起稿子扔在地下,嚷道:"我宁可烧掉的,先生!"

"你真是诗人脾气,"老头儿说。

吕西安吞下面包,喝完牛奶,走下楼去。房间太小了,不出去的话,他只能团团打转,像关在植物园铁笼里的狮子。

二、第 一 夜

纽沁根让埃斯黛挽着手,没让她换衣服就领她下了楼,然后把她扶上车,他即使对漂亮的德·莫弗里纽斯公爵夫人,恐怕也不会这般恭敬。

"您将有一辆漂亮的马车,巴黎最漂亮的马车,"纽沁根在路上说。"您会处在最豪华迷人的环境之中。连王后也没有您阔气。您会像德国人的未婚妻那样受到尊重①;我让您自由自在……您别哭。听我说……我对您的爱情是真诚的,纯洁的。您的每一滴眼泪都叫我心碎……"

"对一个用钱买来的女人能有爱情吗?……"可怜的姑娘问道,声音十分动听。

"约瑟被他兄弟们卖掉②就是因为他可爱。这是圣经里说的。而且在东方,买妻子是合法的。"

埃斯黛回到泰布街,重新见到自己曾经度过幸福岁月的地方,不禁感到十分伤心。她坐

---

① 按照德国当时的风俗习惯,未婚夫妇在婚前不能同居。

② 约瑟是雅各之子,他哥哥见父亲爱约瑟甚于爱他们,就起妒忌之心,将他卖给以实玛利人。详见《旧约·创世记》第三十七章。

在沙发上，一动不动，竭力忍住一颗颗夺眶而出的眼泪，对跪在面前的银行家所说的那些含糊不清的疯话，一句也没听见；她让他跪着，一句话也不说，听任他握住自己的双手，也不知道抱住自己双脚的人是男是女。只见她的热泪一滴滴洒在男爵的头上，而男爵却使她那双冰凉的脚渐渐暖和起来。这个场面从半夜十二点一直持续到凌晨两点。

"欧仁妮，"男爵终于叫唤欧罗巴，"安排您的女主人就寝……"

"不，"埃斯黛叫道，如一匹惊马站起身来，"决不能在这儿！……"

"您瞧，先生，我了解太太，她温顺得像头羊羔，"欧罗巴对银行家说。"只是对她不能硬顶，而要转弯抹角……她过去在这里十分不幸！——您看到吗？……全是些破烂不堪的家具！——让她按自己的心思办。——替她在别处搞一幢漂亮的公寓。她看到周围焕然一新，也许会感到不习惯，但待您可能会比现在要好，像仙女一样的温柔。——哦！太太是举世无双的美人！您可以夸耀自己得到了一件宝贝：心地好，风度好，步履纤细，皮肤就像玫瑰……啊！……她风趣幽默，能叫死刑犯哈哈大笑……太太情意深长。——她可会打扮啦！……即使要花许多钱，对一个男人来说也划得来。——这里，她所有的裙子都被查封了，所以她的打扮就落后了三个月。——不过太太人可好啦，我喜欢她，就像情人一样！——您做事可得公道，怎么能让她这样的美人呆在被查封的家具之中！……这又是为了谁呢？为了一个欺骗她的恶棍……可怜的姑娘！她变了。"

"埃斯黛……埃斯黛……"男爵说，"您去睡吧，我的天使？噢！要是我使您感到害怕，我就睡在这张沙发上好了……"男爵大声说道。他见埃斯黛一直在哭，心里产生了纯洁的爱情。

"那么，"埃斯黛一面回答，一面拉住男爵的手，感激地吻了一下，银钱老虎的眼里顿时流出十分像泪水的东西，"我会感激您的……"

说完，她溜进自己的房间，关上了门。

"这话里有某种无法解释的东西……"纽沁根心里想道，感到烦躁不安。"我家里的人会说些什么呢？"

他站起身来，看了看窗外说："我的马车还在那儿……天快亮了！……"

他在房间里踱来踱去，说："德·纽沁根夫人要是知道我这样度过这一夜，一定会挖苦我的！……"

他感到自己就这样睡未免太傻，便走到卧室门口把耳朵贴在房门上，并叫道："埃斯黛！……"

没有回答。

"我的天哪！她还在哭！……"他自言自语地回到沙发上躺了下来。

男爵姿势很不舒服地躺在沙发上，强迫自己睡着，所以睡得很不安稳，姿势也很不舒服。太阳升起时，他正在做着美梦，这种梦错综复杂，变化无常，是医用生理学无法解释的现象之一。日出十分钟左右，他正在甜梦之中，突然被欧罗巴惊醒了。

"啊！我的天哪！太太，"她叫嚷道，"太太！士兵来了……宪兵是法院的。他们要抓您……"

52. 达尼埃尔声音柔和的对吕西安说："一个人要伟大，不能不付代价。天才的作品是用眼泪灌溉的。才具是有生命的东西，同一切生物一样有它多灾多病的童年。社会排斥残缺不全的才具，正如自然界淘汰衰弱或畸形的生物。要出人头地，必须准备斗争，遇到任何困难决不退缩。一个伟大的作家是个殉道者，只是不死罢了。你脑门上印着天才的标记。"

埃斯黛闻声打开房门，披头散发地走了出来，身上的睡衣还没套好，一双赤脚穿着拖鞋，她的美貌能使拉斐尔笔下的天使无地自容。这时，从客厅的大门里涌进一伙肮脏的人，十只脚朝这个仙女冲来，只见她亭亭玉立，宛如弗朗德勒地区油画上的天使。一个男子走上前来，此人就是孔唐松，丑恶的孔唐松，他将手搭在埃斯黛湿润的肩膀上。

"小姐是埃斯黛·旺……？"他问道。

欧罗巴一巴掌打在孔唐松脸上，又朝他腿上猛地一脚，将他打翻在地。练习踢打术①的人都知道，这一脚是其中的一招。

"滚开！"她叫道。"不准碰我的女主人！"

"她把我的脚快踢断了！"孔唐松喊着爬了起来。"这笔账我一定要算……"

五个助理执达员身穿制服，五顶丑陋的帽子戴在五个比帽子更加丑陋的脑袋上，一张张脸活像布满纹理的桃花心木，眼睛斜视，鼻梁塌陷，龇牙咧嘴。在这伙人中，卢夏尔十分突出，他衣着要比部下干净，但头上戴的也是那种帽子，脸上似笑非笑，令人肉麻。

"小姐，我逮捕您，"他对埃斯黛说。"至于您，我的姑娘！"他又对欧罗巴说，"任何抗拒行为都将受到惩处，任何反抗都是无用的。"

枪托碰在餐厅和前厅地板上发出的响声，说明他有警察队撑腰，所以话说得这么硬。

"干吗要逮捕我？"埃斯黛天真地问。

"为了那笔小小的债务……"卢夏尔回答说。

"啊！这倒是有的！"埃斯黛大声说。"我去穿好衣服。"

"可惜，小姐，我必须先查明您是否能从房间里逃跑，"卢夏尔说。

这一切发生得极为迅速，所以男爵还没来得及进行干预。

相貌可怕的亚细亚从警察中钻了出来，走到沙发前，假装认出了银行家，并学着他的口音大声说道："喂！我现在是人肉贩子，德·纽沁根男爵！……"

"丑八怪！"纽沁根一面厉声喝道，一面站起身来，摆出一副十足的金融家威严气派。

他冲到埃斯黛和卢夏尔的中间，卢夏尔听到孔唐松的叫声，连忙摘下自己的帽子。

"德·纽沁根男爵！……"

卢夏尔做了个手势，助理执达员们一个个毕恭毕敬地脱下帽子，退出门外。只有孔唐松还留在那儿。

"男爵先生付这笔钱吗？"警察手里拿着帽子问道。

"我付，"男爵回答道，"不过先要了解一下情况。"

"不包括逮捕的费用，总共是三十一万二千法郎和一些零头。"

"三十万法郎！"男爵叫道。"一个男人在沙发上过夜，醒来要付这么多钱，实在太贵了，"他凑在欧罗巴耳边补充了一句。

---

① 踢打术也称法国式拳术，1840年时曾在法国上流社会风行一时。

"这男人真是德·纽沁根男爵?"欧罗巴对卢夏尔问道,还做了个表示怀疑的动作。这个动作真可以让法兰西剧院演女仆角色的最佳演员杜邦小姐羡慕不已。

"对,小姐,"卢夏尔回答道。

"我替她担保,"男爵觉得欧罗巴的怀疑有失自己的面子,就说道,"让我对她说句话。"

埃斯黛同老情郎一起走进卧室,卢夏尔感到有必要把耳朵贴在锁眼上。

"埃斯黛,我爱您甚于自己的生命;这些钱放到您的钱包里多好,为什么要给您的债主呢?您到监狱去吧,我保证用十万法郎买下这十万埃居,这样您就有二十万法郎了……"

"这办法不管用,"卢夏尔对他喊道。"债主可没有爱上小姐!……您懂吗?他知道您迷上了她,胃口可大呢。"

"该死的傻瓜!"男爵开了门,对卢夏尔大声骂道,并把他拉进房间"你在胡说些什么!我给你百分之二十,只要你肯帮忙……"

"不行,男爵先生。"

"怎么,先生?"欧罗巴插嘴道,"您居然忍心让我的女主人进监狱!……您要不要我的工钱,我的积蓄?太太,您拿去吧,我有四万法郎……"

"哦!我可怜的姑娘,"埃斯黛大声说道。"我过去不了解你!"说着紧紧地搂住欧罗巴。

欧罗巴号啕大哭起来。

"我来付,"男爵可怜巴巴地说道。他掏出一个小本子,撕下一张印着字的方纸片。这是法兰西银行发给银行家们的支票簿,只要用数字和文字填上金额,持票人就能到银行兑换现金。

"这倒不必,男爵先生,"卢夏尔说,"我奉命只收金币或银币的付款。不过这一回,看在您的面上,我可以收取钞票。"

"伪君子!"男爵大声说道,"把汇票拿出来给我看。"

孔唐松拿出三份蓝色封皮的案卷。男爵接过时眼睛看着孔唐松,并在他耳边说道:"如果您事先通知我,那今天就是您的好日子罗。"

"唉!男爵先生,我怎么知道您在这儿!"密探回答道,也不管卢夏尔听见没听见。"自从您不再信任我以来,您的损失可不小啊。人家在骗您的钱,"这位深奥的哲学家耸耸肩膀补充道。

"确实如此,"男爵心里想道。"啊!我的小宝贝,"他看到汇票后对埃斯黛大声说道,"您当了大混蛋的牺牲品!他是个骗子!"

"唉!是啊,"可怜的埃斯黛说,"但是他过去很爱我!……"

"我要是早些知道……就不让您签这些汇票了。"

"您疯了,男爵先生,"卢夏尔说,"还有第三者呢。"

"对,有一个第三者……赛利才,一个反对派!"

"他有精神上的不幸,"孔唐松微笑着说,"他在做双关语游戏。"

相关链接 ●

53. 阿泰兹对吕西安一览无余的瞧了一眼;"要是你没有天才的意志,没有那种超人的耐性,在命运的拨弄使你同目的隔着一段距离的时候,你不能继续向无限的前程趱奔,像乌龟不论在什么地方都爬向海洋一样,那就不如趁早放弃。"

"男爵先生愿意写一张便条给出纳员吗?"卢夏尔微笑着说。"我马上派孔唐松去找他,并把我手下的人打发回去。时间一长,大家都会知道……"

"去吗,孔唐松!……"男爵叫道。"我的出纳员住在马迪兰街同阿尔加特街的拐角处。把这张纸条交给他。万一我家里没有十万埃居,就叫他到杜·蒂埃家或凯勒家去拿,因为我的钱全放在银行里……"他又对埃斯黛说:"去穿衣服吧,我的小天使,您自由了。"他看着亚细亚大声说:"老太婆比小姑娘更加危险……"

"我马上去让债主高兴高兴,"亚细亚对他说,"他今天一定会让我乐一乐。"圣埃斯泰弗太太向男爵行了个姿势可怕的礼,学着男爵的腔调补充道:"别记仇,男爵先生……"

卢夏尔接过男爵手里的汇票,独自同他留在客厅里。半小时之后,出纳员后面跟着孔唐松来了。这时,埃斯黛穿戴完毕,走出房间,虽然只是淡妆素抹,却显得十分迷人。卢夏尔点完钞票,男爵想检查一下票据,只见埃斯黛像猫一般抢了过去,立刻放进书桌的抽屉里。

"您给了那调皮的姑娘什么?……"孔唐松问纽沁根。

"您不是就在旁边吗?"男爵说。

"那我的腿!……"孔唐松嚷道。

"卢夏尔,您从剩下的一千法郎里拿出一百法郎给孔唐松……"

"这女人真漂亮!"出纳员走出泰布街时对德·纽沁根男爵说。"不过,男爵先生为她花的钱也真多。"

"要替我保密,"男爵说。他也要求孔唐松和卢夏尔为他保密。

卢夏尔走出屋子,后面跟着孔唐松;但走到林阴大道时,守在那儿的亚细亚叫住了商警。

她对他说:"执达员和债主在那儿一辆马车里,他们正等着呢!有油水!"

卢夏尔点钞票时,孔唐松乘机把车里的两个顾客仔细地打量了一番。他看了看卡洛斯的眼睛,辨认出假发套下前额的形状,觉得这假发套有可疑之处。他暗自记下马车的号码,表面上却装出对眼前发生的事情毫不关心的样子。亚细亚和欧罗巴使他极为惊讶。他觉得男爵成了某些手段极为高明的人的牺牲品,卢夏尔讨取报酬谨慎得出奇,就更加说明了这点。欧罗巴的一脚只踢到孔唐松的胫骨。他爬起来时心里想道:这一脚像是从圣拉扎尔监狱①里学来的!

卡洛斯慷慨地赏赐了执达员,把他打发走了,然后一边付钱给车夫,一边说:"去王宫市场,到佩龙咖啡馆!"

"啊!好家伙!"孔唐松听到这命令时心里想道。"这里面有文章!……"

卡洛斯乘着车马不停蹄地来到王宫市场,所以不必担心有人跟踪。下车后,他又以自己特有的方式穿过木廊,在水塔广场跳上另一辆出租马车,对车夫吩咐道:"上歌剧院街,靠皮

_____

① 圣拉扎尔监狱原为麻疯病院,建于12世纪初,法国大革命后改为女犯监狱。

农街那边。"一刻钟之后,他来到了泰布街。

　　埃斯黛见到他,立刻对他说:"这些就是要命的票据!"

　　卡洛斯接过票据,仔细地看了看,把它们放在炉火上烧了。

　　"这一计成了!"他大声说道,并从礼服口袋里掏出卷成圆筒的三十万法郎。"这些再加上亚细亚搞到的十万法郎,我们就可以行动了。"

　　"我的天哪!我的天哪!"可怜的埃斯黛连声喊道。

　　"傻瓜,"这个凶恶的铁算盘说道,"你要公开当纽沁根的情妇,这样你就可以见到吕西安了,他是纽沁根的朋友,我并不禁止你让他分享你的爱情!"

　　埃斯黛在黑暗的生活中,看到了一线微弱的光明,不由松了口气。

三、几 线 光 明

　　"欧罗巴,我的孩子,"卡洛斯说着把她拉到小客厅的一个角落里,在那儿谁也听不到他们的谈话,"欧罗巴,我对你很满意。"

　　欧罗巴抬起头来看了看他,她那张憔悴的脸变得容光焕发,站在门口望风的亚细亚看到了这一变化,不由自忖道,卡洛斯对欧罗巴的兴趣,是否大大超过了她对卡洛斯的忠心。

　　"这还不够,我的姑娘。四十万法郎对我来说微不足道……帕卡尔将交给你一张银餐具的发票,总计三万法郎,上面注明已部分付款,但我们的金银珠宝商比丹已经付清了这笔款子。我们的家具被他查封了,明天将贴出拍卖布告。你到比丹家去一趟,他住在枯树街,你给他一万法郎就能赎回当票。埃斯黛订购了银餐具,没有付钱就把它们当了,这你是知道的,她可能会因诈骗罪受到控告。因此,必须给金银珠宝商三万法郎,再给当铺一万法郎,才能收回那套银餐具。连手续费共计四万三千法郎。这套银器中掺杂了许多其他金属,男爵肯定会让人重做一套,那时我们就又能从中捞他几张一千法郎的票子。你们两年里可能欠女裁缝……多少?"

　　"可能欠她六千法郎,"欧罗巴说。

　　"那么,如果奥古斯特太太既要我们付钱,又想保住生意,四年后,她将开出一张三万法郎的账单。时装商那里也一样。珠宝商萨米埃尔·弗里什是犹太人,住在圣阿瓦街,将开给你几张借据。我们大概欠他二万五千法郎,而我们在当铺的首饰可卖六千法郎。我们将把首饰还给珠宝商,里面有一半是假宝石,因此,这些东西男爵是看不上眼的。总之,你在一星期之内,必须让我们的傻瓜再吐出十五万法郎。"

　　"下次太太要帮我一把才是,"欧罗巴回答说。"您去对她说,因为她像木头似的呆在那里,我只好绞尽三四个人的脑汁来唱这台戏。"

　　"要是埃斯黛假装正经,你就来告诉我,"卡洛斯说。"纽沁根要送给她一辆马车和几匹马,她想都由自己去挑选购买。你们到马贩兼车商的帕卡尔那里去挑选。他那里能买到价格昂贵的好马;那些马用上一个月就会变成瘸子,我们到时候再换。"

相关链接 ●

54. 有一天，天气早寒，阿泰兹家来了五个朋友，不约而同在大衣底下挟着木柴，仿佛举行野餐的时候，每个客人带一样菜，结果全带了肉饼。他们都有一种内心的美反映在他们的外表上面，跟用功和熬夜一样使年轻的脸上发出黄澄澄的奇妙的光彩；某些骚动的线条被纯洁的生活和思想的火焰净化了，变得端正了。脑门像诗人的一样宽广。眼睛又亮又精神，证明他们生活毫无污点。

"我们还可以设法从化妆品商人的账单上捞到六千法郎，"欧罗巴说。

"哦！"他摇摇头说，"你们要慢慢来，稳扎稳打。现在纽沁根只伸进了一条胳膊，我们必须让他把脑袋也伸进来。除此之外，我还需要五十万法郎。"

"您会搞到的，"欧罗巴回答说。"弄到将近六十万法郎时，太太就对这个傻胖子亲热，再问他要四十万就爱他。"

"你听着，姑娘，"卡洛斯说。"我拿到这最后十万法郎时，就给你二万。"

"这钱我能派什么用场呢？"欧罗巴摊开双手说道，仿佛无法独立生活一般。

"你可以回到瓦朗西安纳，买一座漂亮的房子，只要你愿意，可以当一个正派女人；所有的乐趣都在大自然之中，帕卡尔有时也想这样；他无牵无挂，几乎是问心无愧，你们俩可以合计一下，"卡洛斯回答道。

"回到瓦朗西安纳！……您这么想吗，先生？"欧罗巴害怕地大声问道。

欧罗巴出生在瓦朗西安纳一个穷苦的织布工人家庭，七岁时就被送进一家纱厂做工，现代化的工业弄得她精疲力竭，邪恶又使她过早地堕落。她十二岁失了身，十三岁当上了母亲，眼看着自己被一些大流氓缠住。一起凶杀案发生后，她被传出庭，在重罪法庭作证。她当时十六岁，还有一点正义感，又慑于法律的威严，就如实地作了证，使得被告人被判处二十年苦役。被告是个惯犯，参加了一个报复严厉的组织。他在法庭上当众对这个女孩子说："普律当斯（欧罗巴原名普律当斯·塞尔维安），十年后的今天，我一定回来宰了你，即使碎尸万段也在所不惜。"法庭庭长竭力劝普律当斯·塞尔维安放心，答应司法机关将关心和保护她；但是，可怜的姑娘因惊吓过度而病倒了，在医院里住了将近一年。司法机关虽说通情达理，其代表却是一群不断更换的个人，他们的好意和记忆也同司法人员一样变化多端。同时，检察院和法院也完全不可能预防犯罪，而这些机构的创立，就是承认犯罪这一既成事实的结果。从这点来说，如果能有预防犯罪的警察局，那就是对国家做了一件好事；但是，警察局这个词如今使立法机关感到害怕，因为立法机关不知该如何区别统治、管理和执法的词义。立法机关希望在国内大权独揽，仿佛它真能药到病除一般。那个苦役犯总是念念不忘他的牺牲品，念念不忘报仇雪恨，而司法机关对这两点却束手无策。普律当斯本能地、或者说是大体上预感到自己的危险，就离开了瓦朗西安纳，十七岁时来到巴黎，以便躲藏起来。她在巴黎干过四种职业，其中最好的一种要算是在一家小剧院里当哑角。后来她遇到了帕卡尔，向他讲述了自己的不幸遭遇。帕卡尔是雅克·高冷的心腹和得力助手，他向主人谈起了普律当斯；后来主人需要一名女仆，就对普律当斯说："如果你愿意像伺候魔鬼那样来伺候我，我一定使你摆脱迪律。"迪律就是那个苦役犯，就是悬在普律当斯·塞尔维安头上的一把达摩克利斯剑[1]。不

---

① 达摩克利斯是希腊神话中叙拉古暴君迪奥尼修斯的宠信，常说帝王多福。于是迪奥尼修斯请他赴宴，让他坐自己的宝座上，并用一根马鬃将一把利剑悬在他的头上，使他知道帝王的忧患。现在"达摩克利斯剑"成了"大祸临头"的同义语。

交待这些细节,许多评论家就会认为欧罗巴的忠心有点离奇。另外,也无人能理解卡洛斯下一步的神机妙算。

"是的,姑娘,你可以回到瓦朗西安纳去……拿着,看看这个。"他把前一天的报纸递给她,指着下列文章:【土伦电】昨日处决了约翰弗朗索瓦·迪律……凌晨起,驻军,等等。

普律当斯放下了手里的报纸,两腿不由被身体的重量压得发软;她重新获得了生命,因为据她说,自从听到迪律的威胁之后,她吃饭一直不香。

"你看,我说话是算数的。我花了四年功夫才把他引入圈套,叫他人头落地……好吧! 你在这里办完我的事,就回到家乡,用二万法郎开一爿小店,做帕卡尔的老婆,我准许他这样退隐。"

欧罗巴重新拿起报纸,两眼炯炯有神,翻来覆去地读着二十年来报上不厌其烦地刊登的关于处决苦役犯的每一个细节:在令人肃穆的气氛中,神甫为囚犯祈祷,老罪犯劝告过去的同伴们,行刑队瞄准,苦役犯跪倒在地,然后是老生常谈的议论,这些议论丝毫不能改变关押着一万七千名罪犯的苦役监制度。

"必须让亚细亚回来工作,"卡洛斯说。

亚细亚走上前来,对欧罗巴演的哑剧感到莫名其妙。

"为了让她回来当厨师,你们要先给男爵准备一顿他从未尝过的晚餐,"他接着说道。"然后你们就对他说,亚细亚赌博输光了钱,就回来当佣人。我们以后不再需要穿猎装的跟班了,帕卡尔可以当车夫。车夫不离座位,难以接近,所以密探对他的危险较小。让太太给他戴一副扑粉的假发套,一顶镶饰带的粗呢三角帽,这样他就可以改变模样,另外,我再给他化装一下。"

"我们还要雇几个佣人?"亚细亚斜视着问道。

"要雇些老实人,"卡洛斯回答说。

"是一些没有头脑的人!"混血种女人反驳道。

"如果男爵租一幢公寓,帕卡尔有个朋友可以当门房,"卡洛斯接着说道。"我们只需要再雇一个脚夫和一个厨房女佣人就够了,你们看得住两个外人……"

卡洛斯正要出门,帕卡尔进来了。

"您别走,街上有人,"跟班说。

这句话极为简单,却十分可怕。卡洛斯立刻上楼,呆在欧罗巴的房间里。不一会儿,帕卡尔叫来一辆出租马车,让车开进院内,然后上楼叫他下来。卡洛斯放下了车帘,让马车飞驰而去,使跟踪者措手不及。到达圣安托万城关时,他让车在离停车场几步远的地方停下来,然后步行回到马拉凯河滨街,这样就甩掉了那些好奇的人[①]。

"瞧,孩子,"他对吕西安说,并拿出四百张一千法郎的钞票给他看,"我希望把这些钱作

---

① 指密探。

相关链接 ●

为购买吕庞泼莱领地的部分经款。我们将从中拿出十万法郎去冒一次险。不久前开始推广公共马车，巴黎人很快就会对这种新玩意儿发生兴趣，三个月之后，我们就能将这笔钱翻上两番。我熟悉这种买卖：老板用高额的本金股息来招股。这是纽沁根的新花样。我们将来重整吕庞泼莱领地时，不要一次付清。到那时你去找台·吕卜克司，请他亲自出马，向你介绍一位名叫戴罗什的诉讼代理人，这家伙很机灵，你可以到他的事务所去找他；你请他去吕庞泼莱察看地产，并对他说，如果他能在城堡废墟周围买下八十万法郎的土地，使你有三万法郎的年金收入，你就给他二万法郎的酬金。"

"你真是如意算盘！……你想得太美了……"

"我一向如意。咱们别开玩笑了。你去买十万埃居的国库券，以便不损失利息。你可以让戴罗什保管，他既狡猾又诚实……这事办完后，你立即去安古兰末，请你妹妹和妹夫撒一个小小的谎。他们就说为了促成你同克洛蒂尔德·德·格朗利厄小姐的婚事，给了你六十万法郎，这样说也没有什么不光彩的。"

"我们得救啦！"吕西安欣喜若狂地喊道。

"你是得救了！"卡洛斯说。"不过，还得等到克洛蒂尔德作为你的妻子同你一起走出圣托马-达坎教堂之后才能真正算数……"

"你还担心什么？"吕西安显得非常关心自己参谋的样子。

"有几个好奇的人在跟踪我……我必须装得像个真正的神甫，真讨厌！魔鬼见我夹着一本日课经，就不会再来保护我了。"

这时，德·纽沁根男爵让出纳员挽着手，回到了家门口。

四、赢利与亏损

男爵在回家的路上说："我真怕自己办了件蠢事……算啦！我们一定能把它赚回来……"

"不幸的是男爵先生让人看到了，"好心的德国人回答道，心里想的只是面子。

"是啊，我的正式情妇应该有一个配得上我的地位，"这位银行界的路易十四回答说。

男爵相信早晚能把埃斯黛弄到手，就恢复了大金融家的本相。他重新掌管起自己的事务。第二天早晨六点，他的出纳员看到他在办公室里核对证券时搓了搓手。

他脸上带着德国式的微笑，装疯卖傻地说："昨晚，男爵先生一定又积累了一笔资金。"

像德·纽沁根男爵这样的富翁，亏损的机会要比其他人多，赢利的机会也比其他人多，即使在大肆挥霍之时也是如此。著名的纽沁根银行的金融政策，虽然对已在其他书中作了交待，这里还是有必要指出，处于我们这个时代的商业革命、政治革命和工业革命之中，这样巨大的财产就不可能，在获得、形成和增加保存的过程中，就不可能没有资本的巨大的亏损，或者说不可能没有对私人资产的巨额税收。人们只把很少的新证券缴入国库。任何新的私人占有都是全民分配中的一种新的不平等。国家收之于民，用之于民；而纽沁根银行的收入却成

为私产。雅尔纳克①这一招超出了一般的规律，犹如弗里德里希二世②不再征战外省，却效法雅克·高冷或芒德兰③，进行走私活动或有价证券买卖一样不可思议。迫使欧洲国家以百分之十至二十的利率发行公债，用公众的资本来赚取这百分之十至二十的利息；用控制原料的方法来高价勒索工厂企业，对企业主先救其危急，后取其产业，以及其他种种为夺取埃居的战斗，构成了金融界的高超策略。当然，在这期间，银行家同征服者一样，也会有冒险的时候；但是，能够进行这类战斗的人屈指可数，因此与老百姓毫不相干。这种大事是在牧羊人之间进行的，而不是羊群的事。由于被处决者（交易所的行话）的过错是赚钱的胃口过大，所以人们一般对沁根银行的计策所造成的不幸很少寄于同情。投机商开枪自杀，经纪人潜逃，公证人带走成百户的财产，比杀人越货更为可恶；银行家停止支付，这些灾祸几个月后就在巴黎被人遗忘，迅速地淹没在这个大都市海涛一般的动荡之中。过去，雅克·科尔、梅迪西、迪埃普的昂戈、拉罗舍尔的奥弗勒迪、菲热、蒂埃波洛、科尔内的万贯家产，都是利用人们对贵重商品的来源不明，以合法的手段赚来的，如今地理知识家喻户晓，竞争激烈限制了利润，所以暴发致富的原因，不外乎时来运转，有所发明，或是进行合法的偷窃。小商业受到坏榜样的熏陶，近十年来就通过非法的原料交易，来回击诡计多端的大商业。凡是有化学工业的地方，人们就不能再喝到葡萄酒，酿酒业也因此倒闭。人们出售掺假的盐以逃避税收。法庭对这种普遍的不诚实现象感到害怕。另外，法国在世界市场上的贸易信誉受到影响，英国也同样感到气馁。在我们的国家里，毛病出在政治法上。宪章宣布了金钱至上，发财就成为无神论时代的最高准则。上层社会的贿赂，尽管有金光耀眼的结果和似是而非的理由，还是比下层社会那种不体面、几乎都是私人间的贿赂不知要丑恶多少倍，后者的某些细节常常作为这一场景的笑料，可以说是使人难受的笑料。政府害怕任何新的思想，就把目前的喜剧成分从戏剧中排除出去。资产阶级还不如路易十四开放，看到《费加罗的婚礼》就浑身发抖，禁止演出政治性的《答尔丢夫》，当然也不让演出今日的《杜卡雷》，因为杜卡雷已经称王称霸。从此以后，喜剧只能叙述，而书籍则成了诗人们较为缓慢、却更为可靠的武器。

　　这天上午，纽沁根的办公室里来客熙熙攘攘，命令一道接着一道，还召开了几分钟会议，犹如车站大厅一般。他的一位经纪人前来报告雅克·法莱克斯失踪的消息。雅克·法莱克斯是马丹·法莱克斯的弟弟，朱尔·德马雷的继承人，是公司里最干练、最富裕的成员之一。他是纽沁根银行的正式经纪人。男爵同杜·蒂埃和凯勒密谋使此人破产，态度之冷静，犹如复活节宰羊一般。

　　"他顶不住了，"男爵回答说。

---

　　①　雅尔纳克男爵(1505－1572)在一次著名的决斗中，见自己即将被打败，就使出绝招，出其不意地一剑击中对手的膝弯，反败为胜。国王亨利二世和朝臣们都观看了这场决斗。
　　②　弗里德里希二世(1712－1786)，普鲁士国王。
　　③　芒德兰(1725－1755)，法国侠盗，其部队纪律严明，专抢税金库或城市金库。

相关链接

56. 他好几次说要投入新闻界,朋友们始终警告他:"万万使不得!"

阿泰兹说:"我们所认识的,喜爱的,又美又文雅的吕西安,进了那个地方就完啦。"

"新闻记者的生活,作乐和用功经常冲突,你决计抵抗不了,而抵抗是德性的根本。能够运用自己的势力,操着作品的生杀之权,会使你欣喜欲狂,不消两个月就变为一个十足地道的记者。当上记者好比在文艺界中当上执政。什么都说得出的人,结果什么都做得出!这句名言是拿破仑说的,而且不难理解。"

雅克·法莱克斯曾经在证券投机买卖中帮过大忙。他在几个月前的一次危机中,采取了大胆的行动,才挽救了金融界。但是,要银钱老虎们表示感谢,无疑是要乌克兰的狼群在冬天大发慈悲。

"可怜的人!"那位经纪人回答说,"他没有料到会有这样的结果,所以在圣乔治街为情妇布置了一幢小房子,油漆、家具,一共花了十五万法郎。他多么喜爱杜·华诺勃太太啊!……现在,这女人就只好离开那儿了……那儿的一切都是赊账的。"

"好!好!"纽沁根心里想,"这正是补偿我那一夜损失的好机会……"他问道:"他一点钱也没付?"

"啊!"经纪人回答说,"有哪个粗野的供货人没有向雅克·法莱克斯赊过账?那屋里好像有个放美酒的地窖。顺便告诉您,那房屋待售,他当时打算把它买下来。房屋租约上写着他的名字。多蠢的事!银器、家具、酒、马车和马匹,都将属于债权团所有,那些债主们将从中得到些什么呢?"

"您明天再来,"纽沁根说,"我本想去看看这些东西,只要不宣告破产,我们就可以协商解决这些事。我委托您把租约拿来,给这些家具开一个合理的价格……"

"这可以办到,"经纪人说。"今天上午您到那儿去一下,就能见到法莱克斯的一位合伙人和那些想得到优惠权的供货人;华诺勃太太手里有他们的发票,不过开的是法莱克斯的名字。"

德·纽沁根男爵当即派一位办事员去找他的公证人。雅克·法莱克斯曾经对他谈起过这幢房子,说房子最多值六万法郎。男爵想马上成为房东,以便通过付房租来行使房产优惠权。

这时,出纳员(真是老实人!)来了,想了解法莱克斯的破产是否对主人有所损失。

"正相反,我的好福夫冈,我将捞回十万法郎。"

"怎么个捞法?"

"啊!我将得到那幢小房子,就是法莱克斯这个可怜虫一年来为情妇准备的那幢房子。我给债主们五万法郎,一切就全部归我所有。我的公证人加尔托先生很快就会接到我购买房产的委托书,因为房东手头拮据……这事我早就知道,但当时我神魂颠倒,没心思管这件事。用不了多久,我的仙女埃斯黛将住进这座小小的宫殿……法莱克斯成全了我:真是个奇迹,那房子离这儿很近①……这对我太合适了。"

法莱克斯的破产使男爵只得到交易所去一趟;但是,他要走出圣·拉扎尔街,就必须经过泰布街;他几个小时不见埃斯黛已经十分难受,真想把她留在自己的身边。他指望用战败的经纪人那里得到的战利品来攫取利润,感到白送掉四十万法郎实在是轻如鹅毛,微不足道。他想到要把从泰布街搬到圣·乔治街的消息告诉自己的天使,让她住进这座小小的宫

---

① 法莱克斯的那幢房子位于圣乔治街,该街的一头和纽沁根公馆所在的圣拉扎尔街相接。

殿,她就不会再回忆往事,反对和他幸福地生活在一起,心里感到十分高兴,只觉得脚下的铺路石也变得柔软无比。他迈着年轻人的步子,怀着年轻人的梦想,来到了三兄弟街的拐角,只见欧罗巴仰着脸朝他走来。

"你上哪儿去?"他说。

"啊,是先生! 我正要上您家去……您昨天说得有理! 我现在想,还是应该让可怜的太太去蹲几天监狱。但是,女人家怎么懂得财政上的事呢?……债主们得知太太回来了,就像苍蝇逐食一般朝我们扑来……先生,昨天晚上七点,有人在门上贴了几张可怕的公告,说是要在星期六拍卖家具……这倒没什么……太太心肠好,曾经帮助过那个没良心的男人,这您知道! "

"哪个男人?"

"就是她过去的相好,那个德·埃斯图尼。哦! 他过去很迷人。他还赌博,就是这些。"

"他用作了记号的牌赌博……"

"那么您呢?……"欧罗巴说,"您在交易所干什么?还是让我来说吧。有一天,他为了阻止乔治开枪自杀,就把赊账的银器、首饰都当了。债主们听说她给了一个债主什么东西,就都来同她吵闹……有人威胁说要把她送到轻罪法庭……您的天使坐在被告席上! ……这就像假发冲冠一样奇特。……她哭得死去活来,还说要去投河……哦! 她会去的。"

"我要是马上去看你们,交易所就去不成了!"纽沁根大声说道。"但是,不去那儿又不行,因为我要去给她赚些钱……你去安慰安慰她: 我来替她还债,四点钟我去看她。不过,欧仁妮,你要对她说,让她对我有点爱情……"

"怎么是有点呢,是很多! ……记住,先生,只有慷慨才能赢得女人的心……当然研,您让她进监狱,也许可以节约十多万法郎。不过,这样一来,您就永远得不到她的心……她曾对我说过:'欧仁妮,他高尚、慷慨……是个好心肠的人! ' "

"她讲过这话,欧仁妮?"男爵叫了起来。

"是的,先生,是她亲口对我说的。"

"给你十个路易……"

"谢谢……但是她现在还在哭,她从昨天哭到现在,流的眼泪同玛大肋纳哭一个月的眼泪一样多……您爱的女人在绝望之中,还是为了别人欠的债! 哦! 那些男人! 他们欺骗女人,就像女人欺骗老头一样……好吧! "

"她们全都这样! ……替人担保! ……唉! 别人是从不担保的……叫她别再签字了。钱我来付,但要是她再签个字……我……"

"您怎么样?"欧罗巴故意问道。

"我的天哪! 我对她毫无威信……我马上就去管她那些零碎小事……你去安慰她,并对她说,一个月之后,她将住进一座小宫殿。"

"男爵先生,您在一个女人心里进行了高利率的投资! 瞧……连我这个女仆也觉得您年

轻了,这种现象我经常看到……这是幸福……幸福有某种反映……您即使垫了些钱也别后悔……您以后会看到这样做是有利可图的。首先,您把太太从地狱里救出来,她要是再不爱您,就是忘恩负义的婊子,这点我已经对她说过……她的烦恼事一旦了结,您就会了解她的。现在只有我们俩,我可以老实告诉您,那天夜里她哭得那么伤心……她有什么办法呢?……她依恋一个供养过我们的男人……她当时不敢把这些都告诉您……她想逃走。"

"逃走!"男爵一听吓了一跳,就大声说道。"可是交易所,交易所! 去吧,去吧,我不进去了……不过,让我在窗口看看她……看到她我就有勇气了……"

纽沁根先生在屋前经过时,埃斯黛对他微微一笑。他步履沉重地离开了,心里想道:"真是个天使! "就这样,欧罗巴获得了这个意想不到的结果。

五、必要的解释

下午二点半左右,埃斯黛像过去等待吕西安一样穿戴完毕,显得美妙动人。普律当斯见她打扮好了,就望着窗外对她说:"先生来了! "可怜的姑娘以为是吕西安来了,就急忙奔出来,一看却是纽沁根。

"你真会坑我! "她说。

"只有用这种办法才能使您关心这个即将替您还债的可怜老头,"欧罗巴回答说,"这些债总算可以全部还清了。"

埃斯黛一心只想如何不让那双可怕的手夺走自己的情人,就大声问道:"什么债?"

"卡洛斯先生为太太借的债。"

"怎么! 不是已经还掉将近四十五万法郎了吗?"埃斯黛叫道。

"您还欠十五万法郎。不过,这一切全由男爵来负责……他将让您搬到一座小宫殿里去住……依我看,这不是您的不幸! ……您已经把这个男人捏在手里。我要是处在您的地位,就先满足卡洛斯的要求,然后为自己弄一幢房子和年金收入。当然研,太太是我见到的女人中最漂亮的,也是最动人的,可是美貌是不能长久的! 我从前又娇嫩又漂亮,可现在成了这副样子。我二十三岁,差不多和太太一样大,但看上去却比您大十岁……只要生一场病就老了……嗨! 一个人在巴黎有一幢房子和年金收入,就不用担心会死在街头……"

埃斯黛不再去听欧罗巴 – 欧仁妮 – 普律当斯·塞尔维安说些什么。一个有教唆才能的男子,当初竭尽全力,把埃斯黛从污泥中拉出来,这时却一心一意把她重新推到污泥中去。凡是体验过爱情的深邃,都知道没有贞操就没有欢乐可言。自从朗格拉德街那间破旧房间里的一幕发生之后,埃斯黛完全忘掉了自己过去的生活。从那时起直到如今,她一直过着贞洁的生活,把自己禁锢在专一的爱情之中。因此,足智多谋的教唆犯为了不遇到阻碍,就事先作了巧妙的安排,使得可怜的姑娘出于一片忠心,只得同意去干已经到手或即将到手的诈骗活动。这种巧妙的安排显示了教唆犯的高超,也说明他当初是如何降服吕西安的。人为地制造

紧急情况,挖出炮眼,填上炸药,在紧急关头对同伙说:"你只要点一下头,就全炸了!"从前,埃斯黛满脑子妓女的道德观念,认为男人的慷慨大方是天经地义的事,所以她赏识善于使男人花钱的女伴。耗费的财产就是这些女人肩章上的条纹。卡洛斯把希望寄托在埃斯黛的回忆上,这点他没有失算。这些计谋策略不知使用过多少回,不仅妓女们使用,而且浪荡的男人也用。因此,埃斯黛的内心并没有感到不安。可怜的姑娘只感到自己在堕落。她爱吕西安,现在却成了德·纽沁根男爵的正式情妇:这就是她的全部结局。假西班牙人拿了聘金,吕西安则用她坟墓上的砖石来建造自己升官发财的大厦;老银行家欢娱一夜,就得或多或少地拿出几张一千法郎的钞票;欧罗巴使用了计策,从中拿走了几十万法郎。对于这一切,痴情的姑娘都毫不在意;使她如患癌症一般痛心的并非这些。她五年中清白无瑕,如同天使!她有爱情,她很幸福,她没有任何不贞之处。如今,这纯洁美好的爱情,即将受到玷污。在她的思想中,美好的隐居生活和未来的淫乐生活,简直是天壤之别。她这样做既不是为了私利,也不是出于诗意,她感到有一种难以形容、威力无比的感情;她由白变黑,由纯洁变为不洁,由高尚变为低贱。玷污自己的清白,却要披上一层自愿的漂亮外衣,使她感到无法忍受。因此,当男爵逼她相爱之时,她曾想跳窗自杀。吕西安是她惟一的情人;然而,女人真心爱恋一个男子是极少见的。她们嘴上说爱,并且往往自以为爱得最深,却同其他男人跳舞旋转,卖弄风情,浓妆艳抹地出入社交界,招引男人们贪恋的目光。但是,埃斯黛创造了真正爱情的奇迹,并未想到自己作出了牺牲。她与吕西安相爱六年,就像女演员和交际花的爱情一般,那些女人沉沦于污泥浊水之中,渴望着高尚、忠贞的爱情,就实行独家经营(为了表达一种很少付诸实现的思想,难道不应该创造一个新词①?)那些消亡的民族,如希腊、罗马和东方,总是让女人幽居闺房,而爱情专一的女人也必需闭门不出。因此可以想象,当埃斯黛走出那度过欢乐、诗意的时光的神奇大厦,走进一座冷冰冰的老头的小宫殿时,精神上立即像患病一般。她还未仔细考虑,就被一只铁手推下耻辱的泥潭,一直陷到齐腰深。这两天来,她仔细思忖,心中不由感到不寒而栗。

她听到"死在街头"这几个字,就猛地站起身来,说:"死在街头?……不,情愿死在塞纳河里……"

"塞纳河里?……那吕西安先生呢?……"欧罗巴说。

听到这句话,埃斯黛又在扶手椅上坐了下来,两眼愣愣地盯着地毯上的蔷薇花饰,心里吞着眼泪。四点钟,纽沁根来了,见他的天使正沉浸在思虑与决心的海洋之中。女人们在这种海洋上飘浮不定,她们在航行结束时所说的话,只有同行的人们才能理解。

"别愁眉苦脸……我的美人,"男爵说着在她身边坐了下来。"您的债都会还清的……我会同欧仁妮和好相处。一个月后,您将离开这屋子,到一座小宫殿里去住……哦!多漂亮的

---

①   原文是 exclusivite,该词作"独家经营(某种商品)"一义用时始于 1818 年,即在写这部小说之前。

58. 小团体中的朋友愈阻止吕西安走这条路,吕西安愈想去冒险,尝尝危险的味道。他心中盘算:毫不反抗而再受一次贫穷的袭击,不是荒唐吗?第一部小说卖不出去,吕西安没有兴致再写第二部。况且写作的时候靠什么过活呢?他那点儿耐性已经被一个月艰苦的生活消磨完了。一般记者人格扫地,昧尽天良干的事,难道他不能正正当当的干吗?朋友们的成心明明是小看他,他偏要向朋友们证明他坚强。

手,给我吻一下。(埃斯黛让他握着手,就像小狗伸出爪子一样。)——啊!您把手给了我,但不是心……而我爱的是心……"

他说这话的语气极为真诚,可怜的埃斯黛不禁转过双眸,怜悯地看了看老头,这一眼使老头差点儿高兴得发疯。恋人和殉道者是一对同病相怜的兄弟!两者痛苦相似,知己如同知彼,可说是世上绝无仅有。

"可怜的人!"她说,"他真的爱我。"

男爵听到这话,误解了其中的意思,顿时面色发白,浑身热血沸腾,仿佛呼吸到天上的仙气。像他这般年纪的百万富翁,可以不惜一切代价,来讨得女人的欢心。

"我爱您,就像爱我的女儿一样……"他说。"我这儿感到,"他说着把手按在自己的胸口上,"我只想看到您幸福。"

"要是您只想做我的父亲,我就会非常爱您,永远也不离开您,您以后会发现我不是个坏女人,既不贪财,也不谋私利,不像我现在这样……"

"您不过花了些小钱,"男爵接着说,"总之同所有的美女一样,别再说这些啦。我们这种人的职业就是为你们赚钱……您要高兴:我很愿意当几天您的父亲,因为我知道,应该让您习惯一下我这副可怜的老骨头。"

"真的?……"她叫了一声,忽地站了起来,跳到纽沁根的膝盖上,一只手搂住他的脖子,依偎在他身上。

"真的,"他回答着,脸上竭力露出一丝微笑。

埃斯黛吻了吻他的前额,以为达成了一个不可思议的协议:保持贞节,又能见到吕西安……她对男爵百般温存,重又显出了电鱼的本相。老头被她弄得神魂颠倒,答应做她四十天父亲。四十天的时间对购买、整修圣乔治街的房屋是必须的。男爵在回家的路上自忖道:"我上当了!"他在埃斯黛面前成了个小孩,一离开她,走到街上,就恢复了银钱老虎的原形,就像赌徒①一样,在身无分文之时,就重又变成昂热利克的情人。

二十天后,男爵说:"花了五十万法郎,还不知道她大腿是什么样子,简直太蠢了,还好谁也不知道。"于是,他下定决心,要占有这个花大钱买来的女人。以后,每当他遇到埃斯黛时,就不厌其烦地设法挽回自己不慎失言的损失。

一个月后,他对她说:"我不能永远做你的父亲。"

六、两种极端的爱情发生冲突

1829 年 9 月底,即埃斯黛搬进圣乔治街小公馆的前夕,男爵约请杜·蒂埃把佛洛丽娜

---

① 指法国剧作家约翰 - 弗朗索瓦·勒尼亚尔(1655－1709)的五幕诗体喜剧《赌徒》。剧中主角瓦莱尔在赌输时才对昂热利克产生爱恋之情。

带去参观，看看公馆的陈设是否同纽沁根的家产相称，看看小宫殿这几个字是否名副其实，那些艺术家是否把这座鸟笼装饰得配得上小鸟居住。这幢房子具有 1830 年革命前创造的一切豪华风格，所以显得新颖别致。其中有建筑师格兰多拿手的装潢杰作。楼梯用大理石翻修，粉刷、帘幔、镀金都配得恰如其分，无论是细枝末节，还是总体效果，都超过了巴黎那些路易十五时代的建筑。

"我梦寐以求的就是这样的房子和美德！"佛洛丽娜微笑着说。"你为谁花了这么多钱？"她问纽沁根。"是从天上下凡的仙女？"

"是回到天上的仙女，"男爵回答说。

"你把自己说成了朱庇特①，"女演员回答道。"什么时候能见到她？"

"噢！办进宅酒的那一天，"杜·蒂埃大声说道。

"不会在这天之前……"男爵说。

"得好好刷刷衣服，打扮打扮，穿金银丝嵌花的衣服，"佛洛丽娜说。"哦！为了参加这次晚宴，女人们又要让女裁缝和理发师忙得不可开交了！……是哪天？……"

"这我不能做主。"

"好一个女人！……"佛洛丽娜尖叫起来。"哦！我真想见见她！……"

"我也是，"男爵天真地回答道。

"怎么？房子、女人、家具，全是新的？"

"连银行家也是新的，"杜·蒂埃说，"我觉得我的朋友年轻多了。"

佛洛丽娜说："他必须像二十岁的小伙子，至少暂时得像。"

1830 年初，巴黎人人都在谈论纽沁根的恋爱，谈论他那幢穷奢极侈的公馆。可怜的男爵引人注目，受人奚落，他的狂怒是不难想象的。因此，他在头脑里把金融家的意志同心里的狂热爱情协调起来。他希望通过进宅酒宴，脱掉他那高尚父亲的外衣，取得巨大牺牲的报酬。由于他总是不能说服电鱼，就决定用通信的方式来处理这笔婚姻买卖，以便得到她的无担保许诺。银行家只相信汇票，于是在那年年初的一天，银钱老虎起了个大早，独自关在办公室里，用清楚易懂的法语写了如下信件；他尽管法语发音不准，书写起来却相当正确。

亲爱的埃斯黛：

您是我朝思暮想的花朵，生命中惟一的幸福。我曾对您说过，我爱您如同自己的女儿，我说这话是在骗您，也是在欺骗自己。我只是想以此来表达我感情的纯洁，这种感情不同于其他男人体会过的感情，这首先因为我是个老人，其次因为我从未有过爱情。我是多么爱您，即使为您失去自己的财产，我还会这样爱您。您要公道些！大多数男人不会像我这样把您看成天使：我从未去了解您的过去。我爱您既像爱自己的独生女儿奥古斯塔，又像爱自己的妻子一样，如果她能爱我的话。如果幸福是热恋的老人惟一能得

———————————
① 朱庇特是罗马神话中的主神。

59. 诗神身上盖满灰土，溅着街车的泥浆，受所有的过路人亵渎，因为他们都要看看内封的铜版。你一个熟人都没有，一家报馆都走不进，你的《长生菊》只好保持清高，把花瓣闭起来，像你现在拿在手里一样，休想在天地头宽敞的印刷世界中开放，像木廊商场的大王，专收名家著作的书店老板，鼎鼎大名的道里阿那样加上大批花饰。

到宽恕的事，那么就请您想一下，我是否扮演了一个可笑的角色。我把您看做自己的安慰，晚年的快乐。您十分清楚，在我去世之前，您将得到一个女人所能得到的一切幸福。您也完全知道，我去世以后，您将十分富裕，可以使许多女人感到美慕。我在同您第一次谈话之后所做的每一笔生意，都从中为您留下了一份，所以您在纽沁根银行里有一个户头。过几天，您将搬进一幢房子，这幢房子只要您喜欢，迟早会归您所有。那么，您将在新居里像接待父亲一样接待我，还是让我最终得到幸福？……请原谅我写得如此露骨；每当来到您的身边，我就失去了勇气，因为我的感觉过于强烈，不能把您看作我的情妇。我没有侮辱您的意思，我只想告诉您，我是多么的痛苦，让我这把年纪的老人一天天等待又是多么残忍，因为每过一天，就夺走了我的一点希望和快乐。而且，我待人体贴，这是我愿望真诚的保障。我何时曾以债主自居？您如堡垒一般，而我又非青年。您回答我的抱怨时说，这事关您的生命，我听了您的话，就信以为真；但回到家里，我重又愁眉苦脸，怀疑这样下去会使您我脸上无光。我觉得您既漂亮，又善良、诚实；但是您以推翻我的信念为乐事。您自己想想吧。您对我说，您心里有个无情郎，可又不愿告诉我他的名字告诉我……这样合乎情理吗？您使一个相当坚强的男人变得软弱无比……您看，我竟落到如此地步！我不得不问您，五个月之后，您将为我的爱情准备怎样的前景？因此，我必须知道，在庆贺您乔迁新居之时，我将扮演什么角色。只要是您的事，我花多少钱都无所谓；但我不会傻到当着您的面自讨没趣；如果说我的爱情是无限的，我的财产却是有限的，我珍惜自己的财产，只是为了您的缘故。唉！要是我把全部财产都给了您，当个穷人，就能得到您的爱，那我情愿当个被您爱恋的穷人，而不愿当个被您蔑视的富翁。亲爱的埃斯黛，您使我变得判若二人，无人能够辨认：我花了一万法郎买下一幅约瑟夫·布里多的油画，因为您对我说过，他是个怀才不遇的画家。此外，我还以您的名义，施舍给我所遇到的穷人每人五个法郎。一个可怜的老头，看到您接受他任何东西，就把自己看做是您的债务人，会向您提出什么要求呢？……他只抱着一个希望，天哪，这算是什么希望！这难道不是说，我确信自己只能从您那儿得到情欲的满足？但是，我心中的火焰将帮助您进行残酷的欺骗。您知道，我为了自己的幸福，为了自己少有的欢乐，准备接受您提出的一切条件，但是，您至少要对我说，在您成为新居主人之日，在我的风烛之年，您将接受我的忠心和效劳。

您终身的仆人

弗富德里克·德·纽沁根

"哎！他烦死我了，这个百万钱罐！"埃斯黛像妓女一般大声嚷道。

她拿起一张信纸，用大字写下了业已成为谚语的斯克里布的名句[①]："请把我的万能熊

[①] 斯克里布(1791－1861)，法国通俗喜剧作家。本句出自他的喜剧《熊和帕夏老爷》，意思是催促别人拿走自己想脱手的东西。

带走。"

一刻钟后,埃斯黛感到内疚,又写了下列信件:

男爵先生:

对于我刚才写的那封信,请您千万别在意,我刚才恢复了年轻人狂热的天性;先生,请您原谅一个可怜的姑娘写下的这封信,她应该是您的奴仆。从我卖给您那天起,我比以前更清楚地感到自己地位的卑贱。您付了钱,我欠了债。有关名誉的债务决不能抵赖,我无权用投塞纳河的办法来清理债务。人们随时可用这张对一方有利的可怕的王牌来还清债务。我到时一定恭听尊命。我想在一夜之中还清以此为抵押的全部债务。我相信,占有我一小时要花几百万金钱,更何况这是惟一的一小时,最后的一小时。然后,我就无债一身轻,可以弃绝尘世了。一个正派女人,在失足后可以重新振作;可是我们这些人堕落过深,不能自拔,因此,我决心已定,请您把这封信保存起来,作为我死因的证明。

您一日的仆人

埃斯黛

埃斯黛发出了这封信,又感到有点后悔。十分钟后,她写了第三封信。

请原谅,亲爱的男爵,写信的还是我。我并无对您嘲笑之意,也不想惹您生气;我只想请您仔细考虑这个简单的道理:假如我们保持父女关系生活在一起,您的快乐虽然微不足道,但能经久不衰;假如您执意履行我们的合同,那么您将为我哭泣。我不愿再使您感到烦恼:您选择情欲而不是幸福之日,就是我的忌日。

您的女儿

埃斯黛

接到第一封信时,男爵表面镇静,心里却怒火中烧,这怒气真能将百万富翁们置于死地。他照了照镜子,按了铃。"喂,洗脚! ……"他对新来的男仆叫道。他正在洗脚的时候,第二封信来了。他看完信就昏倒了。仆人将百万富翁抬到床上。金融家苏醒时,德·纽沁根夫人正坐在床脚边上。"这个姑娘说得对! "她对他说道。"您为什么要买爱情呢? ……这难道能在市场上卖吗?能看看您写的信吗?"

男爵拿出各种各样的信稿,德·纽沁根夫人微笑地读着。这时,第三封信来了。

"真是个非凡的姑娘! "男爵夫人读完最后一封信时大声说道。

"怎么办,夫人?"男爵对妻子问道。

"等待。"

"等待! 自然规律不饶人……"

"瞧,亲爱的,"男爵夫人说,"您终于对我好了,我来给您出个好主意。"

"您真是个好妻子! ……"他说。"您尽管去借债,由我还……"

"您收到这姑娘三封信时的表现,要比花费几百万钱,写许多温情脉脉的情书更能打动女人的心。您设法让她间接了解您收信后的情况,这样您也许能占有她! 另外……您丝毫不必担心,她不会因此而死的,"她说着打量着自己的丈夫。

德·纽沁根夫人根本不了解妓女的本性。

七、亚细亚和纽沁根银行之间的和约

男爵见妻子走了,就自言自语道:"德·纽沁根夫人多聪明! "然而,银行家越是欣赏男爵夫人给他出的主意精明,就越不知道该如何行事;他这时直发愣,连自己也觉得愚蠢。

贪财者的愚蠢,虽然几乎家喻户晓,却也只是相对而言。智力的发展如同体力一样。舞蹈家力在双脚,打铁匠力在双臂;中央菜市场的搬运工练习负重,歌唱家练习歌喉,钢琴家练习手腕。银行家善于组织和研究交易,搞活利润,犹如通俗喜剧作家善于组织情景,研究主题,使人物活跃于舞台之上。人们不应要求德·纽沁根男爵有对话的本领,就像不应要求数学家的头脑中有诗人的想象一样。一个时代,才智平常或才智肤浅的诗人,在日常交往中像科尔尼埃尔夫人[1]一样的能有几个?布丰[2]为人笨拙,牛顿没有爱过别人,拜伦[3]勋爵只爱他自己,卢梭[4]生性阴郁,与疯子相差无几,拉封丹[5]漫不经心。人的智力要是平均分配,就会到处出现愚昧或平庸之辈;人的智力各不相同,就会出现与众不同之处,名之曰天才,但如与众不同过于明显,就会变得畸形。人体也受到同样的规律支配: 十全十美的美人几乎总是冷若冰霜,或是愚昧无知。帕斯卡[6]是大数学家兼大作家,博马舍[7]是个大商人,扎梅[8]是个深谋远虑的廷臣,这些都是罕见的例外,证明了专门知识只能精通一门这个原则。因此,银行家把智慧、机灵、敏锐和才能都用于考虑投机买卖,正如干练的外交家用于考虑民族利益一样。一

---

① 科尔尼埃尔夫人以说话风趣著称,她的话曾编入塔尔芒·台·雷奥的《趣闻录》,在 1833－1835 年出版。

② 布丰(1707－1788),法国博物学家、作家、进化思想的先驱者。他在《风格论》中提出"风格即人"的论点。

③ 拜伦(1788－1824),英国浪漫主义诗人。

④ 卢梭(1712－1778),法国启蒙思想家、哲学家、教育学家、文学家。

⑤ 拉封丹(1621－1695),法国寓言诗人。

⑥ 帕斯卡(1623－1662),法国数学家、物理学家、哲学家、散文家。

⑦ 博马舍(1732－1799),法国喜剧作家。

⑧ 扎梅(1588－1655),法国朗格尔的主教,在黎塞留当政时期,曾在冉森教派的事件中起过不可忽视的作用。

个银行家走出办公室时如果还惹人注目,就是个大人物。纽沁根要是再有利尼亲王①、马萨林或狄德罗②的才能,就变成一种几乎不可能有的人物,然而这种人物曾经有过,他们的名字是伯里克利③、亚里士多德、伏尔泰④和拿破仑。帝国太阳的光芒不应损害个人,皇上有他的可爱之处,他教养有素,才智横溢。德·纽沁根先生是个地道的银行家,他同大多数银行家一样,精于算计,却别无所长,只相信标价的证券。在艺术方面,他有自知之明,拿着金钱去请各方面的专家,造房子请最好的建筑师,看病请最好的外科医生,买古董请油画、雕塑的行家,买地产请最能干的诉讼代理人。但是,由于不存在男女私通、谈情说爱的正式专家,所以银行家堕入情网时很不顺手,不知该如何征服女人。因此,纽沁根除了以前用过的办法之外,即收买一个弗龙坦式的男仆或女仆替他办事或出主意,想不出更为巧妙的计策。只有圣埃斯泰弗太太才能实施男爵夫人出的主意。银行家十分后悔当时骂了这个丑陋的脂粉商。但是,他相信自己银箱的吸引力和有加拉签名的镇静剂⑤,就按铃把贴身男仆叫来,派他到圣马克新街去找那个难看的寡妇,并把她请来。在巴黎,两个极端可以通过爱情相遇。邪恶通过爱情把富翁和穷人、伟人和小人永久地结合在一起。皇后就爱情问题请教勒诺尔芒小姐⑥。大贵人通过爱情总是世世代代能找到一个朗波诺⑦式的酒馆。

两小时之后,新雇的贴身男仆回来了。

"男爵先生,"仆人说,"圣埃斯泰弗太太破产了。"

"啊!太好了!"男爵高兴地说,"她在我的手心里了!"

"这个善良的女人看来有些赌博的嗜好,"男仆接着说道。"另外,她受市郊剧院的一个小演员控制,为了体面起见,她把那个演员收为教子。看来,她是个出色的厨师,她正在找工作。"

"这些下等的精灵鬼都有办法赚钱,也都有办法花钱,"男爵自忖道,却没有料到自己遇上了巴奴日⑧。

他又派仆人去找圣埃斯泰弗太太,但她到第二天才来。新来的男仆经不住亚细亚的盘问,就把男爵先生的情人写的那几封信产生的可怕效果告诉了这位女密探。

"先生一定很爱那个女人,"男仆在结束时对亚细亚说,"因为他差一点死掉。我劝他别再去了,否则又要受骗上当。听说这个女人已经让男爵先生花掉五十万法郎,这还不包括整修

　①　利尼亲王(1735－1814),奥地利陆军元帅,曾在法语写有各种题材的著作。

　②　狄德罗(1713－1784),法国启蒙思想家、唯物主义哲学家、无神论者、文学家。

　③　伯里克利(约前495－前429),古雅典民主派政治家。

　④　伏尔泰(1694－1778),法国启蒙思想家、作家、哲学家。

　⑤　有加拉签名的镇静剂就是法兰西银行印发的纸币。加拉男爵是银行的第一任总裁,任期1800年至1830年。

　⑥　勒诺尔芒小姐是出名的占卜师,据说曾预言若斯菲娜将成为皇后。

　⑦　18世纪末,朗波诺酒馆的顾客为风雅之士。1850年,该酒馆变成一个小咖啡馆,马车夫和女仆们星期天到那里去跳舞。

　⑧　巴奴日是拉伯雷的小说《巨人传》中的人物,希腊文原意是"精巧奸诈,什么事情都能做的人"。

相关链接 ●

61. 不要以为政界比文坛干净,这两个世界都贿赂盛行:每个人不是行贿,便是受贿。有什么规模大一些的出版计划,出版商便送钱给我,怕我攻击。因此我的进款与出版物的说明书有关。说明书大批出现,黄金就潮水般滚进我腰包,我便请客作乐。书店不做新买卖,我只能在弗利谷多铺子吃饭。

圣乔治街小公馆花的钱呢!⋯⋯但是,那女人要钱,而且只要钱。男爵夫人走出先生房间时哭着说道:'再这样下去,那姑娘要让我当寡妇了。'"

"见鬼!"亚细亚回答道。"任何时候也不该杀鸡取蛋!"

"男爵先生现在只把希望寄托在您的身上,"男仆说道。

"噢!这是因为我有办法使女人们就范!⋯⋯"

"好吧,请进,"男仆对这个神秘的女人卑躬屈膝地说道。

假圣·埃斯泰弗太太神色卑谦地走进病人的房间,说道:"男爵先生有点不高兴吗?⋯⋯这有什么办法!每个人都有自己的弱点。我也倒了霉。两个月来,我时运不佳!现在竟落到要找活干⋯⋯我们俩都做得不聪明。要是男爵先生愿意把我安插在埃斯黛太太家当厨子,我就忠心耿耿为先生效劳,替先生监视欧仁妮和太太。"

"现在事情不是这样,"男爵说道。"我不能当家作主,我被人牵着鼻子,就像⋯⋯"

"陀螺一样,"亚细亚接着说道。"您过去牵过别人的鼻子,老头,那姑娘把您捏在手里,刮您的皮⋯⋯真是老天有眼!"

"老天有眼?"男爵重复道。"我不是叫你来教训我的⋯⋯"

"呵!我的孩子,听听教训是没有任何害处的。这对我们这些人来说,是生活的妙趣,正如邪恶对于虔诚的信徒一样。瞧,您过去慷慨大方,还了她的债⋯⋯"

"对!"男爵可怜巴巴地说道。

"好。您赎回了她的汇票,这更好;但是,您得承认!⋯⋯这些还不够,她还没有从中捞到一点油水,而这些女人又喜欢出风头⋯⋯"

"我在圣乔治街为她准备了一件意想不到的礼物⋯⋯她也知道⋯⋯"男爵说道。"但是,我不想当傻瓜。"

"那么,就离开她⋯⋯"

"我怕她把我甩了,"男爵大声说道。

"您是想出一分价钱买一分货研,我的孩子,"亚细亚回答道。"您听着。这几百万财产,都是您从大众头上搜括来的,我的孩子!听说您有二十五个百万。(男爵听了不禁微微一笑。)那么,必须送掉一个百万⋯⋯"

"我愿意送掉,"男爵回答道,"不过,要是再向我要一百万,我连这一百万也不送了。"

"对,这我明白,"亚细亚回答道,"您是害怕步步加码,越加越高。但是,埃斯黛是个诚实的姑娘⋯⋯"

"非常诚实的姑娘!"银行家大声说道。"她也很想履行诺言,不过像还债一样。"

"总之,她不想当您的情妇,她对此有反感。我看,这孩子一直十分任性。过去交结的都是些漂亮的小伙子,所以现在不愿和一个老头鬼混⋯⋯您其貌不扬,胖得像路易十八一样,还有点傻,不搞女人专门搞钱的人都是这样。好吧,您要是不可惜六十万法郎,"亚细亚说道,"我就负责让她听您的话,您要她干什么她就干什么。"

"六十万法郎!……"男爵微微一跳,大声说道。"为了埃斯黛,我已经花一百万了!……"

"为了幸福,一百六十万法郎也划得来,老色鬼。您知道现在有些男人,为了情妇花掉了一百多万,二百多万。我知道有些女人甚至把别人的命都送了,有人为了她们人头落地……您知道那个毒死朋友的医生①吗?……他想发财,以便使自己的姘妇幸福。"

"是的,我知道,但是,我即使爱上了女人,也并不傻,至少在这儿是如此,但是,当我看到她的时候,我准会把自己的皮夹子给她……"

"您听着,男爵先生,"亚细亚摆出了一副塞米拉米斯②的姿势说道,"您确实破费不少。我也确实名叫圣埃斯泰弗,做生意说一不二,我站在您的一边。"

"好!……我一定对你重赏。"

"这我相信,因为我已向您表明,我是有仇必报的。另外,您得明白,老头,"她说着凶狠地看了他一眼,"我有办法把您的埃斯黛太太弄走,就像剪掉烛花那样容易。我了解我的女人!当那个小婊子给了您幸福之后,您就比现在更需要她。您给了我不少报酬,不过并不爽快,但您最后还是订了婚!我嘛,我也履行了自己的诺言,对吗?好吧,我建议同您做一笔交易。"

"说吧。"

"您把我安插在太太家当厨师,雇用期十年,工资一千法郎,您预支前五年的工资(就算是捐给神甫的献金!)。我到太太那儿工作之后,就能使她作出如下让步。譬如说,奥古斯特太太熟悉太太爱好什么式样,您就让她为太太缝制衣服,您吩咐让新的马车四点钟时停在门口。您从交易所回来后,就上太太那儿去,同她一起到布洛涅树林散一会儿步。这样,这个女人就会说她是您的情妇,她在巴黎的大庭广众之下许了诺……——十万法郎——回来后您和她一起吃晚饭(这种晚饭我会做);您把她带去看戏,带到多艺剧院,带到舞台两侧的包厢,那时,全巴黎都会说:'瞧纽沁根这个老骗子和情妇在一起……'——让别人相信这点不是很好吗?——我是个老实的女人,这些好处的酬劳都包括在这第一笔十万法郎之中……您一连七天都这样做,一星期之后,您就有进展了。"

"我要付十万法郎……"

亚细亚装作没有听到这句可怜巴巴的话,继续说到:"到第二个星期,太太经过这些准备性的活动,就决心离开她的小套间,搬到您送给她的公馆去住。您的埃斯黛重新进入社交界,和她的老朋友们重逢,就想出出风头,在她那宫殿般的公馆里接待来宾!这是必然的……——您再出十万法郎!——当然罗……那公馆是您的,这样埃斯黛的名誉就受到了损害……她就属于您的了。剩下的小事,就由您来当主角罗,您这头老象!(只见这个胖怪物眼睛睁得大大的!)好吧,这由我负责。——您出四十万……——啊!这个么,我的胖子,你到第二天

---

① 指卡斯坦医生。他从医学院学习时起,就同一位法官的寡妇同居。毕业后从医,困难重重,生活贫困。

② 传说中巴比伦王国的王后,曾建造著名的空中花园。

62. 卢斯托又道："称呼各种才具的话，所谓时行，走运，得势，声望，成名，群众的拥护，只是达到荣誉的各个踏级，还算不得真正的荣誉；可是要爬到任何一级所作的残酷的斗争，在文艺界以外没有一个人知道。显赫的声名总是无数的机缘凑成的，机缘的变化极其迅速，从来没有两个人走同样的路子成功的……"

再给我……这样做诚实吗？……我对你的信任超过你对我的信任。要是我让太太像您的情妇一样出去，使自己的名誉受到损害，接受您送给她的一切礼物，那么，您可能今天就会相信，我能使她为您打开大圣贝尔纳①的通道。这可是困难的，干吧！……这和第一执政让炮兵通过阿尔卑斯山山口时一样困难。"

"那是为什么？……"

"她的心里充满了爱情，你们懂拉丁文，用你们的话来说就是烦死了，"亚细亚接着说道。"她自以为是示巴女王②，因为她为情人作出牺牲，变得纯洁了……这就是这些女人头脑里的一种想法！啊！我的孩子，凭良心说，这干得漂亮！这个轻浮的女人，在归您所有之后，会郁郁不乐而死，对此我不会感到奇怪；但是，使我感到放心的是，这姑娘的内心善良，我对您说出这点，是想给您打打气。"

男爵静静地听着亚细亚的话，心里十分欣赏。他说："你有拉人下水的才能，就像我有经管银行的才能一样。"

"我的小宝贝，那就一言为定研？"亚细亚说道。

"就算五万法郎，而不是十万！……我到手后的第二天，再给你五万。"

"好吧，我马上去办，"亚细亚回答道……"啊！您可以来了！"亚细亚尊敬地接着说道。"先生见到太太之时，太太将变得像猫一样温柔，也许已经愿意讨得先生的欢心了。"

"去吧，去吧，我的好人儿，"男爵高兴地搓着手说道。他对这个丑陋的混血女人微微一笑之后，自忖道："钱多还真有点用处！"

然后，他跳下了床，回到自己的办公室，心情舒畅地经营起自己的巨额交易。

八、屈 从

纽沁根的决定，对埃斯黛来说，是再难受也不过了。可怜的交际花在维护自己忠贞的同时，也在维护自己的生命。卡洛斯把这种极为自然的防卫称之为假作正经。亚细亚知道，办这种事情需要小心谨慎，就向卡洛斯汇报了她刚才同男爵的会谈，以及她从中取得的好处。卡洛斯发怒时同他本人一样，十分可怕；他立刻乘上马车，放下车帘，来到埃斯黛的家门口，并让马车开进门去。这个假神甫真囚犯上楼时还气得脸色发白，这时来到了可怜的姑娘面前，只见姑娘站着，看到了他，就倒在安乐椅上，两腿犹如骨折一般。

"您怎么啦，先生？"她四肢颤抖着问他。

"欧罗巴，你出去，"他对女仆说道。

埃斯黛对这位姑娘看了一眼，宛如孩子看着母亲，生怕凶手把母亲推开，以便杀死孩子。

---

① 大圣贝尔纳为意大利和瑞士边境的阿尔卑斯山山口。1800 年，拿破仑·波拿巴率军由此通过。
② 详见《旧约·列王纪上》第十章。

"您知道您将把吕西安赶到什么地方去吗?"卡洛斯见房间里只有他和埃斯黛二人,就接着说道。

"什么地方?……"她壮着胆子望着自己的刽子手,用微弱的声音问道。

"我出来的地方,我的宝贝。"

埃斯黛看着他,气得满脸通红。

"去做苦役,"他低声补充道。

埃斯黛眼睛一闭,两腿一伸,双臂下垂,脸色发白。卡洛斯按了铃,普律当斯走进门来。

"你把她弄醒,"他冷冷地说,"我的话还没有说完。"

他一面等待,一面在大厅里踱来踱去。普律当斯－欧罗巴只得走来,请他把埃斯黛抱到床上;他轻而易举地把埃斯黛抱了起来,说明他力大无比。然后,给埃斯黛服了烈性药,才使她苏醒过来,感到了自己的痛苦。一小时以后,可怜的姑娘已经能经历这活生生的噩梦,她坐在床脚,凝视的目光闪闪发光,宛如两条熔化的铅流。

"我的小心肝,"他说道,"吕西安正处于十字路口,他可能去过飞黄腾达、荣宗耀祖、幸福高贵的生活,也可能陷入堆满乱石、满是污泥浊水的深渊之中,就是我当初遇到他时他想投身的地方。格朗利厄家要求这个可爱的孩子买下一块价值一百万的地产,然后再请求王上恢复他侯爵的爵位,并把那个竹竿一般的克洛蒂尔德许配给他,他依靠克洛蒂尔德的帮助,就能登上权力的宝座。吕西安依靠我们两人的帮助,刚买下他母系祖先的庄园,古老的吕庞泼莱城堡,买这城堡只花了三万法郎,但是,他的诉讼代理人经过顺利的谈判,在城堡周围买下了价值一百万的地产,先付了三十万法郎。余下的钱用于城堡的维修和零星的开支,还要给一些人发酬金,以便掩人耳目,向当地人隐瞒购置地产的真相。当然,我们还有十万法郎的投资,这笔钱过几个月就能变成二三十万法郎;然而,算来算去还要付四十万法郎……三天之后,吕西安将从安古兰末回来,他不能被人怀疑是用您的钱来购置地产的……"

"哦!当然不能,"她说着高尚地抬起了眼睛。

"我问您,现在是不是吓唬男爵的时候?"他神色平静地说,"而在前天,您差一点把他吓死!他在看您第二封信时,像女人一样晕了过去。您写的信风格傲慢,我真该向您祝贺。不过,男爵万一死了,我们该怎么办?当吕西安以德·格朗利厄公爵女婿的身份走出圣托马斯－达坎教堂之时,要是您愿意投身塞纳河……那么,我亲爱的,我会搀着您的手,和您一同跳到水里。这也是了却一生的一种办法。但是,您得好好想想!活在世上,不是更好吗?到那时,您随时都能对自己说:'这辉煌的地位,这幸福的家庭……因为他将有孩子'——孩子!……(您是否想过,用手抚摸自己孩子头发的快乐?)"

埃斯黛闭上眼睛,微微颤抖着。

"那么,看到这幸福的大厦,就会对自己说:'这就是我的杰作!'"

他停了一下。他们俩相视片刻。

"我曾竭力把他投河时的绝望变成了现在的希望,"卡洛斯接着说道。"难道我自私?爱一

125

个人就应该如此! 人们只有对国王才有这般忠心; 我给吕西安加冕, 把他变成我的国王! 人们可以在我的余生, 把我拴在我过去的镣铐上, 即使如此, 我也能心安理得地对自己说:'他在舞会上, 他在宫廷里。'那时, 我虽然年老体弱, 关押在苦役监里, 我的灵魂和思想却欣喜若狂! 您是个可怜的女性, 您爱他只是出于女人的本能! 然而, 交际花的爱情, 就像一切下贱的女人一样, 应该成为当母亲的一种手段, 尽管你们生性不孕! 要是有朝一日, 人们发现卡洛斯·埃雷拉过去是苦役犯, 您知道我会采取什么行动, 以便不连累吕西安吗?"

埃斯黛焦急地等待着卡洛斯的回答。

"那时,"他停顿片刻之后接着说道,"我就会像黑人那样, 默默地死去。而您尽管装腔作势, 却会告发我的过去。我对您提了什么要求? ……只是要您重操电鱼的旧业六个月, 六个星期, 并以此赚取一百万法郎……吕西安将永远忘不了您! 男人们每天早晨一觉醒来, 享受着富裕生活带来的幸福, 就会饮水思源, 思念自己的恩人。吕西安比您强……他开始爱高拉莉, 高拉莉死了, 他却没钱埋葬她, 他虽然是诗人, 却没有像您刚才那样晕倒。他写了六首轻佻的歌词, 得到了三百法郎, 才办了高拉莉的丧事。我有这些歌调, 还背得出来。那么, 您也编自己的歌曲吧, 您要快活您要疯狂! 您要使人销魂失魄……淫欲无度! 您听到我说的话吗? 别让我再说了……吻吻爸爸。再见……"

半小时后, 欧罗巴走进女主人的房间, 见她跪在一张耶稣受难像前, 姿势同最虔诚的画家[1]笔下何烈山荆棘前的摩西[2]一样, 以表达对耶和华深沉、完全的崇敬。埃斯黛念完了她最后几句祷词, 弃绝了她美好的生活, 弃绝了她为自己保全的贞操, 弃绝了自己的荣誉、美德和爱情。然后, 她站起身来。

"哦! 太太, 您决不能这样!"普律当斯·塞尔维安大声说道, 对女主人的绝顶美貌感到惊讶。

她迅速转过活动穿衣镜, 让可怜的姑娘能看到自己的相貌。只见眼睛里还保留一点正在飞向天国的灵魂。犹太女人的脸上容光焕发。她的睫毛先被泪水浸湿, 继而又被祈祷的热情烘干, 宛如夏雨之后的枝叶, 纯洁爱情的阳光, 最后一次把它们照得闪闪发亮。她嘴唇的表情, 仿佛是在对天使们进行最后的祈求, 她也许已向天使们借取了殉道者的棕榈叶, 并向他们叙说她那纯洁无瑕的生活。最后, 她神态庄重, 就像玛丽·斯图亚特[3]告别王位、土地和爱情时一样。

"我真希望吕西安能看到我这副模样,"她说着轻轻地叹了口气。"现在,"她声音响亮地接着说道,"咱们就来逢场作戏……"

63. "……啊! 从前的我, 现在的你, 还有许多别人, 都把声名当做天使, 长着五色的翅膀, 戴着雪白的头巾, 一手握着青枝绿叶的棕榈, 一手亮着宝剑; 既像神话中虚幻的人物, 住在井底里, 又像清白穷苦的姑娘, 隐居在郊区, 除了贞洁和勇气, 没有别的财产, 将来会白璧无瑕的飞回天上, 假定她没有在贫民窟中受着污辱而死, 遭着强暴而死, 永远没人知道的话……"

---

① 指拉斐尔。
② 摩西是犹太教、基督教圣经故事中犹太人的古代领袖。《圣经·古埃及记》载, 一天, 摩西外出牧羊, 在何烈山见到耶和华在荆棘里火焰中显现。耶和华要摩西带领在埃及为奴的犹太人迁回迦南。
③ 玛丽是斯图亚特家族在苏格兰的最后一代女王。

听到这话,欧罗巴不禁目瞪口呆,就像听到有人亵渎天使一般。

"喂,有什么好看的?我嘴里长着牙齿,又不是丁子香花蕾!我现在只是个卑鄙无耻的女人,是个骗子、妓女,我等候着阔佬。好吧,我去洗热水澡,把我的梳妆用品准备好。现在是中午十二点,男爵在交易所办完事后来这里,我要对他说我在等候他,我想让亚细亚为他准备一顿呱呱叫的晚餐,我要让这个男人欣喜若狂……好,去吧,去吧,我的姑娘……我们要痛痛快快地笑,就是说我们要工作。"

说完,她坐到桌前,写了如下信件:

我的朋友:

如果您给我派来的女厨师从未服侍过我,我可能会以为,您派她来的目的是想让我知道,您前天收到我三封信时晕倒过几次。(这有什么办法?那天我在回忆过去的不幸,心里十分烦恼。)但是,我了解亚细亚的真诚。我不再后悔自己曾使您感到难过,因为这反倒向我证明,您是多么爱我。我们这些受人歧视的可怜女人就是如此:真情实意要比花钱如水更能打动我们的心。至于我,我过去一直害怕成为您满足虚荣心的招牌。我一想到自己只能充当这种角色,就感到十分烦恼。不错,您也作过漂亮的保证,但是我总觉得,您把我看作买来的女人。现在,我一定成为您的好姑娘,不过,您也得稍微听听我的话。如果这封信能代替医生为您开的药方,您离开交易所来看望我时,就得向我证明这点。您会看到我浓妆艳抹,装饰着您所赠送的礼物,我永远是您寻欢作乐的机器。

埃斯黛

在交易所,德·纽沁根男爵显得兴高采烈,轻松愉快,任人取笑作乐。杜·蒂埃和凯勒兄弟看到这种情况,禁不住询问男爵为何如此高兴。

"我得到了爱情……我们很快就能乔迁新居,"他对杜·蒂埃说道。

"您花了多少钱?"弗朗索瓦·凯勒突然问道。据说,弗朗索瓦·凯勒过去每年为科勒维尔夫人[①]花费二万五千法郎。

"这个天使般的女人从来没有问我要过两个铜板。"

"这决不可能,"杜·蒂埃回答道。"正因为她们不要钱,所以才去找姨娘或妈妈[②]。"

九、埃斯黛在巴黎重露头角

从交易所到泰布街,男爵对仆人说了七次:"你的马简直不在走,要快马加鞭!……"

---

① 在《地区的才女》(1838年)中,科勒维尔夫人是个规矩、节俭的胖女人。但在《小职员》中,却变为轻浮的女人,曾当过弗朗索瓦·凯勒的情妇。

② 即鸨母。

64. 这批小青虫没有变成蝴蝶就被踩死了，他们只求活命，顾不得什么羞耻、下贱，对一个新出台的人才咬一口也好，捧一阵也好，但凭《宪政报》《每日新闻》《辩论报》的大老板吩咐，只听出版商的号令，或者受一个嫉妒的同道请托，为的什么呢？往往为了吃一顿。一朝过了关，早先的苦处全忘了。

到了那儿，男爵轻快地走到楼上，第一次看到他的心上人这样漂亮，犹如那些终日梳妆打扮的妓女。她沐浴出来，就像花朵一般鲜艳、芬芳，简直能使罗贝尔·德·阿布里塞尔[①]动情。埃斯黛打扮素雅，妙不可言。她身穿黑色棱纹平布做的小腰身外衣，饰有玫瑰色丝花边，下面套着一条灰色缎子裙，这身服装，漂亮的阿米戈后来在《苏格兰的清教徒》[②]中穿过。钩有瓦齿花纹的头巾垂落在肩头上舞动。裙袖用绦带收紧，以便把鼓起的袖子一分为二。不久以前，文雅的妇女们觉得灯笼袖奇形怪状，就用这种款式的袖子取而代之。在埃斯黛漂亮的头发上，用发针夹着一个马利纳[③]花边料做的软帽，似落非落。这种帽子称为疯癫帽，她戴着帽子，小巧的头上那些白色的发纹清晰可见，却仍然使人感到头发凌乱，仿佛没有梳好。

欧罗巴替男爵开了客厅的门，说道："看到这样漂亮的太太呆在这种客厅里，不觉得难受吗？"

"那么，就搬到圣乔治街去，"男爵说着停住了脚步，就像一条狗看到山鹬在前面一样。"今天天气很好，我们去香榭丽舍大街散步，圣埃斯泰弗太太和欧仁妮把您的梳妆用品、您的衣服和我们的晚餐搬到圣乔治街去。"

"我一切听从您的安排，"埃斯黛说，"只要您愿意称厨子为亚细亚，称欧仁妮为欧罗巴。服侍过我的女用人，从最初的两个起，我都一一给她们起了外号。我不喜欢改变这个习惯……"

"亚细亚……欧罗巴……"男爵说着笑了起来。"您真有趣……您想象丰富……我吃了许多晚餐，从未想到过要把厨子称为亚细亚。"

"我们的地位要求我们有趣，"埃斯黛说。"您依靠搜刮众人为生，一个穷姑娘难道就不能吃亚细亚的，穿欧罗巴的？这当然有点神秘！听说还有吃遍世界的女人呢，我只要做到她们的一半就够了。就是这样！"

男爵看到埃斯黛的态度发生了变化，心里十分高兴，就自忖道："圣埃斯泰弗太太多能干！"

"欧罗巴，我的姑娘，我需要一顶帽子，"埃斯黛说道。"我应该有一顶玫瑰色衬里、带花边的黑缎帽。"

"托马太太[④]没有送来……来吧，男爵，快！您先来跑跑腿，这可是幸福的差使！幸福来之不易！……您有马车，到托马太太那儿去一次，"欧罗巴对男爵说道："您派用人去问她要旺·博格塞克夫人的帽子……特别是，"她对男爵耳语道，"您要给她带回一束巴黎最漂亮的鲜花。现在是冬天，您尽量买热带的鲜花。"

男爵下了楼，对仆人吩咐道："去托马太太的商店。"仆人把自己的主人送到著名的糕点

① 罗贝尔·德·阿布里塞尔是丰特弗罗修道院的创办者。他宣扬贞洁，自己也身体力行，与修女同床而不乱。
② 《苏格兰的清教徒》是贝利尼的歌剧，1835 年创作于巴黎。
③ 比利时的城市。
④ 托马太太是女帽商店的老板，兼售时新服饰。商店设在圣托马姑娘街二十三号。

商那儿。"是女帽商,你这个笨蛋,不是礼品商,"男爵说着跑到王宫市场普雷沃太太的商店里,买了一束五个金路易的鲜花,同时派仆人到著名的女帽商那里去。

肤浅的观察家在巴黎漫步时,会寻思是什么疯子在高价购买著名花卉商店的鲜花和希凡饭店的时鲜蔬菜,希凡和仙岩是惟一两家真正能同《两世界杂志》媲美、品种繁多的饭店……在巴黎,每天都出现一百多个像纽沁根那样的情人,他们跪在地上,把王后也不敢要的奇珍异宝献给那些亚细亚称之为喜欢出风头的姑娘,以证实自己的爱恋之心。不交待这个细节,一位正派的布尔乔亚女人就不能理解,一大笔财产怎么会在这些女人的手里烟消云散,而在傅立叶设想的社会里,这些女人也许能弥补吝啬和贪婪的烦恼。当然,这种挥霍对于社会这个机体的作用,无异于在过于肥胖的身体上割掉一小块肉。两个月里,纽沁根在这些商店花费了二十多万法郎。

这位老情人回来时夜幕已经降临,鲜花也就失去了作用。在冬天,去香榭丽舍大街散步的时间是下午二点至四点。不过,马车倒是用上了,把埃斯黛从泰布街送到圣乔治街的小宫殿。可以说,埃斯黛还从未如此受人崇拜,也从未有人为她如此挥霍过,所以她内心惊讶不已;但是,她同所有薄情的女宠一样,表面上却纹丝不露。你走进梵蒂冈的圣彼得大教堂,原以为会听到赞美这教堂之王的宽阔和雄伟,导游却指给你看一座塑像的小指,这个小指我也不知有多长,但你感到和真人的小指一般大小。过去,人们对文学作品中的描写横加指责,殊不知这种描写对我们的风俗史来说是必不可少的,所以在这里必须模仿一下意大利的导游。男爵步入餐厅时,禁不住让埃斯黛用手摸摸窗帘的料子,褶裥状的窗帘同王宫里一样多,用白色波纹绸做衬里,镶上可以为葡萄牙王妃做上衣的花边。这种丝绸是从广州买来的,中国人耐心地在上面印上亚洲的鸟类图案,十分精美,只有中世纪羊皮纸上的图案或是维也纳皇家图书馆的骄傲、查理五世的弥撒经本上的图案才能与之媲美。

"这料子是一位英国商人从印度带回来的,花了两千法郎的金子……"

"好,真漂亮! 在这里喝一杯香槟酒多快活! "埃斯黛说。"酒的泡沫流到地板上也不会弄脏! "

"哦! 太太,"欧罗巴说,"您看看,这壁毯! ……"

"就像是为托尔洛尼亚公爵①设计的壁毯一样,我的朋友嫌太贵,我就为您买了下来,您是王后! "纽沁根说道。

说来也巧,这幅由我国最别具匠心的一位画师设计的壁毯,同中国丝绸的别致画案十分相称。希纳尔和莱昂·德·洛拉②的油画挂在墙上,组成了一幅幅淫乐的场面,配上乌木雕刻的框架,显得十分突出。这些画是用重金从杜·索默拉尔③那儿买来的,构成了一块块墙

---

① 托尔洛尼亚公爵(1796 – 1865)是教皇庇护七世的银行家之子,以豪富闻名。
② 《人间喜剧》中的两名画家。
③ 亚历山大·杜·索默拉尔(1779 – 1842)是著名的收藏家。

板,画上的条条金线,闪烁着淡淡的光彩。至于其余的部分,就请你们自己来评价吧。

"您把我带到这里来真好,"埃斯黛说。"我需要一星期的时间来习惯我的房子,同时也不至于显得像个暴发户……"

"我的房子!"男爵高兴地重复道。"那么,您接受了?……"

"当然是,一千个是,动物一样的蠢货,"她微笑着说道。

"说动物一样就够了……"

"加上蠢货就更加亲热,"她望着他说道。

可怜的银钱老虎握住埃斯黛的手,放到自己的胸口上:他像动物一样有感觉,可是过于愚蠢,说不出一句话来。

"您看,它听到一句温柔的话……跳得多厉害!……"他说着,就把自己的仙女带进了卧室。

"哦!太太,"欧仁妮说道,"我可不能再呆在这里了!真想睡在这床上。"

"那好,"埃斯黛说道,"我愿意把这一切都让给你……噢,我的大象,吃了晚饭,我们一起去看戏。我非常想看戏。"

埃斯黛已有整整五年没去剧院了。当时,巴黎上流社会热衷于去圣马丁门戏院观看《理查·德·阿林顿》①。这类戏由于演员的演技出色,具有一种可怕的真实感。埃斯黛同一切生性纯朴的人一样,喜欢感受恐怖的惊吓,会感动得热泪盈眶。她说:"我们去看弗雷德里克·勒梅特尔,我喜欢这个演员!"

"这出戏野蛮,"纽沁根嘴上这么说,一时也只得同意了。

男爵盼咐仆人订下二楼舞台两侧的一个包厢。这是巴黎的又一件奇事!当短暂的成功充满大厅之时,舞台两侧的一个包厢,在启幕前十分钟准能订到;这个包厢,剧场经理是为纽沁根那样的情人保留的。它同希凡饭店的时鲜蔬菜一样,是对巴黎的奥林匹斯神心血来潮时征收的捐税。

这里无需多谈餐具。纽沁根盼咐摆满大中小三套餐具。餐后点心的大餐具整套都是镀金雕花的银盘银碟。银行家为了不使餐桌上的金银器皿显得过多,又配上了萨克森式的细瓷餐具,价格比银餐具还贵。餐巾有萨克森的、英国的、弗朗德勒的和法国的,一色的锦缎花纹,相映交辉。

晚餐时,轮到男爵感到惊讶不已了,因为他尝到了亚细亚烧的菜。

"我明白了,"他说道,"您为什么要叫她亚细亚:她烧得一手亚洲菜。"

"啊!我开始相信他爱我了,"埃斯黛对欧罗巴说,"他说的话有点像一句话了。"

"有好几句呢,"他说道。

65. 吕西安这时完全看不出阿泰兹的高尚的友谊和卢斯托的轻易的亲热有什么不同。他轻浮的头脑认为新闻事业是一件对他挺适合的武器,自己很会运用,恨不得马上拿在手里。新朋友懒洋洋的跟他握手的神气,他觉得亲切极了;那些建议更其使他入迷;哪里知道新闻界中个个人需要朋友,像将军需要小兵一样!卢斯托看他决意投身报界,便有心拉拢,希望把他留在身旁。那记者是交上第一个朋友,吕西安也是遇到第一个保护人:一个想做班长,一个只想当兵。

---

① 《理查·德·阿林顿》是大仲马的剧作,1831 年 12 月 10 日在圣马丁门戏院公演。这里,巴尔扎克误以为演出的日期是在1830 年初。

"别人说他是杜卡雷,我看他比杜卡雷还要杜卡雷。"爱开玩笑的交际花大声说道,这和银行家一本正经、稚气十足的回答十分相称。

菜肴的佐料丰富、味道鲜美,以便让男爵吃得消化不良,早早回家;这就是他第一次同埃斯黛聚会的全部乐趣。看戏时,他只得没完没了地饮用一杯杯糖水,在幕间休息时让埃斯黛独自留在包厢里。这天,蒂莉娅·马里埃特和杜·华诺勃太太也在看戏,这是意料之中的,不能算是巧合。当时,《理查·德·阿林顿》获得巨大的、也是理所当然的成功①,这样的成功只有在巴黎才能见到。看到这一悲惨的场面,所有的男人都在思考是否能把自己的原配妻子从窗口推下,所有的女人都喜欢观看女人受到虐待的场面。女人们心里想:"这太过分了! 我们只是被男人推来推去而已……这倒是常有的事! ……"但是,像埃斯黛那样漂亮的女人,又像埃斯黛现在那样穿戴,要在圣马丁门戏院舞台两侧的包厢出出风头,就不能不受人报复。因此,在第二幕开始之后,两个舞女认出包厢里的陌生美女原来就是电鱼,就吵吵嚷嚷起来,如同发生了一场革命。

"啊! 她是从什么地方钻出来的?"马里埃特对杜·华诺勃太太说。"我还以为她淹死了……"

"是她吗?我感到她要比六年前年轻漂亮三十七倍。"

"她也许像德·埃斯巴夫人和扎荣泽克夫人②那样保存在冰决里,"德·布朗堡伯爵③说。这三个女人是伯爵带来看戏的,坐在底楼的一个包厢里。他对蒂莉娅说:"这不是您当时想送来给我,为我叔父的尸体涂香料的小老鼠吗?"

"正是,"蒂莉娅对一个舞女说道。"杜·勃吕埃,您到乐池那边去看看是不是她。"

"她真神气! "杜·华诺勃太太大声说道,用了妓女惯常说的一句赞美话。

"哦! "德·布朗堡伯爵大声说道,"她有这个权利,因为她和我的朋友德·纽沁根男爵在一起。我去看看。"

"她难道就是蒙了我们三个月、征服了纽沁根的所谓贞德④?……"马里埃特说道。

"晚上好,亲爱的男爵,"菲利普·勃里杜走进纽沁根的包厢时说道。"您同埃斯黛小姐结婚了? ……小姐,我叫菲利普·勃里杜……是个微不足道的军官,您过去曾在伊苏登帮助我脱离险境……"

"不认识,"埃斯黛说着拿起望远镜朝剧场里观看。

男爵回答道:"小姐不再叫埃斯黛了;她现在叫德·尚皮夫人,我替她买了一块小小的地产……"

"您虽然办事体面,"伯爵说道,"可是那几位太太说,德·尚皮夫人过于神气……您要是

---

① 这出戏的高潮是理查迫使自己的妻子热妮跳楼自杀。当时,二千名观众齐声发出恐怖的叫喊。因此,当时的《戏院信使报》上写道:"这不是成功和时髦,而是狂热和怒号。"

② 扎荣泽克夫人是波兰国王的摄政官的妻子。

③ 德·布朗堡伯爵即菲利普·勃里杜,是《搅水女人》中的重要人物。

④ 贞德(约 1412 – 1431),法国抗英民族女英雄。

相关链接 ●

66."凡是我们消耗了生命,为之坐到深更半夜,绞尽脑汁的题材,我们在精神世界中的漫游,用尽心血造起来的大建筑,在出版商眼里不过是一桩赚钱生意或者蚀本生意……对他们说来,印一部书是拿一笔资本去冒险。作品越好,卖出的机会越少。优秀的人总是比群众高一等,他的作品要过相当时间受人赏识以后,才能风行。哪个出版商愿意等呢?最好今天印的书明天就卖完。既然是这种制度,真有分量,要慢慢的受到推崇的作品,出版商决不接受。"

不想认我,那就请认一认马里埃特、蒂莉娅和杜·华诺勃太太,"这位当初依靠德·莫弗里纽斯公爵的帮助而得到王太子宠信的新贵说道。

"要是那几位太太对我客气,我也准备让她们高兴,"德·尚皮夫人冷淡地回答道。

菲利普说:"她们客气,非常客气,她们称您为贞德呢!"

"好,既然那些太太愿意陪您,"纽沁根说,"那我就走了,因为我吃得太饱了。待会儿您的仆人派车来接您……亚细亚这个鬼家伙!……"

"第一次出来您就把我甩了!"埃斯黛说道。"来吧,您必须像船长那样最后一个离开沉船。我出去时需要男人陪伴。不然的话,要是有人欺侮我,我叫喊也没用!……"

年老的百万富翁尽管自私,也只得履行情人的义务。男爵肚子难受,但还是留了下来。埃斯黛要男人留下自有道理。她有人陪着,那些老朋友来看她时,就不会对她仔细盘问。菲利普·勃里杜急忙回到舞女的包厢里,把情况告诉她们。

"啊!原来是她继承了圣乔治街上我的房子!"杜·华诺勃太太辛酸地说道。用这些女人的话来说,她目前正在落难。

"可能是,"上校回答道。"杜·蒂埃曾对我说,男爵在这幢房子上花的钱,是您可怜的法莱克斯的三倍。"

"那我们现在就去看她?"蒂莉娅说道。

"不!"马里埃特回答道。"她太漂亮了,我到她家里去看她。"

"我看自己打扮得还不错,可以去看看她,"蒂莉娅回答道。

于是,这个大胆的女人就在幕间休息时去和埃斯黛重叙旧情,埃斯黛只和她说些无关紧要的话。

"我亲爱的,你到底是从什么地方出来的?"舞女憋不住,终于好奇地问道。

"哦!我和一个英国人在阿尔卑斯山的一座古堡里住了五年,他像老虎一样妒忌,是个阔佬;我叫他侏儒,因为他的个子还没有费雷特的大法官高。我现在又找了个银行家,正如佛洛丽娜所说,是才脱龙潭又入虎穴。因此,我如今回到巴黎之后,就希望像真正的狂欢节那样乐一乐。我将在家里大摆宴席。啊!我必须脱离五年的隐居生活,我现在刚开始补回这损失的时间。和英国人生活五年,这太长了;据广告说,只应该呆六个星期。"

"这花边是不是男爵给你买的?"

"不,是那个阔佬留给我的……亲爱的,我哪会走运!他当时脸色蜡黄,就像看到别人成功时的苦笑,我以为他不到十个月就会死掉。谁知道他像阿尔卑斯山一样结实。说自己有肝病的人都不能相信……我不想再听人说起肝了。我过去太相信①……谚语了……那个阔佬骗了我,死时没立下遗嘱,所以他家里就把我赶了出来,仿佛我得了瘟疫似的。正因如此,我对这个胖子说过:'你要出双倍的钱!'你们叫我贞德很有道理,我失去了英国!我也许会被

_____

① 法语中"肝"和"相信"谐音。

烧死。"

　　"被爱情的火焰!"蒂莉娅说道。

　　"活活烧死!"埃斯黛说完后沉思起来。

　　男爵听到这些无聊的俏皮话,大笑不止,但他往往不能一下子理解这些话的意思,所以他的笑声宛如烟火燃放后被人遗忘。

　　我们大家都生活在某一个阶层,各个阶层的人们都有相同的好奇心。第二天,在歌剧院,埃斯黛重返巴黎就成了后台的新闻。凌晨二点到四点,香谢丽舍大街的居民都认出了电鱼,这才知道德·纽沁根男爵爱的是什么样的女人。

　　勃龙台在歌剧院休息室里对德·玛赛说:"您是否知道,电鱼是我们在这儿认出她是吕庞泼莱这小子的情妇后的第二天失踪的?"

　　在巴黎如同在外省一样,任何事情都会被人知道。在社交界,每个人都在暗中监视别人,消息比耶路撒冷街的警察局还要灵通。因此,卡洛斯早已料到在埃斯黛隐居泰布街时和离开泰布街后,吕西安的地位会有什么危险。

十、一个落难的女人

　　杜·华诺勃太太的情况实在是糟透了,所以用落难二字来形容极为恰当。这些女人无忧无虑,挥霍浪费,从不考虑将来的日子。这个特殊的天地比人们想象的更为滑稽可笑、风趣幽默,只有自知美貌不是经久不衰、与众不同的女人,只有暂时受人爱恋的女人,才为年老色衰之时打算,为自己积蓄一笔私房钱:越是美貌出众,就越是目光短浅。佛洛雨娜曾对马里埃特说过:"你难道怕自己变丑,在为自己搞年金收入?"这句话可以使人理解她们大肆挥霍的原因之一。每当一个投机商自杀、一个浪子花光用尽之时,这些女人很快从豪富落到赤贫的境地。于是,她们就求救于脂粉女商贩,廉价出售精致的首饰,到处借债,主要是为了保持表面的豪华,以便能重新得到刚失去的东西:一只有钱可取的银箱。她们的生活如此大起大落,相当清楚地说明她们几乎总是十分珍惜的私情确实非常珍贵,正如亚细亚撮合(她们词汇表中的另一个词)纽沁根和埃斯黛一样。因此,熟悉巴黎的人们,在集市般人来车往、熙熙攘攘的香榭丽舍大街,要是看到一年或六个月前乘坐华丽的马车、浑身珠光宝气的女人,现在却坐着一辆出租马车,都知道应该如何对付。佛洛丽娜在和勃龙台一起取笑德·波尔唐迪埃尔子爵[①]时说:"在伦落圣德－贝拉奚监狱之后,就应设法重返布洛涅树林。"一些机灵的女人从不冒这种大起大落的危险。她们把自己埋没于陈设讲究的阴森公馆之中,靠深居简出来维持富丽堂皇的生活,犹如迷路于撒哈拉大沙漠的旅客一般痛苦;但是,她们丝毫没有节俭的想

-----

　　① 指《于絮尔·弥罗埃》(内地生活场景)。萨维尼安·德·波尔唐迪埃尔子爵曾被关进圣德－贝拉奚监狱。

相关链接

67. 吕西安暗暗想道："花天酒地，穷奢极侈的爱情，我一点都不知道。我多半在思想中过活，很少过现实生活。一个人要描绘一切，就应当认识一切。今晚我第一回参加大场面的消夜，同一般奇奇怪怪的人作乐。前一世纪的大贵族沉湎酒色，留下许多佳话；我为什么不尝尝那种乐趣呢？就是要移用到真正的爱情中去，也该领教一下交际花和女戏子的爱情，看看其中有什么快乐，妙处，激动，技巧，奥妙。归根结底，这不是销魂荡魄的诗意吗……"

法。她们有时也去参加化装舞会，到内地去旅行，在阳光明媚之日穿着艳丽的服装上大街散步。另外，她们像漂落异乡的人们一样，彼此间诚心相待。对幸福的女人来说，助人之难算不了什么。她们心里想道："我也许到星期天就会落到这般地步。"然而，最为有效的还是脂粉女商贩的保护。这种女高利贷者成了债主以后，就替穿高跟鞋、戴帽子的抵押债务人去打动和探索所有老人的心。杜·华诺勃太太没有料到最富裕、最精明的经纪人之一竟会破产，一时间不知如何是好。她过去任意乱花法莱克斯的钱，把自己的实际利益和未来都寄托于他。她对马里埃特说："怎么能料到一个老好人竟会这样？"几乎在社会的所有阶级中，老好人是指豁达大度的人，他们借给别人几个埃居从不讨还，他们的为人没有常见的庸俗，总是按照某种正直的原则行事。有些人，譬如纽沁根，号称德高正直，却使自己的恩人破产，而有些人进过轻罪法庭，却能使用妙计，正直地对待一个女人。道德完美的人，如莫里哀的理想人物阿尔赛斯特[①]，是极为罕见的；然而，这种人还是到处都能遇到，在巴黎也不例外。老好人没有突出的性格，是某种温情的产物。一个人这样，就像猫儿柔软、拖鞋穿在脚上一样自然。因此，根据受人供养的女人对老好人这个词的理解，法莱克斯理应把破产通知自己的情妇，并给她留下必要的生活费用。德·埃斯图尼这个风流的骗子就是老好人；他赌钱时做手脚，却给自己的情妇留下了三万法郎。因此，在狂欢节一般的夜宵中，女人们对指责他的人们回答道："这不要紧！……你们说也白说，乔治是个老好人，他做事漂亮，应该有更好的下场！"妓女们对法律满不在乎，她们喜欢一定的正直；她们像埃斯黛一样，善于为内心中美好的理想，为她们自己的宗教进行报复。杜·华诺勃太太几经周折才使几件首饰免遭劫难，但在"她使法莱克斯破了产！"这种指责的可怕压力下不能支持。她年已三十，却还风华正茂，但女人在这种危难时刻，什么样的对手都有，相形之下，就宛如老妇一般。马里埃特、佛洛丽娜和蒂莉娅热情地招待自己的朋友吃晚饭，给她一些资助；但是，她们不了解她负债的数目，因此不敢去探测这无底洞的深度。六年的时间，在巴黎这个大海的波涛起伏之中，在电鱼和杜·华诺勃太太之间划下一道长长的界线，所以落难的女人不能求助于乘车的女人；但是，华诺勃知道埃斯黛十分慷慨，会不时想到自己继承了她的房子，同时也会在一次表面上偶然、实际上有意的相遇中主动和她打招呼。为了寻找这一偶然的机会，杜·华诺勃太太穿戴得像体面人家的女人一般，每天挽着泰奥多尔·加亚尔的手，在香榭丽舍大街上散步。泰奥多尔·加亚尔后来和她结了婚[②]，在这危难时刻，他对过去的情妇十分体贴，给她租戏院的包厢，让别人请她参加所有的聚会。她相信埃斯黛一定会在天气晴朗之时出来散步，这样她们俩就能相遇。现在，埃斯黛的车夫是帕卡尔，按照卡洛斯的指示，亚细亚、欧罗巴和帕卡尔在五天之内把新房安排就绪，使得圣乔治街的房子变成一座无法攻克的堡垒。同时，佩拉德出于深刻的仇恨和复仇的愿望，特别是为了他亲爱的莉迪的嫁妆，就在接到孔唐松的情报、得知德·纽沁根先生的

---

① 阿尔赛斯特是莫里哀的喜剧《恨世者》中色里曼纳的求爱者。
② 泰奥多尔·加亚尔和苏珊·杜·华诺勃在《蓓阿特丽斯》(私人生活场景)中结婚。

情妇出现在香榭丽舍大街之时,也来到这条大街散步。佩拉德化装成一个地道的英国人,他说的法语带有英国人特有的口音,学得十分相像,他会说一口纯粹的英语,对英国的事情了如指掌,巴黎的警察局在1779年和1786年曾三次把他派往英国,他在大使们的家里和伦敦成功地扮演了英国人的角色,没有引起别人的怀疑。佩拉德同著名的巫术师①米松极为相像,乔装打扮的本领非常高明,有一次连孔唐松也认不出来。佩拉德由打扮成混血儿的孔唐松陪同,表面上漫不经心,实际上丝毫不漏,仔细地观察着埃斯黛和她的随从。在天气晴朗的时候,她带着随从乘坐华丽的马车在平行的侧道上兜风,所以,有一天埃斯黛很自然地遇到了杜·华诺勃太太。佩拉德身后跟着穿号衣的混血儿,活像只顾自己的阔佬,在这两个女人站着的道上,神态自若地走来走去,以便能在她们身旁经过时听到谈话的片言只语。

"那么,我亲爱的,"埃斯黛对杜·华诺勃太太说道,"你们到家里来看我。纽沁根不会让自己经纪人的情人一文不名……"

"尤其是因为人们在说他让自己的经纪人破了产,"泰奥多尔·加亚尔说。"我们也很可以敲他一下……"

"明天他到我这儿来吃晚饭,你也来吧,亲爱的,"埃斯黛说道。接着,埃斯黛对她耳语道:"他听任我的摆布,他还没有得到这个!"她说着把一只戴了手套的指头,放在最漂亮的一只牙齿下面。这个动作知道的人相当多,意思是:什么也没有!

"你把他捏在手里……"

"我亲爱的,他只是替我还了债……"

"你胃口不小!"苏珊·杜·华诺勃大声说道。

"哦!"埃斯黛又说,"我过去曾叫一位财政大臣害怕呢。现在,我要在第一夜前得到三万法郎的年金收入!……哦!他真可爱,我没什么可抱怨的……他身体很好。再过一个星期,我们就设宴庆祝乔迁之喜,你也来参加……早晨,他要把圣乔治街那幢房子的契约送给我。住这样一幢房子,要过上体面的生活,没有三万法郎的年金收入是不行的,有了这笔钱,万一倒了霉也能应付。我曾在贫困中生活过,我再也不想过这种生活了。有些人你认识后马上就会感到厌烦。"

"你过去说:'我有的是钱!'你变化真大!"苏珊大声说道。

"是瑞士的空气,在这种空气里就会变得节俭……你到那儿去吧,我亲爱的!你在那儿找一个瑞士人,他也许会成为你的丈夫!他们还不知道我们这样的女人是怎么回事……无论如何,你爱国家债权人名册上的利息,就会重新获得正直、高尚的爱!再见!"

埃斯黛跳上华丽的马车,马车套着当时巴黎最漂亮的灰斑骏马。

这时,打扮成英国人的佩拉德对孔唐松说:"上车的女人很漂亮,但我更喜欢散步的那

---

① 请巫术师曾在法国大革命之后的年代里风行一时。为了开好晚宴,人们就派人去见著名的巫术师,如同去请名厨师的一般。

相关链接 ●

个。你去跟着她,了解一下她是什么人。"

"这就是那个英国人刚才用英语说的话,"泰奥多尔·加亚尔把佩拉德的话对杜·华诺勃太太重复了一遍。

在冒险讲英语之前,佩拉德曾在无意中用英语说了一个词,只见泰奥多尔·加亚尔脸上一动,他就确信这个记者懂得英语。杜·华诺勃太太缓步回到家里,朝两边一望,看看那个混血男子是否跟在后面。她住在路易十四街一座陈设不错的公寓里。这座公寓属于热拉尔太太①。杜·华诺勃太太在荣华富贵的日子里曾帮助过她,所以她现在把杜·华诺勃太太体面地安置在自己的公寓里,以表示感谢。这位好心的布尔乔亚女人正直、贤惠,甚至虔诚,像上等女人一样接待交际花;她见她一直雍容华贵,就把她当做落难的王后,把自己的两个女儿交给她看管,出人意料的是,交际花也十分小心谨慎,带她们去看戏时就像是亲生母亲一般,所以两位热拉尔小姐很爱她。这位善良、高尚的出租公寓老板娘活像那些崇高的教士,看到又可以拯救、爱护一个不受法律保护的女人。杜·华诺勃太太尊重这种正直,她在晚上交谈时和诉说自己的不幸时,还常常羡慕这种正直。热拉尔太太说:"您很漂亮,可以找个好的归宿。"再说,杜·华诺勃太太跌得也不是太重。她既挥霍又优雅,买了许多服装,所以现在还能打扮得华贵艳丽,就像她那天在圣马丁门戏院观看《理查·德·阿林顿》时那样。热拉尔太太还相当慷慨地替她付马车费,因为这个落难的女人去城里吃晚饭以及看戏时来回都需要乘车。

"啊,亲爱的热拉尔太太,"她对这位正直的母亲说,"我的命运就要变了,我认为……"

"好,太太,好极了;不过,您得小心谨慎,要考虑未来……别再去借债。我好不容易才把那些找您的人打发走!……"

"啊!您别担心这些恶狗,他们都从我那儿赚到了一大笔钱。给,这是多艺剧院②的票子,是给您女儿的,三楼包厢,位子很好。要是今晚有人来找我,而我还没有回来,就让他上来。我让从前的女仆阿代尔等着;我现在就去把她叫来。"

杜·华诺勃太太没有姨娘也没有妈妈,只好请自己的贴身女仆(也在落难!)扮演圣埃斯泰弗太太的角色,为她和陌生男人做马泊六。只要赢得男人的心,她就能恢复过去的地位。她说完就同泰奥多尔·加亚尔一起去吃晚饭,而他这天正好有个聚会,就是拿当举行的晚宴。拿当打赌输了,大摆宴席,而摆这种宴席,主人总是对客人们说:"将有女人参加③。"

---

①　这里的热拉尔太太不是《乡村教士》中的格雷古瓦·热拉尔太太。她没有在《人间喜剧》的其他小说中出现过。

②　多艺剧院位于蒙玛特大街,创办于1807年,有1245个座位。

③　杜·华诺勃太太是称之为聚会女人的妓女典型。这种妓女不同于叫号妓女或挂牌妓女,她们相貌漂亮,仪态优雅,往往很有教养。

十一、佩拉德乔装阔佬

　　佩拉德作出了决定，是因为这一阴谋涉及到他自身的重大利益。另外，同科朗坦一样，对此事产生了强烈的好奇心，即使与他毫不相干，他也乐意插手。这时，查理十世的政策已经结束了最后的变革。国王把国家事务的领导权交给他亲自挑选的大臣们之后，着手准备征讨阿尔及尔，以便把这一战绩作为他政变的通行证。在国内，不再有人谋反，查理十世认为已无政敌。在政治上如同在海洋上一样，也会出现迷惑人的风平浪静之时。因此，科朗坦无所事事。在这种情况下，一个真正的猎手为了使两手不闲，只好没有斑鸠，就杀乌鸦①。多米蒂安②杀完了基督教徒，就杀苍蝇。孔唐松是逮捕埃斯黛的目击者，他凭着密探的灵敏嗅觉，对这一行动作出了十分正确的判断。正如前文所说，他没有向德·纽沁根男爵隐瞒自己的看法。两位朋友的第一个疑问是："敲诈热恋的银行家是为了谁的利益？"孔唐松看出了亚细亚是这场戏的重要人物，曾想通过她来找出主谋；但她有一段时期逃出了他的手掌，像鳗鱼一样藏身于巴黎的污泥浊水之中。当他重新找到她时，她已在埃斯黛家里当了厨师。这个混血女人的合作使他感到迷惑不解。两位密探行家，尽管怀疑这是个邪恶的勾当，却第一次遇到了无法解答的难题。孔唐松连续三次对泰布街的住房进行大胆的侦探，得到的却是极为固执的沉默。埃斯黛在那儿居住期间，门房仿佛极为恐慌。亚细亚也许进行过威胁，说是如不守口如瓶，就将他全家毒死。埃斯黛搬出泰布街的第二天，孔唐松又去找门房，见他的理智稍有恢复。门房对这位娇小的太太另迁新居感到十分遗憾，因为据他说，太太常把吃剩的菜肴给他吃。孔唐松装扮成掮客，对这套住房讨价还价，他一面听门房诉苦，一面对他进行挖苦，并对他说的话表示怀疑，说什么："这可能吗？……"——"可能，先生，这位娇小的太太在这儿住了五年，从未出过门，这说明她的情人十分妒忌，虽然对她无可指责，却还是在回家、进门和出门时采取了极为严格的防范措施。另外，她的情人是个非常漂亮的年轻人。"这时，吕西安还在玛撒克他妹妹赛夏太太的家里；但是，等吕西安回到巴黎，孔唐松立刻派门房到马拉凯河滨街去询问德·吕庞泼莱先生，问他是否同意出售旺·博格塞克太太搬出的住房中的家具。门房认出了吕西安就是那年轻寡妇的神秘情夫，孔唐松也就不想再了解更多的情况。人们可以想象，吕西安和卡洛斯尽管克制自己，却仍然显得极为惊讶，认为那门房简直是发了疯，他们竭力使门房相信了这点。

　　二十四小时之内，卡洛斯组织了反间谍活动，当场查获孔唐松正在从事间谍活动。孔唐松化装成巴黎中央菜市场的搬运工人，已经两次送来亚细亚早晨购买的食品，而且两次都进入了圣·乔治街的小公馆。同时，科朗坦也在活动；但是，卡洛斯·埃雷拉目前的身份使他顿

---

① 法国谚语，意思是："没有好的，只好要次的。"
② 多米蒂安(51－96)，罗马皇帝。

相关链接 ●

69. "……嗳，他马上要踏进那贩卖思想的下流地方，所谓报馆了，他要浪费他精彩的思想，绞尽脑汁，自甘堕落，暗地里干一些卑鄙事儿，在思想战争中等于佣兵头子的战术，焚烧掳掠，改变舰艇的方向。等到他像成千上百的人一样，为着股东消耗了一部分才华，那些贩毒的商人便让他口渴的时候饿死，饿极的时候渴死……"

时停了下来，因为他迅速了解到这位教士是斐迪南七世的秘密使者，于 1823 年底来到巴黎。虽然如此，科朗坦还是对这个西班牙人保护吕西安·德·吕庞泼莱的动机进行了研究。科朗坦很快获悉，吕西安和埃斯黛同居了五年。因此，用英国女郎调换埃斯黛这一行动，是为了花花公子的利益。再说吕西安没有任何经济收入，格朗利厄家拒绝把女儿嫁给他，而他在不久前却花了一百万法郎，买下了吕庞泼莱的地产。科朗坦机智地推动了王家警察总监，让巴黎警察局长向总监转告佩拉德一案的情况，说此案的原告完全不是德·赛里齐伯爵和吕西安·德·吕庞泼莱。

"我们成功了!"佩拉德和科朗坦大声说道。

这两位朋友的计划，顷刻间就制定了出来。

科朗坦说："这个妓女过去有情夫，现在有女友。在这些女友中，不可能一个也没有遭到不幸；我们中的一人必须扮演外国富翁的角色，供养那个不幸的女友；我们要让她们亲密相处。她们为了对情夫们耍弄欺骗，总是需要互相帮助，这样我们就能打入她们的内部。"佩拉德自然想要扮演英国人的角色。他是阴谋的牺牲品，在揭发阴谋所必须的时间内过一下放荡的生活，很合他的心意。科朗坦因公务而变得衰老，身体相当虚弱，所以对此不是很感兴趣。孔唐松装扮成混血儿，马上逃脱了卡洛斯反间谍组织的监视。佩拉德和杜·华诺勃太太在香榭丽舍大街相遇前的第三天，德·萨蒂纳先生和勒努瓦先生[1]的最后一名密探，拿着一份完全符合手续的护照，下榻于和平街的米拉波旅馆，自称从殖民地归来，途经勒阿弗尔，乘一辆满是泥泞的小型四轮马车，仿佛确实是从勒阿弗尔而来。实际上，马车只是从圣德尼开到巴黎而已。

再说卡洛斯·埃雷拉，他在西班牙驻巴黎大使馆办了护照的签证，回到马拉凯河滨街收拾行装，准备前往马德里。原因是这样的。再过几天，埃斯黛即将成为圣乔治街小公馆的主人，必须得到一张三万法郎年金收入的登记书；欧罗巴和亚细亚十分狡狯，替她把登记书卖了，并偷偷把这笔钱交给了吕西安。吕西安自称依靠妹妹的慷慨帮助发了财，付清了吕庞泼莱地产的钱。大家都认为这件事无可非议。只有埃斯黛可能泄露内情；但是，她宁愿死去，也不会皱一皱眉头露出破绽。克洛蒂尔德最近把一张玫瑰色的小手帕围在她那细长的脖子上，说明在格朗利厄公馆已经通行无阻。公共马车的股票，也已把本金翻了两番。卡洛斯在这时离开巴黎几天，可以使别有用心的人捞不到半点稻草。人类的谨慎能预料一切，任何的差错都不会出现。假西班牙人预定于佩拉德在香榭丽舍大街上遇到杜·华诺勃太太的第二天动身。但是，那天凌晨两点，亚细亚乘坐出租马车来到马拉凯河滨街，看到这个阴谋家正在房间里抽烟，一面用几句话扼要概述了发生的事情，犹如一位作者在仔细推敲自己书中的一页，以便从中发现应该改正的错误。他这种人，是不愿重犯泰布街门房一类疏忽的。

---

① 勒努瓦见第 70 页注①。德·萨蒂纳先生于 1759 年至 1747 年任警察总监。

亚细亚在主人耳边说道:"凌晨两点半①,帕卡尔在香榭丽舍大街认出了孔唐松。孔唐松化装成混血儿,给一个英国人当佣人。三天以来,那个英国人一直到香榭丽舍大街散步,以便监视埃斯黛。今天半夜,他在中央菜市场当搬运工,帕卡尔同我一样,认出了他的眼睛。帕卡尔驾车送姑娘回家时,一直注意着那个家伙。他住在米拉波旅馆;他同英国人打了许多暗号,帕卡尔说,从这点上看,那个英国人是假的。"

"我们的背上叮了个牛虻,"卡洛斯说道。"我后天再走。这个孔唐松就是叫泰布街的门房到这里来找我们的那个人,必须弄清这个假英国人是不是我们的敌人。"

中午,萨米埃尔·约翰逊先生的混血男仆,正表情严肃地侍候主人吃饭,他主人精于心计,午餐总是安排得过于丰盛。佩拉德想装成一个嗜酒成性的英国人,所以总是喝得略带醉意才出门去。他套着一副黑呢护腿套,一直套到膝盖,里面还塞上东西,使他的双腿显得粗大;裤子加上厚实的纬起绒衬里。他背心的纽扣一直扣到下巴;蓝色的领带围着脖子,一直围到了腮帮子。他头戴红棕色的假发,把大半个前额遮盖起来;他使自己长出三寸左右,这样,就连大卫咖啡馆资格最老的顾客也无法辨认。他身穿宽大、干净的四方形英国黑礼服,过路人会把他当作英国的百万富翁。孔唐松像阔佬的亲信男仆一样,显得傲慢冷淡。他沉默、高傲、目中无人、很少同别人说话,常常做出奇怪的手势,发出凶恶的喊叫。佩拉德喝完第二瓶酒时,旅馆的侍者毫不客气地把一个男人带进房间,佩拉德和孔唐松一样,认出来人是个便衣警察。

"佩拉德先生,"那警察在阔佬的耳边说道,"我奉命把您带到警察局去。"佩拉德二话没说便站起身来,拿了自己的帽子。警察在楼梯上对他说:"马车停在门口。警察局长原想逮捕您,但他只是派了一位保安警官,让您对自己的行为作出解释,那警官就在马车里。"

佩拉德上车后,警察向警官问道:"我要不要和您一起去?"

"不用了,"警官回答道。"您低声对车夫说去警察局。"

就这样,佩拉德和卡洛斯同坐在一辆马车里。卡洛斯手握短剑。马车的车夫是他的心腹,要是到达目的地时车里发现一具尸体,车夫就会假装不知,毫不奇怪,并让卡洛斯突然离去。法院从不让一个密探出庭。司法机关也几乎从不惩办这种谋杀,原因是这类案件很难查清。

十二、马车里的一场决斗

佩拉德用那双密探的眼睛,对警察局长派来的警官看了一眼,觉得卡洛斯相貌堂堂,头顶全秃,后脑有几条皱纹,头发扑粉;另外,在那双眼圈发红、需要进行治疗的温和眼睛上,戴着一副轻巧的金丝眼镜,显得官气十足,镜片呈绿色,玻璃很厚。这双眼睛是见不得人的疾病

---

① 上文说亚细亚来时为两点,却汇报两点半发生的事,前后有矛盾。

相关链接 ●

70. 巴黎的腐败被勃吕歇形容得那么贴切,吕西安目睹腐败的内幕却并不深恶痛绝,反而如醉若狂的欣赏这批风趣的人物。那些了不起的人把他们恶劣的品行当做华丽的甲胄披在身上,把冷静的分析当作湛亮的头盔;在吕西安眼中他们竟比小团体中正经严肃的成员高出一等。并且他初次体会到财富的乐趣,受着奢华的诱惑,珍馐美味的影响,他的轻浮的本能觉醒了。

的证书。他身穿长长的黑礼服,密织薄纱、襟饰打固定褶的衬衫,旧黑缎背心,司法人员的裤子,粗丝黑长袜,有饰带结的皮鞋,一副值四十个苏、戴了十天的黑手套,一条金表链。这身装束不多不少,正好符合通常称之为保安警官的下级司法人员。

"亲爱的佩拉德先生,我十分遗憾,像您这样的人会受到监视,又要您对这种监视进行辩白。您的化装不合局长先生的胃口。您要是以为这样就可以逃脱我们的监视,那就打错了算盘。您大概是从英国来到瓦兹河上的博蒙的?……"

"瓦兹河上的博蒙,"佩拉德回答道。

"还是在圣德尼?"假司法人员接口道。

佩拉德这下可慌了。对这个新问题必须作出回答。然而,随便怎么回答都有危险。说是要闹笑话;说不是,万一来人了解真情,佩拉德就会完蛋。他心里想:"此人十分精明。"他试探着对保安警官微微一笑,用微笑来代替回答。这微笑倒没有遭到拒绝,而是被接受了。

"您乔装打扮,租用米拉波旅馆的房间,把孔唐松化装成混血儿,这到底是什么用意?"保安警官问道。

"我将听候局长先生的处置,我只对上司汇报自己的行动,"佩拉德尊严地说道。

"如果您愿意表示,您是在为王家警察总局工作,"假警官冷冷地说道,"我们就改变方向,不去耶路撒冷街,而去格勒内尔街①。我接到的命令对您极为有利。不过您还得小心。他们并没有对您十分过不去,但您也可能在顷刻间将事情弄糟。至于我个人,我不想加害于您……那么,咱们就好好谈谈吧!……请您把真实情况告诉我!……"

"真实情况?这就说,"佩拉德一面说,一面用狡黠的眼光看了看这位门神的红眼睛。

假警官不动声色。他在履行公事,仿佛对任何真实情况都毫不在乎,他的神色似乎在说,警察局长有点心血来潮。局长们都有些异想天开。

"我狂热地爱上了一个女人,就是证券经纪人法莱克斯的情妇,她为了自己的乐趣和债主们的不快到处旅行。"

"杜·华诺勃太太,"保安警官说道。

"对,"佩拉德又说,"供养她一个月,花不了我一千埃居,我就化装成阔佬,让孔唐松做我的佣人。这是真的,先生,您可以把我留在马车里,我也一定在马车里等着,我用前警察总监的名誉担保,您可以去旅馆问孔唐松。您不仅能听到孔唐松证实我对您说的话,而且会看到杜·华诺勃太太的女仆来到旅馆,她应该在今天上午给我答复,要么同意我的建议,要么提出她女主人的条件。俗话说,看鬼脸,识老猴。我提出每月给她一千法郎,提供一辆马车,加起来是一千五,五百法郎的礼品,另外五百法郎用于聚会、晚宴和看戏。您瞧,我对您说一千埃

---

① 当时,巴黎警察局设在耶路撒冷街,即在外交部和法院之间。1840 年 5 月 26 日的法令宣布取消耶路撒冷街的警察局,但警察局直至 1854 年才完全迁出。王家警察总署 1821 年设在格勒内尔街 122 号,1823 起迁至同街 116 号。

居的数目不会弄错一个生丁。像我这把年纪的人,也可以破费一千埃居,异想天开地干上最后一次。"

"啊! 佩拉德大爷,您喜欢女人还是为了这个? ……不过,您是在骗我;我六十岁,没有女人也活得很好……要是事情真如您说的那样,我认为您要实现这种想法,就必须打扮成外国人的模样。"

"您可以理解,佩拉德或是穆瓦诺街的康科埃尔老头……"

"对,都配不上华诺勃太太," 卡洛斯接着说道,十分高兴了解到康科埃尔老头的地址。"在大革命以前,这个女人当过我的情妇," 他说道,"而在这以前,她由当时称之为刽子手的死刑执行者供养。有一天她去看戏,给别针扎了一下,就像当时人们所说的那样大声叫道: '啊! 刽子手! '身旁的男人问她: '是突然想起的? '啊,我亲爱的佩拉德,她就为了这个词离开了那个男人。我想,您不希望像他那样当众受到侮辱……杜·华诺勃太太是个讨正派男人喜欢的女人,一天我在歌剧院看到她,觉得她非常漂亮……请吩咐车夫回和平街,亲爱的佩拉德,我同您一起到您的房间里去。我亲自去看看,然后给局长先生口头报告一下就行了。"

卡洛斯从侧面的口袋里掏出一个用黑纸板制成、里面镀上金的鼻烟壶,打了开来,和善可亲地把烟草递给佩拉德。佩拉德心里想道: "这就是他们的警察! ……我的天哪! 要是勒努瓦先生或德·萨蒂纳先生起死回生,真不知会说些什么? "

"这也许是部分真情,但并不是全部真情,我亲爱的朋友," 假保安警官吸完鼻烟后说道。"您干预了德·纽沁根男爵的爱情,您也许希望把他套在活结之中,听任您的摆布;您用手枪没有打中他,现在想用大炮来瞄准他。杜·华诺勃太太是德·尚皮夫人的朋友……"

"啊! 见鬼! 可别上钩! " 佩拉德自忖道。"他比我刚才想象的要厉害。他在要我: 他嘴上说放我,实际上却在继续盘问我。"

"那么," 卡洛斯说道,脸上露出法官的威严。

"先生,我确实做过错事,替德·纽沁根先生寻找过一位他爱得发疯的女子。这就是我现在失宠的原因,看来我在不知不觉之中触犯了重大的利害关系。(下级警官听了不动声色)" 佩拉德接着说道: "但是,我在警察局工作了五十二年,对它了如指掌,所以在受到局长先生的申斥之后,一直克制着自己,局长先生这样做当然正确……"

"那么,如果局长先生对您提出要求,您就会放弃那异想天开的念头罗?您既然说自己真心诚意,我认为您这样做是表白自己的最好办法。"

"他有这一手! 他竟有这一手! " 佩拉德心里想道。"啊! 见鬼! 今天的警察,和勒努瓦先生手下的警察,可以说是不相上下。"

"放弃?" 佩拉德说道……"我将等候局长先生的命令……旅馆到了,您要是想上楼,就请吧。"

"您的钱是从哪里来的?" 卡洛斯出其不意地问道,显得很有眼力。

"先生,我有个朋友……" 佩拉德说道……。

相关链接 ●

"这个，"卡洛斯接着说道，"您对预审法官去说。"

卡洛斯大胆地演出的这场戏，是神机妙算的结果，只有像他这样的头脑，才会轻而易举地想出这种计策。在此以前，他一清早就派吕西安到德·赛里齐伯爵夫人家去。吕西安请求伯爵的私人秘书以伯爵的名义去警察局了解德·纽沁根男爵雇佣的密探的情况。秘书回来时带回一份佩拉德档案提要的副本：

71. 他这才体会到卢斯托代他发动的攻击力量有多大，卢斯托满足了他的情欲；小团体的集体导师却压制他的情欲，要他修身晋德，努力工作，而吕西安已经觉得德行可厌，工作无用了。对于醉心享受的人，用功不是要他们的命吗？作家不是最容易沦为游手好闲，在女演员和轻佻的女人堆里花天酒地，过糜烂的生活吗？吕西安就有一股不可遏制的欲望，要把那两天放荡的生活继续下去。

> 1778 年入警察局，两年前从阿维尼翁来到巴黎。
>
> 无财产无道德，掌握国家机密。
>
> 家庭住址：穆瓦诺街，化名康梯埃尔，即他的家族赖以生活的小块地产的名字，地产位于沃克吕兹省，他的家族十分正派。
>
> 不久前，有个名叫泰奥多兹·德·拉佩拉德的侄孙前来寻访(参阅档案中第 37 号，一个警察的报告)。

吕西安给卡洛斯看了副本，并亲自向他汇报了情况，卡洛斯听了后大声说道："把孔唐松打扮成混血仆人的英国人应该是他。"

三个小时中，他像主帅一般忙碌，派帕卡尔找了个无辜的同谋，来扮演便衣警察的角色，他自己则装扮成保安警官。在马车里，他曾三次企图杀死佩拉德；但他早已打定主意，决不亲自动手，而是打算借刀杀人，向几个获释的苦役犯暗示佩拉德是百万富翁，让他们将他除掉。

上楼后，佩拉德和他的良师益友听到孔唐松和杜·华诺勒太太的女仆谈话的声音。佩拉德示意卡洛斯留在第一间房间里，那神态仿佛在说："您来评评我的真心诚意吧。"

"太太全都同意，"阿代尔说道。"现在太太在她的朋友德·尚皮夫人家里。德·尚皮夫人在泰布街的套间有全套家具，租用期还有一年，她可能要把套间让给太太。太太在那儿接待约翰逊先生更为合适，因为家具还很新，先生可以和德·尚皮夫人商量一下，把家具买下来送给太太。"

"好，我的孩子。这不是萝卜，也是萝卜的叶子，不是诈骗，也像骗钱，"混血男仆对惊呆的姑娘说道。"不过我们将平分……"

"啊，好一个有色人种的男人！"阿代尔小姐嚷道。"如果您的主人真是个阔佬，他完全应该把家具送给太太。租约于 1830 年 10 月到期，您的阔佬要是住得满意，可以办理延期手续。"

"我非常满意！"佩拉德一面回答，一面走进屋内拍了拍女仆的肩头。

他暗暗地向卡洛斯做了个手势，卡洛斯明白他仍应扮演阔佬的角色，就用同意的手势作了回答。正在这时，只见一个人闯进门来，使这场戏急转直下。对于这个人，卡洛斯和警察局长都能为力。此人就是科朗坦。他路过这里，见房门开着，就顺便进来看看他的老朋友佩

拉德如何扮该阔佬的角色。

十三、科朗坦赢了第二局

"局长总是吵得我不得安宁[1]！"佩拉德对科朗坦耳语道。"他发现我化装成阔佬。"

"那我们就让局长下台，"科朗坦在朋友耳边说道。

然后，他冷冷地行了礼，开始阴险地打量那个警官。

"您在这儿等我回来；我到警察局去，"卡洛斯说。"您要是不见我回来，就可以实现您那异想天开的念头了。"

卡洛斯在佩拉德的耳边说了这些话，以便不在女仆面前败坏他扮演的角色。说完后，他就走出门去，对来客的注视毫不介意。他一眼看出那金发碧眼的来客，是个生性厉害的角色。

"这是局长派来找我的保安警官，"佩拉德对科朗坦说道。

"居然这样！"科朗坦回答道。"你给蒙住了。这个人的鞋里垫了三张纸牌[2]，这可以从脚在鞋里的位置中看出；另外，一个保安警官也不必化装！"

科朗坦迅速下了楼，以便澄清疑点，他看到卡洛斯正要上车。

"喂！是神甫先生吗？……"科朗坦叫道。

卡洛斯回过头来，见是科朗坦，就跳上马车。但是，科朗坦已经赶到车门旁边，说道："我只想了解这点。"——"马拉凯河滨街！"科朗坦对车夫叫道，声音和目光中带有恶毒的嘲讽。

"唉，"雅克·高冷想道，"我完蛋了，他们成功了，必须赶在他们的前头，特别要了解他们在打我们什么主意。"

科朗坦见过卡洛斯·埃雷拉五六次，而卡洛斯的目光又令人难忘。科朗坦先是认出了他宽阔的肩膀，然后认出脸上的疤痕和用后跟使身长提高三寸的把戏。

科朗坦看到房间里只剩下佩拉德和孔唐松，就说道："啊，老兄，人家对你开了空头支票！"

"是谁？"佩拉德大声说道，声音像金属片振动一般。"我要用这副老骨头，使他日子难过，不得安宁。"

"是卡洛斯·埃雷拉神甫，也许就是西班牙的科朗坦。一切都清楚了。那西班牙人是个有才能的恶棍，用美女的枕头弄钱，想让那小伙子发财……我看这个外交家极其狡猾，你要不要和他较量由你自己决定。"

"哦！"孔唐松大声说道，"在去逮捕埃斯黛的那天，他得到了三十万法郎，他当时在马车

---

① 原文是西班牙文。

② 维道克在书中写道，他曾在鞋里垫两三张纸牌，以提高自己的身长。

相关链接 ●

里! 我记得那双眼睛,那个前额,那些天花的斑痕。"

"啊! 我可怜的莉迪还能得到什么嫁妆!"佩拉德大声说道。

"你可以继续装扮成阔佬,"科朗坦说。"为了监视埃斯黛,必须让她和华诺勃太太来往,她才是吕西安·德·吕庞泼莱的真正情妇。"

"他们已经从纽沁根那儿得到了五十多万法郎,"孔唐松说道。

"他们还需要这么多钱,"科朗坦接着说,"吕庞泼莱的地产花了一百万。老爹,"他拍拍佩拉德的肩膀说道,"你可以为莉迪搞到十多万法郎的嫁妆。"

"别对我这样说,科朗坦。要是你的计划失败了,我真不知会干出什么事来……"

"这笔钱也许你明天就能到手! 我亲爱的,神甫十分机灵,我们应该等他出洞时将他抓住,这是个高超的魔鬼;但是我会抓住他的,他是个聪明人,他一定会投降的。你装得像阔佬一样愚蠢,就什么也不用害怕了。"

这一天,敌对的双方在开阔的战场上狭路相逢。晚上,吕西安到格朗利厄府邸去度过夜晚的时光。只见府里宾客如云,公爵夫人当着全厅客人的面,把吕西安在自己身边留了一段时间,对他极为亲切。

"您作了一次小小的旅行,对吗?"她对他说道。

"是的,公爵夫人。我的妹妹为了成全我的婚事,作了很大的牺牲,这样我才买回了吕庞泼莱的全部地产。我在巴黎请的诉讼代理人十分机灵,他设法不让土地的主人知道买主的姓氏,使他们没能抬高价格。"

"有城堡吗?"克洛蒂尔德问道,笑得合不拢嘴。

"有个城堡,但不大像样;最好的办法是利用它的材料,建造一幢现代化的房屋。"

克洛蒂尔德的眼睛满意地微笑着,放射出幸福的光芒。

"您今晚和我父亲打一圈牌,"她对他低声说道。"两星期之后,我希望您能应邀来吃晚饭。"

"好啊,亲爱的先生,"德·格朗利厄公爵说道,"听说您买下了吕庞泼莱的地产,我向您祝贺。这对于说您欠债的人们是一个响亮的回答。我们这些人,也可能像法国或英国那样,欠着公债。但是,您瞧,像商人那样财产不多的人,不可能有我们这样的气派……"

"啊! 公爵先生,我为那地产还欠了五十万法郎的债呢。"

"那么,就应该娶一个有五十万法郎嫁妆的姑娘。不过,在我们这个区,给姑娘的嫁妆不多,您很难找到这样一门亲事。"

"但是,她们的姓氏就是一笔相当可观的嫁妆,"吕西安回答道。

"我们打韦斯脱①三缺一,只有莫弗里纽斯、德·埃斯巴和我三人,"公爵说道。"您愿不愿意来补这个缺?"他指了指牌桌对吕西安说。

72. 卢斯托说: "啊! 你真的动了爱情。不行哪! 对待柯拉莉最好像我对待佛洛丽纳一样,把她当做管家婆。自己非保持自由不可!"

吕西安笑道: "你连圣徒都要送入地狱!"

卢斯托道: "本来是魔鬼,用不着再送地狱。"

这位新朋友的轻薄而风趣的口吻,应付人生的方式,怪僻的议论,夹着巴黎式的老好巨猾的格言,无形中影响了吕西安。

---

① 纸牌戏的一种,桥牌的前身。

克洛蒂尔德坐到牌桌旁看父亲打牌。

公爵拍拍女儿的双手，又朝吕西安那边看看，见他一直神色严肃，就说道："她要我拿进这个。"

吕西安是德·埃斯巴先生的搭档，输了二十个路易。

"亲爱的妈妈，"克洛蒂尔德走来对公爵夫人说道，"他很聪明，故意输了。"

晚上十一点，吕西安和德·格朗利厄小姐说了几句情话之后就回到家里，往床上一躺，寻思着一个月之后他将大功告成，因为他毫不怀疑自己将成为克洛蒂尔德的未婚夫，并在1830年封斋期前同她结婚。

第二天午饭后，吕西安同心事重重的卡洛斯一起抽了几支烟，只见下人前来通报，说圣埃斯泰弗先生有事要同卡洛斯·埃雷拉神甫或吕西安·德·吕庞泼莱先生商谈。

"下面是不是说我出去了?"神甫大声问道。

"是的，先生，"仆人回答道。

"那么，你来接待那位客人，"他对吕西安说。"不过，千万别说出可能损害我们的话，也别露出惊讶的神色，那个人是敌人。"

"你藏在听得到我说话的地方，"吕西安说道。

卡洛斯躲在隔壁房间，从门缝里看到科朗坦走了进来。这位陌生的伟人具有化装的天才，神甫听到他的声音后才认出他来。这时，科朗坦化装成一名财政部的老司长。

"先生，您不认识我，"科朗坦说道，"但是……"

"请原谅我打断您的话，先生，"吕西安说道，"但是……"

"但是，这涉及到您同克洛蒂尔德·德·格朗利厄小姐的婚姻大事，这门婚事决不会成功，"科朗坦迅速地说道。

吕西安坐了下来，一句话也没有回答。

"您落到了一个人的手里，这个人有能力、有毅力，能轻而易举地向德·格朗利厄公爵证明，吕庞泼莱的地产是用一个傻瓜给您的情妇埃斯黛小姐的钱买来的，"科朗坦继续说道。"人们很容易找到埃斯黛小姐受到起诉的判决书原本，也有办法使德·埃斯图尼开口。你们对德·纽沁根男爵施展的妙计，将暴露于光天化日之下……现在，事情还能顺利解决。您只要拿出十万法郎，就可以太平无事……这事与我毫不相干。我只是受敲诈勒索者之托，代为办理而已。我要说的就是这些。"

科朗坦侃侃而谈，简直可以说上一个小时，吕西安神色自若地抽着烟。

"先生，"他回答道，"我不想知道您的尊姓大名，因为受人之托办理这种事情，就无须通报姓名，至少我认为是如此。我在自己的家里，所以让您畅所欲言。我觉得您通情达理，那就请听我的看法。"

吕西安停顿了一下，用冷若冰霜的目光，看了看科朗坦那双注视着他的猫眼。

"您所依据的事实有可能完全错误，那我就不必放在心上了，"吕西安又说道。"也有可能

73. 卡缪索没有被逐出尘世的天堂,感到高兴;在这个天堂上当然不免痛苦,但他存着卷土重来的希望,相信巴黎的生活变化多端,吕西安也抵抗不了周围的诱惑。狡猾的商人认为这漂亮青年早晚要喜新厌旧;为了暗中窥探,让柯拉莉识破吕西安,他要做他们的朋友。这样的忍气吞声说明他真是一片痴情,叫吕西安看着害怕。

您说得有理,但如果我给了您十万法郎,您的委托人就会再派一位圣埃斯泰弗先生来找我,问我再要十万法郎。……最后,为了立刻结束您那十分得意的谈判,我可以老实告诉您,我吕西安·德·吕庞泼莱不惧怕任何人。我与您所指的花招毫无关系。要是格朗利厄家故意刁难,我可以娶别的贵族小姐。另外,对我来说,不结婚也不是什么耻辱,特别是像您想象的那样,能用贩卖白种女人来获取巨额利润。"

"如果卡洛斯·埃雷拉神甫先生……"

"先生,"吕西安打断了科朗坦的话,说道,"卡洛斯·埃雷拉神甫目前正在前往西班牙的途中;他和我的婚事毫无关系,与我的利益也毫不相干。这位政治家长期来帮我出了些主意,但他的主要任务是向西班牙国王陛下进行汇报;您要是想找他谈话,那就请到马德里去。"

"先生,"科朗坦明确地说,"您永远不能成为克洛蒂尔德·德·格朗利厄小姐的丈夫。"

"算她倒霉,"吕西安回答道,一面急忙把科朗坦朝门口推去。

"您打定主意了?"科朗坦冷冷地问。

"先生,我不认为您有权干涉我的事务,也不认为您有权使我浪费一支香烟,"吕西安说着把熄灭的香烟扔掉。

"永别了,先生,"科朗坦说。"我们不会再见面了……但是,你有朝一日一定会后悔没有把我从楼梯上叫回来,到那时,要您拿出一半财产也愿意了。"

卡洛斯听到这个威胁,做了个杀头的手势以示回答。

十四、老头们有时能在意大利剧院听到的一种音乐

卡洛斯看到吕西安在这场可怕的谈话后脸色发白,就大声说道:"现在就动手干!"

在留意一本书的道德和哲学部分的少量读者中,如果有一位能够相信德·纽沁根男爵心满意足的话,那么他就能证明,要使妓女的心符合生理学的任何准则是何等的困难。埃斯黛已经下了决心,要可怜的百万富翁为自己的胜利之日付出高昂的代价。因此,到1830年2月初,庆祝乔迁的酒宴还没有在小宫殿里举行。

埃斯黛和女友们密谈时说:"但是,我要在狂欢节时开放住宅,要让我的男人像石膏中的公鸡一样①高兴。"女友们又把这话传给男爵。

这句话成了妓女们的格言。男爵也因此叫苦连天。他同结过婚的男人一样,变得十分可笑。他开始在好友们面前叹苦境,他的不满也就不胫而走。然而,埃斯黛继续认真地扮演交易所投机大王的蓬帕杜夫人的角色。她已经举办了两三次小型晚会,惟一的目的是把吕西安请进府内。罗斯多、拉斯蒂涅、杜·蒂埃、皮克西沃、拿当和布朗堡伯爵这类漂亮的纨绔子弟,成了她府上的常客。最后,埃斯黛同意把两位女演员和两位舞女,即蒂莉娅、弗洛朗汀、法妮 -

① 应为"像面团中的公鸡一样",法语中的意思是"受到百般照顾"。

博普雷和佛洛丽娜，以及杜·华诺勃太太，当做她演出的这场戏中的演员。在交际花的家里，要是没有竞争的刺激、时装的游戏和各式各样的面孔，就显得极为冷清。在六个星期之中，埃斯黛成为构成受人供养的妇女阶级的女性贱民中最聪明、最风趣、最漂亮、最优雅的女人。她恢复了原先的地位，享受着一般妇女为之迷恋的虚荣心的一切乐趣，内心暗暗感到自己比同阶级的女性高出一等。她对自己的形象心中有数，既感到脸红，又引以为荣，她放弃贞操的时刻总是在心中萦绕；因此，她过着一种双重的生活，为自己的人格感到惋惜。她的讽刺挖苦是内心情绪的表露，她心里保持着深刻的蔑视，交际花身上的爱情天使，把这种蔑视指向肉体在灵魂面前所扮演的这种可耻可恶的角色。她既是观众又是演员，既是法官又是犯人，正实现着阿拉伯神话中的奇妙想象。在这些神话中，几乎总是有一个躲藏在堕落躯壳中的崇高灵魂，这种人的典型，在称为书中之王的圣经中，名叫尼布甲尼撒①。牺牲品在决心活到失去贞节的第二天之后，就可以捉弄一下挥金如土的百万富翁。另外，埃斯黛了解到男爵的巨额财产是通过暗中使用卑鄙的手段取得的，就更加无所顾忌，乐意扮演自己的角色，用卡洛斯的话来说，就是复仇女神的角色。因此，她对这位以她为惟一生活乐趣的百万富翁，交替采用迷惑和厌恶的手法。当男爵痛苦至极、想要离开她时，埃斯黛就对他温情脉脉，把他重新吸引到自己的身边。

这时，埃雷拉公开声称前往西班牙，实际上到了图尔就下车，而让一个跟车的仆人代替主人，驱车继续前进，直至波尔多，并命令仆人在波尔多的一家旅馆等候。然后，他穿上旅行推销员的服装，乘驿车返回巴黎，秘密地住进埃斯黛的住宅。在那儿，他密谋策划，悉心指挥，通过亚细亚、欧罗巴和帕卡尔来监视一切，特别是佩拉德。

交际花把庆祝宴会定在当年首次歌剧院舞会的第二天。她讽刺挖苦，变得令人生畏。在宴会前两个星期左右，她坐在意大利剧院的一个包厢里面。男爵出于无奈，只得给她订了个底楼的包厢，以便把自己的情妇藏在包厢里面，同时也不至于在离德·纽沁根夫人几步远的地方，和情妇一起出现在众目睽睽之下。埃斯黛选中了这个包厢，目的是能够看到德·赛里齐夫人的包厢，因为吕西安几乎一直陪伴着德·赛里齐夫人。每逢星期二、星期四和星期六，可怜的交际花都把观看德·赛里齐夫人身旁的吕西安作为自己的乐趣。那天，埃斯黛在九点半时看到吕西安走进伯爵夫人的包厢，只见他额头忧虑、苍白，脸色几乎变了样。这些内心痛苦的迹象，只有埃斯黛才能看出。了解一个男人的脸部，对于爱他的女人来说，犹如海员了解大海一样。——"我的天哪！他会怎么啦？……他出了什么事？他的保护人住在欧罗巴和亚细亚两人的顶楼之间的房间里，他是否需要和这位地狱之神谈谈？"埃斯黛痛苦地想着，几乎没有听到音乐。因此，读者很容易想象，她完全不在听男爵说话。这时，男爵双手握住他天使的一只手，用他那波兰犹太人的口音对她说话，词尾的发音十分特别，听他说话和阅读用这种

---

① 即尼布甲尼撒二世，公元前 605 年至 562 年为新巴比伦王国国王。其故事见《旧约·列王纪下》第 24－25 章。

74. 吕西安觉得自己不但是个人物，而且还比同伴高出一等；略带几分酒意对他很有帮助，他谈笑风生，表示也会张牙舞爪的吓唬人。可是出乎吕西安意料之外，大家明里暗里对他并不赞许；相反，他发觉众人已经有些嫉妒；他们不一定是为了他而恐慌，却是心中好奇，要看看这个能干的新人能爬到什么地位，在新闻界中能捞到什么油水。只有把吕西安当做摇钱树的斐诺，自命为可以支配他的卢斯托，向吕西安堆着笑脸。

话写成的句子一样吃力。

他放开她的手，生气地轻轻推开，说道："埃斯黛，您不在听我说话！"

"男爵，瞧您的，您谈情说爱就像讲法语一样蹩脚。"

"呵！"

"这里不是我的客厅，而是意大利剧院。如果您不是于雷或菲谢①制造的银箱，由大自然巧妙地变成男人，您就不应在一个喜爱音乐的女人的包厢里大吵大闹。我确实不在听您说话！您在我的裙子边吵闹不休，就像包在纸里的金龟子一样。您对我说：'您漂亮，非常漂亮……'老色鬼！要是我回答您说：'您今晚给我带来的不快比昨晚少，我们一起回家吧，'那么，您准会高兴的。不过，我看您谈情说爱的样子(我虽然没有听您说话，却也感觉得到)，知道您晚饭吃得很多，您的消化还刚刚开始。我得告诉您(我让您破费不少，所以也应该为您不时出个主意)，我亲爱的，当人们像您那样消化困难，就不能在不适当的时间、不冷不热地对情妇说：'您漂亮……'勃龙台曾说过：'一位老兵就因这种自鸣不凡而死在宗教的怀抱之中②……'现在是十点钟，您九点钟在杜·蒂埃家里和德·布朗堡伯爵这个受您欺骗的傻瓜一起吃完晚饭，您有几百万和几个块菰需要消化，请您明天到十点钟再来吧。"

男爵承认这条医学道理有深邃的正确性，就大声说道："您多狠心！……"

"狠心？……"埃斯黛说道，仍然望着吕西安。"您难道没有请教过皮安训、德斯普兰、奥德里老医生……自从您隐约见到幸福的曙光以来，您是否知道自己给我留下了什么印象……"

"什么印象？"

"一个身穿法兰绒衣服的矮老头，不时从安乐椅走到窗前，看看温度计的温度是否按医生的规定，保持在'家蚕'的刻度上……"

"啊！您忘恩负义！"男爵听到这话感到绝望，就大声说道。然而，热恋的老头们经常在意大利剧院里听到这种吵闹的音乐。

"忘恩负义！"埃斯黛说。"到现在为止，您给我带来什么？……很多烦恼。得啦，老爹！我能为您感到自豪吗？您为我感到自豪，我端端正正地佩带您的标记，穿着您的制服。您还了我的债！……不错。但是，您搜括了许多百万……(啊！啊！您别撇嘴，您已经和我讲好……)，所以能挥金如土。这就是您最漂亮的光荣称号……妓女和小偷，真是天生的一对。您为自己喜欢的鹦鹉，建造了一只豪华的笼子……您去问问巴西的大鹦鹉，它是否应该感谢把它关进金笼子的人……——您别这样看我，您样子像个和尚……——您把您的红白鹦鹉给巴黎的上流社会看。您说：'在巴黎，哪个人有这样好的鹦鹉？……它叫得多好听！它话说得多好！'杜·蒂

---

① 于雷和菲谢都是著名的锁商。

② 指洛里斯通元帅。他于 1828 年 6 月 10 日夜里，因中风死在歌剧院著名舞蹈演员勒加卢瓦小姐的家里，时年六十岁。翌日，报上载文说元帅死在"宗教的怀抱之中"。勒加卢瓦小姐当即得了"宗教"这个诨名。

埃进来时对她说：'你好，小骗子……'您洋洋得意，就像占有独一无二的郁金香的荷兰人，就像过去领了英国的津贴住在亚洲的阔佬，从旅行推销员的手里，买到第一只开了三个口的瑞士鼻烟盒。您想得到我的心！好吧，我就教您得到它的办法。"

"您说，您说！……我什么事都能为您做……我喜欢您和我开玩笑！"

"您要是年轻，漂亮，就像在您夫人身旁的吕西安·德·吕庞泼莱那样，您不花一个子儿就能得到您用全部财产也永远买不到的东西！……"

"我离开您，真的！今晚您真可恶……"银钱老虎拉长了脸说。

"好吧，那就再见了，"埃斯黛回答道。"请吩咐乔治把您的床头垫得高高的，把您的双脚放得低低的，今晚您的脸色像中风一般……亲爱的，您不能说我不关心您的健康。"

男爵站着，握着门上的把手。

"纽沁根，到这儿来！……"埃斯黛说道，用傲慢的手势把他叫了回来。

男爵像狗一样听话，朝着她弯下了身子。

"胖妖怪，您是否希望我对您好，让我今晚在家里疼您，给您喝几杯糖水？……"

"您使我受不了，吃不消……"

"受不了，吃不消，说一个词就行了：难受……"她又说道，一面讥笑男爵的发音。"得啦，您给我把吕西安找来，我要邀请他参加我们举办的伯沙撒王的盛筵[1]，并让他一定出席。您要是能办成，我就对你说我爱你，我的胖子弗雷德里克，并让你相信这点……"

"您这个迷人精，"男爵吻着埃斯黛的手套说。"要是您最后能对我亲热，我情愿被您骂一个小时……"

"好吧，你要是不听话，我就……"她说着像对待小孩那样，用指头威胁着男爵。

男爵耷拉着脑袋，活像一只中了圈套的小鸟，正在祈求猎人的恩赐。

"我的天哪！吕西安怎么啦？"她自忖道，见男爵走了，不禁掉下了眼泪。"他从来没有像这样愁眉苦脸！"

下面我们来谈谈那天晚上吕西安发生的事情。

十五、被拒之门外的痛苦

晚上九点，吕西安同平时一样，乘马车前往格朗利厄公馆。他同所有的青年一样，上午骑马或乘双轮轻便马车，冬天的晚上就乘四轮轿式马车。那天，他在第一流的马车出租商那儿，租了一辆漂亮马匹拉的华丽马车。一个月来，他十分得意：他已三次应邀在格朗利厄公馆进晚餐，公爵对他十分亲热；他在公共马车业中的股票卖了三十万法郎，使他又付清了地产的三分之一款项；克洛蒂尔德·德·格朗利厄打扮得十分雅致，当他走进客厅时，她脸上涂了

---

① 伯沙撒王为尼布甲尼撒之子。详见《旧约·但以理书》第五章。

相关链接 ●

75. 这个盈亏问题当时往往取决于报刊上的一篇书评是捧还是骂。道里阿要推销五百令纸的书,不得不赶来同吕西安讲和。出版商由小霸王一降而为奴隶,咕哝着等了一会,尽量闹出响声,一边跟贝雷尼斯办交涉,总算见到了吕西安。骄横的出版商像朝臣进宫一般,满面笑容,同时摆出扬扬自得而又很随便的神气。

十盒胭脂,而且公开承认自己对他的爱情。一些达官贵人在说,吕西安和德·格朗利厄小姐的婚事是十拿九稳的事。曾任驻西班牙大使和外交大臣的德·旭里欧公爵,一时间答应德·格朗利厄公爵夫人,向国王请求授予吕西安侯爵的爵位。吕西安在德·赛里齐夫人家吃过晚饭之后,就从昂唐提道街来到圣日耳曼区,进行他每天的拜访。他来到公馆,车夫叫开了门,把车停在台阶前面。吕西安下了车,看到有四辆马车停在院子里面。一个看守柱廊内大门的仆人看到了德·吕庞泼莱先生,就走出大门,站在门前的台阶上,犹如站岗放哨的士兵。他说道:'大人不在家!'吕西安对仆人说道:'公爵夫人可以接客。'仆人一本正经地回答道:'夫人出去了。'吕西安又说:'克洛蒂尔德小姐……'仆人回答道:'我想,公爵夫人不在家,克洛蒂尔德小姐是不会接见先生的……'吕西安大吃一惊,反驳道:'不是还有别人么。'仆人假装不知,恭恭敬敬地答道:'我不知道。'人们把礼仪看做是上流社会最可怕的法律,对它望而生畏。吕西安毫不费力地猜到了这个难堪场面的含义:公爵和公爵夫人不愿接见他;他感到脊梁骨里的脊髓犹如结冰一般,额头上不由渗出了几滴冷汗。他的贴身男仆目睹了这一场面,所以手握车门的把手,不知该不该把门关上;吕西安向他示意回去,但在登上马车时,他听到府上的仆人连续叫道:"德·旭里欧公爵先生一行到!——德·格朗利厄子爵夫人一行到!"吕西安只是对仆人说道:"快去意大利剧院!……"不幸的纨绔子弟虽然动作迅速,还是没能避开德·旭里欧公爵和他的儿子德·雷多雷公爵,只得和他们相互行礼,因为他们一句话也没对他说。在宫廷里,一个可怕的宠臣遭殃失宠,往往是在办公室的门口,由紧绷着石膏脸的传达来宣布的。吕西安在前往意大利剧院的途中想道:"如何立刻将这个情况报告我的参谋?到底发生了什么事?……"他越猜越感到糊涂。原来,事情是这样的。那天上午十一点,德·格朗利厄公爵走进了小客厅,见全家人正在吃午饭,就拥抱了克洛蒂尔德,并对她说:"我的孩子,在没有作出新的决定之前,你别再去想念德·吕庞泼莱先生了。"说完,他挽着公爵夫人的手,把她拉到窗边,低声说了几句话,使可怜的克洛蒂尔德脸色殊变。德·格朗利厄小姐观察着倾听公爵谈话的母亲,看到她脸上现出极为惊讶的神情。只见公爵对一个仆人说:"约翰,拿着,把这张纸条交给德·旭里欧公爵先生,请他作出同意或不同意的答复。"他又对妻子说:"我邀请他今晚和我们一起吃饭。"这顿午饭吃得闷闷不乐。公爵夫人显得思虑重重,公爵仿佛对自己十分生气,克洛蒂尔德好不容易才忍住自己的泪水。她母亲用同情的口吻对她说道:"我的孩子,你的父亲说得对,你要听他的话。我不能像他那样对你说:'别去想念吕西安!'不,我理解你的痛苦。(克洛蒂尔德吻了吻母亲的手。)——但我要对你说,我的宝贝:'你要等待,别去进行活动,你既然爱他,就只能暗自难过,你要相信父母的关怀!'我的孩子,高贵的夫人之所以高贵,是因为她们在任何情况下都能崇高地履行自己的义务。"——"是什么事?……"克洛蒂尔德问道,脸色像百合花一样苍白。——"我的宝贝,事情极其严重,所以不能对你明说,"公爵夫人回答道。"因为如果事情是假的,你的思想就会受到玷污;如果是真的,你也不应该知道。"

晚上六点,德·旭里欧公爵来到德·格朗利厄公爵的书房,只见德·格朗利厄公爵正在

那里等候他。——"啊,亨利……(这两位公爵相互间用"你"来称呼,并直呼对方的名字。这是为了表示亲密的程度、摒弃法国的随便态度的蔓延和贬低自尊心而创造的一种细微差别。)啊,亨利,我现在十分为难,只好向你请教,你是我的老朋友,熟悉这方面的事务,又很有办法。我的女儿克洛蒂尔德爱上了吕庞泼莱这小子,这你是知道的,我差一点不得不答应把女儿嫁给他。我一直反对这门亲事;然而,德·格朗利厄夫人不能制止克洛蒂尔德的爱情。当这个年轻人买下了地产、付了四分之三的钱款之后,我就不能再反对了。昨天晚上,我收到一封匿名信(你是知道人们在什么情况下才写匿名信的)。信中断言,这个年轻人的财产来路不正,并说他对我们声称买地产的经费由他妹妹赠送纯属谎言。为了我女儿的幸福和我们家族的尊严,信中敦促我尽快查明情况,并向我指出弄清情况的办法。给,你先看信吧。"德·旭里欧公爵看完信后,回答道:"我亲爱的费迪南,我同意你对匿名信的看法;但是,在蔑视匿名信的同时,也应该利用它们。有些匿名信同密探完全一样。你把这个年轻人拒之门外,我们一起设法查明情况……那么,你的事由我来办,你的诉讼代理人是戴维尔,此人我们完全相信;他掌握着许多家庭的秘密,也能保守这个秘密。他为人正直,受人重视,很讲信誉,又精明机智;但是,他只是办事精明,你只能为取得可靠的证据使用他。我们外交部,通过王家警察总局的介绍,雇用了一名出色的密探来刺探国家机密,我们经常派他去执行任务。你告诉戴维尔,有个副官帮助他办理此事,我们的密探是一位先生,他将带着荣誉勋位十字勋章来见你,他外表像个外交家。由这个家伙来当猎手,而戴维尔只是观看狩猎而已。你的诉讼代理人将告诉你,这件事是否虎头蛇尾不能成功,或者说你是否应该和吕庞泼莱这小子断绝关系。一个星期之后,你就知道该如何处理此事。"德·格朗利厄公爵说道:"这个年轻人还没有当上侯爵,一个星期不见他也不至于使他生气。"——"特别是你如果把女儿许配给他,就更是如此了,"前外交大臣回答道。"要是匿名信说的是事实,对你又有什么关系呢!我的儿媳马德莱娜想去意大利,你就让克洛蒂尔德和我的儿媳一起去旅行……"——"你为我解决了困难,我还不知道该如何谢你……"——"以后会有机会的。"德·格朗利厄公爵大声说道:"啊!那位先生叫什么名字?必须把他的名字告诉戴维尔……"——"明天下午四点,你请戴维尔来找我,他来了之后,我让他们俩认识一下。"前外交大臣接着说道:"他的真名,我想是科朗坦……(这个名字你可能没有听到过),但是,这位先生来见你时,用的是部里的化名。他化名是圣什么的……啊!圣伊弗!圣瓦莱尔,两个中的一个。你可以相信他,当时路易十八对他深信不疑。"

在这次谈话之后,管家奉命将德·吕庞泼莱先生拒之门外,刚才他就是这样干的。

十六、故事发生在包厢里

吕西安像醉汉一般在意大利剧院的休息厅里踱来踱去。他感到自己成了全巴黎的笑柄。德·雷多雷公爵是他残忍的敌人,他必须对公爵微笑,却无法对他进行报复,因为这些敌人的攻击是社交界允许的。德·雷多雷公爵知道刚才在格朗利厄公馆的台阶下发生的事

相关链接 ●

76. 他说："亲爱的孩子们，对不起，打搅你们了。哎哟，两只小鸟儿多可爱啊！简直是一对斑鸠！小姐，你看这家伙文雅象个小姑娘，谁知他是老虎，长着钢铁般的爪子，撕破一个人的声名跟撕破你的梳妆衣一样容易，如果你不快快脱下的话。"道里阿大声笑着，没有把打趣的话说完，便挨着吕西安坐下，叫了声："老弟……"

情。吕西安感到必须把自己的不幸遭遇告诉亲密的私人顾问，但又害怕去找埃斯黛会败坏自己的名声，因为他可能在她家里遇到客人。他忘了埃斯黛就在剧场里面，真是头脑发昏，思绪混乱，就在这一筹莫展之时，他还必须同拉斯蒂涅谈话。拉斯蒂涅当时不知道这个消息，正在祝贺他未来的婚礼，这时，纽沁根微笑着走到吕西安跟前，对他说："请您到德·尚皮夫人那儿去一下，她想亲自邀请您参加我们的乔迁酒宴……"

吕西安看到金融家犹如救世主从天而降，就回答道："好的，男爵。"

埃斯黛看到德·纽沁根先生和吕西安一起走进包厢，就对他说道："让我们单独谈谈。您去看看杜·华诺勃太太，我看到她和她的阔佬在四楼的一个包厢里……他把许多阔佬推到印度去了，"她补充说道，并用暗示的神色望着吕西安。

吕西安微笑着说："那位和您这位极其相像。"

埃斯黛一面继续和男爵说话，一面用另一个暗号回答吕西安道："请您把她和她的阔佬一起带来，他很想和您认识，听说他非常有钱。可怜的女人已经不知对我叹了多少次苦衷，她抱怨说这个阔佬不行；您要是把他的包袱去掉，他也许会更加轻快。"

"您把我们看成了小偷，"男爵说道。

包厢的门关上后，她立刻用嘴唇轻轻擦着男友的耳朵说道："你怎么啦，我的吕西安？……"

"我完了！刚才，格朗利厄公馆把我拒之门外，借口说里面没有人，公爵和公爵夫人不在家，而院子里却停着五辆马车……"

"怎么，婚事吹了！"埃斯黛声音激动地说道，因为她隐约看到了天堂。

"我还不知道正在对我搞什么阴谋……"

"我的吕西安，"她极为温存地回答道，"你干吗要难过呢？你以后可以定一门更好的亲事……我一定为你赚回两份地产……"

"你今晚请客吃夜宵，我要同卡洛斯密谈，你特别要邀请那个假英国人和华诺勃太太。那个阔佬造成了我的失败，他是我们的敌人，我们一定要把他控制住，我们……"吕西安绝望地挥了挥手，停止不说了。

"那么，是什么？"可怜的姑娘问道，感到心如火焚一般。

"哦！德·赛里齐夫人看到我了！"吕西安大声说道。"更糟糕的是，看到我吃闭门羹的德·雷多雷公爵和她在一起。"

确实，德·雷多雷公爵这时正在拿德·赛里齐伯爵夫人的痛苦开玩笑。

"您竟让吕西安在埃斯黛小姐的包厢里露面，"年轻的公爵指着包厢和吕西安说道。"您关心他，就应该对他说，这样做是不允许的。人们可以和她一起吃夜宵，甚至可以在那儿……现在，我不再为格朗利厄一家对这个小伙子的冷淡感到惊奇了，我刚才看到他吃了闭门羹，在台阶上……"

"这些婊子实在危险，"德·赛里齐夫人说道，并用望远镜对准了埃斯黛的包厢。

"对，"公爵说道，"她们能干的事和想干的事同样危险……"

"她们一定会让他破产！"德·赛里齐夫人说道。"因为我听说直接给她们钱或间接给她们钱都一样破费。"

"他可不一样！……"年轻的公爵装出惊讶的样子回答道。"她们不但不要他的钱，在必要时还会给他钱呢，她们都追求他。"

伯爵夫人的嘴角神经质地一动，这一动不能算是她的微笑。

"那么，"埃斯黛说，"你半夜十二点来吃夜宵。你把勃龙台和拉斯蒂涅带来。我们至少要有两个有趣的人物，人数最多不超过九个。"

"必须设法让男爵派人把欧罗巴找来，就说要通知一下亚细亚，你把我刚才发生的事告诉她，以便使卡洛斯在控制阔佬之前了解此事。"

"一定照办，"埃斯黛说。

就这样，佩拉德在不知不觉之中，同自己的对手处于同一屋檐之下。老虎来到狮子的洞穴，而狮子又处在自己卫士们的守护之下。

当吕西安回到德·赛里齐夫人的包厢时，夫人没有朝他转过脸来，没有对他微笑，也没有理理裙子让他坐在自己的身边，而是装作没看见有人走进包厢，继续用望远镜朝大厅里观望。但是，吕西安从望远镜的抖动中察觉到伯爵夫人内心的烦躁，这种烦躁是为私通的幸福所付出的代价。尽管如此，他还是走到包厢的前面，来到她的身旁，在和她相对的角落里停了下来，使自己和伯爵夫人之间保持一小段距离；他倚靠在包厢的边沿，把右肘支撑在上面，戴着手套的手托着下巴；然后，他背朝伯爵夫人，把身体转过四分之三，等待着她开口。在一幕中，伯爵夫人没有对他说过一句话，也没有朝他看上一眼。

"我不知道，"她对他说，"您为什么要在这里？您的位子在埃斯黛小姐的包厢里……"

"我这就去，"吕西安说着就走出包厢，对伯爵夫人连看也不看。

"啊！我亲爱的，"杜·华诺勃太太说着和佩拉德一起走进埃斯黛的包厢，但德·纽沁根男爵没有认出佩拉德。"我很高兴能向你介绍萨米埃尔·约翰逊先生；他十分欣赏德·纽沁根先生的才能。"

"我很高兴，先生，"埃斯黛微笑着对佩拉德说着。

"哦，是的，非常欣赏，"佩拉德说。

"啊，男爵，他讲的法语很像您的法语，犹如下布列塔尼语很像勃艮第语一样。听你们谈谈财政经济倒可以让我好乐一下……阔佬先生，您是否知道，在介绍您认识我的男爵时，我对您有什么要求？"她微笑着说。

"哦！……我……感谢您，您介绍我认识男爵先生。"

"是的，"她又说。"您一定要来我家吃夜宵……香槟酒的封口蜡是男人们交朋友的最好粘合剂，能撮合一切交易，特别是人们深陷其中的交易。您夜里来吧，您会遇到一些可爱的小伙子！至于你，我的小弗雷德里克，"她在男爵耳边说道，"您有马车，赶快去圣乔治街，给我把

欧罗巴找来,我为了我的夜宵有几句话要对她说……我把吕西安留下来,他将给我们带来两位风趣的人……"她又对杜·华诺勃太太耳语道:"我们让英国人白等一场。"

佩拉德和男爵走出包厢,让两个女人独自留在那儿。

十七、欢乐也有烦恼时

"啊!亲爱的,你要是能让这个下流的胖子白等一场,就聪明了,"华诺勃太太说道。

"要是不可能,你就把他借给我一个星期,"埃斯黛笑着回答道。

"不,你和他一起呆上半天也吃不消,"杜·华诺勃太太回答道。"我吃的这块面包太硬,把我的牙齿也咬断了。我在有生之年,再也不愿让任何英国人享受这种幸福……他们全都冷酷自私,活像一群衣冠禽兽……"

"怎么,不尊重你?"埃斯黛微笑着说道。

"完全相反,我亲爱的,这妖怪还没有用你来称呼过我。"

"在任何情况下都没有?"埃斯黛问道。

"这个混蛋一直叫我太太,总是极为冷淡,甚至在所有的男人多少都有点亲热的时候也是这样。我可以肯定,爱情对于他来说,就像刮胡子一样。他擦擦自己的剃刀,把它放回盒内,再照照镜子,样子仿佛是在对自己说:'我没有刮过。'然后,他毕恭毕敬地对待我,这种态度简直能使女人发疯。这个下流的温吞水富翁难道不是在捉弄人,叫人家把泰奥多兹这个穷鬼藏起来,让他在我的盥洗室架上老半天。另外,他还费尽心机,在所有的事情上都要气气我。他吝啬……就像高布塞克和吉戈内加起来一样。他带我去吃晚饭,要是回家时我偶尔没有要车,他连车钱也不给。"

"那么,"埃斯黛说,"他给你多少马车费?"

"我亲爱的,什么也没有。一个月总共才五百法郎,他替我付车库的钱。但是,我亲爱的,这算什么马车?……就是租给食品杂货商结婚、把他们送到市政府、教堂和蓝盘饭店的那种马车……他那种尊敬的态度使我讨厌。我要是装出心里烦躁的样子,他也不会生气,而是对我说:'希望太太稍加克制,我们绅士最讨厌对一位可爱的女人说:您是一包棉花,一件商品!……您面前是个禁酒会的会员,而且是反对奴隶制的。'我那个古怪的家伙脸色苍白,冷酷无情,他这样说是为了让我明白,他对我的尊敬就像对黑人一样,并且这不是出于他的感情,而是出于他废除奴隶制的主张。"

"真是无耻到了极点,"埃斯黛说。"要是碰到我,我就让他破产,这头老狐狸!"

"让他破产?"杜·华诺勃太太说道。"那就必须使他爱我!……要是碰到你,你就不愿问他要两个子儿。他会一本正经地听着你,并打着英国腔对你说,他为了爱情这件生活中的小事,会给你足够的钱。听到这种腔调,还不如挨几下耳光舒服。"

"处在我们这种地位,真想不到会遇到像他那样的男人,"埃斯黛大声说道。

"啊!我亲爱的,你真走运!……你要好好照顾你的纽沁根。"

"那么,你的阔佬是否另有打算?"

"阿代尔也对我这么说,"杜·华诺勃太太回答道。

"噢,我亲爱的,这个男人是打定主意要女人恨他,并很快把他赶走,"埃斯黛说。

"或者说他想同纽沁根做生意,他是在得知我们俩是好朋友后才要我的,这是阿代尔的看法,"杜·华诺勃太太回答道。"因此,我今晚把他介绍给你。啊!如果我能确切了解他的计划,我就能同你和纽沁根串通一气了!"

埃斯黛问道:"你难道没有发火,没有时常对他说起他的所作所为?"

"你可能会这样做,你很精明……但是,你虽然笑脸相迎,他还是会用冷冰冰的微笑把你憋死的。他会回答你说:'我反对奴隶制,您是自由人……'你要是对他说些稀奇古怪的事,他就看着你说:'很好!'你会发现,在他的眼里,你不过是个玩偶而已。"

"那么发脾气呢?"

"完全一样!他就像看戏一样。人们可以打他左胸的下面,一点也不会把他打痛,他的内脏大概是铁皮做的。这话我对他说过。他当时回答说:'我很高兴能有这样的身体……'而且总是彬彬有礼。我亲爱的,他的灵魂犹如铜墙铁壁……我一连好几天忍受着这种折磨,以便满足我的好奇心。要不然,我早就让菲利普揍他了,菲利普剑术无双,只有这样……"

"我正想对你这么说呢!"埃斯黛大声说道。"但是,你应该先了解一下,他是否会拳击,因为这些英国人,我亲爱的,骨子里十分狡猾。"

"这个人真是举世无双!……不,如果你看到他问我有什么盼咐,他能在什么时候来见我,当然是为了使我出其不意,听到他满口是所谓绅士的客套,你就会说:'你是个受人喜爱的女人',而且不止一个女人会说这样的话……"

"她们羡慕我们,我亲爱的,"埃斯黛说道。

"啊!好吧!……"杜·华诺勃太太大声说道。"你看,咱们俩活到现在,都或多或少地受过别人的轻视,但是,我亲爱的,我从来没有如此残忍、如此深刻、如此完全地受到蔑视的虐待,我忍受这种蔑视,是出于对这个波尔图胖酒囊的尊敬。他喝得半醉就出去,并对阿代尔说,这是为了不惹人讨厌,也是为了不同时受女人和美酒的这两种力量的摆布。他滥用我的马车,用的次数比我还多……哦! 要是我们今晚能让他在桌子底下打滚多好……不过他喝了十瓶酒也只是半醉:他眼光模糊,可心里十分清楚。"

"这些人就像外面脏的窗玻璃一样,"埃斯黛说道,"从里面看得到外面发生的事情……我了解男人的这种特点:杜·蒂埃的这种才能极为高超。"

"你设法把杜·蒂埃拉住,要是杜·蒂埃和纽沁根搭档,能让他中计上当,我至少也可以出口气!……他们会使他变成乞丐!啊!我亲爱的,碰到一个虚伪的新教徒,又是在这样有趣、随和、爱开玩笑的可怜的法莱克斯之后!……我们当时笑得多欢!……听说证券经纪人都很蠢……可是他只说过一次蠢话!……"

相关链接 ●

"他一个子儿也没留给你,使你亲身体会到欢乐也有烦恼时。"

这时,德·纽沁根先生带来的欧罗巴,把水蛇一般的脑袋往门里一伸;女主人在她耳边说了几句,她听完后就走了。

十八、毒蛇盘缠交错

78. 道里阿声色不动的回答:"老弟,不看内容就收买稿子,才是出版家对作者最了不起的恭维。要不了六个月,你准是个大诗人;人家忌惮你,自有文章替你捧场,我不用费心就能销掉作品。今天的我,同四天以前并没有分别。不是我变了,是你变了;上星期,你的十四行诗在我眼中等于菜叶,今天你的地位使那些诗成了《梅赛尼安纳》。"

晚上十一点半,五辆马车停在圣乔治街名妓的家门口;和拉斯蒂涅、勃龙台以及皮克西沃同来的吕西安的马车、杜·蒂埃的马车、德·纽沁根男爵的马车、阔佬的马车和杜·蒂埃请来的佛洛丽娜的马车。三层的窗户用漂亮的中国窗帘布的波纹皱褶遮掩着。夜宵将在凌晨一点举行,只见火烛通明,小客厅和餐厅里金碧辉煌。他们准备狂饮滥喝,纵情玩乐,只有这三个女人和这些男人才吃得消。他们先打牌,因为夜宵还要等上两小时左右。

"您打牌吗,阁下?……"杜·蒂埃对佩拉德说道。

"和我打过牌的有奥康内尔[①]、小皮特[②]、福克斯[③]、坎宁[④]、布鲁厄姆勋爵[⑤]……"

"请您立刻说出一大串勋爵的名字,"皮克西沃对他说道。

"菲茨-威廉勋爵、埃伦巴勒勋爵、赫福特勋爵……"

皮克西沃看了看佩拉德的皮鞋,低下了头。

"你找什么……"勃龙台问他。

"当然是关住机器的开关罗,"佛洛丽娜说道。

"你们赌二十法郎一个筹码?……"吕西安问道。

"你们愿意输多少,我就赌多少……"

"他好厉害!……"埃斯黛对吕西安说。"他们都把他当成是英国人!……"

杜·蒂埃、纽沁根、佩拉德和拉斯蒂涅围成一桌打韦斯脱。佛洛丽娜、杜·华诺勃太太、埃斯黛、勃龙台和皮克西沃坐在壁炉边谈话。吕西安翻阅一本漂亮的木刻画册,消磨时间。

"太太请入席,"服饰华丽的帕卡尔说道。

佩拉德坐在佛洛丽娜的左面,右侧是皮克西沃。皮克西沃是海量,埃斯黛预先叮嘱他用激将法灌醉阔佬。佩拉德活到如今,还从未见到过这等豪华,品尝过这种佳肴,也从未看到过这样漂亮的女人。

"我今晚为华诺勃太太花了一千埃居,"他心里想道。"然而,我从他们那儿赢到了一千法郎。"

"这才是你该学的榜样,"杜·华诺勃太太对他叫道。她坐在吕西安的旁边,作了个手势,

---

① 奥康内尔(1775－1847),爱尔兰政治家。
② 小皮特(1759－1806),曾两度出任英国首相。
③ 福克斯(查理)(1749－1806),曾任英国海军大臣,财政大臣。
④ 坎宁(1770－1827),曾任英国外交大臣、首相。
⑤ 布鲁厄姆(1778－1868),曾任英国财政大臣。

表示餐厅的富丽堂皇。

埃斯黛让吕西安坐在自己的身旁，在餐桌下用双脚夹住他的一只脚。

"您听到了吗？"华诺勃太太望着装聋作哑的佩拉德问道。"您应该给我搞一幢这样的房子！当了百万富翁从印度回来，又想同纽沁根这样的人做买卖，就得有他们这种水平。"

"我是禁酒会会员……"

"那您就得多喝几杯，"皮克西沃说，"因为印度很热，是吗，伯伯？……"

皮克西沃在吃夜宵时开玩笑，把佩拉德当做他从印度回来的一个伯伯。

"杜·华诺勃太太对我说您很有见地……"纽沁根说道，打量着佩拉德。

"我就是想听到这个，"杜·蒂埃对拉斯蒂涅说道，"两个发音不准的人互相交谈。"

皮克西沃猜到了杜·蒂埃刚才对拉斯蒂涅说的话，就说道："你们一定会看到，他们俩最终会听懂对方所说的话。""男爵先生，我想出了一笔小小的投机买卖。哦！非常方便……许多，非常有利，利润很多……"

"您听着，"勃龙台对杜·蒂埃说道，"他每分钟都会谈到英国议会和政府。"

"这是在中国……为了鸦片……"

"是的，我知道，"纽沁根立刻说道，俨然以左右贸易世界的金融家自居，"但是，英国政府用鸦片打开中国的大门，不准我们……"

"纽沁根比他抢先一步谈到了政府，"杜·蒂埃对勃龙台说。

"啊！您做过鸦片买卖，"杜·华诺勃太太大声说道。"怪不得您会麻醉别人，使人目瞪口呆，原来鸦片还留在您的心里……"

"您瞧！"男爵指着杜·华诺勃太太对所谓的鸦片商叫道。"您和我一样：百万富翁永远不能博得女人的爱情。"

"我爱过许多女人，爱情是家常便饭，太太，"佩拉德回答道。

"这都是由于戒酒的缘故，"皮克西沃说道。他刚给佩拉德灌进第三瓶波尔多葡萄酒，这时又给他开了一瓶波尔图葡萄酒。

"哦！"佩拉德大声说道。"英国的波尔图[①]酒真棒。"

勃龙台、杜·蒂埃和皮克西沃面面相觑，微微一笑。佩拉德有办法掩盖自己的一切，甚至是思想。很少有英国人不对你说，英国的金银比其他任何地方都好。来自法国诺曼底地区的鸡和蛋，运到伦敦的市场，英国人就会说，伦敦的鸡和蛋比巴黎的鸡和蛋高级，然而巴黎的鸡和蛋也来自同一地区。埃斯黛和吕西安看到他的服装、语言和目空一切的态度都和英国人一模一样，感到惊讶不已。他们吃喝谈笑，不觉时间已到凌晨四点。皮克西沃感到自己取得了布里亚-萨瓦兰[②]饶有风趣地叙述过的胜利之一。他一面给伯伯斟酒，一面自言自语道："我战

① 波尔图是葡萄牙的城市和港口。
② 布里亚-萨瓦兰(1755－1826)，法国美食家、作家。

相关链接 ●

胜了英国! ……"佩拉德却对这位无情的嘲笑者回答道:"永远,我的孩子!"这句话只有皮克西沃一人听到。

"啊! 你们这些人,他不比我更像英国人! ……我的伯伯是加斯科尼人! 我不可能有别的伯伯!"

当时,只有皮克西沃和佩拉德呆在一起,所以其他人都没有听到这句露出马脚的话。只见佩拉德从椅子上跌落下来。帕卡尔立刻抓住佩拉德,把他抱到一间顶楼里,他一头倒下就沉睡起来。那天晚上六点,阔佬才醒过来。他感到有人用湿手巾在给他擦脸,而自己睡在一张旧帆布床上,面前站着身穿黑色长外套、头戴面具的亚细亚。

"啊! 佩拉德老爹,咱们俩来算算账,好吗?"她说道。

"我这是在什么地方? ……"他说着朝四周张望。

"你听我说,这可以让你醒醒酒,"亚细亚回答道。

"你也许不爱杜·华诺勃太太,但你爱自己的女儿,对吗?"

"我的女儿?"佩拉德吼叫道。

"对,莉迪小姐……"

"怎么啦?"

"怎么啦?她已经不在穆瓦诺街了,她被绑架了。"

佩拉德不由叹了口气,犹如受了致命伤而战死沙场的士兵发出的叹息。

"就在你伪装英国人时,有人伪装佩拉德。你的小莉迪以为是跟着父亲走了,她正在安全的地方……哦! 你永远也找不到她! 除非你设法弥补自己干下的坏事。"

"什么坏事?"

"昨天,德·格朗利厄公爵把吕西安·德·吕庞泼莱先生拒之门外,其原因是你在施展阴谋诡计,是你派来找我们的那个人在捣鬼。一句话也别说,你听着!"亚细亚看到佩拉德张开了嘴,就说道。"你要女儿洁白无瑕地回来,"亚细亚接着说道,字字铿锵,含义清楚,"就只能在吕西安·德·吕庞泼莱先生和克洛蒂尔德小姐在圣托马斯一达坎教堂结婚的第二天。如果在十天之后,吕西安·德·吕庞泼莱先生还不能像过去那样进入格朗利厄公馆,你就首先不得好死,而且也无法逃脱对你的惩罚……然后,等你感到自己受了致命伤,就让你在临死前得知:'我女儿将永远沦为妓女! ……'虽然你相当糊涂,让我们抓到了把柄,但是你还相当聪明,能够考虑我方的通牒。你别乱叫,也别说一句话,快到孔唐松那儿去换衣服,回到自己家里。你只要问一下,卡特就会告诉你,你的小莉迪下楼后就失踪了。如果你去告状,去走门路,就先把你女儿的事了结,她已经许配给德·玛赛①。跟康科埃尔老头打交道,就不必长篇大论,转弯抹角,对吗? ……下楼去好好想想,不要再多管我们的闲事了。"

亚细亚的每句话都如当头棒击,把佩拉德直说得战战兢兢,十分可怜。只见两滴眼泪从

79. 柯拉莉说:"等到吕西安只差一个尸首的距离就能登上宝座的时候,他可以拿我柯拉莉的身体做垫脚石。"

勃龙代说:"你们这样相爱,倒像太古时代的人物。"

---

① 下面又说把她卖给了奴丽松太太,前后有矛盾。

密探的眼里流了下来,和面颊上的两滴汇合在一起,形成湿漉漉的两行。

过了一会儿,欧罗巴把脑袋伸到屋内,说道:"请约翰逊先生用晚餐。"

佩拉德没有回答。他下了楼,走到街上,一直走到停出租马车的广场。他跑到孔唐松那儿,一句话也没说就脱掉衣服,换上康科埃尔老头的旧装,在八点钟回到了自己家里。他上楼时心突突直跳。佛来米女人听到主人的声音,天真地问道:"小姐呢,她在什么地方?"老密探听了两腿发软,只得倚靠在墙上。这一打击使他无法支持。他走进女儿的房间,只见里面空无一人。卡特向他叙述了绑架的经过。这次绑架,组织得极为巧妙,犹如他亲手策划的一般。他听完之后,痛苦得简直要昏倒在地。他心里想道:"好吧,先让步一下,以后再报仇,现在去找科朗坦……这是我们第一次棋逢对手。科朗坦会让这个漂亮的小伙子自由地选择妻子,他要是愿意,可以和皇后结婚!……啊!我现在才理解我女儿为什么对他一见钟情……哦!西班牙神甫是个行家……勇敢些,佩拉德老头,把你的猎物吐出来!"这时,可怜的父亲完全不知道等待着他的可怕命运。

他来到科朗坦家里。科朗坦的心腹仆人布律诺认识佩拉德,就对他说:"先生外出了……?"

"时间长吗?"

"十天!……"

"到什么地方去?"

"我不知道!……"

"哦!我的天哪!我真蠢!我去问谁呢?……这种事我们当然不会对仆人们说的,"他想道。

十九、在繁星旅馆

佩拉德在圣乔治街那幢房子的顶楼里被人叫醒之前几个小时,科朗坦从帕西的乡间住宅返回巴黎,身穿名门仆役的服装,来到德·格朗利厄公爵的府第。只见他黑上衣的一个钮扣孔里,露出了荣誉勋章的绶带。他化装成老人的小脸,头发扑粉,皱纹条条,脸色苍白。他双眼被一副玳瑁边眼镜遮住。总之,他外表像一位办公室的老主任。他报了自己的姓名(圣·德尼先生)之后,就被带进德·格朗利厄公爵的书房,只见戴维尔正在阅读由他口述、他手下的文书警察书写的那封信。公爵把科朗坦拉到一边,向他说明那些他早已知道的情况。圣·德尼先生一面冷静、尊敬地听着公爵说话,一面在研究这位大贵族,力图了解这温和外表下的底细,看破这终日忙于韦斯脱和维护格朗利厄家族尊严的生活,以此消磨时间。大贵族们对自己的下属都十分幼稚,所以科朗坦没有很多问题需要向德·格朗利厄先生请教,以免因此而出言不逊。

科朗坦合乎礼仪地被介绍给诉讼代理人戴维尔。他对戴维尔说道:"如果您信任我,先

相关链接 ●

80. 他趁着才思焕发的当口,细磨细琢地写了一篇向勃龙代预告过的恶毒的稿子,攻击夏特莱和德·巴日东太太。那天上午吕西安体会到做新闻记者的最大的乐趣:推敲讽刺的警句,把寒光闪闪的刀锋磨得锐利无比,拿敌人的心窝当做刀鞘,还雕刻刀柄给读者欣赏。

生,我们今晚就乘开往波尔多的驿车动身前往安古兰末,驿车和邮件马车一样迅速。我们到那里之后,不出六个小时就能得到公爵先生所需要的情报。只要了解一下,德·吕庞泼莱先生的妹妹和妹夫是否有能力给他一百二十万法郎,不知我是否领会了大人的意思?……"他说着看了看公爵。

"完全正确,"贵族院议员回答道。

"四天之后,我们就能回到这里,"科朗坦望着戴维尔说道,"我们俩就不会耽搁自己的事务。"

"这也是我曾向大人推辞的惟一原因,"戴维尔说道。"现在是四点,我回去和我的首席书记说一声,整理一下行装;我吃过晚饭后,八点钟到……不过,我们是否能买到车票?"他向圣德尼先生问道,并停了下来。

"这由我负责,"科朗坦说,"请您在晚上八点到驿车运输公司的大院等我。如果票卖完了,我就托人去搞,以便为德·格朗利厄公爵大人效劳……"

"先生们,"公爵万分优雅地说道,"我还没有感谢你们……"

科朗坦和诉讼代理人都知道这话的意思是送客,于是就行礼告辞。当佩拉德询问科朗坦的仆人时,圣德尼先生和戴维尔已经坐上开往波尔多的驿车,在驶出巴黎城时静静地观察着对方。第二天上午,在从奥尔良开往图尔的途中,戴维尔闲得无聊,就打开了话匣子,科朗坦也逗他高兴,但他保持一定的距离。他使戴维尔相信自己隶属外交部,目前正指望通过德·格朗利厄公爵的推荐成为总领事。离开巴黎之后的第二天,科朗坦和戴维尔在芒勒停留,这使诉讼代理人感到十分奇怪,因为他原以为是去安古兰末。

"在这座小城里,"科朗坦对戴维尔说道,"我们一定能得到有关赛夏夫人的可靠情报。"

"您熟悉这城市?"戴维尔问道。他见科朗坦对情况如此熟悉,感到十分惊讶。

"我发现马车夫是安古兰末人,就和他谈上了。他对我说,赛夏夫人住在玛撒克,而玛撒克离芒勒只有四公里的路程。我想了一下,觉得在这里要比在安古兰末更能弄清事实的真相。"

"另外,"戴维尔心里想道,"公爵对我说过,我只是作为这个心腹进行调查的见证而已……"

芒勒的客栈名叫繁星,店主又肥又胖。看到这样的店主,你会担心在旧地重游时见不到他,但在十年之后,他仍然会站在客栈门口,这一身的肉,这顶棉布软帽,这条围裙,这把菜刀,这油腻的头发,这三层的下巴,和十年前一模一样。这类店主的形象,在所有小说家的笔下,从永垂不朽的塞万提斯到永垂不朽的瓦尔特·司各特①,都是一成不变的。他们都对烹调术自命不凡,说是能为你准备任何菜肴,却给你端上一只瘦骨如柴的鸡和黄油味冲鼻的蔬菜。他们都向你吹嘘自己的酒如何醇厚,说得你只好饮用当地的酒。但是,科朗坦从青年时代起,就学会了如何从客栈老板那里得到比质量低劣的酒菜更为重要的东西。因此,他装得十分知足,并对胖店主说,他完全听从这位芒勒特等厨师的安排。

① 瓦尔特·司各特(1771 - 1832),英国诗人、历史小说家。

"我要成为特等厨师毫不困难,因为这里独此一家,"店主回答道。

"请把我们的饭菜端到旁边的大厅里,"科朗坦说着对戴维尔眨了眨眼睛,"特别是不要害怕在壁炉里生火,我们想暖和一下冻坏的手。"

"马车里很冷,"戴维尔说道。

这时,老板娘得知驿车的旅客要在客栈里过夜,就从楼上走了下来。科朗坦对她问道:"从这里到玛撒克远吗?"

"先生,您是去玛撒克?"老板娘问道。

"我不知道,"他生硬地回答道。——"从这里到玛撒克远吗?"他让老板娘看到自己的红绶带之后,再次问道。

"乘轻便马车,半个小时就够了,"老板娘说。

"您认为赛夏先生和夫人在那儿过冬吗?……"

"毫无疑问,他们一年四季都在那儿……"

"现在是五点,我们九点钟到他们那儿,他们一定还没有睡吧。"

"哦!他们每天晚上十点钟前都有客:本堂神甫、玛隆先生和医生。"

"是些正直的人!"戴维尔说道。

"哦!先生,是大好人,"老板娘回答道,"忠厚老实的人……又没有野心!赛夏先生虽说很富裕,听说要不是让戈安得兄弟夺走了一项造纸的发明①,本来可以得到几百万……"

"啊!对,戈安得兄弟!"科朗坦说道。

"住嘴,"店主说。"赛夏先生是否有权得到造纸发明的专利,和这两位先生有什么关系?他们又不是纸商……如果你们想在我繁星旅馆过夜,"店主对两位旅客说道,"就请在这本簿子上登记一下。我们这里有个宪兵队长,没事干就来找我们麻烦……"

"见鬼,见鬼,我还以为赛夏夫妇很有钱呢,"科朗坦说道。这时,戴维尔正在登记簿上写着自己的姓名和身份,即塞纳州初审法庭诉讼代理人。

店主回答道:"有人说他们有几百万财产;但是,不准别人饶舌,犹如不准江河奔流一样。老赛夏留下了二十万法郎的田产,就是通常所说的太阳底下的财产,这对一个工人出身的人来说,已经是相当不错的了。此外,他可能有一笔同样数目的积蓄……因为他从田产中得到了一万到一万二千法郎。因此,假定他很傻,十年里没有把钱存起来,他的钱就是这些。但是,如果他放了高利贷,正如人们怀疑的那样,他就有三十万法郎,情况就是这样。五十万法郎,和一百万还相差很远。我只要有二十万法郎的财产,就不呆在这繁星旅馆了。"

"怎么,"科朗坦说道,"大卫·赛夏先生和夫人的财产还不到两三百万……"

"但是,"老板娘大声说道,"听说夺了他发明的戈安得兄弟的财产有这么多,他们只给了他不到二万法郎……您要这些老实人到哪儿去拿几百万?赛夏老头在世时,他们手头很紧。

---

① 详见《幻灭》第三部:发明家的苦难。

81. 他暗暗赞叹笔杆子的力量。报刊,才智,竟是现代社会的敲门砖。吕西安心上想,说不定卢斯托正在后悔,不该把他引进庙堂;吕西安为自己打算,已经觉得需要筑起壁垒,把从外省赶到巴黎来的野心家拦在外面。他不敢问自己,倘若有个诗人像他当初投奔艾蒂安那样来找他,他会采取什么态度。

要不是管家高布和高布太太忠心耿耿,他们的日子肯定十分难过。他们那幢名叫韦尔布里的屋子有什么进账?……一年一千个埃居!……"

科朗坦把戴维尔拉到一边,对他说道:"In vino veritas! 酒中有真情。至于我,我把客栈看做是一个地方的户籍登记簿,公证人对一个小地方情况的了解,还不如客栈老板……瞧! 人家还以为我们认识戈安得兄弟、高布这些人……客栈老板是一切奇闻的活字典,他在不知不觉中干着警察的行当。一个政府最多只要雇佣两百个侦探,因为像法国这样的国家里,有一千万正直的密探。但是,我们也不一定要相信这个报告,即使这座小城里已经知道,购买吕庞泼莱地产的一百二十万法郎来路不明……我们呆在这里的时间不会很长……"

"但愿如此,"戴维尔说道。

科朗坦接着说道:"正因为如此,我找到了从赛夏夫妇口中套出真情的最自然的办法。我想请您帮忙,利用诉讼代理人的威信略施小计,我则将计就计,使您了解到他们财产的确切数字。"

"吃过晚饭,我们就出发到赛夏先生家里去,"科朗坦对老板娘说,"请您费心把我们的床铺准备好,我们想每人住一个房间。在繁星之下①,当然有的是地方。"

"那当然,先生,"老板娘说道,"所以我们就用了这个招牌。"

"哦! 同音异义的文字游戏,各个省份都有,"科朗坦说道,"这你们不可能独家经营。"

"先生们,请入席,"店主说道。

"那么,这年轻人是在什么地方搞到的钱?……匿名信说的是不是真情?这钱是不是一位漂亮的妓女给的?"戴维尔坐下吃晚饭时对科朗坦问道。

"啊! 那就是另一次调查的题目了,"科朗坦说道。"德·旭里欧公爵对我说,吕西安·德·吕庞泼莱和一位皈依天主教的犹太姑娘同居。那姑娘自称是荷兰人,名叫埃斯黛·旺·博格塞克。"

"多奇怪的巧合! "诉讼代理人说,"我正在寻找荷兰人高布塞克的女继承人,这两个姓完全一样,只是两个辅音换了位置而已②……"

"那么,"科朗坦说道,"我回到巴黎之后,将为您搞到有关父女关系的情报。"

一小时之后,格朗利厄家的两位特派员动身前往赛夏夫妇的家,就是那幢名叫韦尔布里的屋子。

二十、设圈套科朗坦略施小计

在韦尔布里这幢屋子里,吕西安把自己的命运和妹夫的命运进行了比较,感到自己从未

---

① 原意为:"在露天下"。

② 博格塞克(Bogseck)和高布塞克(Gobseck)的区别是第一、第三个辅音换了位置。

这样深深地激动过。几天之后,两位巴黎人也将在那里看到同样的景象。这种景象曾使吕西安感到惊讶。在那里,到处呈现出宁静和富饶的气象。两位外人即将到达之时,客厅里聚集着四位客人:玛撒克的本堂神甫,是个二十五岁的年轻人,在赛夏夫人的请求下,当了她儿子吕西安的家庭教师;当地的医生玛隆先生;镇长,以及一位退役的老上校。上校在一小块土地上种玫瑰花,他的土地位于韦尔布里的对面,就在大路的另一边。每到冬天的夜晚,他们就来到这里玩波士顿[①],输赢不大,每个筹码一个生丁;有时来拿报纸,或是把看完的报纸送回来。当赛夏先生和夫人买下韦尔布里这幢用白凝灰石建造、屋顶盖着石板的美丽屋子时,屋子旁还附有一块两个阿尔邦[②]的园地。随着时光的流逝,漂亮的赛夏夫人把自己的积蓄花在上面,将园地扩大到一条小河边,还把她以前买的葡萄田改建成草坪和花坛。这时,韦尔布里的周围是个面积约二十个阿尔邦的小花园,四周用墙围住,成为当地最大的一座庄园。已故的赛夏老头的房屋,现在只用来经营他留下的二十几个阿尔邦的葡萄园。此外还有五块租田,年收入约为六千法郎,以及位于小河对面、正好在韦尔布里花园前面的十个阿尔邦的牧场。因此,赛夏夫人打算在明年把这些土地和韦尔布里的土地围在一起。当地的人们已经把韦尔布里看做是城堡的名字,把夏娃·赛夏称为德·玛撒克夫人。吕西安为了满足自己的虚荣心,就袭用了当地农民和葡萄种植者的称呼。在离韦尔布里的牧场几步枪射程远的地方,有一座风景秀丽的磨坊。听人说,磨坊老板戈多阿正在和赛夏夫人商谈出售磨坊。这笔交易要是成功,韦尔布里将成为州里头等的庄园。赛夏夫人广行善事,又做得恰到好处,十分高尚,所以既受人尊重,又受人爱戴。她美貌出众,犹如盛开的鲜花。她虽然年近二十六岁,却还像年轻人一样容光焕发,这是因为她在乡下过着富裕的生活、休息充足的缘故。她一直爱着丈夫,敬重他才华出众,又十分谦虚,放弃了成名的念头;最后,为了对她进行描述,只需再说一句,就是她的心除了为自己的子女或丈夫跳动之外,从未为别人跳动过一次。人们心里明白,这对幸福的夫妇惟一的烦恼,就是对吕西安的生活深为担忧。夏娃·赛夏已经预感到吕西安的生活神秘莫测。吕西安在最近一次来访时,生硬地打断了妹妹的每次问话,并对她说,雄心勃勃的人使用什么办法只有他自己知道,这就更使她感到害怕。六年中,吕西安见到过妹妹三次,给她写的信不超过六封。他初次去韦尔布里是在母亲去世之后,而最近一次来访的目的,是为了策略上的需要,请他们帮忙掩人耳目。赛夏夫妇和他们的哥哥为此争得面红耳赤。这在温和、高尚的女人心里,留下了可怕的疑虑。

屋子的内部和外部一样,整修得焕然一新,虽不豪华,却使人感到十分舒服。你只要对正在聚会的大厅看上一眼,就会得出这种评价。奥比松出产的漂亮地毯,斜纹灰色的糊墙布,配上绿色的丝带,绘画模仿比利时斯巴的木雕,全套家具用雕花的桃花心木制成,罩上带绿色花边的克什米尔短绒呢,虽说正值冬季,花盆架上却摆满了鲜花,这些陈设,使整个大厅显得

---

① 旧时的一种纸牌游戏。
② 《幻灭》中说是三个阿尔邦,见该书第 638 页。一个阿尔邦相当于二十至五十公亩。

163

82. 卢斯托笑道："这些就是罗马人！女演员和戏剧作家的名气就是这样来的。他们的内幕细看起来也不比我们的光彩。"

吕西安一边回家一边回答："反正在巴黎对什么都不能抱幻想。样样要抽税，样样好卖钱，样样能制造，连名气在内。"

十分柔和。绿色的丝绸窗帘、壁炉上的装饰品和镜子的框架，都没有那种有损外省美观的虚假风雅。另外，细微末节的地方都十分优美整洁，诗意盎然，使人心旷神怡，耳目一新。只有深情、聪明的妇女，才能把这种诗意带进自己的家里。

赛夏夫人还在为公公戴孝，这时正在高布太太的帮助下，在炉边做绒绣。她把家里的零活，都托付给这个干粗活的女仆。当轻便马车到达玛撒克最前面几幢住房时，在韦尔布里的常客中又增加了磨坊老板戈多阿。他失去了妻子，想弃商退隐，非常希望卖掉自己的庄园。夏娃仿佛对他的庄园很感兴趣，戈多阿也知道其中的原因。

"有一辆马车停在这儿！"戈多阿听到门口有马车的声音，就说道："听轮子、铃铛那些铁器的声音，这马车是当地的……"

"一定是波斯泰尔和妻子来看我了，"医生说道。

"不，"戈多阿说道，"马车是从芒勒那边来的。"

"太太，"高布（一个高大、肥胖的阿尔萨斯人）说道，"巴黎的一位诉讼代理人求见先生。"

"诉讼代理人！……"赛夏大声说道，"我一听到这个词就讨厌。"

"谢谢，"玛撒克镇长说道。镇长名叫卡乡，在安古兰末当了二十年诉讼代理人，曾负责对赛夏提起刑事诉讼。

"我可怜的大卫本性难改，永远是这样漫不经心！"夏娃微笑着说道。

"巴黎的诉讼代理人，"戈多阿说道，"那么，你们在巴黎有商务？"

"没有，"夏娃说。

"你们有个哥哥在那儿，"戈多阿微笑着说道。

"当心别是因为老赛夏的遗产继承问题，"卡乡说。"他曾经干过不正当的买卖！……"

说话间，科朗坦和戴维尔走进了客厅，向在座的各位行过礼，通报了自己的姓名。然后，他们提出要与赛夏夫人和丈夫单独谈谈。

"好的，"赛夏说。"但是，是不是为了商务？"

"只是为了您父亲的遗产继承问题，"科朗坦回答道。

"那么，请你们允许镇长先生参加谈话，他过去是安古兰末的诉讼代理人。"

"您是戴维尔先生？……"卡乡看着科朗坦问道。

"不是，先生，是这位先生，"科朗坦指着诉讼代理人回答道。戴维尔听到后对卡乡行了个礼。

"但是，"赛夏说道，"我们像一家人一样，我们对自己的邻居无可隐瞒，所以不必到我书房去谈，那儿没有生火……我们的生活正大光明……"

"您父亲的生活曾有过一些隐私，要是公开出去，您想必不会感到愉快。"

"这件事是否使我们丢脸？……"夏娃害怕地问道。

"哦！不，这是他年轻时的一个小小的过失，"科朗坦说道，并万分镇静地设下了他一千个圈套中的一个。"您父亲还有个儿子，是您的哥哥……"

"啊! 大熊①，"戈多阿叫道，"他生前不爱您，赛夏先生，现在还要给您留下这个，真阴险……他曾对我说：'当我入土之后，您会知道我的厉害! '啊! 我现在才理解这话的意思。"

"哦! 请您放心，先生，"科朗坦对赛夏说道，一面斜着眼偷偷看着夏娃。

"一个哥哥! "医生大声说道，"那您继承的遗产要平分了! ……"

戴维尔装作在观看布置在客厅护墙板上那些漂亮的版画新作。

"哦! 请您放心，太太，"科朗坦看到赛夏夫人漂亮的脸上现出惊讶的神色，就说道，"这不过是个私生子。私生子女的权利和婚生子女的权利不同。这孩子正处在极度的贫困之中，他有权根据遗产的多少得到一笔钱……您父亲留下的几百万……"

听到几百万这三个字，客厅里同时响起了一声叫喊。这时，戴维尔已不在观看版画。

"老赛夏，有几百万? "胖子戈多阿说道。"是谁对您说的? 一个农民? "

"先生，"卡乡说道，"你们不属于税务机关，因此可以对你们说实话……"

"请您放心，"科朗坦说，"我向您发誓，我不是国家土地部门的职员。"

卡乡刚才示意大家别说话，这时不由露出了满意的神色。

"先生，"科朗坦又说道，"即使只有一百万，私生子得到的部分也还相当可观。我们来此不是为了打官司，恰恰相反，是建议你们给我们十万法郎，我们就离开这里……"

"十万法郎! ……"卡乡打断了科朗坦的话，大声说道。"但是，先生，赛夏的父亲留下了二十阿尔邦的葡萄田，五块小租田，在玛撒克的十个阿尔邦的牧场，但没有一个铜板……"

这时，大卫·赛夏插了进来，大声说道："我不愿撒谎，卡乡先生，在金钱方面尤其如此……"他接着对科朗坦和戴维尔说道："先生，我父亲除了这些地产之外，还给我们留下了……"赛夏不理睬戈多阿和卡乡对他打的暗号，继续说道："三十万法郎，这样，他的遗产大约为五十万法郎。"

"卡乡先生，"夏娃·赛夏说道，"法律规定给私生子女的部分是多少? ……"

"太太，"科朗坦说，"我们不像土耳其人那样残忍，我们只要求您当着这些先生的面向我们发誓，说您从公公那儿得到的现金遗产不超过十万埃居②，我们就能相互谅解……"

安古兰末前诉讼代理人对戴维尔说："请您先发誓，说您是诉讼代理人。"

"这是我的证件，"戴维尔对卡乡说道，把一张一折四的纸递给他。"这位先生并不像您可能认为的那样，是国家土地部门的总稽核，您可以完全放心，"戴维尔补充道。"我们只是对赛夏家遗产的真实情况感到兴趣，现在我们了解了情况……"戴维尔拉起夏娃的手，彬彬有礼地把她领到客厅的一端。他低声对她说道："太太，要不是这问题关系着格朗利厄家族的荣誉和未来，我是不会同意这位佩带勋章的先生想出的计策的。但是，您一定会原谅他的，因为这样做是为了揭穿您哥哥的谎话，他用这种谎话骗取了这个贵族家庭的信任。您现在得注意，

---

① 印刷业的行话称掌车工为"大熊"。详见《幻灭》第 1 页。

② 即三十万法郎。

别再让人相信您给了哥哥一百二十万法郎,以便购买吕庞泼莱的地产……"

"一百二十万法郎!"赛夏夫人脸色发白,大声说道。"他是穷人,他从哪儿搞来这么多钱?……"

"啊!是啊,"戴维尔推说道,"我担心这笔钱来路不干净。"

夏娃的眼睛里流出了泪水,她的邻居们都看到了。

戴维尔对她说:"我们使您避免卷入一场后果可能非常危险的骗局,也许是帮了您的大忙。"

戴维尔见赛夏夫人坐在那儿,脸色苍白,泪流满颊,就离开了她,并向其他人行礼告别。

"去芒勒!"科朗坦向驾驶马车的小伙子说道。

波尔多开往巴黎的驿车在半夜到达,上面有一个空位子;戴维尔推说公务繁忙,请求科朗坦让他先走。实际上,他是对自己旅伴存有戒心,感到此人办事镇定自若,为人机灵圆滑,都并非事出偶然。科朗坦在芒勒呆了三天,找不到离开的机会,只得写信到波尔多,预订一个去巴黎的座位。因此,他在九天之后才返回巴黎。

在这段时间里,佩拉德每天上午都去科朗坦在帕西或巴黎的住宅,了解他是否回到了巴黎。到第八天,他在这两个住宅都留下一封用他们俩约定的密码写的信,以便告诉他的朋友,他受到死亡的威胁,莉迪已被拐走,以及他的敌人为他安排了何等可怕的命运。

二十一、弥尼、提客勒、毗勒斯①

佩拉德得不到科朗坦的帮助,但有孔唐松当自己的助手。他现在受到的打击,同他过去对别人的打击一样沉重。但是,他仍然扮演阔佬的角色。虽然那些他看不见的敌人已经发现了他,他还是十分沉着,留在斗争的现场,指望由此发现一些线索。孔唐松发动自己所有的熟人去寻找莉迪,希望能发现她藏匿的屋子;但是,时间一天天过去,他越来越感到不可能发现任何线索,佩拉德的绝望也与日俱增。老间谍请了一个由十二至十五名最干练的密探组成的卫队保护自己。他们监视着穆瓦诺街和泰布街这两幢房屋的周围,佩拉德打扮成阔佬住在杜·华诺勒太太在泰布街的住宅里。亚细亚规定了恢复吕西安在格朗利厄公馆地位的期限,在这致命期限的最后三天,孔唐松寸步不离这位前警察总监公署的老将。库柏曾大量描写处于交战状态的敌对部落,如何在美洲的密林里使用草木皆兵之计;现在,巴黎生活的细枝末节,都能引起恐怖的想象。行人、商店、出租马车、一个站在窗口的人,都能使负责保卫老佩拉德的那些有号码的密探惶恐不安,犹如在库柏的小说中,一根树干、海狸的洞穴、一块

---

① 伯沙撒王为一千大臣设摆盛筵,吩咐将他父亲尼布甲尼撒从耶路撒冷殿中所掠的金银器皿拿来。忽见有人的指头在墙上写下"弥尼、提客勒、毗勒斯"。但以理对王解释道,弥尼就是神已经算你国的年日至此完毕;提客勒就是你被称在天平里显出你的亏欠;毗勒斯就是你的国分裂,归于玛代人和波斯人。当夜,伯沙撒王被杀。详见《旧约·但以理书》第五章。

岩石、野牛皮、纹丝不动的小船、水面上的枝叶都能使人惊恐万状。

"西班牙人走了，您就什么也不用害怕了，"孔唐松对佩拉德说，并指出他们目前太平无事。

"要是他没有走呢?"佩拉德回答道。

"他走的时候，我手下的一名密探躲在他马车的后面。但到了布卢瓦，我手下的人被迫下车，后来就没能赶上他的马车。"

戴维尔回巴黎后的第五天，吕西安在上午接待了拉斯蒂涅的来访。

"我亲爱的，由于我们关系密切，有人请我来进行协商，我对不得不完成这一任务，感到万分遗憾。你的婚事已告破裂，你永远不必指望重攀这门亲事。你不能再踏进格朗利厄公馆的大门。要娶克洛蒂尔德，就必须等她父亲死去，而他又变得十分自私，不会早早去世。韦斯脱的老赌徒会长久地坐在……他们桌子的……旁边。克洛蒂尔德将同马德莱娜·德·勒农古－旭里欧一起去意大利旅行。我亲爱的，可怜的姑娘对你爱得发狂，所以只好派人看守着她。她想来看望你，还打算从家里逃出来……这是你不幸之中的一点安慰。"

"再说，这算什么不幸!……"他的同乡对他说道。"你可以轻而易举地找到一个比克洛蒂尔德漂亮的名门闺秀!……德·赛里齐夫人报复心切，一定会替你成亲，她不能容忍格朗利厄家族把您拒之门外;她有个侄女，名叫克莱芒斯·杜·鲁弗尔……"

"我亲爱的，自从我们最近一次夜宵以来，我和德·赛里齐夫人的关系不好，她那天看到我在埃斯黛的包厢里，就不理睬我，我也一气之下走了。"

"一个四十出头的女人，是不会同像你这样漂亮的小伙子长期不和的，"拉斯蒂涅说道。"我对这种日落西山有所了解……日落西山在地平线上只持续十分钟，而在女人的心里却能持续十年。"

"她的来信我已经等了八天。"

"那就到她家里去!"

"现在也只好这样了。"

"你是不是去华诺勃太太家?她的阔佬要回请纽沁根的夜宵。"

"我上次去了，这次也一定去，"吕西安神色严肃地说道。

在证实他婚事破裂的第二天，吕西安同拉斯蒂涅和纽沁根一起，来到了假阔佬的家里。关于吕西安的不幸消息，亚细亚立即通知了卡洛斯。

半夜十二点钟，在埃斯黛以前的餐厅里，几乎聚集了这场悲剧的所有人物，其重要性隐藏在这些人生活激流的河床底下，只有埃斯黛、吕西安、佩拉德、化装成混血儿的孔唐松以及前来服侍女主人的帕卡尔心中有数。杜·华诺勃太太瞒着佩拉德和孔唐松，暗中聘请亚细亚前来帮厨。为了办好夜宵，佩拉德给了杜·华诺勃太太五百法郎。他入席时，看到自己的盘子里有一张小纸条，上面用铅笔写着:当您入席之时，十天期限届满。佩拉德把纸递给站在自己身后的孔唐松，用英语对他说:"我的名字卡片是你放的?"孔唐松在烛光下看到这弥尼、提客

勒、毗勒斯的字样，把纸条放进口袋。然而，他知道要核实铅笔写的字迹极为困难，尤其是用大写字母写的句子，因为大写字母只有直线和曲线，同几何线条一模一样，不能像草体字那样辨认出笔迹的特点。

这顿夜宵毫无快乐可言。佩拉德显得忧心忡忡。善于寻欢作乐、使夜宵轻松愉快的年轻人，在座的只有吕西安和拉斯蒂涅。吕西安愁眉苦脸，心不在焉。拉斯蒂涅在夜宵前输了二千法郎，这时闷头喝酒吃菜，一心只想在夜宵后翻本。三个女人对这种冷冰冰的气氛感到惊讶，不觉面面相觑。寂寞使菜肴也失去了滋味。有些夜宵同剧本和书籍一样，也会发生意外。夜宵结束前，仆人端来了糖渍水果冰淇淋。众所周知，这种冰淇淋里含有十分精美的小蜜饯，蜜饯置于冰淇淋的表面，冰淇淋盛到小玻璃杯里的时候，毫不影响其金字塔的外形。这些冰淇淋是杜·华诺勃太太在位于泰布街和林阴大道转角的著名的托尔托尼冷饮店定制的。女厨师让人把混血儿叫去，以便付清冷饮店的账单。孔唐松感到店里的伙计来讨账不合情理，就在下楼时质问他："您是不是托尔托尼冷饮店的？……"说完，他立即上楼。但是，帕卡尔已经利用他下楼的机会，把冰淇淋分给了各位客人。混血儿刚走到房门口，只听到一位监视穆瓦诺街的密探在楼梯上叫道："二十七号。"

"什么事？"孔唐松答道。他迅速下楼，来到楼梯的栏杆下面。

"告诉大爷，他女儿回来了，成了什么样子！天哪！叫他回去，她快要死了。"

孔唐松回到餐厅，老佩拉德已经喝足灌饱，正在吃着糖渍水果冰淇淋里的樱桃。宾客为杜·华诺勃太太的健康干杯，阔佬给自己倒了一杯忠贞酒①，一饮而尽。孔唐松虽然被即将告诉佩拉德的消息弄得心慌意乱，但在回到屋内时，还是对帕卡尔目不转睛地看着阔佬感到惊讶。德·尚皮夫人的男仆的两只眼睛，犹如两点不动的火星。这一观察虽然重要，但没有使混血儿耽搁片刻，他等佩拉德把空酒杯放回桌上，就朝主人俯下身来。

"莉迪回家了，"孔唐松说，"但样子十分凄惨。"

佩拉德听到这话，立刻用浓重的法国南方口音，骂出了最为地道的法国粗话，使所有的宾客大吃一惊。佩拉德发现漏了馅，就承认自己乔装打扮，并用标准的法语对孔唐松说道："去叫一辆出租马车！……我走了。"

大家都在桌旁站了起来。

"您到底是谁？"吕西安大声说道。

"他！……"男爵说道。

"皮克西沃曾对我肯定地说，您装扮英国人比他像，我当时还不愿相信呢，"拉斯蒂涅说道。

"这是个被人发现的破产者，"杜·蒂埃大声说道，"我早就猜到了！……"

"巴黎这地方真怪！……"杜·华诺勃太太说道。"一个商人在自己的区里破产之后，就摇

---

① 忠贞酒产于南非开普敦附近的葡萄园，在巴尔扎克的时代十分流行。

身一变,变成阔佬或花花公子,在香榭丽舍大街重新露面,却可以不受制裁!……哦!我真倒霉,破产这个虫老叮着我。"

"听说所有的花都有自己的虫叮,"埃斯黛平静地说道,"我的虫就像克莉奥佩特拉[①]的毒蛇。"

"我是谁!……"佩拉德在门口说道。"啊!你们一定会知道的,因为我即使死了,也要从坟墓里钻出来,每天夜里来拉你们的脚!……"

他一面说着这最后几句话,一面看着埃斯黛和吕西安;然后,他看到大家惊讶得发呆,就乘机一溜烟地走了,因为他等不及出租马车,想跑步回家。在街上,亚细亚像当时从舞会里出来的女人那样,戴着黑帽子,在大门口一把抓住密探的胳膊。

"请派人去请临终圣事,佩拉德老爹,"她对他说道,那说话的声音已经向他预告大祸临头。

街上停着一辆马车,亚细亚跳上马车,立即像一阵风似地消失了。当时停着五辆马车,佩拉德的部下看来一无所知。

二十二、科朗坦的可怕誓言

科朗坦的乡间住宅,位于小城帕西最僻静、最秀丽的葡萄街。他来到自己的乡间住宅,装扮成迷恋于园艺的商人,找到了他朋友佩拉德留给他的密码信。他没有休息,重又乘上来时的那辆马车,吩咐驶往穆瓦诺街,找到了卡特。他从佛来米女人那儿得知莉迪失踪,对佩拉德和他自己的疏忽感到吃惊。

"他们还不认识我,"他自忖道。"这些人什么事情都干得出来;要了解一下,他们是否会杀死佩拉德,要真是这样,我就不能再露面了……"

人的生命越是卑鄙,就越是爱惜;生命是每时每刻的一种抗议,一种复仇。科朗坦下了楼,回到家里,化装成体弱多病的小老头,身穿墨绿色礼服。头戴狗牙根似的假发,出于对佩拉德的友情,又步行来到他的家里。他想对自己手下最忠诚、最能干的密探们下达命令。他沿着圣奥诺雷街行走,以便从旺多姆广场来到圣罗什街,只见前面有个姑娘,穿着拖鞋,身上的装束和夜间女郎完全一样。这姑娘身穿白色短上衣,头戴睡帽,不时啜泣着,还不由自主地发出呻吟;科朗坦走到她前面几步远的地方,认出那姑娘就是莉迪。

"我是您父亲康科埃尔老头的朋友,"他用毫不做作的声音对她说道。

"啊!我终于找到了一个可以信赖的人!……"她说道。

"您要装出不认识我的样子,"科朗坦接着说道,"我们被残酷的敌人跟踪,只好乔装打扮。那么,您对我详细谈谈您出了什么事……"

---

① 克莉奥佩特拉(前69－前30),埃及女王,因其对外政策与罗马帝国有冲突,用毒蛇自杀。

相关链接 ●

"哦! 先生,"可怜的姑娘说道,"这种事能说,却不能细谈……我被糟蹋了,沦为妓女,却说不清是怎么回事!……"

"您是从什么地方出来的?……"

"我不知道,先生! 我以为有人追赶,所以逃出来时匆匆忙忙,走过了许多街道,绕了许多弯路……当我遇到一个正直的人,就问他往林阴大道往哪走,以便能走到和平街! 我足足走了……现在几点钟?"

"十一点半!"科朗坦说。

"我是在天黑时逃出来的,我已经走了五个小时!……"莉迪大声说道。

"好吧,您去休息,您会找到您的好卡特的……"

"哦! 先生,对我来说已经没有休息了! 除了坟墓里的休息之外,我不需要其他的休息;如果我有资格进修道院,我要到那儿去等待这种休息……"

"可怜的孩子! 您反抗了?"

"是的,先生。啊! 您要是知道,他们把我放在多么下流的人们中间……"

"他们大概对您进行了催眠?"

"啊! 是这样?"可怜的莉迪说道。"再使点劲,我就到家了。我感到支持不住,我神志不清……刚才,我觉得自己在花园里……"

科朗坦眼看莉迪就要失去知觉,就把她抱在手里,走上楼梯。

"卡特!"他叫喊道。

卡特走出房门,高兴地叫了起来。

"您别高兴得太早!"科朗坦教训地说道。"这姑娘病得很重。"

莉迪被抱到床上之后,在卡特点燃的两支蜡烛光下,认出了自己的房间,开始说起了胡话。她唱着曲调优美的前奏曲,时而又骂出她听到的一些可怕词句! 她把过去纯洁生活的回忆和对这可耻的十天的回忆混杂在一起。卡特看到这情景,不禁哭了起来。科朗坦在房间里踱来踱去,不时停下脚步,观察着莉迪。

"她为父亲付出了代价!"他说道。"这难道是天意?——哦! 我没有家室,非常明智……一个孩子! 这确实像一位我说不出姓名的哲学家所说,是一个祸根!……"

这时,可怜的姑娘坐了起来,让漂亮的头发披落下来。她说:"哦! 我不能躺在这里,卡特,我应该躺在塞纳河底的沙石上……"

"卡特,您不能瞧着这孩子哭,这样治不好她的病,应该去请一位医生,先请市政厅的那位医生,然后再请德斯普兰和皮安训先生……要救活这无辜的孩子……"

说着,科朗坦写下了这两位名医的地址。这时,楼梯上响起了一个男人的脚步声,听得出他对这楼梯十分熟悉。不一会儿,房门打开,只见佩拉德满头是汗,脸色发紫,两眼血红,像海豚一般喘着气。他进门后立刻跑到莉迪的房间,大声问道:"我女儿在哪里?……"

他看到科朗坦悲伤地做了个手势,就顺着这手势,看到了莉迪。只见莉迪这朵由园丁精

85. 他不能打定主意,为着名门贵妇而牺牲柯拉莉。德·巴日东太太眼巴巴的等了他一晚,希望他作这个牺牲。她看见吕西安这样风趣,这样美,又动了爱情;不料她勾引撩拨的说话,卖弄风情的眉眼,完全不起作用,她便走出客厅,决心要报复了。

"喂,亲爱的吕西安,"她的慈祥的态度既有巴黎女人的风韵,也显得尊严高贵,"我没有分享你的光荣,反而做了你的第一个牺牲品。不过,孩子,想到你这样拿我出气说明你还没有完全忘情,我就原谅你了。"

心培养的鲜花,从花梗上掉落下来,被农民的铁蹄踩得粉碎。做父亲的看到这种景象,心里会有多么难过,你只要设身处地想一下,就能理解佩拉德受到的打击,只见那大滴泪水,夺眶而出。

"有人在哭,是我父亲,"姑娘说道。

莉迪还能认出自己的父亲;她抬起身来,见父亲倒在安乐椅里,就跪倒在老人的面前。

"请原谅,爸爸!……"她说道,那声音直刺佩拉德的心。同时,他仿佛当头挨了一棒。

"我要死了……啊!那些混蛋!"这就是他临终的话。

科朗担想要抢救自己的朋友,但佩拉德已经咽了气。

"是毒死的!……"科朗坦心里想道。——"好,医生来了,"他听到马车的声音,大声说道。

这时,孔唐松到了,他已经洗去了脸上的化妆。听到莉迪的声音,他不觉如铜像一般呆住了。莉迪说道:"爸爸,你难道不原谅我?……这不是我的过错!(她不知道父亲已经死去)——哦!他眼睛瞪着我!……"可怜的疯姑娘说道……

"要闭上他的眼睛,"孔唐松说着把死去的佩拉德抱到床上。

"我们干了件蠢事,"科朗坦说道,"我们把他抬到他自己的房间里去;他女儿已经有点疯癫,要是知道父亲死了,她会发疯的,她会以为是自己把他气死的。"

莉迪看到他们把父亲抬走,就愣住了。

佩拉德被抬到他自己的房间,放在床上。这时,科朗坦显得十分激动,说道:"这就是我惟一的朋友!……他一生中只贪过一次财!而且是为了自己的女儿!……你要吸取这个教训,孔唐松。每个社会等级都有自己的荣誉。佩拉德错就错在干预了私人的事务。我们只能办理公家的事务。但是,不管会发生什么情况,我发誓,"他说道,那语气、目光和手势都使孔唐松感到害怕,"要为我可怜的佩拉德报仇!我一定查出杀害他的凶手和侮辱他女儿的罪犯!……我要用自己的私心,要用所剩无几的余生报仇雪恨,让那些罪魁祸首在身强力壮之时,于清晨四点在沙滩广场①斩首示众!……"

"我一定助您一臂之力!"孔唐松激动地说。

科朗坦平时冷静、审慎,做事有条不紊,二十年来,从未看到他对人流露出半点怜悯。现在,他竟然慷慨激昂。这情景确实极为感人。这犹如火红的铁杆,无坚不摧。因此,孔唐松见了,肺腑为之感动。

"可怜的康科埃尔老头,"他望着科朗坦说道,"他经常请我吃饭……啊……——只有同病相怜的人才会这样做——他常常给我十个法郎,让我去赌……"

致完了这样的悼词之后,这两位发誓为佩拉德报仇的人,听到楼梯上响起卡特和市政厅医生的声音,就回到了莉迪的房间。

① 1810 年至 1830 年,沙滩广场为巴黎处决犯人的地方,也是庆祝集会的场所。

86. 上流社会的妇女有一套巧妙的本领，能够在谈笑之间缩小自己的错处。或是微微一笑，或是假作惊奇反问一句，把一切抹得干干净净。她们什么都记不起来了，样样事情都能辩解，忽而诧异，忽而发问，这里申辩几句，那里夸大一番，再不然跟你争论一场，临了她们的过失便化为乌有，像用肥皂洗去污迹一样：你明知道她们浑身乌黑，一眨眼却变得雪白干净。

"你去找警察所所长，"科朗坦说，"国王的检察官不会在此事中找到起诉的依据；但是，我们将给巴黎警察局写一份报告，以后可能会有点用处。"

"先生，"科朗坦对市政厅的医生说道，"请您到这个房间去，里面有个死人；我认为他不是自然死亡，请您当着警察所所长的面进行验尸。我已派人去请所长先生，他马上就到。请注意是否有毒药的痕迹；另外，德斯普兰和皮安训两位先生过一会就到，前来协助您的工作。我请他们来为我最好的朋友的女儿看病，她的情况比已经去世的父亲更为严重……"

市政厅的医生回答道："我不需要这两位先生帮助我执行公务……"

"啊！好，"科朗坦说道。"先生，我们之间不会发生冲突，"科朗坦又说道。"总之，这就是我的意见。杀死父亲的那些人就是侮辱女儿的那些人。"

破晓时分，莉迪终于因疲卷而入睡；当着名的外科医生和年轻的医生到来时，她正在睡觉。负责出具死亡证明的医生已经打开了尸体，正在寻找死亡的原因。

"在叫醒病人之前，"科朗坦对两位名医说道，"请你们帮助一位同行进行一次你们肯定会感到兴趣的检查，在证明书中写下你们的意见不会多此一举。"

"您的亲戚死于中风，"医生说，"有异常脑充血的症状……"

"请检查，先生们，"科朗坦说，"想想看，是否存在能引起同样症状的毒药。"

医生说道："胃里全部是食物；我看不出有任何毒药的痕迹，除非用化学仪器对食物进行化验。"

"如果确诊是脑充血，鉴于死者的年龄，这就是死亡的充分原因，"德斯普兰指着大量的食物说道……

"他是否在这里吃的饭？"皮安训问道。

"不是，"科朗坦说，"他从林阴大道飞快地跑到这里，看到女儿已被奸污……"

"如果他爱女儿的话，这就是真正的毒药，"皮安训说道。

"哪种毒药会引起同样的症状？"科朗坦问道。他仍然没有放弃自己的看法。

"只有一种，"德斯普兰对全身进行了仔细的检查之后说道。"那是爪哇群岛的一种毒药，是从目前还了解甚少的马钱科灌木中提取的，用来涂沫极危险的武器……马来人的波刃短剑……至少人们是这样说的……"

这时，警察所所长到了。科朗坦对他说出自己的怀疑，告诉他佩拉德在哪幢房子、和哪些人一起吃了夜宵，请他写一份报告；然后他向所长叙述了杀害佩拉德的阴谋以及莉迪处于这种状况的原因。说完，科朗坦来到可怜的姑娘的房间，他知道德斯普兰和皮安训正在房间里对女病人进行检查；但是，他在房门口遇到了这两位医生。

"怎么样，先生们？"科朗坦问道。

"要是姑娘怀了孕，生产后还没有恢复理智，就把她送进疗养院，她会身患疯病和忧郁症死去。要治好她的病，除了慈母的感情之外没有其他办法，如果这种感情重新产生……"

科朗坦给每个医生四十个金法郎，然后朝警察所所长转过身来。所长拉住了他的衣袖。

"医生认为是自然死亡，"所长说道，"而死者又是康科埃尔老头，这报告我就更难写了，因为他插手过的案件非常多，所以我们实在弄不清我们打击的对象是谁……这些人往往是奉命而死，遭人毒手……"

"我名叫科朗坦，"科朗坦在所长耳边说道。

警察所长不禁露出惊讶的神色。

"那么，就请您写个按语，"科朗坦又说道，"它以后会派大用场的。您只有作为机密情报时才能将它发出去。这凶杀案无法证实，我知道，预审即使进行，也会很快就停止的……但是，有朝一日，我一定会把罪犯送交司法机关，我要监视他们，将他们当场捕获。"

警察所长向科朗坦行了礼，就告辞了。

"先生，"卡特说，"小姐不停地唱歌跳舞，怎么办？……"

"难道又发生了什么事？……"

"她知道父亲死了……"

"立刻用马车把她送到夏朗通精神病院；我将给王家警察总监写个条子，使她能得到妥善的安排。女儿去夏朗通，父亲到公共墓穴，"科朗坦说。"孔唐松，你去租穷人用的柩车……现在，唐·卡洛斯·埃雷拉由我们俩来对付了……"

"卡洛斯！"孔唐松说，"他在西班牙。"

"他在巴黎！"科朗坦肯定地说道。"他身上有着腓力二世①时代的西班牙天才，不过，我的圈套能捕捉任何人，甚至是国王。"

二十三、捕捉小老鼠的圈套

阔佬死后第五天，杜·华诺勃太太在上午九点钟坐在埃斯黛的床头哭泣，因为她感到自己将落到贫困的境地。

"我要是有一百路易的年金收入就好了！有了这笔钱，我亲爱的，就可以在一个小城市生活，在那儿找个丈夫……"

"我能为您搞到这笔收入，"埃斯黛说。

"用什么办法？"杜·华诺勃太太大声问道。

"哦！非常容易。你听我说。你就说想自杀，要装得十分像；你派人把亚细亚找来，提出用一万法郎换她的两颗用薄玻璃做的黑珍珠，珍珠里有毒药，一秒钟内就能把人毒死。你把珍珠给我，我就给你五万法郎……"

"为什么你不直接去要？"杜·华诺勃太太问道。

"亚细亚不会卖给我的。"

---

① 腓力二世(1527－1598)，西班牙国王。

87. 整整一冬,吕西安的生活赛过长时期的沉醉,清醒的时候只替报纸做些容易的工作;他继续供应他的巴黎小品,有时费了九牛二虎之力写出几篇用心的精彩的评论。而这种情形是例外,诗人要到迫不得已才肯用功;中午和晚上的宴会,花天酒地的作乐,上流社会的应酬,打牌赌钱,占去他所有的时间,剩下的一部分又给了柯拉莉。吕西安不让自己想到明天。

"这不是为你自己准备的吧?……"杜·华诺勃太太说道。

"可能是。"

"你! 有自己的房子,生活在欢乐、豪华之中! 在乔迁酒宴的前夕! 这酒宴花了纽沁根二万法郎,在将来的十年中都会被人津津乐道。听说客人们将吃到二月的樱桃、芦笋、葡萄……甜瓜……房间里的鲜花值一千埃居。"

"你说什么?光是楼梯上的玫瑰花就值一千埃居。"

"听说你的服装花了一万法郎,是吗?"

"是的,我的裙子是用布鲁塞尔的花边料做的,他的妻子但斐纳知道了十分恼火。但是,我想打扮得像新娘一样。"

"一万法郎在哪里?"杜·华诺勃太太问道。

"这是我的全部现款,"埃斯黛微笑着说道。"打开我的梳妆盒,钱放在我的卷发纸下面……"

"人们明说要死,是不会去自杀的,"杜·华诺勃太太说道。"如果这是为了去……"

"杀人,那就去吧! "埃斯黛说出了女友想说而没有说的话。"你尽管放心,"埃斯黛又说道,"我不想杀害任何人。我过去有个女朋友,一个很幸福的女人,她死了,我将跟她一起去……就是这样。"

"你真傻! ……"

"那有什么办法,我们当时讲好的。"

"那你就别兑现,"女友微笑道。

"你照我说的去做,去吧。我听到一辆马车到来的声音,那是纽沁根,他将欣喜若狂! 这老头爱我……为什么不去爱那些爱我们的男人呢?他们尽一切力量让我们高兴……"

"啊! 正是这样,"杜·华诺勃太太说,"这是诡计多端的鱼类鲱鱼的故事。"

"为什么?……"

"这个,人们一直没有弄清楚。"

"那么,你去吧,我亲爱的! 我得为你去要五万法郎。"

"好吧,再见……"

三天以来,埃斯黛完全改变了对德·纽沁根男爵的态度。猴子变成了猫,猫又变成了女人。埃斯黛在老头身上倾注着爱情的珍宝,变得十分迷人。她的言语失去了嘲讽挖苦,充满着温情柔意,给笨拙的银行家带来了信心。她叫他弗里茨[1],他也自认为得到了她的爱。

"我可怜的弗里茨,我对你进行了充分的考验,"她说道,"我让你受了不少苦,你的耐心极为出色,你爱我,这我看到了,我一定报答你。你现在讨我的喜欢,我也不知道这是怎么回事,我宁愿要你,而不要一个年轻人。这可能是经验之谈。时间一长,人们就会发现,欢娱是灵魂的财产,为了欢娱受人爱恋,也并不比为了金钱受人爱恋更令人愉快……其次,年轻人过

————————

[1] 弗里茨是纽沁根的名字弗雷德里克的爱称,但又是当时的法国人对德国佬的称呼。

于自私,为自己考虑多,为我们考虑少;而你考虑的却只有我一个人。我是你的全部生命。因此,我不想再问你要任何东西,我想向你证明,我是多么无私。"

"我什么东西也没给您,"男爵高兴地回答道,"我想明天给您带来三万法郎的年金收入……这是我的结婚礼物……"

埃斯黛热情地拥抱了纽沁根,纽沁根没有吃过强身药丸,不禁被抱得脸色发白。

"哦!"她说,"您别以为是为了您三万法郎的年金收入我才这样,这是因为现在……我爱你,我的胖子弗雷德里克……"

"哦!我的天哪!为什么要考验我……否则我三个月前就这样幸福了……"

"利息是百分之三还是百分之五,我亲爱的?"埃斯黛说道,一面用手随心所欲地抚摸着纽沁根的头发。

"百分之三……本金在我这儿。"

因此,这天上午,纽沁根带来了国家债权人名册上的登记书;他来此和这位亲爱的小姑娘共进午餐,听听她对明天星期六的盛大酒宴还有什么盼咐。

"给,我的小女人,我惟一的女人,"男爵眉开眼笑地说道,"这是给您余下的日子付伙食费用的……"

埃斯黛毫不感动地接过了票据,把它折起来放在梳妆盒里。

"您现在十分满意,老色鬼,"她轻轻地拍了拍纽沁根的面颊说道,"看到我终于接受了您的一点东西。我现在不能再对您说真心话了,因为我分享了您称之为您的劳动果实……这不是礼物,我可怜的小伙子,这是物归原主……好吧,您别拿出交易所的那副面孔来。你十分清楚我爱你。"

"我美丽的埃斯黛,我的爱情天使,"银行家说道,"您别再这样对我说了……啊……只要我在您的眼里是个诚实的人,即使全世界都把我看成是贼我也无所谓……我越来越爱您。"

"这是我的计划,"埃斯黛说。"因此,我永远不再说会使你伤心的话,我亲爱的大象,因为你已经变得像孩子一样老实,你从未有过纯洁,必须使你在出生时得到的那点纯洁重现;然而,这纯洁埋没过深,到你过了六十六岁之后才重见天日……而且是用爱情的钩子勾出来的。这种现象发生在古稀之年的老头身上……这就是我最终爱上你的原因,你年轻,非常年轻……只有我能够了解这个弗雷德里克……只有我一个人!……因为你十五岁就在银行工作……在中学里,你一定借给同学一粒弹子,要他们还你两粒弹子……(她见他笑了,就跳到他膝盖上)——那么,我要你干什么你就干什么研!嗳!我的天哪,你去搜括男人……去吧,我帮你的忙。男人们不值得爱,拿破仑杀男人就像杀苍蝇一样。法国人把税付给你或是付给国家,这对他们都一样!……人们不能同国家谈情说爱,毫无疑问……——去吧,我对此仔细考虑过,你做得对……——把羊毛都剪去,贝朗瑞①的福音里就是这么说的……请拥抱您的埃

————————————

① 贝朗瑞是法国民间歌手。

88. 他不断的出入上流社会……沉湎无度的生活只给他留下很少的一点儿思想和精力,而这点儿思想和精力还要消耗在巴黎式的谈天和赌博上面。诗人丧失了清明的理智,冷静的头脑,也就没法观察周围的形势,再没有暴发户所必不可少的那种随机应变的本领。

斯黛……啊! 你就说,你把泰布街那个套间里的所有家具都送给可怜的华诺勒太太! 另外,明天再给她五万法郎……这能大大提高你的声望,你知道吗,我亲爱的。你害死了法莱克斯,人们已经开始在骂你了……你如果这样慷慨大方,就会像巴比伦的奇迹一样……所有的女人都会谈论你。哦!……在巴黎,将来只有你一个人伟大、高尚。社交界这样,人们就会忘掉法莱克斯。总之,这是声望投资!……"

"你说得对,我的天使,你了解社交界,"他回答道,"你以后就当我的参谋。"

"嗳,"她又说,"你看,我多关心我男人的事务、声望、荣誉……去吧,去给我拿五万法郎……"

她想把纽沁根打发走,请一位证券经纪人来,当晚就把登记书卖给交易所。

"为什么要马上去?……"他问道。

"当然研,我亲爱的,你应该把钱包在扇子里,再放在缎盒里送给她。你对她说:'太太,我送给您一把扇子,希望能使您感到高兴……' 人们认为你只是个杜卡雷,你却超过了博戎①!"

"妙! 妙!"男爵大声说道,"这样我就显得风趣幽默! ……对,到时候我把您的话再说一遍……"

可怜的埃斯黛为了扮演自己的角色,弄得精疲力竭。刚坐下,欧罗巴就走进屋内。

"太太,"欧罗巴说,"这是吕西安先生的仆人塞勒斯坦从马拉凯河滨街派来的经纪人……"

"叫他进来!……不,我到候客室去。"

"他带来一封塞勒斯坦写给太太的信。"

埃斯黛急忙走到候客室,看了看来客,以为他是货真价实的经纪人。

"叫他下来!……"埃斯黛看完信后,倒在一把椅子上,对欧罗巴低声说道。"吕西安想自杀……"她在欧罗巴耳边补充道。"把信也带给他。"

卡洛斯·埃雷拉闻讯立刻下楼,仍然穿着旅行推销员的服装。他看到候客室里有外人,目光立刻落到经纪人身上。"你不是对我说没有外人吗?"他在欧罗巴耳边说道。为了以防万一,他仔细观察了经纪人之后,立刻走进客厅。鬼上当并不知道,曾在伏盖公寓逮捕他的保安队队长,不久前棋逢对手,上司看中了此人,即将派他接替队长的职位。这个对手就是眼前的经纪人。

"您说得对,"假经纪人对在街上等候他的孔唐松说道。"您对我描绘相貌的那个人在屋子里;不过,他不是西班牙人,我敢打赌,这教士袍下隐藏着我们的猎物。"

"他不是西班牙人,也不是教士,"孔唐松说道。

"我完全相信,"保安队的警察说道。

---

① 尼古拉·博戎(1718 – 1786),富裕的金融家,又是个慈善家。

"哦!要是我们没弄错,那就太好了!……"孔唐松说。

事实上,吕西安有两天不在巴黎,警察就乘机设下圈套;但是,他当天晚上就回到巴黎,埃斯黛的担心也就烟消云散了。

二十四、永　别

第二天上午,在交际花沐浴后重新上床的时候,她的女友来了。

"我得到了那两颗珍珠!"华诺勃太太说道。

"拿来瞧瞧,"埃斯黛说着微微欠起了身子,把美丽的肘部撑在镶有花边的枕头上。

杜·华诺勃太太把两颗醋栗般的黑珍珠递给女友。男爵曾送给埃斯黛一对名种猎兔犬,这个犬种是当代的伟大诗人①使之风靡一时的,所以后来就以他的名字命名;因此,交际花为得到这两条狗感到十分自豪,给它们保留了祖先的名字:罗密欧和朱丽叶。这种动物在屋中豢养,有着某种英国式的审慎。它们温柔可爱,毛色洁白,讨人喜欢,对此,这里无须多叙。埃斯黛叫了声罗密欧,罗密欧立刻奔上前来,它四脚柔软娇小,又如铁杆一般健壮有力,两眼直盯着女主人。埃斯黛做出把珍珠扔给它的手势,以引起它的注意。

"它的名字注定它要这样死去!"埃斯黛说道。她把一颗珍珠扔给罗密欧,罗密欧立刻将珍珠咬碎。

狗没有叫出声音,在原地转了一圈,就突然倒下死去。这时,埃斯黛还没有说完那句悼词。

"啊!我的天哪!"杜·华诺勃太太叫道。

"你有马车,请把罗密欧带走,"埃斯黛说,"它的死会在这里引起风波。你就说是我送给你的,你把它丢了,然后去登个启事。你快走,你今晚就能拿到五万法郎。"

这些话说得极为平静,又像交际花那样丝毫不动感情。杜·华诺勃太太不禁大声说道:"你真是我们的王后!"

"晚上早点来,打扮得漂亮些……"

下午五点,埃斯黛像新娘一般打扮起来。她在白缎衬裙上套上了花边连衣裙,系上白腰带,穿上白缎鞋,在美丽的肩膀上,有一条英国针钩花边的披巾。她仿效年轻的处女,头戴天然的白茶花。她胸前挂着一串纽沁根赠送的价值三万法郎的珍珠项链。虽说她在六点钟已经打扮完毕,但她把所有的人都拒之门外,连纽沁根也不例外。欧罗巴知道,吕西安将被带进卧室。吕西安在七点钟到达,欧罗巴设法不让任何人知道他的到来,把他带进太太的卧室。

吕西安看到埃斯黛这身打扮,不由得自忖道:"为什么不和她同往吕庞泼莱,远离上流社会,永不返回巴黎!……这种生活,我已经过了五年,我那亲爱的人儿,能够永远忠贞不渝!…

---

① 指法国19世纪消极浪漫主义诗人拉马丁。

89. 吕西安对于自己的前途只是相信勃龙代说的一些至理名言:"船到桥,自会直。——一无所有的人没有什么可损失。——大不了我们追求的家业到不了手!——随波逐流,到头总有一个归宿。——有才气的人只要踏得进上流社会,随时可以发迹!"

…这样好的女人,到什么地方去找?"

"我的朋友,我把您看成自己的上帝,"埃斯黛说着弯下一条腿,跪倒在吕西安面前的坐垫上,"请为我祝福……"

吕西安想要扶起埃斯黛,拥抱她,并对她说:"我的心肝,你开的是什么玩笑?"他试图抱住埃斯黛的腰,但是她一下子就挣脱了他的手,那动作既表示了尊敬,又流露出恐怖。

"我再也配不上你了,吕西安,"她说着不禁热泪盈眶,"我请求你为我祝福,请你答应我在主宫医院设立两张病床的基金……因为在教堂祈祷,上帝只能对我宽恕我的罪过……我太爱你了,我的朋友。最后,请对我说,我给了你幸福,你将来会时常想到我的……对吗?"

吕西安看到埃斯黛如此诚心诚意,郑重其事,不禁沉思起来。

"你想自杀?"他终于说道,声音显得极为深沉。

"不,我的朋友。但是今天,你知道吗,是你过去那个纯洁、忠贞、钟情的女人死亡的日子……我真害怕自己会悲伤得死去。"

"可怜的孩子,你要等待!"吕西安说。"我这两天作了很大的努力,我已经有办法见到克洛蒂尔德了。"

"又是克洛蒂尔德!……"埃斯黛愤怒地说道。

"是的,"他又说,"我们通了信,……星期二上午她去意大利,我将在枫丹白露和她见面……"

"啊!你们这些人到底要什么样的女人?……像木板一样干瘪的女人!……"可怜的埃斯黛叫道。"哦,我要是有七八百万,你难道不娶我?"

"真孩子气!我正想对你说,我这些事一旦了结,我除了你之外,什么女人都不要……"

埃斯黛低下了头,以便不让他看出突然苍白的脸色和她立刻擦去的泪水。

"你爱我?……"她说着含情脉脉地看着吕西安。"好吧,这就是我的祝福。你别让人看到,从暗门出去,装作从候客厅走到客厅的样子。吻我的前额,"她边说边拉住吕西安,把他紧紧抱在怀里,然后又对他说:"出去吧!……出去……否则我就没有勇气死了。"

当这个垂死的女人出现时,客厅里发出了齐声赞叹。埃斯黛的眼睛反射出无垠的光彩。看到这双眼睛,灵魂会在这无垠中迷失方向。她那蓝黑色的细发,使茶花显得更加夺目。总之,这位绝色女郎达到了预计的效果,显得美貌无双。她身处奢侈的陈设之中,犹如豪华的集中表现。此外,她妙趣横生。她以沉着冷静的魅力指挥着狂欢的筵席,犹如在巴黎音乐学院的音乐会上,阿布内克指挥着欧洲第一流的乐队,雄伟壮丽地演奏着莫扎特和贝多芬的作品。但是,她恐惧地看到,纽沁根吃得少,不喝酒,俨然以屋子的主人自居。到半夜十二点,个个都喝得神志不清。客人们打碎了酒杯,使它们不能再度使用。两块印花的北京绸窗帘被撕破了。皮克西沃平生第一次喝醉。人人都喝得站立不稳,妇女们在沙发上睡着了,客人们无法实现他们事先商量好的玩笑,即排成两行,每人手拿枝形大烛台,高唱《塞维勒的理发师》中的晚安曲,把埃斯黛和纽沁根送进新房。纽沁根独自让埃斯黛挽着手;皮克西沃虽然喝得酩酊

大醉,但在看到他俩时,还能说出话来,犹如里瓦罗尔在议论黎塞留公爵最后一次婚姻一样:"必须通知警察局长……这里将要出事……"开玩笑的人说来无意,却不幸言中。

二十五、纽沁根痛哭流涕

德·纽沁根先生在星期一中午时分才出现在自己的家里;但到下午一点,他的经纪人对他说,埃斯黛·旺·高布塞克小姐从星期五起就托人卖掉三万法郎年金收入的登记书,现在刚拿到这笔款子。

"但是,男爵先生,"他说,"戴维尔先生的首席书记来我家时,我正在谈论这笔生意;他看到了埃斯黛小姐的真姓实名之后对我说,她能继承一笔七百万法郎的财产。"

"呵!"

"是的,她是经营贴现的老头高布塞克的惟一继承人……戴维尔将进行核实。如果您情妇的母亲是荷兰美女,她就能继承……"

"我知道,"银行家说道,"她对我说过自己的身世……我来给戴维尔写封短信……"

男爵坐在写字台前,给戴维尔写了封信,派一名仆人送去。接着,他在去交易所之后,于下午三点来到埃斯黛的家里。

"太太不准别人找任何借口把她叫醒,她躺下睡了,现在正在睡觉……"

"啊!见鬼,"男爵大声说道。"欧罗巴,她要是知道自己发了财,是不会生气的……她能继承七百万。高布塞克老头死了,留下了七百万遗产,你的女主人是他惟一的继承人,因为她母亲是高布塞克的亲侄女,而高布塞克又立过遗嘱。我以前也不相信像他这样的百万富翁,会让埃斯黛处于贫困之中……"

"啊!那好,您的统治结束了,老骗子!"欧罗巴望着男爵说道。她的放肆无礼,和莫里哀笔下的女佣人不相上下。"呀!阿尔萨斯的老乌鸦!……她爱你几乎就像人们爱瘟疫一样!……上帝的上帝!几百万!……那她可以和自己的情人结婚了!哦!她准会高兴的!"

说完,普律当斯·塞尔维安把惊若木鸡的男爵扔在一边,跑去向女主人报告这命运的突然变化。她可是第一个!老头刚来时还沉醉在天堂般的欢乐之中,对幸福深信不疑。这番话犹如一盆冷水,浇在他火红灼热的爱情之上。

"她欺骗我……"他含着泪水大声说道。"她欺骗我!……哦,埃斯黛……哦,我的命根子……我真傻!这样的花朵何时为老头们开放……我什么都能买到,就是买不到青春!……哦,天哪!……怎么办?怎么办好?这个可恶的欧罗巴说得对——埃斯黛发了财,就会把我用掉……要不要去上吊自杀?要是失去了我尝到过的美妙爱情的乐趣,生活还成了什么?……我的天哪……"

于是,银钱老虎拉下了三个月来套在自己灰头发上的假发。这时,纽沁根听到欧罗巴尖叫一声,直吓得五脏颤抖。可怜的银行家站起身来,他希望破灭,两腿如喝醉一般,因为不幸

相关链接 ●

90. 萨玛农一只眼冷冰冰的一动不动，一只眼亮晶晶的很精神。吝啬鬼仿佛用那只死人眼睛做贴现，用另外一只眼睛卖猥亵画片。头上戴一副小小的扁平的假头发，黑里带红，底下露出白头发；黄黄的脑门有股杀气，腮帮完全瘪了，只看见凸出的牙床骨，牙齿还白，似乎长在嘴唇外面，像打呵欠的马。两只表情相反的眼睛，歪七扭八的嘴巴，看上去狰狞可怖。

的酒最易醉人。他从房门口望去，只见埃斯黛直挺挺地躺在床上，脸色发青，服毒而亡!……他走到床边，跪倒在地。

"你说得对，她曾经说过要死!……她是因为我而死的……"

帕卡尔、亚细亚和屋子里的仆人闻讯而来。大家看到这情景，感到的是惊讶，而不是悲伤。众人有点犹豫不决。这时，男爵恢复了银行家的本相，产生了怀疑。他十分冒失，竟然询问七十万法郎的年金现在何处。帕卡尔、亚细亚和欧罗巴听了面面相觑。德·纽沁根先生见状，以为是偷窃和凶杀，就立刻走出房门。这时，欧罗巴看到女主人的枕头下有个纸包，十分柔软，知道里面是钞票，就装作整理死者尸体的样子。

"亚细亚，你去通知先生!……她在得知自己有七百万遗产之前就死了!高布塞克是已故太太的伯父!……"她大声说道。

欧罗巴的花招被帕卡尔发现了。亚细亚转身一走，欧罗巴马上打开纸包，可怜的交际花在纸包上写道："交给吕西安·德·吕庞泼莱先生!"七十五万法郎在普律当斯·塞尔维安眼里闪闪发光。她大声说道："有这么多钱，就能当个正派人，幸福地度过一生!……"

帕卡尔默不作声，他的贼性比对鬼上当的忠心更为强烈。

"迪律死了，"他拿过钱回答道，"我肩上还没有刺上黥印，咱们一起逃吧。这笔钱咱们各带一半，这样就不至于全部丢失。我们结婚吧。"

"但是，躲在什么地方呢?"普律当斯问道。

"在巴黎，"帕卡尔回答道。

普律当斯和帕卡尔从正人君子变成小偷，立刻飞快地下楼。

马来女人刚说了几句，鬼上当就说道："我的孩子，你去把埃斯黛的信找来，我马上按规定格式写一份遗嘱。然后，你把遗嘱和信交给吉拉尔；但要叫他迅速行动，必须在这里贴上封条之前，把遗嘱塞在埃斯黛的枕头下面。"

说完，他起草了下列遗嘱:

　　我世上所爱，惟有吕西安·夏同·德，吕庞泼莱先生。我决定了却此生，而不愿重过他把我解救出来的那种腐化堕落的生活。鉴于上述原因，我归天之日，将自己的财产全部遗赠给吕西安·夏同·德·吕庞泼莱，但须满足下列条件，即在圣罗什教区设立永久性的弥撒，以便让献给了他一切、甚至是临终思念的女人得到安息。

　　　　　　　　　　　　　　　　　　　埃斯黛·高布塞克

"这很像她的文体，"鬼上当自忖道。

晚上七点钟，誊清并盖上封印的遗嘱，由亚细亚放到埃斯黛的枕头下面。

"雅克，"她急忙上楼说道，"我走出房间时，法院的人刚到……"

"你是说治安法官……"

"不,孩子;有治安法官,但由警察保护。检察官和预审法官也在,所有的门都有人看守。"

"她的死讯传得真快,"高冷说。

"瞧,欧罗巴和帕卡尔没有再露过面。他们怕是偷走了七十五万法郎,"亚细亚对他说道。

"啊!这两个混蛋!……"鬼上当说道。"他们偷钱,我们完蛋!……"

二十六、科朗坦开始报仇

人类的司法机关,其中包括巴黎的司法机关,最为多疑,最为聪明,最为干练,最了解情况,也许是过于聪明,因为它每时每刻都体现着法律,这时,终于发现了这一可怕阴谋的指挥者。德·纽沁根男爵看出这是毒药的作用,又找不到自己的七十五万法郎,就认为罪犯一定是他十分厌恶的帕卡尔或欧罗巴。他在盛怒之下,跑到了巴黎警察局。这犹如一声号角,把科朗坦的编号密探全部集合起来。巴黎警察局、检察院、警察所所长、治安法官、预审法官,都开始行动起来。晚上九点,三位医生接到了通知,来观看对可怜的埃斯黛进行验尸。对住宅的搜查也同时进行! 鬼上当得到亚细亚的通知后,大声说道:"他们不知道我在这儿,我可以躲起来!"他立刻推开顶楼的天窗,极为灵活地跳上屋顶,像屋顶工一样,冷静地观察着四周。他看到在五幢房子以外的普罗旺斯街上有一座花园,就自言自语道:"好,有了!……"

"你被捕了,鬼上当!"孔唐松一面说,一面从烟囱后面走了出来。"请你向加缪索先生解释一下,你想在屋顶上做什么弥撒,神甫先生,特别是你为什么要逃跑……"

"我在西班牙有敌人,"卡洛斯·埃雷拉说。

"那就从你的顶楼去西班牙吧,"孔唐松对他说。

假西班牙人假装顺从,把手撑在天窗的框架上。然后,他突然用力抓住孔唐松,把他扔了出去。密探孔唐松一下子就跌落到圣乔治街的小溪中间,战死沙场。雅克·高冷平静地回到顶楼,躺在床上。

"给我吃点能使我生重病,但又不会把我毒死的东西,"他对亚细亚说。"我必须像垂死的病人那样,才能不回答好奇者[①]的任何问题,你什么也别怕,我现在是神甫,将来也还是神甫。我刚才十分轻松地收拾了一个可能揭穿我的人。"

前一天晚上七点,吕西安带着上午办好的去枫丹白露的通行证,乘着自己的双轮轻便马车出发了。到了枫丹白露,他在靠内穆尔最近的客栈下榻。第二天早晨六点,他独自在森林里步行,一直走到布龙。

"就在这儿,"他一面想,一面在岩石上坐了下来。他眼前显现出布龙的美丽景色。这就是拿破仑在宣布退位的前两天,试图作出巨大努力的地方。

———————————

① 指警察。

相关链接 ●

91. 吕西安独自留下,把三十路易押"红",赢了。赌客耳朵里有时会听见一个声音给他指点门道;吕西安受着这声音鼓励,连本带利再押一次"红",又赢了;他肚子里热得像火烧。接着他不听那声音劝告,把一百二十路易押"黑",输了。他经过那阵可怕的激动,倒反浑身舒畅;赌棍弄到无可再输,做了多少短促的梦,离开灼热的迷宫的时候,都有这个感觉。他到韦里酒家和卢斯托相会,像拉封丹说的直扑菜肴,把烦恼淹没在酒里。

黎明时,他听到驿车的声音。一辆四轮马车由此通过,里面坐着年轻的德·勒农古－旭里欧公爵夫人的仆人和克洛蒂尔德·德·格朗利厄小姐的贴身女仆。

"她们来了,"吕西安自忖道,"好吧,只要演好这场戏,我就得救了。尽管公爵反对,我也能当上他的女婿。"

一小时之后,这两位女士乘坐的马车急驶而来。一听这声音,就知道是一辆高级旅行马车。两位高贵的女人预先吩咐车后的仆人将车停在布龙的斜坡上,马车停下后,吕西安走上前来。

"克洛蒂尔德!"他敲着车窗的玻璃叫道。

"不,"年轻的公爵夫人对女友说道,"别让他上车,车上还有别人,我亲爱的。我同意您和他最后再谈一次,不过要在大路上谈。我们步行,由巴蒂斯特陪着……今天天气很好,我们又穿得很暖和,不用担心会着凉。马车跟在我们后面……"

于是,夫人和小姐就下了车。

"巴蒂斯特,"年轻的公爵夫人说,"吩咐车夫慢慢走,我们想走一段路,你陪着我们。"

马德莱娜·德·莫尔索挽着克洛蒂尔德的手,让吕西安和克洛蒂尔德谈话。他们边谈边走,一直走到格雷茨小村庄。这时已是上午八点,克洛蒂尔就和吕西安告别。

"好吧,我的朋友,"她庄重地结束了这次长谈,"我决心只和您结婚。我只相信您,不相信其他的男人和自己的父母……从未有人如此坚决地证明自己的爱情,对吗?……现在,您得设法消除别人对您的不幸偏见……"

这时,他们听到好几匹马奔驰而来。一群警察把他们团团围住,夫人和小姐感到极为惊讶。

"你们想干什么?……"吕西安摆出花花公子的傲慢架势说道。

"您是吕西安·夏同·德·吕庞泼莱先生吗?"枫丹白露的检察官问道。

"是的,先生。"

"今晚您到拉福斯监狱去睡,"检查官回答道,"我这儿有您的拘留证。"

"这些女人是什么人?……"警长大声问道。

"啊!对,请原谅,夫人们,你们的通行证呢?据我所知,吕西安先生串通了一些女人,这些女人能够……"

"您竟把德·勒农古－旭里欧公爵夫人看成妓女?"马德莱娜一面说,一面用公爵夫人的目光看了看检察官。

"您很漂亮,要当也可以嘛,"检察官巧妙地回答道。

"巴蒂斯特,把我们的通行证拿出来,"年轻的公爵夫人微笑着说道。

公爵夫人想叫克洛蒂尔德上车,但克洛蒂尔德问道:"这位先生被指控的是什么罪?"

"偷窃、凶杀同谋罪,"警长答道。

德·格朗利厄小姐听到这话就晕倒了,巴蒂斯特急忙将她扶上车。

　　半夜十二点，吕西安进入了位于帕耶纳街和巴莱街①路口的拉福斯监狱，被关进单人囚室；卡洛斯·埃雷拉神甫也关在这所监狱里。

----

　　①　拉福斯监狱位于巴莱街和巴韦街的路口，帕耶纳街是巴韦街的延伸。拉福斯监狱包括大拉福斯监狱和小拉福斯监狱，用来关押小偷和坏人。

第三部　歧途通向何处

92. 作家的自尊心受伤以后的愤怒，或者中了讽刺的毒箭以后所表现的精力，无论用什么辞藻什么手法都描写不出。凡是受了攻击而鼓足力量抵抗的人，很快要倒下来的。惟有头脑冷静，把报上的辱骂看做过目即忘的东西，才真正表现一个作家的勇气。弱者初看像强者，其实只能抵抗一时。

一、生 菜 篓 子

第二天早晨六点，两辆囚车由警察押送，开出拉福斯监狱，向巴黎法院的附属监狱驶去。在老百姓铿锵有力的语言中，这种囚车称为生菜篓子。

爱闲逛的人，很少没看到过这种囚车；但是，虽然大多数书籍只是为巴黎人而写，外国人要是在这里读到对于我们刑事法院的这种奇妙工具的描述，想必会感到十分满意。俄国、德国或奥地利的警察局，那些没有"生菜篓子"的国家的法院，也许能从中得到教益。在国外，许多国家要是仿效这种运输方法，对犯人来说无疑是一种恩典。

这种样子难看的车辆，有个黄色的车厢，车厢分成两个小间，内壁是一层铁板，下面装有两个轮子。前面的小间里有一把长皮椅，皮椅上竖着一块挡板。这是囚车中能自由出入的部分，里面坐一名执达员和一名宪兵。中间有一道坚固的铁丝网栅栏，把囚车的上下左右全部隔成两半。第二个小间宛如双轮轻便马车，里面有两条木板长凳，同公共马车一样分设车厢的两边，上面坐着犯人；犯人们蹬上踏脚板，由车后那扇小窗的门中进入囚车。囚车有生菜篓子这个别名，原因是最初的囚车四面都是栅栏，犯人们就像生菜一样在车里摇晃。为了安全起见，防止意外事故的发生，囚车后面有一名骑马的宪兵押送，把判处死刑的犯人押送刑场时尤其如此。因此，逃跑是不可能的。囚车的内壁包上了铁板，任何工具也无法凿破。犯人们被捕时或入狱时都要经过严格的搜身，最多只能保留表的发条，虽能锯断铁条，却对平面的铁板无能为力。因此，生菜篓子经过巴黎警察局的天才改进，最后取代了虽因曼侬·列斯科[①]而出名、却是过去文明的耻辱的可恶大车，成为把囚犯送到苦役监的样板囚车。

首先，生菜篓子把首都各个监狱的刑事被告送到法院，由预审法官进行审讯。用监狱里的切口来说，这叫做去听训。然后，这些监狱的被告如属轻罪，就被带到法院进行审理，如属法院所说的重罪，就由拘留所转送巴黎法院的附属监狱，即塞纳州的羁押所。最后，生菜篓子把判处死刑的犯人从比塞特尔收容所送到七月革命以来的刑场圣雅各城门。现在，这些不幸的人们得到仁慈的恩惠，不必像过去那样受尽折磨，站在一辆木材商使用的那种大车上，从巴黎法院的附属监狱被送往沙滩广场。如今，这种大车只用于运送断头台。一位著名的死囚

---

① 《曼侬·列斯科》是法国作家普列服(1697－1763)的代表作，描写一个年轻贵族对穷姑娘曼侬的爱情，反映资产阶级思想意识对封建道德的否定。

在登上生菜篓子时曾对他的同谋说："现在是马匹的事了！"如果不作这番解释，这句话就无法理解。目前，赴刑场最为舒适的地方要算是巴黎了。

二、两 名 囚 犯

这时，这两辆清晨出来的囚车，异乎寻常地把两名刑事被告从拉福斯监狱的拘留所送往巴黎法院的附属监狱，一名被告乘坐一辆囚车。

百分之九十九的读者一定不知道下列这些词之间的巨大差别：嫌疑犯、预审被告、大审被告、囚犯、拘留所、羁押所或监禁所；因此，当他们在这里得知这涉及到我们的刑法，他们很可能都会感到十分惊讶。关于刑法，我们将在下面作出简明的解释，使读者对此有所了解，同时也可以澄清这个故事的结局。另外，当读者知道第一辆囚车里关着雅克·高冷；第二辆关着在几小时内刚从社会的荣华之巅跌落到囚室之中的吕西安时，一定会感到十分好奇。阴森可怕的囚车经过圣安托万街和马特鲁瓦街，在圣约翰拱廊下穿过市政厅广场，来到塞纳河畔①。今天，这个拱廊成为市政厅大厦中塞纳州州长府邸的大门。一路上，两个同谋犯的态度各不相同。吕西安·德·吕庞泼莱躲在一边，以避开行人投到囚车栅栏上的目光。大胆的苦役犯却把脸贴在囚车的栅栏上，即执达员和宪兵中间的位置。他们俩对囚车的安全十分放心，正在促膝谈心。

1830 年 7 月的时日和巨大的风暴，吞没了过去的所有事件，在这一年的最后六个月中，法国国内的注意力又都集中到政治上来，因此，那些涉及个人、司法和金融的悲惨事件，虽然离奇古怪，今天却无人记得，或几乎无人记得。这类事件是好奇的巴黎每年的消费品，在这一年的头六个月中也并不罕见。必须指出的是，巴黎在一时间对西班牙神甫和德·格朗利厄小姐的未婚夫吕西安·德·吕庞泼莱被捕的消息极为震惊。神甫是在一个交际花的家里被发现的，潇洒的吕西安是在通往意大利的大路上，在格雷茨小村庄被捕的，两人都被控谋财害命，金额达七百万法郎。在几天之中，此案轰动一时，压倒了人们对查理十世统治下最后一次选举的巨大关注。

首先，这一刑事案件的部分起因是德·纽沁根男爵的控告。其次，吕西安在成为内阁首相的私人秘书的前夕，震动了巴黎社会的最上层。在巴黎所有的沙龙里，不止一个青年记得自己曾羡慕过吕西安被漂亮的德·莫弗里纽斯公爵夫人所看中；所有的妇女都知道，他当时受到国家的一位头面人物的妻子德·赛里齐夫人的青睐。最后，被害人的美貌在巴黎上流社会、金融界、交际花和青年中间以及在文学界都享有盛名。因此，两天以来，整个巴黎都在谈

---

① 吕西安的囚车从拉福斯监狱开往巴黎法院的附属监狱，首先经过圣安托万街，并通过马特鲁瓦街和圣约翰拱廊到达沙滩广场，然后沿着塞纳河畔直达法院。巴尔扎克写这部小说时，圣约翰拱廊刚被拆除。从 1837 年起，市政厅大厦朝塞纳河方向扩建，拱廊因这一工程而拆毁。

论这两人的被捕。受命进行预审的法官加缪索先生把此案看做自己晋升的阶梯。为了尽快开始工作，他命令等吕西安·德·吕庞泼莱从枫丹白露押送到拉福斯监狱之后，立即把这两名被告从拉福斯监狱转送到巴黎法院的附属监狱。卡洛斯神甫和吕西安各自在拉福斯监狱度过的时间只有十二个小时和半夜。这所监狱后来完全变了样，所以不必多加描述。至于进入拉福斯监狱时的情形，则和进入巴黎法院附属监狱时的情形完全一样。

三、通俗易懂的刑法

但是，在进入刑事诉讼的可怕场面之前，必须像刚才所说的那样，对这类诉讼案的正常程序作一个交代。首先，要让法国和外国的读者对诉讼的各个阶段有更加清楚的了解；然后，使对此一无所知的读者能欣赏立法人员在拿破仑统治下制订的刑法典的合理性。这部伟大、精彩的法典，在现时受到所谓固定刑罚制的威胁，有遭到破坏的危险，所以最后这点就尤为重要。

犯了重罪，如属现行，嫌疑犯就被带到附近的警卫队，关到老百娃称之为小提琴的拘留所里，原因大概是他们在里面"奏乐"，就是在里面叫喊或哭泣。然后，嫌疑犯被带到警察所所长的面前，由所长进行初步的预审，如发现差错，可将嫌疑犯释放。最后，嫌疑犯被押送到巴黎警察局的拘留所，听候检察官和预审法官的处理，他们根据罪行的轻重，接到通知的快慢，对这些临时拘捕的犯人进行审讯。根据推定的性质，预审法官发出拘留证，把嫌疑犯关入拘留所。巴黎有三个拘留所：圣德－贝拉奚[①]、拉福斯和马德洛内特。

请读者注意嫌疑犯这个词。我们的刑法在犯罪行为上创造了三大差别：嫌疑犯、预审被告和大审被告。只要逮捕证没有签发，被认为犯有凶杀罪或严重罪行的罪犯就是嫌疑犯；逮捕证一经签发，他们就成为预审被告，在预审进行期间，他们一直是不折不扣的预审被告。预审结束后，法庭一经决定将预审被告转送法院，即王国法院根据总检察长的报告，认为控告的罪名充足，可以转送重罪法庭时，他们就成了大审被告。由此可见，被怀疑犯有重罪的犯人，要经过三个不同的阶段，即三次仔细的审查之后，才出庭受审，受到称之为国家法律的审判。在第一个阶段，无辜者拥有大量的办法为自己辩白：公众、保安警察、警察局。在第二个阶段，他们在一名法官的面前，和证人对质，在巴黎受到法院的一个庭的审讯，在外省则受法院的审讯。在第三个阶段，他们出庭受十二名推事的审讯，如发现差错或文字错误，被告人可以重罪法庭的延期判决向最高法院提出上诉。陪审团在宣判被告人无罪时，完全不知道自己使地方、行政和司法当局受到何等的侮辱。因此，我们认为，在巴黎（我们只谈法院的管辖范围），无辜者很难坐到重罪法庭的被告席上。

囚犯就是已被判罪的人。我们的刑法创造了拘留所、羁押所和监禁所，它们在法律上的

---

① 巴尔扎克在世时，圣德－贝拉奚监狱关押政治犯和判处一年以下徒刑的犯人。

区别相当于预审被告、大审被告和囚犯之间的区别。关押是一种轻刑，是对轻罪的处罚；但是，监禁却是一种身受刑，在某些情况下，是一种加辱刑。因此，今天提出固定刑罚制的人们，搞乱了一部论罪处刑的绝妙刑法，他们对轻罪犯的惩处，几乎同罪大恶极之徒一样严厉。另外，读者可以在政治生活场景中（见《一桩无头公案》），比较一下共和四年雾月①法典的刑法和取代该法典的拿破仑法典的刑法之间的有趣差别。

在大部分重大的诉讼案件中，就像在本案中那样，嫌疑犯立即变成了预审被告。司法机关立刻发出拘留证或逮捕证。实际上，在绝大多数情况下，嫌疑犯或者潜逃在外，或者很快就捕获归案。如上所述，警察局只是执行机关，因此，它和法院像闪电一般迅速地派人前往埃斯黛的住宅。科朗坦悄悄地对司法警察局说有复仇的动机，即使不是如此，也有德·纽沁根男爵告发七十五万法郎失窃。

四、苦役监的马基雅维里②

当稚克·高冷乘坐的第一辆囚车到达狭窄、阴暗的圣约翰拱廊时，遇到交通阻塞，车夫只得在拱廊下停了车。刑事被告虽然在前一天像垂危的病人一般，连拉福斯监狱的典狱长都觉得必须把医生请来，这时，他那双眼睛却像红宝石一样在栅栏里闪闪发亮。此刻，宪兵和执达员都没有回过头来看他们的顾客，所以他两眼不受拘束，目光炯炯，仿佛在用极为清楚的言语说话，要是包比诺先生这样干练的预审法官见了，一定会认出这个渎圣的苦役犯。事实上，从囚车驶出拉福斯监狱大门之时起，雅克·高冷就一直在仔细观察沿路上的一切。囚车疾驶，他却能用贪婪、细心的目光，把所有的房屋从最高一层一直看到最低一层。他看到所有的行人，并对他们进行分析。这个人能在大量的事物和行人中间发现细微的差别，连上帝在发现天地万物的本领和目的方面，也并不比他高明。他像最后一个贺拉斯用利剑武装自己一样，用希望武装自己，等待着救兵的到来。如果囚车里不是这个苦役监的马基雅维里，而是另一个人，就会觉得这个希望虚无缥缈，就会像所有的罪犯那样听天由命。任何罪犯处于巴黎法院和警察局使刑事被告陷入的处境中，都不会想到要进行抵抗，尤其是像吕西安和雅克·高冷那样被关入黑牢的犯人。人们想象不到一个刑事被告会突然处于何等孤独的境地：逮捕他的宪兵、讯问他的警察所所长、把他押送监狱的警察、把他带进黑牢的看守、挟着胳膊把他送上囚车的警察，这些从他被捕之时起就和他接触的人们，对他默无一言，或者详细记录他说的话，以便向警察局或推事汇报。把刑事被告完全与世隔绝的方法极其简单，却引起他的官能完全颠倒，使他的思想大为消沉，尤其是当他在过去的经历中，并不熟悉司法机关的做

---

① 法国共和历以 1792 年 9 月 22 日为共和元年元旦。共和四年即 1795 年。雾月为法国共和历的第二月。

② 马基雅维里（1469－1527），意大利政治家，主张为达到目的可以不择手段。

94. 在巴黎,发迹有两种:一种是物质方面的,就是谁都可以捞到的金钱;一种是精神方面的,包括交游,地位,进入某个阶层,那是有些人财运再好也走不进的,而我的朋友……

……

斐诺轻轻拍着吕西安的手,往下说:"我们的朋友在这方面的成功简直了不起。吕西安的手腕,能力,聪明,的确比所有对他眼红的人高出一等,再加他长得这样美;他过去的一些朋友看他走红,心里不服,说他是运气好。"

法,就更为如此。由于司法机关有围墙一般的沉默和警察们无法收买的冷漠作为自己的助手,所以罪犯和法官之间的决斗就更加令人难受。

但是,雅克·高冷或卡洛斯·埃雷拉(必须根据不同的情况给他不同的姓名)对警察局、监狱和法院的情况早已了如指掌。因此,这个高明、奸诈的教唆犯运用自己的才智和变化多端的表情,一面在司法人员面前装出垂死者的样子,一面又像无辜者那样惊讶、糊涂。如前所述,亚细亚这位高明的洛居斯特,曾给他服用一种药性温和的毒药,使他看上去像是得了一种致命的疾病。因此,加缪索先生的行动、警察所所长的行动和进行讯问的国王检察官的行动,都因这突如其来的中风而被取消。

"他服了毒,"加缪索先生大声说道。警察把这位自称是神甫的人从顶楼上抬了下来,加缪索先生见他拼命抽搐,极其痛苦,感到十分害怕。

四名警察花了九牛二虎之力,才把卡洛斯神甫从楼梯上抬到埃斯黛的房间里,所有的司法人员和宪兵都聚集在那里。

"他要是有罪的话,这可是他的上策,"国王检察官回答道。

"那么,您认为他有病?……"警察所所长问道。

警察局总是怀疑一切。这三名司法人员在交头接耳地谈话,这点大家是可以想象得到的。但是,雅克·高冷从他们的面部表情中,猜出了他们密谈的题目,就将计就计,使逮捕犯人时的简短讯问不能进行,或者变得毫无价值。他说了些含糊不清的话,把西班牙语和法语混杂在一起,使别人听不出他说的是什么意思。

由于过去曾在伏盖太太的膳宿公寓逮捕雅克·高冷的保安队长(保安警察队队长的简称)皮皮-罗萍正在外省执行任务,临时代理他职务的警官,即他的内定接班人,又不认识这个苦役犯,因此一开始,他演的这出戏就在拉福斯监狱取得了圆满的成功。

皮皮-罗萍过去是雅克·高冷在苦役监的同监犯,和他有私仇。这种敌意的根源是雅克·高冷一直在争吵中占有上风,以及鬼上当对难友们行使着至高无上的权力。另外,雅克·高冷在十年中是获释苦役犯的保护人、首领,他们在巴黎的顾问,他们财产的保管人,因而也是皮皮-罗萍的敌人。

五、关入黑牢后取得的胜利

因此,他虽被关入黑牢,却仍然指望着他的右手亚细亚随机应变、绝对忠诚,也许还对他的左手帕卡尔抱有希望,他相信这位细心的副手把偷来的七十五万法郎藏好以后,会来听候他的命令。正因为如此,他以超出常人的注意力观察着沿路上的一切。奇怪的是,这种希望即将完全实现。

圣约翰拱廊那两堵厚实的墙面,在离地六呎的高处,不断被坑洼中溅出的泥浆抹上一层污泥;行人们为了避开车水马龙以及人们称之为"大车的脚踢",就只能站在早已被轮毂弄破

的墙脚角上。采石场主的大车已经在这儿不止一次地轧伤过漫不经心的行人。长期之中,巴黎的许多街区就是如此。这一细节,可以使读者了解圣约翰拱廊十分狭窄,极易堵塞。假如有一辆出租马车从沙滩广场驶入拱廊,一个称之为四季商人的女摊贩推着满载苹果的小车从马特鲁瓦街进入拱廊,要是再开进第三辆车,就会把路阻塞。行人们害怕地逃跑,寻找一块墙角石,使自己免遭极长的旧式轮毂的伤害,后来制定了一些法令,才将轮毂截短。再说囚车到达时,拱廊已被一个女摊贩堵住。目前,巴黎的果品蔬菜店虽然越来越多,但仍存在个别推车叫卖果品蔬菜的女摊贩,十分引人注目。尽管她脸色阴沉,活像罪犯,但完全是一副女摊贩的模样,所以当时即使已经建立治安警察队①,也一定不会要她出示执照就放她通行。她头上包着一块破旧蹩脚的格子棉布头巾,几绺理不顺的头发竖在外面,就像野猪的长毛。起皱的红脖子叫人见了恶心,那头巾没有完全遮住因阳光、灰尘和泥土而变黑的皮肤。裙子宛如挂毯,鞋子怪模怪样,使人以为是在对同裙子一样斑斑点点的脸做着鬼脸。那肚子上又系着一条怎样的围裙!……一张膏药也比它干净。这个会走路的破衣烂衫臭气冲天,嗅觉灵敏的人们在十步以外就能闻到。那双手就像收割过一百次庄稼!这个女人要么来自德国的巫魔晚会,要么出自乞丐收容所。瞧那目光!……她两眼射出充满魅力的光芒,和雅克·高冷的目光相遇,以便交换思想。那目光包藏着何等大胆的智慧,何等的活力!

"走开点,长满虱子的婆娘!……"车夫声音嘶哑地叫道。

"谅你也不敢压死我,断头台上的骑兵,"她回敬道,"你的货没有我的货值钱。"

女摊贩一面紧靠在两块墙角石的中间,让囚车通过,一面又在完成自己计划所必须的时间里堵住道路。

"哦,是亚细亚!"雅克·高冷立刻认出了自己的同伙,心里想道。"一切顺利。"

车夫仍然在和亚细亚互相挖苦,马特鲁瓦街上挤满了马车。

"嗳……pecai ré fermati.Souni là.V edrem! ……" 老太婆亚细亚大声叫道,这种伊利诺斯的语调是流动女摊贩所特有的, 她们把自己的话变成了一串只有巴黎人才能理解的象声词。

在街上的嘈杂声中和马车夫的叫喊声中,无人会去注意这种酷似女摊贩叫卖的粗野喊声。但是,这种叫喊是一种暗语,夹杂着改头换面的意大利语和普罗旺斯方言,雅克·高冷听来十分清楚。这怪话意思是:"你可怜的孩子被捕了;但我在这儿照看着你们。你还会见到我的……"

雅克·高冷战胜了司法机关,感到无比快乐,因为他希望同外界取得联系,但与此同时,他真想把除了自己以外的人全部杀死。

"吕西安被捕了!……"他心里想着,差点儿没昏倒。这个消息比他被判死刑驳回上诉还要可怕。

———————————————————

① 治安警察队建立于 1829 年,与巴尔扎克的说法有矛盾。

六、法院的历史、考古、传记、轶事和生理学的故事

现在,这两辆囚车在塞纳河畔行驶,在它们还未到达巴黎法院的附属监狱时,为了故事情节的需要,先对这所监狱作些介绍。巴黎法院附属监狱是个历史性的名字,可怕的字眼,其本身则更为可怕,它同法国进行的革命,特别是巴黎举行的革命都有联系。这所监狱关押了大部分重大罪犯。在巴黎所有的建筑物中,它最为引人注目,但也最不为社会的上层阶级所熟悉。虽然这一离题的历史回顾会使人感到巨大的兴趣,但将同囚车的行驶一样迅速。

巴黎人、外国人或外省人,只要在巴黎逗留两天,就会发现眼镜河滨街上阴沉、神秘的建筑物的黑色围墙。围墙内侧有三座圆锥顶的大塔楼,其中两座几乎连结在一起。这条街起自交易桥,一直通到新桥。一座方形的塔楼,名叫钟楼,曾敲响过圣巴泰勒米的警钟①。钟楼几乎和圣雅各‑拉布什里塔楼一样高,标明法院的位置,构成了这条河滨街的街角。这四座塔楼和围墙,都披上了一层黑魆魆的裹尸布,这种颜色,巴黎朝北的墙面都有。靠近河滨街的中央,在一座僻静的拱廊里,开始出现亨利四世统治时期因建造新桥而产生的私人建筑。国王广场是对太子广场的回击。同样的建筑结构,成行的方石镶上砖块的框饰。这条拱廊和阿尔莱街是法院西面的界线。从前,巴黎警察局是议会议长的府第,属法院管辖。审计法院和审理间接税案的最高法院,在此补齐了最高司法权,即君主的司法权。人们看到,在大革命以前,法院享受着今天人们竭力创造的孤独自处的状态。

在这块四方形的土地上,在这房屋和古迹的孤岛中,有着圣路易岛②这只首饰箱中最瑰丽的珍宝圣教堂。这块土地是巴黎的圣地,是巴黎的神圣场所和圣约柜。起初,它是第一个完整的城区,因为太子广场过去是隶属于国王领地的牧场,牧场上有个轧制硬币的磨坊。通往新桥的莫内街③的街名即由此而来。三座塔楼中的第二座名叫银钱楼,其名称也由此产生,仿佛是为了证明楼中曾铸造过硬币。这著名的磨坊,在巴黎的老地图上可以找到,很可能要比在法院的建筑物内铸造硬币的时间来得晚,大概是铸币技术的一种改进。第一座塔楼几乎和银钱楼连结在一起,名叫蒙哥马利楼。第三座塔楼最小,但保存得最好,楼上雉堞俱在,名叫邦贝克楼。圣教堂和这四座塔楼(其中包括钟楼),从墨洛温王朝④直至瓦罗亚家族⑤的第一个王朝,完全划定了那些丈量和登记土地的职员称之为宫殿的这座建筑的围墙和范围。但是,对我们来说,这座宫殿由于经过了改建调整,特别能代表圣路易的时代。

查理五世第一个把这座宫殿交给新建立的机构议会使用,并以巴士底城堡作为屏障,迁

---

① 指 1572 年 8 月 23 日至 24 日夜晚,在巴黎对加尔文新教徒进行的大屠杀。
② 圣路易岛是巴黎塞纳河上的一个区,有一组 17 世纪的漂亮建筑群。
③ 莫内(monnaie)意为"硬币"。
④ 即法兰克王国王朝,相传由法兰克族酋长墨洛维得名,公元 507 年在巴黎建立朝廷。
⑤ 瓦罗亚王朝(1328 - 1589)因创建者腓力六世的封地为瓦罗亚而得名。

居著名的圣波尔大厦，后来又在大厦的背后建造了图尔内勒宫。在最后几代瓦罗亚的统治下，王室又从巴士底迁回它最初的城堡卢浮宫。法兰西国王最初的住宅，即圣路易宫殿，为突出起见，简称宫殿，现在完全隐没在法院之中。由于宫殿同教堂一样，建筑在塞纳河中，又精工建造，河水涨潮时才淹没石阶的第一级，所以就成了法院的地窖。钟楼河滨街使这些千年的建筑物埋进土中有两呎来深①。马车在河滨街行驶时，和这三座塔楼的柱头一样高，而在过去，塔楼的高度想必和宫殿的优美相称，在河面上形成秀丽的倒影，即使在今天，这些塔楼还在同巴黎最高的建筑物试比高低。人们从先贤祠灯笼形的顶塔上观赏辽阔的首都，就会感到这座宫殿和圣教堂一起，在无数建筑物中最为雄伟。你如果走进里面的休息厅，就会感到我们国王的这座宫殿，是一种建筑术的奇迹。即使现在，它在来此观看法院的附属监狱、研究宫殿的诗人的慧眼中，仍然是个奇迹。唉! 监狱竟然占据了国王的宫殿。目睹这座把拜占庭式、罗曼式和哥特式这三大古代建筑风格美妙地融为一体的 12 世纪建筑中，开凿了既无阳光又不通风的牢房、陋室、走廊、住房和大厅，心里会难过得出血。这座宫殿，对于法国宏伟历史的第一阶段来说，犹如布卢瓦城堡对于法国宏伟历史的第二阶段一样重要。在布卢瓦城堡(详见哲学研究中的《关于卡特琳娜·德·梅底西斯》)的一个院子里，你可以欣赏布卢瓦伯爵的城堡、路易十二的城堡、法朗西斯一世的城堡和加斯东的城堡。同样，在法院的附属监狱里，在同样的围墙里，你可以看到第一阶段历代的特点，而在圣教堂里，则能见到圣路易时代的建筑。如果你愿意出资几百万，在建筑师的身边安插一两名诗人，如果你愿意拯救巴黎的摇篮、国王们的摇篮，使巴黎和朝廷拥有一座与法国相称的宫廷，你可以提请市议会讨论! 这个问题要反复研究好几年，才能正式着手解决。必须再建造一二所像罗凯特②那样的监狱，才能使圣路易的宫殿得到挽救。

七、继续同样的话题

今天，这座埋没于法院和河滨街之下的巨大建筑，疮痍满目，犹如蒙玛特高地泥质灰岩中的一头古代动物。但是，最大莫过于附属监狱! 这话大家都懂。在君主政体的初期，属于领地或城市的司法机关审判的农民 (这样拼写，词义为"农民"③) 和自由民，大小封地的所有者，如果犯有重罪，就被押送国王处，关在附属监狱里。由于当时捕获的重罪犯很少，附属监狱能够满足国王司法的需要。现在很难弄清附属监狱最初的确切地点。但是，由于圣路易的厨房至今犹存，即现在称之为捕鼠笼的地方，所以推测起来，最初的附属监狱应该是在 1825 年以前议会的司法接待室，位于室外通往国王庭院的大楼梯右面的拱廊之下。1825 年以前，

---

① 钟楼河滨街建于 1611 年，建成后，法院的地面低于街面。
② 罗凯特监狱于 1837 年建成，用于关押判处强劳和死刑的囚犯。
③ 原文为 Villain，词义可为"农民"或"平民"。

相关链接 ●

死囚从这里出发前往刑场。其中有一切重大的罪犯,所有政治的牺牲品,有昂克尔元帅夫人①和法国王后,有桑布朗塞②和马尔泽布尔③,达米安④和丹东⑤,德吕⑥和卡斯坦⑦。从富基埃－坦维尔⑧的办公室,即国王检察官目前的办公室,检察官能看到革命法庭刚判决的犯人们站在大车上鱼贯而行。这样,这个司法权的化身,就能目送自己的犯人。

自1825年起,佩罗内任司法大臣,法院发生了很大的变化。附属监狱里进行入狱登记和换衣仪式的老入口被关闭,改换了现在这个入口,即在钟楼和蒙哥马利楼之间的一条拱廊下面的内院里。院子的左面是捕鼠笼,右面是入口处。囚车进入这一形状极不规则的院子,能留在里面,转弯又方便,如发生骚乱,可以拱廊坚固的栅栏门作为屏障,而在过去,囚车转向极不方便,因为把外面的大楼梯和宫殿右侧翼分开的院子十分狭窄。现在,由于附属监狱只能勉强容纳所有的大审被告(无处监禁三百名男女犯人),所以除了很少的情况之外,例如现在送来的雅克·高冷和吕西安,就不再关押预审被告和囚犯。关押在这座监狱里的所有犯人,都将到重罪法庭受审。在例外的情况下,法官们也在此审判上流社会的罪犯,他们被重罪法庭审判已经大失体面,如果在默伦或普瓦西服刑,还将受到过于严厉的处罚。乌弗拉尔⑨宁愿关在附属监狱,而不愿关在圣德－贝拉奚监狱。目前,公证人勒翁和贝尔格亲王,正受到一种既专断、又充满人道的宽大处理,被关在这座监狱里。

八、利用这一切的方式

一般来说,预审被告去听训(法院行话)或是去轻罪法庭受审,都在捕鼠笼直接被送进囚车。捕鼠笼对面是入口处,由一定数量的单人牢房组成,牢房建造在圣路易的厨房里,预审被告从狱中提出之后,就在这里等待开庭或预审法官的到来。捕鼠笼北临河滨街,东面是保安

96."一个人爬上荒凉的山坡,渴得要死的时候,偶而会发现一个果子给他解渴;这个果子就是你!"吕西安说着,扑在阿泰兹怀里,一边哭一边亲他的额角,"我把良心寄存在你这里了,将来再还我吧。"

阿泰兹庄严的说道:"我认为定期的忏悔是个骗局。那么一来,忏悔变了作恶的奖品。忏悔可是一种贞操,是我们对上帝的责任。忏悔过两次的人是最可恶的伪君子。我怕你只想用忏悔来抵消你的罪孽!"

① 昂克尔元帅(1575－1617),意大利籍政治家,依靠其妻得宠于玛丽·德·梅底西斯,在亨利四世死后青云直上。但因骄横贪婪,遭到年轻的路易十三的捕杀。
② 桑布朗塞(1445－1527),法国政治家,曾任财政总监。太后趁其子法朗西斯一世外出,令手下将桑布朗塞判处死刑。
③ 马尔泽布尔(1721－1794),法国政治家,曾任国务参事,在大革命时代被处决。
④ 达米安(1715－1757),仆人,为提醒路易十五考虑自己的义务,用小折刀戳了一下国王,因此被四马分尸。
⑤ 丹东(1759－1794),法国资产阶级革命时期活动家,后因公开反对雅各宾派政府的恐怖政策而被处死。
⑥ 德吕为下毒谋杀犯,案发于1777年。
⑦ 参见第123页注①。
⑧ 富基埃－坦维尔(1746－1795),法国的法官和政治家,曾任大革命时期革命法庭的检察官,以执法铁面无情而闻名,后在热月反革命政变后被判处死刑。
⑨ 乌弗拉尔(1770－1846),法国金融家,1824年因债主控告被关人圣德－贝拉奚监狱,1825年转入附属监狱。

警察的警卫队，西接附属监狱的大院，南面是盖有拱顶的宽阔大厅 (可能是过去的宴会厅)，现在还没有派上用场。捕鼠笼的上方驻有一个狱内警卫队，透过一扇窗子来监视附属监狱的大院。警卫队由塞纳州宪兵队指派，营房有楼梯通往。审判的时间一到，执达员就来此对预审被告点名，宪兵从楼上下来，人数同被告的人数相等，每个宪兵挟着一名被告的胳膊。他们两人一排，走上楼梯，穿过警卫队的营房，再通过几条走廊，来到一间与大厅相邻接的房间，这个大厅是法院著名的第六庭，轻罪法庭的审理就在这里进行。大审被告从附属监狱到重罪法庭以及从法庭回监狱，走的也是这条路。

当你第一次在法院的休息厅里漫步，就会立刻在进入初审法院第一庭的大门和通往第六庭的台阶之间发现一个无门、无任何建筑装饰的入口，一个实在是极其难看的方孔。法官和律师由此穿过那些走廊和警卫队的营房，下楼来到捕鼠笼和附属监狱的入口。预审法官的办公室全部分布在宫殿这个部分的各层楼上。要到达那里，必须经过一条条阴森可怕的楼梯，楼梯如迷宫一般，不熟悉这座宫殿的人几乎都会迷路。这些办公室的窗户，有的朝向河滨街，有的朝向附属监狱的大院。1830 年时，从有些预审法官的办公室能望见制桶街。

因此，一辆囚车在附属监狱的大院里往左拐弯，就把预审被告送到捕鼠笼，往右拐弯，就把大审被告送往附属监狱。押送雅克·高冷的囚车，是往右拐弯，以便把他送到附属监狱的入口处。这真是妙极了! 罪犯或探监者可以看到两道用锻铁制造的栅栏门，间距为六呎，栅栏门总是开了一道之后再打开另一道，透过这两道栅栏门，一切都受到严密的监视，所以，得到探监证的人们，先经过一道栅栏门进入这间房间，然后才听到钥匙在锁里吱嘎作响。进行预审的法官，如检察院的法官，在未被认出之前，就不能入内。因此，要是谈到与狱外联系或越狱逃跑的可能性……附属监狱典狱长的嘴边会露出一丝微笑，使胆大包天、竟敢攻击其真实性的小说家也会疑虑顿消。在附属监狱的历史上，越狱的只有拉瓦莱特；但是，今天已经证实，这次越狱有令人敬畏的同谋[1]，所以即使没有贬低妻子的忠心，至少也减少了失败的危险性。如果到现场去判断一下障碍的性质，连这一奇迹创造者的莫逆之交都会承认，这些障碍在任何时候都是不可逾越的，这在现在仍然如此。任何词句都描写不出那些围墙和拱顶的坚固，只有亲眼目睹才能知道。大院的地面要比河滨街的路面低，但是，你走进入口处之后，还必须走下好几级石阶，才能到达一个有拱顶的宽阔大厅。只见厚实的四壁上附着一根根华丽的墙柱，墙的一侧是蒙哥马利楼，现在用作附属监狱典狱长的住房，另一侧是银钱楼，用作看守、入口处看守或者说掌管钥匙的看守的宿舍，对他们如何称呼，可以悉听尊便。这些工作人员的数目 (有二十名)，并不像人们想象的那么多，他们的宿舍和睡眠，也同称之为皮斯托尔的单间牢房毫无不同之处。这个名称的起因，可能是过去的囚犯每星期要付一个皮斯托尔[2]的住宿费。这种牢房内空无一物，犹如巴黎寒冷的顶楼，手无分文的大人物，开始时就住在这种

---

① 据传。路易十八与这次越狱有关。
② 法国古币名。

97. 天才是一种可怕的病。所有的作家心坎里全有一个妖魔,赛过胃里的绦虫,一边发展一边吞掉你的感情。将来到底哪个得胜呢?是疾病战胜人还是人战胜疾病?当然,天才要跟性格平衡,只有大人物才办得到。才能一天天的长大,心一天天的枯萎。除非是巨人,除非有赫丘利式的肩膀,一个人不是没有心肝,就是没有才能。

顶楼里面。左面,在这间通入口处的大厅里,是附属监狱的书记室。书记室是一间全部用玻璃造的办公室,里面坐着典狱长和他的书记员,放着入狱登记簿。在这里,对预审被告和大审被告进行登记,描画图形和搜身。这里还决定牢房问题,这当然取决于被告的钱包。在大厅入口处的对面,可以看到一扇探监室的玻璃门,在探监室里,亲属和律师通过一扇有两道木栅栏的小门和大审被告谈话。探监室的光线来自放风的院子。大审被告可以在规定的时间里,在院子里呼吸新鲜空气,进行体育活动。

大厅中只有一扇面朝入口处院子的窗户,但完全被书记室框起来,大厅全靠那两扇小门中射进的朦胧光线照明,所以大厅的气氛和光线同人们事先设想的景象完全一样。在和银钱楼、蒙哥马利楼平行的地方,可以看到探监室周围的一些神秘奇特、盖有拱顶、没有亮光的地下室,所以更使人感到害怕。这些地下室通往王后的囚室,伊丽莎白夫人的囚室,以及称为黑牢的囚室。这座用方石砌成的迷宫,目睹了君主的欢乐之后,成了法院的地道。从1825年至1832年,死囚的理发梳妆就是在大厅中取暖的大火炉和两道栅栏中的第一道之间进行的。这些石板受过冲撞,看到过无数临别目光所透露的隐情,走在上面,至今还会不寒而栗。

九、犯人如何入狱

垂死的犯人在两名宪兵的扶助下,才走出可怕的囚车。每个宪兵挟着他一条胳膊,把他像失去知觉的人那样,拖到书记室里。犯人被这样一拖,就朝天上抬起了眼睛,活像是从十字架上下来的救世主。当然,在任何受难图上,耶稣的脸部都不像假西班牙人那样死气沉沉,痛苦交加。此时此刻,他真像要立刻咽气一般。他在书记室坐下之后,就用有气无力的声音,重复着他从被捕时起对所有的人说过的话:"我要求西班牙大使先生为我担保……"

典狱长回答道:"这个您对预审法官先生说去……"

"啊!耶稣!"雅克·高冷叹着气说道。"我难道不能带日课经?……你们难道一直拒绝给我请一位医生?……我活不到两个小时。"

卡洛斯·埃雷拉将被关进黑牢,所以不必问他是否想得到皮斯托尔牢房的特惠,住进一间能享受法律准许的惟一舒适条件的房间。这种房间位于放风院子的一端。关于放风的院子,我们以后再作介绍。执达员和书记员一起办理犯人的入狱手续,神情十分冷漠。

"典狱长先生,"雅克·高冷用蹩脚的法语说道,"我是个快要死的人,这点您看到了。请您说说,要是可能的话,请您尽快对法官先生说,我请求得到一个罪犯最害怕的恩惠,就是等他来之后,立刻把我带到他的面前;因为我的痛苦实在是无法忍受,我只要见到了他,任何差错都不会有了……"

一般来说,罪犯们都说有差错。如果你到苦役监去问问那些囚犯,他们几乎都会说自己是判决错误的牺牲品。因此,这个词使那些同预审被告、大审被告和囚犯打交道的人,都露出难以觉察的微笑。

"我可以把您的要求转告预审法官,"典狱长回答道。

"那我就为您祝福,先生!……"西班牙人两眼望着天空回答道。

卡洛斯·埃雷拉办完入狱手续,就被两名保安警察挟着胳膊,并由一名看守领路。典狱长已告诉看守,把预审被告关进哪一间黑牢。于是,卡洛斯就通过附属监狱的地下迷宫,被带进一间牢房,虽然某些慈善家有不少议论,那牢房却十分干净,只是不能与外界联系。

他走后,看守们、典狱长、书记员、执达员和宪兵们互相注视,仿佛在询问别人的意见,他们的脸上都露出疑惑不解的神情。但是,他们看到另一个预审被告之后,又恢复了往日那种捉摸不定的神情和满不在乎的外表。除非在特殊的情况下,附属监狱的工作人员一般很少有好奇心,因为他们看到罪犯就像理发师看到顾客一样。因此,这些在人们的想象中十分可怕的手续,办理起来就像银行家处理银钱事务一样简单,有时比银行家更为彬彬有礼。而吕西安那副表情,就像垂头丧气的罪犯,因为他听任别人的摆布,犹如机器一般。自从枫丹白露被捕以来,诗人看到了自己的毁灭,他心里在想,赎罪的时刻已经到来。他脸色苍白,神色萎靡,对他外出时埃斯黛那儿发生的事情全然不知,只知道自己是一名逃犯的亲密伙伴,感到比死亡更坏的结局在等待着自己。他只想自杀。他要不惜一切代价逃脱噩梦中隐约看到的那种耻辱。

雅克·高冷是这两个预审被告中最危险的犯人,所以被关在一间全部用方石砌成的黑牢里。牢房的光线是从宫殿围墙里的一个小院子中射进来的,小院子是给女犯人放风用的,位于总检察长设有办公室的那个侧翼。吕西安经过同样的路线,被带到一间与皮斯托尔牢房邻接的黑牢,因为根据预审法官的命令,典狱长对他有所照顾。

十、两个预审被告如何对待自己的痛苦

一般说来,同司法机关永远不会有瓜葛的人们,把黑牢想象得极为悲惨。对刑事法院的看法,离不开一些陈旧的观念,如过去的肉刑,监狱的不卫生,石墙寒峭,泪水渗出,狱卒粗暴,食物粗糙这些悲剧所必备的条件。但是,这里必须告诉读者,这些夸张的说法只存在于舞台之上,却会使法官、律师以及出于好奇而参观监狱或对监狱进行观察的人们微微一笑。在过去很长一段时间里,监狱十分可怕。确实,在路易十三和路易十四统治的那些世纪里,最高法院的大审被告乱七八糟地挤在老入口处上面的中层楼那块地方。监狱曾经是 1789 年革命的一大罪状,只要看一看王后的囚室和伊丽莎白夫人的囚室,就能想象得出过去司法制度的恐怖。但是在今天,如果说慈善家们对社会做了无数坏事,却也为个人做了些好事。我们的刑法应归功于拿破仑,它甚于民法,是他短暂统治的丰碑之一,因为民法中有几点必须立即改革。这一新的刑法,关上了苦海深渊的大门。因此,我们可以断定,除了上流社会的人们在落到司法机关手中之后所受到的精神折磨之外,这一权力机关的行动是出人意料的温和、自然。嫌疑犯和预审被告住得当然不像家里那样舒服,但是生活的必需品在巴黎的监狱里还是

98. 心胸高尚的人总不大肯相信人家会作恶，会无情无义；直要受到残酷的教训才恍然大悟，知道人心败坏到什么田地；而且他们受了教训也只用宽大来表示他们的痛心。

有的。另外，精神的负担使生活用品失去了往常的含义。痛苦的并非肉体。精神处于焦躁的状态，在这种环境中即使遇到任何不如意的事和粗暴的态度，也十分容易忍受。必须指出，无辜者很快就会获释，这在巴黎尤其如此。

吕西安走进自己的囚室，觉得同格吕尼旅馆①的房间，即他在巴黎住的第一个房间完全一样。一张床和拉丁区最破旧的旅馆里的床相仿，几把用麦草做坐垫的椅子，一张桌子和几件器皿，这就是囚室的陈设。这种囚室往往关押两名性情温和、犯有不伤害别人的罪行的大审被告，如伪造文书犯和破产者。他在巴黎纯洁无邪的起点和奇耻大辱的终点如此相像，不禁触动了诗人的神经，使这个不幸的人放声大哭起来。他哭了四个小时，表面上像石头一样毫无表情，内心里却因希望全部破灭感到痛苦，因显赫于社会的虚荣心全部覆没，威风扫地，以及他作为野心家、情人、幸运儿、花花公子、巴黎人、诗人、淫荡者和特权者的自我受挫，而受到致命的打击。他犹如空中杂技演员跌落在地，感到五脏俱裂。

再说卡洛斯·埃雷拉，他等牢房里只有自己一人之时，就立刻转过身来，宛如巴黎植物园笼子里的一头白熊。他仔细检查了牢房的门，发现除了窥视孔之外，门上没有其他孔洞。他叩击探查了四壁，又看了看通风罩，只见从罩口射进微弱的光线，就自忖道："这里十分安全！"他走到一个墙角坐下，在这个墙角，即使看守把眼睛贴在窥视孔的栅栏上也看不到他。然后，他脱下假发套，从上面迅速扯下一张衬里纸。这张纸和头部接触的一面积满污垢，就像是假发的表皮。即使皮皮－罗萍想到要脱下假发套，以便鉴定西班牙人是不是雅克·高冷，也不会对这张纸有所怀疑，因为纸条完全像是假发套的一个组成部分。纸条的另一面还相当白净，上面可以写几行字。剥离纸条是一项困难而又细微的工作，这个工作在拉福斯监狱已经开始。剥下纸条，两个小时是不够的，他昨天整整花了半天的时间。这个刑事被告先按能容纳四五行字的宽度，把这张珍贵的纸条四边切开，并把纸条分成好几块；然后，他把纸上的阿拉伯树胶层弄湿，把这张储备纸重新放到这奇特的仓库里，用树胶层把它粘在上面。接着，他在一绺头发里寻找一根像大头针一样细的铅芯，铅芯是絮斯公司的新产品，用胶水粘在头发上；他截了一段铅芯，长短既能写字，又能藏在耳朵里。这些准备工作完成得十分迅速，又非常安全，这是猴子一般灵活的老苦役犯所特有的本领。然后，雅克·高冷就在床边坐下，开始思考他要对亚细亚作些什么指示，因为他信任这个女人的才能，确信自己一定会在路上遇到她。

他自忖道："在对我的初步讯问中，我装成法语蹩脚的西班牙人，我要求西班牙大使的担保，援引了外交特权，对他们的任何要求都不予理睬，再加上有气无力的样子，拉长着声音，唉声叹气，像垂死的病人那样废话连篇，所以演得十分成功。要继续演下去。亚细亚和我，我们一定能斗败加缪索先生，他并不厉害，倒是得考虑一下吕西安，要使他重新振作起来，无论如何要和这个孩子取得联系，给他制定行动计划，否则他就会自首，就会出卖我，就会把事情

———————————

① 详见《幻灭》第171页。

全毁了!⋯⋯必须在他受审之前,把那一套话教给他。然后,我还需要一些证人来证明我神甫的身份!"

这就是两位预审被告的精神状况和身体状况。现在,他们的命运取决于塞纳州初审法院的预审法官加缪索先生,因为在刑法授权予他的时间里,他是他们生命的细枝末节的最高仲裁人,也只有他一人能批准指导神甫、附属监狱的医生或其他任何人同他们接触。

十一、向没有预审法官的国家介绍预审法官

国王、司法大臣、内阁首相和其他任何人,都无权侵越预审法官的权力,任何人都不能阻止他,也不能命令他。他至高无上,只对自己的良心和法律负责。现在,哲学家、慈善家和记者都不断致力于缩小所有的社会权力,我们的法律赋予预审法官的权力就成了攻击的目标。这些攻击由于其正确性几乎被我们认为是过分的权力所证实,所以就更为可怕。但是,对于任何明白事理的人来说,这种权力不应受到损害;在某些情况下,人们可以广泛使用担保,以缓和这种权力的行使。但是,目前的社会已经由于陪审团的愚蠢和软弱受到动摇(庄严的、至高无上的司法权只能授予挑选出来的知名人士),如果再破坏我们刑法的这一支柱,社会就有崩溃的危险。逮捕是这些可怕而必要的权力中的一种,它对于社会的危害为其本身的庄严所抵消。另外,对司法权的怀疑是社会解体的一种开端。你们可以摧毁法制,在别的基础上重建法制:你们可以像大革命以前那样,要求使法官们有巨大的财产保证;但是,你们得相信这点:你们不能使社会有这种形象,以便在社会中侮辱别人。今天,法官的薪俸同通常是贫穷的公职人员相同,用过去的尊严换取了现在的傲慢,和他地位相同的人们看来都不能容忍这种傲慢;因为傲慢是一种得不到支持的尊严。目前法制的毛病就在这儿。如果法国分设十所法院,人们就可以要求司法机关拥有大量资金,但如设立二十六个法院,这点就做不到了。在预审法官行使的权力中,惟一能得到实际改善的要求,是恢复拘留所的名誉。羁押期间不应使个人的习惯有任何改变。巴黎拘留所的建筑、陈设和布局应该深刻地改变公众对预审被告状况的看法。法律是好的,是需要的,法律的执行是坏的,而人们一般是根据执法的方式来评价法律的。法国的公众舆论谴责预审被告,为大审被告恢复名誉,真是无法理解的矛盾。这可能是因为法国人的思想基本上和投石党人一样,好批评指责,所以才会有这样的结果。巴黎公众这种自相矛盾的看法,是造成这种悲惨结局的原因之一,甚至是最重要的原因之一,这点到后面可以看到。预审被告向好奇的法官隐瞒自己的秘密,所以在监狱的切口中,法官被称为好奇的人。要知道预审法官办公室里演出可怕一幕的秘密,要清楚地了解预审被告和司法机关双方斗争的情况,我们决不能忘记,预审被告关入黑牢之后,对构成公众的七八位群众所说的话全然不知,对警察局和法院所了解的情况一无所知,对报刊从犯罪的情况中发表的少量材料也并不了解。因此,对预审被告发出一个通知,就像亚细亚刚才把吕西安被捕的消息通知雅克·高冷那样,无疑是向快要淹死的人扔一根绳子。正因为如此,如果没有这种联

系,苦役犯的图谋就会失败,他自己也会完蛋。这些话一旦说出了口,最不易激动的人们也会对三种引起恐惧的原因感到害怕,即关押、沉默和悔恨。

十二、预审法官左右为难

99. 令兄走的是绝路。眼前我还代他惋惜,不久我就只想忘掉他了,主要不是为他过去的行动,而是因为他以后还会有这样的行动。吕西安是富于诗意的人,可不是诗人;他只管做梦,不肯思考,只忙乱,不创造。总而言之,允许我说一句,他是个没有丈夫气的男人,犯了法国人最大的毛病:喜欢卖弄。

加缪索先生是国王办公室一名执达员的女婿,读者已经对他相当熟悉,所以不必在此介绍他的姻亲关系和他的地位。这时,他对上司交给他的预审任务,几乎和卡洛斯·埃雷拉一样不知所措。他过去是一个上诉法院的院长,依靠著名的德·莫弗里纽斯公爵夫人的保荐,被调到巴黎,担任司法界最受人羡慕的职务之一预审法官。德·莫弗里纽斯公爵是王太子的侍从和御林军一个骑兵团的团长,深受国王的宠信,正如公爵夫人深受夫人[①]的宠信一样。由于阿朗松的一位银行家对年轻的德·埃斯格里尼翁伯爵提出的伪造票据的起诉中,帮了一个不算很大、但对公爵夫人十分重要的忙(详见外省生活场景中的《古物陈列室》),他从外省的一名普通法官升为法院院长,又由法院院长调任巴黎的预审法官。自从在王国最重要的法院任职一年半以来,他通过德·莫弗里纽斯公爵夫人的介绍,已经能拜见另一位权势相当的贵妇人德·埃斯巴侯爵夫人;但是,他失败了(详见《禁治产》)。吕西安为了报复想禁治自己丈夫财产的德·埃斯巴夫人,当着总检察长和德·赛里齐伯爵的面,叙述了事实的真相,这点我们在这一场景的开始已经作了交代。这两位权贵和德·埃斯巴侯爵的朋友们联合在一起,使得侯爵夫人靠丈夫的宽厚才逃脱法庭的惩处。昨天,德·埃斯巴侯爵夫人得知吕西安被捕的消息之后,就派她的小叔德·埃斯巴骑士去找加缪索太太。加缪索太太立即去拜访著名的侯爵夫人。她回到家里,在晚饭时把丈夫拉到自己卧室的一边。

她在丈夫耳边说道:"如果你能把吕西安·德·吕庞泼莱这个自命不凡的小子送上重罪法庭,你将成为王家法院的推事……"

"是怎么回事?"

"德·埃斯巴夫人想叫那可怜的青年人头落地。我看到这个漂亮的女人咬牙切齿地说话,感到背脊发凉。"

"你别管法院的事,"加缪索对妻子说道。

"我别管?"她又说。"第三者可能听到我们的谈话,但他不会知道我们在说些什么。当时,侯爵夫人和我都虚伪得十分可爱,就像你现在对我那样。她感谢你在她打官司时对她的善意帮助,并对我说,虽然事情没有成功,她心里还是十分感激。她对我谈了目前的法律授予您的可怕使命。'要把一个人送上断头台,这真可怕,不过把这个人送上断头台,那可是主持正义!……'等等。她又感叹地说,这样漂亮的年轻人,被她大姑杜·夏德莱夫人带到巴黎,竟落到如此地步。她说:'像高拉莉、埃斯黛这样的坏女人,把腐化堕落的青年引到这种地步,以便和

---

① 指王后。

她们平分那些下流钱!'最后,她对爱德、宗教说了一大篇漂亮话! 杜·夏德莱夫人对她说过,吕西安差点儿没害死妹妹和母亲,千刀万剐也活该……她谈到王家法院推事有一个空缺,她又同掌玺大臣很熟。她在结束时说:'太太,您丈夫有个扬名的好机会!'她说的就是这些。"

"我们每天都在尽职,每天都在扬名,"加缪索说。

"你要是处处像法官那样,甚至对老婆也像法官,真该飞黄腾达,"加缪索太太大声说道。"瞧,我以为你没有出息,现在看来你真有一手……"

法官的嘴边露出一丝法官特有的微笑,就像舞女们有她们特有的微笑一样。

"太太,我能进来吗?"女仆问道。

"你找我有什么事?"女主人问她。

"太太,德·莫弗里纽斯公爵夫人的女管家在太太出门时来过,她按女主人的盼咐请太太立刻到卡迪央府上去。"

"那就等一会开饭,"法官的妻子说道。她想到送她回家的出租马车车夫还在等着她付车钱。

她重新戴上帽子,乘上那辆出租马车,二十分钟之后来到了卡迪央公馆。仆人把加缪索太太从边门带进公馆,让她一个人在与公爵夫人卧室相连的小客厅里等了十分钟。公爵夫人应宫廷的召见,即将前往圣克卢,所以进门时容光焕发。

"亲爱的,我们之间只要两句话就够了。"

"是的,公爵夫人。"

"吕西安·德·吕庞泼莱被捕了,您丈夫预审这个案件。我可以担保,这个可怜的孩子是无罪的,二十四小时之内就把他释放吧。另外,有个人明天想去秘密探望吕西安,您丈夫要是愿意,也可以到场,只是别让人看到……我不会忘记帮过我忙的人们,这点您是知道的。国王希望自己的法官们在紧要关头要有魄力,现在面临的就是这样的时刻;我一定使您丈夫高升,在推荐时说他对国王忠心耿耿,抛头颅洒热血在所不辞。让加缪索先当推事,然后随便到什么法院去当首席院长……再见……有人等着我,您一定会原谅我的,是吗?只是您别去麻烦总检察长,他不能对这个案子发表意见;您这样做还能拯救德·赛里齐夫人的性命,她简直要急死了。这样,为您撑腰的人就多了……好吧,您知道我相信您,我不用对您多加叮嘱……您心中有数!"

她把一个指头放在嘴上就走了。

"我还没来得及对她说,德·埃斯巴侯爵夫人想看到吕西安上断头台呢!……"法官的妻子一面想,一面乘上出租马车。

她回到家里时忧虑万分,法官见了问道:"阿梅莉,你怎么啦?……"

"我们受到两面夹攻……"

她生怕女仆在门口偷听,就凑近丈夫的耳来,把公爵夫人和她的谈话说了一遍。

"这两个女人中哪一个更有权势?"她结束时说。"侯爵夫人曾愚蠢地申请给丈夫以禁治

产处分,这个案子差点儿把你弄得身败名裂,而我们的一切又都是公爵夫人给的。侯爵夫人许的诺言含含糊糊,而公爵夫人却说:'您先当推事,然后再当首席院长!'……上帝不让我给你出主意,我也决不插手法院的事;但是,我必须原原本本地向你转告宫廷里说些什么话,准备干什么事……"

"阿梅莉,你不知道今天上午巴黎警察局长给我送来了什么,又是派谁送来的。派来的人是王家警察总局最重要的人物之一,政务警察局的皮皮-罗萍。他对我说,国家在此案中有着秘密的利益。我们先吃晚饭,然后去多艺剧院……这些事,我们今天夜里安安静静地在书房里好好谈谈,因为我需要你的聪明才智,光有法官的聪明可能还不够……"

十三、卧室往往是审议庭

十个法官中有九个否认在这种情况下妻子对丈夫的影响;但是,这即使是社会上少见的例外,我们还是可以提请注意,这种例外虽然少见,却也实有其事。法官犹如神甫一般,很少谈论法院的案件,除非这些案件已经审理,这在法官精华云集的巴黎尤其如此。法官的妻子不仅总是装出一无所知的样子,而且知道这样做十分合适,因为她们心里明白,如果她们了解的某种秘密让人看破,就会害了自己的丈夫。但是,如果事关重大,作出某种决定就能使丈夫晋升,许多女人会像阿梅莉那样,参加法官的评议。总之,这些例外总是不为人所知,所以更可以矢口否认,它们完全取决于夫妇之间两种性格斗争的进行方式。不过,加缪索太太完全控制着丈夫。夜深人静之时,法官和妻子在写字台旁边坐了下来,只见法官已经把案件的材料放在桌上。

加缪索说:"这就是警察局长派人给我送来的材料,是应我的要求送来的。"

卡洛斯·埃雷拉神甫。此人的真实姓名是雅克·高冷,绰号叫鬼上当,最后一次被捕的时间为1819年,地点是伏盖太太在圣日内维新街上开设的膳宿公寓,他曾在该公寓居住,化名伏脱冷。

在空白边上,可以看到警察局长的亲笔:

已电令保安队长皮皮-罗萍立即返回,以便协助对质。他认识雅克·高冷,曾在米旭诺小姐的协助下,于1819年派人逮捕该犯归案。

曾在伏盖公寓寄宿的房客现在还活着,可以传讯他们到庭作证,以查明该犯的身份。

该犯自称卡洛斯·埃雷拉,是吕西安·德·吕庞泼莱先生的密友和参谋。他在三年之中,向后者提供了显然是偷窃所得的大笔款项。

如果查明了所谓西班牙人就是雅克·高冷，这种连带性将是对吕西安·德·吕庞波莱先生的判决。

密探佩拉德中毒暴卒，放毒犯是雅克·高冷、吕庞波莱或他们的同伙。凶杀的原因是这位密探早已在跟踪这两名狡猾的罪犯。

法官指了指警察局长在空白边上亲笔写下的字句：

此事曾由我亲自受理，所以我确信，吕西安·德·吕庞波莱先生卑鄙地愚弄了德·赛里齐伯爵大人和总检察长先生。

"你对此有什么可说的，阿梅莉？"

"真可怕！……"法官的妻子回答道。"看完它吧。"

苦役犯高冷冒名顶替西班牙教士，是一桩比高阿涅冒名顶替圣埃兰伯爵更为巧妙的凶杀案①。

吕西安·德·吕庞波莱

原名吕西安·夏同，安古兰末药剂师之子，其母为吕庞波莱家族的一位小姐。他受国王敕令的恩典，取得了使用吕庞波莱这一姓氏的权利。这一敕令是应德·莫弗里纽斯公爵夫人和德·赛里齐伯爵先生的请求而发布的。

在182×年，这个青年跟随西克施德·杜·夏德莱伯爵夫人来到巴黎，无任何生活来源。杜·夏德莱伯爵夫人当时是德·巴日东夫人，是德·埃斯巴夫人的大姑。

他对德·巴日东夫人忘恩负义，和吉姆纳兹剧院已故舞蹈女演员高拉莉小姐公开同居，高拉莉小姐为了他而离弃蒲陶南街的丝绸商加缪索②。

不久之后，他因这位女演员给他的接济不足而陷入贫困之中，就开了假期票，严重地连累了在安古兰末开印刷所、受人尊敬的妹夫。上述吕西安在安古兰末短暂逗留期间，大卫·赛夏因无力付清这些期票而被捕入狱。

案发后，吕庞波莱决定潜逃，其后又和卡洛斯·埃雷拉神甫一起，重新在巴黎出现。

吕西安先生没有公开的生活来源，却在第二次来巴黎居住期间的头三年，平均每年花费了约三十万法郎，这笔钱他只能从自称卡洛斯·埃雷拉神甫的人那儿得到，但不知

---

① 参见第52页注①。高阿涅并不是杀人后冒名顶替圣埃兰伯爵的。高阿涅的情妇丽娅－罗莎曾在伯爵家当女仆。伯爵死后，她把伯爵的证件偷给了高阿涅。

② 即预审法官加缪索先生的父亲。

相关链接 ●

101. 你放心，吕西安永远不至于犯罪，他没有这胆量；可是他能接受人家已经犯下的罪，从中分肥而不分担危险：这种行为是人人痛恨的，便是坏蛋也认为可耻。他也要瞧不起自己，也要后悔不已，可是一有需要，照样再来；因为他缺少意志，遇到色情的诱惑，要满足什么小小的野心，就没有力量克制。他跟富于诗意的人一样懒惰，以为不去克服困难而回避困难是表示他聪明乖巧。

是以何种名义。

此外，他不久前花了一百多万法郎购买吕庞波菜的地产，以便符合与克洛蒂尔德·德·格朗利厄小姐结婚的条件。吕西安曾向格朗利厄家声称这笔款项系妹夫和妹妹赠送。格朗利厄家派遣诉讼代理人戴维尔等人向受人尊敬的赛夏夫妇进行调查，获悉他们不仅对这笔钱一无所知，而且认为吕西安负债累累。因此，这件婚事遂告破裂。

再说，赛夏夫妇继承的遗产主要是不动产；据他们自己宣称，现金有二十万法郎。

吕西安曾和埃斯黛·高布塞克秘密同居，因此，这位小姐的保护人德·纽沁根男爵的慷慨赠送，肯定全部交给了上述吕西安。

吕西安及其苦役犯同伙，以及上述埃斯黛，即从前登记入册的妓女卖淫所得作为自己的收入，得以维持的时间比高阿涅在世人面前维持的时间更为长久。

十四、警察局及其档案夹

这些材料在故事的叙述中未免有繁冗之感，但逐字逐句地引证出来却十分必要，可以使读者了解警察局在巴黎的作用。警察局对生活可疑、行为不轨的所有家庭和个人都存有档案材料，而且几乎总是十分准确，这点读者从前面佩拉德的材料摘要中已经略知一二。警察局了解所有的越轨行为。这部万宝全书对人们的良心记录得一清二楚，就像法兰西银行记载人们的财产一样。银行记载付款的轻微迟误，衡量所有的信贷，估量一切资本家，注视着他们的业务往来，警察也照此办理，对公民的诚实做着同样的工作。在这方面，如同在法院一样，无辜者无所惧怕，因为这种行动只针对过错。一个家庭，无论地位多高，都不能逃脱这社会中的上帝。但是，这种权力越大，就越是小心谨慎。警察所所长的大量笔录、摘要和档案材料，无数的情报，像大海一样平静、深沉地搁置其中。一旦出事，一旦发生轻罪案或重罪案，法院就请警察局协助；只要有嫌疑犯的档案材料，法官就能立刻看到。这些档案对过去的经历进行了分析，只是法院中的一些死材料；司法机关不能正式使用这些材料，只能用来弄清问题。这些档案在一定程度上提供了犯罪的内幕和起因，这些情况几乎总是闻所未闻。如果在重罪法庭的口头辩论中，有人使用这些材料，任何陪审团都不会相信，全国也会群起而攻之。总之，这是注定被埋没的真相，到处如此，永远如此。在巴黎当了十二年法官之后，都知道重罪法庭和轻罪法庭把这些无耻的行为掩盖了一半，而这些无耻的行为又是罪行长期孕育的温床；他们都承认司法机关没有惩办的谋杀罪有一半之多。如果公众了解到并不健忘的警察局工作人员保密到何等程度，就会知道这些正直的人们同舍弗吕①完全一样。人们以为警察局足智多谋，为了达到目的可以不择手段，实际上，警察局过于宽容；它只是倾听着极度的仇恨，接受

① 即舍弗吕红衣主教，死于1836年。有人为他立传，写了《一生》一书，如同圣徒传记一般，在当时十分畅销。

告密,保存自己的所有材料。它使人恐惧的只有一面。它为司法机关办事,也为政治服务。但是,在政治上,它同过去的宗教裁判所一样残酷,一样不公正。

法官把这些材料放回档案夹,说道:"咱们别管这个,这是警察局和法院之间的一个秘密,法官要看看这有什么价值;但是,加缪索先生和太太对此一无所知。"

"这点你难道需要对我重复?"加缪索太太说道。

"吕西安是有罪的,"法官又说,"但犯了什么罪呢?"

"德·莫弗里纽斯公爵夫人、德·赛里齐伯爵夫人和克洛蒂尔德·德·格朗利厄心爱的男人是没有罪的,"阿梅莉回答道,"这一切应该是另一个人干的。"

"可吕西安是同谋犯!"加缪索大声说道。

"你要是信得过我……"阿梅莉说,"那就让教士回外交界,这是他最漂亮的外衣,并宣判年轻的可怜虫无罪,另找些罪犯……"

"你想得倒好!……"法官微笑着答道。"女人们要达到目的就发号施令,活像是空中的小鸟,什么也阻挡不住?"

"但是,"阿梅莉又说道,"不管卡洛斯神甫是外交家还是苦役犯,他都会指定一个人来使你摆脱困境。"

"我只是帽子,你才是脑袋,"加缪索对妻子说。

"好吧,审议到此结束,来拥抱一下你的阿梅莉,现在是凌晨一点……"

说完,加缪索太太独自去睡了。她丈夫还在整理自己的材料和思想,准备第二天对这两名预审被告进行审讯。

十五、法院的产物

当囚车把雅克·高冷和吕西安送往附属监狱之时,预审法官吃过了早饭,像巴黎所有的法官一样,采取简朴的生活习惯,徒步前往自己的办公室。这时,此案的一切材料都已送到。下面来谈谈这方面的情况。

所有的预审法官都配有一名副书记官。副书记官是一种宣过誓的司法秘书,终身任职,既无奖赏,又无鼓励,这种职务总是能产生出色的人才,他们生性沉默,一言不发,自法院开创至今,从未听说过副书记官在法院预审时泄密的事情。让蒂尔把路易丝·德·萨瓦①交给桑布朗塞的收据卖了,陆军部的一个书记官把对俄国的作战计划卖给了泽尔尼舍夫;这些叛徒多少都有点钱。在法院当书记官的前景以及职业的良心,足以使预审法官的副书记官变成坟墓的幸运对手,因为随着化学的发展,坟墓已不能保密。这种职员是法官的笔杆子。许多人都会明白应该当机器的轴,但弄不懂怎么可能一直当机器的螺帽;然而,螺帽却觉得自己很

_____

① 即法朗西斯一世的母亲。

102. 太太，一般人都有个怪脾气，对这等性格的青年特别宽容，还喜欢他们；看他们表面上有些才能和虚假的光彩，信以为真；对他们毫无要求，原谅他们所有的过失，只看见他们的长处，把人品完整的人应享的利益给他们，尽量的宠他们。反过来，大众对品性坚强而完整的人倒是严厉无比。

幸福，也许这是它害怕机器的缘故。加缪索的书记官是个二十二岁的年轻人，名叫科卡尔，那天一早就来取法官的所有文件和摘要材料，把办公室里的一切都安排妥当。这时，法官正沿着塞纳河畔闲逛，观看商店里的古玩，心里寻思道："假定此人就是雅克·高冷，跟这样强的对手打交道该如何是好？保安队长会认出他的，我应该摆出一副秉公办事的样子，即使对警察局也不例外！我现在是困难重重，最好的办法是对侯爵夫人和公爵夫人说明情况，把警察局的材料拿给她们看，这样我就可以为父亲报仇，因为吕西安抢走了他的高拉莉……我查清这种罪大恶极之徒，就能显露自己的才能，吕西安很快就会被所有的朋友抛弃。干吧，审讯之后见分晓。"

这时，他被一台柱顶球饰的时钟所吸引，走进了一家古玩商店。

十六、一位权贵

"既要不违背自己的良心，又要为这两位贵妇人效劳，这样才能显出高超的才能，"他自忖道。

"啊，您也在这儿，总检察长先生，"加缪索大声说道，"您在寻找奖章！"

"奖章有它的反面[1]，"德·格朗维尔伯爵笑着回答道，"因此，几乎所有的法官都有这种嗜好。"

他在古玩店里看了一会儿，仿佛在里面结束了审讯，就领着加缪索在河边散步，加缪索认为这只能是个巧合。

"今天上午您将要审问德·吕庞泼莱先生，"总检察长说。"可怜的年轻人，我喜欢他……"

"控告他的罪状很多，"加缪索说。

"是啊，我看过警察局的材料；但是，这些材料一部分来自一位不属于巴黎警察局的密探，就是著名的科朗坦，他杀死的无辜，比您将来送上断头台的罪犯还要多。另外……但是，对这个家伙我们鞭长莫及。我虽然不愿影响像您这样一位法官的良心，但我不能不向您指出，如果你们能确实证明吕西安不知道那个妓女的遗嘱，就能得出吕西安毫不希望她死亡的结论，因为她遗赠给吕西安的钱多得惊人！……"

"我们确实能证明他在埃斯黛被毒死时不在现场，"加缪索说。"他当时正在枫丹白露等候德·格朗利厄小姐和德·勒农古公爵夫人的马车经过。"

"哦！"总检察长又说，"他对同德·格朗利厄小姐的婚事抱有很大的希望(这是德·格朗利厄公爵夫人亲口对我说的)。这样聪明的青年不可能用无益的凶杀来毁掉自己的前程。"

"是啊，"加缪索说，"特别是埃斯黛把自己赚到的钱都给了他……"

---

[1] "任何奖章都有它的反面"是法语中的一句谚语，意思是"任何事物都有它坏的一面。"

"据戴维尔和纽沁根说,她死的时候还不知道自己早就是一笔遗产的继承人,"总检察长补充道。

"那么,您认为是怎么回事呢?"加缪索问道。"事情还是发生了。"

"是仆人们干的,"总检察长说。

"不幸的是,那个西班牙教士肯定就是逃亡苦役犯,而卖掉纽沁根赠送的利息为百分之三的年金登记书,得到七十五万法郎,这正是雅克·高冷的脾气……"

"一切由您考虑,亲爱的加缪索,您得小心谨慎。卡洛斯·埃雷拉是外交人员……但是,一位大使犯了谋杀罪是不能受到豁免的。他是不是卡洛斯·埃雷拉神甫,这才是最重要的问题……"

德·格朗维尔先生不等加缪索回答就行礼告辞。

"难道他也想救吕西安?"加缪索想道。他见总检察长从阿尔莱街那边的院子进入法院,就走眼镜河滨街①那条路。

十七、捕捉苦役犯的圈套

加缪索来到附属监狱的大院,走进典狱长的办公室,把他拉到大厅中央无人能听到的地方。

"亲爱的先生,请劳驾到拉福斯监狱去问问您的同行,他是否关押着几个 1810 年至 1815 年期间在土伦苦役监里呆过的犯人。您也检查一下,您这里是否也有这样的犯人。如果拉福斯监狱里有这样的犯人,我们就派人把他们解押到这里来关几天,然后您来向我汇报,他们是否认出那个自称是西班牙教士的人,就是绰号为鬼上当的雅克·高冷。"

"是,加缪索先生;不过,皮皮 – 罗萍来了……"

"啊!已经来了?"法官大声说道。

"他不久前在默伦。听到别人说这是鬼上当,他高兴得微笑了。现在他正等候您的吩咐……"

"请把他叫来。"

附属监狱的典狱长乘机向预审法官递上雅克·高冷的请求,并把犯人很坏的健康状态诉说了一遍。

"我准备先审问他,"法官回答道,"但不是因为他的健康状况。今天早晨我收到拉福斯监狱典狱长的一份报告。这家伙自称二十四小时以来奄奄一息,却睡得烂熟,连典狱长派人请来的医生进去他也没有听见;医生没有按他的脉,而是让他睡觉;这说明他不但身体很好,而且神智十分清楚。我待会儿装出相信他有病,那只是为了研究我的犯人而玩弄的手法,"加缪索先生微笑着说道。

———————————

① 钟楼河滨街曾名眼镜河滨街,因为那里眼镜商云集。

相关链接 ●

103. 大卫正要说几句体己话安慰女人，忽然听见门上轻轻敲了一下，玛丽蓉带着又高又胖的科布穿过外面一间屋子走进来。

玛丽蓉说："太太，我跟科布知道先生太太心里着急，我们俩一共有一千一百法郎积蓄，觉得存在太太这儿再妥当没有……"

"再妥当没有。"科布很热情的重复了一句。

"跟预审被告和大审被告打交道，每天都能学到东西，"附属监狱的典狱长指出。

巴黎警察局和附属监狱相通，法官们和典狱长由于熟悉地道，很快就能走到那里。正因为如此，检察院和重罪法庭的庭长们能立即得到某些情报，而且像奇迹一般容易。当加缪索先生走到通往自己办公室的楼梯上时，看到皮皮－罗萍正从休息厅奔来。

"这么着急！"法官微笑地对他说。

"啊，如果是他，"保安队长回答道，"只要有回头马(切口，指过去的苦役犯)，您就会看到他将在放风的院子里被人狠揍一顿。"

"为什么？"

"鬼上当吃了青蛙①，我知道他们发誓要杀死他。"

他们是指二十年来把钱交给鬼上当保管的苦役犯。这些钱都已被吕西安挥霍殆尽，这点读者已经知道。

"您能不能找到他最后一次被捕的证人？"

"请给我两张传票，我今天就给您把证人带来。"

"科卡尔，"法官一面说，一面脱下手套，并把手杖和帽子放在一个角落，"请根据队长先生提供的情况填写两张传票。"

他照了照壁炉上的镜子。壁炉架上放的不是座钟，而是一只脸盆和一个水罐。一边放着灌满水的长颈大肚玻璃瓶和一个玻璃杯，另一边放着一盏灯。法官拉了铃。几分钟之后，执达员来了。

执达员的任务是接待证人，核实他们的传票，并把他们按来到的次序排好。他进门时问道："我的客人已经到了？"

"是的，先生。"

"请把来客的姓名记下，把名单拿来给我。"

预审法官有时必须一次搞完好几个预审，所以都非常珍惜时间。正因为如此，被传到庭的证人在执达员的房间里排成长长的队伍。房间里不时响起预审法官的铃声。

加缪索接着对执达员说："然后，您去把卡洛斯·埃雷拉神甫带来。"

"啊！他是西班牙人？听说是当教士。呵，这是科莱②的老戏新唱，加缪索先生，"保安队长大声说道。

"毫无新鲜之处，"加缪索回答道。说完，法官签署了两张令人生畏的传票。这种传票使所有被传到庭的人，甚至是完全无辜的证人都会心慌意乱，因为如不出庭，就要受到严厉的惩处。

---

① 意思是侵吞了苦役犯的钱。

② 昂蒂姆·科莱曾先后冒名顶替将军、主教和议事司铎，于1840年11月在罗什福尔苦役监去世。

十八、雅克·高冷在黑牢中全力以赴

雅克·高冷在半小时之前结束了自己的深思熟虑,这时已胸有成竹。他在两张满是油腻的纸片上写下的几行字,惟妙惟肖地刻画出这个反抗法律的老百姓的面貌。

第一张纸条上写着他和亚细亚约定的密码,即切口中的切口,表达思想的密码。字条的大意如下:

　　请去德·莫弗里纽斯公爵夫人或德·赛里齐夫人的家里,让两人中随便哪一个在吕西安受审前去探监,并把附上的那张纸条带给他看。另外,必须找到欧罗巴和帕卡尔,让这两个贼听候我的吩咐,准备扮演我将给他们指定的角色。

　　速去拉斯蒂涅处,就说他在歌剧院舞会上遇到的那个人请他证明卡洛斯·埃雷拉神甫和在伏盖大妈家里被捕的雅克·高冷毫无相似之处。

　　让皮安训医生也作出同样的证明。

　　请那两个属于吕西安的女人为此目的进行活动。

在那张附上的纸条上,他用通顺的法语写道:

　　吕西安:

　　有关我的一切你都不要承认。对于你来说,我应该是卡洛斯·埃雷拉神甫。这不仅能证明你无罪,而且只要稍加坚持,你就能得到七百万法郎,并保住自己的名誉。

这两张纸条粘在一起,写字的一面都合在里面,看起来就像是一张纸条,然后用设法获得自由的苦役犯所特有的技术,巧妙地卷了起来。卷好后的形状和硬度,和满是污垢的纸团相仿,就像节俭的女人用来在断裂的针孔上涂蜡的蜡烛头。

"如果我第一个被提审,我们就得救了。但要是先审讯这孩子,那就全完了,"他一面等待一面想道。

这时刻如千钧一发,此人虽说本领高强,也不由得汗流满面,脸色苍白。这个奇人在犯罪方面料事如神,犹如莫里哀在戏剧的诗意方面、居维埃[①]在绝灭的生物方面一样。任何一个领域的天才都是一种直觉。次于这种现象的其他杰作归功于才能。第一流的人物和第二流的人物之间的差别就在这里。罪犯也有自己的天才人物。雅克·高冷在走投无路之时遇到了加缪索太太和德·赛里齐夫人,前者野心勃勃,后者在吕西安大祸临头之际旧情复萌。这就是

───────────────

①　乔治·居维埃(1769－1832),法国古生物学家。

人类的智慧为抵抗正义女神的钢盔铁甲所作出的最后努力。

这时,雅克·高冷听到囚室门上的铁锁和门闩发出沉闷的声音,重又装出死气沉沉的样子。他听到走廊里狱卒的皮鞋声,感到极其兴奋,所以装得活灵活现。他还不知道亚细亚将使用什么办法来接近他;但是,他指望能在半路上见到她,尤其是他在圣·约翰拱廊下已经看到了这种希望。

十九、亚细亚开始行动

在那次顺利的会见之后,亚细亚来到沙滩广场。1830年以前,沙滩广场的名字有着今天已经消失的含意。当时,从阿科尔桥到路易-腓力桥之间的整个河畔部分,仍然处于大自然所创造的状态,只有铺上石块的大街边坡除外。因此,当河水涨潮时,人们可以乘船沿着河边的房屋和街道行驶。在这段河滨,房屋的底层几乎都升高了几个梯级。当河水拍击着房屋的墙脚时,车辆就由可怕的莫尔泰勒里街①通过。这条街现已全部拆毁,以扩建市政厅大厦。因此,假的女商贩轻而易举地就把小车飞快地推到河滩下面,并把车藏在那儿。这时,真的女商贩在莫尔泰勒里街的一家下等小酒馆里,用整批出售商品所得的钱买酒喝,喝完后就到借车人说妥的地方来取车。当时,佩尔蒂埃河滨街②的扩建工程即将结束,工地的入口处由一名残废军人看守,把手推车交给他看管保险不会丢失。

亚细亚立刻在市政厅广场乘上一辆出租马车,对车夫说:"去修院区! 快,有油水。"

一个女人像亚细亚那样穿戴,就不会引起任何人的好奇,可以在拥挤着千把个流动摊贩、二百名旧货商、集巴黎破衣烂衫之大成的宽广的中央菜市场中销声匿迹。两名预审被告刚入狱,她就在一间潮湿、低矮的中层楼小房间里更换衣服。房间位于一家外表难看的店铺上面,店里出售男女裁缝偷来的零布料,店主是一位名叫拉罗梅特的老处女,小名叫热罗梅特③。拉罗梅特和脂粉女商贩的关系,同这些财神娘娘和手头拮据的所谓正派女人的关系一样,一句话,是彻头彻尾的高利贷者。

"我的孩子,"亚细亚说,"快把我打扮一下。我至少应当像圣日耳曼区的男爵夫人。咱们尽快把事情搞好,"她又说,"因为我火烧眉毛! 你知道我穿什么裙子合适。拿出胭脂盒,替我找些呱呱叫的花边! 再把最最亮的小玩意儿给我……派姑娘去叫一辆出租马车,让车停在后门。"

"是,太太,"老处女急忙回答,像仆人对待主子那样毕恭毕敬。

如果有人目睹这一场面,一定会觉得化名亚细亚的女人就像在自己家里一样自在。

---

① 街名的意思是"死亡"。
② 佩尔蒂埃河滨街从圣母桥延伸到沙滩广场,于1675年建成。
③ 后面(第221页)又说拉罗梅特是帕卡尔的姐姐,前后矛盾。

"有人要卖给我钻石!⋯⋯"拉罗梅特在给亚细亚戴头饰时说道。

"是偷来的?"

"我看是的。"

"我的孩子,不管油水多大,都不能要。最近一段时间,我们得提防好奇的人。"

至此,读者可以理解,亚细亚如何手持传票,由人带领经过条条走廊和通往预审法官办公室的楼梯,来到法院的休息厅,并在法官来到前一刻钟左右,求见加缪索先生。

二十、法院休息厅一景

这时,亚细亚已经焕然一新。她像女演员那样去掉了脸上的老态龙钟,涂上了胭脂白粉,头上戴了个漂亮的金黄发套。她的穿着同寻找失落爱犬的圣日耳曼区贵妇人一模一样,看上去四十来岁,因为她把自己的脸藏在一张美妙的黑面纱后面。一件胸衣紧紧地束住她那女厨子似的粗腰。她戴了一副十分合适的手套,身段有点肥胖,散发出一股元帅夫人的火药味。她摇晃着一只镶有金框架的手提包,一会儿注视着她仿佛是第一次看到的法院围墙,一会儿看看系着一只漂亮的王家犬的皮带。这样一位寡妇,在休息厅里很快受到一群黑长袍的注意。

没有诉讼案的律师,穿着长袍在这个休息厅里踱来踱去;他们模仿大律贵族,对大律师用教名相称,以显示自己是同行中的贵族。除了这些律师之外,人们经常看到一些耐心的年轻人,他们为诉讼代理人效劳,久久地等在那儿,因为最后审理的诉讼案也可能因首先审理的诉讼案的律师迟到而提前进行。穿黑袍的律师三个一群四个一簇,在大厅里散步,发出嘈杂的谈话声,在厅内回荡。由于散步和闲谈都消耗律师们的精力,所以大厅取名为劳步厅。如果能描写每一条黑袍的区别,一定十分有趣;不过,这种描写将出现在专门刻画巴黎律师的研究之中,亚细亚把希望寄托在这些法院的闲客身上。她听到几个玩笑,偷偷地笑了,终于吸引了马索尔的注意。马索尔是个年轻的实习律师,对《法庭消息报》的关心甚于自己的委托人。他见这位妇女香气扑鼻,服饰华丽,就笑着表示愿意为她效劳。

亚细亚用假嗓子低声对这位殷勤的先生说,她是被名叫加缪索的法官传讯而来⋯⋯

"啊!是为了吕庞泼莱案件。"

诉讼案已经有了自己的名称!

"哦!不是我,是我的女仆,一个绰号叫欧罗巴的姑娘。我雇佣她才二十四个小时,她见门房给我送来这张印花公文纸,就逃跑了。"

然后,她像终身在壁炉边唠叨不停的老妇人那样,在马索尔的追问下,天南地北地谈了起来。她诉说自己和担任本土信托管理局三局长之一的第一个丈夫生活在一起如何不幸。她还说她女儿同女婿德·格罗斯-纳尔普伯爵在一起也非常不幸,问年轻的律师她是否应该同女婿打一场官司,法律是否允许她女儿支配丈夫的财产。马索尔绞尽了脑汁,仍然猜不出那张传票是发给女主人的还是发给女仆的。开始时,他只是看看这张十分熟悉的法院证件。

为了方便起见，传票是印制的，预审法官的书记官只要填上证人的姓名、住址以及出庭作证的时间就行了。亚细亚比这位律师更熟悉法院，但还是请他作了介绍；最后，她问加缪索先生几点钟到。

"一般来说，预审法官在十点左右开始审讯。"

"现在十点差一刻，"她看了看表说。那只表小巧精致，确实是首饰中的一件珍品，马索尔见了不禁想到："她真阔! ……"

二十一、马索尔梦想高攀

105. 只要不曾有过纯洁的毫无芥蒂的交谊，即使心存猜忌也还能相处；不比两个过去肝胆相照的人，临到眼神言语都要提防的时节，会觉得不堪忍受。因为这缘故，一般大诗人特意让他们的保尔和维吉妮在少年时代终了的时候夭折。

这时，亚细亚走到一间阴暗的大厅。大厅对着附属监狱的院子，那些执达员就呆在这里。她透过窗户看到入口处，大声问道："那些高高的墙是什么?"

"是附属监狱。"

"啊! 这就是附属监狱，我们可怜的王后在那里……噢! 我真想看看她的牢房! ……"

"这不可能，男爵夫人，"律师让寡妇挽着手，回答道，"这要批准，要批准非常困难。"

她又说道："我听人说，玛丽–安托瓦内特①牢房里的题词，是路易十八亲笔用拉丁文写的。"

"是的，男爵夫人。"

"我真想学拉丁文，学了可以研究这个题词! "她回答道。"您是否认为加缪索先生会批准我……"

"他不管这事，但是，他可以陪您……"

"那他的审讯怎么办?"她说。

"哦! "马索尔回答道，"可以让预审被告等着。"

"瞧，他们是预审被告，真的! "亚细亚天真地说道。"但是，我认识你们的总检察长德·格朗维尔先生……"

这句话对执达员们和这位律师产生了神奇的效果。

"啊! 您认识总检察长先生，"马索尔说道。他想问一下这位萍水相逢的女委托人的姓名和地址。

"我经常在他的朋友德·赛里齐先生家里见到他。德·赛里齐夫人的娘家龙克罗尔家和我有亲戚关系……"

"如果夫人想去附属监狱，"一位执达员说，"那就……"

"是的，"马索尔说。

于是，执达员们让律师和男爵夫人走了进去。不一会儿，他们就来到警卫队的营房，营房

---

① 即路易十六的王后。

有楼梯通往亚细亚十分熟悉的捕鼠笼。营房位于捕鼠笼和第六庭之间，就像观察所一般，所有去监狱的人都必须经过这里。

她望着正在打牌的宪兵们说道："请您问一下这些先生，加缪索先生是否到了。"

"是，夫人，他刚从捕鼠笼上来……"

"捕鼠笼!"她说。"这是什么……哦! 我真蠢，没有直接去找德·格朗维尔伯爵……可我没有时间……先生，请在加缪索先生审讯前带我去见他。"

"哦! 夫人，您和加缪索先生谈话有的是时间，"马索尔说。"您把自己的名片递上去，就不用和其他证人一起久等了……法院里会照顾您这样的夫人的……你们有名片……"

二十二、马索尔和王家犬的妙用

这时，亚细亚和律师正站在警卫队营房的窗前，宪兵们能从窗口看到附属监狱入口处的动静。宪兵们保护孤寡，受人尊敬，也知道黑袍的特权，所以就容许有律师陪伴的男爵夫人在他们的营房里逗留片刻。亚细亚听年轻的律师讲述他所知道的有关监狱入口处的骇人听闻的事情。他指着两道栅栏对她说，那后面就是给死囚理发梳妆的地方。她表示不信，但宪兵队长作了肯定的回答。

"我多么想亲眼看看! ……"她说。

她在那儿同队长和律师调情说笑，直至看到雅克·高冷由两名宪兵搀扶，从入口处走了出来，加缪索先生的执达员在前面带路。

"啊! 那是监狱的神甫，可能刚安排好一个不幸的人……"

"不，不，男爵夫人，"宪兵回答道。"这是个预审被告，是去受审的。"

"他犯的是什么罪?"

"他同那桩毒药谋杀案有牵连……"

"哦! 我真想看看他……"

"您不能呆在这儿，"宪兵队长说，"因为他关在黑牢里，即将经过我们的营房。瞧，夫人，这扇门通楼梯……"

"谢谢，队长先生，"男爵夫人说着就朝那扇门走去。她迅速走到楼梯，大声问道："我这是在什么地方?"

她那洪亮的声音传到了雅克·高冷的耳边，她想用这种方法使他在见到她之前有所准备。这时，宪兵队长从后面赶来，把男爵夫人拦腰拉住，像羽毛一般将她推到五名宪兵的中间，五名宪兵立刻忽地站了起来，原因是警卫队怀疑一切。这样做有点专横，但却是必要的专横。那位律师不禁恐惧万分地叫道："夫人! 夫人! "因为他极其害怕连累自己。

卡洛斯·埃雷拉神甫几乎昏倒，在警卫队营房的一把椅子上坐了下来。

"可怜的人! "男爵夫人说道。"他难道是罪犯?"

106. 只要记住一点："定下一个辉煌灿烂的目标，藏起你的手段和步骤。你过去的行动完全像小孩儿，你应当做大人，做猎人，暗暗的躲在一边，埋伏在巴黎的交际场中，等鸟兽，等机会，别爱惜你的人格，别爱惜你的所谓尊严；因为我们大家都服从一样东西，不是服从嗜好，便是服从迫切的需要，可是必须遵守一条最高的原则，就是严守秘密！"

这些话虽然是在青年律师耳边说的，但在场的人都已听到，因此在警卫队可怕的营房里，是死一样的寂静。有时，几个幸运儿获准在著名的罪犯经过警卫队营房或走廊时观看，因此负责押送卡洛斯·埃雷拉神甫的执达员和宪兵没有提出任何非议。另外，由于宪兵队长忠于职守，抓住了男爵夫人，使关在黑牢里的预审被告和外人不能进行任何联络，所以在犯人和男爵夫人之间存在着一条安全地带。

"走吧！"雅克·高冷说着便使劲站起身来。

这时，小纸团从他袖子里掉落下来。男爵夫人有面纱遮挡，可以自由观看，立刻发现了纸团掉落的地方。纸团潮湿油腻，没有在地上滚动，这些小事看起来无关紧要，却都经过雅克·高冷的仔细考虑，以便做到万无一失。当预审被告走到楼梯的上部时，亚细亚十分自然地让手提包滑落到地，并敏捷地捡了起来；但是，她在蹲下来的一刹那，已经拿到了纸团，由于纸团的颜色同地上的尘土完全一样，所以没有被人发现。

"啊！"她说，"我看了心里难受……他快要死了……"

"或者说像是快要死了，"宪兵队长纠正道。

"先生，"亚细亚对律师说，"请立刻带我去见加缪索先生；我是为那个案件而来的……他在审问可怜的神甫以前见到我，也许会感到高兴的……"

律师和男爵夫人离开了墙壁上都是煤黑和油腻的警卫队营房。但是，当他们走到楼梯的上部时，亚细亚惊叫道："我的狗！……哦！先生，我可怜的狗。"

说完，她像疯子一般冲到法院的休息厅，向所有的人询问她的那条狗。她走到商场廊，朝一个楼梯冲去，说："它在这儿！……"

这个楼梯通向临阿尔莱街的院子。亚细亚演完了这出戏，就从院子里出去，跳上一辆停在奥尔费佛河滨街上的出租马车，身边带着通知欧罗巴出庭的传票。这时，警察局和法院还不知道她的真实姓名。

二十三、亚细亚和公爵夫人一见如故

她对车夫叫道："去圣马克新街。"

亚细亚深信一位脂粉商能严守秘密。脂粉商名叫努丽松太太，大家也叫她圣埃斯泰弗太太。她不仅听从亚细亚的吩咐，而且把自己的店铺也借给了她，纽沁根就是在她的店里商谈埃斯黛这笔买卖的。亚细亚在那儿就像在自己家里一样，因为她在努丽松的住房里有一个房间。她付了车钱，同努丽松太太打了个招呼，那样子仿佛是说，她没有时间说上一句话，然后，就上楼走进自己的房间。

亚细亚确信无人偷看之后，就开始打开那两张纸条，其仔细程度，犹如科学家打开羊皮纸隐迹纸本一般。她看完纸条，觉得必须把写给吕西安的那几行字抄在信纸上。然后，她下楼来到努丽松太太的店铺，派店里的小姑娘到意大利街去叫出租马车，自己则和太太谈话。努

丽松太太曾通过德·莫弗里纽斯公爵夫人和德·赛里齐夫人的女仆打听到这两位夫人的住址,就告诉了亚细亚。

她来回奔走,细心工作,前后花了两个多小时。德·莫弗里纽斯公爵夫人住在圣奥诺雷区的上方。她让圣埃斯泰弗太太等了一个小时,虽然女仆敲了小客厅的门,递进了圣埃斯泰弗太太的名片。亚细亚在名片上写道"我为吕西安而来,情况紧急。"

亚细亚一看到公爵夫人的脸色,就知道自己来得不是时候;因此,她对自己在吕西安遭难之时打扰了公爵夫人的休息,深表歉意……

"你是谁?……"公爵夫人两眼直盯着亚细亚,毫不客气地问道。在法院休息厅里,亚细亚被马索尔误认为男爵夫人,但在卡迪央公馆的小客厅里,她活像是白缎裙上的污油迹。

"我是脂粉商,公爵夫人。在这种情况下,人们会找那些从事的职业要求守口如瓶的女人们帮忙。我从来没有背叛过任何人,只有上帝知道有多少贵妇人把钻石交给我保管一个月,并向我讨取同她们的首饰完全一样的假首饰……"

"你还有别的名字吗?"公爵夫人微笑着问道。

亚细亚的回答唤起了她对往事的模糊回忆。

"是的,公爵夫人,我在重要场合是圣埃斯泰弗太太,但我在做生意时名叫努丽松太太。"

"好,好……"公爵夫人改变了口气,急忙回答道。

亚细亚继续说道:"我能帮大忙,因为我们既掌握丈夫们的秘密,又掌握妻子们的秘密。我同德·玛赛先生做了好多笔买卖,对这位先生公爵夫人是……"

"别说了!别说了!……"公爵夫人大声说道。"咱们谈吕西安吧。"

"公爵夫人要是真想救他,就必须鼓起勇气不把时间浪费在穿戴打扮上;再说,公爵夫人现在再漂亮也没有了。我老太婆敢发誓,您像画上一样美!还有,您别用自己的马车,太太,您和我一起乘出租马车……如果您想避免比那小天使的死亡更大的不幸,请到德·赛里齐夫人家里……"

"好吧,我跟你去,"公爵夫人犹豫片刻后说道。"咱们俩一定能给莱昂蒂娜鼓鼓气……"

二十四、真正的痛苦

尽管这位苦役监的桃丽娜[①]行动极为迅速,当她和德·莫弗里纽斯公爵夫人一起走进坐落在昂唐提道街上的德·赛里齐夫人府第时,时钟已敲两点。但在那儿,由于有公爵夫人在,所以一分一秒也没有浪费。她们俩立刻被带到伯爵夫人那儿。只见在奇花异草、芳香扑鼻的花园中央,有一座小型木屋,伯爵夫人正躺在木屋里的一张长沙发上。

"这地方好,"亚细亚朝四周望了一眼说道,"别人不会听到我们的谈话。"

---

① 莫里哀的喜剧《伪君子》中的侍女。

相关链接 ●

107.“别看我是个卑微的教士，”那人说着，被西班牙的日光晒得乌油油的脸上凶相毕露，“一朝受了羞辱，伤害，折磨，欺骗，出卖，像你在巴黎吃的那些坏蛋的亏，我马上变做沙漠中的阿拉伯人！……我要拼我的肉体，我的灵魂，去报仇泄恨！……我不怕在吊台上，在绞架上结束生命，给人用柱子撞开肚子也好，受土耳其式的毒刑也好，躺在你们的铡刀底下也好；不过我先要踩死了敌人，才肯送掉我的脑袋。”

“啊！我亲爱的！我要死了！啊，狄安娜，你想了什么办法救他？……”伯爵夫人大声说道。她泪如雨下，像猛兽一般跳将起来，抓住公爵夫人的肩膀。

“好了，莱昂蒂娜，在某些情况下，我们这样的女人不应该哭，而应该行动，”公爵夫人说着硬把伯爵夫人拉到长沙发上坐下，自己也坐了下来。

亚细亚用风月场上的老手特有的目光观察着伯爵夫人，那目光观察女人的灵魂，犹如外科医生的手术刀切割伤口那样迅速。雅克·高冷的女伴，发现了社交界的女人们极为罕见的感情的痕迹，一种真正的痛苦……这种痛苦会在心中和脸上留下无法消除的条痕。在穿着上，毫无妖艳之处！伯爵夫人当时已度过四十五个春秋，她那印花细布的罩衣上全是皱纹，内上衣丝毫不加修饰，里面也没穿紧身胸衣！……她眼圈发黑，面颊苍白，说明流过痛苦的泪水。罩衣上没束腰带。衬裙和衬衣上的刺绣也弄皱了。头发套在网巾里，已经有二十四个小时没有梳洗，显出一根纤细的短辫和一圈圈稀疏的鬈发。莱昂蒂娜忘了戴上自己的假发辫。

“您生平第一次产生了爱情……”亚细亚以教训的口吻对她说道。

莱昂蒂娜这时才发现亚细亚，不禁露出恐惧的神色。

“她是谁，我亲爱的狄安娜？”她对德·莫弗里纽斯公爵夫人问道。

“如果她不是个忠于吕西安、准备为我们效劳的女人，我怎么会把她带来呢？”

二十五、一个古怪的巴黎女人

亚细亚果然料事如神。德·赛里齐夫人被公认为社交界最轻浮的女人之一，却曾经对德·埃格尔蒙侯爵热恋十年之久，侯爵侨居殖民地之后，她深深地爱上了吕西安，并把他从德·莫弗里纽斯公爵夫人手里抢了过来。她当时同巴黎所有的人一样，不知道吕西安对埃斯黛的爱情。在上流社会里，有一个公开的情夫比有十个秘密的情夫更能败坏一个女人的名誉，有两个公开的情夫就更是如此。但是，德·赛里齐夫人不是个受人重视的角色，所以历史学家也不能担保她的贞操只有两个缺点。她是个中等身材的金发女人，同所有的金发女人一样，保养得极好，看上去三十岁刚出头，苗条而不见消瘦，皮肤洁白，头发微灰，双脚、双手和身体有一种贵族气派的纤细。她同龙克罗尔家族的其他人一样聪明，因此，她对女人们凶狠，对男人们温和。巨额的家产、丈夫的高贵地位以及哥哥德·龙克罗尔侯爵的地位，使她能一直免遭挫折，要是换了其他任何女人，就早已碰得头破血流。她有一大长处：她道德败坏，但十分爽直，承认自己崇拜摄政时期①的道德。过去，这个女人一直把男人们当作可爱的玩偶，特别奇怪的是，她认为要控制他们，就只能在爱情中忍受牺牲，所以给了他们很多东西。在四十二岁时，这个女人对吕西安一见钟情，犹如德·纽沁根男爵对埃斯黛一见钟情。正如亚细亚刚才所说的那样，她生平第一次产生了爱情。这种恢复青春的现象在巴黎女人和贵妇人身

---

① 指1715至1723年奥尔良公爵摄政时期。当时的道德放荡不羁，故称为“放荡时期。”

上出现，要比人们想象的更为频繁，某些贞洁的女人到了四十岁这个关口，无缘无故地因此而失足。这种强烈、完美的爱情，从初恋时孩提般的感觉直至如痴如狂的情欲，只有德·莫弗里纽斯公爵夫人一人知道。爱情的幸福使莱昂蒂娜欣喜若狂，百乐不厌。

众所周知，真正的爱情毫不宽容。当她发现还有个埃斯黛，就愤然和吕西安决裂。在这种情况下，狂怒的女人们甚至会去杀死情敌；但事过之后，真诚的爱情使她回忆起往日的欢乐，心里不觉软了下来。因此，一个月来，伯爵夫人为了能再见到吕西安一个星期，宁愿自己少活十年。最后，当她情思萦怀之时，情人被捕的消息如最后审判的号角一般传来，她完全接受了埃斯黛的竞争。听到这个消息，伯爵夫人差一点死去，她丈夫怕她在昏迷中说出真情，就亲自守候在她的床边。二十四小时以来，她心如刀割。她激动地对丈夫说："你要是救了吕西安，我就只为你一人而活！"

二十六、亚细亚装成多瑙河的农民

"公爵夫人说，别像死山羊那样瞪着眼睛，"可怕的亚细亚摇着伯爵夫人的胳膊大声说道。"如果您想救他，就一分钟也别耽搁。他没有罪，我可以用我母亲的骨头打赌！"

"哦！对，不是吗……"伯爵夫人感激地望着这个相貌丑陋的长舌妇，大声说道。

"但是，"亚细亚继续说道，"如果加缪索先生对他审问得不得法，只消两句话，就能把他变成罪犯；您要是能进入监狱，同他谈话，那就立刻出发，并把这张纸交给他……明天他将获得自由，我可以向您担保……请您把他救出来，因为是您使他关进去的……"

"是我！……"

"对，是您！……你们这些贵妇人，即使家产万贯，也从不拿出一个子儿。我过去有孩子时，他们袋子里有的是钱！他们高兴，我也高兴。要是能既当母亲又当情妇该多好！你们这些人对自己情人的事不闻不问，听任他们饿得死去活来。埃斯黛不会夸夸其谈，她用使自己的肉体和灵魂沉沦地狱的代价，把别人向您的吕西安要的一百万法郎给了他，这就是使他落到现在这种地步的原因……"

"可怜的姑娘！她做到了这点！我现在喜欢她！……"莱昂蒂娜说。

"啊！是现在，"亚细亚冷冰冰地讽刺道。

"她过去很漂亮，但现在，我的天使，你比她漂亮得多……再说吕西安和克洛蒂尔德的婚事也吹了，而且无法挽回，"公爵夫人对莱昂蒂娜低声说道。

这一席话对伯爵夫人很有效力，她不再感到痛苦。她把双手放在额头上，顷刻间变得年轻了。

亚细亚看到了这种变化，猜出了其中的原因，说道："干吧，我亲爱的，动手干，而且要快！……"

"但是，"德·莫弗里纽斯夫人说道，"首先要阻止加缪索先生审讯吕西安，这件事只要我

们给他写张条子就能办到。莱昂蒂娜,马上派你的仆人送到法院去。"

"那咱们就到我房间去,"德·赛里齐夫人说。

正当这两位保护吕西安的女人按照雅克·高冷的命令行事时,法院里发生了下面的事情。

二十七、试　　探

两名宪兵把垂死的犯人扶到加缪索的办公室,让他在面对窗户的一张椅子上坐下,加缪索先生则坐在办公桌后面的安乐椅里。在离法官几步远的地方有一张小桌子,科卡尔手执羽笔端坐桌旁。

预审法官办公室的位置并非无关紧要,如果不是故意选择,人们就得承认,偶然把正义当作姐妹看待。这些法官同画家一样,需要来自北面的均匀、澄清的光线,因为罪犯的脸犹如一幅画,必需耐心研究。因此,几乎所有的预审法官都像加缪索那样布置自己的办公室,法官逆光而坐,他们审讯的被告则把脸对着光线。他们任职六个月以后,如果不戴眼镜,无一不在审讯时自始至终装出漫不经心、无动于衷的样子。卡斯担[1]所犯的罪行,就是用这种方法和出其不意的提问引起他脸色殊变而揭露出来的。当时,法官缺乏证据,和总检察长进行长时间的讨论之后,正准备释放这个罪犯。这个细节可以使最不能谅解的人们知道,刑事诉讼的斗争是何等激烈、有趣、奇特、可怕和富于戏剧性。这种斗争没有旁证,但总是记录在案。这种表面上冷若冰霜,实际上极为炽烈的场面,在纸上留下了什么,只有上帝才能知道。在这样的场合,眼神和声音的变化、脸上的颤动,以及因感情而引起脸色微绯,都极其危险,就像两个野人在互相观察,以便发现对方的弱点,将对方置于死地。可以说,审讯的笔录只是大火烧剩的灰烬而已。

"您的真实姓名是什么?"加缪索对雅克·高冷问道。

"唐·卡洛斯·埃雷拉,多兰特教区的名誉委员,斐迪南七世陛下的特使。"

这里必须指出,雅克·高冷讲的法语同西班牙的牛叫声一样。他说话叽哩咕噜,法官简直听不出他在说些什么,就老是叫他重复。纽沁根先生的德国腔已经充斥了这一场景,所以不想再增加其他难读的句子,以便使读者尽快看到故事的结局。

二十八、苦役犯如何解释身带疤痕

"您是否有证件证明自己所说的身份?"法官问道。

"有的,先生,一张护照,信奉天主教的陛下任命我为特使的信件……还有,您要是把我

---

108. 柏蒂-克洛看见两个老主顾表示惊奇,回答道:"什么帮忙,我叫你们吃了大亏呢。我再说一遍,我叫你们吃了大亏,时间久了,你们自会发觉,不过我知道你们的性格,你们宁可受损失,不想等一笔遥遥无期,也许来得太晚的财产。"

夏娃道:"先生,我们不贪图财产,谢谢你使我们能够快快活活的过日子,我们永远感激你。"

① 参见第 123 页注①。

当着您的面写的便条送到西班牙大使馆,他们就会立刻来要人。另外,您如果需要其他证据,我就写信给法兰西宫廷首席神甫阁下,他会马上派私人秘书到这里来的。"

"您是否一直以为自己到了奄奄一息的地步?"加缪索说。"如果您真的像被捕以来所抱怨的那样感到极为痛苦,您现在早已不在人世了,"法官挖苦地继续说道。

"您是在审讯无辜,考验他的勇气和个性!"预审被告温和地回答道。

"科卡尔,按铃!派人把附属监狱的医生和一名护士叫来。我们只好让您脱下礼服,检查一下您肩上有没有黥印……"加缪索又说道。

"先生,我听候您的处置。"

预审被告请法官解释黥印是什么样的,为什么要在他肩上找。法官早就料到他会提出这样的问题。

"有人怀疑您就是逃犯雅克·高冷。这个苦役犯胆大包天,甚至胆敢亵渎神圣……"法官立刻说道,目光直射被告的眼睛。

雅克·高冷既不颤抖也不脸红!他仍然十分镇静,并故意装出好奇而幼稚的样子,两眼直盯着加缪索。

"我!先生,我是苦役犯?……但愿我的教会和上帝原谅您的过错!请您告诉我,我该做些什么才能使您不至于固执己见,不再严重违反人权,侮辱教会和我的国王陛下。"

法官没有直接回答,而是对被告说,如果他曾被打上法律规定给苦役犯烙上的黥印,只要拍拍他的肩膀,黥印的字母就会立刻显现出来。

"啊,先生,"雅克·高冷说,"我对国王的事业忠心耿耿,却成了我的致命伤,真倒霉!"

"那就请您解释一下,"法官说,"您到这儿来就是为了解释清楚。"

"好吧,先生,我背上可能有很多伤疤,因为我虽然忠于国王,却以叛国罪被立宪党人判处死刑,被人从背后枪决。他们当时以为我死了,就把我丢下不管。"

"您被人枪决,现在却还活着!……"加缪索说。

"我同士兵们串通好,并通过一些虔诚的教徒给了他们一点钱;因此,他们让我站在很远的地方,对准我的背部开枪,子弹没有打在要害的地方。这一事实,大使阁下可以对您作证……"

"这个鬼家伙倒说得头头是道。这样更好,"加缪索想道。他装出严肃的样子,仿佛只是为了履行法院和警察局的公事。

二十九、雅克·高冷的奇妙创造

"性格像您这样的人,怎么会跑到德·纽沁根男爵的情妇家里?那又是怎样的情妇,一个过去的妓女!……"

"先生,人们在一个交际花家里找到我的原因是这样的,"雅克·高冷回答道。"但是,在

相关链接 ●

对您叙述驱使我去那儿的原因之前,我应该向您指出,我跨过第一级楼梯的时候,突然发病,所以我没来得及和这个妓女说话。我当时已经了解到埃斯黛小姐自杀的企图,由于此事涉及到年轻的吕西安·德·吕庞泼莱的利益,我出于神圣的动机对他又特别喜爱,所以试图说服可怜的姑娘别走绝路。我想对她说,吕西安对克洛蒂尔德小姐进行的最后努力不会成功;同时,我想把她将要继承七百万法郎遗产的消息告诉她,希望以此来恢复她生活的勇气。我可以肯定,法官先生,我成了别人向我吐露的秘密的牺牲品。从我突然中风的情况来看,我觉得当天上午就有人给我吃了毒药;但是,我体质强壮,所以没有丧命。我知道,政务警察局的一名警察早就在跟踪我,我想我找麻烦……如果在我被捕时,您根据我提出的要求请来一位医生,您就能证实我现在所说的关于我当时健康状况的话。请您相信,先生,一些地位比我们高的人,极其希望把我同某个歹徒混为一谈,以便有权将我除掉。为国王们效劳并不一定都有好处,他们有心胸狭窄之处;只有教会才完美无缺。"

雅克·高冷以无法描述的表情,故意慢吞吞地说话,十分钟的时间才一句一句地把这段话说完。这一切听来十分逼真,尤其是影射了科朗坦,所以法官也为之动摇。

"您能不能把您喜爱吕西安·德·吕庞泼莱先生的原因告诉我……"

"您难道没有猜到? 我六十岁了,先生……——我请求您别把这点记下来……——这…………难道一定要说?……"

"都说出来对您有好处,特别是对吕西安·德·吕庞泼莱有好处,"法官回答道。

"好吧! 这…………哦,天哪! ……他是我儿子!"他低声补充道。

说完,他就晕倒了。

"别记下来,科卡尔,"加缪索轻轻地说道。

科卡尔站起身来,去拿一个盛着四贼醋①的小瓶。

"如果他是雅克·高冷,可真是个大演员! ……"加缪索想道。

科卡尔让老苦役犯闻醋味,法官则在一边用猞猁和司法人员的锐利目光,仔细观察着他。

三十、以智斗智,结局如何

"必须把他的假发套脱掉,"加缪索在等待雅克·高冷恢复知觉时说道。

老苦役犯听到了这句话,害怕得微微一颤,因为他知道自己的面目会变得十分丑陋。

"您要是没有力气脱下假发套……那就请科卡尔给您脱,"法官对书记官说道。

雅克·高冷非常顺从地把脑袋伸向书记官。脱了这件装饰品,脑袋就恢复了本相,变得极为可怕。加缪索看到这种情景,感到犹豫不决。他一面等待医生和护士,一面整理和研究从

---

① 据说 1720 年马赛闹鼠疫时,四个贼由于吃了醋,就能偷窃鼠疫患者身上的物品而不受感染。

吕西安的住宅搜查出来的证件和物品。司法人员在圣乔治街埃斯黛小姐的住宅里进行搜查之后,又到马拉凯河滨街的住房进行查抄。

"您拿到了德·赛里齐伯爵夫人的信件,"卡洛斯·埃雷拉说。"但是,我不知道您为什么拿了吕西安几乎所有的证件,"他微笑地补充道,仿佛是对法官的尖刻讽刺。

加缪索发现了他的微笑,懂得这个词几乎意味深长。

"吕西安·德·吕庞泼莱因被怀疑是您的同谋而被捕,"法官回答道。他想看看这个消息对被告会产生什么作用。

"您干了一件非常坏的事,因为他和我一样,也是个无辜,"假西班牙人回答道,没有露出丝毫激动的表情。

"我们会弄清楚的,现在我们刚刚开始调查您的身份,"加缪索又说道,对被告的镇静感到惊讶。"如果您真的是唐·卡洛斯·埃雷拉,就会立刻改变吕西安·夏同的处境。"

"是的,这确实是夏同太太,吕庞泼莱家的小姐!"卡洛斯喃喃说道。"啊!这是我一生中最大的过错之一!"

他抬起眼睛望着天空;从他嘴唇的抖动来看,好像是在虔诚地祈祷。

"但是,如果您是雅克·高冷,而他又明知故犯,同一个亵渎神明的逃犯结伙,那么,法院所怀疑的一切罪行,就会变得十分肯定。"

卡洛斯·埃雷拉听到法官巧妙地说出了这句话,依然不动声色,对明知故犯和逃犯这两个词不加理睬!他举起双手,显得庄重而又痛苦。

"神甫先生,"法官极其礼貌地又开了口,"如果您真是唐·卡洛斯·埃雷拉,就请您原谅我们为维护正义、弄清真相而不得不做的一切……"

雅克·高冷听到法官说神甫先生时的声音,就知道他的态度并没有改变,立刻猜出这是个圈套。只见加缪索正期待着他露出高兴的表情,因为罪犯欺骗法官时显出不可言喻的高兴,是苦役犯身份的第一个迹象;但是,他看到苦役监的英雄同马基雅维里一样,城府极深。

"我是外交人员,属于一个刻苦修行的教会,"雅克·高冷如使徒一般温和地回答道,"我能谅解一切,又有吃苦耐劳的习惯。如果您在我家里发现了我放置文件的秘密地点,那我现在早已获得自由,因为我看出,您查获的都是些微不足道的文件……"

雅克·高冷的从容和爽直早已抵消了法官看到他头部时产生的一切疑虑,这句话使加缪索完全消除了怀疑。

"那些文件在什么地方?……"

"如果您愿意让西班牙大使馆公使团秘书和您的代表一起去,并亲自向他担保;我可以把放置文件的地点告诉您,因为这涉及我的国家、外交文件以及可能影响到已故国王路易十八名誉的秘密。——啊,先生!最好还是……您毕竟是法官!……另外,我把这一切告诉了大使,他会作出判断的。"

三十一、黥印已被消除

这时,医生和护士经执达员通报之后,走进屋来。

"您好,勒布伦先生,"加缪索对医生说,"我把您请来,是为了证实这个被告的健康状况。他说吃了别人放的毒药,认为自己从前天起就处于垂危状态。请您看看,脱掉他的衣服检查黥印,对他是否有生命危险……"

勒布伦医生拿起雅克·高冷的手,按了脉,请他伸出舌头,并对他进行了十分仔细的检查。检查进行了十分钟左右。

医生回答道:"被告受到很大的痛苦,但他现在精神很好……"

"先生,这种虚假的精神,是我奇怪的处境对神经刺激的结果,"雅克·高冷以主教般的尊严回答道。

"这有可能,"勒布伦先生说。

法官示意脱掉被告的衣服,让他只穿着裤子。他上身的衣服全被脱光,连衬衣也不让穿;只见他毛茸茸的上半身,同希腊神话中的独眼巨人一样强壮。他宛如那不勒斯的赫拉克勒斯①神像,只是没有那样高大而已。

"大自然创造身材如此结实的人们是派什么用场的?……"医生对加缪索说。

执达员又走进室内,手里拿着一根乌木做的圆棒。这种圆棒从远古以来就是他们职务的标志,称为笞杖。他在刽子手打上该死字母的地方,用笞杖打了好几下。十七个孔重又出现,其分布都很不规则;但是,虽然人们仔细观察他的背部,却看不到字母的任何形状。只有执达员指出,字母T②的横线由两个孔标出,孔的间距和横线的长度一样,横线的两端各有一撇,另一个孔标志着这个字母竖线的末端。

加缪索看到附属监狱医生的脸上露出怀疑的神色,就说道:"不过非常模糊。"

卡洛斯请他们在另一个肩上和背部的中央也这样打几下。只见另外十五个瘢痕显露了出来。医生根据西班牙人的请求进行了观察,认为背上一道道伤疤太深,即使刽子手在上面打了黥印也泛不出来。

三十二、剑刺和招架

这时,巴黎警察局的一名年轻职员走了进来,把一封信交给加缪索先生,并请他回复。法官阅信后,走过去凑在科卡尔的耳边说话,所以没有人能够听到一个字。雅克·高冷只是从

---

① 希腊神话中最伟大的英雄,英勇无敌。
② T 是"苦役"(Travaux Forcés)中"役"的第一个字母。

加缪索的目光中才猜出刚才警察局长派人送来的是一份有关他的情报。

"佩拉德的朋友老是盯着我,"雅克·高冷想道。"如果我当时认识他,我就会像干掉孔唐松那样将他除掉。我是否能再次见到亚细亚呢?⋯⋯"

法官在科卡尔写的信纸上签了名,把信纸放进信封,然后交给代表办公室的职员。

代表办公室是司法机关必不可少的辅助部门。办公室由最老练的警察所所长主持,成员为治安警官,他们由各区的警察所长协助,在重罪或轻罪的同谋嫌疑犯家里,执行搜查任务以至进行逮捕。这样,司法机关的这些代表,为受理预审的法官节省了宝贵的时间。

在法官的示意下,勒布伦先生和护士给被告穿上了衣服,然后和执达员一起退了出去。加缪索在办公桌前坐了下来,并开始玩弄自己的羽笔。

"您有一位姑妈,"加缪索突然对雅克·高冷说。

"一位姑妈,"唐·卡洛斯·埃雷拉惊奇地回答道。"但是,先生,我没有亲戚,我是德·奥絮纳公爵遗弃的私生子。"

在内心里,他却对自己说道:"他们快捉到了!"这话指的是捉迷藏游戏,是用儿童的形象来表达法院和罪犯之间的可怕斗争。

"啊!"加缪索说。"好吧,您还有自己的姑妈,就是您用亚细亚这个古怪的名字安插在埃斯黛小姐身边的雅克琳·高冷小姐。"

雅克·高冷毫不在乎地耸了耸肩,这动作同他倾听法官说话时的好奇神态完全协调,而法官则嘲讽地注视着他。

"您得留点神,"加缪索又说道。"好好听着。"

"我听您说,先生。"

三十三、亚细亚的履历

"您的姑妈是修院区的商人,商店由别名为拉罗梅特的帕卡尔小姐经营。帕卡尔小姐虽说是囚犯的姐姐,为人却十分正派。法院正在跟踪您的姑妈,再过几个小时,我们就能得到决定性的证据。这个女人对您十分忠心⋯⋯"

"请继续说,法官先生,"雅克·高冷见加缪索停了一下,就平静地说道,"我听您说。"

"您的姑妈大约比您大五岁,曾经当过令人厌恶的马拉①的情妇。她现在拥有的财产,主要部分就来自这一血腥的财源⋯⋯从我所得到的情报来看,她是个非常机灵的窝主,因为我们至今没有搞到确凿的证据。根据我掌握的报告,她在马拉死后,同一个化学家同居,那个化学家因伪币罪于共和七年②被判处死刑,她曾出庭作证。由于这个关系,她获得了毒物学方

---

① 马拉(1743－1793),18世纪法国资产阶级革命的著名活动家、政治家、学者。1793年7月被反革命分子暗杀。

② 参见第187页注①。共和七年即1798年。

相关链接 ●

3. 尽管他在这个社会中感到十分痛苦，但像所有胆小怕事的人一样，他把痛楚闷在心里。后来，他渐渐地又习惯了抑制自己的感情，把自己的心当成一个避难所。对这种现象，许多浅薄之人都叫做自私自利。孤独的人和自私的人确实很相似，以致那些对性格内向的人说三道四的家伙显得很在理似的，尤其在巴黎，社交场上根本无人去细加观察，那儿的一切如潮水，就像倒台的内阁！

面的知识。共和七年至 1810 年,她是脂粉女商贩。她因迫使未成年的女孩子去卖淫,分别于 1812 年和 1816 年被判处监禁,每次为期一年……您当时因伪造文书罪已被判刑,离开了银行。您姑妈能把您安插在银行里当职员,全靠您所受的教育,以及用她提供的牺牲品换来寻欢作乐的大人物对她的保护……被告,所有这些,同那些高贵的德·奥絮纳公爵相差甚远……您是否仍然否认?……"

雅克·高冷一面听着加缪索说话,一面回忆起自己幸福的童年,以及在奥拉托利会中学的学习生活,脸上的表情使人百思不解。加缪索虽然措词巧妙,却仍然不能使这张平静的脸上露出丝毫表情。

"如果您如实记下了我开始时所作的解释,您可以再看一遍,"雅克·高冷答道,"我不能改变这种解释……我没去交际花的家,怎么会知道她雇佣什么人当厨师呢?我同您提到的那些人完全无关。"

"您虽然矢口否认,我们还是要进行对质,到那时您就不会这样自信了。"

"一个已被枪决过一次的人,什么事都经受得住,"雅克·高冷温和地回答道。

加缪索一面等待着行动极其迅速的保安队长到来,一面又去翻阅查抄来的文件。这时已是十一点半,而审讯是在十点半左右开始的。执达员走进门来,向法官低声通报皮皮－罗萍的到来。

"请他进来! "加缪索先生回答道。

三十四、老相识久别重逢

皮皮－罗萍走进室内,人们以为他会说:"这正是他! ……"可是,他却惊呆了。在那张布满麻子的脸上,他再也认不出自己的顾客。他的犹豫使法官极为惊讶。

"这正是他的身材、体型,"保安队长说。"啊! 是你,雅克·高冷,"他仔细观察了他的眼睛、前额的侧面和耳朵,又说道……"有些东西是不能化装的……这正是他,加缪索先生……雅克在左臂上受过刀伤,脱掉他的礼服就能看到……"

雅克·高冷再次被脱掉礼服,皮皮－罗萍卷起他衬衣的袖子,露出了伤疤。

"是枪打的,"唐·卡洛斯·埃雷拉回答道,"还有其他许多伤疤呢。"

"啊,这是他的声音! 皮皮－罗萍大声说道。

法官说:"您的肯定只能作为参考,不能作为证据。"

"这我知道,"皮皮－罗萍谦卑地回答道,"但是,我一定给您找到证人。伏盖公寓的一位女房客已经在这儿了……"他看着高冷说道。

高冷的平静脸色丝毫不变。

"那就请这个女人进来,"加缪索先生专横地说道。他虽然表面冷漠,但不满情绪十分明显。

雅克·高冷对预审法官的同情几乎不抱希望,这时发现了他的这种情绪,就不动声色地沉思起来,以便探究其中的原因。执达员把波阿莱太太带了进来,苦役犯出乎意外地见到她,不禁微微一颤,但他的颤抖没有被打定主意的法官发现。

"您叫什么名字?"法官按常规问道,因为在作证和审讯之前都要提出这个问题。

波阿莱太太是个矮小的白发老太,皱纹像牛犊的胸腺一样多,穿一条深蓝色的丝裙。她说她名叫克里斯蒂娜‒米歇尔·米旭诺,是波阿莱先生的妻子,现年五十一岁,出生在巴黎,家住母鸡街和邮政街的路口①,靠出租配有家具的房间为生。

"太太,"法官说道,"您在1818年和1819年曾在伏盖太太开设的寄宿舍里居住过。"

"是的,先生,我就是在那儿认识波阿莱先生的,他当时是退休职员,后来成了我的丈夫,他卧床不起已有一年……真可怜!他病得很重。因此,我不能离家过久……"

"当时,这所公寓里是否有个名叫伏脱冷的人……"法官问道。

"哦,先生!这说来话长,那是个可怕的苦役犯……"

"在逮捕他时您进行了协助。"

"这不符合事实,先生……"

"您是在法律面前,您得注意!……"加缪索先生严肃地说。

波阿莱太太不作声了。

"请您回忆一下!"加缪索又说。"您是否记得那个人?……您是否能认出他?"

"我想是的。"

"是不是这个人?……"法官问道。

波阿莱太太戴上自己的有色眼镜,对卡洛斯·埃雷拉神甫看了一眼。

"是他的身材、体型,不过……不是……是的……法官先生,"她又说道,"如果我能看看他赤露的胸脯,我立刻能认出他。(参见《高老头》)"

虽然法官和书记员的职务十分严肃,他们还是禁不住笑了起来,雅克·高冷也同他们一起笑了,不过有所克制。被告还没有穿上皮皮‒罗萍刚才给他脱掉的礼服!在法官的示意下,他乐意地敞开了自己的衬衣。

"这正是他的胸脯!但是,它变白了,伏脱冷先生,"波阿莱太太大声说道。

三十五、被告的胆量

"您对此有什么话要说?"法官问道。

"她是疯子!"雅克·高冷说。

"啊,我的天哪!他改变了面容,所以我还有点犹豫,这声音就足以证明,过去威胁我的正

---

① 母鸡街离伏盖公寓不远,邮政街后来改为洛蒙街。

相关链接

4. "您先付账! 不要说什么了, 我明天早上把钱还给您。"

施穆克搓着双手, 乐滋滋地回到屋里。可听着朋友谈起刚才突然降临在他身上的一桩桩伤心事, 他脸上渐渐地又恢复不安的神色……巴黎就像一场永不休止的暴风雨, 男男女女像跳疯狂的华尔兹舞似的被卷了进去, 不要对上流社会有什么要求, 它只是看人外表, "从不看人内心的"。

是他……啊! 这是他的目光。"

法官对雅克·高冷说: "司法警察局的警察和这位妇女不可能互相串通, 说出您同样的特征, 因为他们事先都没有见到过您, 您对此作何解释?"

"司法机关让一个女人从胸脯上的毛来辨认一个男人, 用一个警察的怀疑来作为证据, 显然是错误的。但它还有更大的错误," 雅克·高冷回答道。"他们认为我的声音、目光、身材和一个大罪犯有相像之处, 就已经十分渺茫。至于这位太太毫不脸红地用自己的回忆证实她和那个酷似我的人有过关系……您自己也笑了。先生, 我为了我自己比您为了法律更急于弄清事实的真相。请您问一下这位太太……福阿……"

"波阿莱……"

"波阿莱, 请原谅! (我是西班牙人) 她是否记得当时住在那幢房子里的人们……那幢房子你们叫……"

"寄宿舍," 波阿莱太太说道。

"我不懂这是什么意思! "雅克·高冷回答道。

"这是一所兼包晚饭和午饭的公寓。"

"您说得对," 加缪索大声说道, 赞许地对雅克·高冷点了点头。他对被告显然是诚心诚意地向他提供达到目的的方法, 感到十分惊讶。"请您回忆一下, 在逮捕雅克·高冷时, 公寓里有哪些房客。"

"当时有德·拉斯蒂涅先生、皮安训医生、高老头……泰伊番小姐……"

法官不停地观察着雅克·高冷, 见他不动声色, 就说道: "好。那么, 这个高老头……"

"他死了," 波阿莱太太说。

"先生," 雅克·高冷, "我有好几次在吕西安那儿遇到一位德·拉斯蒂涅先生, 他好像同德·纽沁根夫人关系密切。如果刚才说到的就是他, 他可从来没有把我当作你们所说的苦役犯……"

法官说: "德·拉斯蒂涅先生和皮安训医生都有很高的社会地位, 如果他们的作证对您有利, 就能使您获释。科卡尔, 请准备他们的传票。"

几分钟后, 波阿莱太太的作证手续就办完了。科卡尔向她读了证词的笔录, 并请她签名; 但是, 被告拒绝签名, 理由是他不了解法国法律的规定。

三十六、一个插曲

"今天谈得够多的了," 加缪索先生说, "您大概需要吃些东西, 我派人把您送回附属监狱。"

"唉! 我痛苦得吃不下饭," 雅克·高冷说道。

加缪索想在刑事被告放风时将雅克·高冷送回监狱; 但是, 他又想得到典狱长的回复,

因为他在那天早晨曾向典狱长发过命令,所以就按了铃,准备派执达员办理此事。执达员进来后通报说,马拉凯河滨街那幢房子的女门房,有一份与吕西安·德·吕庞泼莱有关的重要信件要交给他。这个插曲十分重要,使加缪索忘掉了自己的计划。

"请她进来!"他说。

"请原谅,先生,"女门房先后对法官和卡洛斯·埃雷拉神甫行过礼,说道。"法院两次派人来,把我和丈夫弄得心慌意乱,所以我们忘了在衣柜里还有一封寄给吕西安先生的信。这封信虽说是本埠的,但因超重,让我们补了十个苏的邮费。请您把这邮费还给我。我们什么时候能见到自己的房客,那只有老天知道了!"

"这封信是邮差交给您的?"加缪索非常仔细地检查了信封之后问道。

"是的,先生。"

"科卡尔,请您对这项声明做个笔录。那么,太太,请说出您的姓名、身份……"

加缪索让女门房宣了誓,然后口述了笔录。

在办理这些手续时,他核对了邮戳,上面有收信、送信的时间和日期。原来,这封信是在埃斯黛去世后的第二天寄到吕西安家里的,毫无疑问,是出事那天写好寄出的。

现在,人们可以想象,加缪索先生在阅读这封信时是何等惊讶。书写和签署这封信件的女人,被法院认为是一桩谋杀案的受害人。

三十七、够　　了

埃斯黛致吕西安

1830 年 5 月 13 日,星期一

(我的末日,上午十点。)

我的吕西安,我活在世上的时间,已不到一个小时了。到十一点,我就要死去。我将毫无痛苦地死去。我用五万法郎买了一颗漂亮的、装有毒药的黑色小珍珠,在顷刻之间就能把人毒死。这样,我亲爱的,你就能对自己说:"我的小埃斯黛没有感到痛苦……"是的,我只有在给你写这封信时才感到痛苦。

那个用高昂代价把我买下的丑八怪,知道我属于他的日子只此一天。纽沁根刚走,陶醉得活像一只被人灌醉的公熊。我生平第一次和最后一次,把过去的妓女生涯和爱情生活进行了比较,把无限的温情和可怕的义务进行了对照,我厌恶这种义务,希望尽快结束,所以毫无温情可言。必须对此深恶痛绝才会感到死亡的甘美……我洗了澡;我真希望能把我受过洗礼的修道院中的神甫请来,替我忏悔,替我洗刷灵魂。这样的卖淫不能再继续下去了,否则就是亵渎神圣。另外,我感到自己沐浴在真诚忏悔的圣水之中。让上帝来处置我吧。

5. 一个有钱的朋友没有对一个败光家财的朋友翻脸，一个德国旅店老板又对两个身无分文的同胞表示关心，这两件事也许会让某些人觉得这个故事是瞎编的，但是真正的事实往往像是传奇，因为在我们这个时代，为了模仿事实，传奇作出了惊人的努力。

别再怨天尤人，我希望我直至最后一刻都是你的埃斯黛，不因我的死、未来和仁慈的上帝使你感到厌烦，我在人世间已经忍受了这么多痛苦，如果上帝让我在九泉之下受到折磨，就不是仁慈的上帝……

我面前放着德·米尔贝尔夫人为你画的美妙肖像。过去你不在我身边时，这个肖像是我的安慰，现在我如醉如痴地望着它，对你写下了我最后的想法，对你描绘了我心脏的最后跳动。我将把你的肖像放在信里，因为我不愿让别人把它抢走或者卖掉。只要一想到这件曾经给了我欢乐的物品，放在一家商店的橱窗里面，同那些帝政时代的贵妇人和军官们的肖像或是中国的玩意儿混杂在一起，就会感到痛苦欲绝。这个肖像，我亲爱的，请你把它擦去，不要送给任何人……除非这件礼物能使你重新得到克洛蒂尔德·德·格朗利厄的心，就是那块会走路、穿裙子的木板，她骨头根根削尖，睡觉时会使你遍体鳞伤……是的，我同意你这样做，我死后同生前一样，会对你有点用处。啊！为了使你高兴，或者只要能给你解闷，我就会站在火盆面前，口含苹果为你烤熟！我的死对你是有益的……不然我会打扰你的家庭生活……哦！这个克洛蒂尔德，我真不理解她！能够成为你的妻子，用你的姓，同你朝夕相处，委身于你，装腔作势！要做到这些，就必须出身在圣日耳曼区！还要骨头上的肉不满十斤……

可怜的吕西安，野心未遂的亲人，我在考虑你的未来！你将来一定会不止一次地惋惜可怜的好姑娘，她对你像狗一样忠心，她为了你骗取钱财，为了保证你的幸福，她进重罪法庭也在所不辞，她惟一的事就是让你快乐，想方设法使你快乐，她的头发、双脚、耳朵都充满着对你的爱，她是你的舞蹈演员，每一道目光都是对你的祝福，在六年之中，她心里只有你一人，她成了你的一件东西，一直只是你灵魂的延伸，犹如光线是太阳的延伸一样。但是，由于没有金钱和地位，唉！我不能成为你的妻子……我一直在为你的未来提供资金，把自己的一切都给了你……你收到这封信后立刻到我这里来，把我放在枕头下的东西拿走，因为我不信任家里的那些佣人……

你看，我死了也要漂亮，我将平躺在床上，还要摆好姿势！然后，我将用软腭压碎那颗珍珠，这样，我就不会因痉挛和可笑的姿势而毁坏自己的面容。

我知道，德·赛里齐夫人因为我的缘故不理睬你；但是，我亲爱的，她得知我的死讯之后，一定会原谅你的，你也会同她恢复往日的情谊，如果格朗利厄家仍然拒绝，她一定会给你攀上一门好亲家。

我亲爱的，我不希望你在得知我的死讯之后唉声叹气。首先，我应该对你说，五月十三日（星期一）十一时只是一场长病的终结，这场病是你们在圣日耳曼街的平台上使我重操旧业之日起开始的……灵魂痛苦同肉体痛苦一样。只是灵魂不能像肉体那样愚蠢地忍受痛苦，灵魂能支持肉体，但肉体却不能支持灵魂，灵魂有办法在思考中治愈自己的创伤，就像女裁缝的炭斗可以烫平衣缝一样。你前天对我说，如果克洛蒂尔德仍然拒绝你，你就同我结婚，我听了非常高兴。但这样做会给我们俩带来很大的不幸，我也

会死得更加痛苦，因为死的痛苦也有程度上的不同。社会也永远不会接受我们的结合。

两个月来，我考虑了许多事情。一个可怜的姑娘在污泥之中，就像我进入修道院之前那样，男人们见她漂亮，就用她来满足自己的欲望，他们对她毫不尊重，先是乘车去找她，到后来却让她步行去找他们；如果说他们没有当面侮辱她，那是因为她漂亮的缘故！但是，在道德上，他们干的事却更为恶劣。如果这个姑娘继承了五百万到六百万的遗产，她就会受到亲王们的追求，她驱车经过之处，人们会对她恭恭敬敬地行礼，她可以在法兰西和纳瓦尔①最古老的家族选择配偶。这个社会看到一对美人儿幸福地结合在一起，就会骂我们笨蛋，但对于生活浪漫的斯达尔夫人②，却一直顶礼膜拜，原因是她有二十万法郎的年金收入。这社会对金钱或荣誉低头哈腰，却不愿在幸福和美德面前屈服；因为我本来可以做出有益的事……哦！我擦干了多少眼泪！……我又流了多少眼泪！是的，我只愿为你和爱德而生。

这就是我的想法。我这样想，就觉得还不如死了快活。因此，你别悲伤，我亲爱的。你要经常想想：有过两个好姑娘，两个漂亮的姑娘，她们都毫无怨言地为我而死，她们都爱我；在你的心里为高拉莉和埃斯黛树立纪念碑，而且是永久的纪念碑！你是否记得，有一天你曾把大革命前一位诗人的情妇指给我看？她老态龙钟，满脸皱纹，戴着瓜绿色的帽子，身穿棕褐色、带有黑色油迹的棉袄，她虽然站在杜伊勒利花园的墙边，也只是勉强地在太阳底下晒暖身子，并关心着一只吓人的哈巴狗，一只劣等哈巴狗。你知道，她有过奴仆、马车和一座公馆！我当时对你说："最好还是在三十岁时死去！"那一天，你见我思虑重重，就用狂热的爱使我散心；在两次接吻之间，我还对你说："漂亮的女人们每天都在剧终前退出剧场！"……所以，我也不愿意看完最后一场戏，就是这样……

你也许觉得我喋喋不休，但这是我最后一次唠叨。我给你写信就像跟你说话一样，我希望快乐地跟你说话。叹苦经的女裁缝总是使我感到厌烦。你知道，我从那次该死的歌剧院舞会回家后，已经漂亮地死过一次，因为有人在舞会上对你说我当过娼女！

哦！不，我亲爱的，你决不能把这个肖像送掉。你要知道，我刚才停了一下，陶醉地望着你的眼睛，感到自己沉没在爱情的洪流之中……当你重新看到我竭力镶嵌在这片象牙上的爱情，你就会想到，你爱恋的情人的灵魂就在里面。

死人请求施舍，这岂不滑稽？……好吧，必须善于安静地呆在坟墓之中。

你不知道，如果那班愚蠢的家伙得知，那天夜里纽沁根答应给我二百万法郎，条件是我要像爱你一样来爱他，他们就会感到我死得极为英雄。当他知道我信守自己的诺言、由于他而死的时候，就会感到上了大当。为了继续呼吸你所呼吸的空气，我什么都尝试过。我对这个胖贼说："您是否要我像您所要求的那样爱您？我甚至保证永远不再见到

---

① 西班牙的一个地区。
② 斯达尔夫人(1766－1817)，法国女作家，积极浪漫主义的前驱。

6. 一个真正高尚的人，为人如此公正，情感如此伟大，却有着这样的弱点！……正是这让禁欲主义者施穆克感到吃惊，他伤心极了，因为他感觉到将不得不放弃每天跟好友邦斯面对面地共进晚餐！而这是为了邦斯的幸福。他不知道自己是否可以作出这种牺牲：想到这，他简直快疯了。

吕西安……"——"那我必须做些什么呢？……"他问道。——"为了他您给我二百万？"……不！你要是看到他的怪相！啊！如果这件事对我不是那么可悲，我真想笑呢。——"您别回答了！"我对他说。"我看出了，您爱二百万法郎甚于爱我。一个女人总是乐意知道自己的价格，"我补充道，并对他转过身去。

几小时之后，这个老流氓就会知道，我当时不是在开玩笑。

以后，谁会像我那样给你挑头路呢？啊！我不愿再思念生活中的任何事情，我只有五分钟了，我把这时间交给上帝；你不要妒忌，我亲爱的天使，我想和上帝谈论你，请求他用我的死和在阴间对我的惩罚来换取你的幸福。下地狱使我感到十分不安，我真想去天堂看看天使，看他们是否和你相像……

永别了，我亲爱的，永别了！我用自己的一切不幸来为你祝福。直至坟墓，我将永远是

你的埃斯黛……

十一点钟敲响了。我作了最后一次祈祷，我将躺在床上死去。再说一次：永别了！我希望我手上的温暖能在上面留下我的灵魂，就像我留下晨后一次亲吻那样，我想再一次叫你我可爱的心肝，虽然你是我死亡的原因。

埃斯黛

三十八、法院是无情的，也应该是无情的

法官看完了信，内心感到一阵妒忌，他从未看到过自杀者写的信如此愉快，虽然这种愉快近于狂热，是盲目的爱情所作的最后一次努力。

"他究竟有什么特别的地方，值得她这样爱他！……"他一面思索，一面重复着没有本领讨女人喜欢的一切男人所说的这句话。

"如果您不仅能证明自己不是获释的苦役犯雅克·高冷，而且能证明您真是斐迪南七世陛下的特使、多兰特教区的名誉委员唐·卡洛斯·埃雷拉，"法官对雅克·高冷说道，"您就将获得自由，因为部里要求法官公正，所以我必须对您说，我刚才得到一封埃斯黛·高布塞克小姐的信，她在信中承认自己有自杀的企图，并对仆人们提出了怀疑，看来七十五万法郎是他们偷的。"

加缪索先生一面说，一面把这封信的笔迹和遗嘱的笔迹进行比较。他觉得，这封信和遗嘱显然出自同一个人的手笔。

"先生，您过去匆匆忙忙地认为是凶杀，现在可不能匆匆忙忙地断定是偷窃。"

"啊！……"加缪索说道，用法官的目光看了被告一眼。

"您别以为我对您说出这笔钱能够找到是不打自招，"雅克·高冷又说道。他以此向法官

暗示,他理解法官的怀疑。"这可怜的姑娘受到仆人们的爱戴;我要是获得了自由,可以负责找回这笔钱,因为这笔钱现在属于我在世界上最喜爱的人吕西安!……请允许我看看这封信,这花不了很多时间……这是我亲爱的孩子无罪的证据……您不必害怕我毁掉信件……也不必担心我说出信件的内容,因为我关在秘密单人囚室。"

"秘密单人囚室!……"法官大声说道,"您再也不会关在那儿了……请您尽快证实自己身份的是我,您如果愿意,可以请你们的大使帮忙……"

说完,他把信递给雅克·高冷。加缪索很高兴自己能摆脱困境,能同时满足总检察长、德·莫弗里纽斯夫人和德·赛里齐夫人的要求。但是,当被告阅读交际花的信件时,法官还是冷静、好奇地观察着他的脸;只见脸部表情十分真挚,可他却自忖道:"然而,这张脸确实是从苦役监里出来的。"

"她多么爱他!……"雅克·高冷在交还信件时说道——加缪索看到他满脸泪水——"您要是了解他就好了!"他又说。"他灵魂纯洁,充满了青春的活力,他美貌动人,是个孩子、诗人……人们会情不自禁地感到需要为他牺牲自己,满足他的任何愿望。亲爱的吕西安在温存时特别迷人……"

"好吧,"法官说道。他再次作出努力,以弄清事实的真相。"您不可能是雅克·高冷……"

"是的,先生……"苦役犯回答道。

于是,雅克·高冷越发装出唐·卡洛斯·埃雷拉的模样。他怀着完成自己事业的愿望,走到法官面前,把他拉到窗边,摆出教会之长的风度,用密谈的声音说话。

"我非常喜爱这个孩子,先生,为了使我心中的这个偶像免遭麻烦,即使需要我成为像您所说的那种罪犯,我也心甘情愿,"他低声说道。"我会仿效为他而自杀的可怜姑娘。因此,先生,我请求您高抬贵手,立即释放吕西安……"

"我的职责使我不能这样做,"加缪索和善地说道。"但是,如果天主宣告他无罪,法院是会考虑的。另外,您要能提出充分的理由……说吧,这些话不作笔录……"

雅克·高冷没有看出加缪索和善是假,就说道:"好吧,我知道这可怜的孩子现在的一切痛苦,他看到自己关在监狱里,可能会自杀……"

"哦!有这种危险,"加缪索不禁吓了一跳,说道。

雅克·高冷想触及其他的要害,就补充道:"您给了我恩惠,却不知道是谁给了您恩惠。您在为比德·赛里齐伯爵夫人和德·莫弗里纽斯公爵夫人更有势力的派系效劳,但如果她们知道您把她们的信件带到您的办公室里,是决不会原谅您的……"他指着那两叠香喷喷的信件说道……"我的教派是不健忘的。"

"先生!"加缪索说,"别说了。请找些别的理由吧。我对被告和公诉负有同样的义务。"

"好吧,请您相信我,我了解吕西安,他有着女人、诗人和南方人的灵魂,既不坚强又无毅力,"雅克·高冷说道,以为自己终于取得了法官的信任。"您既然确信这年轻人无罪,就别去折磨他,别去审讯他;你把这封信交给他,向他宣布他是埃斯黛的继承人,并把他释放……您

7. 施穆克和邦斯这两个单身汉对婚姻大加颂扬，而且还不带任何讽刺的意味，提起了那句双关语："结婚是男人的终极。"等到在未婚夫妻的未来洞房里端上冰、茶、潘趣酒和甜点供大家享用时，那些差不多全都醉意醺醺的可敬的大商贾听说银行的大股东也要效法他的合伙人准备结婚，顿时笑声一片，热闹非凡。

要是不这样做，您将会感到后悔。只要您将他释放，我(仍把我关在秘密单人囚室)在明天或今晚，将此案中使您感到神秘莫测的事，以及我受到激烈追捕的原因，向您一一作出解释。但是，我将冒生命危险，因为五年来一直有人要取我的首级……吕西安获得自由，发财致富，同克洛蒂尔德·德·格朗利厄结了婚，我在尘世间的任务也就完成了，我就不用再去保护自己的生命……追捕我的人是你们前国王的一名密探……"

"啊! 科朗坦!"

"啊! 他名叫科朗坦……我感谢您……那么，先生，您是否愿意答应我提出的要求?……"

"法官不能、也不应该答应任何要求。科卡尔! 命令执达员和宪兵把被告送回监狱……我将下令在今晚将您转到皮斯托尔牢房，"他对被告微微点了点头，温和地补充道。

三十九、法官又占上风

加缪索对雅克·高冷刚才提出的要求感到惊讶，回想起他推说自己病重，坚持要第一个受审，就重又产生了怀疑。他正在犹豫不决之时，看到自称奄奄一息的被告，走起路来像赫拉克勒斯一样精神，进门时那种死样怪气的神态已经消失得无影无踪。

"先生?……"

雅克·高冷回转身来。

"虽然您拒绝签字，我的书记官还是要对您念一下审讯的笔录。"

只见被告精神矍铄，他在书记官身旁坐下时的动作，使法官疑窦顿消。

"您的病这么快就好?"加缪索问道。

"我给他抓住了把柄，"雅克·高冷想道。然后，他大声回答道："先生，心情愉快是世界上惟一的灵丹妙药……这封信是他无罪的证明，这点我从来也没有怀疑过……这等于是一帖良药。"

当执达员和宪兵把被告围住时，法官用沉思的目光注视着他。然后，他仿佛苏醒过来，把埃斯黛的信扔到书记官的桌上。

"科卡尔，把这封信抄写一份!……"

四十、预审法官特有的忧郁

如果别人请求自己做的事违背了自己的利益或职责，甚至往往是与己无关，对它产生怀疑是很自然的，这种感觉正是预审法官的规律。身份不明的被告越是说审讯吕西安凶多吉少，加缪索就越是感到审讯的必要。根据刑法及其使用的惯例，这个程序并不是必不可少的，但却是弄清卡洛斯神甫的身份所需要的。在所有的职业中，都存在着职业良心。如果没有好奇心，加缪索就会以法官的荣誉感来审讯吕西安，犹如他刚才审讯雅克·高冷那样，并施展

最正直的法官也会使用的诡计。为人效劳,他的晋升,这一切在加缪索的心里都没有弄清和猜出真相的愿望,即使要对此保守秘密。他用手指弹着玻璃,陷入推测、思索的长河之中,因为他当时的思想,犹如一条穿越一千个地区的河流。法官是真相的情人,同女人一样妒忌,他们进行千百种设想,用怀疑的匕首进行仔细的检查,宛如古代的祭司宰杀祭品一样;然后,他们不是等到弄清真相,而是搞到八九成就住手,所以到头来只是瞥见真相的概貌。女人审问心爱的男人,犹如法官审问罪犯一样。带有这样的情绪,一闪而过的目光、一句话、说话声音的变化,犹豫不决,都能暴露出掩盖的事实、背叛和罪行。

"从他刚才描述自己为儿子(如果是他的儿子)尽心的方式来看,我觉得去妓女家里是为了进行警戒;他不知道死者的枕头下藏着一份遗嘱,就为儿子预先拿下了七十五万法郎……!这就是他答应派人找回这笔钱的原因。德·吕庞泼莱先生有义务向自己和法院说清他父亲的身份……还说我要是不审讯吕西安,就答应让他的教派(他的教派!)保护我!……"

他保留了这种想法。

正如刚才所述,预审法官可以根据自己的意愿来进行审讯。是否使用计策,全由他自己决定。一次审讯可以一无所获,也可以满载而归。这就是关键之所在。这时,加缪索按了铃,把执达员叫来。他下令把吕西安·德·吕庞泼莱先生带来,但吩咐不准犯人在路上和任何人说话。这时已是下午两点。

"有一个秘密,"法官心里想道,"这个秘密应该十分重要。这个两面派既不是教士、俗间神甫,也不是苦役犯、西班牙人,他不希望受到自己保护的人露馅,说出某种可怕的事来,他的推理是:'诗人像女人一样脆弱;我是外交界的赫拉克勒斯,他不像我,你们不费吹灰之力就能使他说出我们的秘密!'那么,我们就将从无辜者那儿了解到一切!……"

他见书记官正在抄写埃斯黛的信件,就继续用自己的象牙刀敲着桌子的边缘。我们在使用理智的时候,稀奇古怪的事情都会发生!加缪索把所有可能的罪行都设想到了,就是没有想到被告所犯的罪行,即伪造有利于吕西安的遗嘱。那些想要攻击法官地位的人们,只要设身处地想想法官们终日疑虑重重,在精神上折磨自己的那种生活(民事案件同刑事预审一样折磨人),他们也许会感到,教士和法官的负担同样沉重,内心的折磨同样痛苦。另外,任何职业都有自己的痛苦和烦恼。

四十一、无辜者在法院里面临的危险

两点钟左右,加缪索先生看到吕西安·德·吕庞泼莱走进门来。只见他脸色苍白,两眼红肿,萎靡不振,使他对自然和艺术,真的奄奄一息和舞台上的奄奄一息有了一个比较。吕西安由执达员带路,两名宪兵押送,从附属监狱走到法官的办公室,感到非常绝望。他那诗人的思想,宁愿受刑,不愿受审。加缪索先生发现,刚才的被告士气旺盛,眼前的这个毫无士气可言,不觉犹豫了片刻,为他感到可怜,这种蔑视使他犹如打靶的射手一般,感到得心应手,作

相关链接

出了决定性的打击。

"请别激动，德·吕庞泼莱先生。司法机关在缺乏证据的情况下对您进行了暂时性拘留，无意中做了错事，您面前的法官正急于弥补这种错误。我认为您是无罪的，您马上就能获得自由。这就是您无罪的证据。这封信刚送来，是您的女门房在您外出时替您保存的。这个女人看到司法机关的搜查，得知您在枫丹白露被捕的消息，感到心慌意乱，就把埃斯黛·高布塞克小姐寄来的这封信给忘了……您拿去看吧！"

吕西安接过信，看完后泪如泉涌。他号啕大哭，说不出一句话来。一刻钟后，吕西安好不容易才恢复过来，只见书记官把信件的抄本递给他，请他在上面写上："副本与原本相符，原本在本案预审期间可随时征用"的字样，并要他进行核对；但是，吕西安相信科卡尔的话正确无误。

"先生，"法官满脸和善地说道，"虽然如此，如果不办完我们的手续，不对您提出几个问题，还是不能将您释放……我请您回答问题，几乎是把您当作证人看待。对于像您这样的人，我觉得几乎无须指出，发誓说出全部真相，在这里不光是唤起您的良心，而且是您的地位所需要的，虽说您的地位暂时还不清楚。不管真相如何，对您却毫无影响；但是，您要是说谎，就会进重罪法庭，我也只好把您送回监狱；您要是直率地回答我的问题，今晚就能在家里睡觉，报纸上将会刊登一条消息，使您恢复名誉。这条消息是：'昨天在枫丹白露被捕的德·吕庞泼莱先生，经过简短的审讯之后，已被立即释放。'"

这番话对吕西安产生了强烈的印象。法官看出了被告的情绪，就补充道："我再对您说一遍，您曾被怀疑为毒死埃斯黛小姐的共犯，现在有了自杀的证明，此案也就定了；但是，有人偷走了遗产中的七十五万法郎，而您是继承人！不幸的是这里面有一桩罪行。这桩罪行是在遗嘱发现之前犯下的。因此，司法机关有理由认为，一个像您爱埃斯黛小姐那样爱您的人，有可能为了您的利益而犯下这桩罪……——您别打断我的话，"加缪索见吕西安想开口，就对他命令道，"我现在还没有审讯您。我想让您明白，这个问题对您的名誉有很大关系。您应该抛弃同谋犯之间的那种虚假、可怜的面子，把全部真相都说出来。"

读者可能已经发现，在这场被告和预审法官的斗争中，力量对比极为悬殊。当然，巧妙地使用的否定，有着绝对的形式，足以为罪犯开脱；但是，如果审讯这把尖刀找到了要害之处，它也可以成为一种无法抵抗的武器。一旦无法否认某些明显的事实，被告就只能完全听任法官的摆布。现在，假定有一个像吕西安那样罪行不清的罪犯，如果把他从第一次道德败坏中挽救过来，他可能会悔过自新，成为有益于国家的人，然而，他却在预审的追查下死去。法官起草了一份干巴巴的笔录，对问答进行了忠实的分析；但是，他那些埋设圈套的慈悲话语，诸如此类的骗人告诫，却已荡然无存。高级法院的法官和陪审员，只看到审讯的结果，不了解审讯的方法。因此，某些有识之士认为，预审时最好像英国那样使用陪审团。法国在一个时期中曾实行过这种制度。根据共和四年雾月的法典，这种制度称为起诉陪审团，以区别于裁决陪审团。至于终审，即使恢复了起诉陪审团，也应该由王家法院在没有陪审员协助的情况下进

8. 在重大关头，女人们往往主意来得特别快，德·玛维尔太太找到了补救这次失败的唯一办法，那就是把一切都归咎于邦斯，说他是早有预谋，存心报复。这一想法对邦斯来说，实在恶毒，可却能保住家庭的面子。德·玛维尔太太对邦斯始终怀有刻骨仇恨，于是把女人家常见的疑心变成了事实。一般来说，女人们都有特别的信仰，特有的伦理道德，凡是对她们的利益和爱好有利的，都被认为是现实。

行。

四十二、犯过错误的人出庭时都会心惊肉跳

"现在，"加缪索停顿片刻后说道，"请说说您的姓名。科卡尔先生，请注意！……"他对书记官说道。

"吕西安·夏同·德·吕庞泼莱。"

"您的出生地点？"

"安古兰末……"

然后，吕西安说出自己出生的年、月、日。

"您是否继承过遗产？"

"一点没有。"

"但是，您第一次在巴黎居住期间，是否花费了与您的微薄财产极不相称的巨大开支？"

"是的，先生。但在这段时间里，我有高拉莉小姐这位极其忠诚的朋友，不幸的是我后来失去了她。我对她的死感到十分悲伤，就回到了家乡。"

"很好，先生，"加缪索说。"我对您的直爽十分满意，它将受到好评。"

正如大家所见，吕西安走上了全面忏悔的道路。

"从安古兰末返回巴黎之后，您的开支就更大了，"加缪索又说道，"您过的生活就像有六万法郎左右年金收入的人那样。"

"是的，先生……"

"这笔钱是谁给您的？"

"我的保护人卡洛斯·埃雷拉神甫。"

"您是在什么地方认识他的？"

"我是在大路上遇到他的，当时我正想用自杀了却一生……"

"您从来没有在家里听母亲谈起过他？……"

"从来没有……"

"您是否记得同埃斯黛小姐相识的年月？"

"大约在 1823 年年底，在一家民营小戏院里。"

"开始时她让您花了钱？"

"是的，先生。"

"最近，您想娶德·格朗利厄小姐为妻，就花了一百万法郎，买下吕庞泼莱残存的城堡和周围的土地。您对格朗利厄家说，您妹妹和妹夫不久前得到一笔巨大的遗产，并说您的这些钱是他们送的……先生，您对格朗利厄家说过这种话吗？"

"说过，先生。"

9."我的心口刚刚又挨了一刀。"老人扶着施穆克的胳膊,回答道,"我想只有善良的上帝才有权利行善,所以,所有想掺和做这种苦差事的人都受到极其残酷的惩罚。"

艺术家的这句讽刺话,实际上是这个好心的老人为消除出现在朋友脸上的恐惧神色而作出的最大努力。

"您不知道自己婚事破裂的原因?"

"完全不知道,先生。"

"事情是这样的。格朗利厄家派遣了一位在巴黎最受人尊敬的诉讼代理人,请他到您妹夫家里去进行了解。在安古兰末,您妹妹和妹夫亲口对他说,他们借给你的钱很少,还说他们得到的遗产中虽然有相当多的不动产,但资金只有二十万法郎……像格朗利厄这样的家族,对来路不明的财产感到害怕,这点您不应觉得奇怪……先生,这就是您撒谎的结果……"

吕西安听到事情的真相,不觉一阵心寒,他仅有的一点勇气也消失了。

"警察局和法院能了解到想要知道的一切,"加缪索说,"这点请您好好考虑。"这时,他想起雅克·高冷曾说自己是吕西安的父亲,就接着问道:"现在,您知道那个卡洛斯·埃雷拉是什么人吗?"

"是的,先生,但是我知道得太晚了……"

"怎么太晚了?请您解释一下。"

"他不是教士,也不是西班牙人,他是……"

"苦役监的逃犯,"法官急忙说道。

"是的,"吕西安回答道。"当他对我说出这个该死的秘密时,我已经受到他的恩惠,我开始时还以为自己结识了一位令人尊敬的教士……"

"雅克·高冷……"法官在一句话的开头说道。

"是的,雅克·高冷,"吕西安重复道,"这是他的姓名。"

"好。雅克·高冷,"加缪索先生接着说,"他刚才被一个人认出了,如果说他至今还否认自己的身份,我认为这是为了您的利益。但是,我刚才问您他是什么人,目的是揭露雅克·高冷冒充的另一件事。"

吕西安听到这可怕的话,心里宛如打上了火红的烙铁。

法官继续说道:"他为了解释对您奇特的爱,就说自己是您的父亲,您难道不知道吗?"

"他!我的父亲!……哦!先生!……他竟说出这种话!"

"您是否知道他给您的钱来自何处?如果您手里的信件可以相信的话,埃斯黛小姐这个可怜的姑娘,像高拉莉小姐一样帮助了您;但是,您刚才说,您在几年中生活十分阔绰,但没有得到她的任何资助。"

"先生,我要请您来回答,"吕西安大声说道,"苦役犯的钱来自何处!……雅克·高冷是我父亲!……哦!我可怜的母亲……"

说完,他号啕大哭起来。

"书记官,请把所谓的卡洛斯·埃雷拉自称是吕西安·德·吕庞泼莱父亲的那部分审讯记录念给被告听。"

诗人静静地听完审讯记录,他的窘态叫人看了难受。

"我完蛋了!"他大声说道。

"在真诚老实的道路上是不会完蛋的，"法官说道。

"那么，您将把雅克·高冷送交重罪法庭？"吕西安问道。

"当然研，"加缪索回答道。他想让吕西安继续说下去，就说："请把您的想法说完。"

四十三、两种道德

但是，尽管法官进行了努力和告诫，吕西安却不再回答了。他已经后悔莫及，正如一切有感情的奴隶一样。诗人和活动家的区别在于：诗人致力于感受，以便把它用生动的形象再现出来，然后才进行判断，而活动家则同时进行感受和判断。吕西安闷闷不乐，脸色苍白，他知道自己轻信了预审法官的善良，被他推到了悬崖之中。他刚才不仅背叛了自己的恩人，而且背叛了以狮子般的勇猛、百折不挠的精神，巧妙地捍卫了他们地位的同谋。雅克·高冷以自己的大胆挽回的一切，却被聪明一世的吕西安因一时糊涂、考虑不周而丧失。这种使他气愤的卑鄙谎言，被当作更为卑鄙的真相的挡箭牌。吕西安对法官的捉摸不定感到惊讶，对法官以残酷的机灵，利用他生活中暴露出来的错误，像钩子一样来搜索他的良心，然后给他以迅猛的打击，感到非常害怕，宛如屠宰场木砧上一头没被击中的牲畜。他走进办公室时自由、无辜，顷刻间却因自己的供词变成了罪犯。最后，沉着、冷静的法官以严肃的嘲讽使吕西安发现，他泄露秘密是疏忽的结果。加缪索想的是雅克·高冷自称吕西安的父亲，而吕西安由于害怕自己和逃犯的结盟公开，就像伊比居斯[1]的凶手那样，犯下了著名的失言错误。

鲁瓦耶－科拉尔[2]的一大功迹，是宣称自然的感情始终战胜强制的感情，论证了必须首先尊重先前的誓言的原因，因为他认为互相保护的法则应该具有使法院宣誓失效的约束力。他在法国的讲坛上，向全世界宣扬了这种理论；他勇敢地赞扬了阴谋家，并且指出，在某种情况下，不服从社会武器库里的一些专制法律而服从友谊是人道的。最后，自然法也有自己的法规，虽然从未公布，却比社会的法规更加有效，更为人所熟悉。刚才，吕西安否定了友谊的法则，坑害了自己，他本应保持缄默，让雅克·高冷为自己辩护；不但如此，吕西安还加重了他的罪责！出于他的利益，这个人对他来说永远应该是卡洛斯·埃雷拉。

加缪索先生为自己的胜利感到高兴！他掌握着两个罪犯，借司法机关之手，打倒了社交界的一名宠儿，找到了无法找到的雅克·高冷。他即将被认为是最干练的预审法官之一。因此，他不再讯问被告；但是，他观察着这沮丧的寂静，只见在这张变了样的脸上，汗珠越来越多，越变越大，终于和两行泪水混在一起，流了下来。

---

① 伊比居斯是古希腊诗人，被盗贼所杀。此案因一名凶手失言而破获。

② 鲁瓦耶－科拉尔(1763－1845)，法国政治家和哲学家。

四十四、当头一棒

"干吗要哭呢，德·吕庞泼莱先生？我对您说过，您是埃斯黛小姐的继承人，因为她没有旁系或直系继承人，要是找到了失窃的七十五万法郎，她的遗产就将近有八百万。"

这是对罪犯的最后一个打击。雅克·高冷在信中说，只要坚持十分钟，吕西安就能实现自己的一切愿望！他履行了对雅克·高冷的义务，同他分手，他将成为富翁，并同德·格朗利厄小姐结婚。这个场面极为雄辩地证明了预审法官通过隔离或分离被告所获得的力量，以及亚细亚同雅克·高冷进行的那种联络的价值。

"啊！先生，"吕西安带着自投罗网的痛苦和嘲讽回答道，"你们说受审还真有道理！……在过去的肉体折磨和现在的精神折磨之间，我会毫不犹豫地选择过去的刽子手使人遭受的痛苦。你们还要把我怎么样？"他傲慢地问道。

傲慢的法官用冷嘲热讽来回敬诗人的傲气，说道："先生，这里只有我有权提出问题。"

"我刚才有权不回答问题，"可怜的吕西安低声说道。这时，他的头脑又变得十分清醒。

"书记官，请把审讯记录念给被告听……

"我又成了被告！"吕西安想道。

书记官念笔录时，吕西安下了决心，觉得自己只能对加缪索先生客客气气。当科卡尔低沉的声音停止时，吕西安不觉一惊，仿佛有人听着一种单调的声音迷迷糊糊地睡着了，声音一停，就感到一惊。

"您必须在审讯记录上签字，"法官说。

"那您释放我？"吕西安幽默地问道。

"现在还不能，"加缪索回答道。"但是，明天您和雅克·高冷对质之后，就能获得自由。现在，法院必须了解，您是否是此人自1820年越狱逃跑后所犯罪行的共犯。但是，您不再被关到黑牢去。我马上写条子给典狱长，让他把您关在最好的皮斯托尔牢房。"

"在那儿我是否能得到写信的文具……"

"在那儿您将得到您要求的一切，我请送您回监狱的执达员下达这项命令。"

吕西安机械地在笔录上签了字，并以受害者的温顺，按照科卡尔指出的地方，在附注上画了押。一个细节比最为细腻的描写更能说明他的精神状态。他听到法官宣布他将和雅克·高冷对质，脸上的汗珠全干了，他那双冷淡的眼睛闪烁着令人难以忍受的光芒。最后，他同闪电一般迅速地变得同雅克·高冷一样毫无表情。

雅克·高冷曾对吕西安的性格作过精辟的分析。同吕西安性格相似的人们，用尽平生之力，从垂头丧气一下子变得几乎和金属一般坚强，这是思想的活动最为显著的表现。意志犹如干涸的泉水重新涌现；它注入为未知的构造实体的活动而准备的器官之中；于是，尸体变成了活人，活人又精力充沛地投入到最后的斗争中去。

10. 雷莫南克看透了苦博太太的心。这种脾性的女人，只要想到，就能做到：她们会不择一切手段以达到目的；会在顷刻间从百分之百的诚实变成极端的卑鄙。再说，诚实和我们的各种情操一样，可一分为二：有反面的诚实和正面的诚实。

吕西安把埃斯黛的信和她寄还给他的肖像放在自己的胸口。然后,他轻蔑地向加缪索先生行了礼,在两名宪兵的押送下,迈着坚决的步伐朝走廊走去。

"这是个思想深刻的恶棍!"法官为报复诗人刚才对他过分蔑视的态度,就对书记官说道。"他自以为出卖了同伙就得救了。"

"在这两个人中,"科卡尔胆怯地说,"苦役犯最为复杂……"

四十五、法官的苦恼

"今天您没事了,科卡尔,"法官说。"已经干很多了。您去把等着的证人打发走,通知他们明天再来。啊!您立刻到总检察长先生那儿去一次,看看他是否还在办公室里,如果他在,就说我想见他。"他看了看那只涂绿漆、烫金线的蹩脚挂钟后又说:"哦!现在三点一刻,他一定在。"

这些审讯记录念起来十分迅速,由于全部都要记录,所以提问和回答要花很多时间。这就是刑事预审缓慢、羁押时间长久的原因之一。对平民百姓来说,这意味着破产,对有钱阔佬来说,这意味着耻辱;将他们立即释放,可以在最大程度上弥补被捕所带来的不幸。因此,上述这两个如实描写的场面持续的时间,相当于亚细亚译出主子的命令、等待公爵夫人走出小客厅以及鼓起德·赛里齐夫人的勇气所花费的时间。

这时,加缪索一心想显示自己的才能,从中得到好处,就拿起这两份审讯记录,重新读了一遍,准备带给总检察长看,以征求他的意见。他正在反复考虑,只见执达员进门报告,说德·赛里齐伯爵夫人的男仆一定要见。加缪索示意让他进来,一位穿得像主子一样华丽的仆人走进室内,对执达员和法官轮流看了一遍,问道:"您是不是加缪索先生……"

"是的,"法官和执达员回答道。

加缪索接过仆人递上的信,只见来信写道:

> 亲爱的加缪索,为了许多您将来会理解的利益,请您不要审讯德·吕庞波莱先生;我们马上给您带来他无罪的证据,以便使他能立即获释。
>
> 狄·德·莫弗里纽斯,莱·德·赛里齐
>
> "又及:阅后将此信烧掉。"

加缪索心里明白,他给吕西安设下圈套,犯了个大错。他根据这两位贵妇人的指示,点燃一支蜡烛,把公爵夫人写的信烧毁。仆人毕恭毕敬地向他行了礼。

"那么,德·赛里齐夫人即将驾到?"他问道。

"我出门时正在准备马车,"仆人回答道。

这时,科卡尔进来报告,说总检察长正在等候他。

法官犯下了对自己的前程不利、对伸张正义有利的错误,感到负担重重。他在司法界任职七年,发展了学习法律时同年轻女工鬼混的学生都具备的敏感。因此,他希望找到对付这两位贵妇人怨恨的武器。他见烧信的蜡烛还没有熄灭,就把德·莫弗里纽斯公爵夫人写给吕西安的三十封情书和德·赛里齐夫人厚厚一叠信件盖上封印。然后,他前往总检察长的办公室。

四十六、总检察长先生

法院是一堆重叠在一起的杂乱建筑物,一部分雄伟壮观,另一部分平庸俗气,缺乏整体上的统一,所以互相影响各自的美观。在法院那些众所周知的大厅里,要数休息厅最为宽敞。但是,这空荡荡的大厅令人恐惧,使眼睛失去勇气。这座进行诉讼的大教堂使王宫显得矮小。最后,商场廊通往两个垃圾堆。在这条长廊中,人们可以看到一座两边有栏杆的楼梯,比轻罪法庭的那座稍微大一些,下面开了扇双扉大门。楼梯通往重罪法庭,楼梯下的大门通往另一个重罪法庭。有几年,在塞纳州犯的重罪必需经过两庭审讯。总检察长的办公室、律师的房间、他们的图书室、代理检察官、代理总检察长的办公室都在那里。所有这些地方统称为房间,通过环形小楼梯和阴暗的走廊连结在一起。这些走廊是建筑术的耻辱、巴黎市的耻辱和法国的耻辱。我们第一个最高法院的内部,比监狱还要阴森可怕。风俗画家要是看到重罪法庭的证人站在这条一米来宽、样子非常难看的走廊里,非但不想画画,而且还会退避三舍。至于法庭里取暖的火炉,如果放到蒙帕纳斯大街的一家咖啡馆里,准会败坏它的名声。

总检察长的办公室设在一幢八角楼里。那幢楼位于商场廊主体建筑的一侧,坐落在与女囚区相邻的放风院子上,没有宫殿那样古老。法院的这部分建筑处于圣教堂高大、雄伟建筑物的卵翼之下,显得阴暗、寂静。

德·格朗维尔先生是老议会里大法官们当之无愧的继承人,他在吕西安的案件没有解决之前不愿离开法院。他等待着加缪索那里的消息。法官的传话使他陷入意志坚强的人们都会因等待而不由自主地进行的沉思默想。他坐在办公室的窗前,站起身来,在室内踱来踱去,因为他早晨在路上遇到加缪索,见他并不十分开窍,所以隐约有点担心,感到心里难受。原因是这样的:他身居高位,不能干涉下级法官的绝对自主权。但是,这一案件关系到他最亲密的朋友、最热心的保护人之一德·赛里齐伯爵的名誉和尊严。伯爵是国务大臣、谘议会委员和行政法院副院长,如果担任掌玺大臣这一庄严职务的高尚老人[①]去世,伯爵就将继任该职。德·赛里齐先生的不幸在于他仍然喜欢自己的妻子,总是包庇她。现在,总检察长清楚地预感到,如果那个经常被人把伯爵夫人的名字和自己的名字恶意地结合在一起的青年有罪,在社交界和法院里就会产生令人难堪的议论。

---

① 指唐布雷伯爵,当时任掌玺大臣。

"啊!"他把双臂交叉在胸前说道,"过去[①],国王有权提审……我们对平等的狂热将使这一时代黯然失色……"

这位当之无愧的法官熟知不正当爱情的冲动和不幸。

如前所述,埃斯黛和吕西安曾租下德·格朗维尔伯爵和贝勒弗耶小姐秘密同居过的套间,后来,贝勒弗耶小姐又是在那里被一个坏蛋[②]拐走的(详见私人生活场景中的《两个家庭》)。

总检察长心里想到:"加缪索可能给我们干了件蠢事!"正在这时,预审法官在办公室的门上敲了两下。

"啊,亲爱的加缪索,我早晨同您谈起的那个案件怎么样啦?"

"很糟,伯爵先生,您看了之后自己判断吧。"

他说着就把两次审讯的笔录递给了德·格朗维尔先生。德·格朗维尔先生戴上眼镜,走到窗边去阅读笔录。他很快就看完了。

"您履行了自己的职责,"总检察长声音激动地说。"大局已定,法院将正常进行……您极其能干,所以我们永远不能失去您这样的预审法官……"

德·格朗维尔先生本想对加缪索说:"您将永生永世当预审法官!……"这句恭维话的意思再清楚也没有了。加缪索听了毛骨悚然。

"对我恩重如山的德·莫弗里纽斯公爵夫人,曾请我……"

"啊!德·莫弗里纽斯公爵夫人,"格朗维尔打断了法官的话说道,"对,是德·赛里齐夫人的朋友。我看到您没有对任何权贵让步。您干得好;先生,您将成为伟大的法官。"

四十七、为时过晚

这时,奥克塔夫·德·博旺伯爵不敲门就走了进来,对德·格朗维尔伯爵说:"亲爱的,我给你带来一位漂亮的女人,她不知如何是好,眼看就要在我们这个迷宫里晕头转向……"

说完,奥克塔夫伯爵拉住德·赛里齐伯爵夫人的手。她已经在法院里找了一刻钟。

"您到这里来了,夫人,"总检察长大声说道,一面把自己的圈椅推到前面,"又是在这个时候!……"他指着法官补充道:"这位是加缪索先生,夫人。"然后,他又对王政复辟时期内阁中著名的演说家说道:"博旺,请在首席院长那儿等我,他还在办公室里,我待会儿到他那里去找你。"

奥克塔夫·德·博旺伯爵明白了这话的意思,知道不仅自己在这里是多余的,而且总检察长想找个借口离开办公室。

----

① 指法国大革命以前。
② 即《两个家庭》中的索尔维。

德·赛里齐夫人乘坐华丽的、带有蓝色纹章披幔的双座四轮轿式马车,带着衣服上镶饰带的车夫,以及两名身穿短裤、脚套白丝长袜的跟班来到法院,并没有失算。在出发时,亚细亚使这两位贵妇人明白,让她和公爵夫人一起乘来的出租马车同往是必要的;最后,她又硬要吕西安的情妇穿着这身衣服,现在的女人穿这种衣服,就像过去的男人穿浅灰色的大衣一样。伯爵夫人身穿棕色的小腰身大衣,肩披黑色的老式披巾,头戴一顶丝绒帽,帽子上拔掉的花用一块很厚的网状黑面纱来代替。

12. 伟大的事物,伟大的抱负,伟大的思想都必然反映在最细小的行动上,而且极其忠实,对一个被叫作波希米亚人,算命先生,江湖骗子之类的通灵者来说,只要一个阴谋家洗过一副牌,切过一副牌,那他就会在牌上留下他阴谋的秘密。

"您收到了我们的信……"她对加缪索说。她见法官样子迟钝,还以为是对她敬慕的缘故。

"唉,太晚了,伯爵夫人,"法官回答道。他只有在办公室里审讯被告时才足智多谋。

"怎么,太晚了?……"

她瞧了瞧德·格朗维尔先生,只见他神色沮丧。

"现在不可能,也不应该为时过晚,"她专横地补充道。

四十八、女人们在巴黎所做的一切

女人们,特别是像德·赛里齐夫人那样举止庄重的美女,是法兰西文化的宠儿。其他国家的女人要是知道了时髦有钱的贵妇人在巴黎是怎么回事,就一定都想来享受这种豪华的权势。那些女人的礼仪就是在《人间喜剧》中已经屡次提到、集小法令之大成的女性法典。她们在礼仪所允许的范围内进行交往,不把男人们搞的法律放在眼里。她们什么话都说,不怕干任何错事、蠢事;因为她们个个都十分清楚,她们除了女人的名誉和自己的孩子之外,在生活中不负任何责任。她们对骇人听闻的事情谈笑自若。谈到任何事情,她们都重复漂亮的德·博旺夫人在结婚初期去法院找丈夫时所说的话:"快审完回家!"

"夫人,"总检察长说,"吕西安·德·吕庞泼莱先生既不犯偷窃罪,又不犯放毒罪;但是,加缪索先生使他招认了一桩更为重大的罪行!……"

"什么?"她问道。

总检察长在她耳边说道:"他承认自己是一名逃犯的朋友和门徒。同他一起住了将近七年的西班牙神甫卡洛斯·埃雷拉,可能就是著名的雅克·高冷……"

德·赛里齐夫人听到检察长的话,犹如被铁棒揍了一顿;这个大名仿佛是致命的一击。

"此案的处理?……"她有气无力地问道。

德·格朗维尔先生接过伯爵夫人的话头,低声说道:"是把苦役犯送交重罪法庭审判,吕西安如果不因有意识地利用犯人的罪行获利而同他一起受审,就将出庭作证,并因此受到很大的牵连……"

"啊!决不能这样!……"她大声说道,态度之坚决令人难以相信。"我宁愿去死,也不愿让社交界公认我最好的朋友被法院宣布为苦役犯的同伙……王上很喜欢我的丈夫。"

　　"夫人，"总检察长微笑着大声说道，"王上对自己王国中最小的预审法官和重罪法庭的辩论，都没有丝毫的权力。这就是我们新法制的伟大之处。我刚才亲自祝贺了加缪索先生的能干……"

　　"无能，"伯爵夫人立刻说道。吕西安同强盗交往，并不像他同埃斯黛交往那样使她担心。

　　"您要是念一下加缪索先生审讯这两名被告的笔录，就会知道一切都取决于他……"

　　总检察长说完了这句他惟一能说的话，又用女人一般敏锐的眼光看了她一眼，就朝办公室的门口走去。他走到门口，回过头来补充道："请原谅，夫人，我要对博旺说几句话……"

　　在社交界的语言中，这意味着对伯爵夫人说："我不能目睹您和加缪索之间即将发生的事情。"

四十九、女人们在巴黎能做的一切

　　"那些笔录是怎么回事?"莱昂蒂娜温和地对加缪索说道。加缪索面对着本国一位大人物的妻子，显得十分尴尬。

　　"夫人"，加缪索回答道，"笔录就是书记官把法官的问题和被告的回答记录下来，并由书记官、法官和被告签字。笔录是预审的主要材料，它们对起诉和把被告移交重罪法庭有决定性的作用。"

　　"那么，"她又说，"如果销毁这些笔录?……"

　　"啊! 夫人，这是任何法官都不能犯的罪,这是对社会犯罪! "

　　"写下这些笔录，是犯下更大的罪，是对我犯罪；然而，这是吕西安目前惟一的罪证。好吧,请您把审讯他的记录念给我听，看看是否还有办法使双方都能保全面子。天哪,这不仅关系着我，我倒可以视死如归，还关系着德·赛里齐先生的幸福。"

　　"夫人，"加缪索说，"您别以为我忘恩负义。要是换一个人负责预审，譬如说是包比诺先生，您就会比现在更加不幸，因为他不会来征求总检察长的意见，外人也就对此一无所知。您瞧，夫人，他们搜来了吕西安家里的一切，甚至您的信件……"

　　"哦! 我的信件!"

　　"就是盖上封印的这些……"法官说道。

　　伯爵夫人在慌乱中按了铃，仿佛是在自己家里一样，总检察长办公室的当差听到铃声走了进来。

　　"点上火，"她吩咐道。

　　伯爵夫人辨认着自己的信件，一面数一面将信纸揉成一团,扔到壁炉里去。这时，当差点了一支蜡烛，放在壁炉上。伯爵夫人把最后一封信绞成纸条引火，很快就把这堆信纸点燃。加缪索手里拿着两份笔录，傻乎乎地望着燃烧的信纸。伯爵夫人看起来像是在专心致志地销毁

相关链接 ●

自己恋爱的证据,实际上却用眼角瞟着法官。她从容不迫地计算好自己的动作,然后像猫一样灵活地抢过那两份笔录,把它们扔到火里!但是,加缪索立刻从火里捡起笔录,伯爵夫人见了就朝法官冲去,抓住着了火的笔录。于是就开始了一场争夺,只听到加缪索叫道:"夫人!夫人!您侵犯了……夫人……"

这时,一个男人冲进了办公室,伯爵夫人认出他是德·赛里齐伯爵,后面还跟着德·格朗维尔先生和德·博旺先生,不禁大叫一声。但是,莱昂蒂娜为了救出吕西安可以不惜一切代价,所以毫不松手,虽然火焰在她细嫩的皮肤上已如艾绒熏烤,她仍然像钳子一般紧紧地抓住那些可怕的印花公文纸。最后,加缪索的手指也被火焰烧着,同时他仿佛对这种争夺感到羞愧,就松开了手;这两份笔录就只剩下两位斗士手中抓住的部分没有被火烧掉。这个场面持续的时间比阅读这段叙述的时间要短。

五十、一笑了事

"您和德·赛里齐夫人之间出了什么事?"国务大臣问加缪索。

伯爵夫人没等法官回答,就用蜡烛点着纸片,扔到还没有烧完的信纸碎片上。

加缪索说:"我要控告伯爵夫人。"

"她干了什么事?"总检察长轮流看了看伯爵夫人和法官,问道。

"我烧掉了审讯笔录,"时髦女人笑着回答道。她对自己的放肆极为得意,所以还没有感到手已烧伤。"即使这样做算犯罪,那么,先生,也可以随便重写一份。"

"是的,"加缪索回答道,竭力想恢复自己的尊严。

"那就万事大吉了,"总检察长说。"但是,亲爱的伯爵夫人,可不能经常对法官们做出这种事来,他们可能会不给您面子的。"

"加缪索先生英勇地抗拒了一位无法抗拒的女人,保全了法官的名誉!"德·博旺伯爵笑着说。

"啊!加缪索先生抗拒了?……"总检察长笑着说道。"他真行,我可不敢抗拒伯爵夫人!"

这样,严重的违法事件就成了漂亮女人的玩笑,加缪索自己也不觉笑了起来。

这时,总检察长发现有一个人没有笑。德·格朗维尔先生对德·赛里齐伯爵的态度和脸色感到害怕,就把他拉到一边。

"我的朋友,"他对德·赛里齐伯爵耳语道,"你的痛苦使我决定违背自己的职责,这是我生平第一次,也是最后一次。"

法官按了铃,把办公室的当差叫了进来。

"请把德·夏热伯夫先生叫来。"

年轻的见习律师德·夏热伯夫先生是总检察长的秘书。

"亲爱的先生,"总检察长把加缪索拉到窗边说道,"您回到办公室去,同书记官一起重新

13. 只要人的思想保持完整,形成一体,不耗在高谈阔论,要弄阴谋上,不为文学创作,学术研究,行政管理,发明创造,建立战功等方面的努力所分散,那它就能迸发出惊人的强烈火焰……只要机会降临,这一灵性就会爆发,拥有飞越空间的双翼,洞察一切的神眼:昨日,还是一块煤,今天被一道无名的液体渗透之后,便是一块光芒四射的钻石,除非上帝偶然显示奇迹,不然永远都不可能表现出这种非凡的力量。

把卡洛斯·埃雷拉神甫的审讯记录搞好。他没有在记录上签字,所以重搞一份也并不困难。明天,您让这位西班牙外交官同拉斯蒂涅先生和皮安训先生对质,他们不会认出他就是雅克·高冷。这个人确信自己能获得自由,就会在笔录上签字。至于吕西安·德·吕庞泼莱,您今晚就把他释放,因为他不会说出笔录已被销毁的审讯,在我对他提出警告之后就更是如此。明天,《法庭消息报》将报道这个年轻人立即获释的消息。现在我们来看看,司法机关是否因这些先生而受到损失?如果西班牙人是苦役犯,我们可以用其他办法将他再次逮捕,对他起诉,因为我们能通过外交途径弄清他在西班牙的表现;秘密警察组织的首脑科朗坦会替我们监视他,另外,我们也不会让他逃走;因此,您要好好对待他,别把他再关进黑牢里,今晚就把他转到皮斯托尔牢房去……七十五万法郎的失窃还只是一种假设,而且受到损失的是吕西安,我们难道可以为了这点小事让德·赛里齐伯爵、德·赛里齐伯爵夫人和吕西安下不了台?让他损失这笔钱不是比让他身败名裂要好吗?……尤其是他要牵连一位国务大臣和夫人,还有德·莫弗里纽斯公爵夫人……这个年轻人是个有斑点的桔子,可别让他烂掉……这件事半小时就能搞完。去吧,我们等着您。现在是三点半,您还能找到法官,请您告诉我,您是否能搞出一份合乎手续的不予起诉的判决……或者就让吕西安等到明天上午。"

加缪索行过礼后走出办公室;但是,德·赛里齐夫人已经感到烧伤的剧痛,所以没有对他还礼。当总检察长在同法官谈话时,德·赛里齐先生突然走出了办公室,这时拿着一只原蜡做的小罐回来,替妻子包扎了受伤的双手,并对她耳语道:"莱昂蒂娜,你到这里来为什么不告诉我一声?"

"可怜的朋友!"她在他耳边回答道。"请原谅我,我的样子像个疯子;但是,这件事对我对你的关系一样大。"

"如果命里注定,你就去爱个年轻人吧,只是别在大庭广众之下让人看出你的狂热爱情,"可怜的丈夫回答道。

德·格朗维尔先生同奥克塔夫伯爵谈了一会儿之后说道:"好吧,亲爱的伯爵夫人,我希望您今晚能把德·吕庞泼莱先生接到家里去吃晚饭。"

这句话差不多等于许了愿,德·赛里齐夫人听了极为激动,不觉泪如雨下。

"我还以为哭不出眼泪了,"她微笑着说。"您能不能让德·吕庞泼莱先生在这儿等?……"

"我尽量派些执达员把他带来,这样可以避免让宪兵来押送他,"德·格朗维尔先生回答道。

"您像上帝一样仁慈!"她对总检察长回答道,说话时感情溢于言词,所以声音像仙乐一般动听。

奥克塔夫伯爵心里想道:"美妙动人、不可抗拒的总是这些女人!……"

他不由想起了自己的妻子,感到一阵心酸(详见私人生活场景中的《奥诺丽娜》)。

走出办公室时,德·格朗维尔先生见到年轻的夏热伯夫,就停下来同他谈话,指示他应

向《法庭消息报》的编辑马索尔说些什么。

五十一、花花公子和诗人重新合二为一

上面谈到,漂亮的贵妇人、国务大臣和法官在一起密谋策划,准备救出吕西安。下面谈谈吕西安在狱中的表现。诗人走进监狱的入口处时对书记室说加缪索先生准许他写信,并讨取笔墨纸张。加缪索的执达员在典狱长耳边说了几句话,典狱长立刻命令狱卒把这些文具给吕西安送去。在狱卒找来文具、给吕西安送去的短暂时间里,这个可怜的年轻人想到要同雅克·高冷对质,就觉得无法忍受,陷入一种致命的沉思之中,他已经想到过、但还未能实现的自杀念头,此刻达到了狂热的程度。一些有名的精神病医生认为,在某些人身上,自杀是一种精神错乱的结果。然而,自从被捕以来,吕西安已经对自杀有一种固执的想法。他把埃斯黛的信看了好几遍,联想到罗密欧和朱丽叶的结局,自杀的愿望就越发强烈。于是,他写下下列文书。

> 我的遗嘱
>
> 我兹把我去世之日属于我的全部动产和不动产,遗赠给我妹妹、前安古兰末印刷所老板大卫·赛夏的妻子夏娃·夏同和大卫·赛夏先生的子女们。遗产中应扣除支付款项和遗赠款项,请我的遗嘱执行人代为办理。
>
> 我请求德·赛里齐先生作为我的遗嘱执行人。
>
> 支付款项为:一、付给卡洛斯·埃雷拉神甫三十万法郎;二、付给德·纽沁根男爵一百四十万法郎,如找到埃斯黛小姐家失落的七十五万法郎,则应如数扣除。
>
> 我作为埃斯黛·高布塞克小姐的继承人,将七十六万法郎赠给巴黎的收容所,专门用于收容愿意弃绝腐化堕落职业的妓女。
>
> 此外,我还将用于购买一份本金为三万法郎、年息为百分之五的年金登记书的款项赠送给收容所。每年的利息以半年为一期,用于解救欠债不超过两千法郎的被监禁的债务人。收容所的主管人员,可以选择那些名声最好的囚犯进行捐助。
>
> 我请德·赛里齐先生拨出一笔四万法郎的款项,在巴黎东面的公墓为埃斯黛小姐建造坟墓,并请把我埋在她的身旁。这座坟墓应建造得同古墓一样,呈正方形;我们两人的白色大理石塑像平放在墓盖上,头靠坐垫,两手合拢,朝天举起。坟墓上不刻墓志铭。
>
> 我请求德·赛里齐伯爵先生将我家里的金梳妆盒转赠给欧仁·德·拉斯蒂涅先生,留作纪念。
>
> 最后,我请求我的遗嘱执行人接受我赠送给他的藏书。
>
> 吕西安·夏同·德·吕庞泼莱(签名)

14. 自古以来,神秘学的大家往往都出在亚洲。这些人在平常的情况下往往保持着普通的状态,在某种意义上发挥着导电体的化学和物理功能,时而是惰性金属,时而又成为充满神秘电流的通道;可一旦他们恢复自我,便会进行占卜活动,顿起歹念,结果被送进轻罪法庭,投进监狱。

1830 年 5 月 15 日于巴黎法院附属监狱

这份遗嘱包在致巴黎王家法院总检察长德·格朗维尔伯爵先生的信里。信件如下：

伯爵先生：

我把自己的遗嘱托付给您，当您打开这封信时，我已不在人世。为了重获自由，我竟卑鄙地回答了加缪索先生的阴险问话。我虽然无罪，又不会受到处罚，但我深知自己会继续受人怀疑，所以无法再生活下去。

我请求您将附上的信件，转交给加缪索先生。

我相信，别人不敢拆开写给您的信件。因此，我向您告别，最后一次向您表示自己的敬意，并请您相信，我给您写信是为了表达对您的感谢，感谢您为已故的仆人做了种种好事。

吕西安·德·吕

致卡洛斯·埃雷拉神甫

亲爱的神甫：

"我从您那儿得到的只有恩惠，可我却背叛了您。这种无意之中的负心也害了我自己，所以当您看到这封信时，我已不在人世；您也不能再拯救我的生命。

您曾经给了我充分的权利，只要我能得到一点好处，就可以把您毁掉，像雪茄烟蒂那样把您扔掉；但是，我却愚蠢地使用了您给我的权利。为了摆脱困境，您收养的弟子被预审法官巧妙的问话所迷惑，竟站到愿以任何代价杀害您的敌人一边，把一名十恶不赦的法国罪犯的身份强加在您的头上。我全都说了。

您卓尔不群，我望尘莫及，所以在最后分离的时刻，不能叙说毫无意义的话语。您想使我成为显赫一世的权贵，却把我推向自杀的深渊，事情就是如此。我早已看出我会有晕头转向之时。

您有时说起，该隐和亚伯有自己的后代。在人类的伟大悲剧中，该隐是反对派。您就是从亚当这条根苗中传下来的子孙，魔鬼在这条根苗上继续吹旺火苗，而第一个火星已经落到夏娃的身上。在这一房的子孙后代中，有时也出现一些可怕的魔鬼；他们有着强健的体魄，汇集了人类的一切力量，犹如沙漠中的猛兽，需要生活在广阔的天地之中。这些人在社会中十分危险，就像狮子突然出现在诺曼底地区一样：他们要吃东西，就吞噬平民百姓，夺走傻瓜们的金钱；他们手段阴险，到头来会把陪伴自己的爱犬杀害。如果上帝愿意，这些神秘的人物就成了摩西、阿提拉、查理大帝、穆罕默德或拿破仑；但是，万一上帝将这些庞然大物埋没在时代的汪洋大海之中，听任他们生锈，他们就只能成为普加乔夫、罗伯斯庇尔、卢韦尔和卡洛斯·埃雷拉神甫。他们对软弱的灵魂有着巨

大的影响,能将它们吸引过来并碾得粉碎。这种人的伟大、漂亮之处就在于此。这是树林中使孩子们眼花缭乱的鲜艳毒草。这是恶之诗。像你们这样的人应该隐居洞穴,永不外出。你使我经历了这种宏伟壮丽的生活,我对人生也有了自己的打算。这样,我就能把脑袋伸出你政策的死结,以便伸进我领带的活结。

为了弥补自己的过错,我向总检察长递交了一份声明,收回我在审讯中的回答。你可以利用这份声明。

神甫先生,根据我立下的合乎法律手续的遗嘱,您将收回属于您的修会的款项。您过去出于慈父般的爱,曾轻率地为了我而动用这笔钱。

别了,永别了,恶和蚀的神像,永别了。您要是走上正路,肯定会比希门尼斯和黎塞留更加伟大。您遵守了自己的诺言;我领略了您所布下的美妙梦境之后,重又落到我在夏朗德河畔的境地。可惜的是,将埋葬年轻时的过失的不再是我故乡的河流,而是塞纳河;我的坟墓是监狱的牢房。

别为我感到惋惜:我对您既蔑视又钦佩。

吕西安

声　明

我声明收回加缪索先生对我审讯时我作的全部回答。

卡洛斯·埃雷拉神甫平时自称是我精神上的父亲,当法官说出这个词时,我可能是误解了词的含义。

据我所知,外交界的一些暗探为了毁掉涉及西班牙政府和法国政府的秘密,达到政治上的目的,试图把卡洛斯·埃雷拉神甫打成名叫雅克·高冷的苦役犯。卡洛斯·埃雷拉神甫曾向我透露,他竭力想得到雅克·高冷死或生的证据。除此之外,他没有对我说过有关这方面的任何情况。

吕西安·德·吕庞泼莱(签名)
1830 年 5 月 15 日于巴黎法院附属监狱

五十二、在监狱里自杀的难处

吕西安一心只想自杀,所以思路十分清楚,手笔如渴望创作的作家那样敏捷。他奋笔疾书,半小时就写完了这四份文书,装进一个袋子,用封信的蜡条封了口,在狂热中用力按下戴在手指上的纹章印,并把纸袋放在地板上十分显眼的地方。吕西安为自己死后的名声洗刷了耻辱,弥补了有损于同伙的事,在花花公子的思想所及的范围内,消除了诗人和轻信所带来的后果。处在他这种可耻、脆弱的地位,很难再作出更为崇高的表现。

如果吕西安被关在一间黑牢里,就不可能实现自己的计划,因为黑牢用方石砌成,里面

15. 邦斯一再想回答,可没法插嘴,茜博太太像刮风似的不停地说着。如果说人们已经有了办法,可以叫蒸汽机停止转动的话,那要让一个看门的女人的舌头停止活动,恐怕得让天才的发明家绞尽脑汁。

只有一张行军床和一只便桶。行军床牢牢地固定在地板上,若要移动,就得凿开,很容易被狱卒发现,因为门上的窥视孔一直开着。最后,刑事被告如有使人担心之处,就由一名宪兵或一名警察看管。在皮斯托尔牢房和吕西安因属于上流社会、得到法官照顾而被关进的牢房里,可以移动的床、桌子和椅子就能用来进行自杀,但也并非易如反掌。吕西安戴着一条很长的蓝色丝领带;预审结束回到囚室,他已经想到皮什格吕[①]多少有点儿自愿的死亡方式。但要上吊,就必须找到一个支点,并使身体和地面之间留有相当长的一段距离,使双脚无支撑之处。然而,他的牢房朝放风的院子开设的窗户上没有长插销,窗上的铁条又固定在外侧,同吕西安隔着一道厚厚的墙,使他不能用铁条作为支点。

吕西安凭着发明创造的才能,很快制定了自杀的计划,安装在窗洞上的通风罩使吕西安看不到放风的院子,但也使狱卒不能看到他牢房里发生的事情。窗子的下半部用两块结实的木块代替玻璃,上半部是两块玻璃,中间用横档隔开、框住。吕西安站在桌上,就能够得着窗子的玻璃部分,把两块玻璃取下或打碎,以便把第一根横挡的角作为牢固的支点。他打算把领带穿在上面,在自己脖子上打个活结,然后一脚把桌子踢开。

于是,他轻轻地把桌子移到窗前,脱下自己的礼服和背心,毫不犹豫地爬上桌子,打碎了第一条横档上面的玻璃。他站在桌子上, 朝窗外放风的院子望去, 第一次瞥见这美妙的景象。上面已经说过,典狱长接到加缪索先生的命令,对吕西安特别关照,从监狱里面的通道把他送进牢房,这些通道的入口处就在银钱楼对面的阴暗地道里,这样做可以使潇洒的年轻人不致被院子里放风的刑事被告看到。下面我们来看看,放风的院子是否能使诗人的灵魂产生强烈的印象。

五十三、幻　　觉

放风的院子在靠河滨街的一侧是银钱楼和邦贝克楼;从外面看到的这两座楼的间距就是院子的宽度。称为圣路易的长廊一直通到最高法院和据说至今还保存着圣路易的办公的邦贝克楼,可以使好奇的读者对长廊边上的院子长度有个概念。黑牢里的囚室和皮斯托尔牢房位于商场廊的下面。当时王后玛丽－安托瓦内特关押在位于现在的黑牢下面的囚室里,她被带到设立在最高法院庄严的法庭里的革命法庭时,必须经过一条可怕的楼梯,这条楼梯建造在支撑商场廊的厚实墙壁之间,现在已被堵死。放风院子的一面,有一排哥特式的柱子,二楼是圣路易长廊。在柱子之间,不知是哪个时代的建筑师造了两层囚室,以便关押尽可能多的刑事被告。他们用泥灰、栅栏和浇固的部件,把这条漂亮走廊中的柱头、穹窿和柱身弄得面目全非。邦贝克楼中,圣路易办公室的下面,有一条盘梯通往这些囚室。这种对法国最伟大的古迹的糟踏,实在令人瞠目。

---

①　皮什格吕(1761－1804),法国将军,因阴谋反对波拿巴·拿破仑而被捕,在牢房上吊自杀。

16. 要理解老音乐家和茜博太太之间突然产生的亲情，只需设想一下这个单身汉的处境：生平第一次病得这么重，倒在床上受罪，孤单单一人，独自打发日子，加上害了肝病，痛苦难言，那日子就更难熬了，……这种极度昏暗的孤独，这种痛苦，它对精神的打击要比对肉体的打击更大，生活的空虚逼着单身汉去依赖照顾他的人，就像一个落水的人紧抓着木板不放，更何况这人生性软弱，心又软，又容易轻信别人。

吕西安站在上面，斜眼见到这条长廊，以及将银钱楼和邦贝克楼连在一起的主体建筑的细节，同时还看到这两座塔楼的尖顶。他目瞪口呆，赞叹不已，一时间竟把自杀给忘了。现在，幻觉的现象已被医学界所接受，我们感官的这种幻景，我们思想的这种奇特能力，已不再引起争论。在达到偏狂程度的强烈感情影响下，人往往会处于鸦片、大麻和氧化亚氮作用时的状态，就会见到鬼魂和幽灵，就会形成梦境，就会使已经消失的东西还原，头脑中的思想就会变成活人或活的生物。今天的科学认为，在极其激动的时候，大脑充血，产生了睡眠状态的可怕梦境，可见人们极不愿意把思想看做是一种既有生命又能产生生命的力量(见哲学研究中的《路易·朗培尔》)。这时，吕西安看到了这座宫殿原来的美景。新建的柱廊纤巧、清新，圣路易的房间又显出原来的样子。他欣赏这房间有着巴比伦建筑的匀称和东方建筑的想像力。他把这美妙的景象看做是对文明创造的诗意告别。他一面在做自杀的准备，一面心里在想，为什么过去不知道巴黎存在着这种奇迹。这时，吕西安一分为二，一个像诗人一般在中世纪的拱廊下和圣路易的古堡里漫步，另一个在准备自杀。

五十四、时髦女人生活中的悲剧

正当德·格朗维尔先生对年轻的秘书作完指示，典狱长走了过来，脸色十分难看，总检察长预感到发生了不幸的事情。

"您遇到了加缪索先生？"总检察长问道。

"没有，先生，"典狱长回答道。"他的书记官命令我解除对卡洛斯神甫的黑牢囚禁，释放德·吕庞泼莱先生，但已经太晚了……"

"我的天哪！出了什么事？"

"先生，"典狱长说道，"这包信是给您的，您看了就会知道出了什么事。看守放风院子的狱卒听到皮斯托尔牢房里有玻璃打碎的声音，关在吕西安先生隔壁的囚犯发出了尖叫声，因为他听到这个年轻人在垂死挣扎。狱卒看到这情景，吓得脸色发白地跑了回来，他看到刑事被告把自己的领带系在窗口上吊……"

尽管典狱长说话的声音很低，德·赛里齐夫人还是听到或猜到了，并发出可怕的叫声，这证明在紧要关头，我们的器官有着无法估量的能力。德·格朗维尔先生没有来得及转过身来，德·赛里齐先生和德·博旺先生也没有来得及加以阻挡，她已如离弦之箭，冲出门外，沿着商场廊一直跑到通往制桶街的楼梯。

这时，一位律师正走到一家店铺的门口。在很长一段时间里，商场廊里全是这种店铺，有的出售鞋子，有的出租裙子和帽子。伯爵夫人询问了去附属监狱的路。

"往下走，朝左拐弯，监狱的入口处在钟楼河滨街的第一条拱廊上。"

"这个女人疯了……"老板娘说，"要跟在她后面。"

莱昂蒂娜跑得飞快，无人能追得上她。这些社交界的女人，平日不用力气，在紧急关头却

有这般本领,医生也许能解释其中的原因。伯爵夫人穿过拱廊,朝入口处奔去。她速度惊人,在门口站岗的宪兵竟没有发现她进去。她犹如狂风席卷的羽毛,扑向栅栏,抓住两根铁条,狠命地拔了出来。她拔出的两段铁条戳在她的胸口上,鲜血直流,跌倒在地,大声叫道:"开门!开门!"那声音把狱卒都吓坏了。

掌管钥匙的看守跑了过来。

"开门!我是总检察长派来的,是来救死人的!……"

伯爵夫人绕了个圈子,从制桶街和钟楼河滨街来到监狱。与此同时,德·格朗维尔先生和德·赛里齐先生猜到了伯爵夫人的意图,从法院内部来到监狱。他们虽然行动迅速,来到监狱时她已晕倒在第一道栅栏门前。从营房下来的宪兵们把她抬了起来。狱卒到典狱长,就打开了入口处的便门,并把伯爵夫人抬到书记室里。这时,她站起身来,然后两手合拢,跪倒在地。

"我要见他!……我要见他!……哦!先生们,我决不干蠢事!如果你们不愿看到我死在这里……就让我去见吕西安,不管他是死是活……啊!你在这儿,我亲爱的,你要我死还是……"她说着就倒在地上。

"你真好,"她又说。"我一定爱你!……"

"咱们把她抬走?……"德·博旺先生问道。

"不,咱们到吕西安的牢房去!"德·格朗维尔先生说道。他从德·赛里齐先生迷茫的眼神中看出了他的意图。

说完,他拉起伯爵夫人,扶住她的一条胳膊,德·博旺先生扶住她的另一条胳膊。

"先生!"德·赛里齐先生对典狱长说,"对此要绝对保密。"

"请您放心,"典狱长回答道。"您的决定十分正确。这位夫人……"

"是我的妻子……"

"啊!请原谅。先生。那么,她看到那个年轻人时一定会晕倒的。在她晕倒的时候,就可以把她抬到一辆马车上。"

"我也是这样考虑的,"伯爵说。"您派一名狱卒到阿尔莱街的那个院子去找我的仆人,让他们到监狱入口处来,那儿只有我那辆马车……"

"我们还可以把他救活,"伯爵夫人一面走一面说。她的勇气和力量使狱卒们感到惊讶。"有办法起死回生……"她拖着两位法官对看守叫道:"走吧,快走,一秒钟同三个人的性命一样宝贵!"

牢房门打开时,伯爵夫人看到吕西安吊在上面,就像她的衣服挂在衣帽架上一样。她先是朝他跳去,想把他抱住、抓住;但是,她却面孔朝下跌倒在牢房的地上,发出一种喘气般的嘶哑叫声。五分钟之后,她横躺在伯爵马车的坐垫上,被送往自己的府第,她丈夫则跪在她的面前。在此以前,德·博旺伯爵派人请来一位医生,给伯爵夫人进行了急救。

五十五、事情如何收场

典狱长仔细观察了入口处靠外面的那道栅栏,对他的书记官说:"我们花了多少代价!铁条是锻造的,还经过检验,为此我们付了很多钱。这个铁条里是否有裂痕……"

回到办公室后,总检察长只得对秘书重作指示。

幸好马索尔这时还没有来。

说完后,德·格朗维尔先生急忙赶到德·赛里齐先生的家里。他走后不久,马索尔来到总检察长的办公室,找到了自己的同行夏热伯夫。

"亲爱的,"年轻的秘书对他说,"您要是愿意帮我的忙,就请把我口述的短文编到明天出版的那期《法庭消息报》的司法消息栏上;文章开头部分由您补充。"

"写什么?"

秘书口述的短文如下:

> 现已查明,埃斯黛小姐系自杀身亡。
>
> 经调查,吕西安·德·吕庞泼莱先生当时不在现场,实属无罪。但正当预审法官下令将他释放之时,这位青年却突然死亡,因此,对他的逮捕更使人感到遗憾。

"亲爱的,"年轻的秘书对马索尔说,"我想不需要对您多加叮嘱,我请您帮的这个小忙,必须严守秘密。"

"既然您相信我,"马索尔回答道,"我就冒昧向您提个意见。这篇短文会引起人们对法院进行责骂性的评论……"

"法院完全经受得住这种责骂,"检察院的年青官员摆出一副德·格朗维尔先生一手培养的未来法官的架势,傲慢地反驳道。

"亲爱的先生,如果您允许的话,再加上几句话就能避免这种不愉快的事情。"

说完,律师写道:

> 法院的程序与这一悲惨事件毫无关系。当即进行的验尸证明,他的死亡系晚期动脉瘤破裂所致。如果吕西安·德·吕庞泼莱先生在被捕时受到精神上的刺激,他可能早已死去。然而,我们敢断言,这位令人惋惜的青年在被捕时不但不感到痛苦,还对此付之一笑,并对把他从枫丹白露押送到巴黎的宪兵们说,他见到法官之后,就会立刻被确认无罪。

"这样不是两全其美了吗?……"兼当记者的律师问道。

17. 艺术的完美可以激起人们难以言述的激情,只有对理想之美,对这种激情敞开心扉的人,才可以理解马古斯此时一动不动,赞叹不已的神态,因为他们也一样,往往几个小时一动不动地站着观赏艺术之最,观赏莱奥纳尔多·达·芬奇的《蒙娜·丽莎》,柯勒乔的代表作《安提俄珀》,安德利亚·德尔·萨尔多的《神圣之家》、《提香的情人》,多米尼冈的《鲜花拥簇的孩子》,拉斐尔的小单彩画和他的那幅老人肖像画。

"有道理,亲爱的先生。"

"明天,总检察长先生会感谢您的,"马尔索意味深长地答道。

读者们已经看到,生活中最重大的事情,就这样被刊登在多少有点真实的小小巴黎新闻栏上。有许多事情比这件事要严肃得多,但也是照此处理的。

现在,极大部分读者和出类拔萃之士一样,可能觉得这一研究并没有因埃斯黛和吕西安之死而完全结束。雅克·高冷、亚细亚、欧罗巴和帕卡尔虽然为人卑鄙,也许使读者发生了兴趣,想要了解他们的结局如何。另外,这部悲剧的最后一幕,也可以对这一研究中所包含的风俗描写进行补充,并对各种悬而未决的利害关系作出解答。吕西安的生活曾以十分奇特的方式把这些利害关系交织在一起,使苦役监的几名无耻之徒国家的几位权贵走到一起来了。

相关链接

第四部　伏脱冷的最后化身

一、法官的袍子和女人的裙子

加缪索太太看到女佣人露出一副在情况紧急时才会有的脸色，便问道："出了什么事，马德莱娜？"

"太太，"马德莱娜答道，"先生刚从法院回来，但神色非常慌张，情况不妙，太太最好还是到书房里去看看他。"

"他说了什么没有？"加缪索太太问道。

"没有，太太；但是，先生从未有过这样的神色，那样子就像要生病一样。他脸色蜡黄，完全变了，而且……"

加缪索太太没等她说完，就冲出房间，直奔丈夫的书房。只见预审法官正坐在安乐椅上，两腿直挺挺地伸着，脑袋靠在椅背上，两手下垂，脸色苍白，两眼呆滞，好像快要昏过去似的。

"你怎么啦，我亲爱的？"年轻的妻子害怕地问道。

"啊，可怜的阿梅莉，出了一件极其倒霉事……我到现在还在发抖呐。你想想，总检察长……不，是德·赛里齐夫人……是……嗳，我也不知该从何说起……"

"就从最后说起吧！"加缪索太太说。

"好吧。就说在第一庭的审议室里，包比诺先生最后一个在我对吕西安·德·吕庞泼莱判处不予起诉、无罪释放的报告上签完字……总算万事大吉！法院书记官把记事簿拿走，我原以为可以了结此案，不料法院院长走进门来，看了一下判决书冷冷地对我讽刺道：'你们释放了一个死人，这个年轻人已经去找大自然的审判官了，用德·博纳尔先生的话来说，他是突然中风而死……'

"我以为是偶然的事故，就松了口气。"

"'院长先生，'包比诺先生说，'如果我没有弄错，他是死于皮什格吕式的中风……'

"先生们，'院长严肃地说，'你们要记住，必须对所有的人说，年轻的吕西安·德·吕庞泼莱死于动脉瘤破裂。'

"我们都面面相觑。

"'一些大人物插手了这一可悲案件，'院长说道，'加缪索先生，虽然您只是在履行职守，但愿上帝为了您的利益保佑德·赛里齐夫人不致因受此打击而发疯！她被抬出去时犹如死

去一般。我刚才遇到总检察长,见他悲痛欲绝,感到十分难过。'接着他凑近我耳朵说:'您把事情弄糟了,亲爱的加缪索!'

"不,亲爱的,我出来时,几乎路也走不动了,两腿格格地抖得厉害,以致连马路上也不敢走,就到办公室去休息一会。这时,科卡尔正在整理这次倒霉的预审档案。他对我说有一位美貌绝伦的太太冲进附属监狱,想救她的情人吕西安的性命,当她见到他用领带吊死在皮斯托尔牢房的窗上,就昏厥过去了。我想到自己审讯这个不幸的青年的方式可能是他自杀的原因,虽然他是完全有罪的,这话只能在我们之间说说;这想法自我离开法院后一直缠得我差不多要昏过去了……"

"那么,你难道因为一个刑事被告在你即将释放他的时候上吊自杀就认为自己是杀人犯?……"加缪索太太大声说道,"预审法官就好像一位死了坐骑的将军!……就是这么回事。"

"亲爱的,这种比喻最多只能用来开开玩笑,但是现在不是开玩笑的时候。在这种情况下,是死人抓住了活人。吕西安把我们的希望带到他棺材里去了。"

"真的吗?……"加缪索太太用冷嘲热讽的口气说。

"真的,我的前程完了。我一生将永远做一个塞纳州法庭的普通法官。德·格朗维尔先生在这件该死的事件发生前就已经对预审的方式很不满意;他对我们院长说的话表明,只要德·格朗维尔先生当检察长,我就永无升官之日!"

"升官!多了不起的字眼,现在,在人们的心目中,法官变成行政官了。"

从前,当上了法官就立刻成为重要人物。只要有三四位法庭庭长的帮助就能使人在最高法院中实现其雄心壮志。在第戎或巴黎当一名推事,会使德·博罗斯[①]或莫雷[②]这样的人满意。这差使本身就是一笔财产,但要出人头地,还需要一大笔钱。在巴黎,法官们在最高法院之外只能希望得到三种高升的职位:总监大臣、掌玺大臣或大法官。在最高法院下面的低层,初级法院的院长已是一位相当了不起的人物,他终身出任此职也心甘情愿。1829 年,巴黎王家法院的推事,其全部收入只有俸禄而已。请把这种推事和1729 年最高法院的推事作一比较,差别是巨大的。今天,人们把金钱看做万能的社会保障,所以不让法官们像从前一样拥有巨大财产;因此人们把他们看成国民议会议员、贵族院议员,他们身兼数职,既是立法官,又是司法官,他们本应在司法界显赫一时,却借助司法界以外的职位来炫耀自己。

最后,法官为了升官,就像在政府和军队里那样,一心只想表现自己。

这种想法即使不损害到法官的独立性,也是十分清楚、十分自然的,其作用司空见惯,这就不能不使司法机关在公众舆论中失去自己的威严。政府支付的薪水造就了神甫、司法官和职员。晋升需要争夺,就助长了野心,野心又促使人们对权贵讨好;然而,现代的平等把受审

---

① 博罗斯(1709—1777),法国司法官和作家。
② 莫雷(1558—1614),法国国王亨利四世时的司法官。

者和审判官放在社会这一检察院的同等地位，因此宗教和法院作为任何社会秩序的两大支持，在 19 世纪缩小了自己的权力，而人们却以为 19 世纪是一切事物都在进步的时代。

"你为什么不能升官？"阿梅莉·加缪索问道。

她用讥讽的眼光看着丈夫，觉得有必要让这个野心家恢复勇气。她摆弄丈夫就像摆弄一件工具一样。

"为什么失望？"她又说道，并显出一副对刑事被告之死毫不在乎的样子。这自杀会使吕西安的两个敌人德·埃斯巴夫人和她的大姑爱德莱伯爵夫人高兴。德·埃斯巴夫人和掌玺大臣很好，你可以通过她觐见大臣，把此案的秘密告诉他。要是司法大臣同意你的意见，你对院长和总检察长还怕什么呢？"

"可是还有德·赛里齐先生和夫人哩！……"可怜的法官叫道。"我再说一遍，德·赛里齐夫人疯了，而且别人说是由于我的过错而发疯的。"

"唉，如果她疯了，那你就乱审一过，"加缪索太太笑着叫道，"她不可能害你！来，把今天的情况说给我听听。"

"天哪，"加缪索答道，"我听完那个可怜的年轻人的忏悔，他说所谓西班牙神甫就是雅克·高冷，正在这时，德·莫弗里纽斯公爵夫人和德·赛里齐夫人派佣人给我送来一个条子，请求我不要审问他。但事情已经全部结束……"

"因此你就吓坏了！"阿梅莉说，"你的书记官忠实可靠，你当时可以叫吕西安回来，巧妙地让他定下心来，然后再修改审讯记录！"

"你倒是和德·赛里齐夫人一个样，目无法纪！"加缪索说，他不能容忍别人嘲笑自己的职业。"德·赛里齐夫人把我的笔录抢去扔在火里烧了！"

"唷！这女人真了不起！"加缪索太太叫道。

"德·赛里齐夫人对我说过，她宁可把法院炸掉，也不愿让一个得到公爵夫人和她自己宠爱的年轻人同一个苦役犯一起坐在重罪法庭的被告席上！……"

"不过，加缪索，"阿梅莉不禁露出一丝自诩高明的微笑说，"你的地位很妙……"

"啊，很妙！"

"你履行了自己的职责……"

"但不幸的是，尽管德·格朗维尔先生在马拉凯河滨街遇到我时狡猾地打了个招呼……"

"今天早上？"

"今天早上！"

"几点？"

"九点。"

"哦，加缪索！"阿梅莉把两手合拢后扭动着说道。"我一直反复对你说凡事都要留神……我的天哪！我拖着的不是一个人，而是一辆瓦砾车！……不过，加缪索，你的总检察长在半路上等你，应该对你有所叮嘱？"

"当然研……"

"可你没有听懂他的意思! 你听不懂,就只配终身当一个没有任何知识的预审法官。你还是用些脑子听听我的话! "她看到丈夫想回答,就止住了他,说:"你以为事情就完了吗?"

加缪索像站在江湖郎中面前的乡巴佬那样看着自己的妻子。

二、阿梅莉的计划

"如果德·莫弗里纽斯公爵夫人和德·赛里齐夫人受到牵连,你就应该使她们俩都成为你的保护人,"阿梅莉又说道。"你看,德·埃斯巴夫人将使你见到掌玺大臣。接见时你就向他叙说这个案件的秘密,他也可以用这个秘密使国王乐一乐;因为所有的国王都喜欢知道事情的内幕,喜欢了解老百姓见了会目瞪口呆的那些事件的真正原因。这样,总检察长也好,德·赛里齐先生也好,就都不必害怕了……"

"你这样的女人真是个活宝! "法官恢复了勇气大声说道。"不管怎样,我已把雅克·高冷揭了出来,我将把他送交重罪法庭,让他自己去交待。我还要揭露他的罪行。这在一个预审法官的生涯中是个胜利,这样的诉讼案……"

"加缪索,"阿梅莉看到丈夫从吕西安·德·吕庞泼莱的自杀而引起的精疲力竭中复苏过来,感到十分高兴,就说道,"院长刚才说你把事情弄糟了,但是现在你却好得过头了……你还弄不清楚,我亲爱的! "

预审法官仍站着不动,惊愕地望着妻子。

"国王和掌玺大臣知道了此案的秘密后可能会非常满意,但与此同时,他们也会十分恼火,因为看到自由派的律师用自己的善辩之舌,把赛里齐、莫弗里纽斯和格朗利厄这样一些直接或间接插手此案的重要人物拉到舆论的审判台和重罪法庭上来。"

"他们全都陷进去了! ……我把他们抓在手心里了,是吗?"加缪索大声说道。

法官站起身来,在书房里踱来踱去,就像舞台上的斯卡纳赖尔竭力想摆脱困境的那副样子。

"你听着,阿梅莉! "他在妻子面前停下来说。"我现在想到一种情况,表面上看来微不足道,但对我的处境却十分重要。你设想一下,亲爱的朋友,这个雅克·高冷老奸巨猾,诈骗成性……又城府很深……噢,这是……什么? ……苦役监的克伦威尔! ……我从未遇到过这样的恶棍,我差一点被他蒙住了! ……但是,在刑事预审上,只要有一根线头晃动,就能找到线团,就能在最黑暗的思想迷宫或最模糊的事实迷宫里漫步。雅克·高冷看到我正在翻阅从吕西安·德·吕庞泼莱家中查抄到的信件,就对信件看了一眼,以便弄清另一包信是否也在里面,然后,他露出了明显的满意神色。这眼光就像是贼在估量一笔珍宝。这种刑事被告的神色表示: '我有自己的武器',这使我了解到许多事情。只有你们女人,才能像我们和刑事被告那样,只要使一下眼色,就能传递出许多场景,揭示出像保险锁一样复杂的骗局。你看,一秒钟

相关链接

20. 一般来说，凡是病人，尤其是已经落入死神魔掌的人，总是疯狂地抓住自己的位置不放，就像初出道的人拼命地找差事做。因此，自己被人顶替，这在可怜的病人看来，已经是死到临头了。

内就能展示出可写成几部书的疑点! 这非常可怕，瞬间即可决定生死。我当时想，这家伙手中一定还有其他信件! 后来，我因考虑此案的其他许多细节忽略了那件事。我认为可以通过这两个被告的对质来弄清这个疑点。但是，我们可以肯定，雅克·高冷按照他们这些坏蛋的习惯，把这个年轻人手里最能损害别人名誉的信件藏在安全的地方，这个美男子的崇拜者又这么多……"

"你害怕了，加缪索! 你成为王家法院庭长的时间要比我预料的早得多! ……"加缪索太太红光满面地大声说道。"瞧，你要做得使大家都满意，因为这个案件已变得非常严重，很可能被人从我们手里抢走! ……当时，为了把德·埃斯巴夫人和她丈夫的禁治产一案交给你来办，他们不是把预审工作从包比诺手里夺走了吗?"她说这话是为了回答丈夫的惊奇神色。"那么，总检察长既然对德·赛里齐夫妇的名誉如此关心，难道就不能把此案提交王家法院并委派一位他信赖的推事重新审理吗?……"

"啊，亲爱的，你这是从哪里学到的刑法?"加缪索叫道，"你无所不知，真是我的良师……"

"怎么! 你以为明天早上德·格朗维尔先生就不怕雅克·高冷可能请到一位自由派的律师提出辩护吗? 因为有人会开出价钱以便做他的辩护人……这些贵夫人对自己所处的危险不比你了解，也同你一样清楚。她们会把这点告诉总检察长，而总检察长也已看到，由于德·格朗利厄小姐的未婚夫吕西安·德·吕庞泼莱，埃斯黛的情夫、德·莫弗里纽斯公爵夫人的情夫和德·赛里齐夫人的宠儿吕西安同这个苦役犯结合在一起，这些家族即将被推上重罪法庭的被告席。因此，你应该设法博得总检察长的欢心，德·赛里齐先生的感谢，以及德·埃斯巴侯爵夫人和杜·夏德莱伯爵夫人的感谢。你不但要有德·莫弗里纽斯夫人这样的靠山，还要得到格朗利厄家族的保护;另外，你还要让你的院长赞扬你。我呢，我来负责德·埃斯巴夫人、德·莫弗里纽斯夫人和德·格朗利厄夫人。而你，你明天早上应该去总检察长家里。德·格朗维尔先生和妻子分住，他十年来在贝勒弗耶小姐做他的情妇，为他生了几个奸生子女，是吗?那么，这个法官不是个圣人，他和其他人完全一样;人们可以诱惑他，他会在某个地方给人抓到把柄，要发现他的弱点，对他阿谀奉承，向他请教，让他看到此案的危险性。最后，竭力使你们两人都受到牵连，这样你就会……"

加缪索打断妻子的话，抱住她的腰，把她搂在怀里，说道:"不，我对你真是佩服得五体投地，阿梅莉，你救了我!"

"是我把你从阿朗松①拖到芒特②，又从芒特拖到塞纳州的法院，"阿梅莉答道。"好，你放心吧! ……五年后，我就要人家叫我庭长夫人。但是，我的宝贝，在做出决定之前，你得三思。干法官这一行不像消防队员，火永远烧不到你的文件，你有考虑的时间，因此，处于你们的地

————————————

① 离巴黎西面 195 公里的城市。
② 塞纳—瓦兹州的一个城市。

位,干蠢事是不可饶恕的……"

"我要处于有利的地位,就得查清西班牙假神甫就是雅克·高冷,"法官停了好久又说。"一旦查清他的身份,法院还是要受理这一案件,这将永远是一个确认的事实,任何司法官、审判官或推事都不能否认。我将像孩子那样,把铁块系在猫尾巴上;预审不论在何处进行,总是能把雅克·高冷尾巴上的这个铁块敲响。"

"妙极了!"阿梅莉说。

"这样,总检察长就会心甘情愿和我合作而不和其他人合作,因为只有我一个人才能取下悬挂在圣日耳曼城关街上的那把达摩克利斯剑……不过,你不知道,要得到这样辉煌的结果有多难?……总检察长刚才已和我两人在他办公室里谈妥,把雅克·高冷当做他自己所说的身份,即多兰特教区的名誉委员卡洛斯·埃雷拉;我们还谈妥把他当成外交使节,让西班牙大使馆出面把他要回去。根据这个计划,我写了释放吕西安·德·吕庞泼莱的报告,重新起草了刑事被告的审判记录,把他们洗刷得洁白无瑕。明天,拉斯蒂涅、皮安训以及不知还有哪位先生将与所谓的多兰特教区名誉委员对质,他们一定认不出他就是雅克·高冷,虽然十年前在一个公寓里逮捕他时这些人都在场,知道他叫伏脱冷。"

接着是一阵沉默。加缪索太太沉思着。

"你能肯定你那个刑事被告就是雅克·高冷?"她问道。

"能肯定,"法官答道,"总检察长也能肯定。"

"那么,你别让人看到你暗中伸出的猫爪,一面设法在法院引起轰动。如果你的犯人还在黑牢中,你马上去找典狱长,让这个苦役犯当众被人认出。不要像孩子那样,而要模仿独裁国家的警务大臣,他们捏造有人阴谋推翻国王,把粉碎阴谋作为自己的功劳,并以此夸耀自己是不可缺少的人物。你要把三个家族置于危险的境地,目的是骗取搭救他们的荣誉。"

"啊,多幸运!"加缪索叫道。"我昏了头,竟没有想到这点。把雅克·高冷关进皮斯托尔牢房的命令是由科卡尔下达给典狱长戈尔先生的。然而,根据雅克·高冷的死对头皮皮-罗萍的安排,已从拉福斯监狱把三个认识他的罪犯转送到附属监狱来。如果他明天早上来到放风的院子,估计会有好戏可看。"

"那是为什么?"

"亲爱的,雅克·高冷是苦役犯的财产保管人,这笔财产数量可观;听说他为了维持吕西安的豪华生活已经把这些财产挥霍殆尽,这些人就要和他算账。皮皮-罗萍对我说,这将是一场火拼,需要看守们出面干涉,这样秘密就揭穿了。这关系到雅克·高冷的性命。好,我只要一早到法院去,就可以得到关于他身份的笔录了。"

"啊,要是那些把财产委托他保管的犯人代你把他干掉多好!你就会被人看做才干出众的人了。你别到德·格朗维尔先生家去,有了这种绝妙的武器,你就到检察院去等他!这是一门装满炮弹的大炮,瞄准宫廷和贵族院中三个最著名的家族。放大胆子,向德·格朗维尔先生建议,把雅克·高冷转到拉福斯监狱,使你们可以摆脱他,因为在这座监狱里,那些苦役犯

会干掉他们的告发人。我到德·莫弗里纽斯公爵夫人家去,让她领我去格朗利厄家。我可能还会见到德·赛里齐先生。请相信我,让我到处去敲警钟。尤其是请用暗语给我写个条子,让我知道那个西班牙神甫是不是已经在法院里被认出的雅克·高冷。你安排一下在下午两点离开法院,我去想办法请掌玺大臣单独接见你,他很可能在德·埃斯巴侯爵夫人家。"

加缪索听了十分钦佩,脚下仿佛是生了根,机灵的阿梅莉见了微微一笑。

"好,来吃晚饭吧,该高兴啦,"她结束时说。

"瞧,我们到巴黎才两年。今年年内你就可以一帆风顺地做王家法院的推事了。……然后,亲爱的宝贝,你只要在某个政治案件中帮个忙就能成为法院一个庭的庭长。"

这次密谈说明,这一研究的最后一个人物雅克·高冷的行动和他的片言只语对这些家族的名誉有着何等重要的关系,他曾在这些家族中安置了他已故的保护人。

21. 一个病人如有爱的温暖,得到对他的生命关切备至的人们的照料,那他就有可能得救,相反,如果一个病人由一些用钱雇来的人侍候,那他就有可能会丧命。这是无意中感应的磁性所起的作用,对此,医生们往往不愿意承认,他们认为,病人得救是严格执行医嘱,护理得法的结果;可是许多做母亲的都知道,恒久不灭的愿望迸发出强大的力量,确有起死回生的功效。

三、磁气观察[①]

吕西安的死亡和德·赛里齐伯爵夫人冲进附属监狱,使法院这架机器的各个部分产生了巨大的混乱,所以典狱长一时竟忘了把假西班牙神甫转出黑牢。

刑事被告在预审期间死亡,在司法界的历史上有过不止一个先例。但是,监狱看守、书记员和典狱长像这次那样失去往日的镇静,却是相当少见的事件。然而对他们来说,最大的事件并不是这个漂亮的青年如此迅速地变成一具死尸,而是入口处第一道栅栏上的铸铁杆竟被一位上流社会的女人用纤细的手折断。因此,典狱长、书记员和看守等到总检察长和奥克塔夫·德·博旺伯爵乘上德·赛里齐伯爵的马车,带着昏迷不醒的伯爵夫人扬长而去之后,立刻聚集在监狱的入口处,送来狱医勒布伦先生;医生被叫来验证吕西安的死亡,并与这个不幸的年轻人居住区里的死人的医生取得一致意见。

在巴黎,人们把每个区政府中负责验尸、检查死亡原因的法医称为死人的医生。

德·格朗维尔先生以他特有的敏锐目光迅速地看了一眼,认为要保全受到牵连的家族的名誉,需由吕西安在马拉凯河滨街的住宅所属的区政府出具死亡证明书,并把死者从他的住宅运到圣日耳曼台普雷教堂举行追思仪式。德·格朗维尔先生叫来了自己的秘书德·夏热伯夫先生,命令他处理此事。吕西安的尸体将在夜里运出。年轻的秘书受命立即与区政府、教区和殡葬管理所进行联系。这样,社交界就会认为吕西安是获释后在家里死的,送葬队伍将从他家里出发,他的朋友们都被请到他家里来参加葬礼。

因此,当神魂安定的加缪索和他野心勃勃的老婆坐在餐桌旁边下时,典狱长和狱医勒布伦先生正在监狱入口处的外面埋怨铁杆的脆弱和恋爱妇女的力气。

① 动物磁气学是 18 世纪德籍医生麦斯麦提出的一种学说,用以解释他所施行的一种类似催眠术的医疗方法。巴尔扎克在《于絮尔·弥罗埃》中对动物磁气学进行过介绍。

　　医生在离开戈尔先生时对他说："目前还不知道一个因爱情而过于激动的男人有多大的精神力量！力学和数学无法用符号和运算来表示这种力量。昨天，我亲眼看到一个试验。这个试验使我不寒而栗，同时也对这个女人刚才所显示的可怕力气有所理解。"

　　"请讲给我听听，"戈尔先生说，"因为我对动物磁气学特别感兴趣，虽然不大相信，但对此感到惊讶。"

　　"一个施行磁气疗法的医生，"勒布伦医生接着说道，"因为在我们中间有人相信动物磁气学，他建议在我身上试验一种他向我描述，但我抱有怀疑的现象。我想亲身体验一下一种奇怪的歇斯底里发作，以证实动物磁气的存在，就同意了。事情就是这样的。我真想知道，如果有人让我们医学科学院的院士一个挨着一个地经受这种不容置疑的作用，科学院会说些什么。我的老朋友……"

　　勒布伦大夫顺便作了些说明，说道："这位医生是个老头，由于同意麦斯麦的学说而受到医学院的迫害；他七十至七十二岁左右，名叫布瓦尔。是当今动物磁气学的老前辈。我是他的弟子，依靠他才有现在的地位。因此，这位令人尊敬的老人布瓦尔让我用切身的体验证明磁气疗法医生使人获得的精神力量并不是无限的。因为人受到一定的规律的约束，但是，精神力量同自然界的力量一样，其绝对的原则出乎我们的估计之外。"

　　"因此，他对我说，如果你让一个被催眠的女人握着你的手腕，她醒着时握力不会超过一定的范围，但在被无知地称为催眠状态时，她的手指就会像铜匠使用的大剪刀一样有力！"

　　"那么，先生，当我把手腕让一个女人握着时，这个女人不是被催眠，因为布瓦尔反对用这个词，而是被隔绝。老头命令这个女人竭尽全力握紧我的手腕，我看到手指头上即将喷出血来，就请求停止试验。你看，这个手印要三个多月后才会退掉。"

　　"见鬼！"戈尔先生看着医生手腕上像烧伤一般的一圈瘀血斑说道。

　　"亲爱的戈尔，"医生接着说，"即使我的手腕已被铜匠用铁圈箍住再用螺帽扣紧，也没有那女人的手指捏得紧；她的手腕像是硬质钢做的，我相信她能够把我的骨头捏断，把我的手从手腕上切下来。这种握力开始时感觉不到，后来不断加大，在原先的力量上不断使劲；最后，这只手简直变成了刑具，比绞车还要厉害。这向我证明，激情是动物的力量集中在一个点上、达到无法计算的数量的意志力，就像各种各样的电力那样；受到这种激情的控制，人为了进攻或抵抗能够把自己的全部活力集中在某一个器官里……这个小女人在绝望中，把自己的活力集中到手腕上。"

　　"要折断铸铁杆，必须有极大的力气……"看守长摇摇头说。

　　"里面有裂痕！"戈尔先生指出道。

　　医生又说："我再也不敢说精神力量有限了。另外，做母亲的为了救孩子，就是这样沿着猫儿也勉强才能站得住的檐口走下火场，就是这样来吸引狮子；忍受某些分娩的剧痛。囚犯和苦役犯企图重获自由的图谋的秘密也在这儿……人们还不了解生命力的意义，生命力同自然力有关，我们从尚未知道的储存体中汲取这种生命力！"

相关链接 ●

22. 雷莫南克想不惜一切代价摆脱阻拦他获得幸福的障碍。对他来说，所谓的幸福，就是能把诱人的女门房娶回家，使自己的资本增加三倍。因此，当他看见小裁缝喝着汤药时，他起了歹念，要把小裁缝的小病变成绝症，而他做废铜烂铁买卖，这恰好给他提供了方便。

这时，典狱长把勒布伦医生送到附属监狱外面的一道铁栅栏，只见一名看守走来在典狱长耳边低声说道："先生，黑牢二号说自己有病，要请医生；他认为自己快要死了，"看守又补充道。

"当真?"典狱长问道。

"他已在嘶哑地喘气呐!"看守回答道。

"现在是五点钟，"医生回答说，"我还没有吃过晚饭……不过我既然在这儿，那就去看看吧……"

四、黑牢里的犯人

"黑牢二号就是被怀疑为雅克·高冷的西班牙神甫，"戈尔先生对医生说道，"是那个可怜的年轻人被牵连进去的案件中的一个刑事被告……"

"我今天早上看到过他，"医生答道，"加缪索先生要我诊断一下他的健康情况。这家伙，这话我们之间说说，身体好极了，他要是去卖艺，扮演赫拉克勒斯，准受欢迎。"

"他可能也想自杀，"戈尔先生说。"咱们打开天窗说亮话，因为我反正要去，以便把他转到皮斯托尔牢房。加缪索先生已经对这个奇怪的无名氏撤消了黑牢关押……"

雅克·高冷在苦役犯中的绰号叫鬼上当，现在再也不必用其他名字称呼他，只需用真姓实名叫他就行了。根据加缪索的命令将他关进黑牢之后，他一直焦虑不安。他一生中犯下大量罪行，三次逃出苦役监，二次被重罪法庭判刑，却从未有过这种焦虑不安。这个人是苦役犯的生活、力量、精神和激情的集中体现和最高表现，他对朋友像狗一样的忠心，这种对自己偶像的绝对忠心虽然在许多方面应该受到谴责，而且是可耻可怕的，但是使人对他真正发生了兴趣，因此如果在吕西安·德·吕庞泼莱死后不交代这罪恶生命的结局，就会使人感到这一已经十分庞大的研究没有完结，像是删去了结尾一般。西班牙小猎犬死了，人们就会想，他那狮子般的可怕同伴是否能存活下去?

在现实生活中，在社会里，一些事注定要和另一些事联系在一起而决不会分开。河水形成了一种液体的平面波涛。不管如何逆行，不管卷起多高，其猛烈的水柱无一不消逝在河水之中，因为急流的河水比随流而下、但不时逆行的波涛更为有力。同样，人们注视着河水的流动，却看到一幅幅模糊的景象。你也许想在这名叫伏脱冷的逆流上来衡量一下社会力量的压力? 看看这逆流将在何处消失? 这个以父爱同人类联系在一起的恶魔将有何种结局? 这一美好的准则即使在道德极其败坏的人心中也很难消失。

卑鄙的苦役犯雅克·高冷七年来实现着穆尔·拜伦勋爵、默休林、卡那利斯等许多诗人神往的诗篇 (魔鬼占有天使，把他吸引到地狱中来，以便用天堂里偷来的露水使地狱凉快)，同时却牺牲了自己，人们深入了解这颗铁石般的心后就能了解这点。他那巨大的才能倾注在吕西安的身上，只为吕西安一人而施展；他为吕西安取得的进展，为他的爱情和野心感到高

兴。对他来说,吕西安就是他可见的灵魂。

通过他,鬼上当在格朗利厄家吃晚饭,进入贵夫人的小客厅,间接地爱着埃斯黛。最后,他把吕西安看成年轻、美貌、高贵、即将登上大使宝座的雅克·高冷。

鬼上当通过精神上的父子关系实现了德国式的分身术。这种关系是女人想出来的,她们一生中也真正喜欢过男人,感到自己的灵魂进入自己所爱的男人的灵魂之中,同他一起度过了高贵或卑鄙、幸福或不幸、黯淡或光明的生活,在遥远的地方感觉到他腿上的伤痛,感觉到他在进行决斗,总之,她们不须打听,就能知道他另有新欢。

雅克·高冷被送回牢房后自忖道:"他们在审问那孩子!"

于是他颤抖起来,这个杀人像喝酒一样的人竟也会发抖!

"他能不能见到自己的两个情妇?"他心里想道,"我姑妈有没有见到这些该死的女人?""这些公爵夫人、伯爵夫人是否成功地阻止了审讯?……吕西安有没有得到我的指示?……如果命里注定要审问他,他会怎么对付呢?可怜的孩子,是我使他落到这种地步!就因为帕卡尔这个强盗和欧罗巴这只狐狸偷了纽沁根给埃斯黛的七十五万法郎的年金登记书,才引起了这场风波。这两个混蛋在最后时刻让我们摔了跤,这笔账我会好好跟他们算的。只要再迟一天,吕西安就会发财,就会和克洛蒂尔德·德·格朗利厄结婚。我也不会再被埃斯黛缠住。吕西安太爱这姑娘了,他从未爱过这个克洛蒂尔德,从未爱过这块救命的木板……啊,要不是这样,这孩子就完全属于我了! 真想不到我们的命运取决于吕西安在加缪索面前的一个目光,一次脸红,这个加缪索什么都看得出,他有审判官的敏感! 他让我看到那些信件时,我们互相看了一眼,都摸了摸对方的底,他已经猜出我抓住吕西安情妇的把柄!……"

这场内心独白持续了三个小时。极度的焦虑竟把这钢筋铁骨般的机体制服了。雅克·高冷的脑袋像被猛烈的火焰烧着一般,感到口渴难忍,不知不觉地把一只小木桶内的水全部喝光,黑牢里的家具就是这么两只木桶,一张木床。

"他要是昏了头,又会怎么样呢? 因为这可爱的孩子没有泰奥多尔的魄力……"他一面想,一面躺倒在一张像警卫队的行军床上。这里顺便谈一下雅克·高冷在这关键时刻想起的泰奥多尔。泰奥多尔·卡尔维是个科西嘉青年,十八岁时已杀了十一个人,由于花了巨款收买了几座靠山,才被判无期徒刑。他从 1819 年到 1820 年是和雅克·高冷拴在一条锁链上的犯人。雅克·高冷最后一次越狱,也是他神机妙算的一次漂亮的越狱(他乔装成宪兵,旁边押着苦役犯泰奥多尔·卡尔维,说是押送到警察所所长那里去,他们就这样走出了监狱),发生在罗什福尔监狱里。那里是苦役犯成批死亡的地方,当局也期望这两个危险人物死在那里。他们一起越狱后,为了便于潜逃,不得不分道扬镳。后来泰奥多尔又被捕进了苦役监,而雅克·高冷则逃到了西班牙,变成了卡洛斯·埃雷拉。他在罗什福尔桑找那个科西嘉人时,在夏朗德河畔遇见了吕西安。鬼上当自然而然地为这新的宠儿而牺牲了教会他意大利语的强盗英雄。

吕西安从未被判过刑,只犯过一些轻微的过错,所以和吕西安一起生活如同爱日一般美

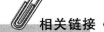
23. 他的目光落在了一个氧化得很厉害的圆铜片上。脑子顿时生出一个念头，想用再也简便不过的办法，将小铜片在茜博的汤药里洗刷干净……在上面系了一根细线，每天都趁茜博太太去照顾她那两位先生的时候，上门询问裁缝朋友的病情，探望三五分钟，顺手把铜片浸入汤药中，走时再提起细线，取回铜片。这些氧化了的铜成分，俗称铜绿，虽然分量极少，但却在有益于健康的汤药中悄悄地带入毒素，久而久之便起了不可估量的破坏作用。

好；而和泰奥多尔一起生活，必然还会犯下一系列罪行，结局只能是上断头台。

吕西安的懦弱会造成不幸，他被关在黑牢里又将使他昏头转向，这种想法在雅克·高冷的头脑里占据了极大的地位；这个不幸者设想着大难临头的可能性，不觉热泪盈眶，这是他从童年时代起从未有过的事。

"我大概有高烧，"他想，"请医生来，答应他一笔巨款，可能会使我与吕西安接上关系。"

这时，看守给刑事被告送来了晚饭。

"这有什么用，孩子，我吃不下，您去对典狱长说，让他派个医生来，我很不舒服，想必是我的末日到了。"

看守听到这苦役犯说话时嘶哑的喉音，点了一下头就走了。雅克·高冷一心指望着实现这个希望；但是，当他看到典狱长陪着医生走进他的牢房，就感到自己的企图已经失败，于是他就把手伸给医生诊脉，冷冷地等待着诊断的结果。

"他有热度，"医生对戈尔先生说，"不过这是在我们所有刑事被告身上都能见到的热度。"接着，他凑近假西班牙人的耳朵说："对我来说，这种热度永远是犯罪的证明。"

典狱长把医生和刑事被告交给狱卒监视，自己去拿信件，因为总检察长要他把吕西安写给雅克·高冷的信转交给这个刑事被告。

雅克·高冷看见狱卒站在门口，又不知道典狱长离开的原因，就说道："先生，要是有人能够把一张五行字的条子交给吕西安·德·吕庞泼莱，我愿意出三万法郎！"

"我才不想要您的钱，"勒布伦医生说，"现在世界上再也没有人能同他联系了。"

"再也没有人？"雅克·高冷惊愕地问。"那是为什么？"

"他已经上吊……"

听到这话，雅克·高冷狂叫一声，像老虎那样倏地直立起来；印度丛林里的老虎发现虎崽被劫，也不会叫得这么可怕。他对医生怒目而视，犹如霹雳时的闪电。然后，他一头倒在床上，说道："噢，我的儿啊！"

医生被他那本能的可怕力量所感动，就大声说道："可怜的人啊！"

他这样发作后，确实是彻底地垮了下来；"噢，我的儿啊！"这几个字就像是一串低沉的声音。

"这个人会不会也要死在我们手里？"看守问道。

"不，这不可能！"雅克·高冷在床上微微抬起身子说，一面用毫无生气的目光看着这一场面的两个见证。"你们弄错了，这不会是他！你们没有看清楚。在黑牢里是不可能上吊自杀的！你们看，这里怎么能上吊呢？整个巴黎都会向我担保他不会有生命危险。上帝已把他的生命托付给我！"

看守和医生听了目瞪口呆，感到从未像现在这样惊讶。这时，戈尔先生走了进来，手里拿着吕西安的信。雅克·高冷看到典狱长进来，虽受到痛苦的沉重打击，还是镇静下来。

"这是总检察长叫我转交给您的信，他同意把这封信原封不动地给您，"戈尔先生提醒他

262

说。

"这是吕西安的信……"雅克·高冷说。

"是的,先生。"

"先生,这年轻人是不是……"

"死了,"典狱长说,"即使医生在这里……很不幸,他总是来得太晚……这年轻人死在那里,在一间皮斯托尔牢房里……"

"我可以亲眼看看他吗?"雅克·高冷胆怯地问道。"你们能不能让一个父亲自由地去痛哭他的儿子?"

"您要是愿意的话,可以住到他的牢房里去。我已接到命令把您转到皮斯托尔牢房去,先生,您的黑牢关押已被撤消。"

刑事被告用毫无热情和生气的眼睛慢慢地从典狱长转到医生身上;他认为这可能是个圈套,就用目光讯问他们,迟迟没有走出牢房。

"如果您要看遗体,"医生对他说道,"那就快去,今晚尸体就要搬走……"

"先生们,"雅克·高冷说,"如果你们也有孩子,你们就会理解我的痴情,我差不多完全糊涂了……这次打击对我来说比死还厉害,但是你们不会理解我说的话……如果你们有孩子,也只不过是做父亲而已,可我不仅当父亲,而且还当母亲!……我……我要发疯了……我已感到这点。"

五、诀　　别

通过地下过道,从黑牢走到皮斯托尔牢房不需要很多时间,过道的门只有典狱长来才开。这两排牢房之间隔着一条地下过道,过道夹在两垛厚墙的中间,上面就是法院的商场廊,因此,雅克·高冷由看守扶着胳膊,前面由典狱长领路,后面跟着医生,几分钟后就走到了吕西安的牢房,只见他的尸体放在床上。

雅克·高冷见此情景,绝望地扑倒在吕西安身上,紧紧抱住了他。他那悲恸欲绝的力量和动作使这景象的三位目击者无不感动。

医生对典狱长说道:"这就是我刚才对您说的现象的一个例子。您看!……这个人捏着尸体就像揉面团一样,您还不知道尸体是怎么样的,简直像石头一样硬……"

"让我一个人留在这里……"雅克·高冷有气无力地说,"我看到他的时间不多了,他们就要把他送去……"

他没有说出埋葬这两个字。

"您就让我保留这孩子的一件东西吧!……请您行行好,把他的头发剪一绺给我,"他对勒布伦医生说,"因为我没有力气……"

"这真是他的儿子!"医生说。

24. 老艺术家感到自己就要离开人世，于是制定了这样的计划。他要把施穆克立为他全部遗产的继承人，让他成为富翁；为了使施穆克摆脱一切可能出现的麻烦，他准备当着证人的面给公证人口述他的遗嘱，让人家不再认为他已经丧失理智，从而使卡缪佐家再也找不到任何借口来攻击他的最后安排。

"您相信？"典狱长深思地回答道。

医生听了不觉陷入短暂的沉思之中。

典狱长吩咐看守让刑事被告留在牢房里，并在尸体搬走前，把儿子的头发剪几绺送给这自称是父亲的犯人。

五月份下午五点半，附属监狱里尽管有铁栅栏和铁丝网遮住窗户，但要看信还是能看得清楚。雅克·高冷拉住吕西安的手，一字一句地阅读这封可怕的信。

至今还不知道有人能够把一块冰紧紧地捏在手心里达十分钟之久。寒冷会以死亡一般飞快的速度传到生命的源泉。但是，这种如毒药一般的彻骨寒冷，同被人这样紧紧捏住的冰冷僵硬的死人手对灵魂产生的作用几乎不能相比。这是死亡之神在对生命之神讲话，死亡之神说出了隐藏在内心的秘密，扼杀了许多感情，因为说到感情，要改变不就是和死亡一样吗？

我们和雅克·高冷一起重读吕西安的信，这封临终的信对他如同一剂毒药。

致卡洛斯·埃雷拉神甫

亲爱的神甫：

我从您那儿得到的只有恩惠，可我却背叛了您。这种无意之中的负心也害了我自己，所以当您看到这封信时，我已不在人世；您也不能再拯救我的生命。

您曾经给了我充分的权利，只要我能得到一点好处，就可以把您毁掉，像雪茄烟蒂那样把您扔掉；但是，我却愚蠢地使用了您给我的权利。为了摆脱困境，您收养的弟子被预审官巧妙的问话所迷惑，竟站到愿以任何代价杀害您的敌人一边，把一名十恶不赦的法国罪犯的身份强加在您的头上。我全都说了。

您卓尔不群，我望尘莫及，所以在最后分离的时刻，不能叙说毫无意义的话语。您想使我成为显赫一世的权贵，却把我推向自杀的深渊，事情就是如此。我早已看出我会有晕头转向之时。

您有时说起，该隐和亚伯有自己的后代。在人类伟大悲剧中，该隐是反对派。您就是从亚当这根苗中传下来的子孙，魔鬼在这条根苗上继续吹旺火苗，而第一个火星已经落到夏娃的身上。在这一房的子孙后代中，有时也出现一些可怕的魔鬼；他们有着强健的体魄，汇集了人类的一切力量，犹如沙漠中的猛兽，需要生活在广阔的天地之中。这些人在社会中十分危险，就像狮子突然出现在诺曼底地区一样：他们要吃东西，就吞噬平民百姓，夺走傻瓜们的金钱；他们手段阴险，到头来会把陪伴自己的爱犬杀害。如果上帝愿意，这些神秘的人物就成了摩西、阿提拉、查理大帝、穆罕默德或拿破仑；但是，万一上帝将这些庞然大物埋没在时代的汪洋大海之中，听任他们生锈，他们就只能成为普加乔夫、罗伯斯庇尔、卢韦尔和卡洛斯·埃雷拉神甫。他们对软弱的灵魂有着巨大的影响，能将它们吸引过来并碾得粉碎。这种人的伟大、漂亮之处就在于此。这是树林中使孩子们眼花缭乱的鲜艳毒草。这是恶之诗。像你们这样的人应该隐居洞穴，永不外出。

你使我经历了这种宏伟壮丽的生活,我对人生也有了自己的打算。这样,我就能把脑袋伸出你政策的死结,以便伸进我领带的活结。

为了弥补自己的过错,我向总检察长递交了一份声明,收回了我在审讯中的回答。你可以利用这份声明。

神甫先生,根据我立下的合乎法律手续的遗嘱,您将收回属于您的修会的款项。您过去出于慈父般的爱,曾轻率地为了我而动用这笔钱。

别了,永别了,恶和蚀的神像,永别了。您要是走上正路,肯定会比希门尼斯和黎塞留更加伟大。您遵守了自己的诺言:我领略了您所布下的美妙梦境之后,重又落到我在夏朗德河畔的境地;可惜的是,将埋葬年轻时的过失的不再是我故乡的河流,而是塞纳河;我的坟墓是监狱的牢房。

别为我感到惋惜:我对您既蔑视又钦佩。

吕西安

凌晨一点半,狱卒进来准备把尸体搬走,只见雅克·高冷跪在床前,信已落在地上,就像自杀者开枪之后,手枪掉落到地上一样;但是,那可怜人合拢的双手始终紧握着吕西安的手,在向上帝祷告。

那些搬尸人看到他活像中世纪古墓上那些由能工巧匠雕刻的永远跪着的石像,就停了一会儿。这个冒牌神甫双目如老虎一样明亮,全身因跪着不动而显得僵硬。搬尸人感到敬畏,就和蔼地请他站起来。

"干什么?"他胆怯地问道。

胆大包天的鬼上当已经变得像孩子一般懦弱。

典狱长把这一情景指给德·夏热伯夫先生看;德·夏热伯夫先生看到雅克·高冷如此痛苦,不禁肃然起敬,相信他是吕西安的父亲,就向他转达德·格朗维尔先生有关吕西安丧事和柩车队的命令,并说必须把吕西安的尸体运到他在马拉凯河滨街的住宅,因为教士正在他家里等着,准备守灵到天明。

"我从中看出了这位法官的高尚灵魂,"苦役犯悲伤地说道,"先生,请对他说,我非常感激……是的,我能够为他帮大忙。别忘记我这句话,这句话对他极为重要。啊,先生,一个人要是对这样一个孩子痛哭了七个小时,心里就发生了奇特的变化……我再也看不到他了!……"

雅克·高冷深情地望着吕西安的尸体,就像慈母见到儿子被人抢走一样,然后就倒在地上。他看到狱卒搬起吕西安的尸体,不由发出了悲哀的呻吟,狱卒听了就赶紧把尸体搬走。

总检察长的秘书和典狱长已经走了,所以没有看到这一场面。

这铁石心肠的人,作出决定同日光一样迅速,他的思想和行动如闪电一般同时迸发出来,他三次越狱,三次坐牢,意志已锻炼得同野人一样刚强。现在他变得怎么啦?铁打到某种

相关链接 ●

25. 他决定利用这个特洛尼翁，口述一份自撰遗嘱，封签后锁在柜子的抽屉里。然后，他准备让施穆克藏在床边的一个大橱子里，亲眼看一看茜博太太将如何偷出遗嘱，拆封念过后再封上的一系列勾当。等到第二天九点钟，他再撤销这份自撰遗嘱，重新当着公证人的面，立一份合乎手续、无可争辩的遗嘱。

程度或经过反复的冲压也会变形，它那难以穿透的分子被人纯化变成均质之后就分解了；铁不经熔化，就失去了原来的强度。马蹄匠、锁匠、铁匠以及一切与这种金属打交道的人，对这种现象起了一个术语，叫做："铁浸渍了！"他们使用了加工大麻的专用语，因为大麻是用浸渍来分解的。那么，人类的灵魂，或者说躯体、心脏和精神三位一体的力量，也会由于反复的打击处在一种与铁相似的状态。这时，有些人便会像大麻和铁那样浸渍。科学和司法，以及公众寻找了千百种原因来解释铁路由于铁杆断裂而引起的可怕灾难，其中最骇人听闻的事倒就是贝勒维的车祸[①]；但是，从未有人向这方面的真正专家请教过，所有铁匠都会说同样的话："铁被浸渍了！"这种危险是无法预料的。强度减弱的金属和强度不变的金属外表都是一样的。听忏悔神甫和预审法官经常发现罪犯处于这种状况。对重罪法庭和处决的害怕感觉几乎总是使极为坚强的人精神瓦解。这样，守口如瓶的嘴里就供出了真情；说来也怪，当招供不起作用，当这种极度的软弱撕下了无辜者的面纱时，连最硬的铁石心肠也要碎裂。司法机关对没有供认自己罪行而死去的死囚一直感到担忧，对外表无辜的犯人也感到担心。

在滑铁卢战场上，拿破仑经历了人类一切力量的这种土崩瓦解！

六、附属监狱的放风院子

早晨八点，皮斯托尔牢房的狱卒走进雅克·高冷的囚室，看到他脸色苍白，又十分镇静，好似作出了决断，重又变得坚强起来。

"现在是放风的时间，"狱卒说，"您已关了三天，如果要透透空气，散散心，那就去吧。"

雅克·高冷完全沉浸在自己的思虑之中，对自己的事毫无兴趣，把自己看成一件没有躯体的衣服，一块破布，所以没有怀疑到这是皮皮—罗萍对他设下的圈套，也没有意识到他去放风院子的重要性。这不幸的人机械地走出牢房，跨进走廊。走廊的两边是囚室，建造在法兰西国王们的宫殿的豪华拱廊的挑檐中，上面是圣路易长廊，现在通往最高法院的各个附属建筑。这条走廊与皮斯托尔的走廊相连；值得指出的是，著名的弑君者卢韦尔曾被囚禁的牢房位于这两条走廊交叉的直角上。邦贝克楼里那间漂亮的办公室下面，有一座螺旋形楼梯，这条阴暗的走廊就通到那里；皮斯托尔牢房或黑牢里的犯人通过这条楼梯前往放风的院子。

所有的囚犯，将在重罪法庭受审和已在重罪法庭受审的大审被告、不再关在黑牢里的预审被告，总之，附属监狱中的所有犯人，都在这个完全由石块铺成的窄小的院子里放风，每天几个小时，尤其是在夏天的清晨。这院子是断头台或苦役监的候客室，一头通往断头台或苦役监，另一头经过宪兵、预审法官办公室或重罪法庭与社会相连。所以看到它比看到断头台更使人寒心。断头台可能变成上天堂的梯子，但是放风的院子都是集地上耻辱之大成的死胡同。

---

① 1842年5月8日，一辆满载旅客的火车在默东镇的贝勒维起火。

不论是拉福斯监狱的放风院子，还是普瓦西监狱的放风院子，还是默伦监狱的放风院子，还是圣德－贝拉奚监狱的放风院子，放风的院子终究是放风的院子。院子围墙的颜色、高度，院子的大小，在各个监狱完全相同。因此，如果不在这里对巴黎的这个阎王殿作最确切的描写，《风俗研究》也就名不符其实了。

在最高法院审理大厅的结实穹顶下，在第四个拱廊里，有一块石头，据说是圣路易用来散发施舍物的，现在作为向囚犯出售食品的桌子。所以，放风一开始，所有的犯人都围住这块堆满美食的石桌上面，有白酒，朗姆酒等。院子的对面是漂亮的拜占庭长廊，这是圣路易王宫留下的惟一优美的遗迹。靠院子最前面的拱廊现改为律师和刑事被告进行商谈的探监室，犯人来这儿得通过一扇奇特的小门，小门有两个通道，通道由粗大的铁杆拦出，位于第三个拱廊里面。这两条通道，就好似剧院生意兴隆时在大门口临时拦出的过道，以便容纳多余的观众。探监室位于附属监狱目前入口处的大厅尽头，光线从放风院子经过通风罩射进室内，不久前在靠入口处那面装上了玻璃窗，使狱卒能监视在室内与委托人谈话的律师。这个改革的原因是美貌的妇女对她们辩护人施展过多的魅力。现在真不知道德会堕落到何等地步……这些预防措施好像是在进行一种反省，纯洁的想象因触及不为人知的极其可怕的事情反而越变越坏。在探监室里，还有亲友来探监，警察局允许他们来此看望大审被告或囚犯。

现在大家应该清楚，对附属监狱的两百名犯人来说，放风院子意味着什么。这是他们的花园，是一座没有树木、没有泥土、没有花卉的花园，总之，这就是放风院子！探监室以及用来出售食品和酒类的圣路易的石桌是犯人们惟一能与外界接触的地方。

只有在放风的时候，犯人才能来到露天，并和其他人呆在一起。在其他监狱里，囚犯们在车间里劳动时是集中在一起的；在巴黎法院附属监狱，犯人不能做任何事，除非是在皮斯托尔牢房。在那里，重罪法庭的情景占据着所有犯人的思想，因为关在这种牢房只是为了接受预审或判决。这个院子呈现出可怕的景象；这情景人们设想不出，只有亲眼看到或者曾经看到过的人才能了解。

首先，集中在一块四十米长、三十米宽的空地上成百名大审被告或预审被告并非社会的精华。这些可怜虫大部分属于社会的最下层，衣衫褴褛；他们的脸或是丑陋，或是可怕，原因是来自社会上层的罪犯毕竟是相当少的。这种体面人只有犯了贪污、伪造文书或者诈骗的罪名才会来到这里，而且还能受到关在皮斯托尔牢房的特殊照顾，这种刑事被告几乎从不走出自己的牢房。

这个散步的场所四面有一堵黑黝黝的美丽高墙，改建成一间间牢房的柱廊，靠河滨街一面是一座堡垒，北面是一排铁栅拦着的皮斯托尔牢房，看守员严密监视着这群面目丑陋、互不信任的罪犯。院子所处的位置已经使您感到忧虑，当你来到这些蒙受耻辱的犯人面前，成为他们充满仇恨、好奇和绝望的目光注视中的目标，你就会不寒而栗。在这里，人也好，地方也好，都是阴沉沉的，没有丝毫的欢乐！高墙也好，良心也好，都是寂静无声。对这些不幸者来说，干什么都有危险；他们除非在苦役监中结下了真诚的友谊，是不敢互相信任的。警察局的

26. 爱洛伊斯属于那种表现虚假但却不失真实的人,对出钱买笑的崇拜者极尽玩弄之能事,就像洁妮·卡迪娜和约瑟法之流;但同时又是一个善良的伙伴,不畏人间的任何权势,因为她已经看透了他们,那一个个都是弱者,在少有乡间色彩的玛比尔舞会和狂欢节上,她早已习惯于跟巴黎警察分庭抗礼。

阴影在他们头上盘旋,污染了他们的空气,败坏了一切,甚至是两个关系亲密的犯人的握手。一个罪犯在这里遇到他最好的伙伴,也不知道他是否已经悔过认罪,也不知道他是否为了求生已经坦白招供。这种缺乏安全的感觉和对绵羊的恐惧,使院子里已经十分虚假的自由感变得更为虚无缥缈。在监狱的切口,绵羊的意思是犯人中的密探,这种密探表面上装好似做了坏事而感到压力沉重,极为巧妙地让别的犯人把他们看做朋友。在切口中,朋友的意思是老贼,惯窃,这种人早已与社会一刀两断,愿意一辈子做贼,但至少仍然遵守高等窃贼的法律。

罪犯和发疯有类似之处。在放风的院子里看到附属监狱的犯人,和在疯人院的花园里看到疯子是一码事。他们散步时都是相互回避,并根据他们当时的思想,相互投以奇特的、有时是凶残的眼光,从无愉快的或严肃的目光,因为他们相互了解,或是相互惧怕。等待判刑、内疚和焦虑使院子里散步的犯人有一种像疯子那样的恐慌不安的神色。只有惯犯才有规矩人的心安理得和纯洁心灵的真挚表情。

中产阶级的人在这里是个例外,他们对同罪犯关在一个牢房中感到羞耻,所以经常在院子里散步的犯人,穿着与工人相同。他们大多数人穿着长工作服,短工作服、棉绒的上衣。这些粗糙或肮脏的服装,同他们粗俗或阴沉的面孔,同他们粗野的、因囚犯的忧虑思想而有所收敛的举止十分协调;所有的一切,包括院内的沉静,都使为数不多参观者感到恐怖或厌恶,他们倚仗大官的势力,才得到研究巴黎法院附属监狱的这种少有的优待。

在解剖室里,患有性病的病人面色蜡黄,来到这里的年轻人见了就会变得纯洁并产生圣洁、高尚的爱情;同样,在巴黎法院附属监狱及其放风的院子里,全是将送往苦役监、断头台,或处以某种加辱刑的犯人,那些在良心上声音高亢、不怕上帝惩罚的人见了就会对人间的司法感到恐惧,他们走出监狱之后会在很长一段时间当个奉公守法的人。

七、对切口、妓女和窃贼所作的哲学、语言学和文学的评述

当雅克·高冷走进放风的院子时,在院子里散步的那些犯人,将在鬼上当一生的重要一幕中扮演角色。因此,对这群可怕的犯人中的主要人物进行描绘并不是无关紧要的。

在那里,就像在人们聚集的所有场所一样,在那里,就像中学里一样,体力和德行占据统治的地位。因此,在那里,像在苦役监一样,贵族阶级就是杀人犯。那个可能被砍头的犯人自然是鹤立鸡群了。正如人们想象的那样,放风的院子是一座刑法学校;在那里讲授刑法比在先贤祠广场不知要好多少倍。在这里,定期的玩笑是再现重罪法庭上的戏剧性场面,设立一个庭长,一个陪审团,一个检察院,一个律师,并对案件进行审判。这可怕的闹剧几乎总是发生著名凶杀案时表演。在那个时候,重罪法庭正在审理一起重大的犯罪案件,那就是对克罗

塔夫妇[①]的可怕谋杀案。克罗塔夫妇过去是农庄主，他们的儿子是公证人，他们家里存有八十万法郎的黄金，这点已被这不幸的案件所证实。这起两人丧命的谋杀案的主犯之一是著名的达纳蓬，绰号叫操刀贼，是个获释的苦役犯。五年来，他使用了七八个化名，逃过了警察局极其严密的追捕。这恶棍化装得非常巧妙，竟冒名戴尔苏克坐了两年牢。戴尔苏克是他的一个徒弟，也是个著名的贼，所犯的案子从未超出轻罪法庭的范围。操刀贼从苦役监被释放后，是第三次杀人。犯人们知道他发了财，抢走的黄金一点也没被发现，又知道他肯定会被判处死刑，所以对他既恐惧又佩服。1830 年 7 月发生的事件并没有使人们忘记这次大胆的袭击在巴黎引起的恐惧。这次的袭击就其重要性来说，可与国立图书馆的奖章失窃案[②]相提并论。我们时代的不幸倾向是把任何事物都用数字来计算，因此，偷的钱越是多，凶杀案就越是引人注目。

操刀贼是个瘦小干瘪的小人物，脸儿像只石貂，年龄四十五岁。他从十九岁开始，曾先后在三个苦役监里关过，成为苦役监的闻人之一。他和雅克·高冷关系密切，下面我们就来说说其中的经过和原因。在二十四小时前和操刀贼一起从拉福斯监狱转到巴黎法院附属监狱的两个苦役犯，马上就认出了这个有希望上断头台的朋友的阴森可怖的威风，而且还让院子里的其他犯人辨认。其中一个是获释的苦役犯，名叫塞莱里耶，绰号叫奥弗涅人、拉洛老头、流浪汉，他在苦役犯称之为高等窃贼的帮口中，有丝线的诨名，原因是他在偷窃中有化险为夷的本领，此人是鬼上当的老搭档。

鬼上当很怀疑丝线在玩弄两面手法，怀疑他既是高等窃贼中的一员，又是警察中的密探，曾把自己 1819 年在伏盖公寓被捕归咎于他(参见《高老头》)。塞莱里耶叫做丝线，正像违反高等窃贼法令的达纳蓬叫做操刀贼一样，虽然曾卷入一些有加重情节的盗窃案件，但从未让人流过一滴血，这些盗窃案至少可以使他在苦役监里呆上二十年。另一名苦役犯名叫里甘松，和他的姘头垃圾千金一起是高等窃贼中可怕的一对。里甘松年轻时就和司法机关发生了关系，绰号叫垃圾王。这垃圾王就是雄的垃圾千金，因为对高等窃贼来说，没有任何神圣的东西。这些野蛮人目无王法，不信鬼神，连博物学也不尊重，竟把它神圣的术语作了这种滑稽可笑的改变。

这里，还必须离开正题插上一段话。雅克·高冷走进放风的院子，皮皮－罗萍和预审法官巧妙地安排他在敌人中间露面，以及随之而来的奇怪场面，如果对窃贼和苦役犯的世界，对他们的法律和风俗习惯，特别是对他们的语言不作一些解释，就无法理解这一切事情。而在这一段故事里，了解一下他们可怕语言的诗意也是必不可少的。赌徒、流氓、窃贼、杀人犯

---

① 克罗塔夫妇在《赛查·皮罗多盛衰记》中出现。他们当公证人的儿子出现在《人生的开端》和《夏培上校》中。

② 1831 年，国立图书馆奖章陈列室中一套价格最高的奖章失窃，后来只找回部分奖章。

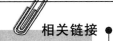

27. 邦斯继续说，"我也很想有个妻子，有几个孩子，有个家！……我的愿望，不过是在某个僻静的地方，能有人爱我！生活对所有人来说都是痛苦的，因为我看到有些人，虽然他们拥有了我希望得到而又未能实现的一切，可并不觉得幸福……在我人生的最后时刻，慈悲的上帝给了我一个像你这样的朋友使我得到了意想不到的希望……我的好施穆克，我问心无愧，没有误解你，或小视你；我把我的心，把我所有的爱的力量，全都给了你……不要哭，施穆克……"

的语言叫做切口，近来的文学中使用得十分成功。① 在这奇特的语言中，有不止一个词在那些年轻女人的玫瑰色嘴唇中说出来，在金碧辉煌的府邸里听到，也使亲王们感到高兴，他们之中不止一个说自己被蒙住了！应该说，这种地下世界的语言最生动有力，这种话可能使很多人感到惊奇。自从首都固定的那些帝国建立以来，这种语言一直活跃在地窖里、藏垢纳污之处和社会的台仓，从戏剧艺术中汲取了扣人心弦的表达方式。世界难道还不是一座戏院？台仓是巴黎歌剧院舞台下面挖出的最低的一个地窖，用途是隐匿舞台上的机关布景、置景工、脚灯、地狱里赶出来的幽灵、蓝色魔鬼等等。

这种语言的每一个词都是一幅粗野、巧妙或可怕的图画。一条短裤衩就是一块升起的布，这点就不必解释了。在切口中，不说睡觉，而说摆平。请注意，这个词以何等的力量来表达精疲力尽、疑虑重重、被逼得走投无路的野兽的特殊睡眠。这种野兽被称之为贼。一旦处于安全的地方，就会一头倒下，呼呼大睡；这种睡眠，对终日处于怀疑的强大翅膀笼罩之下的人来说是必需的。惊醒的睡眠，犹如野兽的沉睡一般，虽说发出酣睡的鼾声，却仍然竖起两只加倍警惕的耳朵。

这种语言充满粗野的气息。每个词开头或结尾的音节都很粗犷，使人听了感到特别惊讶。女人被称为后侧风。多有诗意！麦秸称为博斯的羽毛。"子夜"这个词用一句代用语来表达，就是钟敲十二下！这不是使人颤抖？冲洗房间意思是将房间洗劫一空。睡觉（se coucher）变成了上床（se piausser），无异是面目全非。多么生动的形象！玩多米诺骨牌意思是吃饭。被追捕的人怎么吃饭呢？

此外，切口也一直通行无阻！它随着文明的发展而发展，而且是亦步亦趋，每出现一种新的发明，就用新的词语来丰富自己。路易十六和帕芒蒂埃创造和推广了土豆这个词后，切口里立刻出现了猪桔这个词语呼应。人们发明了钞票，苦役犯就把它叫做加拉的法菲约！这出自在钞票上签名的出纳员加拉②。法菲约！这不是丝棉纸的沙沙声吗？一千法郎票面的钞票叫雄法菲约，五百法郎的叫雌法菲约。你等着瞧，苦役犯一定会给一百或二百法郎的钞票起个希奇古怪的名字。

1790 年时，吉约坦③为了人类的利益，创造了简便迅速的机器，以解决死刑的痛苦所产生的种种问题。现在的苦役犯和过去的苦役犯立刻对这种在旧君主制即将结束、新的法制即将开始时产生的机器进行了仔细的观察，取名为后悔山修道院！他们研究了断头机上钢铡刀的角度，用割草这个动词来表达铡刀落下的动作！当想到苦役监叫做牧场时，夏尔·诺迪埃④准会说那些真正搞语言学的人应该佩服创造这些可怕字眼的人。

---

① 主要指雨果的小说《死囚末日记》和欧仁·苏的小说《巴黎的秘密》。

② 加拉不是出纳员，而是法兰西银行的总裁。

③ 法国医生（1738－1814），解剖学教授。他提出采用断头台这种刑具。之后，即以他的名字命名断头台。

④ 法国作家。

此外，我们还得承认，切口有悠久的历史! 切口中十分之一的词属于罗曼语，另外十分之一的词属于拉伯雷时代古老的高卢语。E ffondrer(插入)，otolondrer(使人厌烦)，cambrioler(在房间里盗窃)，aubert(钱)，gironde(胖墩墩的美女)(奥克语①中的河流名称)和 fouillousse(口袋)，属于 14 世纪和 15 世纪的语言。L' affe(问题)的历史最为悠久。搞错 affe 就变成了 affres(痛苦)，affreux(可怕的)这词就是来源于此，直译就是"扰乱生活的东西"，等等。

切口中至少有一百个词是属于巴奴日②的语言，这种语言在拉伯雷的作品里象征着人民，因为巴奴日这个名字，由两个希腊词所组成，意思是"什么都能做的人"。科学用铁路来改变文明的面貌，而切口早就把铁路称为活的车辆。

头颅尚在肩上时就叫做索邦③，它指出了这种语言的古代渊源，在塞万提斯、意大利的小说家和阿莱廷诺等最老的小说家的作品中，已经涉及到这语言。确实，在任何时代，很多古代小说里的女主人公妓女都是赌徒、窃贼、抢劫犯和诈骗犯的保护者、同伴和安慰者。

卖淫与盗窃是自然状态反对社会状态的女性和男性的两种生动的抗议。因此，哲学家、现代革新者和人道主义者，以及接踵而来的共产主义者和傅立叶主义者也毫无怀疑地得出了卖淫与盗窃这两个结论。盗贼不是在诡辩的书中对财产、遗产和社会保证提出异议，而是干脆把这些东西一笔勾销。对他们来说，偷窃就是收回自己的财产。他们对婚姻不议论，不谴责，也不在空想的书籍中要求这种两相情愿、无法推广的灵魂上的紧密结合；他们用暴力进行交配，暴力的链环不断被需要的锤子所敲紧。现代革新家们写些无关痛痒、研研嗦嗦、模模糊糊的理论，或是慈善的小说；而盗贼都在实干! 他们像事实一样清楚，像拳击一样富有逻辑，又是何等的风格啊!……

再谈一点看法! 在妓女、窃贼和杀人犯的世界里，在苦役监和监狱里，大约有六万到八万个男男女女。这个世界不应在描绘我们的风俗、忠实地再现我们的社会状况时受到轻视。法院、宪兵队和警察局的人数和他们几乎相等，这奇怪不奇怪? 这两种人既相互寻找，又相互回避，他们的对立是一场规模巨大非常有戏剧性的决斗，这在本研究中已经作了粗略的介绍。盗窃与色情买卖，同戏院、警察局、传教和宪兵是一码事。干这种行当的人会带有一种无法磨灭的特征，就不能再干别的职业。神职人员的特征和军人的特征一样是不会改变的。在文明社会中，构成强大的反对力量和对立面的其他职业也是如此。这些强烈、奇怪、少见、与众不同④的特征使妓女和窃贼、杀人犯和刑满释放犯极易识别，所以他们见到自己的敌人密探和宪兵时，就像猎物见到猎人一般：他们有特有的步履、举止、脸色、眼光、肤色、气味，总之，有着不会弄错的特征。正因为如此，苦役监的闻人都有乔装打扮的渊博知识。

---

① 中世纪法国卢瓦河以南地区使用的方言。

② 参见第 121 页注⑧。

③ la sorbonne 是巴黎大学前身索邦神学院的名字，在切口中用来表示有思想的头颅。

④ 原文为拉丁文。

八、哥 老 会

现在再来说一下这个世界的构成。废除黥印、减轻刑罚和陪审团愚蠢的宽容,使这个世界变得极为可怕。事实上,二十年后,巴黎将被四万人的刑满释放犯大军所围困。塞纳州及其一百五十万居民是这些不幸者在法国惟一的避风港,因此,巴黎对他们来说好像原始森林对猛兽一样自由。

高等窃贼是这个世界中的圣日耳曼区贵族,他们经过伤亡众多的争斗之后达成和约,于1816年成立了哥老会①,其成员为最著名的强盗头子和一些当时没有任何生活来源的胆大妄为的人们。Fanandel这个词的意思是兄弟、朋友、同伙。所有的盗贼、苦役犯和囚犯都是袍哥。哥老会是高等窃贼中佼佼者的帮会,在二十多年里,一直是这些盗贼的最高法院、教会和贵族院。老大哥们都有自己的私人财产,还有共同的资本和特有的习惯。他们在患难中互相帮助、互相接济,他们都互相了解。另外,他们都不把警察局的狡猾和收买放在眼里,他们有自己的宪章、自己的口令和接头语。

这些苦役监的公爵和贵族院议员,在1815年到1819年组织了著名的万字帮(见《高老头》),所以叫此名是由于帮口里规定不能干少于一万法郎的买卖。就在这个时候,即1829年至1830年期间,司法警察局的一名著名警探发表了回忆录②,指出这个帮口的实力情况及其成员的姓名。人们忧虑地看到帮口里有一大批才能出众的男人和女人;他们极为能干、机灵,又往往十分走运,所以像莱维、帕斯图雷尔、科隆热、希莫等从小就反抗社会的窃贼都有五六十岁!窃贼活到这般年纪,说明了司法机关的无能!

雅克·高冷不仅是万字帮的出纳,而且还是苦役监英雄的帮口哥老会的出纳。有关当局承认,苦役监一直保存着财产。这种奇怪的现象是可以理解的。除少数情况外,被窃的财物都没有找到。被判刑的人,由于不能从苦役监带走任何东西,就信任别人的才能,把自己的财产委托别人保管,犹如社会上把财产交给银行保管一样。

皮皮-罗萍当了十年保安警察队队长,他最初也是哥老会成员。他看到鬼上当聪明绝顶,力大无穷,自愧不如,自尊心受到伤害,就背叛了哥老会。由于这个原因,这个著名的保安警察队队长一直在拼命追捕雅克·高冷。也由于这个原因,皮皮-罗萍和他过去的伙伴们取得某些和解,司法官正在审理他们的案件。

保安警察队队长怀着复仇的愿望,而预审法官则出于确定雅克·高冷身份的需要,就放手让他去干。保安队长非常巧妙地选择操刀贼、丝线和垃圾王作为自己的助手,向假西班牙人发起进攻,因为操刀贼和丝线属于万字帮,而垃圾王却是哥老会的成员。

28. "……你很天真,坦诚,就像个从来没有离开过母亲的六岁孩子,这是很得人敬重的;我觉得上帝应该亲自照顾像你这样的人。可是世上的人那么邪恶,我必须提醒你,要提防着他们。你就要失去你那高尚的信任,你那神圣的轻信,这一纯洁的灵魂美只属于天才和像你这样的心灵……因为你不久就要看到茜博太太会来偷这份假遗嘱,刚才她透过微开的门一直在监视着我们……我料定这个坏女人今天清晨会在觉得你睡熟了的时候动手……"

---

① 原文为 Association des Grands Fanandels。
② 指维道克在1828年发表的《回忆录》。

　　垃圾千金是垃圾王的可怕的后侧风,由于她乔扮成一个贵夫人,使垃圾王逃过了警察局的种种搜索,一直逍遥法外。这个女人善于惟妙惟肖地装扮成侯爵夫人、男爵夫人和伯爵夫人,她既有马车又有跟班。这个穿裙子的雅克·高冷是惟一能与雅克·高冷的右手亚细亚匹敌的女人。其实,苦役监的每个英雄都有一个忠心耿耿的女人辅佐。你看了司法大事记、法院的秘史就会知道,任何正派女人的爱情,甚至是虔诚的女教徒对神师的感情,都不及与大罪犯同甘共苦的情妇的感情。

　　这些人在开始时胆大妄为、杀人越货,其原因几乎总是为了爱情。据医生说,过分的爱情把他们的身体引向女人,消耗着这些坚强的人所有的精力和体力,因此,他们游手好闲地度过一天的时光,因纵欲过度需要休息和进餐来恢复元气。也因为如此,他们厌恶任何劳动,不得不设法迅速攒钱。然而,原来就很强烈的生活需要,生活得好的需要,与妓女的挥霍无度相比还是微不足道的。那些慷慨大方的梅多尔①想把珠宝、衣裙赠送给妓女,而妓女则讲究吃食,食不厌精。妓女要披肩,情人就去偷,女人还认为这是爱情的证明呐!这些人就是这样走上了偷窃的道路。如果仔细观察人心,就会认为这种偷窃在男人身上几乎是十分自然的感情。偷窃导致杀人,而杀人又一步一步地把情人送上断头台。

　　如果医学院的结论可信的话,这些男人无节制的情欲十之七八是凶杀案的起因。另外,在剖验已被处死的罪犯尸体时,这种证据总是能够找到,而且十分明显。因此,他们情妇崇拜这些可怕的情人,社会的凶神恶煞。他们被关进监狱之后,这些女人仍丝毫不变心,这就使他们总是能挫败预审法官的诡计,保住秘密而不致被人收买,因此,许多案件都无法查清,难以理解。这是罪犯的力量所在,也是他们的弱点所在。妓女的所谓正直就是不违反这种爱情的任何法律,就是把自己所有的钱都给情人,就是关心他的利益,对他讲信用,为了他什么事都干。一个妓女要损害另一个妓女的名誉最恶毒的咒骂,就是指责她对关进监狱的情人变心。在这种情况下,那个妓女就被看做是毫无心肝的女人!……

　　操刀贼热恋着一个女人,这点以后还会谈到。自私的哲学家丝线偷窃是为了谋取安稳的生活。他很像雅克·高冷的心腹帕卡尔,帕卡尔和普律当斯·塞尔维安一起偷了七十五万法郎逃走了。丝线没有任何情妇,他看不起女人,只爱他自己。至于垃圾王我们已经知道,他起这个绰号是出于对情妇垃圾千金的爱情。这三个著名的高等窃贼都要向雅克·高冷讨债,虽说这笔债很难算清。

　　只有出纳员一人知道有多少股东还活着,每个人有多少财产。当鬼上当决定为了吕西安的利益而吃掉青蛙(侵吞苦役犯的款子)的时候,他已把委托人特有的死亡率考虑在内。雅克·高冷逃避同伙们和警察局的注意达九年之久,他根据哥老会宪章的规定,继承他的委托人三分之二的财产是十拿九稳的事,再说他也不能把钱还给掉了脑袋的袍哥,况且别人也不能对哥老会的这个首领进行任何监督。苦役犯迫不得已,也只好对他绝对信任,因为苦役犯过

　　① 忠心耿耿的狗。

29. 可是，在这天夜里，施穆克让邦斯提前听到了天国的音乐，这音乐是如此美妙，连圣塞西尔听了都会放下手中的乐器，他集贝多芬和帕格尼尼于一身，既是创造者，又是表演者！不尽的乐声和夜莺的歌唱，像夜莺头顶的天空一样崇高，似啼啭声回荡的森林一般绚烂多彩，他在超越自我，把老音乐家引入了拉斐尔笔下的那种令人陶醉的境界，在博洛涅美术馆中，可以一睹这一风采。

着野兽般的生活，所以在这个野兽世界的正派人之间必须极为谨慎。在犯人的十万埃居财产中，雅克·高冷也许能自由支配十万法郎。操刀贼是雅克·高冷的一个债主，他这时的活命时间只有九十天了。操刀贼的财产无疑比首领替他保管的财产要多得多，不过他现在相当随和。

典狱长和狱卒，警察局和它的助手，以及预审法官识别已经吃过古尔加纳（国家给苦役犯吃的一种菜豆）的回头马的可靠标志之一，就是他们对监狱习以为常的人；这些惯犯当然熟知监狱里的规矩，在那里像自己家里一样，对周围的一切丝毫不会感到奇怪。

在此以前，雅克·高冷一直提防自己暴露身份，所以不论在拉福斯监狱还是在巴黎法院附属监狱，都出色地扮演着无辜者和局外人的角色。但是，他现在受到痛苦的折磨，在那该死的夜里曾死去过两次，被双重的死亡压得透不过气来，所以又恢复了雅克·高冷的本来面目。这个十全十美的演员忘掉了自己的角色，像附属监狱的老犯人一样，从邦贝克的螺旋式楼梯上走了下来，狱卒对不用告诉西班牙神甫如何进入放风的院子，感到十分惊奇。

"皮皮－罗萍说得不错，"狱卒自忖道，"他是匹回头马，是雅克·高冷。"

九、野猪闯入

当鬼上当出现在墙角塔的门框里时，所有的囚犯都已在圣路易石桌上买完了食品，分散在他们总是觉得过于狭窄的院子里；新来的犯人立刻同时被所有的犯人发现，因为这些犯人在放风的院子里，犹如蜘蛛网中间的蜘蛛，目光极为准确，无与伦比。这种比喻像数学那样精确，因为囚犯的眼睛只能看到四面高高的黑围墙，他们即使不看，也总是能见到看守进出的门，探监室的窗户和邦贝克楼楼梯的窗户这些院子里仅有的出口。刑事被告与世隔绝的境地，对任何事情都感到意外，任何事情都引起他们的注意；他们像巴黎植物园笼里的老虎一样寂寞，注意力可顿时提高十倍。这里指出的并非无关紧要：雅克·高冷的服装像个不讲究穿着的神甫，他穿着黑裤、黑袜、银扣皮鞋、黑背心和一种深褐色的礼服。礼服裁剪得体，不管是干什么的穿了都像神甫。尤其是他还有剃得很有特征的头发，一头典型的神甫假发，显得极为自然。

"喂，看啊！"操刀贼对垃圾王说道。"凶兆来了！一头野猪！这里怎么会有野猪？"

"这是他们搞的一种玩意儿，一种新式的厨师（密探），"丝线回答说。"是个乔装的鞋带商（从前的宪兵）来干自己的买卖。"

在切口中，宪兵有各种叫法：追捕窃贼时叫鞋带商，巡逻时叫沙滩的燕子，带犯人上断头台时叫断头台的骑兵。

为了完成对放风院子的描写，可能还有必要简要地介绍一下另外两个袍哥人。一个叫塞莱里耶，绰号是奥弗涅人、拉洛老头、流浪汉，最后叫丝线（他有三十个名字，三十张护照），后来就只用这个绰号，在高等窃贼中也只用这个绰号。这个深奥的哲学家把假神甫当做宪兵。

他身长五尺四寸，浑身肌肉奇突，头颅硕大，小眼睛如猛禽一般炯炯发光，眼睛上面是灰色的眼皮，干硬而无光泽。乍看起来，他那轮廓粗犷的颌骨活像是一头狼。但是，这种相似所产生的凶恶和残暴的感觉，却被他的狡猾和麻脸上生气勃勃的表情所抵消。每条皱纹棱角分明，看上去一副聪明相。他脸上还露出嘲弄的神情。罪犯在生活中经常受饥挨饿，晚上在码头、河边、桥墩或路旁露宿，庆贺胜利时猛饮烈性酒，这种生活在他脸上好似涂了一层漆。如果丝线不加化装，在三十步外，警察和宪兵就会认出他是他们捕捉的对象；但是他乔装打扮的技巧可与雅克·高冷媲美。这时，丝线像一个名演员一样平时不修边幅，到舞台上才注意装束。只见他穿了一件有纽扣的猎装，纽扣孔里露出了白色衬里，绿色的破拖鞋，已变成灰色的南京布①裤，头上戴了一顶无舌的鸭舌帽，帽舌部分露出了一小块边上已起毛的旧马德拉斯布，上面有撕破、褪色的痕迹。

在丝线旁边的垃圾王恰成明显的对比。这著名的窃贼身材矮小，又肥又胖，脸色铁青，黑眼深凹，穿着似厨师，两腿成弓形，脸上呈现出食肉兽的所有特征，十分吓人。

丝线和垃圾王两人对不抱任何希望的操刀贼一味奉承。这个杀人惯犯知道自己将在四个月内受审判、判处死刑。因此，操刀贼的朋友丝线和垃圾王就只管叫他修士，就是说后悔山修道院的修士②。读者很容易猜出丝线和垃圾王奉承操刀贼的原因。操刀贼曾埋藏了价值二十五万法郎的黄金，即是他从克罗塔夫妇家抢来的赃物。这份遗产要是留给这两个袍哥有多美，虽然这两个犯人过几天就该重回苦役监。垃圾王和丝线将因有加重情节的盗窃罪（就是说集中了加重罪状）被判处十五年徒刑，这还不算上次他们肆意中断的十年徒刑。这样，虽然他们一个要服二十二年，一个要服二十六年的苦役，他们两人还是指望将来越狱后去寻找操刀贼的那堆金子。但是，万字帮为他保守秘密，觉得在他被判死刑之时，没有必要说出这个秘密。他是苦役监的显贵，没揭发任何同伙。他的性格是众所共知的；这个可怕案件的预审法官包比诺先生没能使他供出什么。

这三个可怕的巨头站在院子的上端，也就是皮斯托尔牢房的下面。丝线刚结束对一个青年的"预审"。那青年是初次犯罪，他知道自己肯定要被判十年苦役，就向丝线打听各种牧场（苦役监）的情况。

"好吧，小家伙，"丝线在雅克·高冷出现时用教训的口吻对青年说道，"布窗斯特、土伦和罗什福尔的区别是这样的。"

"说吧，老前辈，"年轻人怀着新犯人的好奇说道。

这个被告是个富贵人家的子弟，犯有伪造文书罪，他被关在吕西安住过的那间皮斯托尔牢房隔壁。

"小伙子，"丝线接着说道，"在布雷斯特，你在第三勺时肯定能在木桶里得到古尔加纳

---

① 南京布一般为米黄色。

② 即死囚犯。

豆;在土伦,你在第五勺才能吃到;而到罗什福尔,你如果不是老犯人,就可能永远也吃不到。"

说完,这位深奥的哲学家又走到操刀贼和垃圾王的身旁,他们俩对野猪的出现感到惊奇,就向院子的低处走去,而雅克·高冷由于陷入痛苦的深渊,正朝院子的高处走去。鬼上当活像被废黜的皇帝,沉浸在深思中,不知道自己已处于众目睽睽之下,而是慢慢地走着,望着吕西安·德·吕庞泼莱上吊的该死窗户。没有一个犯人知道这件事,原因是吕西安的邻居就是那个伪造文书的年轻犯人,由于后面就要谈到的原因,他从未向别人提起过这件事。三个袍哥拦住了神甫的去路。

"他不是野猪,"操刀贼对丝线说,"他是一匹回头马,你看,他拖着右腿走路!"

不是所有的读者都会心血来潮地去参观苦役监,所以这里必须解释一下:每个苦役犯都和另一个苦役犯(总是一老一少)用铁链铐在一起。这条铁链上的铁环套在犯人踝骨的上方,铁链十分沉重,套上一年之后,就会使苦役犯终身走路不便。在苦役监里,犯人把脚镣称为脚套。囚犯套着脚镣走路,一条腿就不得不比另一条腿用更多的力气,这样就逐渐养成了这种改不掉的习惯。以后,当他不再戴脚镣时,腿好像被截断一样,终身受苦;苦役犯会终身感到自己仿佛戴着脚套,永远也改不掉这种走路的习惯。用警察的习惯语来说,就是拖着右腿走路。对这一特征,苦役犯同警察一样清楚,即使不能帮助他们完全识别同伙,也能起辅助的作用。

鬼上当越狱已有八年,这种走路的习惯已经改了很多,由于他在全神贯注地沉思,步履缓慢,又十分庄重,所以,走路的缺陷很不显眼,但还是逃不过操刀贼那双老练的眼睛。另外,大家也很清楚,那些苦役犯关在同一个监狱里,只能互相进行观察,他们对同监犯的脸部进行仔细的研究,熟悉某些习惯性动作,这些动作连他们的一贯的敌人密探、宪兵和警察所长也不会注意。因此,塞纳州宪兵团中校团长、著名的高阿涅的被捕就是因为一个苦役犯被派去观看宪兵团的检阅,认出了团长左颊的颌肌有某种痉挛,因为尽管皮皮-罗萍打了保票,警察局还是不敢相信蓬蒂·德·圣埃兰伯爵就是高阿涅。

十、首领陛下

丝线看到雅克·高冷射出一种对周围的一切心灰意懒的人才会有的漫不经心的目光,就说道:"他是我们的首领!"

"肯定是他,是鬼上当,"垃圾王搓着双手说道。"噢,他就是这种身材,这个宽肩;不过怎么搞的?他的样子完全变了。"

"噢,我猜着了,"丝线说,"他有个计划,他是想来看看他那即将被处决的姑妈。"

为了使大家对囚犯、警察和狱卒称之为姑妈的人物有个粗浅的概念,只需将巴黎一所中央监狱的典狱长对已故的杜尔汉勋爵所说的那句名言重复一遍就行了。勋爵在巴黎逗留期

间,参观了巴黎所有的监狱。他好奇地想了解法国司法机关的详细情况,就让已故的刽子手桑松架起了断头台,要求处决一头活的牛犊,以便亲眼目睹这种因法国大革命而出名的机器的使用情况①。

典狱长陪他参观了整个监狱,即放风的院子、车间、牢房等之后,用手指着一个地方,并做出厌恶的样子。他说:"大人,恕我不奉陪您去那儿,因为那里是姑妈们的地盘。"

"噢!"杜尔汉勋爵说,"姑妈是什么人?"

"那是第三性别②,勋爵大人。"

"他们要把泰奥多尔埋在土里(处决)!"操刀贼说,"唉,多么聪明的孩子!手脚灵活胆又大!对社会是多大的损失啊!"

"是啊,泰奥多尔·卡尔维饭缘满了,"垃圾王说。"啊,他的那些后侧风(女人)大概要哭肿眼睛了,因为她们爱他这个小瘪三!"

"啊,是你,老兄!"操刀贼对雅克·高冷说。

说完,他和两个同伙手挽着手拦住了这个新来者的去路。

"噢,首领,你难道当了野猪?"操刀贼补充道。

"听说你把我们的金币都独吞了?"垃圾王用威胁的口气说。

"你把钱还给我们吗?"丝线问道。

这三个问题像三发子弹向他射来。

"不要对我这个被错关在这里的可怜神甫开玩笑,"雅克·高冷立刻认出了他的三个同党,就不由自主地回答道。

"如果说面孔不像,那一括两响正是他的声音,"操刀贼一面说一面把手按在雅克·高冷的肩上。

这个动作和三个同伙的样子猛地使首领从萎靡不振的状态中清醒过来,重又回到了现实生活之中,因为在这个该死的夜里,他漂泊在无边无际的精神世界里,寻找一条新的道路。

"不要引起别人对你首领的怀疑!"雅克·高冷低声说道,声音低沉而带有威胁性,像是一头狮子的低沉叫声。"警察在这儿,你要让他们受骗上当。我在为一个垂危的袍哥演戏。"

雅克·高冷说出这话,就像神甫规劝不幸者信教那样热情,同时,他朝整个院子扫了一眼,看到狱卒站在拱门下面,就嘲笑着指给他的三个同伙看。

"这里没有厨师(密探)吗?你们睁开眼睛看看!要装作不认识我,我们要小心谨慎,把我

---

① 杜尔汉勋爵当时任英国掌玺大臣,于1834年去法国休假。4月15日,他要求亲眼目睹处决一头羊。法国司法机关说,这样做会引起舆论界猛烈的抨击,勋爵就没有坚持自己的意见。最后用稻草人进行了处决表演。

② 即鸡奸者。

31. 在这个醉心平等的国度里，巴黎却处处事事都显示出不平等。就说死吧；也同样表现出这一不可扭转的必然规律。有钱的人家死了人，一个亲戚，一个朋友，或经纪人，就可替那些悲痛的家属免除那些可怕的麻烦事；可在这方面，就像分摊苛捐杂税一样，平民百姓和一无所有的穷人无依无靠，什么痛苦，他们都得担着。

当作神甫，不然的话，我就把你们、你们的女人、你们的钱全部毁掉。"

"你难道不相信我们了？"丝线说。"你是来救姑妈(朋友)的？"

"马德莱娜就要上沙滩广场了，"操刀贼说。

"泰奥多尔！"雅克·高冷强忍着暴跳和喊叫，说道。

这对精疲力竭的巨人来说是又一个沉重的打击。

"他们要把他宰了，"操刀贼重复道，"他在两个月前已被押上鬼门关了。"

听到这话，雅克·高冷浑身发软，两膝不由弯了下来，他的三个同伙立刻将他扶住。即使在这种时候，他也没有忘记双手合掌，装出一本正经的神甫样子。操刀贼和垃圾王毕恭毕敬地扶着渎圣的鬼上当，丝线则奔向正在通往探监室的入口处站岗的看守。

"那个可敬的神甫想坐一会儿，请给他一把椅子吧。"

这样，皮皮–罗萍设下的圈套失败了，鬼上当像士兵公认的领袖拿破仑一样，得到了这三个苦役犯的信服和尊敬。两个词就够了，你们的女人和你们的钱，这是人的所有爱好的概括。这个威胁对三个苦役犯来说标志着最高的权力，首领的手里始终掌握着他们的财产。他们的首领在外面有着至高无上的权力，并没有像叛徒所说的那样背叛他们。另外，首领名扬四海的机智和能干，引起了三个苦役犯的好奇心，而在监狱里，好奇心是这些萎靡的灵魂的惟一刺激。雅克·高冷在附属监狱里仍然大胆乔装打扮，使这三名罪犯为之瞠目。

雅克·高冷说道："我关在黑牢里已有四天了，都不知道泰奥多尔离修道院(断头台)这么近了……我到这里来是为了拯救一个可怜的孩子，他昨天下午四点钟在那儿上吊自杀。我现在又遇到另一件不幸的事。现在我手中没有王牌了！……"

"可怜的首领！"丝线说。

"啊！面包商(魔鬼)抛弃了我！"雅克·高冷大喝一声，挣脱了两个同伙的手，样子可怕地站了起来。"有时，世界比我们这些人更强！长脚鹭鸶(法院)最终要把我们一口吞掉。"

典狱长得知西班牙神甫支持不住，就亲自到放风的院子来监视他；他派人给神甫搬去一张椅子，让他坐在阳光下，并用洞察一切的可怕眼光注视着神甫的一举一动。他担任这种职务，洞察力与日俱增，而外表上却装得若无其事。

"啊，上帝，"雅克·高冷说，"把我混杂在这些人中间，混杂在社会渣滓、罪犯、杀人犯中间！……可是上帝决不会抛弃自己的仆人。亲爱的典狱长先生，我来到这里就要行善乐施，留下永久的记忆！我一定要使这些不幸的人改邪归正，让他们知道自己也有灵魂，永恒的生活在等待着他们，让他们知道即使在人间失去了一切，还可以获得天国，而要使天国属于他们，就必须真心诚意地痛改前非。"

有二三十个囚犯走来站在这三个可怕的苦役犯身后。这三个人满目凶光，使这些好奇的人们和他们保持三尺的距离。囚犯们听到了这篇福音一般的布道。

"戈尔先生，"可怕的操刀贼说，"那一位的话，我们会听的……"

雅克·高冷见戈尔先生站在自己身旁，就接着说道："我听说这监狱里有人被判了死

刑。"

"现在正在对他宣读驳回他的上诉,"戈尔先生说。

"我不懂这是什么意思,"雅克·高冷环视着周围,天真地问道。

"天哪!他真傻!"青年囚犯说。他刚才还问过丝线,牧场(监狱)里的古尔加纳豆的花是怎样的。

"就是说,今天或是明天就要割他的草!"一个犯人说。

"割草?"雅克·高冷问道。他那种天真、无知的神态使他的三个袍哥佩服得五体投地。

典狱长答道:"在他们的语言中,这就是说判处死刑。法院书记官宣读驳回上诉之后,刽子手就会很快接到处决的命令。这个可怜虫一直拒绝宗教的拯救……"

"啊,典狱长先生,这个灵魂一定要拯救!……"雅克·高冷大声说道。

这位渎圣者双手合掌,表情像个绝望的情人;注视着他的典狱长以为这是他对上帝虔诚所致。

"啊!先生,"鬼上当接着说,"请允许我让这颗冷酷的心产生悔恨,以证实我的身份和我的能力!有些话能够使人产生巨大的变化,上帝赋于我说出这些话的权力,我能打开心灵的大门……您怕什么呢?让宪兵、狱卒或者您指定的人陪着我就行了。"

"我要去问一下,监狱里的神甫是否同意让您来代替他。"戈尔先生说。

典狱长说完这话就走了。他看到苦役犯和囚犯虽然好奇,但却满不在乎地望着神甫,觉得十分惊讶,而神甫传道的声音,一半是法语,一半是西班牙语,听起来十分悦耳。

十一、以诈对诈

"您怎么会到这种地方来,神甫先生?"同丝线说话的那个年轻人问雅克·高冷。

"噢,是弄错的,"雅克·高冷一面回答一面打量着这个富家子弟。"警察发现我在一个交际花的家里,她死后钱被人偷走。经调查她是自杀的,偷钱的人很可能是佣人,现在还没有抓到。"

"那么这青年是由于失窃而上吊自杀的?……"

"这可怜的孩子可能是因为无辜入狱,感到受了污辱,思想上受不了而自杀的,"鬼上当两眼看着天空回答道。

"是啊,"年轻人说,"他自杀时法院正要释放他,真不走运!"

"只有无罪的人才会这样想不通,"雅克·高冷说。"请注意,这次失窃损害的是他的利益。"

"有多少钱?"深刻、精明的丝线问道。

"七十五万法郎,"雅克·高冷慢条斯理地回答说。

三个苦役犯面面相觑,从犯人们围着假神甫的圈子里退了出来。

32. 生活中，这种感觉实在难得，如果两个朋友始终忠心耿耿，彼此间总是说着"我身上有你，你身上有我"（因为人们已经习以为常），那就不会产生此种感觉；只有当朋友相处的幸福表示与尘世生活的残酷有了比较，才会有这种感觉。当两颗伟大的心灵被爱情或友谊结合在一起后，使两位朋友或情人的关系得以不断增强的，便是外部世界了。

"是他洗劫了妓女的老底（地窖）！"丝线凑着垃圾王的耳朵说道。"他想用五法郎的硬币来吓唬我们。"

"他永远是老大哥们的首领，"操刀贼答道。"我们的钱没有飞掉。"

操刀贼正在寻找一个能信赖的人，很希望雅克·高冷诚实可信。是啊，特别是在监狱里，人们总是相信自己所希望的事情能够实现！

"我敢担保，他准能打败长脚鹭鸶的首领（总检察长），还会救出他的姑妈（朋友），"丝线说。

"即使成功，"垃圾王说，"我也不完全相信他是万能的上帝。不过，像大家所认为的那样，他将同面包商（魔鬼）一起抽板烟。"

"你刚才不是听到他在叫：'面包商抛弃了我！'"丝线提醒说。

"啊！"操刀贼大声说道，"他要是愿意救我的命，我有自己的一份财产，再加上私藏的黄金，就可以过上富贵的生活！"

"你就打他的球（你就照他的指示办）！"丝线说。

"你开玩笑？"操刀贼望着他的同伙说。

"你要是傻，就只好直挺挺地去上鬼门关（被判死刑）。这样，你除非请他帮忙，否则就没有其他活命的门路，就不能去吃，去喝，去偷，"垃圾王对他说。

"就这样说定了，"操刀贼又说，"我们谁也不做首领的孬种（谁也不背叛他），或者我负责把他领到我去的地方……"

"他说到做到！"丝线叫道。

雅克·高冷处于这样的情况：一方面是他在夜里看守了整整五个小时的宠儿的尸体，一方面是过去和他在监狱里同系一条锁链的伙伴即将被处死，也就是科西嘉青年泰奥多尔未来的尸体。对这奇怪的世界最不容易产生同情的人们可以想象得出他的精神状态。他即使要见到这不幸的青年，也需要发挥不平凡的才能；而要救他的性命，这简直要创造奇迹！这点他已经在考虑了。

为了使读者理解雅克·高冷企图做的事情，这里有必要指出，杀人犯、窃贼以及苦役监里所有囚犯并不像人们想象的那样可怕。除了极少的例外，那些人全都是胆小鬼，这大概是由于他们的心里终日惶恐不安的缘故。他们不断盘算着如何偷窃，而偷窃要求他们使出浑身解数，脑子要和身体一样灵活，全神贯注又过度耗费他们的精力，因此，他们在这些意志所及的激烈活动之外，就变得十分迟钝，犹如舞蹈演员跳完一个吃力的舞步，或是歌女唱完现代作曲家灌输给听众的那种令人生畏的二重唱之后，精疲力竭地跌倒在地。那些罪犯或是头脑糊涂，或是由于恐惧，变得同孩子一模一样。他们轻信到了极点，只要略施小计就能使他们陷入圈套。一次行窃成功，他们就处于精疲力竭的状态，立刻过起放荡的生活，沉湎于酒色之中，疯狂地投入女人的怀抱，以便用尽全身的力气，使脑子重新安静下来，竭力在理智的忘却中忘掉自己的罪行。在这种情况，他们只能任凭警察局的摆布。一旦被捕，他们就晕头转向，

不知所措,他们需要的是希望,对什么都深信无疑;因此,即使事属荒唐也能使他们接受。有例说明一个在押的罪犯会傻到什么程度。不久前,皮皮－罗萍对一个十九岁的杀人犯说,法院决不会处死少年犯,从而使他招认了自己的罪行,上诉驳回后,少年犯被解到附属监狱等候判决,这个可怕的警察走来看他。

"你肯定不到二十岁?……"皮皮－罗萍问他。

"是的,我只有十九岁半,"杀人犯极为镇静地说。

"那好,"皮皮－罗萍答道,"你可以定心了,你永远不会到二十岁了……"

"为什么?"

"嗳!三天后就要杀你的头,"保安队长回答道。

杀人犯一直认为少年犯不会被处决,听到这话,像只泄了气的皮球倒在地上。

这些人在必要时可以不择手段地干掉证人,因为他们杀人只是为了灭口(这是要求废除死刑的人们提出的一种理由)。这些机智、能干的巨人,手脚麻利,目光敏锐,感觉灵敏,犹如野人一般,他们只有在行窃作案之时才变成干坏事的英雄。犯罪之后,他们开始感到局促不安,因为他们需要藏匿赃物,犹如在贫穷潦倒之时一样不知所措;不仅如此,他们还像分娩不久的妇女一样衰弱。他们企图行事之时,刚毅得使人感到害怕,行窃成功后,却变得像孩子一样。总之,这是野兽的天性。一旦吃饱,就容易被杀。在监狱里,这些怪人城府很深,又谨小慎微,到最后一刻才肯吐露真情,而警方却用长期的监禁把他们折磨得精疲力尽。

这样读者就能明白,这三个苦役犯为什么不干掉他们的首领,而愿意为他效劳;他们怀疑他是七十五万贼赃的主人,又见他关在巴黎法院附属监狱仍然镇定自若,对他十分钦佩,相信他有能力保护他们。

十二、死囚的房间

戈尔先生离开假西班牙人之后,经过探监室,回到了自己的办公室,然后去找皮皮－罗萍。雅克·高冷走出牢房,来到放风的院子已有二十分钟了,皮皮－罗萍一直躲在朝院子的一扇窗后。通过窥视孔观察着院子里发生的一切。

"他们当中没有一个人认出他,"戈尔先生说。"监视所有这些犯人的纳波利塔斯什么也没有听到。昨天晚上,可怜的神甫神情沮丧,但也没有说出一句能证明他就是雅克·高冷的话来。"

"这说明他对监狱很了解,"保安队长答道。

纳波利塔斯装扮成一个犯有伪造文书罪的富家子弟,皮皮－罗萍的秘书,目前被关押在附属监狱,那里的犯人一个都不认识他。

"最后,他要求为死囚忏悔!"典狱长又说道。

"这是我们最后的希望!"皮皮－罗萍叫道。"我没有考虑到这点。泰奥多尔·卡尔雅这个

巴尔扎克小传:

　　1. 奥诺雷·德·巴尔扎克的童年是在快乐宜人的家乡杜尔市度过的。他有一位见解独特、性情与他极为相似的父亲和一个神经质的、古板的母亲,两个妹妹洛尔和洛郎希,还有一个弟弟亨利。他的外婆萨拉姆比尔在巴尔扎克的外公死后也加入了他们的家庭。

科西嘉人过去同雅克·高冷系在一条锁链上;听说在牧场(监狱)里,雅克·高冷替他做过很好的扩缝凿……"

　　苦役犯为了减轻脚套压在踝骨和脚背上的重量,就做了一种塞子,塞在脚镣的铁环和皮肉之间。这种塞子是用旧麻布做的,在苦役监称之为扩缝凿。

　　"谁在看守死囚犯?"皮皮－罗萍问戈尔先生。

　　"是铁环心!"

　　"好,我装扮成宪兵后就到那里去,我可以听到他们谈话,一切由我负责。"

　　"万一是雅克·高冷,您难道不怕他认出您后会把您扼死吗?"典狱长问皮皮－罗萍。

　　"打扮成宪兵,我就能带军刀,"保安队长答道。"另外,即使是雅克·高冷,他也决不会自找麻烦让人送上鬼门关的;如果他是神甫,我就安全了。"

　　"时间紧迫,"戈尔先生说,"现在八点半,索特卢老头刚读完驳回上诉书,桑松先生正在检察院的候令厅等待。"

　　"是的,今天寡妇的骑兵们(断头台的另一个可怕的别名!)已准备就绪,"皮皮－罗萍答道。"但是我知道总检察长犹豫不决的原因,这孩子始终说自己是无辜的,我也觉得没有充分的罪证。"

　　"他是个货真价实的科西嘉人,"戈尔先生说。"他一个字也没有招认,什么都顶住了。"

　　典狱长对保安队长说的最后一句话,说明了死囚犯的悲惨遭遇。一个被法院从活人中除名的人属于检察院管辖。检察院是至高无上的,从不属于任何人,只是凭自己的良心做事。监狱属于检察院管辖,检察院是监狱的绝对主人。诗歌选择了死囚这个能出色地打动人心的社会题材[1]!诗歌是美妙的散文,只有现实这个泉源,可是现实相当可怕,仿佛故意在和抒情诗作对。没有招认自己的罪行或同谋的死囚犯要遭受可怕的折磨。这折磨不是轧碎脚骨的夹棍,不是大量灌进胃里的冷水,也不是用骇人听闻的机器使四肢膨胀,而是一种阴险的,可以说是消极的折磨。检察院把死囚丢弃不管,让他生活在沉默和黑暗之中,和他关在一起的是他必须提防的绵羊(密探)。

　　可爱的现代慈善家们自以为看出了孤独是残酷的折磨,但他们错了[2]。自从废除肉刑以来,检察院为了使陪审员放心,就想出了孤独这个可怕的办法使法院免遭良心的责备。孤独就是空虚,精神和肉体对此感到同样的恐惧。天才可以用精神世界的产物思想来填补孤独的空虚,注视着上帝善行的人可以在孤独中得到上帝的光明,听到上帝的气息和声音,只有这两种人才能忍受孤独的生活。除了这两种离天堂近在咫尺的人之外,孤独对精神的折磨犹如刑罚对肉体的折磨一样。孤独和刑罚之间的区别,犹如精神病和外科病之间的区别。这是增加到无限性的痛苦。肉体通过神经系统达到无限,好似精神通过思想达到无限。因此,在巴黎

---

　　①　这里显然是指雨果的《死囚末日记》。
　　②　巴尔扎克指的是所谓费城监禁制,即将囚犯单独关押五年甚至十年。

检察院的历史上，也有拒不认罪的罪犯。

这种可悲的现象有时达到巨大的规模，譬如在政治上，当事关一个朝代或一个国家的时候就是如此，这种现象将在《人间喜剧》中进行叙述。但是，在这里只要描写王政复辟时期巴黎检察院关押死囚犯的石头牢房，就能使人隐约地看到死囚在处死前度过的可怕时日。

七月革命前，巴黎法院附属监狱就有死囚的房间，直到现在依然存在。这房间一面靠着典狱长的书记室，中间有一道完全用方石砌成的厚墙隔开，对面是一垛七八英尺厚的高墙与法院的休息厅相邻。进入这房间要经过黑暗长廊里的第一扇门，站在这穹顶大厅的中央就可以看到长廊的里面。这阴森房间的亮光是从铁栅栏的气窗中透进来的，进入附属监狱时勉强能看到这个气窗，因为气窗开设在附属监狱书记室的窗户和书记室住房中间的一块小小的空隙里。书记室的窗户在监狱入口处铁栅栏的旁边，书记官的住所就像是建筑师放在监狱入口处的院子深处的一口橱。正因为处于这样的位置，所以这间四面用厚墙围着的房间在附属监狱进行调整时派上了这种倒楣的用场。从这个房间里越狱是绝对不可能的。通向黑牢和女犯区的走廊出口就在炉子间对面，在那里总是有成群的宪兵和看守。气窗是通到外面的惟一出口，离石板地有九英尺高，面向第一个院子，院子由大门口站岗的宪兵看守。任何人都无法打穿房间的厚墙。何况罪犯被判死刑后，三刻要穿上紧身衣。大家都知道，穿了这种衣服，双手就不能动弹。他的一只脚还被人用铁链锁在行军床架上。另外，有一个绵羊(密探)给他端饭并看管他。这牢房的地上铺着厚厚的石板，屋内光线暗淡，勉强能看得清楚。

今天，法院进行判决的情况在巴黎有了改变，所以这房间十六年来一直没有派上用场，但走进这个房间仍使人感到毛骨悚然。你看到与悔恨做伴的罪犯，处于沉默和黑暗这两种使人产生恐惧的环境之中，就会思忖这样是否会变成疯子？要忍受这样的囚禁制度，还得穿上使人无法动弹、无所事事的紧身衣，需要有何等刚毅的体魄！

科西嘉人泰奥多尔·卡尔维当时二十七岁，两个月来守口如瓶，经受住这牢房的折磨和绵羊掩人耳目的喋喋不休! ……科西嘉人被判处死刑的奇怪刑事案件是这样的，虽然对案件的分析极为有趣，但我们只能作简略的叙述。

这一场景已经铺叙甚广，读者的兴趣也已集中到雅克·高冷一人身上，所以在结局中不能作很长的插叙。雅克·高冷犹如一条主线，通过其令人生畏的影响，把《高老头》和《幻灭》，又把《幻灭》和本研究串连起来。另外，读者的想象也会对这一模糊不清的题材进行发挥。现在，泰奥多尔·卡尔维出庭受审时在场的陪审员对这一题材感到十分忧虑。因此，最高法院驳回罪犯的上诉一星期以来，德·格朗维尔先生一直在考虑此案，并逐日拖延处决的命令。他十分希望能在处决前发表罪犯承认罪行的消息，以便使陪审员放心。

十三、一桩奇怪的刑事案

众所周知，南泰尔镇位于瓦莱里安山圣日耳曼以及萨特鲁维尔丘陵和阿尔让特伊丘陵

2. 过了一年乡间生活后，他于 1814 年秋搬到了巴黎。在巴黎，他跟莱皮特尔先生继续学业，莱皮特尔先生的保皇主义原则毫无疑问地给了他很大影响。……他也许就是在巴黎居住的这段时间里第一次遇到了德·帕尔尼夫人，她后来对他产生了极大的影响。她一直在他的心里占据着首要的地位，直到他们于 1832 年分手。

之间的贫瘠平原上。镇上有一座孤独的房屋，住着一位可怜的寡妇，她得到一笔意外的遗产后几天就遭窃被杀。这笔遗产包括三千法郎现金、十二副餐具、一根金链条、一块金表和一些衣服。老太太继承的是一个酒商的遗产。她没有听取酒商公证人的劝告，把三千法郎存入巴黎银行，而是把这笔钱全部保存在身边。这首先是因为她从未有过这么多钱，其次是因为她像大多数老百姓和乡下人一样，在金钱问题上对任何人都不信任。她和南泰尔镇的另一酒商，即她的亲戚和已故酒商的亲戚商量妥后，决定把这笔钱存起来以换取终身年金，卖掉她在南泰尔镇上的房屋，然后迁到圣日耳曼去过布尔乔亚的生活。

她的住房前有一座相当大的花园，外面围着一道破旧的栅栏，是巴黎近郊由小农建造的那种样式难看的房屋。南泰尔到处都是露天的采石场，石膏和砾石资源极为丰富，这幢房子和巴黎郊区的一般房屋一样，也是用这些材料匆匆建成，毫无建筑艺术可言，同开化的野人所居住的茅屋相差无几。这幢房子有上下两层，上面还有几间阁楼。

这女人的丈夫是个采石场主。他自己造了这房屋，在窗上全都装上坚固的铁栏。大门也做得异常牢固。已故的采石场主在偏僻的农村独家经营，巴黎主要的泥工师傅都是他的主顾。他回家时就顺便用空车装些上等材料运回离采石场五百步远的家里。他在巴黎拆毁的房屋中挑选合适的材料低价购进。因此，窗子、栅栏、门、百叶窗、细木制品都通过正当的途径来自拆除的旧屋、顾客赠送的礼物，全是精心挑选的上等材料，如有两个门框他就挑最好的一个运走。屋前有一个相当大的院子，里面有马厩，屋子用围墙同马路隔开。大门是一扇坚固的栅栏。另外，马厩里养了几条看门狗，夜里让一条小狗进屋。屋后有一座花园，占地一公顷左右。

采石场主死后，他的妻子膝下无子女，和一个女佣人一起住在这幢房子里。她卖了采石场，偿还了丈夫在两年前死去时欠的债。这寡妇的惟一财产就是这幢空房；她养了些鸡和母牛，到南泰尔镇上卖鸡蛋和牛奶。丈夫生前雇有马夫、车夫，还有采石工人，家里所有的活儿都让他们去做，现在这些人都走了，花园也没人耕种，她只能在这块布满砾石的土地上割些野草、野菜。

卖房屋的钱和遗产的现金共计七八千法郎，她认为这样就能得到七八百法郎作为终身年金的收入，在圣日耳曼可以生活得幸福美满。她和圣日耳曼的公证人已经商谈多次，因为她拒绝南泰尔酒商的要求，不愿把钱存在酒商那儿以领取终身年金。在这种情况之下，有一天，人们再也没看到寡妇皮若和她的女佣人出来。院子的门、屋子的大门和百叶窗全部关着。三天后，司法机关了解到这一情况，就到这屋子来进行调查。预审法官包比诺先生由国王检察官陪同，从巴黎来到这儿。调查的结果如下。

院子的栅栏门和屋子的大门上都没有撬锁的痕迹。大门里边，钥匙插在锁洞上；没有一根铁栏杆被撬坏。门锁、百叶窗以及所有的关闭装置都完整无损。

围墙上也没有坏人留下的任何痕迹。陶瓷壁炉没有出口通道，不可能由此进入屋内。另外，屋脊两端的装饰也完好无损，看不出曾有施行暴力的痕迹。法官、宪兵和皮皮－罗萍走进

二楼的房间时,发现寡妇皮若已被勒死在床上,女仆也被勒死在自己床上,两人都是被人用睡觉时包头围巾勒死的。三千法郎、餐具和首饰都被抢走。两具尸体已腐烂,小狗尸体和饲养场的大黑狗尸体也已腐烂。花园四周和栅栏围墙经检查毫无损坏。花园里的小道上没有留下丝毫足迹。预审法官认为,杀人犯为了不留下足迹,可能是从草地上走的,但他如果从草地上走,怎么能走进屋子呢?靠花园那边的门上有扇窗户,窗上有三根铁杆,也没有损坏。门上的钥匙插在锁上,就像靠院子那边的大门上一样。

包比诺先生、皮皮－罗萍、国王检察官本人和南泰尔的宪兵队长都证实杀人犯不可能从这些地方进入屋子。皮皮－罗萍还花了一整天的时间对屋子的一切进行一番检查。这件谋杀案成了一个可怕的问题,使政界和司法机关只好甘拜下风。

这一惨案刊载在《法庭消息报》上,是在1828年底和1829年初之间发生的。这种奇怪的案件在巴黎能引起多大的兴趣只有老天知道;在巴黎,天天早上都能听到新的悲剧发生,因此,人们早已把这事忘掉了。可是警察局是不会忘记的。在那次一无所获的搜查后三个月,皮皮－罗萍手下的密探注意到一个妓女花钱大手大脚,又发现她与一些窃贼来往频繁,就开始监视她。她曾要一位女友替她去典当十二套餐具、一块金表和一条金链,遭到了女友的拒绝。这件事传到皮皮－罗萍的耳朵里,使他回忆起在南泰尔失窃的十二套餐具、一块金表和一条金链。皮皮－罗萍下令通知巴黎所有的当铺老板和窝主,并对金发女郎进行严密的侦查。隔不多久,警察局了解到金发女郎热恋着一个很少露面的年轻人,因此人们以为他对金发女郎的追求无动于衷。真是神秘得很。经过密探的侦察,这年轻人很快就被找到,并认出他是个逃亡的苦役犯,是科西嘉族之间仇杀的著名英雄,英俊美貌的泰奥多尔·卡尔维,别名马德莱娜。

警察局派遣一个既为窃贼效劳又为警察局办事的双重窝主去找泰奥多尔,答应买下泰奥多尔的餐具、金表和金链。晚上十点半,正当圣·纪尧姆区的废铁商把钱付给乔扮女人的泰奥多尔时,警察局已来搜查,逮捕了泰奥多尔,缴获了赃物。

预审立刻开始进行。光凭这些证据不足的材料,检察院是不能提出判处死刑的。卡尔维一口咬定,也不自相矛盾。他说,这些东西是一个乡下女人在阿尔让特伊卖给他的。他买下这些东西后,才听说在南泰尔发生了谋杀案,知道保存这些餐具、金表和首饰很危险,因为这些东西曾列入巴黎的酒商、即寡妇皮若的叔父死后的财产清单,又是在谋杀案发生后失窃的。他说他最后迫于贫困而变卖这些东西,并想用一个清白的人把这些货脱手。

除此之外,这个苦役犯什么也没说,他的沉默和一口咬定,使司法机关认为是南泰尔的酒商犯了罪,把这些赃物卖给泰奥多尔的世人就是酒商的妻子。于是,寡妇皮若的可怜亲戚和他的妻子被捕了。经过一星期的拘留和周密的调查,证实在事件发生时夫妇俩都没有离开酒店。另外,卡尔维也没有认定酒商的妻子就是把银餐具和首饰卖给他的女人。

在此案中受到牵连的卡尔维的姘妇证实,从案件发生起到卡尔维想要典当银餐具和金首饰时用掉了大约一千法郎,法院认为这些证据足以把苦役犯和他的姘妇送交重罪法庭。这

次谋杀案是泰奥多尔第十八起谋杀案，他显然是这次巧妙的谋杀案的主犯，所以就被判死刑。他认不出南泰尔酒商的妻子，反倒被酒商夫妇认了出来。预审时经过多方证明，确定泰奥多尔曾在南泰尔逗留一个月左右。他在那里做泥工的帮手，脸上都是石灰浆，衣服破烂不堪。在南泰尔，大家都说他有十八岁，看来他在一个月中养胖了娃娃(准备了这次谋杀)。

检察院认为他有同谋。他们测量了管道的宽度，比较金发女郎的身体，以便弄清她是否能从壁炉爬进屋内。但是现代建筑术用陶瓷管道代替从前宽大的壁炉管道，所以连六岁的孩子也不能钻进管道。如果没有这奇怪而使人恼火的奥秘，泰奥多尔早在一星期前就被处决了。监狱里的神甫也没能使他说出事情的真相。

雅克·高冷当时全神贯注地和孔唐松、科朗坦和佩拉德进行较量，所以没有注意到这个案件和卡尔维的名字。此外，鬼上当想尽可能地忘掉他那帮朋友，以及涉及法院的所有事情。他最怕面对面碰上一个袍哥，因为首领无法偿还向他讨取的债务。

十四、夏　洛

附属监狱的典狱长立即赶到总检察长办公室，看到首席代理检察官手里拿着处决的命令，正在和德·格朗维尔先生谈话。德·格朗维尔先生刚在赛里齐公馆过了整整一夜，劳累不堪，痛苦万分，虽说医生还不敢断定伯爵夫人精神正常，但由于这次处决事关重大，只得在自己的办公室里度过几个小时。德·格朗维尔先生与典狱长谈了一会儿话之后，从代理检察官手中拿过处决命令，交给了戈尔。

他说："如果没有出现您认为特殊的情况，就请执行处决，我相信您的谨慎。断头台可以延迟到十点半再架起来，所以您还有一小时的时间。在这样的早晨，一个小时简直像一个世纪一样长，而一个世纪里会发生多少重大事件！不要使囚犯相信有缓期执行的可能。如果需要，就让他剃头梳洗一下，如没有其他情况，请您在九点半把命令交给桑松，叫他等着！"

典狱长刚离开总检察长的办公室，就在通往长廊的过道里看到加缪索先生朝办公室走去。他迅速与法官交谈了一会，把雅克·高冷在附属监狱里发生的事告诉了他，就下楼来到监狱，以便安排鬼上当和马德莱娜的对质。但是，他等皮皮－罗萍出色地乔扮成宪兵，替换了监视科西嘉青年的绵羊之后，才让这个所谓的教士和死囚谈话。

三个苦役犯看到狱卒来找雅克·高冷，把他领到死囚犯的房间去，万分惊讶。他们同时跳将起来，走到雅克·高冷坐的椅子旁边。

"朱利安先生今天处决，是吗？"丝线向看守问道。

"是的，夏洛就在那里，"看守无动于衷地答道。

老百姓和监狱里的人就是这样来称呼巴黎的刽子手的。这个绰号起源于 1789 年革命，曾经轰动一时。所有的囚犯都面面相觑。

"他完了！"看守答道，"处决令已下达戈尔先生，判决书刚刚宣读过。"

操刀贼说："这么说，美丽的马德莱娜已经做过临终圣事了？……"他咽下了最后一句话。

"泰奥多尔这可怜的小子……"垃圾王叫道，"他真可爱。他这样的年纪就要在麸皮里打喷嚏①，真可惜……"

看守朝监狱入口处走去，以为雅克·高冷紧跟在他的后面；但是西班牙人走得很慢，当他看到自己离朱利安有十步路远时，就装出支持不住的样子，示意操刀贼扶他一把。

"他是杀人犯！"纳波利塔斯向神甫指着操刀贼说，一面伸出胳膊去搀扶。

"不，我认为他是个不幸的人！……"鬼上当像康布雷的大主教那样清醒而热忱地回答道。

说完，他就离开了纳波利塔斯。他一眼就看出此人十分可疑。

"他已经走到后悔山修道院的第一级了，但修道院院长是我！我要给你们看看，我怎么蒙住长脚鹭鸶(总检察长)，把这颗索邦(头颅)从他的爪子底下救出来。"

"是由于他的裤衩！"丝线微笑着说道。

"我要把他的灵魂送上天堂！"雅克·高冷看到几个囚犯围着自己，就一本正经地回答道。

说完，他走到等在入口处的看守那里。

"他是来救马德莱娜的，"丝线说，"我们猜得一点不错。好一个首领！……"

"那又怎么样？……断头台的骑兵(宪兵)已经来了，只怕他见不到他了，"垃圾王说。

"他有面包商(魔鬼)帮忙！"操刀贼叫道。"他怎么会侵吞我们的金币！他太喜欢朋友了！他太需要我们了！他们想要叫我们出卖他，我们可不是烧酒，可以任人摆布！他要是救了马德莱娜，我就把我的秘密告诉他！"

这最后一句话的效果，是使三个苦役犯对他们的上帝更加忠心耿耿，因为此刻，这位著名的首领已成为他们的全部希望。

尽管马德莱娜处于危险之中，雅克·高冷仍然出色地扮演自己的角色。他这个人对附属监狱同对三个苦役监一样熟悉，却很自然地装出走错路的样子，以致狱卒不得不随时对他说："朝这儿走，朝那儿走！"直到他们到达书记室为止。在那儿，雅克·高冷一眼就看到一个高大肥胖的人，臂肘撑在壁炉上，红润的长脸上显出某种高雅的神色。他认出这个人就是桑松。

"先生是监狱的神甫？"他走到这个人的面前天真地问道。

这个错误把在场的人吓得心惊胆战。

"不，先生，"桑松答道，"我另有职务。"

---

① 即"人头落地"。

4. 在维尔巴黎西生活了几年后,巴尔扎克又返回巴黎……巴尔扎克怀着变成巨富的幻想,投身于出版事业。……然而由于没有必需的资本作广告,他的冒险事业失败了。这时朋友又动员他投资办印刷厂,1826 年 8 月,他又开始了这个新的买卖。

桑松是他家最后一个刽子手的父亲,也是处决路易十六的刽子手①的儿子。他最近被解除职务。

从事这种职业四百年以后,历代施刑人的继承者曾试图放弃这种家传的重担。桑松家族在鲁昂当了两个世纪的刽子手,然后担任了王国首席刽子手的职务,从 13 世纪开始,父传子,子传孙地执行着法院的判决。能够连续六个世纪,子子孙孙地继承一个职务或一种贵族头衔的家族是极为少见的。正当这个青年当上了骑兵上尉,觉得自己即将在军队里飞黄腾达之时,他的父亲要他去协助处决国王。然后,父亲又让儿子做助理刽子手,因为在 1793 年设立两处常设断头台:一处在御座城门,另一处在沙滩广场。这个可怕的公职人员当时大约六十岁,以出色的仪表、庄重和蔼的举止、对皮皮 – 罗萍一伙的极度蔑视以及把死囚送上断头台而闻名于世。这个人身上惟一能显出中世纪老刽子手血统的特征,就是他的双手非常宽阔,又极其厚实。这个高大肥胖的人受过相当的教育,对自己公民和选民的资格非常珍惜,听说还酷爱园艺。他说话低沉,举止冷静,沉默寡言,额头又宽又秃,与其说他像刽子手,倒不如说他像英国的贵族。因此,雅克·高冷是明知故问,一个西班牙神甫弄错他的职业也是情有可原的。

“他不是苦役犯,”看守对典狱长说。

“我现在才开始相信,”戈尔先生对他的下属点点头自忖道。

十五、忏　悔

雅克·高冷被领到一间像地窖一样的房间里,只见年轻的泰奥多尔穿着死囚的紧身衣,正坐在牢房中可怕的行军床边。鬼上当借着过道里暂时透进的亮光,立刻就认出了化装成宪兵、撑着马刀站立着的皮皮 – 罗萍。

“我是鬼上当! 我们讲意大利语,”雅克·高冷迅速地说。“我来救你!②”

这两个朋友将要说的话,假宪兵想必是听不懂的,但皮皮 – 罗萍必须看守囚犯,不能擅自离开岗位。因此,保安队长心里极为恼火。

年轻的泰奥多尔·卡尔维黄褐的脸色显得苍白,头发金黄,两眼凹进,颜色蓝浊,身体非常匀称,虽说外表上显出南方人常有的迟钝,肌肉里却蕴藏着惊人的力量。他要是没有显得有些阴森的弓形眉毛和扁平额头,要是没有野兽般凶狠的红嘴唇,要是没有表示科西嘉人特别易怒、使人们在一场突然发生的争吵中动辄杀人的肌肉抽搐,他的脸就会极其迷人。

泰奥多尔听到这声音非常惊奇,突然抬起了头,以为眼前看到的是一种幻觉。但是,由于

---

①　指亨利 – 尼古拉·桑松。巴尔扎克曾于 1834 年在邦雅曼·阿佩尔家与桑松和维道克共进晚餐。亨利 – 尼古拉·桑松的儿子因负债把断头台抵押给债主,所以在 1847 被解除职务。

②　这句话原文为意大利文。

他在这暗无天日的黑牢中住了两个月,对此已习以为常,所以他看了看这个假教士,深深地叹了口气。他没有认出雅克·高冷,因为雅克·高冷已用硫酸将脸弄得布满疤痕,一点也不像他首领的脸。

"我真的是你的雅克,我现在化装成神甫,我是来救你的。你不要傻乎乎地认出我来,要装出向我忏悔的样子。"

这几句话讲得很快。

"这个年轻人垂头丧气,死亡使他害怕,他会把一切都招出来的,"雅克·高冷对宪兵说。

"请你说出能证明你就是他的话来,因为你只有声音像他。"

"你看,这可怜的年轻人对我说他是无罪的,"雅克·高冷又对宪兵说道的。

皮皮－罗萍不敢开口,害怕被认出来。

"Sempremi!"雅克·高冷转过头来,在泰奥多尔的耳边说出了这个口令。

"Sempreti!"年轻人回答了他的口令。"这的确是我的首领……"

"这事是你干的?"

"是的。"

"你把事情经过都告诉我,我可以考虑如何救你;现在还来得及,夏洛已经来了。"

科西嘉人立刻跪下,装成想要忏悔的样子。皮皮－罗萍不知该怎么办,因为这段对话讲得很快,比我们读这段话的时间还短。泰奥多尔迅速地把犯罪的情况告诉了雅克·高冷;这些情况是雅克·高冷并不知道的。

"法官没有确凿的证据就判了我死刑,"他结束时说。

"孩子,你在他们来给你剃头时才进行争辩!……"

"但是,我可以只负窝藏首饰的罪责。他们就这样判了,何况这还是在巴黎呐!……"

"那么,你是怎么干的?"鬼上当问道。

"啊,是这样的!自从你走后,我在去庞坦(巴黎)时认识了一个科西嘉小姑娘。"

雅克·高冷大声说道:"傻乎乎地爱上女人的男人总是要死在女人手里!……这些自由自在的老虎,喊喊喳喳的老虎,照着镜子的老虎……你太不聪明了!"

"但是!……"

"那么,这该死的后侧风(女人)为你干了些什么?"

"这可爱的女人长得像柴捆一样高,像猴子一样灵活,像鳗鱼一样细,她从炉灶顶部钻进屋内,狗吃了有毒的肉丸死了。我杀了两个女人。钱到手后,吉内塔关上了门,又从炉灶上面钻出来。"

"这样美妙的发明就是赔上性命也值得,"雅克·高冷欣赏这犯罪的方式就像雕刻家欣赏一座小雕像一样。

"我真蠢,为了一千埃居去施展这样的本领!……"

"不,是为了一个女人!"雅克·高冷接着说。"我对你说过,这些女人会把我们弄得神魂

颠倒……"

雅克·高冷十分轻蔑地对泰奥多尔看了一眼。

"当时你又不在!"科西嘉人答道,"我被抛弃了。"

"那么你喜欢这个姑娘研?"雅克·高冷感到这话里有责备的口气,就问道。

"啊!如果我现在想活下去,那是为了你,而不是为了她。"

"请放心!我的名字叫鬼上当并不是没有道理的!你由我来负责!"

"什么?活命?……"年轻的科西嘉人大声说道,一面把裹在紧身衣里的双臂朝牢房潮湿的穹顶举起。

5. 他又一次失败了。但是他凭着不屈不挠的意志,虽然办印刷厂遇到了经济困难,却仍然信心十足,决心以同样的方式捞回资本。于是,他以更坚定的决心致力于写作。

"我的小马德莱娜,准备好回到老人牧场①里去,"雅克·高冷接着说道。"你应该有这种准备,人们不会给你戴上狂欢节肥牛的玫瑰花冠!……他们过去把我们关在罗什福尔,那是为了搞掉我们!但是,我要让你去土伦,你越狱后再回到庞坦(巴黎),我为你安排个舒适的生活……"

这时,坚固的穹顶下发出一声少有的叹息,一种因如释重负而感到欣慰的叹息。这叹息声传到石壁上又反射回来,比音乐还要动听,皮皮—罗萍听了不禁目瞪口呆。

"这是我由于他说了实话而答应赦免他的结果,"雅克·高冷对保安队队长说。"您看,宪兵先生,这些科西嘉人信仰真诚!他像耶稣降生时那样清白,我要设法救他……"

"愿天主保佑您!神甫先生!……"泰奥多尔用法语说道。

这时,鬼上当比过去任何时候更像卡洛斯·埃雷拉,更像教区的名誉委员。他离开死囚的牢房,快步走向过道里,在戈尔先生面前装出非常恐惧的样子说:

"典狱长先生,这年轻人是无辜的,他对我说出了真正的罪犯!……他是为了一点虚假的面子才去死的……他是科西嘉人!请您代我向总检察长要求五分钟的接见。我想德·格朗维尔先生一定会同意立刻接见一个对法国司法机关的错误深感痛心的西班牙神甫!"

"我就去!"戈尔先生回答道。

所有看到这不寻常场面的人都对他的回答感到非常惊奇。

"但是,"雅克·高冷说,"请您先领我到那个院子去,我要让一罪犯皈依天主,我刚才已经打动了他的心……这些人哪,都是有心肝的!"

这一席话使所有在场的人都动了感情。宪兵、典狱长的书记官、桑松、狱卒和刽子手助理都正在等待架设断头台的命令。这些平时冷酷无情的人都觉得十分好奇,这也是可以理解的。

十六、高冷小姐粉墨登场

这时,人们在附属监狱栅栏门外靠河滨街的一边听到一辆套着骏马的马车,喀嚓一声停

---

① 终生囚禁的苦役监。

了下来,实在是意味深长。只见车门打开,踏脚板立刻放下,大家都认为是什么大人物驾到。从车上很快走下一位贵夫人,手里挥着一张蓝纸条,走到监狱入口处的栅栏门前,后面跟着一名脚夫和一名穿猎装的跟班。她穿着一身黑衣,却显得十分华丽,气派非凡,帽子上面垂下一块面纱,手里拿着一条绣花的大手帕拭着眼泪。

雅克·高冷立刻认出她就是亚细亚,真姓实名是雅克琳·高冷,即他的姑母。这个凶残的老太婆不愧为他侄子的姑母,全副心思都花在监狱里的侄子身上,使用至少同正义女神相当的智慧和洞察力来保护他。她带了一张许可证,是前一天在德·赛里齐先生的推荐下,由德·莫弗里纽斯公爵夫人的侍女出面要来的。有了这张许可证,就能同吕西安以及迁出黑牢的卡洛斯·埃雷拉见面。许可证上还有主管监狱的处长的批示。看到许可证的颜色,就能看出很有来头,因为这种许可证就像剧院的招待券一样,大小和外形各不相同。

因此,狱卒一见这许可证,尤其是看到跟班头插羽饰,身穿绿色镶金的服装,像俄国将军那样闪闪发光,知道来者是个地位近于王家的贵族夫人,便立刻打开监狱的便门。

假夫人看到神甫不禁泪如泉涌,叫道:"啊,亲爱的神甫!这样一个圣人怎么能关在这里,即使是关一刻钟也不行!"

典狱长接过许可证念道:"兹有德·赛里齐伯爵大人介绍。"

"啊,是德·圣埃斯特邦侯爵夫人!"卡洛斯·埃雷拉说道。"这么尽力,精神可嘉!"

"夫人,可不能这样交谈,"戈尔老头说道。

说完,他亲自拦住这位穿着黑色波纹绸、镶着花边的胖女人。

"离开这么远!还要当着您的面?……"雅克·高冷朝在场的人们扫了一眼说。

这位姑母散发出刺鼻的麝香味,她的打扮显然使书记官、典狱长、看守和宪兵感到惊讶。她除了一千埃居的花边服装,还戴一条六千法郎的开司米黑围巾。另外,穿猎装的跟班在附属监狱的院子里耀武扬威,神气活现,俨然是讲究排场的王妃必不可少的奴仆。他不屑与站在河滨街上栅栏门边的脚夫说话,栅栏门白天一直开着。

"你要什么?我该做什么?"德·圣埃斯特邦夫人用姑侄之间约定的切口问道。

这切口是把词尾的音改成 ar 或 or, al 或 i,再把法语或切口中的词音加长,使之变得面目全非。这是把外交密码应用到语言中来。

"把所有的信件放在安全的地方,带着那些最能损害这些贵夫人名誉的信件,打扮成妓女,然后回到法院的休息大厅等候我的命令。"

亚细亚或者说雅克琳跪在地上就像是准备接受祝福,假神甫则一本正经地为姑母祝福。

"Addio, mar chesa! ①"他高声说道。接着,他又用他们的暗号补充道:"去把欧罗巴和帕卡尔找回来,还有他们偷走的七十五万法郎,我们需要他们。"

———————————————

① 意大利文,意思是:"再见,去吧!"

6. 巴尔扎克在维扼巴黎西家中的五年间（1820—1825），他向往他那阁楼的宁静和自由；他无法适应忙忙碌碌的家庭氛围，也无法使自己同他那时刻警惕并且不知疲倦的母亲操纵的家务机器发出的噪音协调起来。

"帕卡尔在这儿，"虔诚的侯爵夫人眼泪汪汪，指着穿猎装的跟班回答道。

真是心有灵犀一点通，这不仅使他的脸上出现微笑，而且还使他露出惊奇的表情，也只有他的姑母才能使他吃惊。假侯爵夫人转过身来，面朝目睹这一场面的人们，装成是摆架子的贵夫人。

"他不能去参加自己孩子的葬礼，感到非常难过，"她用蹩脚的法语说。"因为法院的错误公开了这圣人的秘密!……我可要去参加他的追思弥撒。"接着，她把满满一袋金币递给戈尔先生说："给，先生，这点算是救济穷苦的囚犯……"

"干得真漂亮!"侄子满意地在她耳边说道。

雅克·高冷跟着看守回到放风的院子。

感到失望的皮皮-罗萍最终让一个真宪兵看到了自己，等雅克·高冷走后，就"嗯!嗯!"地暗示他，让他到死囚的牢房里来替换自己。但是，等到鬼上当的仇敌赶到，贵夫人已经乘上了豪华的马车。她虽然用假嗓子说话，皮皮-罗萍仍听出嘶哑的嗓音。

"三百法郎是给犯人的!……"看守长说着把戈尔先生已经交给书记官的钱袋指给皮皮-罗萍看。

"雅科默蒂先生，请给我看看，"皮皮-罗萍说。

秘密警察队长接过钱袋，把里面的金币倒在手上仔细察看。

"这是真金!……"他说。"钱袋上还有纹章呐! 啊! 坏蛋，好厉害! 真周到! 他把我们全蒙在鼓里了，而且是每时每刻!……真该像打狗那样朝他开枪!"

"怎么回事?"书记官拿回钱袋后问道。

"那个女人很可能是个妓女!……"皮皮-罗萍一面叫喊，一面愤怒地在监狱便门外的石板地上顿足。

这句话在围观的人们中引起了轰动。人们同桑松先生保持着一定的距离，而桑松先生一直背靠火炉站立在这个穹顶大厅的中央，等待着给死囚剃头梳洗、到沙滩广场架设断头台的命令。

十七、利　诱

回到放风的院子后，雅克·高冷向朋友们走去，步履完全是牧场（苦役监）老犯人的样子。

他问操刀贼："你还有什么事要办?"说着就把他拉到院子的角落。

"我完蛋了，"杀人犯说，"现在我需要有个可靠的朋友。"

"干什么?"

操刀贼用切口把自己所犯的罪行都告诉了首领。然后，他详细叙述了在克罗塔夫妇家进行凶杀和盗窃的情况。

"我佩服你,"雅克·高冷对他说。"你干得好,但是我觉得你犯了个错误。"

"什么错误?"

"事情干完后,你应该搞一张俄国护照,装扮成俄国亲王,买一辆有纹章的漂亮马车,大胆地把你的黄金存入银行,让银行开一张汉堡的信用证,乘上驿车,带一个跟班、一个女仆,让你的情妇打扮成王妃同往;然后,你在汉堡坐船去墨西哥。有了二十八万法郎的黄金,一个聪明的男子汉应该能够随心所欲,愿意到哪儿就到哪儿。你真幼稚!"

"啊!你是首领,才想得出这样的主意!你永远不会掉索邦(脑袋)!我可不同。"

"当然研,在你这样的处境,出个好主意也等于是给死人喝营养汤,"雅克·高冷说着向他的袍哥威慑地看了一眼。

"是呀!"操刀贼神色疑虑地说。"不过你的营养汤还是给我,即使吃不胖,也可以洗脚……"

"你被长脚鹭鸶(法院)抓住了,因为你犯了五桩有加重情节的盗窃罪,三桩谋杀罪,其中最近谋杀的是两个富裕的农民……陪审官最恨人家杀死平民,你就要上鬼门关(被判死刑),毫无希望了!……"

"他们都对我这样说,"操刀贼可怜巴巴地回答道。

"我刚才和姑妈雅克琳在书记室谈了一会儿。你知道她是袍哥们的老娘。她对我说长脚鹭鸶非常怕你,想要把你搞掉。"

"但是,"操刀贼天真地说,这种天真证明窃贼偷偷的天性根深蒂固,"现在我有钱了,他们还怕什么呢?"

"我们没有时间来谈大道理研,"雅克·高冷说。"还是来谈谈你的处境吧……"

"你想把我怎么安排?"操刀贼打断首领的话问道。

"你就会看到的!一只死狗也还有点用处呐。"

"是对别人有用!"操刀贼说。

"我把你当作我的赌注!"雅克·高冷回答道。

"这已经不错了!……"杀人犯说。"还有呢?"

"我不问你把钱藏在什么地方,而是问你准备怎样处理这笔钱。"

操刀贼偷偷地看了看首领捉摸不定的眼睛,而首领却冷冷地继续说道:

"你是不是想帮助你喜欢的后侧风(女人),孩子或袍哥?一小时后我就要出去了,你想帮助的那些人,我以后可以为他们效劳。"

操刀贼还在犹豫不决,举棋不定。于是,雅克·高冷打出了最后一张王牌。

"你在我们的金库里有三万法郎,你把这笔钱留给袍哥们还是送给什么人?你的钱现在还放在安全的地方,你想留给什么人,我今晚就能转交给他。"

杀人犯不由露出了喜悦的笑容。

"我把他抓在手心里了!"雅克·高冷自忖道。他凑在操刀贼的耳边说:"别磨磨蹭蹭,考

7. 随着名声的流传播扬，他的挥霍也在增加；他常常拿着那根著名的手杖出现在歌剧院里，有一次他还和美丽的奥林匹同在一个包厢。……德·帕尔尼夫人的健康迅速恶化，不时地给他乐观的情绪投下阴影。同时他和另一个出版商韦代的交易也失败了。

虑一下，嗯？……老弟，我们的时间不到十分钟了……总检察长就要派人来找我，我要去和他谈谈。我已经把这个人抓在手里，可以扭弯长脚鹭鸶的脖子! 我肯定能救出马德莱娜。"

"既然你能救出马德莱娜，我的好首领，你也能把我……"

"别浪费唾沫了，"雅克·高冷生硬地说。"立下你的遗嘱吧。"

"好吧，我想把钱送给名叫戈诺尔的女人，"操刀贼可怜地回答说。

"啊! ……你是和摩西的寡妇住在一起，摩西这个犹太人过去跟踪南方流浪汉的寡妇?"雅克·高冷问道。

鬼上当像大将军一样对部队的所有人员都了如指掌。

"就是她，"操刀贼得意忘形地说。

雅克·高冷对驾驭这些可怕的人极为擅长。他说："漂亮的女人! 这后侧风(女人)很机灵! 她无所不知，为人十分正直! 她是个完美的妓女。啊! 你投入了戈诺尔的怀抱。有了这样的后侧风(女人)，再去自掘坟墓，实在太蠢了。傻瓜! 你应该去做规规矩矩的小生意，小手小脚地过日子! ……她现在干什么?"

"她住在圣须街，经营一家妓院……"

"那么，你指定她为你的继承人? 亲爱的，当我们傻乎乎地爱上这些姑娘时，她们就把我们弄到这种下场……"

"是呀，但是这钱要等我倒下后再给她。"

"好，"雅克·高冷声音严肃地说。"袍哥们一点也不给?"

"一点也不给，他们出卖了我，"操刀贼怀恨地说。

雅克·高冷竭力想唤起能在最后的时刻使这些人动心的感情，就急忙问道："是谁出卖了你?要不要我为你报仇?我的老袍哥，我在为你报仇的同时，也许还能使你和长脚鹭鸶讲和呢!"

听到这话，杀人犯高兴得呆住了，不禁看了看自己的首领。

首领看到他这种含义十分清楚的表情，就说道："但是我现在只是为泰奥多尔演戏。这场戏成功之后，老兄，为了我的一位朋友，因为你是我的朋友，我还能办许多事情呐! "

"只要你能推迟泰奥多尔这可怜的孩子杀头的日期，我就听你的。"

"一言为定。我肯定能将他的索邦(脑袋)从长脚鹭鸶(法院)的爪子中救出采。为了出狱，操刀贼，我们就得相互帮助……单枪匹马是干不成的……"

此刻，操刀贼对首领的信任到了五体投地的地步，他不再犹豫了。

十八、最后的化身

操刀贼说出了同伙的秘密，这秘密他一直保守到如今。雅克·高冷想知道的也就是这些。

"这就是秘密! 这个娃娃(赃赃),皮皮－罗苹手下的密探吕法尔、我和戈代三人平分。"

"是拔羊毛?……"雅克·高冷说出了吕法尔做贼时的诨名。

"就是他,这些无赖出卖了我,因为我知道他们窝赃的地方,而他们不知道我窝赃的地方。"

"你擦亮了我的靴子①,亲爱的! "雅克·高冷说。

"怎么! "

"那么,"首领回答道,"你来看看对我充分信任的好处! 现在,为你报仇就是在我的赌博中得一分! 我不要你现在就告诉我窝赃的地点,你可以到最后一刻再告诉我,但是,请你把吕法尔和戈代的事全告诉我。"

"你现在是、将来也永远是我们的首领。我对你什么也不隐瞒了,"操刀贼回答说。"我的黄金藏在戈诺尔家的口袋(地窖)里。"

"你难道一点也不担心你的后侧风(女人)?"

"啊,不! 她一点不知道我耍的花招! "操刀贼又说。"尽管戈诺尔不会乱说,我还是把她灌得酩酊大醉。毕竟有这么多黄金呐! "

"是呀,最纯洁的人见了也会眼红! "雅克·高冷回答道。

"这样,我埋的时候没有人看到! 连鸡棚里的鸡都睡了。黄金埋在地下三尺深的地方,在酒瓶后面。我还在上面铺了一层卵石和石灰。"

"好,"雅克·高冷说。"那么他们窝赃的地方呢?"

"吕法尔把自己的赃物藏在戈诺尔这个可怜女人的房间里,因为这样一来她会变成赃物的窝主,并在圣拉扎尔监狱里了却一生。"

"啊! 混蛋! 警察局就是这样培养窃贼的! "雅克说。

"戈代把赃物藏在姐姐处。他姐姐是个烫小件日用布制品的诚实姑娘,可能因此蹲五年的监狱。袍哥把地板的方砖翻了起来,把黄金藏在里边后再铺好走了。"

"你是否知道我要你干什么?"雅克·高冷说着向操刀贼投去具有吸引力的目光。

"什么?"

"要你把马德莱娜的案子算在自己头上。"

操刀贼吃惊地跳了起来。但在首领的炯炯目光下,他很快恢复了顺从的姿势。

"啊! 你已经不满意了,你想过问我的安排! 你看,杀人四次或者三次还不是一回事?"

"可能是! "

"在袍哥们的上帝面前,你血管里已经没有葡萄汁②(血)了。而我却在考虑如何救你! ……"

"怎么救法?"

---

① 切口,意思是:"我十分感激你! "
② "血管里没有血"的意思是"胆怯"。

相关链接 ●

"笨蛋! 要是你答应把黄金还给人家,你只不过去牧场(苦役监)呆一辈子而已。他们拿了钱,我不花一个法郎就能换回你的索邦(脑袋);可现在你值七十万法郎,笨蛋!"

"首领! 首领!"操刀贼激动地嚷道。

雅克·高冷接着说道:"另外,我们还要把谋杀罪都推到吕法尔身上……这样,皮皮－罗萍就要被撤职……他就在我的手心里了!"

操刀贼对这种想法感到十分惊讶,眼睛张得大大的,活像一尊雕像。他被捕已有三个月,即将在重罪法庭受审,拉福斯监狱的朋友们给他出过主意,但他没有谈起过自己的同谋。他分析了自己的罪行后,觉得自己已经没有希望,而这些狱中的智囊都没有想到这个计划,因此,现在这种表面的希望使他几乎傻了眼。

"吕法尔和戈代是否大吃大喝了? 他们有没有把自己的金币花掉一些?"雅克·高冷问道。

"他们不敢,"操刀贼回答说。"这两个坏蛋正等着我杀头呐。这是我的后侧风(女人)让垃圾千金在看望垃圾王时告诉我的。"

"好吧,二十四小时后,他们的赃物就是我们的了!"雅克·高冷叫道。"这两个混蛋不能像你这样归还赃物,你将像雪一样洁白,而他们则要被鲜血染红。通过我的安排,你将变成一个被他们拉下水的诚实孩子。我将用你的财产,来取得你在其他案件中不在犯罪现场的证明。你回到牧场(苦役监)后,就可以伺机越狱……这样活着虽然不光彩,但毕竟还是活着!"

操刀贼的眼神说明他内心欣喜若狂。

"老兄,有七十万法郎,办法有的是!"雅克·高冷用这话使袍哥陶醉于希望之中。

"首领! 首领!"

"我要使司法大臣眼花缭乱……啊! 吕法尔,我要给他颜色看,要搞掉这个密探。皮皮－罗萍就要完蛋了。"

"那么,就说定了,"操刀贼欣喜若狂地叫道。"你下命令吧,我听你的。"说完,他抱住了雅克·高冷。他感到自己有一线希望从死里逃生,不禁热泪盈眶。

"还有呢,"雅克·高冷说。"长脚鹭鸶(法院)消化不良,尤其是在热度增高(揭出不利于被告的新事实)的情况下。现在的问题是要诬告一个女人。"

"怎么干? 有什么用处?"杀人犯问道。

"你要帮我的忙! 你待会儿会看到的! ……"鬼上当回答道。

雅克·高冷向操刀贼简要地介绍了泰奥多尔在南泰尔作案的情况,并让他看到必须有一个女人同意扮演吉内塔扮演过的角色。然后,他和转愁为喜的操刀贼一起向垃圾王走去。

"我知道你非常喜欢垃圾千金……"雅克·高冷对垃圾王说。

垃圾王射出的眼光像一首可怕的诗。

"你进牧场(苦役监)后她将干什么呢?"

垃圾王残暴的眼睛里流出了一滴泪水。

8. 然而,这个"大孩子"对未来仍充满了希望。他想像力丰富,生性乐观,相信感应力和洞察力,性格稳定,始终保持着希望。他想成为一个百万富翁的筹划总是一个接一个地失败,但他没有因此而灰心丧气。

"那么,如果我把她送进后侧风的监狱(拉福斯监狱女囚部、马德洛内德监狱或圣拉扎尔监狱),让她关上一年,就是你被判、押解、到达苦役监和越狱逃跑的时间,你看好吗?"

"你又不能创造奇迹,她不是同谋,"垃圾千金的情夫回答道。

"啊! 我的垃圾王!"操刀贼说,"我们的首领比上帝还要万能! ……"

"你和她接头的暗号是什么?"雅克·高冷像不会遭到拒绝的主人那样,自信地对垃圾王问道。

"庞坦的索尔格(巴黎的夜晚)。她听到这暗号就知道是我派来的。如果你要她听你指挥,只要给她看一下一枚五法郎的硬币,并说:Tondif! 就行了。"

"她将在操刀贼的案子中被判刑,坐一年牢,以后会因真相大白而减刑!"雅克·高冷看着操刀贼用教训的口吻说。

操刀贼听懂了首领的计划,就向他使了个眼色,答应说服垃圾王和他们合作,在他即将冒认的谋杀案中充当同谋。

"再见了,孩子们。你们不久就会听到我从夏洛手中救出我孩子的消息,"鬼上当说。"是的,夏洛和侍女们一起在书记室里,以便为马德莱娜剃头梳洗!"他接着说。"瞧,长脚鹭鸶的首领(总检察长)派人来找我了。"

果然,一位从边门走出来的看守,向这位异乎寻常的囚犯做了个手势。科西嘉青年的危险使他恢复了善于同社会进行斗争的巨大力量。

这里有必要提请注意,当吕西安的尸体被运走之后,雅克·高冷作出了最后的决定,即最后一次化身的尝试,这次不再是化成人,而是化成物。他最终作出了致命的决定,犹如拿破仑乘着小艇前往贝莱罗丰号轮船①时作出的决定一样。由于各种情况的奇妙巧合,这个恶与蚀的天才在实现其计划时如有天助一般。

因此,即使这罪恶一生的意外结局可能会失去一些在今天靠难以置信的奇特情节而取得的魅力,我们在同雅克·高冷一起走进总检察长办公室之前,也还是有必要在所有重大的事件都发生在附属监狱的时候,跟随加缪索太太进行拜访。一位风俗史家决不能违背的义务之一,是不要用表面上的戏剧性情节破坏真实,尤其是小说的真实。社会,特别是巴黎的社会,包含着发明家的想象也望尘莫及的偶然性,包含着意想不到的复杂情况。真实生活的大胆创新显得不合情理、难以置信,无法用艺术表达,除非作家进行必要的加工和删节。

十九、加缪索太太首次出访

加缪索太太竭力照上午的装束把自己打扮起来,也算得上雅致,这对在外省住了六年的法官妻子来说并非易事。问题在于上午八点至九点钟去拜访德·埃斯巴侯爵夫人和德·莫

---

① 1815 年 7 月 15 日,拿破仑乘坐英国轮船贝莱罗丰号离开埃克斯岛,前往圣爱伦岛。

相关链接 ●

9. 1846 年 3 月，他离开巴黎到罗马和韩斯夫人一家呆了一个月。夏天他又跟她们到一些地方旅行，在斯特拉斯堡正式订了婚。

弗里纽斯公爵夫人时，她的打扮不要引起她们两家的非议。阿梅莉－塞西尔·加缪索娘家姓蒂里翁，我们这里只能一笔带过。虽然如此，她只成功了一半。在打扮方面，这不是已经弄错了两次？……

人们不能想象，巴黎的女人对各种野心家是何等有用；她们在上流社会里和窃贼的世界里都是必不可少的。如前所述，她们在窃贼的世界里起着巨大的作用。因此，你们可以设想一下，一个男人为了出头露面，不得不在某个时间去找大人物谈话，这位大人物就是在王政复辟时期权势显赫、如今仍未改名的掌玺大臣。譬如说，这是个地位优越的男人，是个法官，就是名门显贵的常客。一个法官不得不去找一个司长、私人秘书或是秘书长，向他们证明他立刻得到大臣的接见是必要的。一个掌玺大臣是不是能够马上见到呢？白天，他不是在议会，就是在开大臣会议，不是在签署文件，就是在进行接见。早晨，他不知睡在哪里，晚上，他有公务私事。如果所有的法官都能用某种借口得到接见，这位司法机关的首脑就会忙得不亦乐乎。因此，要立即得到个别接见的人只得靠奉承有势力的中间人，这些中间人如果不为敌手所左右，就是一种必须逾越的障碍，一扇必须打开的后门。而一个女人可以去找另一个女人；她能立刻走进卧室，唤起女主人或侍女的好奇心，当事情涉及女主人的切身利益或是她迫在眉睫之事时尤其如此。你们可以把德·埃斯巴侯爵夫人称为女能人，连大臣也要让她三分。这女人在一张有龙涎香的纸上写一封信，派她的男仆把信送交大臣的男仆。大臣醒来时拿到这封信，就马上拆阅。大臣即使公务在身，也乐于去拜访这个巴黎的王后、圣日耳曼区的权贵、夫人、王太子的妃子或国王的红人。七月革命中惟一的真正首相卡西米尔·佩里埃可以丢开一切公务去看望国王查理十世宫廷中的前首席侍从。

这条理论可以说明下面这句话的威力：

"夫人，加缪索太太有急事求见，这事夫人知道！"侍女估计德·埃斯巴侯爵夫人已醒，就对她说。

因此，侯爵夫人大声吩咐立刻请阿梅莉进来，她仔细倾听法官妻子的话，只见阿梅莉开始说道：

"侯爵夫人，为了给您报仇，我们完了……"

"怎么，我的小天使？……"侯爵夫人一面回答，一面借半开的门中透进的微光看着加缪索太太。"今天早上，您戴这顶小帽子漂亮极了。您是从哪里找到这种式样的？……"

"夫人，您真好……但是您知道，加缪索审问吕西安·德·吕庞泼莱的方式，使这个年轻人绝望得在监狱上吊自杀了……"

"那德·赛里齐夫人怎么样啦？"侯爵夫人大声问道。她装得一无所知，以便让加缪索太太把事情的经过叙述一遍。

"！他们认为她疯了……"阿梅莉回答说。

"啊！如果您能让大臣阁下立刻派传令兵到法院召见我丈夫，大臣就会知道奇特的秘密，他肯定会把这些秘密告诉国王……这样一来，加缪索的敌人们就无话可说了。"

"加缪索的敌人是谁?"侯爵夫人问道。

"是总检察长嘛,现在还有德·赛里齐先生……"

德·埃斯巴夫人曾在建议给丈夫以禁治产处分的倒楣官司中,因德·格朗维尔先生和德·赛里齐先生而败诉。她回答道:"好,亲爱的,我一定保护您。我既不会忘记我的朋友,也不会忘记我的敌人。"

她按了铃,吩咐仆人拉开窗帘,明亮的阳光顿时射进了房间。她令侍女搬来了写字台,很快地写了一封短信。

"让戈达尔骑马把这封信送到掌玺大臣公署,不要回复,"她向侍女说道。

侍女迅速走出房间,尽管有令在身,还是在房门口呆了几分钟。

"难道有重大的秘密?"德·埃斯巴夫人问道。"讲给我听听,亲爱的,克洛蒂尔德·德·格朗利厄有没有插手此案?"

"侯爵夫人见到大臣阁下后就会知道啦,因为我丈夫什么也没有对我说,他只对我说了他的危险。对我们来说,德·赛里齐夫人发疯还不如死掉干净。"

"可怜的女人!"侯爵夫人说道。"她不是已经发疯了吗?"

社交界的女人能用一百种方式说出同样的话语,仔细观察就能听出她们的声调有着无限广阔的音域。整个灵魂渗透到声音和眼神之中,在声带和眼睛的媒介空气和光线中留下它的痕迹。侯爵夫人加强了"可怜的女人!"这五个字的语气,流露出报仇雪恨的满足和胜利的喜悦。啊!她多么希望吕西安的保护人横遭不测!仇恨的对象死亡所得到的复仇未能使她满足,就产生了阴郁的忧虑。因此,加缪索太太虽然生性尖刻、记仇、纠缠不清,但也对此感到震惊。她无话可答,就缄默不言。

"狄安娜确实对我说过,说莱昂蒂娜去过监狱,"德·埃斯巴夫人接着说。"这位高贵的公爵夫人对她这样冲动感到绝望,因为她偏偏非常喜欢德·赛里齐夫人。但是,这倒是可以理解的,她们几乎在同时爱上了吕西安这个小傻瓜,而爱上同一个男人最能使两个女人友好相处,或者翻脸不和。所以,这位可爱的朋友昨天在莱昂蒂娜房间里呆了两个小时。看来可怜的伯爵夫人讲了些可怕的话!我听说这叫人恶心! ……一个有教养的女人不应该这样冲动! ……呸!这纯粹是肉欲……公爵夫人来看我时脸色苍白得像个死人,她很有勇气,这案子里的事真骇人听闻……"

"我丈夫将把一切告诉掌玺大臣,以便为自己辩解,因为他们想救吕西安,而他呢,侯爵夫人,他却履行了自己的职守。预审法官应该在法律规定的时间内审讯黑牢里的犯人! ……对这个不幸的孩子总得审问一下,可他却不懂这审问是摆摆样子的,一下子都招了出来……"

"真是个傻瓜,笨蛋!"德·埃斯巴夫人冷冷地说。

法官太太听到夫人停顿下来,也保持了沉默。

"虽说我们在德·埃斯巴先生的禁治产一案中败了诉,但这不是加缪索的过错,我对此

10. 在等待了漫长的 *17* 年后——其间他的希望不断地被推迟——现在他终于达到了自己的目标。*1850* 年 *3* 月 *14* 日，韩斯夫人成了奥诺雷·德·巴尔扎克夫人。巴尔扎克对这个伟大的胜利所感到的欣喜是难以形容的。

永世不忘！"侯爵夫人停了一会儿又接着说。"是吕西安、德·赛里齐先生、博旺先生、德·格朗维尔先生把我们弄得一败涂地的。时间一久，上帝将站在我的一边！所有这些人都将遭到不幸。请您放心，我马上派德·埃斯巴骑士去见掌玺大臣，让大臣在必要时尽快接见您的丈夫……"

"啊！夫人……"

"请听我说！"侯爵夫人说，"我答应立刻授予你们荣誉勋位，明天就给！这是对你们在此案中的表现表示满意的证明。是的，这也是对吕西安的又一惩罚，证明他有罪！上吊很少是为了取乐……好吧，再见了，亲爱的美人儿！"

二十、加缪索太太二次出访

十分钟后，加缪索太太走进美丽的狄安娜·德·莫弗里纽斯的卧室。狄安娜在凌晨一点上床，到上午九点钟还未睡着。

公爵夫人们虽说冷酷无情，看到自己的女友发疯，也并非无动于衷。

再说，狄安娜和吕西安的私情虽已断绝了十八个月，但在公爵夫人的脑海中仍留下不少回忆，所以吕西安悲惨死去也是对她的可怕打击。整个夜里，狄安娜都看到这位富有诗意、讨女人喜欢的英俊青年吊在上面，就像莱昂蒂娜高烧发作时以狂热的手势所描绘的那样。她还保存着吕西安写给她的扣人心弦、使人陶醉的信件，这些信件可与米拉波写给索菲的信媲美，而且更有文学味道，更加典雅，因为这些信件是在最强烈的激情虚荣心的驱使下写出来的！占有最可爱的公爵夫人，看到她为了他而在闺房中如痴如狂的自豪感大大激发了诗人的灵感。因此，公爵夫人保了这些感人肺腑的信件，犹如某些老头儿珍藏淫画一样，原因是信中用夸张的手法，赞颂了她身上最缺乏公爵夫人气质的东西。

"而他却死在该死的监狱里！"她一面想，一面恐惧地紧握着这些信件。这时，她听到女仆轻轻的敲门声。

女仆走进房间说："加缪索太太有要事求见，说是与公爵夫人有关。"

狄安娜惊恐异常地站了起来。

"哦！"她看到阿梅莉装出一副合乎时宜的神色就说。"我全猜到了！是有关我的信的事……啊！我的信……啊！我的信！……"说完，她倒在一张椭圆形的双人沙发上。这时，她回忆起自己在热恋之中，曾用同样的笔调给吕西安写了回信，赞颂了男人的诗意，正如吕西安歌颂女人的荣光一样，而且又是多么狂热的赞美啊！

"啊，是呀，夫人，我来此是为了拯救比您生命更重要的东西！这有关您的名誉……您快醒醒，穿上衣服，咱们一起到德·格朗利厄公爵夫人家去。您总算侥幸，不是惟一受牵连的人。"

"可是我听说昨天在法院里，莱昂蒂娜把可怜的吕西安家里查抄来的信统统烧掉了，是

吗?"

"不过,夫人,吕西安的背后还有雅克·高冷!"法官的妻子叫道。"您总是忘记这种学徒满师后为师傅工作的残酷事实,它无疑是这位既可爱又可惜的年轻人死亡的惟一原因! 然而,这个苦役监的马基雅维里可从来没有掉过脑袋! 加缪索先生可以肯定,这魔鬼已把最影响名誉的信件放在安全的地方,这些信是情妇们写给他的……"

"他的朋友的,"公爵夫人急忙接着说道。"您说得对,我的小心肝,应该到格朗利厄家去商量一下。我们和这案件都有关系,幸亏赛里齐将会助我们一臂之力……"

正像读者从附属监狱发生的场面中看到的那样,极端的危险对灵魂的作用如同大功率的反应器对肉体的作用一样可怕。这是一节精神上的伏特电池。能用化学方法把感情浓缩成流体,可能是像电流那样的流体,这一天也许不远了。

苦役犯身上和公爵夫人身上发生的是同样的现象。公爵夫人彻夜未眠,显得垂头丧气,无精打采,连穿衣也极为困难,这时却像走投无路的母狮那样精力充沛,像战火纷飞中的将军那样头脑清醒。狄安娜亲自选定了衣服,当即梳妆打扮起来,就像雇佣女仆的妓女那样迅速。她梳妆打扮时好看极了,连侍女也停住了脚步,呆呆地看了一会儿,十分惊讶地看着女主人穿着衬衣,可能是有意让法官太太透过薄雾一般透明的亚麻布,看到她那可与卡诺瓦的维纳斯雕像媲美的雪白身体。她犹如包在薄纸里的首饰。狄安娜突然想起她那件幸运胸衣。这种胸衣的带子在前面,有急事的妇女系带时既省力又省时间。她系好衬衣的花边,恰如其分地显出了胸衣的曲线美,只见侍女把衬裙拿来,再给她穿上裙子,就算打扮完毕。侍女示意阿梅莉帮助公爵夫人扣上裙子后面的扣子,自己去拿苏格兰丝袜、绒衬夹里的高跟皮鞋、披巾和帽子。阿梅莉和侍女一起给她穿上鞋袜。

"您是我见到的最美的女人,"阿梅莉一面吻着狄安娜细滑的膝盖,一面机灵地说。

"没有人能比得上夫人,"侍女说。

"好了,若塞特,别说了,"公爵夫人说。

"您有车吗?"她问加缪索太太。"好,小宝贝,我们路上谈吧。"说完,公爵夫人走下卡迪央公馆的大楼梯,一边跑一边戴手套,这种情况在过去从未见过。

"上格朗利厄公馆,快!"公爵夫人对一名男仆说,并做了个手势叫他跳上车后。

男仆犹豫了一下,因为这是辆出租马车。

"啊! 公爵夫人,您没有对我提起过这青年手里有您的信! 否则的话,加缪索就不会这样审理了……"

"莱昂蒂娜的处境使我操心不已,所以把自己的事压根儿给忘了,"她说。这个可怜的女人前天差一点疯了。您想想,她遇上这种倒霉的事,当然是心乱如嘛! 啊,您知道吗?亲爱的。昨天上午我们是怎么过的! ……不,这真是要人魂断衷肠。昨天,莱昂蒂娜和我两人被一个残忍的老太婆、一个脂粉女商贩、一个老板娘,拖到人们叫做法院的血腥、丑恶的地方。我陪她到法院时对她说:这不是要跪在地上大声喊叫,就像德·纽沁根夫人在去那不勒斯的途中遇

相关链接 ●

巴尔扎克及其作品评论：

1. 巴尔扎克的短篇小说《高布塞克》，是他 30 年代前半期最优秀的作品之一。它在这一时期的其他作品中，占据着特殊的地位。《高布塞克》的独特之处在于，它流传给我们两个彼此根本不同的稿本，使得我们能彻底考察小说第一稿发表的一八三　年至第二稿本问世的一八三五年间巴尔扎克思想和创作的发展。

到地中海的惊涛骇浪时说：'上帝啊，救救我，就这一回！'确实，这两天我将终身难忘！我们写信难道是愚蠢的行为？……在恋爱嘛！收到的信有这么多页，看了后，心里热乎乎的，头脑也发热了！谨慎也忘了！就写了回信……"

"可以去干嘛，干吗还要回信！"加缪索太太说。

"堕落是多么美！……"公爵夫人骄傲地说。"这是灵魂的淫乐。"

"漂亮的女人们是可以原谅的，"加缪索太太谦虚地说道，"她们失足的机会比我们多得多！"

公爵夫人微微一笑。

"我们总是过于慷慨，"狄安娜·德·莫弗里纽斯说，"我将来也会像残酷的德·埃斯巴夫人那样干的。"

"她干什么啦？"法官太太好奇地问道。

"她写过上千封情书……"

"有这么多！……"加缪索太太打断公爵夫人的话叫道。

"可是，亲爱的，人们不能从其中找出一句有损她名誉的话……"

"您恐怕就不能这样冷静，这样留神，"加缪索太太答道。"您是十足的女人，是抵挡不住魔鬼诱惑的天使……"

"我已发誓不再写信。我一生中只有给这可怜的吕西安写过信……我要把他的信一直保存到死！亲爱的，这些信像一团火啊，人们有时也需要……"

"如果能得到这些信该多好！"加缪索太太略带腼腆地说。

"哦，这简直是一部小说的开头，我把信全部抄了一遍，亲爱的，原信我全都烧了！"

"哦，夫人，作为对我的酬谢，就让我看看这些信吧……"

"也许能，"公爵夫人说。"亲爱的，您看了可能会发现他没有给莱昂蒂娜写过这样的信！"

这最后一句话说出了各个时代、各个国家的女人的心里话。

二十一、一位注定被人遗忘的大人物

　　加缪索太太像拉封丹寓言里胀破肚皮的蛤蟆①一样，高兴地陪着美丽的狄安娜·德·莫弗里纽斯进入格朗利厄公馆。她将在这个上午接上关系得到野心的满足。因此，她仿佛已听到别人在叫她"庭长夫人"了。她扫除了巨大的障碍，感到一阵难以形容的喜悦，其中最主要的障碍就是她丈夫的无能，虽然别人不知道，可她却了如指掌。让一个庸庸碌碌的男人飞黄腾达！这对一个女人来说，就像对国王来说那样，犹如不厌其烦、自得其乐地演了一场蹩脚

---

　　① 蛤蟆看见一头牛身材魁梧，心怀妒忌，躺地拼命自胀，结果胀破了肚皮。详见拉封丹寓言中的《要和牛比大小的蛤蟆》。

戏,这种乐趣对大演员来说更具吸引力。这是自私的陶醉!总之,这在某种程度上也是权力的享受。权力要证实自己的力量,就只有滥加使用,在蔑视天才的同时,给荒谬绝伦的人戴上成功的桂冠,这就是极权能拥有的惟一力量。加里古拉①晋升御马这种皇宫闹剧,过去演出过多次,将来也必定还会演出多次。

几分钟后,狄安娜和阿梅莉从狄安娜紊乱、雅致的卧室走到德·格朗利厄公爵夫人豪华、别致的卧室。

这位虔诚的葡萄牙女人每天八点起身,去圣·瓦莱尔小教堂望弥撒。这座小教堂是圣托马斯-达坎教堂的分教堂,当时坐落在巴黎残老军人院广场上,目前已经拆迁到勃艮第街,准备建成一座哥特式教堂,听说是奉献给圣克洛蒂尔德的。

狄安娜·德·莫弗里纽斯在德·格朗利厄公爵夫人耳边讲了几句话后,虔诚的公爵夫人就走到德·格朗利厄先生那里,并立刻把他叫来。公爵对加缪索太太飞快地扫了一眼,那些大贵族就是用这种眼神来分析人的一生,而通常是分析灵魂。阿梅莉的打扮使公爵一眼就看出她从阿朗松到芒特、再从芒特到巴黎的布尔乔亚生活。

啊!如果法官的妻子了解公爵们的这种本领,她就不会和蔼可亲地忍受这讥讽中彬彬有礼的眼神,然而她却只看到其中的彬彬有礼。无知和敏锐都有同样的妙用。

"这位是加缪索太太,国王办公室的执达员蒂里翁的女儿,"公爵夫人对丈夫说。

公爵非常有礼地向法官太太行了礼,脸上也不那么严肃了。公爵的跟班听到主人按铃叫他,就走了进来。

"你快乘车去奥诺莱-谢瓦利埃街。到那里后,你在十号的小门上按一下铃。你对来开门的佣人说我请他主人到这里;如果主人在家,你就陪他到我这里来。你只要说出我的名字,就会一切顺利,要在一刻钟内把事情办好。"

公爵的跟班走后,公爵夫人的跟班立刻走进房来。

"快替我去德·旭里欧公爵家,把这张名片递给他,"公爵说着把一张折成某种式样的名片交给跟班。这两位密友如果有秘密的急事需要立刻见面,又不便明写,就用这种方式相互通知。

人家可以看到,在社会的各个阶层,习俗是相同的,区别只在于方式方法以及细微的地方。上流社会有自己的切口,但这种切口称为风格。

"太太,您是否能肯定克洛蒂尔德·德·格朗利厄写给这年轻人的信还在?"德·格朗利厄公爵说着向加缪索太太瞟了一眼,如同海员投下测深的水砣一般。

"我没有看到过,不过总使人担心,"她颤抖着答道。

"我女儿不可能写出见不得人的信,"公爵夫人叫道。

---

① 古罗马国王 (12-41 年),为人专制、野蛮、疯狂,认为"宁可让人民痛恨我也要使他们见我害怕",曾把自己的御马晋升为"领事"。

相关链接 ●

2. 十分重要的是，30年代后半期和40年代的巴尔扎克，同在30年代前半期一样，仍对资产阶级持否定态度。……一八三五年以后，巴尔扎克反对资产阶级的情绪不仅保持着，而且明显地加深了。

"可怜的公爵夫人!"狄安娜一面想，一面向德·格朗利厄公爵看了一眼，这一眼使公爵看了发抖。

"亲爱的小狄安娜，您是怎么看的?"公爵一面把德·莫弗里纽斯公爵夫人拉到窗边，一面在她耳边问道。

"亲爱的，克洛蒂尔德对吕西安爱得发狂，在出发前和他有过约会。要是没有勒农古这姑娘在场，她也许会和吕西安一起逃到枫丹白露森林里去!我知道吕西安给克洛蒂尔德写的信可以叫圣女也丧失理智!我们三个是被通信这条蛇缠住的爱娃的女儿……"

公爵和狄安娜又从窗口向正在低声说话的公爵夫人和加缪索太太走去。阿梅莉在这个问题上听从了德·莫弗里纽斯公爵夫人的意见，装成虔诚的教徒来博得骄傲的葡萄牙女人的心。

"我们现在听任一个该死的苦役犯摆布!"公爵耸了耸肩说。"这就是在家中接待一个不能完全相信的人的结果!在接待一个人之前，应该好好了解一下他的财产、他的父母、他的经历……"

这句话是贵族从这段故事中得出的教益。

"事情已经发生了，"德·莫弗里纽斯公爵夫人道，"咱们还是考虑一下如何救救可怜的德·赛里齐夫人、克洛蒂尔德和我吧……"

"我们只好等亨利来了后再说，我已经派人去请他了；但是一切取决于让蒂尔去找的那个大人物。上帝的旨意要此人留在巴黎!"他转而对加缪索太太说，"太太，我感谢您想到了我们……"

这话的意思是和加缪索太太告辞。国王办公室执达员的女儿领会了公爵的意思，站起身来，但是，德·莫弗里纽斯公爵夫人以迷人的优雅姿势拉住阿梅莉的手，她的优雅使许多人为她守口如瓶，并获得了许多人的友谊。她用某种姿势向公爵夫妇指了指阿梅莉。

"即使她不是天刚亮就跑来救我们，我也要对你们说，光是想念亲爱的加缪索太太是不够的。首先，她已经为我做了令人难忘的事；其次，她和丈夫对我们忠心耿耿，我已答应让人提升加缪索，我也请你们出于对我的友情要首先照顾他。"

"您不需要多加叮嘱，"公爵说道。"格朗利厄家族对别人的效劳总是记在心上的。这一段时期，国王的臣仆们将会有立功的机会①，他们要对国王忠诚，您的丈夫会补上这块空缺的……"

加缪索太太离开时既自豪又得意，高兴得喘不过气来。她凯旋而归，自我欣赏，不把总检察长的敌意放在眼里。她自忖道："要是我们能把德·格朗维尔先生搞掉就好了!"

———————————

① 指查理十世在1830年颁布的反动的七月敕令。敕令解散新议会，宣布新选举法，剥夺一般工商业资产阶级的选举权，规定只有交纳一定的土地税的大土地所有者才有权选举，还严厉限制出版自由，取缔一切反政府的报刊。

二十二、默默无闻、有权有势的科朗坦

加缪索太太走得正是时候。这位布尔乔亚女人在台阶上遇到了国王的宠臣德·旭里欧公爵。

"亨利,"德·格朗利厄公爵听到仆人通报朋友驾到,就叫道,"我请您赶快到王宫去,设法觐见国王。事情是这样的。"说完,他把公爵领到窗边,就是他刚才和轻浮、婀娜的狄安娜谈话的那个窗子。

德·旭里欧公爵不时偷偷地看着狂热的公爵夫人。她一边和虔诚的公爵夫人说话,听公爵夫人的说教,一面对德·旭里欧公爵暗送秋波。

"亲爱的孩子,"德·格朗利厄公爵密谈结束后说道,"您要听话!"接着他拉着狄安娜的双手说:"哦!您做事不要越轨,不要再有损自己的名誉,情书别再写了!亲爱的,情书给个人带来了不幸,也给国家带来了不幸……对克洛蒂尔德那样初恋的姑娘可以原谅的事,是不能原谅……"

"身经百战的情场老手的!"公爵夫人对公爵撇着嘴说。她脸部的表情和玩笑使两位公爵和虔诚的公爵夫人的愁眉苦脸上泛起了微笑。狄安娜用孩子气来掩饰自己的忧虑,问道:"我已有四年没写情书了!……难道我们就得救了?"

"还没有呢!"德·旭里欧公爵说。"因为您不知道,专断是多么困难!这对立宪的君主来说,犹如有夫之妇的不贞。这是他的通奸。"

"是他的不良习惯,"德·格朗利厄公爵说。

"禁果!"狄安娜微笑着说。"哦!我真想当政,因为我已没有禁果,我把它全吃掉了。"

"哦!亲爱的!亲爱的!"虔诚的公爵夫人说,"您说得太过分了。"

两位公爵听到有一辆马车停在台阶前,发出疾驰的马匹突然停住的吱咯声,就向两位夫人行礼告辞,来到德·格朗利厄公爵的书房里。只见仆人将居住在奥诺雷—谢利埃街的客人领进书房。原来他不是别人,正是国王的秘密警察头目,政务警察局长,默默无闻、有权有势的科朗坦。

"请进,"德·格朗利厄公爵说,"请进,圣德尼先生。"

科朗坦对公爵的记忆力感到惊奇。他深深地向两位公爵鞠了躬,第一个走进房间。

"还是那个人,或者说是由于他的缘故,亲爱的先生,"德·格朗利厄公爵说。

"但他死了,"科朗坦说。

"他还有个同伴,"德·旭里欧公爵提醒说,"一个粗野的同伴。"

"苦役犯雅克·高冷,"科朗坦说。

"你说吧,费迪南,"德·旭里欧公爵对前大使说。

"这坏蛋使人担心,"德·格朗利厄公爵接着说,"因为他为了进行要挟,把德·赛里齐夫

人和德·莫弗里纽斯夫人写给他的心腹吕西安·夏同的情书掌握在自己手里。这个年轻人用自己的情书来换取热烈的情书是他的一种计策,因为听说德·格朗利厄小姐也写过几封这样的情书,或者说至少有这种担心,她目前正在旅行,所以我们无法了解……"

科朗坦回答说:"这个小青年是不会留这么一手的!……这是卡洛斯·埃雷拉神甫采取的预防措施!"科朗坦把肘部支撑在座椅的扶手上,用手捂住脸思索起来。"是为了钱!……这人的钱比我们还多,"他说。"埃斯黛·高布塞克充当了他钓饵上的蛆,在纽沁根这个金币池塘里钓上近两百万法郎……先生们,如果你们请有关部门授予我充分的权力,我就为你们除掉这个人!……"

"那么……信呢?"德·格朗利厄公爵问科朗坦。

"请听我说,先生们,"科朗坦站起来接着说道,狡黠的脸上露出极为激动的神色。他把两手插在双面起绒呢裤的腰袋里,裤脚发黑。这位当代历史剧大演员只穿了一件西装背心和一件燕尾服,睡裤还没换掉,因为他非常清楚,那些大人物在某些情况下会感激他的行动敏捷。他十分随便地在房间里踱来踱去,大声自言自语,好像房间里只有他一个人似的。"他是个苦役犯!可以不经审判就把他送进比塞特尔监狱的黑牢,与外界断绝联系,让他死在那里……不过,他可能预见到这种情况,已经给他的同党作了指示!"

"但是他在妓女家被发现后,立即就关进黑牢,"德·格朗利厄公爵说。

"黑牢也关不住这家伙!"科朗坦答道。"他厉害……和我一样厉害!"

两位公爵对视了一下,那目光仿佛在说:"怎么办?"

"我们可以把这家伙立即送到苦役监……罗什福尔的苦役监。半年以后,他就会在那里死去!哦,不是暗杀!"他看到德·格朗利厄公爵做了个手势,就回答说。"有什么办法呢?一个苦役犯在夏朗德的疫气中服苦役,熬不过六月的酷暑。不过,这种办法只有在这家伙对信件没有采取预防措施的情况下才能用。如果他怀疑自己的对手,这也有可能,必须了解他采取了什么预防措施。要是保管信件的人穷,就可以收买……所以问题是要让雅克·高冷说出来!真是一场恶斗啊!我一定会败下阵来。最好的办法是用别的信去赎回这些信!……特赦信,并让这个人到我的局里来。可怜的孔唐松和亲爱的佩拉德都死了,雅克·高冷是惟一有能力接替我的人。雅克·高冷杀死了我这两个举世无双的密探,好像是为了替自己找个职位似的。先生们,必须授予我全权,这点你们已经看到。雅克·高冷关在附属监狱里,我马上到检察院去见德·格朗维尔先生。请你们派个心腹到那里去找我;德·格朗维尔先生对我毫不了解,所以我需要给他一封介绍信,这封信我将还给行政法院院长,或者是请一位大人物给我引见……你们有半小时的时间,我换衣服大约需要半小时,去见总检察长,得穿得像样一点。"

"先生,"德·旭里欧公爵说,"我深知您的才干,只要求您回答说能或不能,您能担保成功吗?"

"能,有了全权,再加上您答应决不让别人插手此事,我就能成功。我的计划已定。"

3. 对拿破仑时代的这种新认识,在一八四一至一八四二年的长篇小说《单身汉的生活》里,第一次表现出来。这部小说,写于拿破仑的遗骨迁葬巴黎(1840)之后。这一事件激励了所有的拿破仑主义者,同时也暴露了他们的真实面目。

这阴森的回答使两位贵族微微一颤。

"干吧,先生!"德·旭里欧公爵说。"这件事您就像平常那样去办吧。"

科朗坦向两位公爵告辞而去。

费迪南·德·格朗利厄令仆人为亨利·德·勒农古套好马车,请他立刻去觐见国王。他的职务[①]使他有权随时见到国王。

这样,社会上层和下层的各种利害关系就交织在一起,必将汇集到总检察长的办公室里。这些利益以三人为代表,司法机关的代表是德·格朗维尔先生,名门显贵的代表是科朗坦,而在这可怕的对手面前,是以他桀骜不驯的力量代表着社会上恶势力的雅克·高冷。

专横的司法机关和狡猾的苦役犯的斗争是一场何等的恶斗!苦役犯是大胆的象征,这大胆排除了算计和思考,什么办法都可以使用。他没有专制和虚伪,是饥肠辘辘的饿殍的丑恶象征,是对饥饿的血腥迅速抗议的丑恶象征!这不是进攻和防守、偷窃和所有权吗?这不是把社会状态和自然状态这个可怕的问题压缩到尽量狭窄的空间之中吗?总之,这是过于虚弱的政权代表同野蛮的暴徒进行违反社会利益的妥协的一幅可怕而生动的画面。

二十三、总检察长的痛苦

总检察长听到通报加缪索先生来访,就示意让他进来。德·格朗维尔先生预感到这次来访,希望同法官商定了结吕西安一案的方式。商量的结果当然不可能再像前一天那样,即在可怜的诗人死前他与加缪索一起确认的那样。

"请坐,加缪索先生,"德·格朗维尔先生说着倒在扶手椅上。

总检察长见自己单独和法官在一起,就露出了疲惫的神色。加缪索看了看德·格朗维尔先生,发现这张十分坚定的脸苍白得几乎发灰,显得疲惫不堪,无比消沉,说明其内心的痛苦可能比书记官宣布驳回上诉的死囚还要厉害。根据法院的习惯,宣读驳回上诉就意味着:"您最后的时刻到了。"

"我还是下次再来吧,伯爵先生,"加缪索说,"虽然事情紧急……"

"您别走,"总检察长庄重地答道。"先生,真正的司法官应该忍受精神上的痛苦,并要善于隐忍痛苦。我刚才做得不对,让您看出我有点心神不定……"

加缪索的手动了一下。

"加缪索先生,上帝不希望您经历我们生活中无法避免的事情!要是换了别人,即使是更小的事也无法忍受!昨天,我在一位最亲密的朋友家里过了夜。我只有两个朋友,就是奥克塔夫·德·博旺伯爵和德·赛里齐伯爵。从昨晚六点到今晨六点,德·赛里齐先生、奥克塔夫伯爵和我三人轮流从客厅走到德·赛里齐夫人的床边,每次都担心她是否会死去或永远变

---

① 指宫廷首席侍从的职务。

成疯子! 德斯普兰·皮安训和西纳尔三位医生以及两名看护没有离开过夫人的房间。伯爵很喜欢自己的妻子。您想想,我处在因爱情而发疯的女人和因绝望而发疯的朋友之间,这一夜是怎么过的! 一位政治家绝望不会像傻瓜那样。赛里齐虽然像坐在行政法院办公室里那样安详,却在扶手椅上蜷曲着身子,对我们装出一副平静的脸色。在他那日理万机的额头上渗出了汗水。我困得支持不住,就从五点睡到七点半,我得在八点半赶到这里,发布处决犯人的命令。请相信我,加缪索先生,当一个司法官在痛苦的深渊中煎熬了一夜之后,感觉到上帝的手沉重地压在凡人的身上,正好打在贵族的心上,就很难坐在办公桌前冷静地说:'四点钟斩首! 把充满生气和力量、身体健壮的上帝造物消灭。然而,这是我的职责!……我虽然痛苦至极,却还得下令架设断头台……

"死囚不知道法官和他一样痛苦。此刻,一张公文纸把我们连结在一起,我代表社会进行报复,他需要赎罪,我们是同一个义务的两个方面,由法律的铡刀暂时凑合在一起的两个生命。司法官万分痛苦,谁会同情? 谁会来安慰?……我们的光荣就在于把痛苦埋在心底! 我觉得把自己的生命奉献给上帝的神甫,把自己的生死交给国家的士兵,要比生活在疑虑和担忧之中、身负可怕责职的司法官更加幸福。"

总检察长继续说道:"您知道我们将处决一个二十七岁的青年。他同昨天死的那位一样漂亮,一头金发就像出乎我们意料之外而死去的那位一样。对于这个青年,我们只掌握窝赃的证据。这孩子被判死刑,但没有招供! 七十天来,他经受住各种考验,始终说自己是无辜的。这两个月,我弄得头昏脑涨! 哦,我情愿少活一年来换取他的招供,因为必须使陪审团感到放心! 您想想,如果有一天发现判他死刑的罪行是另一个人犯的,那对司法机关是多大的打击啊!

"在巴黎,任何事情都会变得极其严重,微不足道的司法事件也会变成政治问题。

"陪审团曾被大革命时代的立法人员认为是非常强大的团体,实际上却是社会毁灭的一个因素,因为它不履行自己的职责,不能有力地保护社会。陪审团是在玩忽职守。陪审员们分成两派,其中一派要废除死刑,结果是法律面前人人平等被完全颠倒过来。像杀害父母罪这种骇人听闻的罪行,在一个州里被宣判无罪[1],而在另一个州里,普通的杀人罪却被判死刑! 如果我们在自己的管辖范围内,在巴黎处决一个无辜者,那会惹出什么事来?"

"这是个在逃的苦役犯,"加缪索先生畏怯地提醒说。

"他在反对派和报界的手里就会变成逾越节宰杀的羔羊!"德·格朗维尔先生大声说道。"反对派还可以在有利的条件下为他洗刷罪责,因为他这个科西嘉人有强烈的地方观念,他杀人是科西嘉的族间仇杀的结果!……在这个岛上,杀死自己的仇敌是天经地义的事。"

"啊! 真正的司法官真是不幸! 他们必须过着与世隔绝的生活,就像从前的大祭司一样。他们在固定的时间走出自己的房间,人们只有在这个时候才能看到他们。他们表情严肃,相

―――――――――

[1]　在苦役监里有二十三个杀害父母的罪犯获得了减轻判罪。——原注。

貌衰老，令人肃然起敬；他们像古代社会中集司法权和神权于一身的大祭司那样作出判决！人们只有在我们的办公室里才能找到我们……而在今天，人们看到我们像其他人一样痛苦或玩乐！……人们在沙龙里、家庭里把我们视为富有感情的公民，我们就可以令人发笑，而不使人害怕……"

这种至高无上的呼声，配上有节奏的停顿和感叹，伴随着用笔墨难以表达的动人手势，使加缪索听了微微一颤。

二十四、怎　么　办

"先生，"加缪索说，"我昨天也已开始尝到我们这种职业的痛苦味道！……这个年轻人死了，我也差一点死去，不幸的年轻人没有领会我对他的偏护，却作茧自缚……"

"嗳，本来就不该审讯他，"德·格朗维尔先生叫道，"要帮忙非常容易，只要不管就行了嘛！……"

"那法律呢！"加缪索答道。"他被捕已有两天了！……"

"倒霉的事已经发生，"总检察长接着说，"我已经尽力补救，当然研，这事是无法弥补的。我的马车和仆人参加了这可怜、懦弱的诗人的送葬队伍。赛里齐也照此办理。此外，他还接受了这不幸青年的委托，当他的遗嘱执行人。这一许诺使他妻子朝他神志清醒地看了一眼。另外，奥克塔夫伯爵也亲自参加了他的葬礼。"

"那么，伯爵先生，"加缪索说，"咱们把事情了结吧。我们还有一个非常危险的刑事被告，就是雅克·高冷，这点您和我一样清楚。这个混蛋的真相一定要揭开……"

"我们完了！"德·格朗维尔先生大声说道。

"他现在正在您的死囚身边，这死囚过去在苦役监和他的关系，就像吕西安在巴黎和他的关系一样……这是他的宠儿！皮皮－罗萍乔装改扮成宪兵，以便听他们谈些什么。"

"司法警察局管什么闲事？"总检察长说。"他们只应按我的命令行事！……"

"整个附属监狱都将知道雅克·高冷落到了我们手中……好，我来这里是对您说，这胆大妄为的大罪犯可能持有德·赛里齐夫人、德·莫弗里纽斯公爵夫人和克洛蒂尔德·德·格朗利厄小姐写的最危险的信件。"

"这点您能肯定吗？"德·格朗维尔先生问道，脸上露出惊讶而痛苦的神色。

"您来判断一下，伯爵先生，我对这不幸的担心是否有道理。当我打开一叠从这不幸的青年家里查抄到的信件时，雅克·高冷朝这些信挖苦地看了一眼，并露出得意的微笑。这种微笑的意思，一个预审法官是不会弄错的。像雅克·高冷这样的恶棍不会放过这样的武器。如果这家伙在政府和贵族的敌人中挑选一个保护人，这些信件一旦落到这个保护人手中，您还有什么话可说呢？我的妻子得到德·莫弗里纽斯公爵夫人的关心，所以就去通知她，现在她们两大概正在格朗利厄公馆商量……"

5. 巴尔扎克对旧
贵族的失望,在一八四
五年问世的题为《过时
的爱情》的《毕爱丽黛》
的第三部里,表现得尤
为明晰。在这里,巴尔
扎克的思想里已经没
有一堵石墙将旧贵族
和汲取了资产阶级社
会的精神和思想的新
贵族分隔开来。

"对这个人不能起诉!"总检察长大声说道。他站起身来,在办公室大步踱来踱去。"他会把信件放在安全的地方……"

"我知道放在哪里,"加缪索说。就凭这句话,预审法官消除了总检察长对他的所有成见。

"那好!……"德·格朗维尔先生坐下时说。

"我从家里来法院时,对这个扫兴的案件进行了仔细的考虑。雅克·高冷有个姑妈,是亲姑妈,而不是假姑妈,政务警察局在巴黎警察局存有这个女人的档案材料。雅克·高冷是这个女人的门生,又是她的上帝。这女人是他父亲的妹妹,名叫雅克琳·高冷,开了一爿服装脂粉店,通过做生意建立的关系,了解到贵族家庭的不少秘密。如果雅克·高冷委托别人保存这些救命的信件,那一定是委托这个女人;我们把她逮捕吧……"

总检察长对加缪索狡黠地看了一眼,意思是说:"加缪索这个人并不像我昨天想象的那样傻;只是他还年轻,还不能对司法权运用自如。"

"但是,"加缪索继续说道,"为了万无一失,必须改变昨天采取的一切措施,所以我来听取您的意见和命令……"

总检察长拿起裁纸刀轻轻地敲着桌沿,这是所有的思想家在苦思冥想之时的一种习惯动作。

"三个大家族处于危险之中!"他大声说道,"不能走错一步棋!……您说得对,首先,咱们按照富歇的原则办事:逮捕!现在得立刻把雅克·高冷重新送回黑牢。"

"这样我们就承认他是苦役犯!这是忘却吕西安……"

"多可怕的案件!"德·格朗维尔先生说。"怎么处理都有危险。"

这时,附属监狱的典狱长敲门走了进来。像总检察长这样警卫森严的办公室,只有检察院的亲信才能敲门求见。

"伯爵先生,"戈尔先生说,"名叫卡洛斯·埃雷拉的刑事被告要求见您。"

"他有没有和谁接触过?"总检察长问道。

"和囚犯们接触过,他在放风的院子里呆了将近七个半小时。他见到过死囚,那死囚好像和他谈过话。"

德·格朗维尔先生回想起加缪索先生说过的一句话,心中顿时一亮,觉得只要雅克·高冷承认他和泰奥多尔·卡尔维有过密切关系,就可以充分加以利用,让他交出信件。

二十五、戏剧性的变化

总检察长非常高兴找到了推迟处决的理由,就招招手,把戈尔先生叫到自己的身边,说:"我想把处决推迟到明天,但是不要让监狱里的犯人猜到,要绝对保密。让刽子手装出检查准备工作的样子。把西班牙神甫押到这里来,西班牙大使馆已经向我们要过人。让宪兵把卡洛

斯先生从你们的过道带来,别让他见到任何人。通知宪兵队派两名宪兵押送,每人挟着他的一条胳膊,到我的办公室门口才可放手。戈尔先生,您是否能肯定这个危险的外国人只和犯人们有过接触?"

"噢,在他走出死囚的房间时,有一位夫人来看他……"

听到这里,两位法官交换了一下眼色。那是怎么样的眼色啊!

"哪位夫人?"加缪索问道。

"向他忏悔的一个女人……一位侯爵夫人,"戈尔先生答道。

"越来越糟了!"德·格朗维尔先生看着加缪索叫道。

"她叫宪兵和看守见了头痛,"戈尔先生困惑地回答道。

"您的工作不能有一点马虎,"总检察长严厉地说。"附属监狱这样的围墙不是摆摆样子的。这位夫人是怎么进来的?"

"她带有合乎手续的许可证,先生,"典狱长答道。"这位夫人衣冠华丽,由一个穿猎装的跟班和一个脚夫陪伴,乘一辆华丽的马车,前来看她的忏悔神甫,然后去参加那个可怜的年轻人的葬礼,就是您下令抬走的那个……"

"把巴黎警察局签发的许可证拿来给我看,"德·格朗维尔先生说。

"许可证是应德·赛里齐伯爵阁下的介绍签发的。"

"这女人是什么模样?"总检察长问道。

"依我们看,她应该是个体面的女人。"

"您看到她的脸吗?"

"她戴了一块黑面纱。"

"他们说了些什么?"

"带着圣经的女教徒!……她会说些什么呢?……她请求神甫的祝福,跪倒在地……"

"他们谈话的时间长吗?"法官问道。

"不到五分钟,不过我们之间没有一个人听得懂他们讲的话,他们讲的很可能是西班牙语。"

"把整个过程都给我们叙述一下。先生,"总检察长接着说道。"我再对您说一遍,对我们来说,最小的细节也关系重大。让这件事作为您的教训吧!"

"她还哭呐,先生。"

"她真的哭?"

"我们没看到,她当时用手帕捂着脸。她还留下三百法郎给犯人。"

"这不是她吗?"加缪索叫道。

戈尔先生接着说道:"皮皮－罗萍当时大声叫道:'这是个妓女!'"

"他是这方面的行家,"德·格朗维尔先生说。"请您发出传票,"他看着加缪索补充道,"早晨去查封她的家,到处贴上封条!但是,她怎么会得到德·赛里齐先生的介绍信呢?……

6. 对王室权力的失望，是巴尔扎克40年代"正统主义"危机的最重要征兆，不过，这并不是这一危机的全部内容。自30年代末期始，作为大地主思想家的正统派，从政治上的反对派逐步转化为"秩序党"的一个派别。这种表现激起了巴尔扎克的深刻反感。

把巴黎警察局的许可证拿来给我……去吧，戈尔先生! 赶快把神甫带来。只要这个人到了我们这里，危险就不会加剧。两个小时的谈话可以在一个人的灵魂中取得很大的进展。"

"尤其是像您这样的总检察长，"加缪索机灵地说。

"咱们俩一起谈，"总检察长彬彬有礼地答道。说完，他又陷入沉思之中。

经过长时间的沉默之后，总检察长接着说道："应该在所有的监狱探监室里设置看守，可以让最干练、最忠诚的退休密探来担任，薪金从优。皮皮－罗萍应该在这种职位上结束自己的一生。这样，我们就能在那里有个耳目，警卫工作也可以得到加强。戈尔先生对我们说的尽是些鸡毛蒜皮。"

"他太忙了，"加缪索说，"不过，我们和黑牢之间也确实存在不应有的缺陷。从监狱来到我们的办公室，要经过那些走廊、院子、楼梯。我们的警察不可能一刻不停地注意着，而犯人却无时无刻不在考虑自己的事。"

"我听说雅克·高冷走出黑牢去受审时，有一位夫人早已等在他要经过的路上。这女人一直走到位于捕鼠笼小楼梯上面的宪兵营房。执达员们对我说了后，我把那些宪兵训了一顿。"

"唉，法院要全部重建，"德·格朗维尔先生说，"不过这得花费两三千万法郎呢! ……为了便于行使法律，就得向议会申请三千万法郎，会批准才怪呢!"

这时传来了好几个人的脚步声和武器的嘈杂声。

"想必是雅克·高冷来了。"

总检察长立刻收起原来的脸色，露出一副铁面无情的严肃神情;加缪索也仿效了总检察长。

果然，办公室的当差打开门后，雅克·高冷走了进来，神态安详自若。

"您要找我谈话，"司法官说，"那就请说吧。"

"伯爵先生，我是雅克·高冷，我投降了!"

加缪索惊颤一下，总检察长仍保持镇静。

二十六、罪犯和法官单独密谈

"您应该明白，我这样做是有原因的，"雅克·高冷用嘲笑的目光紧盯着两位司法官说。"我可能使你们极为不安;假如我仍然是西班牙神甫，你们可以派宪兵把我押送到巴约纳①的边境，在那里，西班牙的刺刀就可以替你们把我干掉!"

两位司法官毫无表情地缄默着。

"伯爵先生，"苦役犯继续说道，"使我这样做的原因比这个纯属个人的原因更为严重;不

_____

① 下比利牛斯区的首府。

过这个原因我只能告诉您一个人……如果您害怕的话……"

"怕谁?怕什么?"德·格朗维尔伯爵说。此刻,这个伟大的总检察长的态度、脸色、头部的姿势、手势和眼神都是应当为文职人员作出勇敢的杰出榜样的法官的生动写照。在这一刹那间,他变得同内战期间议会中的老司法官一模一样。那时,法院院长们视死如归,犹如人们为他们竖立的塑像。

"害怕和一个逃亡的苦役犯单独在一起。"

"您出去吧,加缪索先生,"总检察长急忙说道。

"我本来想向您建议叫人把我的手脚捆起来,"雅克·高冷一面用可怕的目光看着两位法官,一面冷冷地说道。过了一会儿,他又严肃地说:"伯爵先生,过去我对您尊重,现在我对您钦佩……"

"那么,您自以为可怕研?"司法官神色蔑视地问道。

"我自以为可怕! 苦役犯说。"那又何必呢?我确实如此,这点我自己知道。"雅克·高冷说完拿了一把椅子,毫不拘束地坐了下来,知道自己在会谈中和对手实力相当,可以平起平坐。

这时,刚要在门口关门的加缪索先生又走了进来,回到德·格朗维尔先生身旁,把两张折好的纸交给他。

"请您看看,"法官指着其中一张纸对总检察长说道。

德·格朗维尔伯爵看到纸上有他认识的德·莫弗里纽斯夫人的侍女的名字,立刻叫道:"把戈尔先生叫回来。"

附属监狱的典狱长走了进来。

总检察长凑在他耳边说道:"您把来看刑事被告的女人的模样给我谈谈。"

"矮胖、健壮,"戈尔先生答道。

"拿到许可证的女人又高又瘦,"德·格朗维尔先生说。"她有多大年龄?"

"六十岁。"

"是关于我的事吗,先生们?"雅克·高冷说。"好了,"他和善地接着说道,"别去找了。这人是我姑妈,是亲姑妈,是个老太太。我可以使你们避免不少麻烦……只有在我愿意的情况下,你们才能找到我的姑妈……假如我们这样磨蹭,事情就不会有进展。"

"神甫先生现在讲法语没有西班牙腔了,"戈尔先生说,"现在讲话不再嘟哝了。"

"因为事情已经相当复杂,亲爱的戈尔先生! "雅克·高冷带着苦笑回答道,并对典狱长直呼其名。

这时,戈尔先生快步走到总检察长身旁,凑近他的耳朵说道:

"您得留神,伯爵先生,这个人正在火头上!"

德·格朗维尔先生慢条斯理地看了看雅克·高冷,觉得他十分平静;但是,他很快就发现典狱长对他说的是实话。在这副迷惑人的外表下,隐藏着野人般冷酷、可怕的怒火。雅克·

313

高冷怒气冲冲，犹如即将爆发的火山，拳头握得紧紧，真像一只伏在地上的猛虎准备向猎物猛扑过来。

"你们出去吧，"总检察长对典狱长和法官严肃地说，"你们都出去。"

"您干得好，把杀害吕西安的凶手打发走了！"雅克·高冷说，毫无顾忌加缪索是否会听到他的话。"我忍无可忍了，我真想把他扼死……"

德·格朗维尔先生听了不觉毛骨悚然。他从未见过有人像他那样眼睛充满血丝，脸色苍白，额上满是汗珠，浑身肌肉痉挛。

"您把他杀死有什么用？"总检察长平静地对罪犯问道。

"先生，您天天在为社会报仇，或者自以为在为社会报仇，现在却问我为什么要报仇！……您难道从未有过刀剑出鞘的急切复仇心情？……您难道不知道是这个笨蛋法官杀死了我们的吕西安？您喜欢我的吕西安，他也爱您！……我非常了解您，先生。每天晚上回家时，这可爱的孩子什么都告诉我；我安顿他睡觉，就像保姆安顿小孩睡觉一样，我让他把一切事情都讲给我听……他把一切告诉了我，甚至是他最细微的感觉……啊！没有一个母亲曾经像我对这个天使那样对自己的独生子体贴入微。您要是知道的话就好了！善良在他心中产生，好似鲜花在草原上盛开。他脆弱，这是他惟一的缺点，脆弱得像竖琴的琴弦，这琴弦在绷紧时是何等结实……这些人的本质极其美好，他们的弱点就是温柔、仰慕，以及在艺术、爱情和上帝为人创造的千姿百态的美丽阳光下茁壮成长的能力！……总之，吕西安是个女性化的男人。啊！我对刚才出去的那个畜生什么话都说了……啊，先生，我作为刑事被告，在法官面前已经竭尽了自己的全力，要是上帝想救自己的儿子，陪他去见彼拉多①，也一定会这样做的！……"

二十七、泰奥多尔无罪

过去，苦役犯那双蜡黄、明亮的眼睛，就像在大雪纷飞的乌克兰饿了六个月的恶狼那样闪闪发光，这时却泪如泉涌。他继续说道："这笨蛋什么也不愿听，他葬送了这孩子！……先生，我用自己的眼泪冲洗了孩子的尸体，一面祈求我们头顶上的那个陌生人！要知道我是不信上帝的！……(我如果不是个唯物主义者，也就不会有我了！……)我在一句话中把一切都对您说了！您不知道，也没有一个人知道什么叫做痛苦；这只有我一个人知道。痛苦的火焰烘干了我的眼泪，所以我昨夜竟哭不出来。我现在哭了，因为我觉得您理解我。我看到您刚才装得像法律的化身……啊，愿上帝……(我现在开始相信了)，愿上帝不要让您像我那样……那可恶的法官夺去我的灵魂。先生！先生！现在人们正在埋葬我的生命、我的美貌、我的德行、我的良心和我的全部力量！您设想一下一条被化学家抽掉血的狗……我就是，我就是这条狗……正

---

① 彼拉多是古代巴勒斯坦的一个行政长官，把耶稣交给犹太人钉在十字架上，自己当众拿水洗手，开脱罪责。

因为如此,我来这里对您说:'我是雅克·高冷,我投降了!'……"我作出这个决定是在今天早晨,当他们从我身边搬走他的尸体时,我吻着这尸体就像个疯子,像个母亲,就像童贞玛利亚在坟墓里吻着耶稣那样……我当时决定无条件地为司法机关办事……可现在,我得提出条件,您待会儿就会知道其中的原因……"

"您把我当作德·格朗维尔先生还是总检察长?"法官问道。

这两个人,一个代表罪犯,一个代表司法,相互看了一眼。苦役犯深深地感动了法官,使他对这个不幸者怀有上帝般的怜悯,猜到了苦役犯的生活和感情。最后,法官(法官总归是法官)虽说不知道雅克·高冷越狱后的表现,却认为他可以控制这个犯有伪造文书罪的罪犯。这个人的本性犹如青铜由各种金属构成一样,有善的一面,也有恶的一面,所以法官试图对他宽宏大量。另外,德·格朗维尔先生活到五十三岁,却从未唤起过对女人的爱情,所以像一切没有得到过爱情的男人一样,十分欣赏温柔的人。也许是这种绝望,以及许多只能得到女人的尊敬和友谊的男人的命运,才是德·博旺先生、德·格朗维尔先生和德·赛里齐先生之间情意深长的秘密纽带,因为同样的不幸和同样的幸福都会使灵魂产生共鸣。

"您是有前途的!……"总检察长用审讯的眼光瞧着这垂头丧气的坏蛋说。

苦役犯做了个手势,表示对自己毫不在乎。

"吕西安留下了遗嘱,留给您三十万法郎。"

"可怜啊! 可怜的孩子! 可怜的孩子!"雅克·高冷大叫道,"他总是过于诚实! 我有的全是罪恶感,他有的却是善良、高贵、俊美、崇高! 这样美好的灵魂是改变不了的! 他只不过是用了我的钱,先生!"

这种完全忘我的精神是法官无法有的,它证实了苦役犯慷慨激昂的话,所以德·格朗维尔先生站到了罪犯一边,剩下的只有总检察长了!

"您既然对一切都不感兴趣,"德·格朗维尔先生问道,"那还来找我干什么呢?"

"我来自首已经不错了,是吗?您猜到了这点,但是您没有控制住我。另外,您会感到我过于碍手碍脚!……"

"真是个厉害的对手!"总检察长思忖道。

"总检察长先生,您即将处决一个无辜,我已经找到真正的凶手,"雅克·高冷揩干了眼泪,严肃地说。"我来这儿不是为了他们,而是为了您。我来是为了不使您感到悔恨,我对关心过吕西安的人都十分喜欢,同时,我将对所有不让吕西安活下去的男人和女人永远怀恨在心……一个苦役犯对我算得了什么?"他稍微停顿一下接着说,"在我看来,一个苦役犯还不如您眼中的一只蚂蚁。我好像是高傲的意大利强盗! 只要旅客给他们的买路钱比他们索取的要多,他们就把他击毙在地! 我想到的只有您。我听了这年轻人的忏悔,他曾是我一条铁链上的难友,只相信我一个人。泰奥多尔本质好,认为出售或典当偷来的赃物就是为情妇效劳;但是,他在南泰尔的谋杀案中和您一样清白。他是科西嘉人,报仇雪恨、杀人如麻是他们的风俗习惯。

相关链接 ●

"在意大利和西班牙,人命如同草芥,事情就是这样。人们认为我们在那里有着特殊的生命力,我们这种形象保存了下来,并将永远保存下去。这种无稽之谈您去对我们的分析家①说说! 正是那些无神论的国家或深明事理的国家才严惩玩忽人命的罪犯。这些国家做得对,它们只相信物质,只相信现在!

"要是卡尔维向您供出赃赃来自哪个女人,您就查不出真正的罪犯,因为他现在在您的手中,而只能查出可怜的泰奥多尔不愿连累的同谋,因为这是个女人……有什么办法呢? 每个社会阶层都有自己的荣誉观,苦役犯和扒手也有他们的荣誉观! 现在,我已知道杀害这两个女人的凶手是谁,也知道这次大胆、离奇、怪异的行动的罪犯是哪些人,有人把这件事的细节都讲给我听了。您要是缓期执行对卡尔维的处决,就会知道全部经过。不过,您得答应我对他减刑,把他重新关进苦役监……我现在这样痛苦,是不会撒谎的,这点您很清楚,我对您说的是实话……"

"雅克·高冷,虽说作出这样的妥协有失司法机关的尊严,但是看在您的面上,我觉得在执行自己的职务中可以稍加宽容,提请主管人紧急裁定。"

"您把他这条命交给了我?"

"有这个可能……"

"先生,我恳求您答应我,只要您答应就行了。"

德·格朗维尔先生把手一甩,表示他的自尊心受到了伤害。

二十八、贵夫人们的信件

"我掌握着三个家族的名誉,而您只不过掌握了三条苦役犯的性命,"雅克·高冷说,"我比您更有实力。"

"您可能被重新关进黑牢,到那时您还有什么办法……"总检察长问道。

"噫! 我们真的干起来啦! "雅克·高冷说。"我刚才是随便说说,我是对德·格朗维尔先生说话,但是,如果您要摆出总检察长的架势,我就准备兵来将挡,水来土掩。如果您答应我,我就把克洛蒂尔德·德·格朗利厄小姐写给吕西安的信交给您! "他说这句话时的声调、眼神和镇静,使德·格朗维尔先生看出,同这样一个对手较量,丝毫差错都是危险的。

"这些就是您对我的全部要求?"总检察长问道。

"我对您说话是为了我的利益,"雅克·高冷说。"格朗利厄家族的名誉换取泰奥多尔的减刑,这是赔本的生意。判处无期徒刑的苦役犯是什么?……如果他越狱潜逃,您就可以轻易地干掉他! 这是兑换断头台的汇票! 不过,他们过去存心不良,把他关到罗什福尔苦役监,所以这次,您要答应我把他送到土伦的苦役监去,并交待那里要好好照顾他。现在我还有其他

---

① 指唯物主义哲学家。

的要求；我持有德·赛里齐夫人和德·莫弗里纽斯公爵夫人的信件，这些是什么样的信啊！……伯爵先生，您听我说：妓女写的信文笔高雅，富有感情；可是，那些整天谈论高雅文笔和丰富感情的贵夫人写出的信却和妓女干的事一模一样。那些哲学家一定会找到这种颠倒的原因，所以我也不想进行探讨。女人是低级动物，动物的本能过于强烈。我认为像男人的女人才美！

　　"所以，这些有着男性头脑、道德败坏的公爵夫人写出了杰作……哦！从头到尾，写得真漂亮，就像皮隆①的著名颂歌……"

　　"当真？"

　　"您想看吗？……"雅克·高冷微笑着说。

　　法官感到羞愧。

　　"我可以请人读给您听听，这可不是开玩笑！我们光明磊落，是吗？……您要把这些信还给我，还要禁止手下的人监视、跟踪送信的人。"

　　"时间长不长？"总检察长问道。

　　"不长，现在是九点半……"雅克·高冷看着挂钟说，"那么，在四分钟内，我们就能收到这两位夫人的各自来信；您看了信之后，就一定会撤销处决！如果情况不是这样，我也不会这样定心。另外，两位夫人已经知道……"

　　德·格朗维尔先生露出了惊讶的神色。

　　"她们现在大概活动频繁，将请掌玺大臣出面干预，也许还会觐见国王……那么，您是否答应我不去打听送信人，在一小时内不去跟踪，也不派人跟踪这个人？"

　　"我答应您！"

　　"好，您是不会欺骗一个逃亡苦役犯的。您是蒂雷纳②那样的人，会对窃贼信守诺言……那么，好吧，在法院休息厅里，现在有个衣衫褴褛的女乞丐，一个老太婆，就在大厅中央。她大概在和一个代笔人谈论某个分界共有墙的诉讼案。请您派办公室的当差去找她，并对她说：Dabor ti mandana③，她就会来的……但是，请您不要冷酷无情，这样无济于事！您要么接受我的建议，要么不愿因一个苦役犯连累自己……请您注意，我只不过犯了伪造文书罪！……那么，请您不要让卡尔维忍受刑前剃头梳洗的可怕痛苦……"

　　"处决已经撤销……"德·格朗维尔先生对雅克·高冷说，"我不愿让司法机关甘拜您的下风！"

　　雅克·高冷惊奇地看了一下总检察长，只见他伸手按铃。

　　"您不想逃跑，是吗？只要您答应我就行了。您去找那个女人吧……"

_____

①　皮隆(1689－1773)，法国诗人、剧作家。
②　蒂雷纳子爵(1611－1675)，法国元帅，经常打胜仗。
③　意大利语，意思是："有朋友找你。"

相关链接 ●

办公室的当差走了进来。

"费利克斯,叫宪兵们回去……"德·格朗维尔先生说。

雅克·高冷被战胜了。在与司法官的这次决斗中,他原来希望成为最伟大、最强大、最慷慨的一方,然而司法官压倒了他。但是,苦役犯感到自己耍弄了司法机关,把罪犯说成无辜,胜利地夺得一条人命,而且还占了很大的优势;但是,这种优势必须是不公开的、秘密的、隐蔽的,而长脚鹭鸶却能公开地、冠冕堂皇地压倒他。

二十九、雅克·高冷在喜剧中初露头角

雅克·高冷走出德·格朗维尔先生的办公室时,内阁总理大臣的秘书长、议员台·吕卜克司伯爵同一个体弱多病的小老头一起走进房间。这老头像在冬天时一样,穿一件棕褐色的棉长袍,头发扑粉,脸色苍白、冷漠无情,走起路来像个中风病患者,脚上穿了双奥尔良小牛皮制的大皮鞋,步履不稳,拄着一根饰有金苹果柄的拐杖,手上拿着帽子,钮扣孔上挂着穿成一串的七枚十字勋章。

"亲爱的台·吕卜克司,有何贵干?"总检察长问道。

"是亲王①派我来的,"他凑在德·格朗维尔先生的耳边说。"现在您能全权处理收回德·赛里齐夫人、德·莫弗里纽斯夫人和克洛蒂尔德·德·格朗利厄小姐的信件的事。您可以和这位先生商量。"

"他是谁?"总检察长在台·吕卜克司耳边问道。

"我对您不必保密,亲爱的总检察长,他就是大名鼎鼎的科朗坦。陛下要您亲自把这个案件的全部情况和取得成功的条件告诉他。"

总检察长在台·吕卜克司耳边答道:"劳驾您去告诉亲王,事情都已解决,并说我不需要这位先生的帮助,"他指了指科朗坦补充道。"有关结案的事宜涉及到掌玺大臣,需要特赦两名罪犯,所以我要去领取陛下的赦令。"

"您的事取得了进展,干得非常明智,"台·吕卜克司握着总检察长的手说。"陛下在作出重大决策之前,不愿看到贵族院议员和贵族家庭沾上污点,受到公开指摘……这已经不再是一桩刑事小案,而是一件国家大事……"

"请您告诉亲王,您来的时候事情已全部解决。"

"真的?"

"我想是的。"

"等到现任掌玺大臣晋升为内阁总理,您就是掌玺大臣了,亲爱的……"

"我没有野心!……"总检察长答道。

---

9. 作为《人间喜剧》的作者,巴尔扎克对历史主义的领悟,比以前更深入、更切实了,这不仅表现在,他现在已与司汤达不同,不认为个别历史时期的更替是关键;他现在认为,在社会中发生的变化是社会历史结构更替的结果。他倾向于把由古旧的社会结构(封建主义)向新的社会结构过渡本身视为进步,这一点是非常重要的。

① 指当时的内阁总理大臣波利尼亚克。

台·吕卜克司笑着走了出去。

"请亲王要求陛下召见我十分钟,时间在下午两点半左右,"德·格朗维尔先生送台·吕卜克司伯爵出来时说。

"您还说没有野心!"台·吕卜克司向德·格朗维尔先生狡黠地看了一眼说。"啊,您有两个孩子,至少想当贵族院议员……"

"既然总检察长先生拿到了信,我就不必过问此事了,"科朗坦说道。这时只剩下他和德·格朗维尔先生两人,德·格朗维尔先生用不难理解的好奇目光瞧着他。

"在一桩如此棘手的案件中,像您这样的人永远不会是多余的,"总检察长看到科朗坦全都了解,或者说全都听到,就回答说。

科朗坦微微点了点头,俨然以保护者自居。

"先生,您了解这个人吗?"

"是的,伯爵先生,他是雅克·高冷,是万字帮的头子,三个苦役监的银行家。五年来,这个苦役犯一直伪装成卡洛斯·埃雷拉神甫。他怎么会奉西班牙国王之命,送信给已故的法兰西国王呢?我们都无法查出此案中真正的卡洛斯·埃雷拉神甫。目前,我正在等待马德里的回音,我曾派人通知那里。这苦役犯掌握着两个国王的秘密……"

"这个人无比刚强!我们只有两个办法:要么把他拉过来,要么把他干掉,"总检察长说。

"我们所见略同,这对我是很大的荣幸,"科朗坦答道。"我同这么多人打交道,也只好有这么多的想法,在这么许多人中间,我也应该遇到一个聪明人。"

这话说得非常生硬,声调也极为冷淡,总检察长听了默不作声,开始处理几个紧急的案件。

当雅克·高冷出现在法院的休息厅时,人们很难想像雅克琳·高冷小姐是何等的惊讶。她呆若木鸡,双手插腰,身穿蔬菜水果流动摊贩的服装。尽管她对侄子的神机妙算习以为常,可这次的妙计却不同凡响。

"嗳,你要是继续像看博物学陈列馆那样看着我,"雅克·高冷一面说,一面拉住姑母的胳膊,把她拉到休息厅的外面,"人家就会把我们俩当做两件古玩,可能还会把我们抓起来,这样我们就要浪费时间。"说完,他走下楼梯,穿过商场廊,来到制桶街。

"帕卡尔在哪儿?"

"他在红发女郎那儿等我,在花市河滨街散步。"

"那么普律当斯呢?"

"她在红发女郎的家里,对外说是我的教女。"

"咱们走吧……"

"看看有没有人盯梢……"

三十、红发女郎的故事

红发女郎在花市河滨街开设一片五金店，是万字帮著名杀人犯的遗孀。1819 年，雅克·高冷在她的情夫被处决后，忠实地把死者留下的两万多法郎交给了这个女人。她当时是制帽女工，对于她和他袍哥的亲密关系，只有鬼上当一个人知道。

当时，这位伏盖太太的房客①派人把制帽女工叫到植物园，并对她说："我是你男人的首领，他大概对你说过，我的孩子。谁要背叛我，就过不了年关；谁要对我忠诚，就永远不必怕我。我可以为朋友两肋插刀，至死也不会说出一句连累朋友的话。如果听从我的吩咐，就像灵魂听从魔鬼一样，你就会得到好处。可怜的奥古斯特希望你过上富裕的生活，我也答应他让你幸福。他为你掉了脑袋，你不要哭，听我说：除了我之外，世界上没有第二个人知道你曾经是星期六杀头的杀人犯、苦役犯的情妇；我一定永远保守秘密。你今年二十二岁，人长得漂亮，现在又发了财，有了两万六千法郎；把奥古斯特忘掉吧，去结婚，要是愿意，就做个规矩女人。你要过这种平静的生活，条件是要毫不犹豫地为我和我派到你这儿来的所有人办事。我决不会要你办任何对你、你的孩子、你未来的丈夫和你家庭不利的事。我干这行当，经常需要有个安全的地方谈话、躲避。我需要一个可靠的女人替我送信、办事。你将是我的一个信箱、一个门房、一个密使，就是这样，一点不多，一点不少。你头发黄得发红，所以奥古斯特和我叫你红发女郎，你以后仍然用这个名字。我的姑妈是修院区的商贩，我将让她和你接头，你将来就服从她一个人。你要把自己的事都告诉她。她会为你找个男人，她对你一定会很有用的。"

这样就订立了一个魔鬼协定，这种协定使普律当斯·塞尔维安长时间效忠于他。他也注意随时巩固这种协定，因为他像魔鬼一样，有招兵买马的癖好。

大约在 1821 年，雅克琳·高冷让红发女郎嫁给一个五金批发富商的经理。他为老板经营了商行，当时正财运亨通。他有两个孩子，是自己所在区的副区长。红发女郎当上了普雷拉尔太太之后，对雅克·高冷和他的姑母从未有过任何抱怨。但是，每次要她办事，她都吓得手脚发抖。因此，她看到这两个可怕的人物走进店里，吓得脸色灰白。

"太太，我们要和您谈谈生意，"雅克·高冷说。

"我丈夫在那儿，"她答道。

"那么，我们现在就不需要您了；我从来不无缘无故打扰别人。"

"派人去叫一辆出租马车，我的孩子，"雅克琳·高冷说，"叫我的教女到楼下来，我想介绍她到一位贵夫人家里去当侍女，那家的管家想领她去。"

帕卡尔打扮得像个穿便服的宪兵，这时正在和普雷拉尔先生谈一笔桥用铁丝的大生意。

---

① 即化名伏脱冷的雅克·高冷。

一位店员叫来一辆出租马车。几分钟后,红发女郎十分高兴地看到欧罗巴(或者不用她侍候埃斯黛时用的名字,称她为普律当斯·塞尔维安)以及帕卡尔、雅克·高冷和他的姑妈坐上了出租马车。鬼上当吩咐车夫驶往伊弗里城关。

普律当斯·塞尔维安和帕卡尔在首领面前颤抖着,犹如有罪的灵魂看到上帝一般。

"七十五万法郎在什么地方?"首领向他们问道。他那炯炯的目光一动不动地盯着他们,使这些死心塌地的奴才做了错事后感到血脉不通,每根头发都变成了芒刺。

雅克琳·高冷对侄子说:"七十三万法郎放在安全的地方。今天早上我已经把钱包好封上火漆交给了拉罗梅特……"

"如果你们没把钱交给雅克琳,"鬼上当说,"就送你们到那儿去!"他指着沙滩广场说,这时马车正开到那里。

普律当斯·塞尔维安按照家乡的习惯,划了个十字,她仿佛看到雷击一般。

"这次我饶了你们,"首领说,"条件是你们不再犯类似的错误。从此以后,你们对我要像我右手的两个手指那样听话,"他说着伸出了食指和中指,"因为这大拇指是这个好样的后侧风(女人)!"说完,他拍了拍姑母的肩膀。"你们听着,从以后,你,帕卡尔,就什么也不用害怕了,你可以随心所欲地在庞坦(巴黎)行走!我答应你与普律当斯结婚。"

三十一、帕卡尔和普律当斯如何成家

帕卡尔捧起了雅克·高冷的手,毕恭毕敬地吻了一下。

"我该做些什么?"他问道。

"什么也不用做,你将有年金收入和女人,这里不包括你自己的女人,因为你很有摄政时期①的风度,老弟!……这就叫超级美男子!"

帕卡尔听到首领对他的赞美中带有嘲笑,不觉一阵脸红。

"你呢,普律当斯,"雅克·高冷接着说道,"你必须有个职业,有个身份,有个前途,并继续为我办事。你好好听着,在圣须街有一家非常像样的商店,是属于圣埃斯泰弗太太的,姑妈常常借用她的名字……这爿店生意兴隆,顾客盈门,每年收入有一万五到二万法郎。圣埃斯泰弗这爿店的经管人是……"

"戈诺尔,"雅克琳说。

"可怜的操刀贼的后侧风(女人),"帕卡尔说。"我们的女主人,可怜的旺·博格塞克太太死的那天,我和欧罗巴就是逃到那儿去的……"

"我说话时你们怎么乱插嘴?"雅克·高冷说。

车厢里立刻寂静无声,普律当斯和帕卡尔再也不敢对视了。

---

① 指 1715 - 1723 年法国奥尔良公爵摄政时期,当时政治反动,淫乱成风。

11. 但是,《人间喜剧》的特色,还在于巴尔扎克关于国内社会力量两极分化、关于只有富人和穷人之间的冲突才是社会命运决定因素的这一思想的特殊意义。

"这店是由戈诺尔经管的,"雅克·高冷接着说道,"帕卡尔,你和普律当斯躲在那里,不过依我看,你对付警察局的办法虽说相当聪明,但是还不够机灵,没有给老板娘一点颜色看……"他抚摸着姑妈的下巴说。

"我现在才猜出她怎么会找到你的……这种事是会有的。你们还是回到戈诺尔那儿去……我再说一遍:雅克琳去和努丽松太太商谈盘下圣沨街的商店,你只要好好经营就可以发财致富,我的孩子!"他望着普律当斯说道。接着又辛酸地说:"像你这样年纪当老板娘!这只有法国妓女才做得到,"他用刺耳的声音补充道。

普律当斯跳过去搂住鬼上当的脖子,亲吻他,但是,首领把她猛地推开,这一推说明他力大无穷,要是没有帕卡尔在一旁拉住,她准会一头撞碎马车的玻璃窗。

"别碰我!我不喜欢这种腔调!"首领生硬地说,"这是对我不敬。"

"他说的有道理,小宝贝,"帕卡尔说。"你看,这样就等于是首领送给你十万法郎。这商店值这么多。店开在林阴大道上,在吉姆纳兹剧院的对面。剧院散场时……"

"不但如此,我还要买下房产,"鬼上当说。

"那我们六年后就成了百万富翁!……"帕卡尔叫道。

鬼上当讨厌别人老是打断他的话,就在帕卡尔的胫骨上猛踢一脚;但是,帕卡尔性子像橡皮,骨头像白铁。

"别踢了,首领!我不说了,"他说道。

"你们以为我在讲废话吗?"鬼上当接着说道。他这时才发现帕卡尔多喝了几杯白酒。"你们听着,那屋子的地窖里有价值二十五万法郎的黄金。"

车厢里再次寂静无声。

"这些黄金埋在一块异常坚硬的石基下面……现在要把金子取出来,你们要在三个夜里取出。雅克琳帮助你们一起干……十万法郎用来盘店,五万买下房产,其余的留着。"

"留在哪里?"帕卡尔问道。

"留在地窖里!"普律当斯说道。

"别说话!"雅克琳说。

"对,不过要转让这批货,必须得到警察局的批准,"帕卡尔说。

"会得到的,"鬼上当生硬地说,"你别多管闲事!……"

雅克琳看看侄子,发现他平时感情从不外露、毫无表情的脸上,这时脸色殊变,感到十分惊讶。

"姑娘,"雅克·高冷对普律当斯·塞尔维安说,"我姑妈要把七十五万法郎交给你。"

"是七十三万!"帕卡尔说。

"好吧,就算这些!"雅克·高冷又说道。"今天夜里,你要找个借口回到吕西安太太的屋子去。你从天窗爬到屋顶,再从壁炉的烟囱爬进你死去的女主人的卧室,把她当时包好的那包钱放在她的床垫里……"

"干吗不从大门进去呢?"普律当斯·塞尔维安问道。

"笨蛋,门已封了!"雅克·高冷说。"几天后清点财产,到时候,你们就不会被指控偷窃了……"

"首领万岁!"帕卡尔叫道。"啊,太好了!"

"车夫,停车!……"雅克,高冷大声喊道。

马车停在植物园的停车场上。

"快走吧,孩子们,"雅克·高冷说。"别干蠢事!今天下午五点钟在艺术桥上等,我姑妈会来通知你们命令是否改变。"他转而轻轻地对姑妈补充道:"什么都得考虑到!"他接着说道:"明天,雅克琳告诉你们怎么样才能从口袋(地窖)里安全地挖出黄金。这工作十分棘手……"

普律当斯和帕卡尔跳下马车,高兴得像得到大赦的窃贼。

"啊,首领的为人多正直!"帕卡尔说。

"他如果不是这样轻视女人,真可以成为男人之王!"

"啊,他真好!"帕卡尔叫道。"你看到他是怎样踢我的!我们即使给他一脚踢到老祖宗那里去也是活该,因为是我们给他找了麻烦……"

聪明伶俐的普律当斯说:"但愿他不要把什么罪硬加到我们头上,把我们送进牧场(苦役监)……"

"他啊,他如果有这个想法,一定会对我们说的。你不了解他!他为你安排了多好的前程!我们都成了老板!多走运!哦!这个人要是喜欢你,这男人,他的好心肠没有人能比得上……"

三十二、猎物将要变成猎人

"我亲爱的,"雅克·高冷对姑妈说,"你负责戈诺尔,要把她稳住;五天后她将被捕,那时就可以在她的房间里找到十五万法郎的黄金,就是公证人的父母、克罗塔老夫妇凶杀案中的另一份赃物。"

"她为此得在马德洛内特监狱蹲上五年,"雅克琳说道。

"差不多,"雅克·高冷答道。"这样奴丽松太太就会盘出商店了,她自己不会经营,又找不到合适的经理,所以这件事你可以办得很好。我们在那里也有了耳目……但是,这三件事都取决于我刚开始进行的关于那些信件的谈判。好吧,你把裙子的衬里拆开,把货物的样品给我。那三包信在哪里?"

"那还用说,是在红发女郎家里。"

"车夫,"雅克·高冷叫道,"回法院去,快!……我答应他们立刻回去,我已经出来了半个小时,太久了!你留在红发女郎家里。待会儿办公室的当差会跑来求见德·圣埃斯泰弗太太,这个德就是暗号。他会对你说:'太太,我是总检察长先生派来的,来拿您知道的东西。'你就站在红发女郎家门口,眼睛看着花市,以便不引起普雷拉尔的注意。信件一交出,你就可以叫

帕卡尔和普律当斯动手了。"

"我猜到了你的心思,"雅克琳说,"你是想接替皮皮－罗萍。这孩子的死使你改变了主意!"

"还有泰奥多尔,他们就要给他剃头,准备在今天下午四点开刀,"雅克·高冷大声说道。

"总之,这主意不错!我们将在气候宜人的都市当正直的布尔乔亚,度过幸福的晚年。"

"我能够这样吗?吕西安带走了我的灵魂,我所有的幸福生活;我感到自己还会烦恼三十年,我已经失去了勇气。我将来不再是苦役监的首领,而是法院的费加罗,我一定要为吕西安报仇。我只有打进警察局的内部才能十拿九稳地打败科朗坦。只有同一个男人斗,还算得上是生活。在世界上,人们的社会地位只不过是表面现象,实质是思想!"他拍着自己的额头说道。"现在我们的金库中有多少?"

"什么也没有,"姑妈说道,对侄儿的声调和态度十分害怕。"我为了你的孩子把钱全给了你。拉罗梅特做生意的钱不到二万法郎。努丽松太太的钱我全拿来了,她当时大概有六万法郎……啊!一年来,我们的情况没有好转。你的孩子花掉袍哥们的股份,也就是我们金库的钱和努丽松太太的所有财产。"

"那些有多少?"

"五十六万……"

"我们现在有十五万法郎的金子,帕卡尔和普律当斯会交给我们的。我马上告诉你另外二十万到哪里去拿……其余的就是埃斯黛的遗产。努丽松太太的钱必须补给她。有泰奥多尔、帕卡尔、普律当斯,努丽松太太和你,我不久就可组成一支我需要的神圣部队。你听着,我们就要到了……"

雅克琳最终剪开了裙子的衬里,说:"这就是那三封信。"

雅克·高冷接过三封珍贵的亲笔信,闻到这三张精制犊皮纸芳香尚存,回答道:"好。南泰尔的案子是泰奥多尔干的。"

"啊!是他……"

"别说了,时间宝贵。他是想喂饱科西嘉的一只小鸟,名叫吉内塔……你派努丽松太太把她找来。我会给你提供必要的情报,写在一封信里,让戈尔转交给你。两小时后,你到附属监狱的入口处来。现在的问题是要把这个小姑娘安置在洗衣女工的家里,就是戈代的姐姐的家里,让她在那里当家。在克罗塔夫妇家的盗窃谋杀案中,戈代和吕法尔是操刀贼的同谋。四十五万法郎的赃物分文未动,一份藏在戈诺尔家的地窖里,是操刀贼的;一份藏在戈诺尔的房间里,是吕法尔的;还有一份藏在戈代的姐姐那里。"

"我们先取出操刀贼的份额十五万,然后拿戈代的十万和吕法尔的十万。一旦吕法尔和戈代被捕,他们早就把他们份额的缺数放到别处去了。我要使他们相信,我们把十万法郎存放好是为了他戈代,而吕法尔和操刀贼的钱是戈诺尔给抢救出来的!……让普律当斯和帕卡

12. 在《人间喜剧》里,社会下层作为一支可畏力量的存在,以及可能从当代社会状况中找到出路的思想,决定了作为一个艺术家的巴尔扎克在30年代后半期和40年代的道路。

尔到戈诺尔家里去干,你和吉内塔,我看那个姑娘是个机灵鬼,你们到戈代的姐姐家去干。我在这场喜剧中一登台,就要让长脚鹭鸶(法院)找到克罗塔家失窃的四十万法郎,以及案中的罪犯。我还要装模作样地弄清南泰尔的凶杀案。这样,我们又有钱,又打进了警察局的心脏!我们过去是猎物,现在将要变成猎人,事情就是这样。你付给马车夫三个法郎。"

马车已到达法院。惊得发呆的雅克琳付了车费。鬼上当走上楼梯,前往总检察长的办公室。

三十三、英国先生们,请先开枪

生活的彻底改变是一次剧烈的危机,因此,雅克·高冷尽管作出了决定,还是慢吞吞地登上从制桶街通往商场廊的楼梯。在商场廊,重罪法庭列柱廊下面,就是检察院的阴暗入口。一件政治案使通向重罪法庭的双排楼梯下聚集了一大群人,致使陷入沉思的苦役犯被人群所阻而停留了一段时间。在双排楼梯左边,有一垛如大柱一般的宫殿加围墙,墙下有一扇小门。这扇小门面朝一座螺旋梯,通往法院的附属监狱。总检察长、典狱长、重罪法庭庭长、代理检察官和保安警察队队长可以从这里进进出出。当初,法国王后玛丽-安托瓦内特就是通过这个目前已被堵死的楼梯岔道被押上革命法庭的。众所周知,这革命法庭设在最高法院庄严的审判大厅里。

忆往昔,玛丽-泰雷兹的女儿在凡尔赛宫的大楼梯上被人前呼后拥,只看见花篮和帽子。所以看到这可怕的楼梯,想起王后从这里经过的情景,就会感到十分痛心……可能她是在赎取他母亲可耻地瓜分波兰的罪孽。犯下这种罪行的帝王,当然不会想到上帝会来进行惩罚。

雅克·高冷走到楼梯上面的穹顶下,正想前往总检察长的办公室,只见皮皮-罗萍从墙上隐蔽的小门里走了出来。

保安警察队队长来自附属监狱,也是前往德·格朗维尔先生的办公室。皮皮-罗萍认出他前面的人穿着卡洛斯·埃雷拉的燕尾服,就是他早晨详细研究过的那件燕尾服,感到惊奇万分,这点读者是可以理解的。他立刻快步跑去,想跑到那人的前面;雅克·高冷闻声转过身来。这真是冤家路窄。两人都停住脚步,眼睛里不约而同地射出同样的目光,犹如决斗时同时射击的两支手枪。

"这次我可抓住你了,强盗!"保安警察队队长说。

"啊,啊!……"雅克·高冷用嘲笑的口吻回答说。他立刻想到是德·格朗维尔先生派人跟踪他。真是怪事!他看到总检察长不如他想象的那样伟大,心里十分难过。

皮皮-罗萍勇敢地跳将过来,想要扼住雅克·高冷的脖子。雅克·高冷眼睛盯住对手,狠狠地打了他一拳,把他打得四脚朝天,跌倒在三步远的地方。然后,鬼上当缓步走到皮皮-罗萍面前,伸出手要扶他起来,就像对自己实力非常自信的英国的拳击家,一心只想再次较

13. 中篇小说《古物陈列室》,是巴尔扎克新创作时期的特点表现得最为明晰的第一部作品。……在《古物陈列室》里,巴尔扎克拒绝对现实作任何妥协,甚至更为尖锐得多地否认现存制度。

量一番。皮皮—罗萍也不是窝囊废,一声不喊就爬了起来,直奔到过道的入口,示意一名宪兵守着。然后,他如闪电一般回到敌人的面前,只见他的敌人正得意地瞧着他。这时,雅克·高冷已拿定了主意:要么是总检察长对我食言,要么是他没有把这件事告诉皮皮－罗萍,这样的话,就必须说清我的情况。

"你要抓我?"雅克·高冷问他的敌人。"你可以直截了当地说。我难道不知道你在这长脚鹭鸶的心脏里比我强吗?我可以用踢打术把你踢死,但是我和宪兵们井水不犯河水。废话少说,你要把我带到哪里去?"

"带到加缪索先生那里。"

"那就到加缪索先生那里去吧,"雅克·高冷答道。"干吗不到总检察长的办公室去呢?……这还近一些呐,"他补充道。

皮皮—罗萍知道自己利用罪犯和他们的受害人发财致富,引起了怀疑,在司法机关的上层吃不开,所以也乐意带着这样一个犯人去见总检察长。

"那就去吧,"他说,"这对我正中下怀! 不过,既然你愿意去,就让我把你铐起来,我怕你的巴掌!"说着从口袋里拿出了拇指铐。

雅克·高冷伸出双手,皮皮－罗萍给他戴上了手铐。

"啊! 你既然这样识相,"他接着说,"那就告诉我你是怎么走出附属监狱的。"

"从你出来的地方,就是那小楼梯嘛。"

"你难道又对宪兵们耍了花招?"

"没有。德·格朗维尔先生亲口答应让我自由行动。"

"你开玩笑吧!"

"你等着瞧吧!……这拇指铐就要给你戴研。"

三十四、一位老相识

这时,科朗坦对总检察长说道:"先生! 我们那个人出去已经有整整一个小时了,您不怕他欺骗您吗?……他恐怕已在去西班牙的路上了。到了那里,我们就再也找不到他,因为西班牙是个可以随心所欲的国家。"

"如果我没有看错人,他一定会回来的;他的一切利益都迫使他回来,他从我这里得到的东西要比他给我的多……"

正在这时,皮皮－罗萍走了进来。

"伯爵先生,"他说,"我报告您一个好消息:雅克·高冷逃跑后又被抓住了。"

"好啊,"雅克·高冷叫道,"您就是这样信守诺言的! 请问问您的双重警察,他是在什么地方发现我的?"

"在什么地方?"总检察长问道。

"在离检察院两步远的地方,就在穹顶下面,"皮皮－罗萍答道。

"把手铐解下来!"德·格朗维尔先生严厉地对皮皮－罗萍说道。"您听着,在命令您重新逮捕这个人之前,您应该让他自由行动……您出去吧!……您总是擅自行动,以为法院和警察局都是您一人的天下。"

总检察长说完这话,立即转过身来,不再理睬保安警察队长。保安队长顿时脸色灰白,又见雅克·高冷看了他一眼,猜出自己即将下台。

"我没有离开办公室,一直在等您,您不怀疑我会像您那样信守诺言?"德·格朗维尔先生对雅克·高冷说。

"一开始我怀疑过您,先生,您处在我的地位恐怕也会这样想的。但是,事实证明我错怪了您。我给您带来的东西比您给我的多,所以,您欺骗我也没有好处……"

司法官突然与科朗坦交换了一下眼色。鬼上当的注意力虽然集中在德·格朗维尔先生的身上,但还是顺着这一眼光,看到一个奇怪的小老头坐在角落里的一张扶手椅上。雅克·高冷立刻本能地觉察到有敌人在场,就仔细观察了这个老头。他一眼就看出那人的眼睛并不符合他衣衫所反映的年龄,认出了他是经过乔装打扮的。在一秒钟内,雅克·高冷对科朗坦进行了报复。想当初,科朗坦在佩拉德家里也一眼认出了乔装打扮的雅克·高冷(详见《交际花盛衰记》第二部)。

"这里还有外人!……"雅克·高冷对德·格朗维尔先生说。

"不,"总检察长冷冷地反驳道。

"这位先生,"苦役犯接着说,"是我最熟悉的一个……我说得对吗?……"

他说完上前一步,认出了科朗坦,就是使吕西安垮台的真正罪魁祸首。在不知不觉中,雅克·高冷的脸色从原来的瓦红色,忽地变得十分苍白。他全身的血液涌到心头,怒发冲冠,恨不得朝这个危险的禽兽扑去,把他撕得粉碎。但是,他克制住这种突如其来的强烈愿望,用他那令人生畏的力量压了下去。他装出一副和蔼可亲的谦卑神态,彬彬有礼的声调,因为他从扮演高级教士起,对此已经习以为常。然后,他对小老头行了个礼。

"科朗坦先生,"他说,"我有幸和您相遇,是事出偶然,还是我三生有幸,承蒙您光临检察院拜访我。"

总检察长非常惊讶,情不自禁地细细打量这两个对面相峙的人。雅克·高冷的表情和他讲这些话的声调,表明他怒气冲冲,所以总检察长好奇地想了解其中的原因。科朗坦见自己的本来面目被人奇迹般地识破,就像一条被人踩到尾巴的蛇那样倏地站了起来。

"是的,就是我,亲爱的卡洛斯·埃雷拉神甫。"

鬼上当对他说:"您来此是为总检察长和我调停?……难道我有幸在您显露才能的谈判中成为主题?"

"瞧,先生,"苦役犯转向总检察长说,"为了不浪费您宝贵的时间,请您过目,这就是我货

相关链接 ●

物的样品……"说着,他从燕尾服的侧袋里掏出三封信,递给总检察长。"在您看信的时候,如果您允许的话,我想和这位先生谈谈。"

三十五、任职的前景

"对此我感到万分荣幸,"科朗坦一面答道,一面不禁颤抖起来。

"先生,您在我们这个案件中获得了全胜,"雅克·高冷说。"我被打败了……"他轻声地说道,那样子就像输了钱的赌徒。"但是,您也死了几个人……这胜利代价昂贵……"

"是呀,"科朗坦接受了他的玩笑,回答道。"如果说您丢了王后,我可失去了两个车……"

"哦!孔唐松不过是个小卒,"雅克·高冷嘲讽地反驳道,"可以替换。您是,请允许我当面赞美您,您是个奇才,我可以发誓。"

"不,不,我对您甘拜下风,"科朗坦回答道。他那副样子活像个滑稽演员,意思是说:你要开玩笑,咱们就一起开吧!怎么,我万无一缺,您却孑然一身……

"哦,哦,"雅克·高冷说。

"您差一点取得了胜利,"科朗坦发觉了对方的感叹后说道。"您是我一生中遇到的最杰出的人物。当然,我见到过许多杰出的人物,因为同我斗的人个个智勇出众。不幸的是我过去与已故的德·奥德朗特公爵大人过从甚密,我为路易十八效过劳。他下台后,我就为皇上和督政府办事……您具有卢韦尔①的刚强,此人是我见到的干得最漂亮的政治工具。不过您还有外交家之王的灵活性。又有多么好的助手!……我情愿用许多死囚来换取可怜的姑娘埃斯黛的女厨师,让她为我办事……还有那个姑娘,她在一段时间里当了犹太姑娘的替身,来蒙骗德·纽沁根先生,像这样的美女,您是从哪里找来的?……我不知道在我需要的时候该到哪里去找……"

"先生,先生,"雅克·高冷说,"您过奖了……这些赞扬出自您的尊口,真会使人飘飘然……"

"这些赞扬恰如其分!怎么样,您蒙骗了佩拉德,他竟把您当成治安警官……您看,如果您不需要保护那个小傻瓜,您就会把我们打败……"

"啊,先生!您忘了化装成混血儿的孔唐松……化装成英国人的佩拉德。演员有在舞台上演戏的本领,但是要在光天化日之下,每时每刻都做出精彩的表演,那就只有您和您手下的人研!……"

"那么,好吧,"科朗坦说,"我们俩都对对方的才能和长处深信不疑。现在,我们俩都十分孤单,我失去了自己的老朋友,您失去了年轻的宠儿。目前,我比您强,为什么我们不能像在

---

① 卢韦尔(1783—1820),法国鞍具工人。他认为波旁王朝应对外国军队入侵法国和1815年的巴黎和约负责,就于1820年刺杀王朝的末代德·贝利公爵,因此被判死刑。

《向阳坡旅馆》[①]里演的那样呢？我向您伸出手来，并对您说：咱们拥抱吧，让这一切都结束吧。我当着总检察长的面，把几份赦免全部罪行的特赦证交给您。您将在我手下工作，做我的第一副手，也可能是我的继承人。……

"这就是您给我的职务？……"雅克·高冷说。"真是个肥缺！我是从棕色变成栗色，差不离……"

"在这个天地里，您的才能将会受人赏识，您将会得到很可观的报酬，还可以随心所欲地行事。政府的政务警察局有它的危险性。您也知道，我曾两次入狱……今后我不会有更坏的处境。我们可以出去旅行，想做什么人就做什么人……我们制造政治悲剧，显贵们对我们以礼相待……您看，亲爱的雅克·高冷，这合您的胃口吗？"

"在这方面您是否接到了上峰的命令？"苦役犯问道。

"我可以全权处理……"科朗坦答道。他对想出这个主意非常得意。

"您是在开玩笑。您非常能干，应该想到别人会对您存有戒心……您出卖的人不止一个，把他们捆在麻袋里，还让他们自己钻进去……我了解您打过的漂亮仗，蒙托朗案件，西默兹案件……啊！这些是间谍战中的马兰戈战役[②]！"

"那么，"科朗坦说，"您对总检察长先生尊重吗？"

"是的，"雅克·高冷恭敬地鞠躬道。"我十分欣赏他善良的性格、他的坚毅、他的高尚，为了他的幸福，我愿意献出自己的生命。因此，我先要使德·赛里齐夫人脱离危险状态。"

总检察长不禁露出了高兴的神色。

"那么请您问他，"科朗坦接着说，"我是否有全权使您摆脱目前不体面的地位，并成为我手下的人？"

"确实如此，"德·格朗维尔先生注视着苦役犯说。

"千真万确！我要是向您证明自己的能力，是否就可以赦免我的过去，接替您的职务？"

"像我们这样的两个人之间，不可能有任何误解，"科朗坦接着说道。他这种高尚的精神，任何人见了都会信以为真。

"那么，这笔交易的代价当然是交出三包信研？……"雅克·高冷问道。

"我想这点就不必对您说了。"

---

① 法国剧作家昂蒂埃（1787－1870）写的情节剧。巴尔扎克曾在1832年1月29日看过此剧的演出。

② 1800年6月14日，拿破仑·波拿巴在意大利的马兰戈与奥地利军队作战，取得了一个一半是失败的胜利。

三十六、失　　望

鬼上当用塔尔玛成功地扮演尼科梅特[①]这个角色时的讽刺口吻说道："亲爱的科朗坦先生，我感谢您，我有幸从您这儿了解到我自己的本领，以及我掌握的这些武器的重要性……我对此终身难忘……我准备随时听候您的盼咐。我不像罗贝尔·马凯尔[②]那样只是嘴上说说，'咱们拥抱吧！……'我现在就拥抱您。"说着，他极为迅速地把科朗坦拦腰抱住，使科朗坦来不及逃脱他的拥抱；他把科朗坦像布娃娃一样紧紧抱在胸口，吻了他的两颊，然后像羽毛一样把他轻轻拎起，打开办公室的门，把他放在门外；这时，科朗坦还没有从这难堪的搂抱中清醒过来。

"再见了，亲爱的！"他在科朗坦耳边轻轻地说。"我们之间隔着三具尸体的距离；我们比试了剑，它们同样锋利、同样坚硬……咱们应该相互尊重；但是，我要和您平起平坐，而不是当您的下属……我觉得像您这样全副武装的将军过于危险，不能当您的副手。我们还是划地为界，井水不犯河水。您要是跑到我的地盘上来，就有您的好戏看！……您的名字叫国家，就像走狗用主人名字一样；而我，我的名字叫司法；我们还会经常见面；我们永远是……凶狠的流氓，所以我们更应该在以后的交往中互相尊重，互行方便，"他凑在科朗坦耳边说道。"我刚才拥抱了您，给您做出了榜样……"

科朗坦有生以来第一次呆若木鸡，听任可怕的对手摇晃着自己的手……

"如果是这样，"他说，"我认为我们作个朋友对双方都有好处……"

"这样，我们双方就更加强大，但也更加危险，"雅克·高冷低声补充说。"因此，请允许我明天来向您讨取我们这笔交易的定金……"

"那么，"科朗坦心平气和地说，"您是把您的案件从我手里夺走，交给总检察长。您要让他升官，但是，我不能不告诉您，您打定的主意很好，了解皮皮－罗萍的人太多了，他已经不能再用了。您要是接替他，就会如鱼得水，这也是惟一适合您生活的环境。您要是如愿以偿，我一定非常高兴……我可以发誓……"

"再见，回头见，"雅克·高冷说。

鬼上当转过身来，看见总检察长两手捧着头坐在写字台旁。

"怎么，您能使德·赛里齐伯爵夫人不致发疯?……"德·格朗维尔先生问道。

"只要五分钟就够了，"雅克·高冷答道。

"您能把这些夫人的所有信件都交给我?"

"那三包信您看过了?……"

[①]　法国古典主义剧作家高乃依的悲剧《尼科梅特》中的人物。
[②]　《向阳坡旅馆》中的人物。

"看过了，"总检察长马上答道。"我为写信人感到惭愧……"

"现在就我们两个人了；请别让人进来，咱们来谈谈吧，"雅克·高冷说。

"对不起……法院首先应该执行自己的任务，加缪索先生已经奉命去逮捕您的姑妈……"

"他永远也找不到她，"雅克·高冷说。

"他们将在修院区开店的帕卡尔小姐家里进行搜查……"

"他们在那里只能找到几件破旧的衣服、钻石、制服。另外，应该叫加缪索先生不必再这样卖力。"

德·格朗维尔先生拉铃叫办公室当差进来，命令他把加缪索先生找来，有话要谈。

"好吧，"他对雅克·高冷说，"咱们把事情了结吧！我希望尽快知道您为伯爵夫人治病的药方……"

三十七、窃贼王雅克·高冷退位

"总检察长先生，"雅克·高冷转而严肃地说，"您知道，我因伪造文书罪被判五年苦役。我热爱自己的自由！……这种爱，和所有的爱一样，得到了与目的相反的结果，因为一对恋人过分相爱就会不和。我几次越狱，几次被捕，服过七年苦役。您只要赦免我在牧场……(对不起！)在苦役监里得到的加重罪就可以了。事实上，我已服满了刑。你们硬要给我加上一桩不道德的案件，这也就是我不信任法院甚至科朗坦的原因。在此以前，我应该恢复法国公民的权利。被驱逐出巴黎，受到警察局的监视，这难道是生活吗？我能到哪里去？我能做些什么呢？您了解我的才能……您刚才看到科朗坦这个诡计多端、背信弃义的家伙，在我面前吓得脸色发白，对我的才能作出了正确的评价……这人把我的一切都夺走了！因为是他，是他一个人，不知用了什么办法，为了什么目的，推倒了吕西安幸福的大厦……科朗坦和孔唐松无所不为……"

"请别指责了，"德·格朗维尔先生说，"谈正题吧。"

"好吧，就谈正题。昨天夜里，我握着这年轻死者冰冷的手，心里暗下决心，要停止我二十年来对整个社会进行的疯狂斗争。我对您谈了自己的宗教观点之后，您是不会相信我会进行虚伪的说教……二十年来，我从反面、从底层看到了这个社会，我也承认在事物的发展中有一股力量，这股力量，你们叫做天命，我叫做侥幸，我的同伴们称为运气。做了任何坏事，不管逃避得多快，都会得到某种报应。在干这种好斗的行当中，有时手运好，拿到一副同花顺子，四张一色的大牌，又可以先出牌，看来是稳操胜券，却会碰到蜡烛倒下，纸牌烧掉，或者是赌徒突然中风！……吕西安的情况就是这样。这孩子，这天使，自己没有犯过一点点罪，而是任人摆布，听任别人去干！他即将与德·格朗利厄小姐结婚，即将被封为侯爵、官运亨通，可就在这时，一个妓女服毒自杀，把年金收入登记书卖掉所得到的钱藏了起来，于是，这辛辛苦苦

相关链接 ●

16. 巴尔扎克在《幻灭》里描绘现实生活的空前广度,导致了空前的篇幅(约四十个印张),众多的场面,纷繁的人物。同时,就描绘的质的方面的深度而言,也是很重要的。

地建造起来的幸福大厦就在顷刻间倒塌了。是谁对我们击了第一剑呢?一个暗中干尽坏事的人,一个魔鬼,他在那股票世界里罪恶累累(参见《纽沁根银行》),他财产中的每一个埃居都浸透了一个家庭的泪水。这个纽沁根就是在埃居的世界里合法的雅克·高冷。总之,对这个人的几次证券清理,您同我一样清楚,耍这种花招,真该处以绞刑。我的一切行动,将永远打上我的烙印,甚至是最有道德的行为也是如此。我像一只羽球那样夹在两块球拍之间,一块叫苦役监,另一块叫警察局,这就是生活,在这种生活中,成功就是无休止的工作,我感到不可能有安宁的时刻。德·格朗维尔先生,现在,雅克·高冷正在和身上洒过圣水、运往拉雪兹神甫公墓的吕西安一起埋葬。但是,我需要一个归宿,不是去生,而是去死……在目前情况下,你们司法机关不愿关心一个获得自由的苦役犯的公民和他的社会地位。法律满意,社会却不满意,它保留着自己的怀疑,并尽一切可能来证实这种怀疑;社会使获得自由的苦役犯无法生存;它应该恢复他一切权利,却禁止他在某个地区生活。社会对这个可怜人说:'巴黎是你惟一能藏身的地方,它的郊区这么大,而您不去住!……'另外,它把获释的苦役犯置于警察局的监视之下,您难道认为在这种条件下能够生活?为了生活,就要工作,因为犯人是不会带着年金收入走出苦役监的。你们设法使苦役犯能被人一眼认出,你们认为这样一来公民们会信任他,可是社会、法院以及他周围的人们却对他毫无信任可言。你们迫使他挨饿或者犯罪。他找不到工作,就被迫重操旧业,走上断头台。因此,我虽然想放弃与法律的斗争,却找不到显要的职位。只有一个职位对我适合,那就是为压在我们头上的势力效劳。当我有了这个想法,我对您所说的力量就明显地在我周围显示了出来。

"三个大贵族家庭掌握在我的手中。您别以为我想对他们进行讹诈……讹诈是一种最卑鄙的罪行。在我看来,这种罪行比凶杀还要无耻。凶杀需要有极大的勇气。我有自己的想法,因为这些信能使我得到安全,使我能和您这样讲话,使我这个罪犯现在能和您这个法官处于平等的地位;这些信交给您来处置。

"您办公室的当差可以代表您去取信,信一定会交给他的……我不要赎金。我不是在出售这些信件!唉!总检察长先生,我当时把这些信藏了起来,并不是考虑我自己,而是考虑到有朝一日吕西安会发生危险!如果您不满足我的要求,我就会更加厌恶生活,以更大的勇气开枪自杀,让您摆脱我这个包袱……我可以带一张护照去美洲,在那里孤独地生活,我有做野人的一切条件……这就是我昨天夜里的想法。我托您的秘书对您说的话大概已对您讲了……我看到您采取了许多措施,以挽回吕西安死后的名声,就把自己微不足道的生命交给了您!我不再珍惜自己的生命,我感到,没有阳光的照耀,没有幸福的鼓舞,没有生活的意义,没有这年轻诗人、我生活中的太阳,我就无法生活,于是我就想把这三包信件交给您……"

德·格朗维尔先生低下了头。

三十八、窃贼王退位续篇

"我进入放风的院子,找到了南泰尔案件的主犯,而过去同我铐在一起的年轻难友,就是即将上断头台的那个,是在无意中参与这一凶杀案的,"雅克·高冷接着说道。"我得知皮皮－罗萍欺骗了司法机关,他手下的一名密探就是杀害克罗塔夫妇的凶手;这不是你们所说的天意吗?……我也因此而隐约看到有可能弃恶从善,有可能用我具有的才能,就是我所获得的可怜知识来为社会效劳,做个有益的人而不是有害的人。因此我才斗胆把自己的希望寄托在您的明智和仁慈上。"

他神态善良、天真、单纯,忏悔时没有尖刻的语言,没有过去那种骇人听闻的作恶哲学,使人感到他发生了变化。他完全变了。

"我对您万分信任,愿意完全听候您的安排,"他像悔罪者一般谦卑地说道。"您看到我现在有三条出路:自杀、去美洲或去耶路撒冷街①。皮皮－罗萍很有钱,他已经不能再使用了;他是个双重卫兵,如果您想让我找出他的差错,我一个星期内就可以把他当场捕获。如果您把这坏蛋的职位给我,您就是为社会做了件天大的好事。我就什么也不需要了(我将是廉洁的)。我具备这一职务所必需的一切才能。我受的教育比皮皮－罗萍来得多,我读书一直读到修辞班②。我将来不会像他那样愚蠢。在必要的场合,我也有萧洒的风度。我没有其他的奢望,只想成为维持社会秩序、镇压一切罪恶的一员,而不当道德败坏的化身。我决不再招募一人参加作恶的大军。先生,在战争中俘虏一名敌人的将军,人们不是枪毙他,而是把剑还给他,给他一个城市作为他的监狱;那么,我就是苦役监的将军,我来投降……压倒我的不是司法,而是死神……我愿意活动和生活的领域是惟一适合我的领域,我感到自己有才能,可以在那里发挥……您决定吧……"

说完,雅克·高冷显出一副顺从和谦卑的姿态。

"您把这些信交给我来处理?……"总检察长问。

"您可派人去取,这些信会交给您派去的人……"

"怎样去取呢?"

雅克·高冷看出了总检察长的心思,就继续玩弄同样的手法。

"您曾答应我把卡尔维的死刑减为二十年苦役。哦!我向您提醒此事并不是为了签订一项条约,"雅克·高冷看到总检察长作了个手势,就急忙说道。"但是,救这条命应该找些其他的理由:这孩子是无辜的……"

"我怎样能拿到信呢?"总检察长再次问道。"我有权也有责任知道,您是否像您所说的那

---

① 参见第 140 页注①。
② 旧时法国中学的最高年级。

17.《幻灭》给巴尔扎克的创作带来的新的特色，最明显地表现在"小团体"成员严整的性格上，作家把这些成员与小说中大多数人物对立起来。在这些成员身上也体现了塑造正面主人公的意向，……

个人。我要您无条件地……"

"请您派一名心腹到花市河滨街，在一片招牌是阿希尔的盾牌的五金店的台阶上……"

"盾牌商店?……"

雅克·高冷苦笑着说："我的盾牌就在那里。您派去的人会在那里找到一个老太婆。她穿的衣服就像我对您说过的那样，是有年金收入的海鲜商打扮，耳朵带着宝石坠子，穿一身中央菜市场有钱摊贩的服装。他就说求见德·圣·埃斯泰弗太太。别忘了这个德字……对她说：'我是总检察长派来的，来拿您知道的东西……，'您马上就能得到三包用火漆封好的信件……"

"信件全吗?"德·格朗维尔先生问道。

"啊，您真行! 您十分称职，"雅克·高冷微笑着说。"我看您是以为我会来试探您，把空白纸交给您……您不了解我的为人!"他补充道。"我相信您就像儿子相信父亲那样……"

"您将被送回附属监狱，"总检察长说，"您在那儿等待对您的命运作出的决定。"说完，总检察长按了铃，只见当差走了进来，他对当差说："如果加尔纳里先生在办公室就请他来。"

巴黎有四十八名警察所所长，他们像四十八尊小保护神那样守卫着巴黎，这还不包括保安警察。由于每个区①有四名警察所所长，所以窃贼的切口叫他们四分眼。除了这些警察所所长之外，还有两名所长同时属于警察局和法院管辖，以便执行棘手的任务，很多场合代替预审法官。警察所所长是司法官，这两位司法官的办公室称为代表办公室，因为他们确实每次都是列席代表，每次应召，不是去执行搜查任务，就是去执行逮捕命令。这种职务必须由老练的警官担任，要有久经考验的才干、高尚的道德和绝对的谨慎。在巴黎总是能找到这样的人才，这也是上帝为巴黎的利益而创造的奇迹之一。在描写法院的时候，如果没有提到这些预防性的司法官，就不够确切，因为他们是司法机关最得力的助手。如果说司法机关迫于形势而失去了往日豪华的排场，我们还是应该承认，它事实上获得了胜利。这个机构得到了令人赞叹的改善，在巴黎尤其如此。

德·格朗维尔先生已经派秘书德·夏热伯夫先生去参加吕西安的葬礼，因此，必须找一个可靠的人代替他去完成这个任务，而加尔纳里先生就是代表办公室中的两名警察所所长之一。

三十九、葬 礼

"总检察长先生，"雅克·高冷又说道，"我已经向您证明我是讲信用的……您放我自由，我也已回来……现在快十一点了……吕西安的追思弥撒即将结束，就要去墓地入殓……请您不要把我送回监狱，让我护送孩子的遗体前往拉雪兹神甫公墓，事毕我再回到监狱……"

---

① 当时巴黎分为十二个区，每个区有四个街区，每个街区有一名警察所所长。

"去吧，"德·格朗维尔先生改变了口气，声音和善地说。

"我还有一句话，总检察长先生，那姑娘，就是吕西安的情妇，她的钱并没有被人偷走……
……在您放我自由的短暂时间里，我责问了手下的人……我相信他们，正像您相信两位警察所
所长代表一样。启封后，就能在埃斯黛·高布塞克小姐的房间里找到她出售年金收入登记书
所得的钱。她的女仆告诉我说，死者像人们所说的那样，喜欢故弄玄虚，对别人疑心重重，她
可能把钞票藏在床铺里了。只要仔细搜查一下床铺，把床拆开，打开床垫、床绷，钱就能找到
……"

"您敢肯定?……"

"我敢肯定我那帮人相当诚实，他们从来不会戏弄我……我对他们有生杀大权，我可以
审讯、判刑，我执行自己的判决没有你们那么多手续。您可以清楚地看到我权力的作用。我可
为您找回克罗塔夫妇家失窃的钱，可为您把皮皮－罗萍的右手当场捕获，还可以把南泰尔凶
杀案的秘密告诉您……这就是定金! ……现在，如果您让我为法院和警察局工作，一年后，您
一定会对我的新发现感到高兴，我将施展自己的才能，成功地破获交给我的一切案件。"

"我除了自己对您照顾以外，什么也不能答应您。您向我要求的事并不取决于我一个
人。只有国王才能根据掌玺大臣的报告颁发特赦。至于您想得到的职务，这要由巴黎警察局
局长先生来任命。"

"加尔纳里先生到，"办公室当差通报说。

在总检察长的示意下，警察所所长走进室内，向雅克·高冷投以行家的眼光，当他听到
德·格朗维尔先生对雅克·高冷说"去吧!"这句话时，心里十分惊讶。

"请您允许我，"雅克·高冷答道，"请您允许我等加尔纳里先生为您取回那些代表我全
部力量的信件之后再走，以便使我能带走您满意的表示。"这种卑躬屈膝，这种诚心诚意，使
总检察长颇为感动。

"好吧!"司法官说。"我相信您。"

雅克·高冷深深地鞠了躬，犹如下级对上级那样俯首帖耳。十分钟后，德·格朗维尔先
生拿到了三包用火漆封住、完整无缺的信件。但是，由于此案事关重大，雅克·高冷又作了忏
悔，使他忘掉了答应给德·赛里齐夫人治病的事。

雅克·高冷走到外面，感到一种难以形容的舒畅。他感到自由，犹如获得了新生。他快步
从法院走到圣日耳曼－台普雷教堂，只见弥撒即将结束，正在棺材上洒着圣水。他总算及时
赶到，向心爱的孩子的遗体告别。然后，他登上马车，陪送灵柩直至墓地。

在巴黎的葬礼中，除了特殊情况，或是某个知名人士寿终正寝这种相当少见的情况外，
到教堂来送殡的人群在前往拉雪兹神甫公墓的途中总是逐渐减少。人们到教堂去致哀有充
裕的时间，但是每个人都有自己的事，所以就尽可能早回去。因此，十辆送丧的马车只有四辆
坐满了人。当车队抵达拉雪兹神甫公墓时，只剩下十二个送殡者了，其中有拉斯蒂涅。

"对他忠诚很好，"雅克·高冷对老相识说。

相关链接 ●

拉斯蒂涅看到伏脱冷也在场,露出了惊讶的神色。

"别激动,"伏盖太太的老房客对他说,"您可以把我当作奴仆,因此我才在这里遇到您。别瞧不起我的帮助,我现在,或者说将来,比任何时候都强。您上次溜了,非常机灵,但是您将来可能会需要我,我永远为您效劳。"

"那么您将要当什么呢?"

"不是当苦役监的房客,而是为苦役监提供房客,"雅克·高冷答道。

拉斯蒂涅脸上露出了厌恶的神色。

"啊! 如果让人偷您的东西就好了……"

拉斯蒂涅快步离开了雅克·高冷。

"您不知道自己可能会遇到什么样的情况。"

这时,人们走到埃斯黛墓穴旁掘好的墓穴边上。

"这一对过去既相爱又幸福! 雅克·高冷说。"他们现在重新相聚。能死在一起也是一种幸福。我将来也要埋在这里。"

当人们把吕西安的遗体放到墓穴里时,雅克·高冷突然晕倒在地。如此坚强的人,竟然也忍受不了掘墓人为了讨小费而把泥土铲到尸体上发出的轻微声音。正在这时,来了两个保安队的警察。他们认出了雅克·高冷,把他抬到一辆出租马车上。

18. 在巴尔扎克40年代的作品中,《贝姨》应该作为最优秀的长篇小说之一受到重视。……这部小说带有革命前夕风云变幻的印记,亦即七月王朝制度日益临近崩溃的印记。

四十、鬼上当与长脚鹭鸶拍板成交

"是怎么回事?……"雅克·高冷苏醒后在出租马车上望了一下问道。他看到自己坐在两名警察中间,其中一人恰恰是吕法尔,因此,他朝这个警察看了一眼,试探这杀人犯的灵魂,直至看穿了戈诺尔的秘密。

"是总检察长找您,"吕法尔答道,"我们到处找您,最后到墓地才找到了您,您刚才差点儿把头插在这年轻人的墓穴里。"

雅克·高冷仍然默不作声。

"是不是皮皮 - 罗萍派你们来找我的?"他问另一名警察。

"不是的,是加尔纳里先生派我们来找的。"

"他对你们什么也没说吗?"

两名警察相视一下,用脸部的表情互相商量着。

"说呀! 他是怎么给你们下命令的?"

吕法尔答道:"他命令我们立刻找到您,说您在圣日耳曼 - 台普雷教堂,如果枢车已离开教堂,您就一定在墓地。"

"总检察长要找我?……"

"可能是。"

"正是这样，"雅克·高冷说，"他需要我!……"

接着，他又沉默了，两名警察对此十分担心。两点半左右，雅克·高冷走进了德·格朗维尔先生的办公室，看到里面新来了一个人，这人是德·格朗维尔先生的前任奥克塔夫·德·博旺伯爵，最高法院的院长之一。

"您忘了德·赛里齐夫人还处于危险之中，您曾答应我去救她。"

"总检察长先生，"雅克·高冷说着示意两名警察进来，"请您问一下，他们找到我的时候我处于什么状态?"

"昏迷状态，总检察长先生，是在埋葬那年轻人的墓穴边上找到的。"

"请您去救救德·赛里齐夫人，"德·博旺先生说，"您提的要求都可以办到!"

"我什么也不要，"雅克·高冷说，"我投降出于自愿;总检察长想必拿到了……"

"所有的信件!"德·格朗维尔先生说。"不过您曾答应挽救德·赛里齐夫人的理智，您能做到吗?这不会是假充好汉吧?"

"但愿如此，"雅克·高冷谦虚地说。

"那么您和我一起去吧，"奥克塔夫伯爵说。

"不，先生，"雅克·高冷说，"我不能与您并肩坐一辆马车……我还是个苦役犯。我想为司法机关效劳，所以不能一开始就损害它的名誉……您先去伯爵夫人家里，我随后就到……您去对她说，来看望她的人是吕西安最好的朋友卡洛斯·埃雷拉神甫……让她预先知道我的来访必然会给她留下个印象，这对她的病有好处。请原谅我再一次冒名顶替西班牙神甫，这样做是为了完成这一重大任务!"

"我们四点钟在那儿见面，"德·格朗维尔先生说，"因为我要与掌玺大臣一起去觐见国王。"

雅克·高冷出来后找到了姑妈，她正在花市河滨街等他。

"这么说，"她说，"你向长脚鹭鸶投降了?"

"是的。"

"真走运!"

"不，我这条命归功于可怜的泰奥多尔，他将得到特赦。"

"那你呢?"

"我将成为我应该成为的那号人!我将永远使我们的世界发抖!不过得动手干起来!你去命令帕卡尔赶快动手，让欧罗巴执行我的命令。"

"这倒没什么，我已经知道该如何对付戈诺尔了!……"可怕的雅克琳说。"我留在这花市的紫罗兰里并没有浪费时间!"

"明天一定要找到吉内塔这个科西嘉姑娘，"雅克·高冷微笑地对姑妈说。

"得知道她的踪迹。"

"金发女郎会告诉你的，"雅克·高冷答道。

相关链接 ●

"我们今晚动手!"姑妈说。"你真比公鸡还着急!难道有油水?"

"我想一开始就露一手,把皮皮-罗萍的高超手段给压下去。我和那个杀害吕西安的魔鬼谈过几句话,我活着就是为了向他报仇!我们这两个职位有同样的权力,受到同样的保护!我需要好几年的时间才能干掉这个混蛋;要让他当胸吃一刀。"

"他大概也打算对你进行报复,"姑妈说,"因为他把佩拉德的女儿收留在自己家里,你知道,就是卖给努丽松太太的那个姑娘。"

"我们第一步是为他找个佣人。"

"这可不容易,他想必熟悉这一手!"雅克琳说。

"好吧,仇恨能使人生活下去!咱们干吧!"

雅克·高冷乘上一辆出租马车,立刻前往马拉凯河滨街,他来到曾经住过的那间不同吕西安的套间相连的小房间。看门人见到他非常惊讶,想把发生的事都告诉他。

"我全都知道,"神甫对他说。"我虽是神职人员,却受了连累;但在西班牙大使的交涉下,我被释放了。"

说完,他迅速上楼,走到自己的房间,在一本日课经的封面里,取出了一封信,这是吕西安写给德·赛里齐夫人的信。当时德·赛里齐夫人在意大利剧院看到吕西安和埃斯黛呆在一起,就与他断交了。

19.《邦斯舅舅》给人的最初印象与《贝姨》近似。这又是这样一部小说,它写的不是一位主人公的生活,不是一位主人公与社会群体的对立,而是这个社会群体的本身及其生活。

四十一、医 生

在绝望中,吕西安认为事情已无法挽回,就没有把信寄出;但是,雅克·高冷看过这篇杰作,由于吕西安写的东西对他来说都如圣物一般,再加上这种出于虚荣的爱情是用诗一般的语言来表达的,所以他就把信夹在自己的日课经里。当德·格朗维尔先生跟他谈起德·赛里齐夫人的病情时,这个深谋远虑的人立刻想到,这位贵夫人绝望得精神失常,原因是她一时吃醋,和吕西安闹翻了。他了解女人,犹如法官了解犯人一样,猜得到她们心中最秘密的活动,所以立即想到伯爵夫人把吕西安自杀的部分原因,归咎于她自己过于严厉,她这时正在痛苦地责备自己。一个被她爱恋、心满意足的男人是不会去死的。让她知道,尽管她态度严厉,但吕西安却一直爱着她,就能使她恢复理智。

雅克·高冷是苦役犯的大将军,同时也应该承认,他又是一个医治灵魂的神医。他踏进赛里齐府邸的房间,既是耻辱,又是希望。伯爵、医生等好几个人正在伯爵夫人卧室前的小客厅里;但是,为了不玷污自己的灵魂,影响自己的荣誉,德·博旺伯爵把所有的人都打发走了,只和他朋友两人留了下来。对于行政法院副院长、谘议会委员来说,看到这个阴森可怕的犯人走进家门就已经十分难受。

雅克·高冷已换了衣服。他穿着长裤、黑呢燕尾服,他的步履、目光和手势都显得彬彬有礼。他向两位政治家行了礼,并问能否进入伯爵夫人的房间。

"她正在焦急地等待着您，"德·博旺先生说。

"焦急地?……她得救了，"这可怕的迷惑者说道。果然，经过半小时的谈话，雅克·高冷打开房门说道："请进，伯爵先生，您现在不必担心任何不测了。"

只见伯爵夫人把信放在自己心口；她神色安详，仿佛已和自己重归于好。看到这种情景，伯爵不禁露出高兴的神情。

"瞧，决定我们的命运、人民的命运的就是这样的人！"雅克·高冷看到两位朋友走进房间，就耸耸肩想道。"女人一声叹息就能使他们完全改变主意！一个秋波就能使他们神魂颠倒！一个女人裙子穿得高一点或低一点，他们就会跑遍巴黎，心急如焚。一个女人的随心所欲，可以反过来影响整个国家！哦！一个男人如果像我这样，摆脱了这种孩提般的专横，这种被情欲所颠倒的正直，这种天真烂漫的恶作剧，这种野蛮人一般的狡猾，会获得多大的力量啊！女人有着刽子手的才能，折磨人的本领，她们在现在和将来，永远能使男人遭到不幸。总检察长、大臣、这些人为了公爵夫人或小妓女的几封信，或者是为了一个女人的理智，就变得六神无主、滑稽可笑，而女人在恢复理智之后，反倒比失去理智之时更加疯狂。"想到这里，他骄傲地微笑起来。他接着自忖道："他们相信我，相信我的揭发，一定会保留我的职位。我将永远统治这个二十五年来一直对我惟命是从的世界……"

雅克·高冷使用了他过去施加在可怜的埃斯黛身上的高超力量。因为，正如人们多次看到的那样，他具有能够制服疯子的话语、眼神和手势，把吕西安说得仿佛是一心思念着伯爵夫人而死去一般。

任何女人只要想到情人专一地爱着自己，就会失去抵抗能力。

"您再也没有竞争的对手了！"这就是这个冷酷的嘲讽者对伯爵夫人所说的最后一句话。

整整一个小时，他被人遗忘在这个小客厅里。德·格朗维尔先生回到客厅时，看到他脸色阴沉地站着，陷入在苦思冥想之中，犹如在一生中要制造一次雾月十八政变[①]的人们那样。

总检察长走到伯爵夫人的房门口，站了一会儿，然后走到雅克·高冷的面前，对他说道："您还坚持自己的要求吗?"

"是的，先生。"

"那么，您将接替皮皮－罗萍的职务，死囚卡尔维将得到减刑。"

"他不到罗什福尔去吗?"

"也不去土伦，您可以让他在您手下工作。不过，这些特赦和您的任命取决于您出任皮皮－罗萍副手的六个月中的表现。

―――――――――――――――――

① 即法国共和八年雾月十八日(1799 年 11 月 9 日)，拿破仑·波拿巴发动的政变。

尾　声

在一个星期内，皮皮－罗萍的副手把四十万法郎归还了克罗塔家，把吕法尔和戈代送交司法机关处理。

埃斯黛·高布塞克出售年金登记书所得到的钱在交际花的床里找到了。德·赛里齐先生根据吕西安·德·吕庞泼莱的遗嘱，把三十万法郎交给了雅克·高冷。

吕西安要求为埃斯黛和他自己建造的坟墓，被认为是拉雪兹神甫公墓里最漂亮的一座，坟墓下面的土地留给雅克·高冷。

雅克·高冷任职约有十五年，于 1845 年退隐。

1838 年至 1847 年原作

20. 巴尔扎克写作长篇小说《农民》（《Les Paysans》），历时十载。这个长篇就像《幻灭》一样，囊括了广泛的社会政治阅历和巴尔扎克对当代社会的大量观察。但是，与《幻灭》不同，作家未能把它写完。